SCIENCE FICTION

Herausgegeben von Wolfgang Jeschke

London 1855: Die Stadt liegt unter einer giftigen Hitzewelle; die Luftverschmutzung hat zu einem ätzenden Smog geführt, durch den die Londoner sich geradezu den Weg bahnen müssen.

Die industrielle Revolution, aufgeladen durch die Entwicklung dampfbetriebener cybernetischer Maschinen, ist in vollem Gang. Großbritannien, an der Spitze des technischen Fortschritts, schickt sich an, mit seiner dampfbetriebenen Informationstechnologie ein neues und, wie man hofft, glücklicheres Zeitalter einzuleiten.

Das Computerzeitalter ist ein Jahrhundert vor seiner Zeit angebrochen, seit es Charles Babbage gelang, seine nach dem Lochkartensystem arbeitende Differenzmaschine zu vervollkommnen. Die Wissenschaftler und Industriellen geben den Ton an, der Gang der Geschichte hat eine unwiderrufliche Änderung erfahren.

Anders die menschliche Natur: Verschwörung, Intrigen und Verrat gedeihen wie eh und je und verstricken die verschiedensten Menschen in schicksalhafte Ereignisse von Gewalt und Brutalität.

Sybil Gerard, Tochter eines berüchtigten Ludditen, gefallene Frau und Edelprostituierte; Edward Mallory, Entdecker, Paläontologe und Rekonstrukteur des Land-Leviathans; Lady Ada Byron, Tochter des Premierministers, mathematisches Genie und zwanghafte Glücksspielerin; Laurence Oliphant, Leiter der Geheimdienstabteilung des Außenministeriums, Diplomat und Drahtzieher: Diese vier und viele andere sind wider Willen gefangen in einem Netz von Verschwörung, das Großbritannien mit dem Frankreich Louis Napoleons und Karl Marx' Kommune von Manhattan verbindet ...

Von William Gibson erschienen in der Reihe
HEYNE SCIENCE FICTION & FANTASY:

Neuromancer · 06/4400
Cyperspace · 06/4468
Biochips · 06/4529
Mona Lisa Overdrive · 06/4681
Die DifferenzMaschine · 06/4860
(zus. mit Bruce Sterling)

Von Bruce Sterling erschienen in der Reihe
HEYNE SCIENCE FICTION & FANTASY:

Spiegelschatten · 06/4544
Schismatrix · 06/4556
Inseln im Netz · 06/4702
Zikadenkönigin · 06/4709
Die DifferenzMaschine · 06/4860
(zus. mit William Gibson)

WILLIAM GIBSON
UND
BRUCE STERLING

Die Differenz Maschine

Roman

Mit einem Nachwort von Michael Nagula
und Abbildungen
der Maschine nach Lord Babbage

Deutsche Erstausgabe

Science Fiction

WILHELM HEYNE VERLAG
MÜNCHEN

HEYNE SCIENCE FICTION & FANTASY
Band 06/4860

Titel der amerikanischen Originalausgabe
THE DIFFERENCE ENGINE
Deutsche Übersetzung von Walter Brumm
Das Umschlagbild malte Ian Miller

5. Auflage

Redaktion: Wolfgang Jeschke

Printed in Germany 1999
Umschlaggestaltung: Atelier Ingrid Schütz, München
Satz: Schaber Datentechnik, Wels
Druck und Bindung: Elsnerdruck, Berlin

ISBN 3-453-05380-X

ERSTE ITERATION

Der Engel von Goliad

Kompositbild, optisch verschlüsselt durch die Begleitmaschine des Transkanal-Luftschiffes *Lord Brunel:* Luftaufnahme eines Vorortes von Cherbourg, am 17. Oktober 1905.

Eine Villa, ein Garten, ein Balkon.

Hinter dem geschwungenen gußeisernen Balkongeländer sind ein Rollstuhl und seine Insassin zu sehen. Widerspiegelungen des Sonnenuntergangs glänzen von den vernickelten Radspeichen des Rollstuhles.

Die Insassin, Eigentümerin der Villa, läßt ihre arthritischen Hände auf einem Stoff aus Jacquardgewebe ruhen.

Diese Hände bestehen aus Sehnen, Haut, Gelenken. Die lautlosen Prozesse der Zeit und des Alterns im menschlichen Zellgewebe haben die Frau gezeichnet.

Ihr Name ist Sybil Gerard.

Unter ihr, in einem vernachlässigten Garten, überziehen entblätterte Ranken hölzerne Spaliere an weißgetünchten, abblätternden Wänden. Aus den offenen Fenstern ihres Krankenzimmers strömt warme Zugluft, bewegt das lose weiße Haar in ihrem Nacken und bringt Gerüche von Kohlenrauch, Jasmin, Opium.

Ihre Aufmerksamkeit gilt dem Himmel, einem Umriß von überwältigender und unwiderstehlicher Anmut — Metall, das in ihrer Lebenszeit fliegen gelernt hat. In der Vorhut dieser Herrlichkeit schweben, steigen und sinken winzige unbemannte Flugzeuge vor dem roten Horizont.

Wie Stare, denkt Sybil.

Die Lichter des Luftschiffes, eckige goldene Fenster, deuten auf menschliche Wärme hin. Mühelos, mit der unvergleichlichen Anmut organischer Funktion, stellt sie sich dort eine ferne Musik vor, die Musik Londons: Die Passagiere promenieren, trinken, flirten, tanzen vielleicht.

Ungebetene Gedanken stellen sich ein, der Geist webt seine Perspektiven, fügt aus Gefühl und Erinnerung Bedeutung zusammen.

Sie erinnert sich ihres Lebens in London. Erinnert sich, wie sie vor so langer Zeit den Strand hinunterging, sich durch das Gedränge ihren Weg suchte. Die Stadt der Erinnerung umschließt sie im Weitergehen — bis, bei den Mauern von Newgate, die Erhängung ihres Vaters einen Schatten wirft ...

Und die Erinnerung wendet sich, rasch wie ein Lichtstrahl abgelenkt, in einen anderen Nebenweg — einen, wo immer Abend ist ...

Es ist der 15. Januar 1855.

Ein Zimmer in Grand's Hotel, Piccadilly.

Ein Stuhl war rückwärts gekippt und fest unter den Türknopf aus geschliffenem Glas verkeilt. Ein anderer war mit Kleidungsstücken behängt: einem fransenbesetzten Überwurf, einem schmutzverkrusteten langen Frauenrock aus schwerem Kammgarn, einer karierten Herrenhose und einem Herrenrock mit abgerundeten Vorderschößen.

Zwei Gestalten lagen unter der Decke im Himmelbett aus laminiertem Ahorn, und fern im eisernen Griff des Winters bellte Big Ben zehn Uhr, gewaltige heisere Töne wie von einer Dampfpfeifenorgel, der kohlenbefeuerte Atem Londons.

Sybil schob ihre Füße durch eisige Leinenlaken zur Wärme der Keramikwärmflasche in ihrer Flanellumhüllung. Ihre Zehen streiften sein Schienbein, und die Berührung schien ihn aus tiefem Nachdenken aufzuschrecken. So war er, dieser Stutzer Mick Radley.

Sie hatte Mick Radley in Laurent's Ballhaus unten an der Windmill Street kennengelernt. Nun, da sie ihn kannte, schien er ihr mehr der Typ für Kellner's am Leicester Square zu sein, oder sogar für die Portland Rooms. Ständig überlegte er, schmiedete Pläne, murmelte über etwas, was in seinem Kopf vorging. Gerissen. Es machte ihr Sorgen. Und Mrs. Winterhalter hätte es nicht gebilligt, denn der Umgang mit ›politischen Herren‹ erforderte Delikatesse und Diskretion, Eigenschaften, über die Mrs. Winterhalter nach eigener Ansicht reichlich verfügte, während sie ihren Mädchen nichts davon zubilligte.

»Kein Anschaffengehen mehr, Sybil«, sagte Mick. Eine seiner Erkärungen, etwas, worüber sein schlauer Verstand sich klargeworden war.

Sybil grinste zu ihm auf, das Gesicht halb unter dem warmen Rand der Decke versteckt. Sie wußte, daß er dieses Grinsen mochte. Ihr Böses-Mädchen-Grinsen. Das kann nicht sein Ernst sein, dachte sie. Mach einen Spaß daraus. »Aber wenn ich kein schlechtes Flittchen wäre, würde ich dann hier mit dir sein?«

»Du sollst nicht mehr Gesindel spielen.«

»Du weißt, daß ich nur mit Herren gehe.«

Mick schnupfte, erheitert. »Dann nennst du mich einen Herren?«

»Einen sehr glänzenden Herren«, sagte Sybil, die ihm schmeicheln wollte. »Einer nach meinem Geschmack. Du weißt, daß mir an den Lords der Radikalen nichts liegt. Ich spucke auf sie, Mick.«

Sybil erschauerte, aber nicht unglücklich, denn sie hatte hier einen glücklichen Fang gemacht, mit Steak und Kartoffeln und heißer Schokolade, im Bett zwischen sauberen Laken in einem vornehmen Hotel. Einem glänzenden neuen Hotel mit Dampfzentralheizung, obwohl sie das unaufhörliche Gurgeln und metallische Schlagen in dem verschnörkelten und mit Goldfarbe gestrichenen gußeisernen Heizkörper mit Freuden gegen den knisternden Feuerschein eines offenen Kamins vertauscht hätte.

Und er war ein gutaussehender Bursche, dieser Mick Radley, das mußte sie zugeben, sehr elegant gekleidet. Er hatte das Moos und war großzügig damit, und er hatte noch nichts Ekelhaftes oder Gemeines verlangt. Sie wußte, daß es nicht von Dauer sein würde, weil Mick ein reisender Herr aus Manchester war und bald abreisen würde. Aber es war Gewinn mit ihm zu machen, und vielleicht noch mehr, wenn sie es fertigbrachte, sein Bedauern über die Trennung zu verstärken, und damit seine Großzügigkeit.

Mick lag auf dem Rücken im dicken Federkissen und hatte die manikürten Finger hinter den mit der Brennschere gelockten Kopf gesteckt. Ein seidenes Nachthemd mit Spitzen vorne — nur das Beste für Mick. Nun schien er zum Reden aufgelegt. So war es bei den meisten Männern, nach einer Weile — und hauptsächlich ging es dabei um ihre Frauen.

Aber bei Mick war es immer Politik. »Also haßt du die Lords, Sybil?«

»Warum sollte ich nicht?« versetzte sie. »Ich habe meine Gründe.«

»Das glaube ich dir gern«, sagte Mick bedächtig, und der Blick kühler Überlegenheit, den er ihr dabei zuwarf, ließ sie erschauern.

»Was willst du damit sagen, Mick?«

»Ich kenne deine Gründe, die Regierung zu hassen. Ich habe deine Nummer.«

Erstaunen machte sie sprachlos, dann Furcht. Sie setzte sich im Bett aufrecht. In ihrem Mund war ein Geschmack wie kaltes Eisen.

»Du verwahrst deine Karte in der Handtasche«, sagte er. »Ich ging mit der Nummer zu einem vortrefflichen Magistratsbeamten, den ich kenne. Er ließ sie für mich durch eine Regierungsmaschine laufen und druckte deine Bow Street-Akte aus, rat-a-tat-tat, wie zum Spaß.« Er grinste. »Also weiß ich alles über dich, Mädchen. Weiß, wer du bist.«

Sie versuchte der Herausforderung kühn zu begegnen. »Und wer bin ich dann, Mr. Radley?«

»Keine Sybil Jones, Kindchen. Du bist Sybil Gerard, die Tochter Walter Gerards, des Ludditenagitators.«

Er hatte ihre verborgene Vergangenheit ausgeforscht.

Irgendwo schnurrten Maschinen und spannen die Geschichte aus.

Mick beobachtete ihr Gesicht, lächelte darüber, was er dort sah, und sie erkannte einen Ausdruck, den sie schon bei Laurent's gesehen hatte, als er sie von der anderen Seite des überfüllten Tanzbodens ausgemacht hatte. Einen hungrigen Ausdruck.

Ihre Stimme bebte. »Wie lange weißt du schon über mich Bescheid?«

»Seit unserer zweiten Nacht. Du weißt, ich reise mit dem General. Wie jeder bedeutende Mann hat auch er Feinde. Als sein Sekretär und seine rechte Hand kann ich mir keine Risiken mit Fremden leisten.« Mick legte seine grausame, feste kleine Hand auf ihre Schulter. »Du hättest jemandes Agentin sein können. Es war eine geschäftliche Entscheidung.«

Sybil wich zurück. »Einem hilflosen Mädchen nachspionieren«, sagte sie schließlich. »Du bist ein richtig gemeiner Kerl, bist du!«

Aber ihre Beleidigung schien ihn kaum zu berühren — er war kalt und hart, wie ein Richter oder eine Lordschaft. »Es mag sein, daß ich spioniere, Mädchen, aber ich benütze die Regierungsmaschinerie für meine eigenen Zwecke. Ich bin kein Polizeispitzel, der bis in die Familienangelegenheiten eines Revolutionärs wie Walter Gerard herumschnüffelt — ganz gleich, wie die Lords der Radikalen Partei ihn heute nennen mögen. Dein Vater war ein Held.«

Er wälzte sich auf die Seite, um sie besser zu sehen. »*Mein* Held — das war Walter Gerard. Ich sah und hörte ihn in Manchester über die Rechte der Arbeitenden sprechen. Er war ein wunderbarer Redner — wir alle jubelten, bis wir heiser waren! Die guten alten Höllenkatzen ...« Micks glatte Stimme war scharf und tonlos geworden, sprach jetzt mit der Klangfarbe des Nordens. »Schon mal von den Höllenkatzen gehört, Sybil? In den alten Zeiten?«

»Eine Straßenbande«, sagte sie. »Rauhe Burschen in Manchester.«

Mick runzelte die Stirn. »Wir waren eine Bruderschaft! Eine Jugendgruppe, die aus Freundschaft zusammenhielt! Dein Vater kannte uns gut. Er war unser politischer Ziehvater, könnte man sagen.«

»Ich würde es vorziehen, wenn du nicht von meinem Vater sprechen würdest, Mr. Radley.«

Mick schüttelte ungeduldig den Kopf. »Als ich hörte, daß sie ihn vor Gericht gestellt und gehängt hatten ...« — die Worte waren wie Eis hinter ihrem Rücken —, »ich und die Jungen, bewaffneten wir uns mit Fackeln und Brechstangen und machten unserem Schmerz und unserer Empörung Luft ... Das war Ned Ludds Werk, Mädchen! Vor Jahren ...« Er zupfte mit zwei Fingern an den Rüschen seines Nachthemdes. »Das ist keine Geschichte, die ich vielen erzähle. Die Maschinen der Regierung haben ein langes Gedächtnis.«

Jetzt verstand sie — Micks Großzügigkeit und seine Schmeicheleien, die seltsamen Andeutungen, die er gemacht hatte, von geheimen Plänen und einer besseren Zukunft, von gezinkten Karten und versteckten Assen. Er zog an ihren Fäden, machte sie zu seinem Geschöpf. Für einen Mann wie Mick war die Tochter von Walter Gerard eine stolze Trophäe.

Sie stieg aus dem Bett und tappte in ihren Pantoffeln und dem Hemd über die kalten Dielenbretter.

Rasch und schweigend suchte sie ihre Sachen zusammen. Den Überwurf mit den Fransen, die Jacke, den großen Käfig ihrer Krinoline, den Rock, den weißen Fischbeinküraß ihres Korsetts.

»Komm wieder ins Bett«, sagte Mick, »und reg dich nicht auf. Draußen ist es kalt.« Er schüttelte den Kopf. »Es ist nicht, wie du denkst, Sybil.«

Sie weigerte sich, ihn anzusehen, arbeitete sich am Fenster, dessen vereiste Scheiben den grellen Schein des Gaslichtes von der Straße dämpfte, in ihr Korsett. Mit schnellen, geübten Bewegungen aus den Handgelenken schloß sie die Haken und Ösen des Korsetts im Rücken.

»Oder wenn es so ist«, sagte Mick, der sie beobachtete, »dann nur in geringem Maße.«

Auf der anderen Straßenseite war die Opernvorstellung beendet — das Publikum strömte heraus, feine Herrschaften in Umhängen und Zylinderhüten. Droschkenpferde, Decken über die Rücken gelegt, stampften auf dem schwarzen Makadam. Weiße Spuren reinen Vorortschnees hafteten noch an dem glänzenden Chassis eines herrschaftlichen Dampfwagens. Huren hielten in der Menge Ausschau nach Freiern. Arme, elende Dinger. Sie wußte, wie schwer es war, inmitten dieser plissierten Hemden und Diamantknöpfe an solch einem kalten Abend ein freundliches Gesicht zu finden. Sie wandte sich zu Mick um, verwirrt, zornig und sehr ängstlich. »Wem hast du von mir erzählt?«

»Keiner Menschenseele«, sagte Mick. »Nicht einmal meinem Freund, dem General. Und ich werde dich nicht verpetzen. Niemand kann sagen, Mick Radley sei indiskret. Also komm wieder ins Bett!«

»Das werde ich nicht tun«, sagte Sybil. Sie stand gerade da und reckte stolz das Kinn. »Sybil Jones mag dein Bett mit dir teilen — aber die Tochter von Walter Gerard ist eine Persönlichkeit von Substanz!«

Mick zwinkerte überrascht. Er dachte darüber nach, rieb sich das schmale Kinn, nickte dann. »Dann ist es mein trauriger Verlust, Miss Gerard.« Er setzte sich im

Bett auf und wies mit dramatischer Gebärde zur Tür. »Dann zieh deinen Rock an, und deine Nuttenstiefel mit den Messingabsätzen, Miss Gerard, und hinaus mit dir und deiner Substanz! Aber es wäre ein großer Jammer, wenn du gingst. Ich kann ein kluges Mädchen gebrauchen.«

»Das will ich meinen, du Erpresser«, sagte Sybil, aber sie zögerte. Er hatte noch eine Karte auszuspielen — das sah sie ihm an.

Er grinste, daß seine Augen zu Schlitzen wurden. »Warst du schon mal in Paris, Sybil?«

»Paris?« Der Atem stockte ihr.

»Ja«, sagte er. »Das aufregende und glanzvolle Paris, nächstes Ziel des Generals, wenn seine Vorträge in London abgeschlossen sind.« Der Stutzer Mick zupfte an seinen Spitzenmanschetten. »Von welcher Art der erwähnte Gebrauch ist, werde ich noch nicht sagen. Aber der General ist ein Mann listenreicher Strategien, und die französische Regierung hat gewisse Schwierigkeiten, die der Hilfe von Fachleuten bedürfen ...« Er lächelte triumphierend. »Aber ich sehe, daß ich dich langweile, wie?«

Sybil stieg von einem Fuß auf den anderen. »Du willst mich mit dir nach Paris nehmen, Mick?« sagte sie langsam. »Und das ist die Wahrheit, kein schlechter Kniff, um mich herumzukriegen?«

»Absolut ehrlich und korrekt. Wenn du mir nicht glaubst, in meiner Manteltasche ist eine Fahrkarte für die Kanalfähre in Dover.«

Sybil ging zu dem brokatbezogenen Sessel in der Ekke und zog an Micks Wintermantel: Mittlerweile fröstelte sie so, daß sie zitterte, und fuhr schnell in den Mantel. Feine dunkle Wolle; es war, als wäre sie in warmes Geld gehüllt.

»In der rechten Brusttasche«, sagte Mick. »Die Brieftasche.« Er war erheitert und zuversichtlich — als ob es lustig wäre, daß sie ihm nicht traute. Sybil steckte ihre kalten Hände in beide Taschen. Tief, mit Samt gefüttert ...

Ihre linke Hand fühlte einen Klumpen hartes, kaltes Metall. Sie zog eine garstige kleine Derringer-Pistole heraus. Mit Elfenbein eingelegter Kolben, komplizierter Mechanismus aus Stahlhämmern und Messingpatronen, klein wie ihre Hand, aber schwer.

»Nicht doch«, sagte Mick stirnrunzelnd. »Steck das Ding wieder ein, so ist es recht.«

Sybil tat wie geheißen, vorsichtig und schnell, als wäre es eine lebendige Krabbe. In der anderen Tasche fand sie seine Brieftasche aus rotem Maroquinleder; darin waren Geschäftskarten mit seinem maschinell punktiertem Portrait, ein Londoner Zugfahrplan.

Und einen in Stahlstich ausgeführten Fahrschein erster Klasse auf steifem, beigefarbenem Pergament für die Kanalfähre *Newcomen* ab Dover.

»Dann wirst du zwei Fahrkarten brauchen«, sagte sie zögernd. »Wenn du mich wirklich mitnehmen willst.«

Mick nickte. »Und eine weitere Fahrkarte für den Zug von Cherbourg nach Paris. Nichts einfacher als das. Ich kann die Fahrkarten unten am Empfang telegrafisch bestellen.«

Sybil fröstelte und zog den Mantel fester um sich. Mick lachte sie aus. »Komm mir nicht mit dieser essigsauren Visage. Du denkst immer noch wie eine Straßendirne; hör auf damit! Fang an, groß und glänzend zu denken, sonst kann ich dich nicht gebrauchen. Du bist jetzt Micks Mädchen — ehrgeizig, mit hochfliegenden Plänen.«

Sie sagte langsam und widerwillig: »Ich bin nie mit einem Mann gewesen, der wußte, daß ich Sybil Gerard bin.« Das war natürlich eine Lüge — da gab es Egremont, der Mann, der sie ruiniert hatte. Charles Egremont hatte recht gut gewußt, wer sie war. Aber Egremont war nicht mehr wichtig — er lebte jetzt in einer anderen Welt, mit seiner pogesichtigen respektablen

Frau und seinen respektablen Kindern und seinem respektablen Sitz im Unterhaus.

Und Sybil hatte mit Egremont nicht als Dirne geschlafen: Nicht eigentlich. Eine Frage des Grades ...

Sie sah Mick an, daß er über die Lüge, die sie ihm erzählt hatte, erfreut war. Sie hatte ihm geschmeichelt.

Mick öffnete ein schimmerndes Zigarrenetui, zog einen Stumpen heraus und entzündete ihn in der öligen Flamme eines Repetierzündholzes. Der süßliche Geruch von Kirschtabak verbreitete sich im Raum.

»Und nun fühlst du dich ein bißchen schüchtern mit mir, nicht?« sagte er schließlich. »Nun, ich ziehe es so vor. Was ich weiß, verschafft mir ein bißchen mehr Einfluß auf dich als bloßes Geld, nicht wahr?«

Seine Augen wurden schmal. »Es kommt darauf an, was einer weiß, nicht wahr, Sybil? Mehr als auf Land oder Geld, mehr als auf die Geburt. Information. Das ist es, was zählt.«

Sybil verspürte eine Aufwallung von Haß auf ihn, wegen seiner Ungezwungenheit und seines Selbstvertrauens. Es war eine scharfe und instinktive Abneigung, aber sie unterdrückte das Gefühl. Der Haß schwankte, verlor seine Schärfe, wurde zu Scham. Sie haßte ihn wirklich — aber nur, weil er sie jetzt kannte. Er wußte, wie tief Sybil Gerard gefallen war, daß sie einmal ein Mädchen mit guter Erziehung und Ausbildung gewesen war, mit Benehmen und Anmut, so gut wie jedes Mädchen von Stand.

Aus den ruhmreichen Tagen ihres Vaters, aus ihrer Mädchenzeit kannte Sybil seinesgleichen. Sie wußte, was für eine Art von Junge er gewesen war. Zerlumpte, zornige Fabrikjungen, wie sie für einen Penny das Dutzend herumliefen, die ihren Vater nach seinen im Fakkelschein gehaltenen Ansprachen umdrängten und alles taten, was er befahl. Eisenbahnschienen aufreißen, die Kesselventile von Spinnereien abschlagen, ihm Polizistenhelme zu Füßen legen. Sie und ihr Vater waren von

Stadt zu Stadt geflohen, oft bei Nacht, hatten in Kellern, Dachböden, anonymen Herbergen gelebt, sich vor der Polizei und den Dolchen anderer Verschwörer versteckt. Und manchmal, wenn seine eigenen wilden Brandreden ihn mit einem Hochgefühl erfüllt hatten, hatte er sie in die Arme geschlossen und ihr allen Ernstes die Welt versprochen. Sie würde wie eine Adlige in einem grünen und stillen England leben, wenn die Maschinen zerstört und Byron und seine Industriellen Radikalen vollständig vernichtet wären ...

Aber ein Hanfstrick hatte ihren Vater bis zum endgültigen Verstummen gewürgt. Die Radikale Partei regierte weiter und weiter, zog von Triumph zu Triumph, behandelte die Welt wie ein Kartenspiel. Und nun war Mick Radley in dieser Welt aufgestiegen, und Sybil Gerard war unten.

Sie stand schweigend da, in Micks Wintermantel gewickelt. Paris. Das Versprechen verlockte sie, und wenn sie ihm Glauben schenken wollte, dann mußte es eine aufregende Sache sein, ein Abenteuer. Sie zwang sich, an die Aufgabe ihres Lebens in London zu denken. Es war ein schlechtes, ein niedriges, ein schmutziges Leben, das wußte sie, aber nicht ein Leben in verzweifelter Armut. Sie hatte noch Dinge zu verlieren. Ihr gemietetes Zimmer in Whitechapel, und den lieben Toby, ihren Kater. Da war Mrs. Winterhalter, die Begegnungen zwischen leichten Mädchen und politischen Herren arrangierte. Mrs. Winterhalter war eine Kupplerin, aber damenhaft und verläßlich, und Kupplerinnen ihrer Art waren schwierig zu finden. Auch würde sie ihre beiden festen Herren verlieren, Mr. Chadwick und Mr. Kingsley, die sie jeweils zweimal im Monat besuchten. Das waren regelmäßige Einnahmen, die sie von der Straße fernhielten. Aber Chadwick hatte eine eifersüchtige Frau in Fulham, und in einem Augenblick gedankenloser Torheit hatte Sybil Kingsleys beste Manschettenknöpfe gestohlen. Sie wußte, daß er sie verdächtigte.

Und keiner von beiden war nur halb so freigiebig wie Stutzer Mick.

Sie zwang sich, ihn anzulächeln, so süß sie konnte. »Du bist ein närrischer Kauz, Mick Radley. Du weißt, daß du die Fäden in der Hand hältst, an denen ich hänge. Vielleicht war ich zuerst ärgerlich mit dir, aber ich bin nicht so dumm, daß ich einen feinen Herrn nicht erkenne, wenn ich ihn sehe.«

Mick blies Rauch von sich. »Du bist wirklich ein kluges Kind«, sagte er bewundernd. »Du flunkerst wie ein Engel. Aber mich täuschst du nicht, also brauchst du dich selbst auch nicht zu täuschen. Trotzdem, du bist genau das Mädchen, das ich brauche. Komm wieder ins Bett.«

Sie tat wie geheißen.

»Großer Gott«, sagte er, »deine Füße sind wie Eisklumpen. Warum trägst du keine warmen Pantoffeln, hm?« Er zog entschlossen an ihrem Korsett. »Pantoffeln und schwarze Seidenstrümpfe«, sagte er. »Ein Mädchen mit schwarzen Seidenstrümpfen macht sich glänzend im Bett.«

Am anderen Ende des mit Glas abgedeckten Ladentisches stand einer von Aarons Verkäufern hochmütig und groß in seinem sauberen schwarzen Rock und den polierten Stiefeln und beobachtete Sybil mit kaltem Blick. Er wußte, daß etwas faul war — er hatte es in der Witterung. Sybil wartete, daß Mick bezahlte, hatte die Hände bescheiden vor sich auf dem Rock zusammengelegt, spähte aber aus den Augenwinkeln unter dem blauen Saum ihrer Haube hervor. Unter ihrem Rock, durch den Rahmen ihrer Krinoline gezogen, war der Schal, den sie gemopst hatte, während Radley Zylinderhüte aufprobiert hatte.

Sybil hatte gelernt, wie man Dinge entwendete — sie hatte es sich selbst gelehrt. Es erforderte bloß Nerven, das war das Geheimnis. Und Mut war nötig. Nicht nach links und nicht nach rechts blicken — einfach zupacken, den Rock heben und hineinstopfen. Dann ganz gerade dastehen, mit einem Gesicht wie beim Psalmensingen, wie ein Mädchen aus gutem Haus.

Der Verkäufer verlor das Interesse an ihr; er beobachtete einen dicken Mann, der Hosenträger mit Seidenstickerei befingerte. Sybil überprüfte rasch ihren Rock. Keine verräterische Erhöhung war zu sehen.

Ein junger, pickliger Verkäufer mit tintenfleckigen Daumen setzte Micks Nummer in eine auf dem Ladentisch stehende Kreditmaschine. Zip, klick, ein Zug am Hebel mit Ebenholzgriff, und es war geschehen. Er gab Mick seine gedruckte Quittung und verpackte den Hut in steifes grünes Papier und verschloß das Paket mit einem Bindfaden.

Aaron & Son würden niemals einen Kaschmirschal vermissen. Vielleicht würden ihre Buchhaltungsmaschinen es bei der Inventur feststellen, aber der Verlust konnte sie nicht schmerzen: ihr Einkaufspalast war zu groß und zu reich. All diese griechischen Säulen, Kronleuchter aus irischem Kristall, eine Million Spiegel — ein vergoldeter Raum nach dem anderen, vollgestopft mit Reitstiefeln und französischer Seife, Spazierstöcken, Schirmen, Besteck, verschlossenen Glasvitrinen mit silbernen Platten und Tafelaufsätzen und Elfenbeinbroschen und köstlichen vergoldeten Spieldosen mit Musikwalzen und Aufziehkurbeln. Und das war bei weitem nicht das ganze Sortiment, nur ein kleiner Teil davon. Aber sie wußte, daß Aaron & Son bei alledem nicht wirklich elegant war, kein Geschäft, wo die besitzenden Stände kauften.

Immerhin, konnte man in England mit Geld nicht alles erreichen, wenn man es schlau anfing? Eines Tages würde Mr. Aaron, ein schnurrbärtiger alter Handelsjude aus Whitechapel, eine Lordschaft haben, einen Dampfwagen mit seinem eigenen Wappen an der Tür. Das von der Radikalen Partei beherrschte Parlament würde es nicht kümmern, daß Mr. Aaron kein Christ war. Sie hatten auch Charles Darwin eine Lordschaft verliehen, und er sagte, daß Adam und Eva Affen waren.

Der Aufzugführer, angetan mit einer französisch aussehenden Livree, stieß die ratternde Messingtür für sie auf. Mick folgte ihr hinein, sein Paket unter dem Arm, und dann sanken sie abwärts.

Sie traten aus dem Kaufhaus in das Gedränge und Getriebe von Whitechapel. Während Mick einen Stadtplan aus dem Mantel zog und konsultierte, blickte Sybil zu den wandernden Buchstaben auf, welche die Fassade des Kaufhauses entlangliefen. Ein mechanischer Fries, eine Art von langsamem Kinotrop für Aarons Reklame, hergestellt aus kleinen Stücken bemalten Holzes, die hinter facettiertem Glas von einem Mechanismus in verschiedenen Kombinationen zusammengestellt wurden. LASSEN SIE IHR MANUELLES KLAVIER IN KASTNERS PIANOLA UMBAUEN, suggerierte die Reklameinschrift.

Die Stadtsilhouette im Westen von Whitechapel war borstig von Baugerüsten und Kränen. Ältere Häuser waren von Gerüsten überwuchert; was nicht abgerissen wurde, um Platz für Neues zu schaffen, wurde umgebaut, wie es schien. In der Ferne pufften die Dampfmaschinen von Baggern, und ein Vibrieren unter dem Straßenpflaster ließ gewaltige Maschinen erahnen, die einer neuen Untergrundbahn den Weg bereiteten.

Aber nun wandte sich Mick ohne ein Wort nach links und ging davon, den Hut auf dem rechten Ohr, die karierten Hosenbeine in der Bewegung unter dem Saum des langen Wintermantels hervorleuchtend. Sie mußte eilen, um mit ihm Schritt zu halten. Ein zerlumpter Junge mit einer numerierten Blechplakette fegte schmutzigen Schnee von der Kreuzung. Mick warf ihm einen Penny zu, ohne den Schritt zu verlangsamen, und bog in die schmale Gasse der Butcher Row ein.

Sie holte ihn ein und nahm seinen Arm, und dann

ging es vorbei an roten und weißen halbierten Kadavern, die an schwarzen Eisenhaken baumelten, Rind und Hammel und Kalb, und beleibte Männer in blutbefleckten Schürzen und mit massigen Oberarmen priesen ihre Waren an. Frauen drängten sich in Trauben vor den halb offenen Verkaufsläden, Flechtkörbe an den Armen. Hausdiener, Köchinnen, ehrbare Hausfrauen, die Mann und Kinder zu versorgen hatten. Ein rotgesichtiger, blinzelnder Fleischer hielt Sybil mit beiden Händen bläuliches Fleisch unter die Nase. »Hallo, schönes Fräulein, kaufen Sie Ihrem Herrn meine schönen Nieren!« Sybil zog den Kopf ein und umging ihn.

Abgestellte zweirädrige Karren drängten sich an der Bordsteinkante, wo fliegende Händler standen und mit heiser bellenden Stimmen Käufer anlockten. Ihre Jacken und Mäntel aus Cordsamt waren neben den Knöpfen aus Messing oder Perlmutt mit numerierten Plaketten versehen. Mick behauptete allerdings, daß mindestens die Hälfte der Nummern falsch sei, übrigens genauso falsch wie die Gewichte und Maße der fliegenden Händler. Auf dem Pflaster waren mit Kreide säuberlich Vierecke markiert, wo die fliegenden Händler ihre Dekken und Körbe ausbreiten konnten, und Mick erzählte ihr von den Methoden, mit denen die Händler schrumpelige Früchte ausfüllten und tote Aale zwischen die lebenden flochten. Sie lächelte über das Vergnügen, das ihm die Kenntnis solcher Dinge zu bereiten schien, während Marktschreier ihre Besen und Seifen und Kerzen feilhielten und ein mißmutiger Drehorgelspieler beidhändig an seiner Maschine kurbelte und den Straßenlärm um ein rhythmisch leierndes Getöse aus Glokkenklängen, Klavierdraht und Stahl bereicherte.

Mick blieb neben einem Tisch aus Holzschragen mit einer darübergelegten Platte stehen. Dahinter saß eine blinzelnde alte Frau in einem weiten Kleid aus leichtem, wollseidenem Bombasin. Zwischen ihren dünnen Lippen steckte der Stummel einer Tonpfeife. Vor ihr auf dem Tisch angeordnet waren zahlreiche Phiolen mit einer dickflüssig aussehenden Substanz, die Sybil für eine Patentmedizin hielt, denn an jedem Fläschchen klebte ein blaues Etikett mit der Abbildung eines Indianers.

»Und was soll das sein, Mutter?« fragte Mick und tippte mit einem behandschuhten Finger auf einen der mit rotem Wachs verschmierten Korken.

»Steinöl, Mister«, sagte sie und nahm die Stummelpfeife aus dem Mund. »Ziemlich dasselbe wie Bergteer.« Ihr nasal gedehnter Akzent war dem Ohr unangenehm, aber Sybil verspürte Mitleid. Wie weit entfernt mußte die Frau von dem ausländischen Ort sein, den sie einmal ihre Heimat genannt hatte.

»Wirklich?« sagte Mick. »Kommt es vielleicht aus Texas?«

»Ein gesunder Balsam aus dem heimlichen Quell der Natur«, sagte die Witwe. »Bringt dem Menschen die Blüte der Gesundheit und des Lebens. Es wird von den wilden Seneca-Indianern von den Wassern des Ölflusses in Pennsylvanien geschöpft, Mister. Drei Pennies das Fläschchen, ein garantiertes Allheilmittel.« Die Frau blinzelte mit einem sonderbaren Ausdruck zu Mick auf, die hellen Augen eingebettet in Nester von Falten und Runzeln, als versuchte sie sich seines Gesichts zu erinnern. Sybil fröstelte.

»Dann noch einen guten Tag, Mutter«, sagte Mick mit einem Lächeln, das Sybil irgendwie an einen Beamten der Sittenpolizei erinnerte, den sie gekannte hatte, einen blonden kleinen Mann, der Leicester Square und Soho bearbeitete; den Dachs hatten die Mädchen ihn genannt.

»Was für ein Zeug ist das?« fragte sie Mick, als sie sich bei ihm einhakte. »Was verkauft die Frau?«

»Steinöl«, sagte Mick, und sie fing einen scharfen Blick auf, den er über die Schulter zu der gebeugten schwarzen Gestalt warf. »Der General erzählt, in Texas sprudele es nur so aus dem Boden ...«

»Ist es wirklich ein Allheilmittel?«

»Keine Ahnung«, sagte er. »Aber jetzt Schluß mit dem Geplauder.« Er spähte die schmale Straße hinunter. »Ich sehe einen, und du weißt, was du zu tun hast.«

Sybil nickte und arbeitete sich durch das Marktgewühl zu dem Mann, den Mick gesehen hatte. Es war ein Balladenverkäufer, hager und hohlwangig, mit langem, fettigem Haar unter einem hohen Zylinderhut, den er mit bunt getüpfeltem Stoff bezogen hatte. Er hatte die Finger wie im Gebet ineinandergesteckt, und die Ärmel seiner zerknitterten Jacke waren schwer von den langen, raschelnden Lagen der Musikblätter, die er verkaufte.

»›Die Eisenbahn zum Himmel‹, meine Damen und Herren«, rief der Balladenverkäufer, offenbar ein Veteran seines Faches. »›Von göttlicher Wahrheit sind die Schienen, und auf dem Felsen Petri verlegt, fest wie der Thron Gottes.‹ Ein schönes Lied, und nur zwei Pence, Miss.«

»Haben Sie ›Die Raben von San Jacinto‹?« fragte Sybil.

»Kann ich bekommen, kann ich bekommen«, sagte der Verkäufer. »Und was soll das sein?«

»Über die Schlacht in Texas, den großen General.«

Der Balladenverkäufer zog die Brauen hoch. Seine Augen waren blau und hatten einen verrückten Glanz, vielleicht vor Hunger, oder von religiösem Wahn. »Einer von den Krim-Generalen, ein Franzose vielleicht, dieser Mr. Jacinto?«

»Nein, nein«, sagte Sybil und schenkte ihm ein mitleidiges Lächeln. »General Houston. Sam Houston aus Texas. Ich möchte ganz besonders dieses Lied.«

»Ich kaufe meine Veröffentlichungen heute nachmittag frisch, und ich werde für Sie nach Ihrem Lied Ausschau halten, Miss.«

»Ich brauche mindestens fünf Exemplare für meine Freunde«, sagte Sybil.

»Für zehn Pence bekommen Sie sechs.«

»Dann also sechs, und heute nachmittag, an dieser Stelle.«

»Wie Sie sagen, Miss.« Der Verkäufer tippte an seine Hutkrempe.

Sybil ging weiter durch die Menge. Sie hatte es geschafft. Es war nicht so schlimm, und sie meinte, daß sie sich daran gewöhnen könne. Vielleicht war es auch ein gutes Lied, eines, das den Leuten Freude machen würde, wenn der Balladenmann gezwungen wäre, die Kopien zu verkaufen. Plötzlich erschien Mick an ihrer Seite.

»Nicht schlecht«, sagte er, griff in die Tasche seines Wintermantels und zog wie ein Zauberer einen Bratapfel hervor, noch heiß, mit abblätternder Zuckerkruste und in fettiges Papier gewickelt.

»Danke«, sagte sie, erschrocken, aber froh, denn sie hatte daran gedacht, irgendwo im Verborgenen stehenzubleiben und den gestohlenen Schal aus der Krinoline zu ziehen, aber wie es schien, hatte Mick sie keinen Moment aus den Augen gelassen. Sie hatte ihn nicht gesehen, aber er hatte sie beobachtet; das war seine Art. Sie würde es nicht wieder vergessen.

So gingen sie, bald zusammen und bald getrennt, die ganze Somerset Street hinunter, und dann durch den weitläufigen Markt in der Petticoat Lane, der nun, als es Abend wurde, von Lichtern erstrahlte. Der warme Schein von Gas-Glühstrümpfen wetteiferte mit dem grellen weißen Licht von Karbidlampen, rauchenden Talglichtern und Öllampen, die zwischen den feilgehaltenen Lebensmitteln der Marktstände flackerten. Der Lärm war hier ohrenbetäubend, aber sie erfreute Mick, indem sie drei weitere Balladenverkäufer hereinlegte.

In einem weiträumigen, hellbeleuchteten Ginpalast mit schimmernden Goldtapeten an den Wänden und Gaslampen in fischschwänzigen Wandleuchtern entschuldigte sich Sybil und suchte die Damentoilette auf.

Dort, in der Sicherheit einer stinkenden Kabine, holte sie den Schal hervor. So weich war er, und von solch einem hübschen violetten Farbton, einer von diesen neuen Farben, die kluge Leute aus Kohle machten. Sie legte den Schal säuberlich zusammen und steckte ihn von oben in ihr Korsett, so daß er sicher verwahrt war. Dann wieder hinaus zu ihrem Hüter, der Platz an einem Tisch gefunden und ein Glas Honiggin für sie bestellt hatte. Sie setzte sich zu ihm.

»Du hast deine Sache gut gemacht, Mädchen«, sagte er und schob ihr das kleine Glas hin. Das Lokal war voll von Krimsoldaten auf Urlaub, zumeist Iren, an die sich Straßendirnen gehängt hatten, vom Gin rotnasige Gesichter, die betrunken durcheinandergrölten und -kreischten. Hier gab es keine Barmädchen, sondern große, stämmige Schlägertypen von Barmännern in weißen Schürzen, mit dicken Holzprügeln unter der Theke.

»Gin ist ein Hurengetränk, Mick.«

»Alle mögen Gin«, sagte er. »Und du bist keine Hure, Sybil.«

»Straßenmädchen, Dirne.« Sie sah ihn scharf an. »Wie sonst würdest du mich dann nennen?«

»Du bist jetzt bei mir«, sagte er, lehnte sich auf dem Stuhl zurück und hakte die behandschuhten Daumen in die Armlöcher seiner Weste. »Du bist eine Abenteurerin.«

»Abenteurerin?«

»Ganz recht.« Er richtete sich auf. »Auf dein Wohl.« Er trank von seinem Twist, einer Mischung aus Gin und Brandy, rollte ihn mit unglücklicher Miene auf der Zunge und schluckte. »Mach dir nichts daraus, Liebes — sie haben dieses Zeug mit Terpentin verschnitten, oder ich bin ein Jude.« Er stand auf.

Sie gingen. Sybil hängte sich an seinen Arm und versuchte seinen Schritt zu verlangsamen. »Dann bist du ein ›Abenteurer‹, nicht wahr, Mr. Mick Radley?«

»So ist es, Sybil«, sagte er mit halblauter Stimme, »und du wirst mein Lehrling sein. Du tust mit der angemessenen Bescheidenheit, was dir gesagt wird und lernst die Kniffe des Handwerks. Und eines Tages trittst du der Gewerkschaft bei, nicht? Der Gilde.«

»Wie mein Vater, was? Willst du ein Spiel daraus machen, Mick? Wer er war, wer ich bin?«

»Nein«, erwiderte er. »Er war altmodisch, er ist heute niemand mehr.«

Sybil lächelte. »Du meinst, sie lassen uns schlechte Mädchen in deine feine Gilde eintreten, Mick?«

»Es ist eine Gilde des Wissens«, sagte er in nüchternem Ton. »Die da oben können uns alles wegnehmen. Mit ihren verdammten Gesetzen und Fabriken und Gerichtshöfen und Banken ... Sie können die Welt zu ihrem Vergnügen einrichten, und sie können dir das Heim und deine Verwandten und sogar die Arbeit wegnehmen, die du tust ...« Mick zuckte zornig die Achseln unter dem dicken Stoff des Wintermantels. »Und berauben die Tochter eines Helden ihrer Tugend, wenn ich so sagen darf.«

Er drückte ihre Hand mit festem Griff gegen seinen Ärmel. »Aber sie können dir niemals nehmen, was du *weißt*, verstehst du, Sybil?«

Sybil hörte Hettys Schritte im Gang vor ihrem Zimmer, und das Rasseln von Hettys Schlüssel in der Tür. Sie ließ die Serenette mit einem schrillen Geräusch verstummen.

Hetty zog die beschneite wollene Haube vom Kopf und nahm den marineblauen Umhang von den Schultern. Sie war auch eines von Mrs. Winterhalters Mädchen, eine grobknochige, heisere Brünette aus Devon, die zuviel trank, aber in ihrer Weise liebenswürdig war, und immer gut zu Toby.

Sybil klappte die Kurbel mit dem Porzellanhandgriff ein und schloß den zerkratzten Deckel des billigen Instruments. »Ich hatte geübt. Mrs. Winterhalter möchte, daß ich nächsten Donnerstag singe.«

»Die alte Schlampe«, sagte Hetty. »Dachte, heute wäre deine Nacht mit Mr. C., oder ist es Mr. K.?« Hetty stampfte vor dem schmalen kleinen Kamin mit den Füßen, um Wärme hineinzubringen, dann sah sie im Lampenschein die verstreut herumliegenden Schuhe und Hutschachteln von Aaron & Son. »Gott, nein«, sagte sie und lächelte, nicht ohne eine Spur von Neid um ihren breiten Mund. »Ein neuer Freier, ja? Du hast solch ein Glück, Sybil Jones!«

»Vielleicht.« Sybil nippte an dem heißen aromatischen Zitronenlikör, legte den Kopf in den Nacken, um ihre Kehle zu entspannen.

Hetty zwinkerte ihr zu. »Winterhalter weiß nichts von diesem, wie?«

Sybil schüttelte den Kopf und lächelte. Hetty würde es nicht weitererzählen. »Weißt du was über Texas, Hetty?«

»Ein Land in Amerika«, sagte Hetty ohne Zögern. »Gehört den Franzosen, nicht?«

»Das ist Mexiko. Hättest du Lust, eine Kinotrop-Schau zu sehen, Hetty? Der frühere Präsident von Texas hält einen Vortrag. Ich habe Freikarten.«

»Wann?«

»Samstag.«

»Da tanze ich«, sagte Hetty. »Vielleicht würde Mandy gehen.« Sie hauchte sich in die klammen Finger. »Ein Freund von mir kommt spätabends noch vorbei, würde dich nicht stören, oder?«

»Nein«, sagte Sybil. Mrs. Winterhalter hatte eine strenge Vorschrift erlassen, daß die Mädchen keine Männergesellschaft in ihren Zimmern haben durften. Hetty mißachtete diese Vorschrift oft, als legte sie es darauf an, daß der Hausbesitzer sie verriet. Da Mrs. Winterhalter die Miete direkt an den Hausbesitzer, Mr. Cairns, zahlte, hatte Sybil selten Ursache, mit ihm zu sprechen, und noch weniger mit seiner verdrießlichen Frau, einer unförmigen Person mit dicken Knöcheln und einer Vorliebe für schreckliche Hüte. Cairns und seine Frau hatten niemals etwas über Hetty gesagt, obwohl Sybil nicht recht wußte, warum, denn Hettys Zimmer lag neben dem ihrigen, und Hetty veranstaltete einen schamlosen Lärm, wenn sie Männer nach Hause brachte — meistens ausländische Diplomaten, Männer mit fremdartigen Akzenten und, nach den Geräuschen zu urteilen, schweinischen Gewohnheiten.

»Du kannst ruhig weitersingen, wenn du willst«, sagte Hetty und kniete vor der mit Asche bedeckten Glut nieder. »Du hast eine gute Stimme, solltest deine Begabung nicht ungenutzt lassen.« Fröstelnd begann sie einzelne Kohlenstücke in die Glut zu legen. Eine schreckliche Kälte schien durch die Flügel der zugenagelten Fenster hereinzudringen, und einen seltsamen Augenblick lang glaubte Sybil einen deutlich wahrnehmbaren Druck in der Luft zu fühlen. Ein Gefühl, beobachtet zu werden, von Augen, die aus einem anderen Reich auf sie blickten. Sie dachte an ihren toten Vater. Bilde die Stimme aus, Sybil, lerne sprechen! Es ist alles, was wir haben, das sie bekämpfen kann, hatte er ihr gesagt. Das war in den letzten Tagen vor seiner Verhaftung gewesen, als sich abgezeichnet hatte, daß die Radikale Partei wieder gewonnen hatte. So gut wie allen politisch Interessierten war das vorher schon klar gewesen, außer vielleicht Walter Gerard. Damals hatte sie mit bedrükkender Klarheit den ganzen Umfang der Niederlage ihres Vaters gesehen. Seine Ideale waren verloren — nicht nur unangebracht, sondern völlig ausgelöscht aus der Geschichte, wieder und wieder zerschmettert, wie der Kadaver eines überfahrenen Hundes unter den ratternden Rädern eines Schnellzuges. Lerne sprechen, Sybil! Es ist alles, was wir haben …

»Liest du mir vor?« fragte Hetty. »Ich mache derweil Tee.«

»Ja, gern.« In ihrem ungeordneten Zusammenleben mit Hetty war das Vorlesen eines der kleinen Rituale, die ihnen als Häuslichkeit galten. Sybill nahm die *Illustrated London News* vom Tisch, ordnete ihre Krinoline in den knarrenden, feuchtriechenden Sessel um sich und überflog mit zusammengekniffenen Augen einen Artikel auf der ersten Seite. Er befaßte sich mit Dinosauriern.

Die Radikale Partei war wie verrückt nach diesen Dinosauriern, so schien es wenigstens. Eine Lithographie zeigte eine Gruppe von sieben Personen, angeführt von Lord Darwin, die alle angespannt auf ein unbestimmtes Objekt starrten, das in ein Kohlenflöz in Thüringen eingebettet war. Sybil las laut die Bildunterschrift und zeigte Hetty die Darstellung. Ein Knochen. Das Ding in der Kohle war ein riesiger Knochen, so lang, wie ein Mann groß war. Sie schauderte. Beim Umwenden der Seite stieß sie auf eine künstlerische Darstellung des Lebewesens, wie es einmal ausgesehen haben mochte, eine Monströsität mit einer Doppelreihe gewaltiger dreieckiger Zacken auf dem gebogenen Rücken. Es hatte mindestens die Größe eines Elefanten, doch war der abscheuliche kleine Kopf kaum größer als der eines Hundes.

Hetty schenkte den Tee ein. »Reptilien beherrschten die ganze Erde?« sagte sie nachdenklich und fädelte einen Faden ein. »Ich glaube kein Wort davon.«

»Warum nicht?«

»Das sind die Gebeine von Riesen, aus der Genesis. Das sagen die Geistlichen, nicht?«

Sybil sagte nichts. Eine Vermutung kam ihr so phantastisch vor wie die andere. Sie wandte sich einem zweiten Artikel zu, der die Artillerie Ihrer Majestät auf der Krim pries. Eine Lithographie zeigte zwei stattliche Unteroffiziere, welche die Funktionsweise einer Kanone mit großer Reichweite bewunderten. Die Kanone selbst, mit einem Rohr wie ein Fabrikschornstein, sah aus, als könnte sie mit sämtlichen Dinosauriern Lord Darwins kurzen Prozeß machen. Sybils Aufmerksamkeit wurde jedoch von einem Nebenbild abgelenkt, das die Maschinerie des Geschützes zeigte. Die komplizierten, ineinandergreifenden Zahnräder und Pleuelstangen waren von einer eigentümlichen Schönheit, wie ein barockes Tapetenmuster.

»Hast du was zu nähen?« fragte Hetty.

»Nein, danke.«

»Dann lies ein paar Anzeigen vor«, riet Hetty. »Ich hasse diesen kriegerischen Humbug.«

Da gab es Reklame für Porzellan aus Limoges, Frankreich; dann VIN MARIANI, ein französisches Stärkungsmittel, mit einer Empfehlung von Alexandre Dumas und dem Portraits und Unterschriften von bekannten Persönlichkeiten, die das Mittel in den Geschäftsräumen in der Oxford Street erstanden hatten. Eine andere Anzeige warb für ein Silberputzmittel, das nicht kratzte und angelaufenes Silber für lange Zeit wie neu scheinen ließ; anders als die herkömmlichen Polituren. Eine neuartige Fahrradglocke mit einem unverkennbaren Klang; Dr. Bayleys Lithiumwasser, das Brights Krankheit und die Veranlagung zur Kropfbildung heilte; Gurneys Taschendampfmaschine ›Regent‹, die an häusliche Nähmaschinen angeschlossen werden konnte. Diese letztere Anzeige weckte Sybils Aufmerksamkeit, aber nicht wegen ihres Versprechens, eine Nähmaschine für den Preis eines halben Pennys pro Stunde mit der doppelten Geschwindigkeit zu betreiben, die eine Nähmaschine mit Pedalantrieb erreichen konnte.

Was sie interessierte, war eine Darstellung des geschmackvoll ornamentierten kleinen Dampfkessels, der mit Gas oder Paraffin beheizt wurde. Charles Egremont hatte seiner Frau eine solche Maschine gekauft. Sie war mit einem Gummischlauch ausgerüstet, der den abgelassenen Dampf ins Freie leiten sollte, indem man ihn unter ein Schiebefenster klemmte, aber Sybil hatte sich köstlich amüsiert, als ihr zu Ohren gekommen war, daß die kleine Maschine Madame Egremonts Salon in ein türkisches Dampfbad verwandelt hatte.

Als sie die Zeitschrift durchgeblättert hatte, ging Sybil zu Bett. Gegen Mitternacht erwachte sie vom wilden rhythmischen Quietschen der Bettfedern in Hettys Zimmer.

Es war halbdunkel im Garrick-Theater, staubig und kalt im Orchestergraben, den schäbigen Sitzreihen und der Galerie; aber unter der Bühne, wo Mick Radley war, herrschte stockfinstere Dunkelheit, und es roch nach Feuchtigkeit und Kalk.

Micks Stimme drang unter ihren Füßen herauf: »Hast du schon einmal die Innereien eines Kinotrops gesehen, Sybil?«

»Einmal, hinter der Bühne«, sagte sie. »In einer Konzerthalle in Bethnal Green. Ich kannte den Kerl, der es bediente, ein Locher.«

»Ein Verehrer?« fragte Mick. Seine hallende Stimme klang scharf.

»Nein«, versicherte sie ihm schnell. »Ich versuchte mein Glück damals mit Gesang ... aber es zahlte sich kaum aus.«

Sie hörte das Klicken seines Feuerzeugs. Beim dritten Versuch ging es an, und er entzündete einen Kerzenstummel. »Komm herunter«, befahl er. »Steh nicht da wie eine dumme Gans, die ihre Knöchel zur Schau stellt.« Sybil hob ihre Krinoline mit beiden Händen und tappte unbehaglich die steilen feuchten Stufen hinab.

Mick streckte die Hand aus, um hinter einen hohen Bühnenspiegel zu greifen, eine riesengroße glänzende Scheibe aus versilbertem Glas, mit einem Postament auf Rädern und öligen Zahnrädern und abgenutzten hölzernen Kurbeln. Er brachte einen billigen schwarzen Mantelsack aus wasserdichtem Segeltuch zum Vorschein, setzte ihn sorgsam vor sich auf den Boden und kauerte nieder, die dünnen Blechschnallen zu öffnen. Er zog einen Stoß perforierter Karten heraus, die mit rotem Papierband zusammengebunden waren. Sybil sah, daß noch weitere Bündel in der Tasche lagen, und noch etwas, ein Schimmern von poliertem Holz.

Er befühlte die Karten behutsam, wie eine Bibel.

»Eine sichere Sache«, sagte er. »Siehst du, man braucht sie bloß zu tarnen — etwas Albernes auf das Einwickelpapier zu schreiben, zum Beispiel ›Vortrag vor der Temperenzbewegung — Teil 1, 2, 3‹. Dann denkt kein Mensch daran, sie zu stehlen oder auch nur ins Magazin zu stecken und sich zu vergewissern.« Er nahm den dicken Kartenstoß, hielt den Daumen an eine Ecke und zog die Karten mit einem scharfen, spröden Geräusch daran vorbei, wie ein Spieler, der ein neues Kartenspiel durch die Finger schnurren läßt. »Ich habe eine Menge Kapital in diese Dinger gesteckt«, sagte er. »Wochenlange Arbeit der besten Kinoleute in Manchester. Ausschließlich nach meinem Entwurf, möchte ich hinzufügen. Eine schöne Sache, sage ich dir. Durchaus künstlerisch — in gewisser Weise. Du wirst bald sehen.«

Er schloß den Mantelsack und stand auf. Nachdem er das Kartenbündel in seine Manteltasche gesteckt hatte, beugte er sich über einen Lattenverschlag und zog eine dicke Glasröhre heraus. Er blies Staub davon, dann faßte er mit einer Spezialzange ein Ende. Das Glas zerbrach mit einem luftdichten dumpfen Platzen — in der Röhre war ein frischer Klumpen Karbid. Mick zog ihn heraus und drückte ihn sanft in die Fassung eines Kalklichtbrenners, einem großen, tellerförmigen Gerät aus rußigem Eisen und glänzendem Zinn. Dabei summte er vor sich hin. Dann drehte er am Hahn einer Schlauchleitung, roch daran, nickte, drehte einen zweiten Hahn auf und hielt die Kerzenflamme daran.

Sybil schrie auf, als ein blendender Lichtblitz vor ihren Augen aufflammte. Das grellweiß brennende Gas zischte, heiße blaue Punkte trieben vor ihren Augen. Mick schmunzelte. »Besser«, bemerkte er. Er richtete das brennende Kalklicht auf den Bühnenspiegel, dann begann er diesen mit den Hebeln und Zahnrädern zu justieren.

Sybil zwinkerte, blickte umher. Unter der Bühne war es feucht, muffig und eng, es roch nach Ratten und war die Art von einem Ort, wo ein Hund oder ein armer Teufel sterben mochte. Am Boden lagen zerrissene und vergilbte Plakate fragwürdiger Possen und Schwänke wie ›Dieser Schlingel Jack‹ und ›Die Taugenichtse von London‹. In einer Ecke lagen zusammengeknüllt die Unaussprechlichen einer Dame. Aus ihrer kurzen, unglücklichen Zeit als Bühnensängerin hatte Sybil eine Vorstellung davon, wie sie an diesen Ort gekommen sein mochten.

Ihr Blick folgte den Dampfrohren und straff gespannten Drähten zum schimmernden Leib der Babbage-Maschine, einem kleinen Kinotrop-Modell, nicht größer als Sybil selbst. Im Gegensatz zu allem anderen im Garrick-Theater war die Maschine augenscheinlich in sehr gutem Zustand. Sie ruhte auf vier Mahagoniklötzen. Boden und Decke unter und über ihr waren sorgfältig gesäubert und weiß getüncht. Dampfrechner waren empfindliche Dinger, und launenhaft, wie sie gehört hatte; es war besser, keinen zu haben, als ihn nicht zu pflegen. Im Streulicht von Micks Karbidlampe glänzten Dutzende von knorrigen Messingsäulen, die oben und unten in massiven, durch polierte Messingplatten gebohrten Fassungen steckten, mit schimmernden Hebeln, gezahnten Sperrstangen, tausend stählernen Zahnrädern, alles sehr sauber, glänzend und nach Leinsamenöl riechend.

So aus der Nähe betrachtet, verschaffte die Maschine Sybil ein eigenartiges Gefühl, beinahe wie Hunger oder Habgier, wie sie gegenüber … einem schönen Pferd empfinden würde. Sie wollte den Mechanismus nicht gerade ihr eigen nennen, aber irgendwie besitzen …

Auf einmal war Mick hinter ihr und nahm sie beim

Arm. Sie schrak zusammen. »Ein hübsches Ding, nicht?«

»Ja, es ist ... wunderschön.«

Ohne ihren Arm loszulassen, hob Mick seine andere behandschuhte Hand langsam an ihre Wange in der Haube. Dann hob er ihr Kinn mit dem Daumen und blickte ihr ins Gesicht. »Man fühlt etwas, nicht wahr?«

Sein hingerissener Tonfall belustigte sie genauso wie seine grell von unten angestrahlten Augen. »Ja, Mick«, sagte sie in hastigem Gehorsam. »Ich fühle es wirklich ... etwas.«

Er löste die Schleife ihrer Haube unter dem Kinn, daß sie ihr in den Nacken fiel. »Du fürchtest dich doch nicht davor, wie? Nicht, wenn ich dabei bin und dich halte. Du fühlst eine ganz besondere kleine Erregung, ein Prickeln. Du wirst lernen, dieses Gefühl zu mögen. Wir werden eine Locherin aus dir machen.«

»Kann ich das wirklich? Kann ein Mädchen so etwas?«

Mick lachte. »Hast du nie von Lady Ada Byron gehört? Der Tochter des Premierministers, der ›Königin der Maschinen‹?« Er ließ sie los, breitete beide Arme in Schauspielergebärde aus, daß sein Mantel sich wie Flügel öffnete. »Ada Byron, die wahre Freundin und Schülerin von Babbage höchstselbst! Lord Charles Babbage, dem Vater der Differenzmaschine, dem Newton unseres modernen Zeitalters!«

Sie starrte ihn an. »Aber Ada Byron ist eine Adlige!«

»Du würdest dich wundern, wen unsere Lady Ada kennt«, erklärte Mick, nahm ein Päckchen Karten aus der Tasche und wickelte es aus seinem schützenden Papier. »Natürlich meine ich nicht die Leute, mit denen sie Tee trinkt, die zu ihren Gartenfesten kommen, aber Ada ist in ihrer mathematischen Art und Weise, was du leichtlebig nennen würdest ...« Er hielt inne. »Das soll nicht heißen, daß Ada die beste wäre, weißt du. Ich kenne Locher in der Gesellschaft für Dampfintellekt, die selbst Lady Ada in den Schatten stellen. Aber sie besitzt Genius. Weißt du, was das bedeutet, Sybil? Genius zu besitzen?«

»Was?« Sie haßte die leichtsinnige Selbstsicherheit in seiner Stimme.

»Weißt du, wie die analytische Geometrie geboren wurde? Ein Kerl namens Descartes beobachtete eine Fliege an der Decke. Schon vor ihm hatten Millionen von Leuten Fliegen an der Decke beobachtet, aber erst Rene Descartes machte eine Wissenschaft daraus. Heute machen Ingenieure jeden Tag von seiner Entdeckung Gebrauch, aber ohne ihn wären wir vielleicht noch immer blind dafür.«

»Was haben Fliegen für irgendwen zu bedeuten?« wollte Sybil wissen.

»Ada hatte einmal eine Einsicht, die Descartes' Entdeckung gleichrangig war. Bisher hat noch niemand eine Verwendung dafür gefunden. Es ist das, was man reine Mathematik nennt.« Mick lachte. »›Rein‹. Weißt du, was das heißt, Sybil? Es heißt, daß man nichts damit anfangen kann.« Er rieb sich grinsend die Hände. »Niemand kann etwas Praktisches damit anfangen.«

Micks händereibendes Vergnügen ging ihr auf die Nerven. »Ich dachte, du haßt den Adel.«

»Ich hasse die Adelsprivilegien, alles, was nicht ehrlich verdient worden ist«, sagte er. »Aber Lady Ada ist, was sie ist, durch die Schärfe ihres Verstandes, und nicht durch ihr blaues Blut.« Er steckte die Karten in eine versilberte Schiene an der Seite der Maschine, dann fuhr er plötzlich herum und umfaßte ihr Handgelenk. »Dein Vater ist tot, Mädchen! Ich sage das nicht, um dich zu verletzen, aber die Ludditen sind tot wie kalte Asche. Gewiß, wir marschierten und tobten und eiferten, für die Rechte der Arbeiter und so weiter — schöne Worte, verstehst du? Aber Lord Charles Babbage machte Blaupausen, während wir Pamphlete machten. Und seine Blaupausen errichteten diese Welt.«

Er schüttelte den Kopf. »Die Byron-Leute, die Babbage-Leute, die Industriellen Radikalen — ihnen gehört das Land! Sie besitzen uns, Mädchen — der ganze Globus ist zu ihren Füßen, Europa, Amerika, alles. Das Oberhaus ist voll von ihnen. Königin Victoria rührt keinen Finger, solange die Gelehrten und Kapitalisten nicht mit den Köpfen nicken.« Er zeigte auf sie. »Es hat keinen Sinn, länger dagegen anzukämpfen, und weißt du, warum? Weil die Radikalen fair spielen, oder jedenfalls fair genug, daß man damit leben kann. Und du kannst eine von ihnen werden, wenn du es klug anfängst! Du findest keine vernünftigen Männer, um solch ein System zu bekämpfen, da es ihnen zu sehr einleuchtet.«

Mick klopfte sich an die Brust. »Aber das heißt nicht, daß du und ich allein draußen in der Kälte stehen müssen. Es heißt nur, daß wir schneller denken und die Augen und Ohren offenhalten müssen ...« Mick nahm die Haltung eines Preisboxers ein: Ellbogen angewinkelt, Fäuste geballt, die Knöchel in Gesichtshöhe. Dann warf er sein Haar aus der Stirn und grinste sie an.

»Das ist alles gut und schön für dich«, entgegnete Sybil. »Du kannst tun, was dir gefällt. Du warst einer der Anhänger meines Vaters — nun, davon gab es viele, und einige sind jetzt im Parlament. Aber gefallene Mädchen sind ruiniert, verstehst du? Ruiniert, und das bleiben sie.«

Mick ließ die Arme sinken und sah sie stirnrunzelnd an. »Das ist genau, was ich meine. Du läufst jetzt mit der eleganten Welt, denkst aber wie eine Schlampe! In Paris weiß kein Mensch, wer du bist! Gewiß, die Polizei und die Behörden hier haben deine Nummer. Aber Nummern sind nur soviel, und deine Akte ist nicht mehr als ein kleiner Stoß Lochkarten. Für diejenigen, die Bescheid wissen, gibt es Mittel und Wege, eine Nummer zu ändern.« Er sah ihr Erstaunen und grinste wieder. »Zugegeben, hier in London ist es nicht leicht zu machen. Aber im Paris Louis Napoleons laufen die Dinge anders! Im eleganten Paris ist alles viel lockerer, besonders für eine Abenteurerin, die gut flunkern kann und hübsche Fesseln hat.«

Sybil biß sich auf die Unterlippe. Plötzlich brannten ihr die Augen. Es war der bittere Rauch vom Kalklicht, und die Furcht. Eine neue Nummer in der Regierungsmaschine — das würde ein neues Leben bedeuten. Ein Leben ohne eine Vergangenheit. Der unerwartete Gedanke an solch eine Freiheit erschreckte sie. Nicht so sehr wegen der Freiheit selbst, obwohl das ein seltsamer und verwirrender Gedanke war. Aber was mochte Mick Radley im Austausch dafür verlangen? »Könntest du wirklich meine Nummer ändern?«

»Ich kann dir in Paris eine neue kaufen. Dich als Französin ausgeben, oder ein Flüchtlingsmädchen aus Amerika.« Mick verschränkte die eleganten Arme auf der Brust. »Wohlgemerkt, ich verspreche nichts. Du wirst es verdienen müssen.«

»Du würdest mich nicht übers Ohr hauen, Mick?« sagte sie zögernd. »Weil ... weil ich zu einem Mann, der mir einen so großen Dienst erweisen könnte, ganz besonders zärtlich sein würde.«

Mick stieß die Hände in die Manteltaschen, schaukelte auf den Absätzen zurück und sah sie an. »Würdest du, hm?« sagte er mit halblauter Stimme. Ihre bebenden Worte hatten etwas in ihm entfacht, sie sah es in seinen Augen. Etwas Begieriges, Verlangendes, von dem sie wußte, daß es da war, ein Bedürfnis, das er hatte ... seine Angelhaken fester in ihr zu verankern.

»Ich könnte, wenn du mich als deine Lehrlingsabenteurerin fair und gerecht behandeltest, nicht wie irgendein schmutziges Straßenmädchen, das man benützt und wegwirft.« Sybil merkte, wie ihr die Tränen kamen. Sie zwinkerte, aber es war nichts zu machen; ohne ihren Blick von ihm zu wenden, ließ sie den Tränen ihren Lauf und dachte, daß sie vielleicht von Nutzen sein könnten.

»Du würdest mir nicht erst Hoffnungen machen und sie dann zerstören, nicht wahr? Das wäre niederträchtig und grausam! Wenn du das tätest, würde ich — würde ich von der Tower-Brücke springen!«

Er blickte ihr ins Auge. »Laß dieses Schnüffeln, Mädchen, und hör mir gut zu! Du mußt verstehen, daß du nicht bloß Micks hübsches Musselinkopfkissen bist — ich mag einen Geschmack an dem finden, was alle Männer schätzen, aber das kann ich bekommen, wo ich will, und dafür brauche ich dich nicht. Ich brauche die geschickte Flunkerei und Schmeichelei, und dazu den Mut, der deinen Vater auszeichnete. Du sollst mein Lehrling sein, Sybil, und ich dein Meister, und so sollen die Dinge zwischen uns stehen. Du wirst loyal, gehorsam und wahrhaftig zu mir sein, ohne Ausflüchte und Ungebührlichkeiten, und als Gegenleistung werde ich dir die Kniffe des Handwerks beibringen und sorgen, daß es dir an nichts fehlt — und du wirst finden, daß ich so freundlich und großzügig bin, wie du loyal und wahrhaftig bist. Habe ich mich klar ausgedrückt?«

»Ja, Mick.«

»Dann haben wir einen Pakt geschlossen?«

»Ja, Mick.« Sie lächelte ihn an.

»Gut und schön«, sagte er. »Dann knie hier nieder, und leg deine Hände wie im Gebet zusammen und leiste diesen Eid. Daß du, Sybil Gerard, bei den Heiligen und Engeln, bei den Seraphim und Cherubim und dem alles sehenden Auge schwörst, Michael Radley zu gehorchen und ihm treu zu dienen, so wahr dir Gott helfe! Willst du so schwören?«

Sie starrte ihn bestürzt an. »Muß ich wirklich?«

»Ja.«

»Aber ist es nicht eine schwere Sünde, solch einen Eid zu leisten? Einem Mann, der ... Ich meine, schließlich sind wir nicht im heiligen Ehestand ...«

»Was du meinst, ist ein Ehegelübde«, sagte er in ungeduldigem Ton. »Dies ist ein Lehrlingseid!«

Sie sah keine Alternative. Nachdem sie ihre Röcke zurückgezogen hatte, kniete sie vor ihm auf den kalten schmutzigen Steinboden nieder.

»Schwörst du es?«

»Ich schwöre es, so wahr mir Gott helfe.«

»Mach nicht so ein trübseliges Gesicht«, sagte er, als er ihr auf die Füße geholfen hatte. »Das ist ein milder Eid, den du geschworen hast, verglichen mit anderen. Er wird dir Kraft geben, sollten dich Zweifel oder treulose Gedanken anwandeln. Nun nimm das Licht«, sagte er und reichte ihr den Kerzenstummel, »und sieh zu, daß du dieses Ginfaß von einem Bühnentechniker auftreibst. Sag ihm, er soll die Kessel feuern.«

An diesem Abend speisten sie in den Argyll Rooms in Haymarket, nicht weit von Laurent's Ballsaal. Das Argyll hatte private Speisezimmer, in denen man eine ganze Nacht verbringen konnte.

Sybil wunderte sich über die Wahl eines privaten Speisezimmers. Mick schämte sich sicherlich nicht, mit ihr in der Öffentlichkeit gesehen zu werden. Als sie beim Lammbraten saßen, ließ der Kellner jedoch einen untersetzten kleinen Herren mit pomadisiertem Haar und einer goldenen Uhrkette ein, die sich über eine wohlgefüllte Samtweste spannte. Er war rund und plüschig wie eine Kinderpuppe.

»Hallo, Corny«, sagte Mick, ohne es der Mühe wert zu finden, Messer und Gabel aus den Händen zu legen.

»N'Abend, Mick«, sagte der Mann mit dem undeutbaren Akzent eines Schauspielers oder Provinzlers, der seit vielen Jahren im Dienst städtischer Herrschaften stand. »Man sagte mir, du würdest mich brauchen.«

»Ganz recht, Corny.« Mick dachte weder daran, Sybil vorzustellen, noch forderte er den Mann zum Sitzen auf. Sie begann sich unbehaglich zu fühlen. »Es ist eine kurze Rolle, also sollte es dir nicht schwerfallen, den Text zu behalten.« Mick zog einen unbeschriebenen

Umschlag aus seinem Mantel und reichte ihn dem Mann. »Deine Zeilen, dein Stichwort und dein Vorschuß. Im Garrick, Samstagabend.«

Der Mann nahm den Umschlag mit einem humorlosen Lächeln entgegen. »Eine gute Weile her, seit ich zuletzt im Garrick auftrat, Mick.« Er zwinkerte Sybil zu und nahm ohne weitere Formalität seinen Abschied.

»Wer war das, Mick?« fragte Sybill. Mick hatte sich wieder seinem Lammbraten zugewandt und löffelte Pfefferminzsoße aus einem Zinngefäß.

»Ein Schauspieler«, sagte Mick. »Er wird mit dir im Garrick auftreten, während Houston seine Ansprache hält.«

Sybil war verblüfft. »Auftreten? Mit *mir?*«

»Du bist eine Lehrlingsabenteurerin, vergiß das nicht. Du kannst erwarten, daß du aufgefordert wirst, viele Rollen zu spielen, Sybil. Eine politische Rede kann nur davon profitieren, wenn sie durch Annehmlichkeiten versüßt wird.«

»Versüßt?«

»Laß gut sein.« Er schien das Interesse an seinem Lammbraten zu verlieren und schob den Teller beiseite. »Morgen ist noch genug Zeit zum Einüben. Jetzt muß ich dir was zeigen.« Er stand vom Tisch auf, ging zur Tür und verriegelte sie. Darauf kehrte er zurück, hob den Mantelsack aus wasserdichtem Segeltuch vom Teppich neben seinem Stuhl und stellte ihn vor ihr auf das saubere, aber viel gestopfte Leinentischtuch des Argyll.

Sie war neugierig gewesen, was es mit dem Mantelsack auf sich hatte. Nicht neugierig, daß er ihn vom Garrick-Theater zuerst zur Druckerei getragen hatte, um die Handzettel für Houstons Vortrag zu prüfen, dann weiter zu den Argyll Rooms, sondern weil es solch ein billiges Ding war, ganz und gar nicht passend zu den Gegenständen, mit denen er sich sonst gern umgab. Warum sollte ein Stutzer wie Mick mit einem billigen alten Mantelsack herumlaufen, wenn er sich die beste Lederware leisten konnte, mit vernickelten Schnallen und Seidenfutter? Und sie wußte, daß der schwarze Mantelsack nicht mehr die Kinotrop-Karten für den Vortrag enthielt, weil er diese sorgsam in Zeitungspapier gewikkelt und wieder hinter dem Bühnenspiegel versteckt hatte.

Mick öffnete die elenden Blechschnallen, öffnete den Mantelsack und hob einen langen schmalen Kasten aus poliertem Rosenholz heraus, dessen Ecken in blinkendes Messing gefaßt waren. Sybil fragte sich, ob der Kasten nicht für ein Teleskop gemacht sei, denn sie hatte Kästen dieser Art im Schaufenster einer Firma in der Oxford Street gesehen, wo solche Instrumente gemacht wurden. Mick handhabte ihn mit einer Vorsicht, die beinahe komisch war, als wäre er irgendein Papist und aufgerufen, den Staub von einem toten Papst zu wischen. In einer plötzlichen Stimmung kindlicher Erwartung vergaß sie den Mann namens Corny und Micks besorgniserregendes Gerede, sie solle mit ihm im Garrick auftreten. Es war jetzt etwas von einem Zauberer an Mick, als er den schimmernden Rosenholzkasten auf das Tischtuch legte. Sie hätte sich nicht gewundert, wenn er die Manschetten umgelegt hätte: Siehst du, nichts im Ärmel versteckt.

Seine Daumen schoben winzige Messinghaken von zwei kleinen Knöpfen. Er hielt effektvoll inne.

Sybil merkte, daß sie den Atem anhielt. Hatte er ihr ein Geschenk mitgebracht? Ein Unterpfand ihres neuen Status? Etwas, das sie insgeheim als seinen Abenteurerin-Lehrling kennzeichnen sollte?

Mick hob den Rosenholzdeckel mit den scharfen Messingecken.

Er war mit Spielkarten gefüllt. Von einem Ende bis zum anderen vollgestopft, mindestens zwanzig Kartenspiele mußten es sein. Sybil war enttäuscht.

»So was hast du noch nicht gesehen«, sagte er. »Dessen kann ich dich versichern.«

Mick zog die Karte heraus, die seiner rechten Hand am nächsten war, und zeigte sie ihr. Nein, keine Spielkarte, wenn auch von ähnlicher Größe. Sie war aus einem seltsam milchigweißen Material gemacht, das weder Papier noch Glas war, sehr dünn und glänzend. Mick bog es leicht zwischen Daumen und Zeigefinger. Es ließ sich mühelos biegen, sprang aber elastisch zurück, sobald er die Karte losließ.

Sie war mit ungefähr drei Dutzend enggestellten Reihen kreisförmiger Löcher perforiert. Die Löcher waren nicht größer als jene in einem guten Perlmuttknopf. Drei Ecken waren leicht abgerundet, während die vierte schräg abgeschnitten war. Nahe dieser abgeschnittenen Ecke hatte jemand mit lila Tinte # 1 geschrieben.

»Mit Kampfer gesättigte Zellulose«, erklärte Mick. »Ein Teufelszeug, wenn es Feuer fängt, aber nichts ist für die feineren Funktionen des Napoleon besser geeignet.«

Napoleon? Sybil wußte nicht, wovon er redete. »Ist es eine Art Kinotropkarte, Mick?«

Er lächelte sie erfreut an. Sie schien das Richtige gesagt zu haben.

»Hast du noch nie vom Großen Napoleon *Ordinateur* gehört, der gewaltigsten Maschine der Französischen Akademie? Die Londoner Polizeimaschinen sind bloßes Spielzeug daneben.«

Sybil gab vor, den Inhalt des Kastens zu studieren, da sie wußte, daß es Mick erfreuen würde. Aber es war bloß ein Holzkasten, freilich sehr hübsch gearbeitet und mit dem grünen Filz ausgeschlagen, der Billardtische bedeckte. Er enthielt eine große Zahl der glatten milchigen Karten, vielleicht mehrere hundert.

»Erzähl mir, was es damit auf sich hat, Mick.«

Er lachte, sehr glücklich, wie es schien, und beugte sich plötzlich zu ihr und küßte sie auf den Mund.

»Alles zu seiner Zeit.« Er richtete sich auf, steckte die Karte wieder hinein, schloß den Deckel, schob die Messinghaken über die Knöpfe. »Jede Bruderschaft hat ihre Mysterien. Ich vermute, daß niemand genau weiß, was es bedeuten würde, diesen kleinen Stoß durchlaufen zu lassen. Es würde eine bestimmte Sache demonstrieren, eine gewisse Serie mathematischer Hypothesen beweisen ... Alles ziemlich geheimnisvolle Dinge. Und übrigens würde es den Namen Michael Radley in der Bruderschaft der Locher wie den Morgenhimmel erstrahlen lassen.« Er zwinkerte. »Die französischen Locher haben ihre eigenen Bruderschaften, mußt du wissen. Les Fils de Vaucanson, nennen sie sich. Die Jacquardine-Gesellschaft. Wir werden es diesen Froschessern zeigen.«

Auf einmal kam er ihr betrunken vor, obwohl sie wußte, daß er nur zwei Flaschen Ale getrunken hatte. Nein, er war berauscht von der Idee der Karten in dem Rosenholzkasten, was sie auch verbergen mochten.

»Dieser Kasten und sein Inhalt sind ganz außerordentlich, liebe Sybil.« Er setzte sich wieder und wühlte in dem billigen schwarzen Mantelsack. Ein gefaltetes Blatt festen braunen Papiers kam zum Vorschein, eine gewöhnliche Schere, eine Rolle kräftigen grünen Bindfadens. Während Mick redete, faltete er das Papier auseinander und begann den Kasten darin einzuwickeln. »Sehr wertvoll und teuer. Das Reisen mit dem General bringt bestimmte Gefahren mit sich. Nach seinem Vortrag reisen wir nach Paris ab, aber morgen früh wirst du dieses Paket zum Postamt in der Great Portland Street bringen.« Fertig mit dem Einwickeln, zog er Bindfaden um das Papier. »Schneide das mit der Schere ab.« Sie tat wie geheißen. »Du wirst unser Paket nach Paris schikken. *Poste restante.* Weißt du, was das heißt?«

»Es heißt, daß das Paket postlagernd für den Adressaten aufbewahrt wird.«

Mick nickte, zog eine Stange roten Siegellacks aus einer Hosentasche, sein Feuerzeug aus der anderen. Das Feuerzeug ging beim ersten Versuch an. »Ja, es wird in Paris für uns sicher verwahrt.« Der Siegellack wurde flüssig und tropfte auf den grünen Knoten, das braune Papier. Er warf Schere und Bindfadenrolle wieder in den Mantelsack, steckte Siegellack und Feuerzeug ein, zog seinen Füllfederhalter und machte sich daran, das Paket zu adressieren.

»Aber was *ist* es, Mick? Wie kannst du den Wert wissen, wenn du keine Ahnung hast, wozu es wirklich gut ist?«

»Das habe ich nicht gesagt, weißt du. Ich habe meine Vermutungen. Mick hat immer seine Vermutungen und Ideen. Ich hätte gute Lust, das Orginal mit mir nach Manchester zu nehmen, im Auftrag des Generals. Ich würde die klügsten Locher daran setzen, und genug vom Kapital des Generals hineinstecken, um das Ergebnis auf Lochkarten im Napoleon-Format zu speichern!«

Er hätte genausogut griechisch reden können, so wenig bedeutete es ihr.

Es wurde geklopft. Ein übel aussehender Servierjunge, schniefend und mit nach Sträflingsart geschorenem Kopf, schob einen Servierwagen herein und räumte die Teller ab. Er machte es langsam und ungeschickt und verweilte, als erwarte er ein Trinkgeld, aber Mick ignorierte ihn und starrte kühl ins Leere, verbiß sich ein Grinsen.

Der Junge verließ das Zimmer mit einem Hohnlächeln. Nach einer Weile wurde mit einem Stock an die Tür geklopft. Wieder war einer von Micks Freunden gekommen.

Dieser war ein vierschrötiger Mann von erstaunlicher Häßlichkeit, glotzäugig und mit bläulichschwarzen Bartschatten auf den Hängebacken, die breite, zurückweichende Stirn umrahmt von einer öligen Parodie der eleganten Locken, die der Premierminister bevorzugte. Hingegen trug der Fremde einen neuen und gutgeschnittenen Abendanzug mit Umhang, Stock und Zylinder, einer feinen Perle in der Krawatte und einem goldenen Freimaurerring an einem Finger. Gesicht und Hals waren sonnengebräunt.

Mick erhob sich sofort von seinem Stuhl, schüttelte die beringte Hand, bot dem Ankömmling einen Platz an.

»Sie sind noch spät auf den Beinen, Mr. Radley«, sagte der Fremde.

»Wir tun, was wir können, um Ihren besonderen Bedürfnissen entgegenzukommen, Prof. Rudwick.«

Der häßliche Herr ließ sich mit hölzernem Knarren auf seinem Stuhl nieder. Seine vorquellenden Augen warfen Sybil einen forschenden Blick zu, und einen herzverkrampfenden Augenblick lang fürchtete sie das Schlimmste, daß es nämlich alles ein aufgelegter Schwindel und sie im Begriff sei, Gegenstand einer schrecklichen Transaktion zwischen den beiden zu werden.

Aber Rudwick blickte von ihr weg, zu Mick. »Ich will Ihnen nicht verhehlen, Sir, daß mir sehr daran liegt, meine Aktivitäten in Texas wiederaufzunehmen.« Er schürzte die Lippen: Sybil sah, daß er kleine, graue, kieselartige Zähne in seinem breiten, dünnlippigen Mund hatte. »Hier in London den Gesellschaftslöwen zu spielen, ist eine verdammte Last und Plage.«

»Präsident Houston wird Ihnen morgen um zwei eine Audienz gewähren, wenn das genehm ist.«

Rudwick grunzte. »Ausgezeichnet.«

Mick nickte. »Der Ruhm Ihrer texanischen Entdekkung scheint mit jedem Tag zu wachsen, Sir. Ich höre, daß Lord Babbage sich persönlich dafür interessiert.«

»Wir haben am Institut in Cambridge zusammengearbeitet«, sagte Rudwick, außerstande, ein selbstzufriedenes Lächeln zu verbergen. »Die Theorie der Pneumo-Dynamik ...«

»Wie es sich ergibt«, bemerkte Mick, »befinde ich mich im Besitz einer Lochkartenfolge, die Seine Lordschaft erheitern mag.«

Diese Nachricht schien Rudwick ungünstig aufzunehmen. »*Erheitern,* Sir? Lord Babbage ist ein höchst … reizbarer und jähzorniger Mann.«

»Lady Ada war so freundlich, mich in meinen anfänglichen Bemühungen zu begünstigen …«

»*Zu begünstigen,* Sie?« sagte Rudwick mit einem plötzlichen, häßlichen Lachen. »Handelt es sich um ein Spielsystem? Das sollte es sein, wenn Sie hoffen wollen, *ihre* Aufmerksamkeit zu finden.«

»Keineswegs«, versetzte Mick.

»Die Dame erwählt seltsame Freunde«, meinte Rudwick mit einem langen verdrießlichen Blick zu seinem Gegenüber. »Kennen Sie einen Mann namens Collins, einen sogenannten Buchmacher?«

»Hatte nicht das Vergnügen«, sagte Mick.

»Der Kerl sitzt ihr im Nacken wie eine Laus in einem Hundeohr«, sagte Rudwick, und sein sonnenverbranntes Gesicht lief dunkel an. »Der Kerl machte mir einen höchst erstaunlichen Vorschlag …«

»Und?«

Rudwick runzelte die Stirn. »Ich bildete mir ein, Sie würden ihn kennen, er scheint von der Art zu sein, die in Ihren Kreisen verkehrt …«

»Nein, Sir.«

Rudwick beugte sich über den Tisch. »Und wie steht es mit einem anderen gewissen Herren, Mr. Radley, sehr lang und mit kaltem Blick, der mir in letzter Zeit auf Schritt und Tritt zu folgen scheint? Könnte er vielleicht ein Agent Ihres Präsidenten Houston sein? Er scheint etwas von einem Texaner an sich zu haben.«

»Mein Präsident kann sich auf die Qualität seiner Agenten verlassen.«

Rudwick stand auf, dunkel im Gesicht. »Sie werden so freundlich sein, denke ich, dem Bastard meine Forderung auszurichten, daß er von mir ablassen soll.«

Mick stand gleichfalls auf; er lächelte freundlich. »Ich werde nicht versäumen, dem General Ihren Gedanken vorzutragen, Professor. Aber ich fürchte, ich halte Sie von Ihrer abendlichen Unterhaltung ab ...« Er ging zur Tür, öffnete sie und schloß sie hinter Rudwicks breitem, maßgeschneiderten Rücken.

Mick wandte den Kopf und zwinkerte Sybil zu. »Er ist unterwegs zu den Rattenkämpfen!« sagte er. »Ein Freund sehr vulgärer Sportveranstaltungen, unser gelehrter Professor Rudwick. Nimmt aber kein Blatt vor den Mund, nicht?« Er machte eine Pause. »Der General wird ihn mögen.«

Stunden später erwachte sie im Grand's Hotel, neben ihm im Bett, vom Klicken seines Feuerzeuges und dem süßlichen Gestank seiner Zigarre. Er hatte sie zweimal auf dem Chaiselongue hinter ihrem Tisch in den Argyll Rooms gefickt, und noch einmal im Grand's Hotel. Sie hatte bis dahin nicht geahnt, daß er ein so feuriger Liebhaber war. Sie hatte es ermutigend gefunden, obwohl sie es beim dritten Mal als lästig empfunden hatte.

Im Raum war es dunkel, nur durch den Spalt zwischen den Vorhängen drang Gaslicht von der Straße herein.

»Wohin würdest du gern gehen, Sybil, nach Frankreich?«

Sie hatte nie darüber nachgedacht. »Mit dir, Mick ...«

Er schmunzelte und schob seine Hand unter die Dekke. Seine Finger umschlossen ihren Venushügel.

»Wohin werden wir dann gehen, Mick?«

»Zuerst nach Mexiko. Dann mit einer französisch-mexikanischen Armee unter dem Befehl General Houstons nach Norden, zur Befreiung von Texas.«

»Aber ... ist Texas nicht eine schrecklich unzivilisierte Gegend?«

»Du mußt aufhören, wie ein Straßenmädchen aus Whitechapel zu denken. Die ganze Welt ist unzivilisiert, von Piccadilly aus gesehen. Sam Houston hatte in Texas einen regelrechten Palast. Bevor die Texaner ihn ins Exil trieben, war er Englands größter Verbündeter im amerikanischen Westen. Du und ich, wir könnten in Texas wie große Herren leben, einen Landsitz an einem Fluß bauen ...«

»Würden sie uns das wirklich tun lassen, Mick?«

»Du meinst, die Regierung Ihrer Majestät? Das perfide Albion?« Mick gluckste. »Nun, das hängt weitgehend von der britischen öffentlichen Meinung gegenüber General Houston ab! Wir tun, was wir können, um seinen Ruf hier in England aufzupolieren. Deshalb hat er diese Vortragsreihe organisiert, verstehst du?«

»Ich sehe«, sagte Sybil. »Du bist sehr schlau, Mick.«

»Wichtige Angelegenheiten, Sybil! Das internationale Gleichgewicht der Macht. In Europa hat dieses britische Rezept fünfhundert Jahre lang gewirkt und in Amerika wirkt es noch besser. Die Union, die Konföderation, die Republiken Texas und Kalifornien — sie alle erfreuen sich nacheinander der britischen Bevorzugung, bis sie zu kühn werden, zu unabhängig, und dann bekommen sie einen Dämpfer. Teilen und herrschen, mein Liebes.« Das Ende von Micks Zigarre glomm in der Dunkelheit. »Wenn die britische Diplomatie, die britische Macht nicht wäre, könnte ganz Nordamerika ein einziges riesiges Staatsgebilde sein.«

»Was ist mit deinem Freund, dem General? Wird er uns wirklich helfen?«

»Das ist das Schöne daran!« erklärte Mick. »Die Diplomaten dachten, Sam Houston sei ein bißchen halsstarrig, und einige seiner Taten und politischen Erklärungen paßten ihnen nicht, und so unterstützten sie ihn nicht so kräftig, wie sie es hätten tun sollen. Aber die texanische Junta, die ihn ersetzte, ist viel schlimmer. Sie steht den britischen Interessen mit offener Feindseligkeit gegenüber! Ihre Tage sind gezählt. Der General hat sich hier im Exil etwas mäßigen müssen, aber nun ist er auf dem Weg zurück nach Texas, um wiederzugewinnen, was ihm von Rechts wegen zusteht.« Er zuckte die

Achseln. »Das hätte schon vor Jahren geschehen sollen. Unser Problem ist, daß die Regierung Ihrer Majestät selbst nicht weiß, was sie will! Es gibt verschiedene Fraktionen. Manche trauen Sam Houston nicht — aber die Franzosen werden uns so oder so helfen! Ihre mexikanischen Klienten haben einen Grenzkrieg mit den Texanern. Sie brauchen den General!«

»Dann willst du in den Krieg ziehen, Mick?« Sie fand es schwierig, sich den Stutzer Mick Radley vorzustellen, wie er eine Kavallerieattacke anführte.

»Es wird eher wie ein Staatsstreich sein«, versicherte er ihr. »Wir werden nicht viel Blutvergießen sehen. Ich bin Houstons politischer Mann, verstehst du, und ich werde sein Mann bleiben, denn ich bin derjenige, der seine Vorträge in London und in Frankreich organisiert hat, und ich bin derjenige, der gewisse Schritte unternommen hat, die dazu führten, daß ihm seine Audienz beim französischen Kaiser gewährt wurde ...« Konnte das wirklich wahr sein? Bevor sie sich darüber schlüssig werden konnte, fuhr er fort: »Und ich bin derjenige, der Manchesters neueste und beste Erzeugnisse für ihn durch das Kinotrop laufen läßt, der die Presse und die britische öffentliche Meinung für ihn einnimmt und die Plakatkleber mietet ...« Er zog an seiner Zigarre, knetete mit den Fingern ihre Klitoris und stieß selbstzufrieden eine große Rauchwolke mit Kirscharoma aus.

Aber ihm mußte nicht danach gewesen sein, sie noch einmal zu besteigen, denn bald war sie eingeschlafen und träumte von Texas, einem Texas grüner Hügel, zufriedener Schafe und grauer Herrenhäuser, deren Fenster im Sonnenschein des Spätnachmittags glänzten.

Sybil saß in der drittletzten Reihe des Parketts, neben sich den Mittelgang des Garrick-Theaters, und dachte unglücklich, daß General Sam Houston, vormals Präsident von Texas, keine große Menschenmenge anlockte. Während das Fünf-Mann-Orchester quietschte und sägte und tutete, tröpfelte ein bescheidenes Publikum herein. In der Reihe vor ihr nahm eine Familie Platz, zwei Jungen in blauen Jacken und Hosen mit Matrosenkragen, ein kleines Mädchen mit Schal und bortenbesetztem Kleid, dann zwei weitere kleine Mädchen, die von ihrer Gouvernante beaufsichtigt wurden, einer mageren Frau mit Hakennase und wäßrigen Augen, die in ihr Taschentuch schniefte. Dann der älteste Junge, betont lässig, ein überlegenes Lächeln im Gesicht. Dann Papa mit Frack und Spazierstock und Schnurrbart, und die fette Mama mit langen Ringellocken und einem großen, schrecklichen Hut und drei goldenen Ringen an den dikken weichen Fingern. Endlich saßen sie alle, hantierten geschäftig mit Schals, Mänteln und Handschuhen und begannen kandierte Orangenschalen zu essen, durchaus wohlerzogen und Besserung verheißend. Sauber und reinlich und gedeihlich in ihren gutsitzenden maschinengewebten Kleidern.

Ein Buchhaltertyp mit Brille nahm den Platz neben Sybil. Er hatte seinen Haaransatz ausrasiert und von der Stirn fast zwei Fingerbreit zurückverlegt, um aus der niedrigen eine hohe Stirn zu machen und Intellekt zu suggerieren. Er las Micks Programm und lutschte Zitronendrops. Und jenseits von ihm hatten sich drei Offiziere niedergelassen, anscheinend Urlauber aus dem Krimkrieg, die sehr mit sich zufrieden schienen und gekommen waren, von einem altmodischen Krieg in Texas zu hören, der noch auf die altmodische Art ausgefochten wurde. Verstreut im Publikum saßen noch weitere Soldaten, auffallend in ihren roten Röcken, Militärpersonen der ehrbaren Art, die nicht hinter billigen Huren und Gin her waren, sondern den Sold der Königin verwendeten, um sich in ballistischen Bahnberechnungen zu vervollkommnen und nach ihrer Demobilisierung im Eisenbahnwesen und auf Schiffswerften zu arbeiten und im Leben vorwärtszukommen.

Tatsächlich bestand das ganze Publikum aus strebsamen, ordentlichen Bürgern: Ladenbesitzern und Angestellten und Drogisten mit ihren ordentlichen Frauen und artigen Kindern. In den Tagen ihres Vaters waren solche Leute zornig und hager und schäbig gewesen, zumindest in Whitechapel, mit Stöcken in den Händen und Dolchen in den Gürteln. Aber unter den Radikalen hatten sich die Verhältnisse und die Zeiten geändert, und heute hatte sogar Whitechapel seine festgeschnürten, sauber gewaschenen Frauen und seine adrett gekleideten, ihre Taschenuhren konsultierenden Männer, die das Wörterbuch des *Nützlichen Wissens* und das *Journal Moralischer Vervollkommnung* lasen und danach trachteten, es zu etwas zu bringen.

Dann erloschen die Gaslampen in ihren Kupferringen, und das Orchester schwang sich zu einer faden Darbietung von ›Komm in die Laube‹ auf. Mit einem puffenden Geräusch flammte das Kalklicht auf, der Vorhang vor der Kinotrop-Leinwand wurde zurückgezogen, und die Musik überdeckte das Klicken der Lochkarten, die in ihre Aufnahmeschlitze fielen. Rüschen und Falbeln wuchsen wie schwarze Eisblumen an den Rändern der Leinwand. Sie rahmten hohe Buchstaben in einer scharfkantigen Maschinenfraktur ein, schwarz auf weißem Grund:

Editions
Panoptique
präsentiert

Und unter dem Kinotrop kam Houston von links auf die Bühne. Eine massige, düstere Gestalt, die zum Rednerpult in der Mitte der Bühne hinkte. Er blieb im Halbdunkel, bis er in den grellen, scharfumgrenzten Schein von Micks Kalklicht trat.

Sybil beobachtete ihn aufmerksam, neugierig auf den Mann, der Micks Brotgeber war. Die Unionisten kleideten sich meist wie normale Briten, wenn sie das Geld dafür hatten, während Leute aus der Konföderation eine Vorliebe für Extravaganz hatten, die die Grenzen der Wohlanständigkeit bisweilen hinter sich ließ; nach Houston zu urteilen, waren die Texaner noch seltsamer und verrückter. Er war ein großer, fleischiger Mann mit rotem Gesicht, in schweren Stiefeln, eine lange, derb gewebte, aber barbarisch gestreifte Decke wie einen Umhang um die breiten Schultern gelegt. Rot und schwarz und erdbraun hing die Decke bis auf den Bühnenboden, wie die Toga eines Tragöden. In der rechten Hand hielt er einen dicken Mahagonistock, den er jetzt umherschwenkte, als ob er ihn nicht zum Gehen brauchte, aber Sybil sah, daß seine Beine zitterten; die goldenen Fransen an den bestickten Säumen seiner Hose verrieten es.

Er erreichte das Rednerpult, wischte sich die Nase und trank etwas aus einem Glas, das offensichtlich nicht Wasser war. Das Licht über ihm wurde abgedunkelt, und das Kinotrop projizierte eine farbige Abbildung; den britischen Löwen und ein Rind mit ausladenden Hörnern. Die Tiere verbrüderten sich unter kleinen gekreuzten Fahnen, dem Union Jack und der Fahne von Texas mit dem einzelnen Stern, beide in leuchtendem Rot und Blau und Weiß. Houston schien hinter seinem Rednerpult etwas einzustellen; einen kleinen Bühnenspiegel, vermutete Sybil, um das Kinotrop hinter sich im Auge zu behalten.

Die Bildwiedergabe schaltete auf Schwarzweiß um, und die Zeilen flimmerten wie fallende Dominosteine. Eine Portraitbüste erschien in schattierten, scharfkantigen Umrissen: eine hohe, kahle Stirn, dichte Brauen, eine dicke Nase zwischen einem buschigen Backenbart, der die Ohren verbarg. Der dünnlippige Mund war fest geschlossen, das energische Kinn vorgeschoben. Unter der Büste erschienen die Worte GENERAL SAM HOUSTON.

Ein zweites Kalklicht flammte auf und strahlte Houston am Rednerpult an. Sybil klatschte heftig. Sie hörte als letzte damit auf.

»Ich danke Ihnen sehr herzlich, meine Damen und Herren«, sagte Houston. Er hatte eine tiefe, dröhnende Stimme und war offensichtlich ein geübter Redner, doch tat sein gedehnter ausländischer Akzent der Wirkung seiner Rede Abbruch. »Sie erweisen einem Fremdling große Ehre.« Houston überblickte das Parkett des Garrick-Theaters. »Ich sehe, wir haben heute abend viele Herren aus den Streitkräften Ihrer Majestät im Publikum.« Er schlug die umgehängte Decke ein wenig zurück und stellte die schimmernden Orden auf seiner linken Brustseite zur Schau. »Ihr berufliches Interesse ist sehr erfreulich, meine Herren.«

Die Kinder in der Reihe vor Sybil wurden unruhig. Ein kleines Mädchen quiekte vernehmlich, als einer seiner Brüder es knuffte. »Und ich sehe, wir haben hier auch einen zukünftigen britischen Kämpfer!« Eine Welle überraschter Heiterkeit ging durch das Publikum. Houston warf einen schnellen Blick in seinen Spiegel, dann stützte er sich auf das Rednerpult und zog die buschigen Brauen in großväterlichem Charme zusammen. »Wie heißt du denn, mein Sohn?«

Der unartige Junge richtete sich bolzengerade auf. »Billy, Sir«, rief er unerschrocken. »William Greenacre, Sir.«

Houston nickte ernst. »Sag mal, mein Sohn, würdest du gern von daheim weglaufen und unter Indianern leben?«

»O ja, Sir!« platzte der Junge heraus, dann aber: »O nein, Sir!« Das Publikum lachte wieder.

»Als ich ungefähr in deinem Alter war, mein Junge, da war ich auch voller Tatendrang und Phantasie. Und beide bestimmten das Leben, das ich führen sollte.« Das Kinotrop hinter dem Kopf des Generals zeigte eine farbige Landkarte mit den Umrissen der verschiedenen Staaten Nordamerikas, seltsam geformte Provinzen mit verwirrenden Namen. Houston überprüfte seinen Rückspiegel und sprach rasch weiter: »Ich kam im amerikanischen Bundesstaat Tennessee zur Welt. Meine Familie war schottischer Abstammung, und wir machten auf unserer kleinen Farm im Grenzland harte Zeiten durch. Und obwohl ich gebürtiger Amerikaner war, fühlte ich wenig Verbundenheit mit der Yankee-Regierung im fernen Washington.« Das Kinotrop zeigte das Portrait eines Indianers, eines mit stierem, wildem Blick starrenden, mit Federn besteckten Eingeborenen, die Wangen gestreift von Kriegsbemalung. »Auf der anderen Seite des Flusses«, sagte Houston, »lebte der mächtige Stamm der Cherokee, ein einfaches, naturverbundenes Volk von ungekünsteltem Seelenadel. Ich fühlte mich mehr zu diesen Menschen hingezogen als zu meinen amerikanischen Nachbarn, deren Seelen verdorben waren von der unersättlichen Gier nach Dollars.«

Houston schüttelte den Kopf vor seinem britischen Publikum, schmerzlich berührt von diesem Charakterfehler seiner amerikanischen Landsleute. Er hatte ihre Sympathie, dachte Sybil. »Die Cherokees eroberten mein Herz«, fuhr Houston fort. »Ich lief von daheim fort, um unter ihnen zu leben, mit nichts, meine Damen und Herren, als der Wildlederjacke auf meinem Rücken und Homers *Ilias* in der Tasche.« Das Kinotropbild veränderte sich von unten nach oben und erzeugte die Wiedergabe einer griechischen Vase, deren Bemalung einen Krieger mit Helmbusch und erhobenem Speer zeigte. Er trug einen runden Schild mit dem Emblem eines Raben, der die Flügel ausgebreitet hatte. Es gab ein leichtes Prasseln beeindruckten Beifalls, den Houston mit bescheidenem Kopfnicken quittierte.

»Als ein Kind der amerikanischen Grenze«, fuhr er fort, »kann ich nicht behaupten, eine sehr gute und vielseitige Ausbildung genossen zu haben, obwohl ich später im Leben Rechtsanwalt wurde und eine Nation führte. Doch schon als Junge suchte ich mein bescheidenes

Schulwissen auf eigene Faust zu erweitern und mich aus Büchern fortzubilden. Jede Zeile aus dem berühmten Epos des blinden Dichters prägte ich meinem Gedächtnis ein.« Er legte die Hand auf seine ordensübersäte linke Brustseite. »Das Herz in dieser narbigen Brust«, sagte er und klopfte darauf, »schlägt noch immer für diese große Dichtung, dieses hohe Lied einer Tapferkeit, die selbst die Götter herausforderte, einer unbefleckten Kriegerehre, die mehr gilt als der Tod!« Er wartete auf den Applaus. Endlich kam er, wenngleich nicht so warm, wie er zu erwarten schien.

»Ich sah keinen Widerspruch im Leben der homerischen Helden und dem meiner geliebten Cherokees«, erklärte Houston. Hinter ihm entsprossen dem Speer des griechischen Kriegers die baumelnden Federn eines indianischen Jagdspeeres, und Kriegsbemalung färbte sein Gesicht.

Houston spähte auf seinen Stichwortzettel. »Gemeinsam jagten wir Bär und Hirsch und Wildschwein, fischten in den klaren Flüssen und bauten den gelben Mais an. Am Lagerfeuer, unter dem freien Himmel, erzählte ich meinen wilden Brüdern von den moralischen Lektionen, die mein jugendliches Herz den Worten Homers abgewonnen hatte. Deswegen gaben sie mir in der Sprache des roten Mannes den Namen des Raben, in welchem sie den klügsten der Vögel sehen.«

Der Grieche löste sich auf und machte einem größeren Raben Platz, dessen Flügel steif über die Leinwand ausgebreitet waren und dessen Brust von einem gestreiften Schild bedeckt war. Sybil erkannte das Symbol. Es war der amerikanische Adler, Symbol der zerrissenen Union, aber der weißköpfige Yankee-Vogel war zu Houstons schwarzer Krähe geworden. Es war eine schlaue Anverwandlung des alten Symbols, dachte sie, vielleicht schlauer, als das Publikum zu würdigen wußte, denn zwei von den Kinotrop-Teilen waren auf ihren Spindeln steckengeblieben, was sich im oberen linken

Drittel der Leinwand durch verschwommene blaue Punkte bemerkbar machte; ein geringfügiger Fehler, aber über die Maßen störend, wie ein Staubkörnchen im Auge. Micks ausgetüftelte Locherei beanspruchte das Kinotrop des Garrick-Theaters ungewöhnlich stark.

Abgelenkt, hatte Sybil den Faden von Houstons Ansprache verloren. »... der eherne Ruf der Kriegstrompete im Lager der Freiwilligen aus Tennessee.« Ein weiteres Kinotrop-Portrait erschien: ein Mann, der Houston ziemlich ähnlich sah, aber mit einem dichten Haarschopf und hohlen Wangen, durch die Bildunterschrift als General Andrew Jackson ausgewiesen.

Da und dort hörte man unterdrücktes Zischen, vielleicht angeführt von den Soldaten, und Unruhe kam in die Menge. Manche Briten erinnerten sich noch Jacksons als Kriegsgegner, mithin ohne Zuneigung. Nach Houstons Worten hatte der vielseitige Jackson, der sich unter anderem als Grundstücksspekulant betätigt hatte, auch tapfer gegen Indianer gekämpft und war sogar eine Zeitlang Präsident der Vereinigten Staaten gewesen; aber alles das bedeutete hier wenig. Houston pries Jackson als seinen Patron und Mentor, »Einen aufrichtigen Soldaten des Volkes, der den inneren Wert eines Mannes über den Flitter von Reichtum und Geltungsbedürfnis stellte«, aber der Applaus, den er mit diesem gefühlvollen Plädoyer gewann, war bestenfalls widerwillig.

Nun erschien eine weitere Szene, ein primitives Grenzfort aus Blockhäusern und Palisaden. Houston erzählte die Geschichte einer Belagerung aus der Frühzeit seiner militärischen Karriere, als er unter Jackson gegen die Creek-Indianer gekämpft hatte. Aber er schien sein natürliches Publikum, die Soldaten, verloren zu haben, denn die drei Krimveteranen in Sybils Reihe murmelten noch immer zornig über Jackson, der als ›Verteidiger von New Orleans‹ nationalen Ruhm geerntet hatte. »Der verdammte Krieg war zu Ende, bevor die Unsrigen New Orleans erreicht hatten ...«

Plötzlich leuchtete das Kalklicht blutrot auf. Mick war unter der Bühne geschäftig: ein Filter aus gefärbtem Glas, das plötzliche Dröhnen einer Kesselpauke, als kleine Kinotrop-Kanonen um das Fort Pulverrauch ausstießen und kleine flimmernde Kanonenkugeln von roter Farbe ihre Bogen über die Leinwand zogen. »Jede Nacht hörten wir die fanatischen Creek-Krieger ihre unheimlichen Todeslieder heulen«, rief Houston. »Die Situation verlangte einen Ausbruch, mit der blanken Waffe! Viele sagten, es sei der sichere Tod ... aber ich war nicht umsonst ein Freiwilliger aus Tennessee ...«

Eine winzige Gestalt rannte über die Leinwand, nicht mehr als ein paar schwarze Vierecke, ein zappelnder Block aus kleinen Teilen, und plötzlich erlosch alles Licht auf der Bühne. In der jähen Dunkelheit kam überraschter Applaus auf. Die Jungen oben auf dem Rang stießen schrille Pfiffe aus. Dann ging das Kalklicht wieder an und beleuchtete Houstons Gestalt. Er begann mit seinen Kriegsverwundungen zu prahlen: zwei Kugeln in den Arm, ein Messerstich ins Bein, einen Pfeil in den Bauch — Houston rieb sich dabei den Leib, als hätte er noch jetzt Magenschmerzen. Er habe die ganze Nacht auf dem Schlachtfeld gelegen, behauptete er, und sei dann tagelang auf einem Proviantwagen durch die Wildnis befördert worden, blutend, phantasierend, krank vom Sumpffieber ...

Der Buchhaltertyp neben Sybil nahm einen weiteren Zitronendrops und konsultierte seine Taschenuhr: Nun erschien auf dem Begräbnisschwarz der Leinwand allmählich ein fünfzackiger Stern, als Houston von seiner mühsamen und langwierigen Flucht vor dem Grab erzählte. Eines der verklemmten Kinotrop-Teilchen hatte sich wieder gelöst, aber im unteren rechten Bildfeld war ein anderes inzwischen hängengeblieben.

Sybil unterdrückte ein Gähnen.

Der Stern erstrahlte nach und nach, als Houston über seinen Eintritt in die amerikanische Politik sprach und als sein Motiv den Wunsch angab, seinen lieben verfolgten Cherokees zu helfen. Das war schon ziemlich exotisch, dachte Sybil, aber es war der übliche Humbug, mit dem Politiker aufzuwarten pflegten, und das Publikum wurde unruhig. Es hätte gern noch mehr über Kämpfe gehört, oder vielleicht auch poetische Erzählungen über sein Leben mit den Cherokees, statt dessen aber hatte Houston sich in eine Litanei über seine Wahl in eine Art Siedlerparlament, verschiedene obskure Posten in einer Provinzregierung und seine Tätigkeit in der Partei verstrickt, und die ganze Zeit wuchs der Stern auf der Leinwand, und seine Ränder verzweigten sich kompliziert und wurden zum Emblem der Regierung von Tennessee.

Sybils Augenlider wurden schwer und sanken herab, während der General weiterrenommierte.

Ganz plötzlich veränderte sich Houstons Tonfall, wurde schmachtend, sentimental, und honigsüße Obertöne kamen in seine gedehnte Sprechweise. Er erzählte von einer Frau.

Sybil saß aufrechter und lauschte.

Wie es schien, war Houston zum Gouverneur gewählt worden und hatte es zu einigem Moos gebracht. Und er hatte ein Mädchen aus einer guten Familie Tennessees gefunden und geheiratet.

Aber auf der Kinotrop-Leinwand krochen Finger aus Dunkelheit in schlangenartigen Bewegungen von den Rändern einwärts. Sie bedrohten das Staatssiegel.

Gouverneur Houston und Gemahlin hatten sich kaum niedergelassen und eingerichtet, als die Frau zu ihrer Familie zurückfloh. Sie hatte ihm einen Brief zurückgelassen, der ein schreckliches Geheimnis enthielt. Ein Geheimnis, sagte Houston, das er nie enthüllt habe, denn er habe geschworen, es mit sich ins Grab zu nehmen. »Eine private Angelegenheit, über die ein Ehrenmann nicht sprechen kann und darf. Schwarzes Unheil traf mich ...«

Die Zeitungen — offenbar gab es in Tennessee Zeitungen — hatten ihn angegriffen. »Die Klatschmäuler der Verleumdung überschütteten mich mit ihrem Gift«, lamentierte Houston, als wieder der griechische Schild mit dem Raben erschien und mit schwarzen Kinotrop-Klecksen — Schmutz, vermutete Sybil — bespritzt wurde.

Houstons Enthüllungen wurden schockierend. Er hatte tatsächlich die Scheidung von seiner Frau durchgesetzt und sie damit aufs äußerste kompromittiert. Natürlich hatte er daraufhin seinen Gouverneursposten verloren; die entrüstete Gesellschaft hatte ihn aus dem Amt gejagt, und Sybil wunderte sich, daß Houston es gewagt hatte, einen solch häßlichen Skandal zu erwähnen. Als ob er erwartete, daß sein Londoner Publikum einen geschiedenen Mann moralisch billigen würde. Immerhin schienen die Damen interessiert, und vielleicht nicht gänzlich ohne Sympathie. Sogar die fette Mama belüftete ihr Doppelkinn mit einem Fächer.

Schließlich war General Houston ein Ausländer, ein halber Wilder, nach seiner eigenen Erzählung; aber wenn er von seiner Frau sprach, geschah es mit Zärtlichkeit, wie von einer wahren Liebe, die von einer grausamen, geheimnisvollen Wahrheit erschlagen worden war. Seine bellende Stimme brach in offen gezeigtem Gefühl; er wischte sich die Stirn mit einem feinen Taschentuch aus seiner Leopardenfellweste.

In Wahrheit war er kein schlechtaussehender Kerl, über sechzig, aber diese Sorte konnte gütiger zu einem Mädchen sein. Sein Bekenntnis erschien ihr kühn und mannhaft, denn er selbst hatte die Angelegenheit zur Sprache gebracht: den Scheidungsskandal und den geheimen Brief von Mrs. Houston. Anscheinend konnte er nicht aufhören, darüber zu reden, aber er wollte ihnen auch nicht das Geheimnis sagen; er hatte die Neugierde seines Publikums angestachelt — und Sybil war ganz und gar versessen darauf, es zu erfahren.

Sie schalt sich wegen dieser Neugierde, denn wahrscheinlich war es etwas Einfaches und Dummes, nicht halb so tiefgründig und mysteriös, wie er tat. Wahrscheinlich war dieses Mädchen aus guter Familie nicht halb so engelhaft gewesen wie es ausgesehen hatte. Vielleicht hatte ihr irgendein gutaussehender Mädchenverführer aus Tennessee den Jungfernkranz gestohlen, lange bevor Houston dahergekommen war. Männer hatten harte Regeln für ihre Bräute, doch niemals für sich selbst.

Gut möglich, daß Houston sich das alles selbst eingebrockt hatte. Vielleicht hatte er von seinem Leben mit den Wilden abscheuliche und schweinische Vorstellungen vom Eheleben gehabt. Oder vielleicht hatte er seine Frau verprügelt — denn Sybil hatte den Eindruck, daß er ein saugrober Patron sein konnte.

Die Kinotrop-Leinwand belebte sich mit Harpyien, die Houstons Verleumder symbolisieren sollten, die seine kostbare Ehre mit der Druckerschwärze ihrer Schmutzpresse besudelt hatten. Bösartige bucklige Dinger drängten sich in teuflischem Schwarz und Rot auf der Leinwand und zuckten mit den gespaltenen Hufen. Noch nie hatte sie dergleichen gesehen, sicherlich hatte ein Lochkartenkünstler aus Manchester sie im Gin-Delirium geschaut ... Nun eiferte Houston über Herausforderungen und Ehre, womit er das Duellieren meinte. Schließlich waren die Amerikaner bekannt dafür, daß sie Waffennarren waren und einander wegen jeder Kleinigkeit erschossen. Er hätte einige dieser Zeitungshalunken erschossen, bekräftigte Houston mit lauter Stimme, wenn er nicht Gouverneur und es unter seiner Würde gewesen wäre. Also hatte er statt dessen den Krempel hingeworfen und war zurück zu seinen edlen Cherokees gegangen, um mit ihnen zu leben ... Er war jetzt richtig in Fahrt gekommen und hatte einen roten Kopf, daß es beinahe beängstigend war, ihn anzusehen. Das Publikum fühlte sich unterhalten und gab angesichts seiner herausquellenden Augen und der dicken Adern zu beiden Seiten seines stiernackigen texanischen Halses die Reserve auf, blieb aber niemals weit entfernt von Abneigung und Widerwillen.

Vielleicht hatte er etwas wirklich Schreckliches angestellt, dachte Sybil und rieb in ihrem Muff aus Kaninchenfellen ihre Hände aneinander. Vielleicht war es das Damenfieber: daß er seiner eigenen Frau nicht bloß einen Kavaliersschnupfen angehängt hatte, sondern die Syphilis. Manche Arten von Syphilis waren furchtbar und konnten einen schwachsinnig oder blind machen, oder zum Krüppel. Vielleicht war das das Geheimnis. Mick könnte es wissen. Sehr wahrscheinlich wußte Mick alles darüber.

Houston erklärte, daß er die Vereinigten Staaten angewidert verlassen habe und nach Texas gegangen sei, und auf dieses Stichwort hin erschien auf der Leinwand eine Landkarte, eine Gegend in der Mitte des Kontinents. Houston behauptete, er sei dorthin gegangen, weil er Land für seine armen, leidenden Cherokee-Indianer gesucht habe, aber es war alles ein bißchen verwirrend.

Sybil fragte den Buchhaltertyp neben ihr nach der Uhrzeit. Erst eine Stunde war vergangen. Erst ein Drittel der Rede. Aber ihr Augenblick näherte sich.

»Sie müssen sich ein Land vorstellen, dessen Größe ein Mehrfaches Ihrer heimatlichen Inseln beträgt«, sagte Houston. »Ein Land, wo es keine größeren Straßen als die Fährten von Indianern gibt. Und zur damaligen Zeit nicht eine einzige Meile britischer Eisenbahn, nicht zu reden von Telegrafenleitungen oder sonstigen zivilisatorischen Errungenschaften, wie man sie hier als selbstverständlich betrachtet. Als Oberkommandierender der nationalen texanischen Streitkräfte hatten meine Befehle keinen schnelleren oder verläßlicheren Kurier als den berittenen Kundschafter, dessen Wege bedroht waren von Komantschen und Karakawas, von mexikanischen

Banditen und den tausend namenlosen Gefahren der Wildnis. Unter diesen Umständen war es kein Wunder, daß Oberst Travis meine Befehle zu spät erhielt und sein Vertrauen in tragischer Verkennung der Situation in die von Oberst Fannin herangeführten Verstärkungen setzte. Umzingelt von einer starken feindlichen Übermacht, erklärte Oberst Travis seinen Leuten, daß es nur Sieg oder Tod gäbe — wobei er sehr gut wußte, daß der letztere der vom Schicksal beschlossene Ausgang sein mußte. Und so war es; die Verteidiger des Alamo kamen bis auf den letzten Mann um. Der edle Travis, der furchtlose Oberst Bowie, und David Crockett, eine legendäre Gestalt unter den Männern des Grenzlandes« — die Herren Travis, Bowie und Crockett hatten jeweils ein Drittel der Kinotrop-Leinwand — »hatten sich jedoch nicht vergebens geopfert; durch ihr Aushalten bis zuletzt erkauften sie mir kostbare Zeit für meine hinhaltende Strategie.«

Es folgten weitere soldatische Erörterungen. Dann trat er vom Rednerpult zurück und zeigte mit seinem dicken polierten Stock zur Leinwand auf. »Die Streitkräfte unter Lopez de Santa Ana waren so angeordnet, wie Sie es hier sehen können, mit den Wäldern auf der linken Flanke und den Flußmarschen des San Jacinto im Rücken. Santa Anas Pioniere hatten für den Train mit seinen zahlreichen Bagagefuhrwerken und Pferden ein befestigtes Lager mit Palisaden, Gräben und Geschützstellungen angelegt. Durch einen Gewaltmarsch zum Flußübergang bei Burnham Ford hatte meine Armee von sechshundert Mann jedoch die bewaldeten Ufer des Buffalo Bayou erreicht, unbemerkt von feindlichen Spähern. Der Angriff begann mit energischem Geschützfeuer aus dem texanischen Zentrum ... Jetzt können wir die Bewegung der texanischen Kavallerie verfolgen ... Der Schock des unerwarteten Infanterieangriffes aus der ungedeckten Flanke zwang den Feind zu überstürztem Rückzug und brachte seine Artillerie, die noch nicht aufgeprotzt war, in völlige Unordnung.« Die blauen Vierecke und Rauten der Kinotrop-Darstellung verfolgten langsam die zurückweichenden, rot dargestellten mexikanischen Regimenter durch das unregelmäßig verteilte Grün und Weiß von Wäldern und Sümpfen. Sybil rückte auf ihrem Sitz, bemüht, den Druck ihres Reifrocks zu lindern. Houstons blutdürstige Prahlerei erreichte endlich einen Höhepunkt.

»Die endgültige Zählung der Gefallenen ergab zwei Texaner und sechshundertdreißig feindliche Soldaten. Die Niederlagen von Alamo und Goliad waren blutig gerächt, die mexikanische Armee völlig geschlagen! Wir erbeuteten zwanzig Kanonen und nahmen vierzehn Offiziere gefangen.«

Zwanzig Kanonen, vierzehn Offiziere — ja, das war ihr Stichwort. Ihr Augenblick war gekommen. »Rächen Sie uns, General Houston!« kreischte Sybil, die Kehle beengt vom Lampenfieber. Sie versuchte es noch einmal, stand auf und winkte mit einem Arm. »Rächen Sie uns, General Houston!«

Houston stockte, überrascht. Sybil rief mit schriller Stimme: »Rächen Sie unsere Ehre, Sir! Rächen Sie Englands Ehre!« Ein alarmiertes Stimmengewirr erhob sich — Sybil fühlte die Blicke des ganzen Theaterpublikums auf sich, schockierte Blicke, wie man sie einer Geistesgestörten zuwerfen würde. »Mein Bruder«, rief sie, aber Furcht hatte sie ergriffen, ihre Nerven versagten. Sie hatte nicht gedacht, daß es so schrecklich sein würde. Dies war schlimmer, als auf der Bühne zu singen, viel schlimmer.

Houston hob beide Arme, daß die gestreifte Decke sich wie ein Umhang hinter ihm ausbreitete. Irgendwie gelang es ihm, das Publikum mit der Geste zu beruhigen und sich zum Herrn der Situation zu machen. Über seinem Kopf kam die Kinotrop-Darstellung allmählich zum Stillstand und ließ die Schlacht am San Jacinto mitten im Sieg erstarren. Houston musterte Sybil mit einem Blick, in dem sich Strenge und Resignation mischten. »Was gibt es, meine liebe junge Dame? Was beunruhigt Sie? Sagen Sie es mir.«

Sybil ergriff mit beiden Händen die Sitzlehne vor sich, schloß die Augen und rief: »Sir, mein Bruder ist in einem texanischen Gefängnis! Wir sind Briten, aber die Texaner kerkerten ihn ein, Sir! Sie nahmen ihm seine Farm und sein Vieh! Sie stahlen sogar die Eisenbahn, an der er mitgearbeitet hatte, eine britische Eisenbahn, für Texas gebaut ...« Ihre Stimme versagte gegen ihren Willen. Das würde Mick nicht schätzen, er würde ihren Auftritt kritisieren. Der Gedanke gab ihr einen Stoß erneuerter Vitalität. Sie öffnete die Augen. »Dieses Regime, Sir, das diebische texanische Regime, hat die britische Eisenbahn gestohlen, die Arbeiter in Texas und die Aktionäre hier in England beraubt und uns nicht einen Penny bezahlt!«

Mit dem Verlust der bunten Kinotrop-Bilder hatte sich die Atmosphäre des Theaters verändert. Plötzlich war alles ganz anders, seltsam intim und doch fremdartig. Es war, als wäre sie irgendwie mit dem General zusammen eingerahmt, zwei Gestalten in einer Daguerreotypie. Eine junge Londonerin in ihrer Haube und mit einem eleganten Schal, die sich in beredtem Kummer dem alten Haudegen und Kriegshelden zuwandte: Beide waren jetzt Schauspieler, die ihre Rollen verkörperten, und die überraschten Blicke des Publikums beobachteten sie in stummer Faszination.

»Sie erlitten Schaden durch die Junta?« fragte Houston.

»Ja, Sir!« rief Sybil, und ein eingeübtes Beben stahl sich in ihre Stimme. Du darfst die Leute nicht erschrekken, hatte Mick gesagt, aber sie sollen dich bemitleiden. »Ja, die Junta hat es getan. Sie ließ meinen Bruder in ihr abscheuliches Gefängnis werfen, ohne daß er ein Verbrechen begangen hätte, Sir, nur weil mein lieber Bruder ein Anhänger von Ihnen ist! Er wählte Sie, als Sie

Präsident von Texas wurden, Sir! Und er würde heute wieder für Sie stimmen, obwohl ich sehr fürchte, daß sie ihn umbringen werden!«

»Wie heißt Ihr Bruder, meine liebe Dame?« fragte Houston.

»Jones, Sir«, rief Sybil. »Edwin Jones aus Nacogdoches. Er arbeitete für die Hedgecoxe-Eisenbahngesellschaft.«

»Ich glaube, ich kenne den jungen Edward!« erklärte Houston in überraschtem Ton. Zornig packte er seinen Stock, und seine buschigen Brauen zogen sich zusammen.

»Hör auf sie, Sam!« ertönte eine tiefe Stimme. Sybil wandte sich erschrocken um. Es war der Mann aus den Argyll Rooms — der dicke Schauspieler mit dem roten Haar und der Samtweste. »Diese Banditen der Junta haben sich die Hedgecoxe-Eisenbahn angeeignet! Ein feines Geschäft, das, von einem angeblichen britischen Verbündeten! Ist das die Dankbarkeit für Jahre britischen Schutzes und britischer Anleitung?« Er setzte sich wieder.

»Sie sind nichts als Diebe und Schurken!« sekundierte ihm Sybil. Hastig durchsuchte sie ihr Gedächtnis, nahm den Faden auf: »General Houston! Ich bin eine wehrlose Frau, aber Sie sind ein Mann von Größe, ein Werkzeug der Vorsehung! Kann es keine Gerechtigkeit für Texas geben? Keine Genugtuung für diese Affronts? Muß mein armer Bruder dort elend zugrunde gehen, während Betrüger und Tyrannen unser britisches Eigentum stehlen?«

Aber Micks feine Rhetorik ging jetzt in Zurufen aus dem Publikum unter, in einem anschwellenden Stimmengewirr von Überraschung und Zustimmung. Von der Galerie kamen laute, jungenhafte Buhrufe.

Insgesamt ein hübscher kleiner Spaß. Vielleicht, dachte Sybil, hatte sie ihre Geschichte glaubhaft vorgetragen und in einigen der Zuhörer Mitleid mit ihr geweckt. Die meisten schrien und scherzten ein bißchen, erfreut über etwas unerwartete Lebendigkeit.

»Sam Houston war immer ein wahrer Freund Englands!« schrillte Sybil über die erhobenen Gesichter der Menge. Die Worte gingen in der allgemeinen Unruhe unter, und sie hob den Handrücken an ihre feuchte Stirn. Mick hatte ihr keine weiteren Zeilen aufgegeben, also ließ sie die Knie einknicken und fiel mit flatternden Augenlidern in ihren Sitz zurück.

»Bringen Sie Miss Jones an die frische Luft!« befahl Houston mit aufgeregt bellender Stimme. »Die Dame ist überwältigt!« Sybil sah durch halb geschlossene Lider, wie sich undeutliche Gestalten zögernd um sie sammelten. Dunkle Fracks, eine raschelnde Krinoline, maskuliner Tabakgeruch und Gardenienparfüm — dann ergriff ein Mann ihr Handgelenk und fühlte mit festem Fingerdruck nach dem Puls. Eine Frau fächelte Sybil Luft zu und schnalzte mißbilligend. Lieber Himmel, dachte Sybil und drückte sich tiefer in ihren Sitz, die fette Mama aus der Reihe vor ihr, mit diesem unleidlichen öligen Blick der guten Frau, die ihre moralische Pflicht erfüllt. Regungen von Scham und Abscheu stellten sich ein, und einen Augenblick lang fühlte sie sich wirklich schwach und überließ sich willenlos der wärmenden Fürsorge von einem halben Dutzend Helfern, die sie in gemeinsamer Vorspiegelung von Kompetenz umdrängten, während Houston am Rednerpult weiterdonnerte, heiser vor Empörung.

Sybil ließ sich auf die Beine helfen. Houston zögerte, als er es sah, und es gab verstreuten, höflichen Applaus für sie. Sie fühlte sich schwach, unwürdig; sie lächelte matt und schüttelte den Kopf, und wünschte, sie wäre unsichtbar. Sie lehnte den Kopf an die wattierte Schulter des Mannes, der ihr den Puls gefühlt hatte. »Sir, wenn ich gehen könnte, bitte«, flüsterte sie.

Ihr Retter nickte energisch, ein kleiner Bursche mit schlauen blauen Augen. Sein langes, ergrauendes Haar war in der Mitte gescheitelt. »Ich werde die Dame nach Haus bringen«, erklärte er den anderen, warf sich ein Abendcape um die Schultern, setzte eine Bibermütze auf den Kopf und bot ihr seinen Arm. Sie gingen zusammen den Mittelgang hinauf, Sybil mit wankenden Knien, schwer auf ihn gestützt, den Blick niedergeschlagen. Die Zuhörer waren jetzt entflammt. Vielleicht hörten sie Houston zum ersten Mal als einen Mann, der etwas zu sagen hatte, statt als ein sonderbares amerikanisches Ausstellungsstück.

Ihr kleiner Begleiter hielt den schmutzigen Samtvorhang auf, und Sybil kam hinaus in das kalte Foyer mit seinen abblätternden goldenen Amoretten und feuchtfleckigen Wänden aus Stuckmarmor. »Es ist sehr freundlich von Ihnen, Sir, mir zu helfen«, sagte Sybil, als sie bemerkte, daß ihr Begleiter aussah, als könnte er Geld haben. »Sind Sie Mediziner?«

»Ich habe mal Medizin studiert«, sagte er achselzukkend. Rote Flecken waren auf seinen Wangen.

»Es verleiht einem Herren eine gewisse Vornehmheit«, sagte Sybil ohne einen bestimmten Zweck, nur um die Stille auszufüllen. »Eine Ausbildung dieser Art, meine ich.«

»Kaum, Madam. Ich habe all meine Zeit mit Versemachen vergeudet. Ich muß sagen, daß Sie wieder bei Kräften scheinen. Es tut mir leid, daß Ihren unglücklichen Bruder ein so hartes Geschick getroffen hat.«

»Danke, Sir.« Sybil sah ihn von der Seite an. »Ich fürchte, es war sehr vorlaut von mir, aber General Houstons Beredsamkeit riß mich mit.«

Er schoß ihr einen undurchsichtigen Blick zu, den Blick eines Mannes, der argwöhnt, daß eine Frau ihn übers Ohr haut. »In aller Aufrichtigkeit«, sagte er, »ich kann Ihre Begeisterung nicht ganz teilen.« Er hustete explosiv in ein zusammengedrücktes Taschentuch und wischte sich den Mund. »Diese Londoner Luft wird mich noch umbringen.«

»Nichtsdestoweniger danke ich Ihnen, Sir, obwohl ich bedaure, daß wir einander nicht vorgestellt worden sind ...«

»Keats«, sagte er. »Mr. Keats.« Er zog einen tickenden silbernen Chronometer aus der Tasche, ein Ding mit mehreren Zifferblättern von der Größe einer kleinen Kartoffel, und las die Zeit ab. »Ich kenne mich in der Gegend nicht gut aus«, sagte er distanziert. »Ich hatte daran gedacht, eine Droschke für Sie zu rufen, aber um diese Zeit ...«

»Ach nein, Mr. Keats, vielen Dank, aber ich werde die Untergrundbahn nehmen.«

Seine hellen Augen weiteten sich. Keine anständige Frau fuhr ohne Begleitung mit der Untergrundbahn.

»Aber Sie haben mir nicht Ihren Beruf genannt, Mr. Keats«, sagte sie mit der Hoffnung, ihn abzulenken.

»Kinotropie«, sagte Keats. »Die Techniken, die heute abend hier eingesetzt wurden, sind von besonderem Interesse. Während die Auflösung der Leinwand ziemlich bescheiden und die Wiederauffrischungsrate entschieden langsam ist, konnten bemerkenswerte Effekte erzielt werden, vermutlich durch algorithmische Kompression — aber ich fürchte, das ist alles ein bißchen technisch.« Er steckte seinen Chronometer wieder ein. »Sind Sie ganz sicher, daß es Ihnen nicht lieber wäre, wenn ich versuchte, eine Droschke zu rufen? Kennen Sie sich in London aus, Miss Jones? Ich könnte Sie zur nächsten Omnibushaltestelle begleiten ...«

»Nein, Sir, vielen Dank. Sie sind äußerst freundlich gewesen.«

»Es würde mir wirklich nichts ausmachen«, sagte er mit offenkundiger Erleichterung, als er eine der halbverglasten Türen zur Straße öffnete und aufhielt. In diesem Augenblick erschien hinter ihnen ein magerer Junge, drängte sich eilig an ihnen vorbei und verließ das Theater ohne ein Wort. Er trug einen langen, schmutzigen Mantel aus Segeltuch, wie ihn vielleicht ein Fischer tragen würde. Ein seltsames Kleidungsstück für einen Vortragsabend, dachte Sybil, doch sah man an den Armen nicht selten noch sonderbarere Kleidungsstücke. Die Ärmel dieses Mantels wehten leer im Wind, als hätte der Junge ihn nur umgehängt und preßte seine Arme gegen die Brust, vielleicht wegen der Kälte. Auch war sein Gang unbeholfen und gebeugt, als ob er betrunken wäre, oder krank.

»He, junger Mann!« Mr. Keats hatte eine Münze zum Vorschein gebracht und Sybil begriff, daß er den Jungen beauftragen wollte, eine Droschke für sie zu besorgen, aber der Junge sah sich erschrocken nach ihnen um, das blasse Gesicht im Licht der Gaslampen wie ausgehöhlt. Plötzlich ergriff er die Flucht, und etwas Dunkles fiel unter seinem Mantel heraus und rollte in den Rinnstein. Der Junge machte halt und spähte wachsam zu ihnen her.

Er hatte einen Zylinderhut verloren.

Dann kam er zurückgetrottet, ohne Keats und Sybil aus den Augen zu lassen, hob den Hut auf, stopfte ihn unter seinen Mantel und lief wieder fort, diesmal freilich nicht annähernd so schnell.

»Auf mein Wort«, sagte Mr. Keats in rechtschaffener Empörung, »dieser Kerl ist ein Dieb! Dieser Regenmantel ist vollgestopft mit den Hüten des Publikums!«

Sybil wußte nicht, was sie sagen sollte.

»Ich kann mir denken, daß der Schlingel die Unruhe ausgenutzt hat, die Sie verursachten«, sagte Keats mit aufkeimendem Mißtrauen. »Ein Jammer! Heutzutage weiß man nicht mehr, wem man trauen darf.«

»Sir, ich glaube wirklich, ich höre die Maschine Dampf aufmachen für das Kinotrop ...«

Und das reichte ihm.

Der Einbau von Ventilatoren, schrieb der *Daily Telegraph,* hatte zu einer merklichen Verbesserung der Luft in der städtischen Untergrundbahn geführt, doch vertrat Lord Babbage die Ansicht, daß eine wahrhaft moderne Untergrundbahn ausschließlich nach pneumatischen Prinzipien arbeiten sollte, ohne irgendwelche Verbrennungsvorgänge, sondern in der Art und Weise wie in ganz Paris die Rohrpost übermittelt wurde.

Sybil saß in einem Wagen der zweiten Klasse, atmete so kurz und flach wie möglich und wußte, daß es alles Humbug war, zumindest das mit der merklichen Verbesserung, denn wer konnte wissen, welche technischen Wunder noch zu erwarten waren? Aber hatten die Zeitungen nicht auch die Aussagen von Ärzten veröffentlicht, die im Sold der Eisenbahn standen und darlegten, daß Schwefeldämpfe therapeutisch für Asthma seien? Bloß war es nicht nur der Rauch von den Dampfmaschinen, sondern auch der Gestank von Sielreinigungen und Gaslecks von den Gummisäcken, welche die Gaslampen in ihren drahtnetzgeschützten Glasschirmen versorgten.

Es war ein seltsames Geschäft, die Untergrundbahn, wenn man es recht bedachte, wie sie mit solchen Geschwindigkeiten durch die Dunkelheit unter der Stadt ratterte, wo die Erdarbeiter auf bleierne Wasserleitungen der Römer gestoßen waren, und auf Münzen, Mosaiken und Torbogen und Elefantenzähne, die tausend Jahre alt waren ...

Und die Erdarbeiten gingen weiter, diese und jede Nacht, denn sie hatte das Fauchen der großen Maschinen gehört, als sie mit Mick auf dem Straßenpflaster von Whitechapel gestanden hatte; die Ausgräber arbeiteten unaufhörlich, bohrten jetzt neuere, tiefere Strekken unter dem Gewirr der Abzugskanäle und Gasleitungen und überbauten Wasserläufen. Die neuen Strekken waren mit Stahl abgestützt, und bald würden Lord Babbages rauchlose Züge still wie Aale hindurchgleiten, obwohl sie den Gedanken daran irgendwie unrein fand.

Die Lampen flackerten alle gleichzeitig, als ein besonders harter Stoß die Gaszufuhr in den Leitungen störte;

gleich darauf leuchteten sie heller auf als zuvor, und die Gesichter der anderen Passagiere schienen ihr entgegenzuspringen: der blasse Herr, der etwas vom erfolgreichen Gastwirt an sich hatte, der pausbackige alte Quäker-Geistliche, der betrunkene Stutzer mit dem offenen Mantel und der kanariengelben Weste, die von oben bis unten mit Rotweinflecken gesprenkelt war ...

Es gab außer ihr keine andere Frau im Wagen.

Sie stellte sich vor, wie sie den Mitpassagieren zurief: *Leben Sie wohl, meine Herren, und ein Lebewohl Ihrem London,* denn jetzt war sie Lehrling bei einem Abenteurer, wahrhaftig und durch ihren Eid gebunden, unterwegs nach Paris, obwohl die erste Etappe der Reise notwendigerweise aus der Zweipennyfahrt zurück nach Whitechapel bestand ...

Aber der Geistliche hatte sie bemerkt und zeigte offen seine Verachtung, daß jeder sie sehen konnte.

Es war wirklich ganz schrecklich kalt, als sie von der Station zu ihrem Zimmer in der Flower and Dean Street ging; sie bedauerte ihre Eitelkeit, die sie gedrängt hatte, den schönen neuen Schal zu wählen, und den Überwurf zu Hause zu lassen. Ihre Zähne klapperten, ihr Atem dampfte. In den Lichtkreisen der Gaslaternen glitzerte der Rauhreif auf dem neuen Makadam der Straße.

Das Kopfsteinpflaster Londons verschwand von Monat zu Monat mehr, wurde überdeckt mit schwarzem Zeug, das stinkend und heiß aus den Mäulern großer Wagen strömte, um von Straßenarbeitern mit breiten Rechen ausgebreitet und geglättet zu werden, bevor die Dampfwalze anrückte.

Ein wagemutiger Bursche sauste auf der rauhen neuen Oberfläche an ihr vorbei. Beinahe liegend im knarrenden Rahmen eines vierrädrigen Velozipeds, trat er kräftig in die Pedale, an die seine Schuhe geschnallt waren, und sein Atem kam in explosiven Stößen wie von einer Dampfmaschine. Er war barhäuptig und bebrillt, in einem dicken, gestreiften Pullover und einem langen gestrickten Schal, dessen Ende wie eine Fahne hinter ihm wehte, als er weitersauste. Sybil vermutete einen Erfinder in ihm.

London wimmelte von Erfindern. Die ärmeren und verrückteren von ihnen versammelten sich auf den öffentlichen Plätzen, um ihre Modelle und Blaupausen zur Schau zu stellen und dem vorbeischlendernden Publikum anzupreisen. Innerhalb einer Woche hatte sie ein bösartig aussehendes Gerät angetroffen, das mit Hilfe der Elektrizität Locken ins Haar brennen sollte, ein mechanisches Kinderspielzeug, das Beethoven spielte, und ein Projekt zur galvanischen Versilberung von Verstorbenen.

Als sie die Durchgangsstraße zugunsten des unveränderten Kopfsteinpflasters der Renton-Passage verließ, machte sie das Zeichen des Hirsches aus und hörte das Geklimper eines Pianolas. Mrs. Winterhalter hatte ihr das Zimmer über dem Hirsch besorgt. Die Gastwirtschaft selbst war ein solides Lokal, das keine Frauen einließ. Seine Gäste waren hauptsächlich jüngere Angestellte und Ladenbesitzer und seine pikanteste Attraktion war eine mit Münzen gefütterte Wettmaschine.

Die über der Gastwirtschaft liegenden Räume wurden mittels einer steilen dunklen Treppe erreicht, die unter einem verrußten Dachfenster zu einem Treppenabsatz emporstieg, auf dem es zwei identische Türen gab. Hinter der Tür zur Linken hatte Mr. Cairns, der Hausbesitzer, seine Wohnung.

Sybil erstieg die Treppe, fummelte eine Streichholzschachtel aus ihrem Muff und zündete eins an. Cairns hatte ein Fahrrad an das eiserne Treppengeländer des Absatzes gekettet; das messingene Vorhangschloß schimmerte im Aufflammen des Streichholzes. Sie schüttelte die Flamme aus und hoffte, daß Hetty die Tür nicht doppelt zugesperrt hatte. Hetty hatte nicht, und Sybils Schlüssel drehte das Schloß glatt und leise.

Toby war da, sie zu begrüßen, tappte lautlos über die nackten Dielenbretter, um an ihren Knöcheln entlangzustreifen und sich um ihre Beine zu wickeln, schnurrend wie eine ganze Katzenfamilie.

Hetty hatte eine Öllampe mit heruntergedrehter Flamme auf dem Dielentisch im Eingang brennen lassen; sie rauchte jetzt, und der Docht mußte dringend geschneuzt werden. Es war töricht, die Lampe brennen zu lassen, wo Toby sie hätte hinunterwerfen können, aber Sybil war dankbar, die Wohnung nicht in Finsternis anzutreffen. Sie nahm Toby in ihre Arme. Er roch nach Hering. »Hat Hetty dich gefüttert, Lieber?« Er miaute leise und schlug mit den Pfoten nach den Bändern ihrer Haube.

Das Tapetenmuster tanzte, als sie die Lampe vom Tisch hob. Der Korridor hatte in all den Jahren, seit das Haus stand, noch keinen Sonnenstrahl gesehen, doch die aufgedruckten Blumen hatten die Farbe von Staub angenommen.

Sybils Zimmer hatte zwei Fenster, die auf eine nackte Mauer aus rußigen gelben Ziegeln hinausgingen, so nahe, daß man sie mit ausgestreckter Hand hätte berühren können, wenn nicht jemand die Fensterflügel an die Rahmen genagelt hätte. Trotzdem, an hellen Tagen, wenn die Sonne direkt über dem Haus stand, drang ein bißchen Licht herein. Und Hettys Zimmer, obschon größer, hatte nur ein Fenster. Wenn Hetty zu Hause war, mußte sie allein sein und schlafen, denn der Spalt unter ihrer geschlossenen Tür war dunkel.

Es war gut, ein eigenes Zimmer zu haben, wohin sie sich zurückziehen konnte, eine Zuflucht, wenn auch bescheiden. Sybil setzte Toby auf den Boden, obwohl er protestierte, und trug die Lampe zu ihrer eigenen Tür, die angelehnt stand. Drinnen war alles, wie sie es verlassen hatte, aber sie sah, daß Hetty ihr die neueste Nummer der *Illustrated London News* aufs Kopfkissen gelegt hatte, mit einer Lithographie vom Krimkrieg auf der Titelseite, einer Stadt, die ganz in Flammen stand. Sie stellte die Lampe auf die gesprungene Marmorplatte der Kommode. Toby strich ihr um die Knöchel, als ob er mehr Hering zu entdecken erwartete.

Das Ticken des dickbäuchigen Weckers, das sie manchmal unerträglich fand, war jetzt beruhigend; wenigstens lief er, und sie hatte das Gefühl, daß die angezeigte Zeit, Viertel nach elf, richtig war. Sie drehte den Aufzug sicherheitshalber ein paarmal herum. Mick wollte um Mitternacht kommen, sie abzuholen, und es waren noch einige Entscheidungen zu treffen, da er ihr dringend geraten hatte, mit sehr leichtem Gepäck zu reisen.

Sie nahm eine Trimmschere aus der Kommodenschublade, hob den Zylinder von der Lampe und schnitt das geschwärzte Stück vom Docht. Das Licht wurde etwas heller. Sie legte sich einen Überwurf über die Schultern, denn es war kalt im Zimmer, öffnete den Deckel einer lackierten Teekiste und begann mit einer Inventur ihrer besseren Sachen. Aber nachdem sie zwei Garnituren Unterwäsche herausgenommen hatte, kam ihr der Gedanke, daß, je weniger sie mitnahm, Mick ihr in Paris desto mehr würde kaufen müssen. Und wenn das nicht wie eine angehende Abenteurerin gedacht war, wußte sie nicht, was es war.

Immerhin hatte sie ein paar Sachen, die sie besonders schätzte, und diese wanderten zusammen mit der Unterwäsche in ihren Mantelsack aus Brokatstoff, dessen aufgeplatzte Naht sie hatte ausbessern wollen. Dazu kamen noch eine wunderschöne Flasche mit Rosenwasser, halbvoll, eine grüne Talmibrosche von Mr. Kingsley, zwei Haarbürsten mit Rücken aus Ebenholzimitat, eine kleine Blumenpresse mit einer Ansicht vom Kensington-Palast, und eine deutsche Patent-Brennschere, die sie in einem Friseurgeschäft hatte mitgehen lassen. Sie tat noch eine Zahnbürste mit Beingriff und eine Dose kampfergesättigtes Zahnpulver hinzu.

Nun nahm sie einen winzigen silbernen Drehbleistift und setzte sich auf ihre Bettkante, um Hetty eine Nachricht zu schreiben. Der Drehbleistift war ein Geschenk von Mr. Chadwick und trug eingraviert den Namen einer Eisenbahngesellschaft; die Versilberung begann abzublättern und das Messing darunter freizulegen. Als Schreibpapier fand sie nur die Rückseite eines Handzettels mit Reklame für Trinkschokolade.

Meine liebe Harriet, begann sie, *ich bin auf und davon nach Paris,* aber dann hielt sie inne, nahm die Kappe vom Drehbleistift und radierte die drei letzten Worte aus, um an ihrer Stelle zu schreiben: *mit einem Herrn fortgelaufen. Sei nicht besorgt. Es geht mir gut. Du kannst alle Kleider haben, die ich zurücklasse, und bitte kümmere dich um den lieben Toby und gib ihm Hering. Deine treue Freundin Sybil.*

Es war ein seltsames Gefühl, dies niederzuschreiben, und als sie zu Toby sah, der sich zu ihren Füßen räkelte, wurde sie traurig und kam sich wie eine Verräterin vor, weil sie ihn verließ.

Mit diesem Gedanken kamen Gedanken an Radley. Plötzlich war sie ganz und gar überzeugt von seiner Falschheit.

»Er *wird* kommen«, flüsterte sie heftig. Sie stellte die Lampe auf den schmalen Kaminsims und legte die gefaltete Nachricht daneben.

Auf dem Kaminsims lag eine flache Blechschachtel, bunt bedruckt mit dem Namen eines Tabakhändlers am Strand. Sie wußte, daß in der Schachtel Orientzigaretten waren. Einer von Hettys jüngeren Herren, ein Medizinstudent, hatte sie einmal gedrängt, die Gewohnheit des Rauchens anzunehmen. Sybil mied im allgemeinen Medizinstudenten. Sie brüsteten sich mit studierten Schweinereien. Aber jetzt, im Griff einer mächtigen nervösen Unruhe, öffnete sie die Schachtel, nahm eine der ovalen Zigaretten heraus und schnüffelte ihr würziges Aroma.

Mr. Stanley, ein Rechtsanwalt und wohlbekannt in Halbweltkreisen, hatte unaufhörlich Zigaretten geraucht. Während seiner Bekanntschaft mit Sybil hatte er häufig bemerkt, daß eine Zigarette das richtige sei, um die Nerven eines Spielers zu stählen.

Sybil holte die Streichhölzer, steckte die Zigarette zwischen die Lippen, wie sie es bei Stanley gesehen hatte, und dachte daran, den Schwefelkopf abbrennen zu lassen, bevor sie die Flamme an das Zigarettenende hielt. Zögernd zog sie an der Zigarette und wurde mit einer scharf beißenden Portion abscheulichen Rauches belohnt, der sie wie eine Schwindsüchtige husten machte. Außer Atem und mit tränenden Augen, war sie nahe daran, das Ding wegzuwerfen.

Sie stand vor dem Kamin und zwang sich, weiterzurauchen, zog in Abständen an der Zigarette und schnippte mit der Geste, die sie bei Stanley gesehen hatte, blaßgraue Asche auf die Kohlen. Es war kaum erträglich, fand sie, und wo blieb der gewünschte Effekt? Auf einmal war ihr schlecht, Übelkeit wühlte in ihrem Magen, ihre Hände wurden eiskalt. Mit einem neuerlichen Hustenanfall ließ sie die Zigarette auf die Kohlenglut fallen, wo sie aufflammte und rasch verzehrt wurde.

Schmerzlich wurde ihr das Ticken des Weckers bewußt.

Big Ben begann die Mitternachtsstunde zu verkünden.

Wo blieb Mick?

Sie erwachte im Dunkeln, erfüllt von namenloser Angst. Dann fiel ihr Mick ein. Die Lampe war ausgegangen, die Kohlenglut erloschen. Sie sprang auf, tastete nach den Zündhölzern und tappte durch das Zimmer zur Kommode, geleitet vom blechernen Ticken des Weckers.

Als sie ein Zündholz anriß, schien das Zifferblatt im schwefligen Aufflammen zu verschwimmen.

Es war halb zwei.

War er gekommen, als sie geschlafen hatte? War er, als sein Klopfen ohne Antwort geblieben war, ohne sie fortgegangen? Nein, nicht Mick. Er hätte Mittel und Wege gefunden, sie zu wecken oder hereinzukommen, wenn er sie wollte. Hatte er sie dann getäuscht? Waren seine Versprechungen nur leere Worte für ein törichtes Mädchen gewesen, das ihnen vertraut hatte?

Eine eigenartige Ruhe überkam sie, eine grausame Klarheit. Sie erinnerte sich des Abreisedatums von der Dampferfahrkarte. Er würde erst spät am morgigen Tag von Dover abreisen, und es schien unwahrscheinlich, daß er und General Houston nach einem wichtigen Vortrag mitten in der Nacht von London abreisen würden. Also mußte sie zu Grand's Hotel gehen, Mick aufsuchen, ihn zur Rede stellen und bitten, mit Erpressung und Bloßstellung drohen, was immer sich als notwendig erweisen sollte.

Was sie an Bargeld hatte, war in ihrem Muff. Bei Goodman's Yard war ein Droschkenstand. Dorthin würde sie jetzt gehen und einen Droschkenkutscher aufrütteln, daß er sie zum Piccadilly bringe.

Toby miaute einmal jämmerlich, als sie die Tür hinter sich schloß. Im Dunkeln stieß sie sich schmerzhaft das Schienbein an Cairns angekettetem Fahrrad.

Sie hatte die halbe Strecke zu Goodman's Yard zurückgelegt, als ihr der Mantelsack einfiel, aber es gab jetzt kein Zurück.

Der Nachtportier des Grand's Hotel war untersetzt, kaltblickend, schnurrbärtig, in einem Bein steif, und würde Sybil gewiß nicht einlassen, nicht, wenn er es verhindern konnte. Sie hatte ihn schon aus einem Block Entfernung eingeschätzt, als sie ihrer Droschke entstiegen war — ein großer, goldbetreßter Popanz, der breitbeinig auf den Marmorstufen unter den großen Lampen in Delphinform Wache hielt. Sie kannte ihre Nachtportiers gut genug; sie spielten eine größere Rolle in ihrem Leben.

Es war eine Sache, Grand's Hotel an Micks Arm bei Tageslicht zu betreten. Aber nach Mitternacht als unbegleitete Frau von der Straße hereinzukommen, war eine andere Sache. Nur Huren taten das, und der Nachtportier ließ keine Huren ein. Aber vielleicht fiel ihr eine einleuchtende Geschichte ein, ihn zu täuschen, eine sehr gute Lüge, mit der sie durchkommen könnte, wenn er nachlässig oder müde wäre. Oder sie könnte es mit Bestechung versuchen, obwohl ihr nach der Droschkenfahrt nicht viel geblieben war. Außerdem war sie anständig gekleidet, nicht in der auffälligen Art einer Straßendirne. Oder vielleicht ließ er sich durch einen Kniff ablenken. Sie könnte mit einem Pflasterstein ein Fenster einwerfen und an ihm vorbeilaufen, wenn er herauskäme, um nachzusehen. Es war nicht einfach, in einer Krinoline zu laufen, aber er war lahm und langsam. Noch besser wäre es, wenn sie einen Straßenjungen finden könnte, der den Stein für sie warf …

Sybil stand im Dunkeln neben dem Bretterverschlag eines Bauplatzes. Über ihr waren Plakate angeschlagen, größer als Bettlaken, mit riesigen, reißerischen Aufschriften: DAILY NEWS — weltweite Verbreitung. LLOYD'S NEWS — nur einen Penny. SOUTH EASTERN RAILWAY Ramsgate & Margate 7/6. Sybil zog eine Hand aus dem Muff und nagte fieberhaft an ihrem Fingernagel, der nach türkischem Tabak roch. Sie war in einer abgestumpften Weise überrascht, daß ihre Hand blaugefroren war und stark zitterte.

Ein reiner Glücksfall, so schien es, rettete sie aus ihrer mißlichen Lage, oder das Nicken eines mitleidigen Engels, denn vor dem Hotel hielt ein glänzender, geschlossener Dampfwagen, und sein blau gekleideter Heizer sprang herunter, um den Tritt an seinem Scharnier herunterzuklappen. Dann öffnete er den Schlag, und heraus kam ein übermütiger Schwarm angetrunkener

Franzosen in scharlachrot gefütterten Umhängen, mit Brokatwesten und quastenbesetzten Abendspazierstökken — und zwei von ihnen hatten Frauen bei sich.

Sofort raffte Sybil ihren Rock und eilte näher. Beim Überqueren der Straße hatte sie den großen, schimmernden Kutschenaufbau des Dampfwagens zwischen sich und dem Nachtportier. Dann ging sie einfach um das Fahrzeug herum, vorbei an den hohen Holzspeichenrädern mit ihren Gummireifen, und schloß sich kühn der Gruppe an. Die Franzosen parlez-vousten miteinander, strichen sich die Schnurrbärte und gackerten und schienen sie nicht zu bemerken. Sie lächelte fromm vor sich hin und suchte die Nähe eines hochgewachsenen Mannes, der am meisten betrunken zu sein schien. Sie wankten die Marmorstufen hinauf, und der lange Franzose klatschte dem Nachtportier mit der nachlässigen Unbekümmertheit eines Mannes, der nicht weiß, was Geld ist, eine Pfundnote in die Hand. Der Nachtportier sperrte die Augen auf und salutierte mit der Hand an seinem bortenbesetzten Hut.

Und Sybil war sicher drinnen. Zusammen mit den plappernden Franzosen schritt sie über polierten Marmor zum Empfang, wo sie sich die Schlüssel geben ließen und die gebogene Treppe hinaufstapften, gähnend und schwatzend, während Sybil am Tresen zurückblieb.

Der Angestellte, des Französischen mächtig, schmunzelte über etwas, das er aufgeschnappt hatte. Dann bewegte er sich hinter dem Mahagonitresen seitwärts zu Sybil und lächelte ihr zu. »Wie kann ich ihnen behilflich sein, Madame?«

Die Worte kamen angestrengt und stoßweise, zuerst beinahe stammelnd. »Könnten Sie mir bitte sagen, ob ein Mr. Michael … oder vielmehr, ist General Sam Houston noch hier?«

»Jawohl, Madame. Ich sah General Houston früher am Abend. Er befindet sich aber gegenwärtig in unserem Rauchzimmer ... Vielleicht könnten Sie eine Botschaft hinterlassen?«

»Rauchzimmer?«

»Ja — dort drüben, hinter dem Akantaus.« Der Angestellte nickte zu einer massiven Tür im Winkel der Hotelhalle. »Unser Rauchzimmer ist natürlich nicht für die Damen ... Entschuldigen Sie, Madame, aber Sie scheinen ein wenig bekümmert. Wenn die Angelegenheit wichtig ist, sollte ich vielleicht einen Pagen schicken.«

»Ja«, sagte Sybil, »das wäre wundervoll.« Der Angestellte brachte ihr gefällig ein Blatt beigefarbenes Hotel-Briefpapier und bot ihr seinen Füllfederhalter an.

Sie schrieb hastig, faltete die Nachricht, schrieb MR. MICHAEL RADLEY auf die Rückseite. Der Angestellte läutete eine Handglocke, quittierte ihren Dank mit einer Verbeugung und wandte sich wieder seiner Tätigkeit zu.

Kurz darauf erschien ein gähnender und verdrießlich blickender kleiner Page und legte ihre Nachricht auf einen mit Kork bedeckten Servierteller.

Sybil folgte ihm besorgt, als er zum Rauchzimmer trottete. »Es ist für den persönlichen Sekretär des Generals«, sagte sie.

»Das geht in Ordnung, Miss, ich kenne ihn.« Er zog die Tür auf, und als er durchging, spähte Sybil hinein. Bis die Tür langsam zufiel, gewann sie einen langen Blick auf Houston, der barhäuptig, mit schweißglänzendem Gesicht und betrunken in einem Sessel lag, einen gestiefelten Fuß auf dem Rauchtisch neben einer Kristallkaraffe. Er hatte ein gefährlich aussehendes Klappmesser in der Hand, paffte eine Zigarre und stieß nach etwas — nein, er schnitzte, denn der Boden um seinen Ledersessel war übersät mit Holzschnitzeln.

Ein großer, bärtiger Engländer schien auf Houston einzureden. Der Fremde hatte den linken Arm in einer weißen Seidenschlinge und sah traurig und würdevoll und bedeutend aus. Neben ihm stand Mick, beugte sich näher und war im Begriff, den Stumpen des Mannes mit seinem Feuerzeug anzuzünden. Dann fiel die Tür zu.

Sybil setzte sich auf eine Chaiselongue im hallenden Marmorfoyer, und die angenehme Wärme des Raumes stahl sich durch ihre feuchten, schmutzigen Schuhe; ihre Zehen begannen schmerzhaft zu prickeln. Dann kam der Page wieder heraus, gefolgt von Mick: In der Türöffnung wandte Mick den Kopf zurück und deutete mit erhobener Hand ein Salutieren an. Sybil stand von ihrem Platz auf. Als er sie sah, verfinsterte sich sein schmales Gesicht.

Er kam schnell herüber, nahm sie beim Ellbogen. »Himmel Herrgott«, stieß er halblaut hervor. »Was für eine alberne Nachricht war das? Kannst du nicht vernünftig sein, Mädchen?«

»Was ist los?« fragte sie zurück. »Warum bist du nicht gekommen?«

»Widrige Umstände, fürchte ich. Wie die Sache mit dem Fuchs, der sich selbst in den Schwanz beißt. Könnte komisch sein, wenn es nicht so verdammt schwierig wäre. Aber daß du jetzt hier bist, könnte die Lage verändern ...«

»Was ist schiefgegangen? Wer ist dieser Herr mit dem Arm in der Schlinge?«

»Ein verdammter britischer Diplomat, der nichts von dem Plan des Generals hält, in Mexiko eine Armee aufzustellen. Kümmere dich nicht um ihn. Morgen werden wir in Frankreich sein, und er wird hier in London sein und jemand anderen belästigen. Wenigstens hoffe ich es ... Der General hat unsere Sache jedoch erschwert. Blau wie ein Veilchen ... Um die Wahrheit zu sagen, er ist ein übler Patron, wenn er trinkt. Fängt an, seine Freunde zu vergessen ... Hat einen seiner kleinen Tricks abgezogen.«

Sybil begriff. »Er hat dich irgendwie hereingelegt. Er will dich loswerden, ist es das?«

»Er hat meine Kinotropkarten geklaut«, sagte Mick.

»Aber die habe ich nach Paris geschickt, *Poste restante*«, sagte Sybil. »Genau, wie du mir sagtest.«

»Nicht die, du Gans — die Kinotropkarten von der Rede!«

»Aus dem Theater? Er hat sie gestohlen?«

»Er wußte, daß ich meine Karten einpacken und mitnehmen mußte, verstehst du? Also überwachte er mich irgendwie, und nun hat er sie aus meinem Gepäck entwendet. Sagt, er werde mich in Frankreich nun doch nicht benötigen, solange er meine Information habe. Er wird irgendeinen Froschesser einstellen, der für billiges Geld ein Kinotrop bedienen kann. Sagt er jedenfalls.«

»Aber das ist Diebstahl!«

»›Ausleihen‹, laut Houston. Sagt, er werde mir meine Karten zurückgeben, sobald er sie ›kopiert‹ habe. Auf diese Weise würde ich nichts verlieren.«

Sybil war wie vor den Kopf geschlagen. Wollte er sie zum besten haben? »Aber ist das nicht Diebstahl, irgendwie?«

»Versuch mal, mit diesem Hundesohn von Samuel Houston zu diskutieren! Er hat einmal ein ganzes verdammtes Land gestohlen, leergestohlen und abgenagt bis auf die Knochen!«

»Aber du bist sein Mann! Du kannst nicht zulassen, daß er von dir stiehlt.«

Mick winkte ab. »Was das betrifft, so könntest du auch fragen, wie ich dieses feine französische Programm machen ließ. Du könntest sagen, ich hätte dafür Geld vom General geborgt, sozusagen.« Er zeigte die Zähne in einem matten Grinsen. »Nicht das erste Mal, daß wir versucht haben, einander hereinzulegen. Es ist eine Art Probe, verstehst du? Wer mit General Houston reist, muß ein durchtriebener Bursche sein …«

»Ach du lieber Gott«, sagte Sybil und ließ sich samt ihrer Krinoline auf die Chaiselongue fallen. »Mick, wenn du bloß wüßtest, was ich gedacht habe …«

»Dann raff dich auf, jetzt!« Er nahm sie bei der Hand und zog sie auf die Beine. »Ich brauche diese Lochkarten, und sie sind in seinem Zimmer. Du wirst sie für mich suchen und herausholen. Und ich gehe unterdessen zurück ins Rauchzimmer, eiskalt.« Er lachte. »Der alte Bastard hätte es vielleicht nicht versucht, wären meine Tricks bei seinem Vortrag nicht gewesen. Du und Corny Simms gabt ihm das Gefühl, wieder obenauf zu sein und die Fäden zu ziehen! Aber wir werden ihn noch zum Gimpel machen, du und ich zusammen ...«

»Ich fürchte mich, Mick«, sagte Sybil. »Ich verstehe mich nicht aufs Stehlen!«

»Du kleine Gans, natürlich verstehst du dich darauf!«

»Nun, kommst du mit mir und hilfst?«

»Natürlich nicht! Dann würde er ja Bescheid wissen, nicht wahr? Ich sagte ihm, du seist eine Bekannte von mir, eine Journalistin bei einer hiesigen Zeitung. Wenn ich allzulange ausbleibe, wird er bestimmt Lunte riechen.« Er funkelte sie an.

»Also in Ordnung«, sagte Sybil, bezwungen. »Gib mir den Schlüssel zu seinem Zimmer.«

Mick grunzte. »Schlüssel? Ich habe keinen Schlüssel.«

Erleichterung durchströmte sie. »Nun, ich bin kein Einbrecher, weißt du!«

»Nicht so laut, oder willst du, daß alle im Hotel dich hören?« Seine Augen blitzten zornig. Sybil merkte, daß auch er betrunken war. Sie hatte ihn bisher niemals betrunken gesehen, aber jetzt war er voll. Es zeigte sich nicht in seiner Stimme oder in seinem Gang, aber der Alkohol hatte seine Hemmungen beseitigt und ihn verrückt und tollkühn gemacht. »Ich werde dir einen Schlüssel besorgen. Geh zu dem Mann am Tresen und flunkere ihm was vor. Beschäftige ihn. Und schau nicht zu mir hin.« Er gab ihr einen leichten Stoß. »Geh!«

Furchterfüllt kehrte sie zum Empfang zurück. Der Telegrafenapparat das Hotels stand am anderen Ende des Tresens, eine tickende Messingmaschine auf einem niedrigen Marmorsockel, der mit vergoldetem Weinlaub geschmückt war. In einer Art Stundenglas schwang eine vergoldete Nadel hin und her und zeigte auf Buchstaben in einem konzentrisch angeordneten Alphabet. Bei jedem Nadelausschlag klopfte und schnurrte etwas in dem Marmorsockel, und ein weiterer halber Zentimeter säuberlich perforierten gelben Papierbandes kam hervor. Der diensttuende Angestellte, der Papiere lochte und abheftete, ließ von seiner Arbeit ab, setzte einen Zwicker auf und kam zu ihr.

»Ja, Madame?«

»Ich muß ein Telegramm aufgeben. Es ist ziemlich dringend.«

Der Mann zog einen kleinen Kasten mit Lochkarten, einen Messingperforator und ein sauber liniertes Formblatt heran. Dann zog er den Füllfederhalter, den Sybil zuvor benutzt hatte. »Sehr wohl, Madame. Bürgernummer?«

»Oh ... würde das meine Nummer sein, oder die des Empfängers?«

»Das kommt darauf an, Madame. Wenn Sie sich des nationalen Kreditsystems bedienen wollen, ist die Angabe Ihrer Bürgernummer erforderlich.«

»Kann ich es mit auf die Hotelrechnung setzen lassen?« wich Sybil aus.

»Gewiß, Madame. Ihre Zimmernummer?«

Sybil zögerte wieder. »Ach, ich glaube, ich zahle lieber in bar.«

»Sehr wohl. Nun, die Bürgernummer des Empfängers?«

»Ich fürchte, daß ich sie nicht kenne.« Sie zwinkerte den Angestellten nervös an und begann an einem Fingerknöchel zu nagen. Er war sehr geduldig. »Aber den Namen und die Anschrift des Empfängers werden Sie haben, ja?«

»O ja«, sagte sie hastig. »Mr. Charles Egremont, MP., Belgravia, London.«

Er schrieb die Anschrift nieder. »Es ist leider kostspieliger, ein Telegramm mit nur einer Adresse aufzugeben, Madame. Es ist nämlich einfacher und praktischer, es direkt über das Zentralamt für Statistik zu leiten.« Sybil hatte aus Furcht, ihn zu verraten, nicht nach Mick Ausschau gehalten. Nun sah sie am Rand ihres Blickfeldes eine dunkle Gestalt tief gebückt durch das Foyer eilen. Mick war so niedergeduckt, daß es beinahe aussah, als liefe er auf allen vieren. Er hatte die Schuhe ausgezogen und an den Schnürsenkeln um seinen Hals geknotet. Er erreichte den hüfthohen Mahagonitresen, zog sich mit beiden Händen hoch, flankte in einem Sekundenbruchteil hinüber und verschwand.

Er hatte überhaupt kein Geräusch gemacht.

»Es hat mit der maschinellen Behandlung der telegrafischen Botschaften zu tun«, erläuterte der Angestellte.

»Ich verstehe«, sagte Sybil. »Aber ich habe seine Bürgernummer nicht. Dann werde ich die Zusatzgebühr bezahlen müssen, nicht wahr? Es ist sehr wichtig.«

»Jawohl, Madame. Das glaube ich Ihnen gern. Bitte fahren Sie fort, und ich werde das Diktat aufnehmen.«

»Ich glaube nicht, daß ich meine Anschrift und das Datum voranstellen sollte, oder? Ich meine, ein Telegramm ist kein Brief, nicht wahr?«

»Nein, Madame.«

»Oder seine Anschrift?«

»Kürze ist das Wesen der Telegrafie, Madame.«

Mick mußte jetzt zum Schlüsselbrett des Hotels schleichen, wo die Zimmerschlüssel unter ihren Nummern hingen. Sie konnte ihn nicht sehen, bildete sich jetzt aber ein, daß sie seine Bewegungen hören, ihn beinahe riechen könne, und der Angestellte brauchte bloß nach rechts zu blicken, um einen Einschleichdieb auf sich zukommen zu sehen, wildblickend und niedergekauert wie ein Affe.

»Bitte schreiben Sie«, sagte Sybil mit bebender Stimme. »Lieber Charles.« Der Mann begann zu schreiben. »Vor neun Jahren tatest du mir die schlimmste Schmach an, die eine Frau erleben kann.«

Der Mann starrte entsetzt auf seinen Füllfederhalter, dunkle Röte kroch aus seinem Kragen aufwärts.

»Du versprachst mir, daß du meinen armen Vater retten würdest. Statt dessen verführtest du mich und stießest mich ins Verderben. Heute verlasse ich London in der Gesellschaft mächtiger Freunde. Sie wissen sehr gut, was für ein Verräter du an Walter Gerard und an mir warst. Versuche nicht, mich zu finden, Charles. Es würde nutzlos sein. Ich hoffe, du und Mrs. Egremont werdet heute nacht ruhig schlafen.« Sybil erschauerte. »Unterschreiben Sie das bitte mit ›Sybil Gerard‹, wenn Sie so gut sein wollen.«

»Ja, Madame«, murmelte der Angestellte mit niedergeschlagenem Blick, als Mick in seinen Strumpfsocken lautlos wieder über den Tresen sprang. Er kauerte nieder, gedeckt von der Barriere, dann bewegte er sich in der tiefen Hocke watschelnd über den Marmorboden davon, wie eine monströse Ente. Augenblicke später war er hinter ein paar Sesseln in Sicherheit.

»Was bin ich schuldig?« fragte Sybil höflich.

»Zwei Shilling und sechs Pence«, stammelte der Mann, außerstande, ihrem Blick zu begegnen.

Sie zählte das Geld aus der kleinen Börse, die sie aus ihrem Muff nahm, und ließ den Mann an seinen Platz zurück, wo er Telegrammkarten aus seinem Kasten lochte.

Mick kam wie ein Herr durch das Foyer geschlendert. Er verhielt neben einem Zeitungsständer, bückte sich, um seine Schnürsenkel zu binden, richtete sich wieder auf und ließ sie den Schimmer von Metall in seiner Hand sehen. Dann trat er zur Chaiselongue und steckte den Schlüssel, ohne auch nur in ihre Richtung zu blikken, hinter ein Samtkissen. Darauf rückte er an seiner

Krawatte, zupfte an den Ärmeln und schritt ins Rauchzimmer davon.

Sybil setzte sich eine kleine Weile auf die Chaiselongue und gab vor, eine Monatszeitschrift zu lesen, die über die Tätigkeit der Royal Society berichtete. Mit den Fingerspitzen ihrer rechten Hand fischte sie vorsichtig hinter sich nach dem Schlüssel. Da war er schon, mit der Nummer 24 eingraviert auf dem ovalen Messingschild. Sie gähnte in einer Weise, von der sie hoffte, daß sie damenhaft sei, und stand auf, um sich nach oben zurückzuziehen, ganz so, als ob sie dort ein Zimmer bewohnte.

Ihre Füße schmerzten.

Als sie den stillen, von Gaslampen erhellten Korridor zu Houstons Zimmer ging, wunderte sie sich, daß sie Charles Egremont angegriffen hatte. Aus der Notwendigkeit, eine dramatische Botschaft zu erfinden und den Angestellten abzulenken, hatte sie Vorwürfe und Drohungen ausgestoßen. Es war plötzlich aus ihr herausgebrodelt, beinahe ohne ihren Willen. Es erstaunte und beängstigte sie sogar, nachdem sie gedacht hatte, sie habe den Mann fast vergessen.

Sie konnte sich Egremonts Erschrecken vorstellen, wenn er das Telegramm bekäme. Sie erinnerte sich seiner gut genug: erfolgreich und verwöhnt, dabei einfältig, was ihm den Anschein verlieh, wohlmeinend zu sein. Ständig hatte er ihr gepredigt und gebettelt und geweint und gesündigt. Er war ein Trottel.

Aber nun hatte sie sich von Mick Radley zum Diebstahl verleiten lassen. Wenn sie klug wäre, würde sie Grand's Hotel jetzt verlassen, in die Tiefen Londons untertauchen und Radley niemals wiedersehen. Auf keinen Fall sollte sie sich durch den ›Lehrlingseid‹ daran hindern lassen, zu tun, was sie tun mußte. Einen Eid zu brechen, war zwar etwas Schreckliches, aber nicht schlimmer als ihre anderen Sünden. Doch irgendwie war sie hier und tat, was er von ihr verlangte.

Sie blieb vor der Tür stehen, blickte in beide Richtungen durch den verlassenen Korridor, befingerte den gestohlenen Schlüssel. Warum tat sie dies? Weil Mick stark war, und sie schwach? Weil er Geheimnisse wußte, die ihr unbekannt waren? Zum ersten Mal kam ihr der Gedanke, daß sie sich in ihn verliebt haben könnte. Vielleicht liebte sie ihn wirklich, in einer seltsamen Weise, und wenn dies zuträfe, würde es manches in einer beinahe beruhigenden Weise erklären. Wenn sie liebte, hatte sie auch das Recht, die Brücken hinter sich abzubrechen, auf Luft zu gehen, sich von Impulsen leiten zu lassen. Und wenn sie Radley liebte, war es etwas, das sie wußte, aber nicht er. Ihr Geheimnis ganz allein.

Nervös und schnell sperrte sie die Tür auf, schlüpfte durch, schloß sie hinter sich, lehnte sich mit dem Rükken dagegen. Sie stand im Dunkeln.

Irgendwo im Zimmer gab es eine Lampe. Sie konnte den abgebrannten Docht riechen. In der Wand gegenüber zeichnete sich der Umriß eines hohen Fensters zur Straße ab. Die Vorhänge waren zugezogen, und zwischen ihnen drang Gaslicht durch einen feinen Spalt. Sie tappte mit ausgestreckten Armen in den Raum, bis sie die polierte Deckplatte eines Schreibtisches ertastete und den matten Glanz eines gläsernen Lampenschirms ausmachte. Sie hob die Lampe, schüttelte sie. Es war Öl darin. Jetzt brauchte sie ein Zündholz.

Sie fühlte nach Schreibtischschubladen. Aus irgendeinem Grund waren sie bereits offen. Ihre Finger durchsuchten sie. Briefpapier. Nutzlos, und jemand hatte in einer der Schubladen Tinte vergossen; sie konnte es riechen.

Dann streiften ihre Finger eine Schachtel Zündhölzer, die sie weniger durch Berührung als durch das trockene vertraute Rasseln erkannte. Aber ihre Finger schienen ihr nicht richtig zu gehorchen. Das erste Zündholz zischte und erlosch, verbreitete unangenehmen Schwefelgeruch.

Das zweite flammte auf und zeigte ihr die Lampe. Ihre Hände zitterten stark, als sie den Zylinder hob und die Flamme an den Docht hielt.

Sie sah ihr eigenes, lampenbeschienenes Spiegelbild mit großen Augen aus einem großen Drehspiegel starren, dann verdoppelt in den Facettenspiegeln des Kleiderschrankes. Sie sah, daß Kleidung am Boden verstreut war, auf dem Bett ...

Ein Mann saß auf einer Sessellehne, kauerte dort wie eine riesige dunkle Krähe, ein riesiges Messer in der Hand.

Als sie ihn sah, stand er langsam mit einem Knarren von Leder auf, wie eine große hölzerne Marionette, die seit Jahren im Staub eines Dachbodens gelegen hatte. Er war in einen langen und formlosen grauen Mantel gehüllt. Ein dunkles Halstuch war vor Nase und Mund gebunden und verbarg seine untere Gesichtshälfte.

»Schön still jetzt, Missy«, sagte er und hielt die massive Klinge in die Höhe — dunkler, hackmesserartiger Stahl. »Sam unterwegs?« Sybil fand ihre Stimme wieder. »B-bitte töten Sie mich nicht!«

»Der alte Ziegenbock immer noch beim Herumhuren, was?« Die träge, gedehnte texanische Stimme ließ die Worte wie zähe Siruptropfen heraus- und ineinander verfließen; Sybil konnte ihn kaum verstehen. »Bist du sein Liebchen?«

»Nein!« sagte Sybil mit gepreßter Stimme. »Nein, das bin ich nicht, ich schwöre es! Ich ... ich bin gekommen, von ihm zu stehlen, und das ist die Wahrheit!«

Eine schreckliche Stille folgte auf ihre Worte. Endlich räusperte er sich.

»Sieh dich um.«

Sybil tat es, zitternd. Das Zimmer war durchwühlt.

»Nichts zu stehlen da«, sagte der Mann. »Wo ist er, Mädchen?«

»Unten im Rauchzimmer«, sagte Sybil. »Er ist betrunken. Aber ich kenne ihn nicht, das schwöre ich! Mein

Mann schickte mich hierher, das ist alles! Ich wollte es nicht tun, aber er zwang mich!«

»Still jetzt!« sagte er. »Einer weißen Frau würde ich nichts tun, es sei denn, ich müßte es. Mach die Lampe aus!«

»Lassen Sie mich gehen«, bat sie. »Ich werde sofort weggehen! Ich wollte niemandem schaden!«

»Schaden?« Die träge Stimme war schwer von der Gewißheit des Galgens. »Was es an Schaden gibt, ist für Houston, und das ist Gerechtigkeit.«

»Ich habe die Karten nicht gestohlen! Ich habe sie nicht angerührt!«

»Karten?« Er lachte, ein trockenes, kehliges Geräusch.

»Die Karten gehören Houston nicht. Er hat sie gestohlen!«

»Houston hat viel gestohlen«, sagte der Mann, aber es war deutlich, daß er nicht wußte, wovon sie redete, und nicht glücklich darüber war. »Wie nennst du dich?«

»Sybil Jones.« Sie holte Luft. »Ich bin eine britische Staatsangehörige!«

»Gott, nein«, sagte der Mann. Er schnalzte mit der Zunge.

Sein maskiertes Gesicht ließ keine Gemütsbewegung erkennen. Auf einem Streifen blasser, glatter Haut quer durch seine Stirn glänzte Schweiß. Anscheinend hatte er vor kurzem noch einen Hut getragen. Er kam jetzt näher, nahm ihr die Lampe ab und drehte den Docht herunter. Seine Finger, als sie ihre Hand streiften, waren trocken und hart wie Holz.

In der Dunkelheit war nur das Pochen ihres Herzens und die furchtbare Gegenwart des Texaners.

»Sie müssen sich einsam fühlen, hier in London«, platzte sie heraus, um eine weitere Stille zu vermeiden.

»Vielleicht fühlt Houston sich einsam. Ich habe ein besseres Gewissen.« Schärfe kam in seine Stimme. »Hast du ihn schon gefragt, ob er sich einsam fühlt?«

»Ich kenne ihn nicht persönlich«, beharrte sie.

»Du bist hier. Eine Frau, die allein in sein Zimmer gekommen ist.«

»Ich kam wegen der Kinotrop-Karten. Gelochte Papierkarten sind das. Mehr ist nicht daran, ich schwöre es!« Keine Antwort. »Wissen Sie, was ein Kinotrop ist?«

»Eine weitere verdammte Maschine«, sagte der Texaner in überdrüssigem Ton.

Es wurde still.

»Lüg mich nicht an«, sagte er endlich. »Du bist eine Hure, das ist alles. Glaubst du, ich hätte noch nie eine Hure gesehen?«

Sie hörte ihn hinter seinem vorgebundenen Halstuch husten und schnauben. »Aber du siehst nicht übel aus«, sagte er. »In Texas könntest du heiraten. Von vorn anfangen.«

»Das wäre bestimmt wundervoll«, sagte Sybil.

»Es gibt nicht genug weiße Frauen im Land. Such dir einen anständigen Mann statt eines Zuhälters.« Er hob sein Tuch und spuckte auf den Boden. »Kann Zuhälter nicht ausstehen«, erklärte er. »Genausowenig wie Indianer. Oder Mexikaner. Mexikanische Indianer ... Französisch-mexikanische Indianer mit Gewehren, dreihundert, vierhundert Mann stark. Beritten, haben diese Repetiergewehre, wahre Teufel in Menschengestalt.«

»Aber die Texaner sind Helden«, sagte Sybil, verzweifelt bemüht, sich eines Namens aus Houstons Ansprache zu erinnern. »Ich hörte von ... Alamo.«

»Goliad«, sagte die Stimme in einem trockenen Flüstern. »Ich war in Goliad dabei.«

»Davon habe ich auch gehört«, sagte Sybil rasch. »Es muß ruhmvoll gewesen sein.«

Der Texaner räusperte sich, spuckte wieder auf den Teppich. »Kämpften zwei Tage lang. Kein Wasser. Oberst Fannin kapitulierte. Sie nahmen uns gefangen, gaben uns Wasser, alle Annehmlichkeiten, höflich wie man es sich nur wünschen kann. Am nächsten Tag führten sie uns aus der Stadt und schossen uns kaltblütig nieder. Reihten uns auf und massakrierten uns.«

Sybil sagte nichts.

»Massakrierten die Überlebenden von Alamo. Verbrannten die Toten ... massakrierten die Meir-Expedition. Ließen sie Bohnen aussuchen. Kleine Lotterie mit einem Tongefäß; wer eine schwarze Bohne herauszog, wurde erschossen. Das sind die Mexikaner.«

»Mexikaner«, wiederholte sie.

»Komantschen sind schlimmer.«

Von irgendwo drang der Schrei einer Reibungsbremse durch die Nacht, gefolgt von einem Schlag und dem Rasseln von Eisenbahnkupplungen.

Schwarze Bohnen. Goliad. Ihr Kopf war ein Durcheinander. Bohnen und Massaker, und dieser Mann, dessen Haut wie Leder war. Er stank nach Schweiß wie ein Erdarbeiter. Unten in der Neal Street hatte sie einmal zwei Pence bezahlt, um ein Diorama von Amerika zu sehen, vielmehr von einer Felswüste, einem Alptraum von kahlen Ebenen und tief eingefressenen Schluchten. Der Texaner sah aus, als wäre er in solch einer Gegend geboren, und nun erst kam ihr zu Bewußtsein, daß all die Wildnisse aus Houstons Ansprache, alle die Orte mit so schwer verständlichen ausländischen Namen wirklich existierten und von Gestalten wie diesem Halsabschneider bewohnt waren. Und Mick hatte gesagt, daß Houston einmal ein Land gestohlen habe, und dieser hier war ihm nun nachgereist, ein Racheengel. Sie unterdrückte eine Aufwallung hysterischer Heiterkeit.

Nun fiel ihr die alte Frau ein, die in Whitechapel Steinöl verkauft hatte, und der eigenartige Blick, mit dem sie Micks Fragen quittiert hatte. Arbeiteten andere mit dem Racheengel von Goliad zusammen? Wie hatte es einer so seltsamen Gestalt gelingen können, Grand's Hotel zu betreten und in einen verschlossenen Raum einzudringen? Wo konnte sich solch ein Mann verbergen, sogar in London, sogar inmitten der zerlumpten Horden amerikanischer Flüchtlinge?

»Du sagst, er sei betrunken?« fragte der Texaner.

Sybil schrak zusammen. »Wie?«

»Houston.«

»Oh. Ja, im Rauchzimmer. Sehr betrunken.«

»Das wird dann sein letzter Rausch sein. Er allein?«

»Er ...« Mick. »Ein großer Mann ist bei ihm. Ich kenne ihn nicht.«

»Mit einem Bart? Gebrochenem Arm?«

»Ich ... Ja.«

Er machte ein saugendes Geräusch zwischen den Zähnen, dann knarrte Leder, als er die Achseln zuckte.

Ein neues Geräusch zu Sybils Linker, wo die Tür war, ließ ihren Atem stocken. Im matten Lichtschein des verhängten Fensters sah sie die schimmernden Facetten des Türknopfes aus geschliffenem Glas in Bewegung. Der Texaner sprang von seiner Sessellehne auf.

Mit einer Hand verschloß er ihr den Mund, mit der anderen hielt er das große Messer vor sie, ein gräßliches Hackmesser wie ein verlängertes Fleischerbeil, das in einer scharfen Spitze auslief. In der Mitte des Messerrükkens verlief eine Messingleiste, und da die Klinge nur einige Fingerbreit vor ihren Augen war, sah sie kleine Kerben und andere Gebrauchsspuren in dem Messing. Und dann ging die Tür auf, und Mick schlüpfte geduckt herein, Kopf und Schultern von der Korridorbeleuchtung klar umrissen.

Sie mußte mit dem Kopf gegen die Wand geschlagen sein, als der Texaner sie beiseitestieß, denn plötzlich fand sie sich auf den Knien wieder, die Krinoline zusammengedrückt unter ihr, und sah den Mann, wie er Mick gegen die Wand und aufwärts stieß, eine einzige stählerne Kralle von einer Hand um Micks Gurgel. Micks Absätze hämmerten einen verzweifelten Trommelwirbel gegen die Wandverkleidung — bis die lange Klinge zustieß, herumgedreht wurde, wieder zustieß und das Zimmer mit dem heißen Blutgeruch der Butcher Row füllte.

Und alles, was danach in diesem Zimmer geschah, war für Sybil ein Traum, oder ein Schauspiel, das sie sah, oder eine Kinotrop-Schau, ausgeführt mit so vielen kleinen und geschickt eingesetzten Teilen, daß die Wirklichkeit verschwamm. Denn der Texaner, nachdem er Mick still zu Boden hatte gleiten lassen, schloß die Tür und sperrte sie wieder zu. Seine Bewegungen waren ohne Eile und methodisch.

Sybil schwankte, wo sie kniete, sank dann gegen die Wand hinter dem Schreibtisch. Mick wurde in die tiefere Dunkelheit neben dem Kleiderschrank geschleift; seine Absätze kratzten über den Parkettboden, zogen Linien durch den Teppichflor. Der Texaner kniete über ihm — Kleider raschelten, das Päckchen Lochkarten aus seiner Tasche wurde beiseite geworfen, Wechselgeld klimperte, eine einzelne Münze rollte über den Hartholzboden …

Und von der Tür kam ein Kratzen, das Rasseln von Metall — die Geräusche eines Betrunkenen, der ein Schlüsselloch sucht.

Houston stieß die Tür weit auf, tappte schwankend ins Zimmer, auf seinen dicken Stock gestützt. Er rülpste gewaltig und rieb die Stelle seiner alten Verletzung. »Leck mich im Arsch«, sagte er, heiser vom Rauch, bekam auf einmal so starke Schlagseite, daß er sich nur mit dem Stock abstützen und auf den Beinen halten konnte. »Radley? Komm heraus, du kleiner Welpe.« Er tappte auf den Schreibtisch zu, und Sybil zog schnell ihre Finger zurück, um sie vor dem Gewicht seiner Stiefel zu retten.

Der Texaner schloß die Tür.

»Radley!«

»N'Abend, Sam.«

Ihr Zimmer über dem Hirschen schien so fern wie die

ersten Kindheitserinnerungen, hier im Schlachthausgeruch, in dieser Dunkelheit, wo Riesen sich bewegten. Houston taumelte plötzlich, um mit dem Stock die Vorhänge zurückzuschlagen, riß sie auf, und Gaslicht von der Straße erleuchtete die Eisblumen an den durch Längspfosten geteilten Fensterscheiben, beleuchtete das Halstuch des Texaners und die grimmigen Augen darüber, kalt und erbarmungslos wie Wintersterne. Bei seinem Anblick wankte Houston zwei Schritte zurück, und die gestreifte Decke glitt von seinen Schultern. Seine Orden glänzten und zitterten mit den angestrengten Atemzügen der mächtigen Brust.

»Die Ranger schicken mich, Sam.« Micks kleine Pfefferstreuer-Pistole sah in der Hand des Texaners wie ein Spielzeug aus; die gebündelten Läufe blinkten, als er zielte.

»Wer bist du, mein Sohn?« Auf einmal war in seiner tiefen Stimme keine Spur von Trunkenheit mehr auszumachen. »Wallace? Nimm das Halstuch ab! Sieh mir ins Gesicht, von Mann zu Mann ...«

»Du gibst keine Befehle mehr, General. Hättest nicht nehmen sollen, was du an dich brachtest. Du hast uns beraubt, Sam. Wo ist es? Wo ist das Geld vom Schatzamt?«

»Ranger«, sagte Houston, und seine Stimme war ein süßer Sirup aus Geduld und Aufrichtigkeit, »du bist irregeführt worden. Ich weiß, wer dich geschickt hat und ich kenne ihre Lügen und Verleumdungen gegen mich. Aber ich schwöre dir, daß ich nichts gestohlen habe — diese Geldmittel sind von Rechts wegen mein, der heilige Treubesitz der Regierung von Texas im Exil.«

»Du hast Texas für britisches Gold verkauft«, sagte der Ranger. »Wir brauchen dieses Geld für Waffen und Lebensmittel. Wir verhungern, und sie bringen uns um.« Nach einer Pause fügte er hinzu: »Und du willst ihnen dabei helfen.«

»Die Republik Texas kann sich nicht den Großmächten der Welt widersetzen, Ranger. Ich weiß, daß die Dinge in Texas schlecht stehen, und das Herz schmerzt mir bei dem Gedanken an mein Land, aber es kann erst Friede sein, wenn ich wieder den Oberbefehl habe.«

»Du hast kein Geld übrig, wie?« sagte der Ranger. »Ich habe gesucht, und es ist nicht hier. Du hast deinen Herrensitz auf dem Land verkauft ... du hast alles verschleudert, Sam, mit Huren und Saufgelagen und teuren Theatervorstellungen für Ausländer. Und nun möchtest du mit einer mexikanischen Armee zurückkommen. Du bist ein Dieb, und ein Trunkenbold, und ein Verräter.«

»Gott soll dich verdammen!« brüllte Houston und riß mit beiden Händen seine Jacke auf. »Du bist ein feiger Meuchelmörder, du unflätiger Hurensohn. Wenn du glaubst, du hast den Mut, den Vater deines Landes zu töten, dann schieß auf das Herz!« Er schlug sich an die Brust.

»Für Texas.« Der Pfefferstreuer spie eine orangefarbene, mit blau gesäumte Flamme und warf Houston rückwärts gegen die Wand. Der Koloß schlug schwer auf den Boden, und der Rächer sprang hinzu und kauerte über ihm, stieß die Mündungen der kleinen Pistole gegen die prunkhafte Weste aus Leopardenfell. Es folgte ein Schuß in Houstons Brust, dann ein weiterer, und darauf ein lautes Knacken, als der feine Abzug in der Faust des Rangers brach.

Der Ranger warf Micks Pistole beiseite. Houston lag ausgestreckt und bewegungslos; rote Flecken krochen durch das Leopardenfell der Weste.

Aus einem anderen Zimmer kamen verschlafene Alarmrufe. Der Texaner ergriff Houstons Stock und schlug die Fensterscheiben ein; Glas zersplitterte mit hellem Klang auf dem Pflaster unten; Fenstersprossen gaben nach, und dann kletterte er auf den Fenstersims hinaus. Einen Augenblick kauerte er draußen, und der eisige Wind zerrte an seinem langen Mantel, und Sybil war in ihrer Trance an seinen ersten Anblick erinnert: eine riesenhafte dunkle Krähe, jetzt zum Abflug bereit.

Houstons Nemesis, der Racheengel von Goliad, sprang hinunter und war fort, ließ sie in Stille und wachsendem Schrecken zurück, als hätte sein Verschwinden einen Bann gebrochen. Sie begann auf allen vieren ziellos vorwärts zu kriechen, behindert durch ihre Krinoline, doch war es, als bewegten ihre Gliedmaßen sich aus eigenem Antrieb. Der schwere Stock lag auf dem Boden, aber sein Handgriff, ein vergoldeter Messingrabe, war abgebrochen.

Houston stöhnte.

»Bitte seien Sie still«, sagte sie. »Sie sind tot.«

»Wer sind Sie?« keuchte er und hustete.

Der Boden war übersät mit Glasscherben, scharfkantig unter ihren Handflächen. Nein. Glänzend. Wie Steine. Der dicke Stock war hohl, sah sie jetzt, und ein Teil seiner Wattefüllung, in der mehr von den Steinen steckten, war herausgerutscht. Blitzende, helle Diamanten. Sie scharrte die Steine mit beiden Händen auf dem Teppich zusammen, zog die restliche Watte aus dem Stock und stopfte alles in ihr Mieder zwischen die Brüste.

Dann wandte sie sich zu Houston. Er lag bewegungslos auf dem Rücken, und sie beobachtete fasziniert, wie ein Blutfleck sich über seinen Brustkorb ausbreitete. »Helfen Sie mir«, stieß Houston hervor. »Ich kann nicht atmen.« Er zog matt an den Knöpfen seiner Weste, und sie ging auf und zeigte sauber eingenähte Innentaschen aus schwarzer Seide, vollgestopft mit dicken Päckchen von Lochkarten in braunem Papier. Ihre komplizierten Perforationen waren jetzt sicherlich durch die heißen Einschläge von Kugeln ruiniert ... und vom Blut, denn mindestens ein Geschoß mußte seine Brust durchschlagen haben.

Sybil stand auf und ging taumelnd zur Tür. Der vollgesogene Teppich beim Kleiderschrank schmatzte unter ihrem Fuß, und sie blickte hinab und sah eine offene

Brieftasche aus rotem Maroquin mit zwei Schiffskarten in einer vernickelten Klemmfeder. Sie bückte sich und hob sie auf.

»Helfen Sie mir auf die Beine«, verlangte Houston mit gekräftigter Stimme, die bereits von Ungeduld und Gereiztheit gefärbt war. »Wo ist mein Spazierstock? Wo ist Radley?«

Der Raum schien um sie zu schwanken, wie ein Schiff auf See, aber sie kam zur Tür, öffnete sie, trat hinaus, schloß sie hinter sich und ging wie eine junge Frau von Stand ohne übermäßige Eile weiter durch die gasbeleuchteten und absolut achtbaren Korridore von Grand's Hotel.

Der Kopfbahnhof der South-Eastern Railway unweit der London Bridge war eine riesige zugige Halle aus Eisenträgern und rußigem Glas. Quäker gingen die Bankreihen auf den Bahnsteigen entlang und boten den auf ihre Züge Wartenden ihre Traktate an. Irische Soldaten in roten Waffenröcken, die Augen blutunterlaufen vom Gin der vergangenen Nacht, bedachten die glattrasierten Missionare mit finsteren Blicken. Die französischen Reisenden schienen alle mit Ananas heimzufahren, süßer exotischer Beute aus dem Londoner Hafen. Sogar die rundliche kleine Schauspielerin, die Sybil gegenübersaß, hatte ihre Ananas, deren stachlige harte Blätter aus einem zugedeckten Korb zu ihren Füßen schauten.

Der Zug flog durch Bermondsey und hinaus durch kleine Vorstadtstraßen mit neuen Ziegelhäusern, roten Dächern. Gemüsegärten, Schutthalden, Ödland. Ein Tunnel.

Die Dunkelheit um sie roch nach verbranntem Schießpulver.

Sybil schloß die Augen.

Als sie sie wieder öffnete, sah sie Krähen über einem grasbewachsenen Höhenzug fliegen, und die Drähte der Telegrafenleitungen gingen in den Intervallen zwischen den Masten vor dem Zugfenster auf und nieder, tanzten im Wind ihrer Fahrt nach Frankreich.

Die Daguerreotypie, heimlich aufgenommen von einem Beamten der Abteilung für Öffentliche Moral der Sûreté Générale am 30. Januar 1855, zeigt eine junge Frau an einem Tisch auf der Terrasse des Café Madeleine am Boulevard Malesherbes. Die Frau sitzt allein und hat eine Teekanne und Tasse vor sich. Die Auswertung des Bildes zeigt bestimmte Einzelheiten der Kleidung: Bänder, Rüschen, einen Kaschmirschal, Handschuhe, Ohrringe, eine aufwendig gearbeitete Haube. Die Kleidung der Frau ist französischen Ursprungs und neu sowie von hoher Qualität. Ihr Gesicht, durch die lange Belichtungszeit etwas verschwommen, wirkt ernst, nachdenklich.

Die Auswertung der Hintergrunddetails zeigt das Büro der Compagnie Sud Atlantique des Transportes Maritimes, Boulevard Malesherbes Nr. 3. Das Schaufenster enthält ein großes Modelldampfschiff mit drei Schornsteinen, ein französisches Passagier- und Frachtschiff für den transatlantischen Kolonialhandel. Ein gesichtsloser älterer Mann, augenscheinlich ein zufälliger Passant, scheint versunken in die Betrachtung des Schiffsmodells; seine einsame Gestalt hebt sich darum von den schattenhaften Schemen der vorbeieilenden Pariser Straßenpassanten ab. Er ist barhäuptig; seine Schultern hängen herab, er stützt sich schwer auf einen Spazierstock aus billigem Rattan. Er weiß von der Nähe der jungen Frau so wenig wie sie von seiner.

Sie ist Sybil Gerard.

Er ist Samuel Houston.

Ihre Wege führen sie für immer auseinander.

Derbytag

Er ist mitten im Schritt erstarrt, gerade im Begriff, sich diagonal durch die Festtagsmenge zu arbeiten. Der Aufnahmewinkel hat einen Teil seines Gesichts eingefangen: hohe Backenknochen, ein dichter, dunkler, kurzgeschnittener Bart, das rechte Ohr, und zwischen dem Mantelkragen aus Cordsamt und der gestreiften Mütze eine losgelöst herabhängende Haarlocke. Seine dunkle Hose, eingeknöpft in lederne Schuhgamaschen über genagelten Wanderstiefeln, sind bis zu den Knien gesprenkelt mit dem kalkigen Lehm Surreys. Die linke Achselklappe seines abgetragenen Wettermantels ist über den Tragriemen eines Militärfeldstechers geknöpft. In der Wärme hängt der Mantel offen und zeigt glänzende, kräftige Messingknöpfe. Seine Hände stecken tief in den Taschen des langen Mantels.

Sein Name ist Edward Mallory.

Er wanderte durch den lackierten Glanz von Kutschen, deren Zugpferde geräuschvoll das Gras am Wegrand abweideten, Scheuklappen vor den Augen, inmitten von Kindheitsgerüchen nach Lederzeug, Pferdeschweiß und Roßäpfeln. Seine Finger machten Inventur vom Inhalt seiner verschiedenen Taschen. Schlüssel, Zigarrenetui, Geldbörse, Kartentasche. Der dicke Horngriff seines Sheffield-Taschenmessers mit mehreren Klingen. Das Buch mit seinen Feldnotizen — der wertvollste Gegenstand von allen. Ein Taschentuch, ein Bleistiftstummel, ein paar lose Shillinge. Als praktisch denkender Mann wußte Dr. Mallory, daß jedes Sportereignis mit den Menschenmengen auch Taschendiebe anzog, denen man ihr Metier nicht ansah. Jeder hier konnte ein Taschendieb sein. Es war eine Tatsache und ein Risiko.

Eine Frau lief Mallory in den Weg, und die Nägel seiner Stiefelsohlen rissen ein Stück Volant von ihrem Rock. Sie wandte sich um, verzog das Gesicht und machte sich mit einem Quietschen ihrer Krinoline los, während Mallory die Hand an seine Mütze legte und rasch weiterging. Eine Farmersfrau, ein unbeholfenes, grobknochiges, rotwangiges Geschöpf, zivilisiert und englisch wie eine Milchkuh. Mallorys Auge war noch an eine wildere Rasse gewöhnt, die kleinen braunen Wolfsfrauen der Cheyenne mit ihren eingefetteten schwarzen Zöpfen und den perlenbesetzten ledernen Leggins. Die Reifröcke in der Menge um ihn her schienen eine Verirrung der Evolution; die Töchter Albions hatten regelrechte Gerüste unter ihren Röcken, alles Stahl und Fischbein.

Er fühlte sich unwillkürlich an die Bisons erinnert, wenn das großkalibrige Geschoß sie niederwarf; sie hatten eine Art, in das hohe Gras zu fallen, plötzlich beinlos, ein fellbedeckter Fleischhügel. Die großen Bisonherden in Wyoming ergriffen nicht die Flucht, wenn in der Ferne Gewehrschüsse krachten; sie standen ganz still und zuckten nur erstaunt mit den Ohren, bis der Tod sie ereilte.

Nun arbeitete sich Mallory durch diese andere Herde, verwundert, daß eine bloße Modeerscheinung ihre geheimnisvolle Schwungkraft so weit tragen konnte. Die Männer schienen unter ihren Damen wie eine andere Spezies, bei weitem nicht so extrem — vielleicht mit Ausnahme ihrer glänzenden Zylinderhüte, obwohl sein inneres Auge sich weigerte, irgendeinen Hut exotisch zu finden. Er wußte zuviel von Hüten, kannte zu viele der Geheimnisse ihrer Anfertigung. Er konnte mit einem Blick sehen, daß die meisten der Hüte ringsumher billige Ware waren, Fabrikarbeit, obwohl sie annähernd so fein aussahen wie die Arbeit eines geschickten Hutmachers, und das zum halben Preis oder weniger. Er hatte seinem Vater in der kleinen Hutmacherei in Lewes geholfen: auslochen, heften, formen, nähen. Sein Vater, der den Filz in das Quecksilberbad getaucht hatte, war scheinbar unempfindlich gegen den Gestank gewesen …

Mallory betrachtete das allmähliche Absterben des väterlichen Gewerbes nicht mit sentimentalen Empfindungen. Er verdrängte es aus seinem Gedanken, als er sah, daß in einem offenen Zelt unter gestreiftem Segeltuch Getränke verkauft wurden. Männer umdrängten die Theke, wischten sich Schaum von den Schnurrbärten. Beim bloßen Anblick wurde ihm bewußt, wie durstig er war. Er umging ein Trio von Freunden des Reitsports, mit Reitgerten unter den Armen, die über die Chancen der bevorstehenden Rennen diskutierten, erreichte die Theke und klopfte mit einem Shilling darauf.

»Wie belieben, Sir?« fragte der Verkäufer.

»Einen Huckle-buff.«

»Sie kommen aus Sussex, Sir?«

»Richtig. Warum?«

»Kann Ihnen keinen richtigen Huckle-buff machen, Sir, da ich keinen Gerstenschleim habe«, sagte der Mann mit bedauernder Miene. »Nicht viel Nachfrage, außerhalb von Sussex.«

»Bald sind es zwei Jahre, seit ich Huckle-buff gekostet habe«, sagte Mallory.

»Ich wünsche Ihnen einen guten Bumboo, Sir. Ziemlich ähnlich. Nein? Eine gute Zigarre, dann. Nur zwei Pence! Feiner Virginiatabak.« Der Barkeeper präsentierte ihm eine flache Holzkiste mit krummen Virginiazigarren.

Mallory schüttelte den Kopf. »Wenn mir nach etwas ist, bin ich hartnäckig. Ein Huckle-buff oder nichts.«

Der Barkeeper lächelte. »Läßt sich nicht mit der Herde treiben, der Herr. Ein Mann aus Sussex, wahrhaftig! Ich bin selbst vom Land. Nehmen Sie diese feine Zigarre gratis, Sir, mit meiner Empfehlung.«

»Sehr anständig von Ihnen«, sagte Mallory überrascht. Er schlenderte davon und zog ein Zündholz aus der Schachtel. Er riß es an seinem Stiefel an, erweckte die Virginia paffend zum Leben und steckte die Daumen unternehmungslustig in die Armlöcher seiner Weste.

Die Zigarre schmeckte wie feuchtes Schießpulver. Er riß sie sich aus dem Mund. Ein billiges Papierband umgürtete das übelriechende, grünlichschwarze Deckblatt, eine kleine ausländische Flagge mit Sternen und Balken und dem Motto MARKE SIEG. Kriegsschund von den Yankees, keine echte Virginia. Er warf sie fort, daß sie funkensprühend von der Seite eines Zigeunerwagens abprallte, wo ein dunkelköpfiges Kind in Lumpen sie rasch aufhob.

Zu Mallorys Linker schnaufte ein funkelnagelneuer Dampfwagen durch die Menge, der Fahrer aufrecht auf seinem Platz. Als der Mann seinen Bremshebel zog, ertönte am Bug des Dampfwagens eine Bronzeglocke, und die Leute machten dem Fahrzeug verdrießlich Platz. Die Passagiere des Dampfwagens räkelten sich auf samtbezogenen Sitzen, der zusammenfaltbare Funkenschild war zurückgeschoben, um die Sonne einzulassen. Ein grinsender alter Stutzer in Glacéhandschuhen trank Champagner mit ein paar jungen Damen, entweder Töchtern oder Mätressen. An der Tür des Dampfwagens schimmerte ein Wappen mit einem azurblauen Zahnrad und gekreuzten silbernen Hämmern. Das Emblem war Mallory unbekannt, der die Wappen aller gelehrten Lords kannte — doch war er schwach auf dem Gebiet der geadelten Industriellen und Kapitalisten.

Der Dampfwagen fuhr ostwärts zu den Derbygaragen; Mallory schloß sich dem Fahrzeug an, das ihm den Weg freimachte, und hielt mit Leichtigkeit Schritt. Er lächelte, als Kutscher mit ihren verängstigten Pferden kämpften. Während er in den eingedrückten breiten Radspuren des Dampfwagens einherging, mitunter etwas stolpernd, zog er sein Notizbuch aus der Tasche und durchblätterte die farbenfrohen Seiten des Anhangs zur wappenkundlichen Bestimmung. Es war die Ausgabe vom letzten Jahr, und er konnte das Wappen nicht darin finden. Schade, aber es bedeutete nicht viel, da allwöchentlich neue Lords in den Adelsstand erhoben wurden. Als standesgemäßes Fortbewegungsmittel erfreute sich der Dampfwagen unter den Lords größter Beliebtheit.

Die Maschine steuerte auf die grauen Dampfwolken zu, die hinter den Tribünen von Epsom mit ihren von Säulen getragenen Dächern aufstiegen. Langsam überwand sie die Bordsteinkante einer gepflasterten Zufahrtstraße. Mallory konnte jetzt die Garagen sehen, ein langes, weitläufiges Bauwerk im modernen Stil, aus Eisengerüsten, die mit genietetem Zinkblech bedeckt waren; die harten geraden Linien wurden da und dort von bunten Wimpeln und den Blechhauben von Ventilatoren unterbrochen.

Er folgte dem schnaufenden Dampfwagen, bis dieser langsam in eine freie Garagenbox fuhr. Der Fahrer öffnete die Ventile und ließ einen pfeifenden Dampfstrahl ab. Die Passagiere waren kaum über die ausklappbaren Stufen ausgestiegen, als auch schon Mechaniker mit Vaselinetöpfen und Fettpressen zur Stelle waren, den Wagen zu warten. Der Lord und seine beiden Begleiterinnen passierten Mallory auf ihrem Weg zur Haupttribüne. Britanniens emporgekommene Elite vertraute darauf, daß er sie bewundernd beobachtete, und ignorierte ihn mit heiterer Gleichgültigkeit. Der Fahrer schleppte einen großen Eßkorb hinterdrein. Mallory tippte an seine gestreifte Mütze, die zufällig derjenigen des Fahrers glich, und zwinkerte, aber der Mann reagierte nicht.

Mallory schlenderte das Garagengebäude entlang,

machte einzelne Dampfwagen mit Wappen aus seinem Bestimmungsbuch aus und markierte jede neue Sichtung mit seinem Bleistiftstummel und einem Gefühl von Befriedigung. Hier war Faraday, der große Physiker und Gelehrte der Royal Society, dort Colgate, der Seifenmagnat, und hier, wirklich ein Fang, der visionäre Baumeister Brunel. Einige wenige Dampfwagen trugen alte Familienwappen: Großgrundbesitzer, deren Väter Fürsten und Herzöge gewesen waren, als es solche Titel noch gegeben hatte. Einige Mitglieder des gefallenen alten Adels konnten sich Dampfwagen leisten; einige hatten mehr Initiative als andere und taten, was sie konnten, um mitzuhalten.

Als er den südlichen Teil erreichte, fand Mallory ihn abgesperrt mit einer Barrikade aus sauberen neuen Sägeböcken, die nach Pech rochen. Dieser Abschnitt war für die Rennwagen reserviert und wurde von einer Abteilung uniformierter Polizei bewacht. Einer der Beamten war mit einem Cutts Maudsley-Selbstlader von einem Modell bewaffnet, das Mallory vertraut war, da die Wyoming-Expedition sechs von diesen Gewehren mitgeführt hatte. Zwar hatten die Cheyenne den kurzen, in Birmingham hergestellten Maschinenkarabiner mit nützlicher Ehrfurcht betrachtet, doch hatte Mallory die Erfahrung gemacht, daß diese Waffe launisch bis zur Unzuverlässigkeit war, da der Federmechanismus zum automatischen Nachladen allzuoft klemmte. Außerdem war die Waffe ungenau bis zur Unbrauchbarkeit, es sei denn, man feuerte die gesamten dreißig Schuß in einen Haufen von Verfolgern — was Mallory selbst einmal aus der Heckstellung des Dampfpanzerwagens der Expedition getan hatte.

Mallory bezweifelte, daß der junge Polizist mit dem frischen Gesicht eine Ahnung hatte, was ein Cutts Maudsley anrichten konnte, wenn damit in eine englische Menschenmenge gefeuert wurde.

Jenseits der Absperrung war jede der getrennten Boxen gegen Spione und neugierige Buchmacher mit hohen Trennwänden aus gespanntem Segeltuch abgeschirmt. Die Spannseile waren an Fahnenmasten befestigt. Mallory arbeitete sich durch eine interessierte Menge von Zuschauern und Liebhabern des Dampfrennsports. Zwei Polizisten vertraten ihm den Weg, als er zum Tor hinein wollte. Er zeigte ihnen seine Karte mit der Bürgernummer und eine gedruckte Einladung von der Bruderschaft der Dampfmechaniker. Die Polizisten notierten seine Nummer und überprüften sie anhand eines dickleibigen Verzeichnisses. Schließlich zeigten sie ihm, wo er seine Gastgeber finden konnte, und warnten ihn vor Ausflügen in andere Boxen.

Als zusätzliche Sicherheitsvorkehrung hatte die Bruderschaft einen eigenen Ausguck ernannt. Der Mann saß auf einem Klappstuhl vor der Sichtabschirmung, blinzelte mißtrauisch und hatte einen langen Schraubenschlüssel über die Beine gelegt. Mallory zeigte seine Einladung. Der Wächter steckte den Kopf durch die Zeltbahnklappe, rief: »Dein Bruder ist da, Tom«, und winkte Mallory durch.

Das Tageslicht verschwand im Gestank von Fett, heißen Metallspänen und Kohlenstaub. Vier Dampfmechaniker in gestreiften Mützen und Lederschürzen beugten sich im grellen Schein einer Karbidlampe über eine Blaupause; hinter ihnen glänzten Lichtreflexe von Rundungen aus emailliertem Blech.

Im ersten Augenblick seiner Überraschung hielt er das Ding für ein Boot, dessen scharlachrot lackierter Rumpf zwischen zwei großen Rädern aufgehängt war. Antriebsräder, sah er beim Nähertreten; die Pleuelstangen aus brüniertem Messing verschwanden in Öffnungen der leicht aussehenden Schale oder Hülle. Kein Boot; es ähnelte mehr einem Tropfen, oder einer großen Kaulquappe. Ein drittes Rad, ziemlich klein und ein wenig komisch wirkend, war am Ende des langen, zulaufenden Hecks oder Schwanzes beweglich gelagert.

Er las den Namen, der in Schwarz und Gold auf den knolligen Bug gemalt war, unter einer facettenartig gekrümmten Anordnung kleiner, bleigefaßter Glasscheiben: *Zephyr.*

»Komm, Ned«, rief sein Bruder und winkte. »Nur keine Schüchternheit!« Die anderen schmunzelten über Toms Keckheit, und Mallory kam näher. Seine genagelten Stiefelsohlen klangen hell auf dem Zementboden. Sein kleiner Bruder Tom, neunzehn Jahre alt, hatte sich einen Schnurrbart zugelegt; er sah aus, als ob eine Katze ihn weglecken könnte. Mallory gab seinem Freund, Toms Meister, die Hand. »Das ist Mr. Michael Godwin, Sir!« sagte er.

»Dr. Mallory, Sir!« sagte Godwin, ein blonder Ingenieur von vierzig Jahren, mit Bartkoteletten über pokkennarbigen Wangen. Mittelgroß und stämmig, mit klugen, zurückhaltenden Augen, setzte Godwin zu einer Verbeugung an, besann sich eines Besseren, legte Mallory eine Hand auf den Rücken und stellte ihm seine Mitarbeiter vor. Sie waren Elijah Douglas, ein Geselle, und Henry Chesterton, ein Meister.

»Es ist mir eine Ehre, Sirs«, erklärte Mallory. »Ich erwartete Besonderes von Ihnen, aber dies ist eine Offenbarung.«

»Was halten Sie davon, Dr. Mallory?«

»Weit entfernt von unserem Dampfpanzerwagen, würde ich sagen!«

»Die Maschine wurde auch nicht für Ihr Wyoming gemacht«, sagte Godwin, »und das erklärt die leichte Bauweise. Die Form ergibt sich aus der Funktion, wie Sie uns so oft sagten.«

»Aber klein für einen Rennwagen«, sagte Mallory, etwas in Verlegenheit. »Und eigentümlich geformt.«

»Nach neu entdeckten Prinzipien konstruiert, Sir. Und hinter der Erfindung steckt eine feine Geschichte, die mit einem Kollegen von Ihnen zu tun hat. Sicherlich erinnern Sie sich an den verstorbenen Prof. Rudwick.«

»Ach ja, Rudwick«, murmelte Mallory. Dann sagte er zögernd: »Schwerlich der Mann für Ihre neuen Prinzipien, der gute Rudwick ...«

Douglas und Chesterton beobachteten ihn mit unverhohlener Neugier.

»Wir waren beide Paläontologen«, sagte Mallory etwas unbehaglich, »aber der Bursche hielt sich offenbar für einen Herren von Stand. Nahm Allüren an und vertrat veraltete Theorien. Ziemlich unklar in seinem Denken, meiner Meinung nach.«

Die beiden Mechaniker schauten zweifelnd drein.

»Es ist nicht meine Art, schlecht von den Toten zu sprechen«, versicherte Mallory ihnen. »Rudwick hatte seine Freunde, ich habe meine, und damit hat es sich.«

»Aber Sie erinnern sich an Prof. Rudwicks großes Flugreptil?« beharrte Godwin.

»*Quetzalcoatlus*«, sagte Mallory. »In der Tat, das war ein Coup; man kann es nicht leugnen.«

»Seine Überreste wurden in Cambridge studiert«, sagte Godwin. »Im Institut für Maschinenanalytik.«

»Ich habe vor, selbst dort zu arbeiten, über den Brontosaurus«, sagte Mallory, unglücklich über die Richtung, die das Gespräch zu nehmen schien.

»Sehen Sie«, fuhr Godwin fort, »die besten Mathematiker des Landes saßen dort und arbeiteten an dem Problem, während Sie und ich im Schlamm von Wyoming festfroren. Sie lochten ihre Karten, um herauszubringen, wie ein Geschöpf solcher Größe fliegen konnte.«

»Ich weiß von dem Projekt«, antwortete Mallory. »Rudwick veröffentlichte darüber, aber ›Pneumo-Dynamik‹ ist nicht mein Gebiet. Offen gesagt, ich bin nicht sicher, daß viel daran ist, wissenschaftlich gesehen. Es scheint ein bißchen ... nun ... *ätherisch*, wenn Sie verstehen, was ich meine.« Er lächelte.

»Möglicherweise gibt es enorme praktische Anwendungen«, sagte Godwin, unbeeindruckt von Mallorys

Skepsis. »Lord Babbage selbst hat an der Analyse mitgearbeitet.«

Mallory dachte darüber nach. »Ich gebe zu, daß dann sehr wahrscheinlich etwas an der Pneumo-Dynamik ist, wenn der große Babbage sich dafür interessiert! Vielleicht, um die Kunst des Ballonfahrens zu verbessern? Ballonfahrt, das ist ein militärisches Gebiet. Für die wissenschaftlichen Anwendungen in der Kriegstechnik gibt es immer reichliche Geldmittel.«

»Nein, Sir; ich meine die Praxis der Maschinenkonstruktion.«

»Eine Flugmaschine, meinen Sie?« Mallory hielt inne. »Sie werden mir doch nicht erzählen wollen, daß dieses Fahrzeug fliegen kann, oder?«

Die Mechaniker lachten höflich. »Nein«, sagte Godwin, »und ich kann nicht sagen, daß bei alledem viel herausgekommen ist, nicht direkt. Aber wir verstehen heute, daß gewisse Dinge mit dem Verhalten von strömender Luft zu tun haben, dem Prinzip des Luftwiderstandes. Ein neues und bisher wenig bekanntes Prinzip.«

»Aber wir Mechaniker«, sagte Mr. Chesterton stolz, »haben es in der Formgebung unseres *Zephyr* in die Praxis umgesetzt, Sir.«

»Wir nennen es strömungsgerecht«, sagte Tom.

»Also ist dieser Dampfwagen ›strömungsgerecht‹ konstruiert, wie? Darum sieht er so sehr wie ein ... ah ...«

»Wie ein Fisch aus«, sagte Tom.

»Genau«, sagte Godwin. »Ein Fisch! Es hat alles mit der Bewegung und Strömung von Flüssigkeiten zu tun, verstehen Sie? Wasser. Luft. Chaos und Turbulenz! Es ist alles in die Berechnungen eingegangen.«

»Bemerkenswert«, sagte Mallory. »Danach nehme ich an, daß dieses Turbulenzprinzip ...«

Plötzlich drang aus einer benachbarten Garagenbox ein Lärm, der laut genug war, auf der Haut Blasen zu ziehen. Die Wände erbebten, und feiner Ruß regnete von der Decke herab.

»Das werden die Italiener sein«, rief Godwin. »Sie haben dieses Jahr ein wahres Ungetüm mitgebracht!«

»Macht einen schweinischen Gestank!« beklagte sich Tom.

Godwin legte den Kopf schief. »Hören Sie, wie die Pleuelstangen beim Kolbenniedergang klappern? Schlechte Toleranzen. Schlampige ausländische Arbeit!« Er zog die Mütze vom Kopf und klopfte an seinem Knie den Ruß heraus.

Mallory dröhnte der Schädel. »Kommen Sie, ich gebe einen aus!« rief er.

Godwin hielt die Hand ans Ohr. »Wie?«

Mallory machte die Pantomime des Trinkens mit dem Daumen und der Faust. Godwin grinste. Er bellte etwas zu Chesterton und zeigte auf die Blaupause, dann gingen er und Mallory hinaus in den Sonnenschein.

»Schlechte Pleuelstangen«, sagte der Wächter draußen selbstgefällig. Godwin nickte und gab dem Mann seinen Lederschurz. Statt dessen zog er einen einfachen schwarzen Rock über und vertauschte seine Mütze mit einem Strohhut.

Sie verließen die Absperrung. »Ich kann nur ein paar Minuten erübrigen«, entschuldigte sich Godwin. »›Des Meisters Auge schmilzt das Metall‹, wie man sagt.« Er hakte eine dunkle Schutzbrille über seine Ohren. »Ein paar von diesen Dampfliebhabern kennen mich und könnten versuchen, uns zu folgen ... Aber das hat nichts zu sagen. Es ist gut, Sie wiederzusehen. Willkommen in England.«

»Ich werde Sie nicht lange aufhalten«, sagte Mallory. »Ich wollte ein paar Worte unter vier Augen mit Ihnen sprechen. Über den Jungen, und so.«

»Oh, Tom ist ein feiner Kerl«, sagte Godwin. »Er lernt. Er gibt sich Mühe.«

»Ich hoffe, er wird es zu was bringen.«

»Wir tun unser Bestes«, sagte Godwin. »Es tat mir leid, von Tom traurige Nachricht über Ihren Vater zu hören. Daß er so schwer erkrankte, und alles.«

»›Der alte Mallory geht erst, wenn er seine letzte Braut weggegeben hat‹«, zitierte Mallory. »Das sagte Vater immer zu uns. Er mochte alle seine Mädchen unter der Haube wissen. Ein tapferer Mann, mein armer alter Vater.«

»Es muß sehr tröstlich für ihn sein, einen Sohn wie Sie zu haben«, sagte Godwin. »Also, wie gefällt Ihnen London? Haben Sie den Ausflüglerzug genommen?«

»Ich bin nicht in London gewesen. Ich war in Lewes, bei der Familie. Nahm den Morgenzug nach Leatherhead, und von dort ging ich zu Fuß.«

»Sie sind von Leatherhead zum Derby gegangen? Das sind fünfzehn Kilometer oder mehr!«

Mallory lächelte. »In der Wildnis von Wyoming sind wir oft zwanzig gegangen, querfeldein auf der Suche nach Fossilien. Mir war danach, wieder die vertraute englische Landschaft zu sehen. Ich bin gerade erst von Toronto zurückgekommen mit all unseren Kisten voll versteinerter Knochen, während Sie seit Monaten hier sind und das Leben genießen.« Er machte eine ausgreifende Armbewegung.

Godwin nickte. »Nun, wie finden Sie dann die Gegend hier — da Sie nun wieder zu Hause sind?«

»Londoner Becken, Antiklinale«, sagte Mallory. »Kalkablagerungen aus Tertiär und Eozän, darüber etwas neuzeitlicher kieselhaltiger Lehm.«

Godwin lachte. »Wir werden alle zu neuzeitlichem kieselhaltigem Lehm ... Da sind wir schon; hier gibt es anständiges Gebräu.«

Sie gingen einen sanft geneigten Hang hinunter zu einem Bierwagen, der mit Fässern beladen war. Mallory ließ zwei Halbe zapfen.

»Es war nett von Ihnen, unsere Einladung anzunehmen«, sagte Godwin, »ich weiß, daß Sie ein vielbeschäftigter Mann sind, mit Ihren berühmten geologischen Kontroversen und dergleichen.«

»Nicht beschäftigter als Sie«, erwiderte Mallory. »Solide Konstruktionsarbeit. Praktisch und nützlich. Darum beneide ich Sie, wirklich.«

»Nein, nein«, sagte Godwin. »Ihr Bruder hält viel von Ihnen. Wir alle tun das! Sie sind der kommende Mann, Ned. Ihr Stern ist am Aufgehen.«

»Gewiß, wir hatten in Wyoming großes Glück«, sagte Mallory. »Es gelang uns eine großartige Entdeckung. Aber ohne Sie und Ihren Dampfpanzerwagen hätten diese Rothäute kurzen Prozeß mit uns gemacht.«

»Sie waren nicht so übel, sobald sie sich an uns gewöhnt und vom Whisky gekostet hatten.«

»Der Wilde respektiert britischen Stahl«, sagte Mallory. »Theorien über alte Knochen beeindrucken ihn nicht sehr.«

»Nun«, meinte Godwin, »ich bin ein guter Parteigänger der Radikalen und Lord Babbages. ›Theorie und Praxis müssen sein wie Knochen und Sehnen.‹«

»Diese verdienstvolle Einstellung verlangt nach einem zweiten Glas«, sagte Mallory. »Erlauben Sie, daß ich zahle. Ich gebe noch meinen Bonus von der Expedition aus.«

Godwin nahm sein Bierglas und führte Mallory außer Hörweite der anderen Trinker. Er sah sich vorsichtig um, dann nahm er die dunkle Brille ab und blickte Mallory ins Auge. »Vertrauen Sie auf Ihr Glück, Ned?«

Mallory strich sich den Bart. »Kommt darauf an. Haben Sie einen Vorschlag?«

»Die Tipgeber nennen Wahrscheinlichkeiten von zehn zu eins gegen unseren *Zephyr.*«

Mallory schmunzelte. »Ich bin keine Spielernatur, Mr. Godwin! Geben Sie mir klare Tatsachen und Beweise, und ich werde mich danach richten. Aber ich bin kein törichter Träumer, auf unverdiente Reichtümer zu hoffen.«

»Sie haben die Reichtümer von Wyoming genommen. Sie riskierten dabei Ihr Leben.«

»Aber das hing von meinen eigenen Fähigkeiten und denen meiner Kollegen ab.«

»Genau!« sagte Godwin. »Das ist auch meine Einstellung dazu! Aber passen Sie auf. Lassen Sie uns von unserer Bruderschaft der Dampfmechaniker sprechen.«

Godwin blickte in die Runde, fuhr mit gedämpfter Stimme fort: »Der Vorsitzende unserer Bruderschaft oder Gewerkschaft, wenn Sie so wollen, ist Lord Scowcroft ... In den schlimmen alten Zeiten war er einfach Jim Scowcroft, einer der populären Agitatoren, aber er machte seinen Frieden mit den Radikalen. Heute ist er reich und Parlamentsabgeordneter und so weiter: ein sehr geschäftstüchtiger Mann. Als ich mit meinen Plänen für den *Zephyr* zu Lord Scowcroft ging, sprach er zu mir genau so, wie Sie es eben taten: Tatsachen und Beweise. ›Meister Godwin‹, sagte er, ›ich kann Ihnen von den hartverdienten Beiträgen unserer Brüder keine Zuschüsse bezahlen, es sei denn, Sie zeigen mir schwarz auf weiß, wie es uns Gewinn einbringen kann.‹ Darauf sagte ich zu ihm: ›Euer Lordschaft, die Konstruktion von Dampfwagen ist einer der aussichtsreichsten Gewerbezweige im Land. Wenn wir nach Epsom gehen, und unsere Maschine läßt die Konkurrenten hinter sich, werden die wohlhabenden Leute nach dem berühmten Erzeugnis der Dampfmechanik Schlange stehen.‹ Und so wird es sein, Ned.«

»Wenn Sie das Rennen gewinnen«, versetzte Mallory.

Godwin nickte ernst. »Ich mache keine gußeisernen Versprechen. Ich bin Ingenieur; ich weiß recht gut, daß Eisen verbiegen und brechen, rosten und bersten kann. Sie wissen es sicherlich auch, Ned, denn Sie sahen mich Reparaturen an diesem verdammten Dampfpanzerwagen ausführen, bis ich glaubte, ich müsse verrückt werden ... Aber ich kenne meine Zahlen. Ich kenne Druckdifferenziale und Kurbelwellendrall und Raddurchmesser. Wenn nicht ein Unglück geschieht, wird unser kleiner *Zephyr* an seinen Konkurrenten vorbeisausen, als stünden sie still.«

»Das hört sich großartig an. Es freut mich für Sie.« Mallory trank sein Ale. »Nun sagen Sie mir, was passieren würde, wenn ein Unheil geschieht.«

Godwin lächelte. »Dann verliere ich und stehe mittellos da. Lord Scowcroft war großzügig, zumindest nach seiner eigenen Einschätzung, aber solch ein Projekt ist immer mit zusätzlichen Kosten verbunden. Ich habe alles in meine Maschine gesteckt: meinen Expeditionsbonus von der Royal Society, sogar eine kleine Erbschaft, die ich von einer Tante bekam, Gott hab' sie selig.«

Mallory war erschrocken. »Alles?«

Godwin schmunzelte. »Nun, was ich *weiß*, kann man mir nicht nehmen, nicht? Ich werde immer noch mein Wissen und meine Fertigkeiten haben; vielleicht werde ich an einer weiteren Expedition der Royal Society teilnehmen. Sie zahlt nicht schlecht. Aber ich riskiere alles, was ich in England habe. Die Devise lautet Ruhm oder Hunger, Ned, und nichts dazwischen.«

Mallory strich sich den Bart. »Sie erschrecken mich, Mr. Godwin. Sie schienen immer ein praktisch denkender Mann zu sein.«

»Dr. Mallory, mein Publikum heute ist die Crème des Landes. Der Premierminister ist anwesend. Der Prinzgemahl wird unter den Zuschauern sein. Lady Ada Byron ist hier und wettet große Summen, wenn die Gerüchte zutreffen, die ich gehört habe. Wann werde ich wieder solch eine Chance haben?«

»Ich folge Ihrer Logik«, sagte Mallory, »aber ich kann nicht sagen, daß ich sie billige. Andererseits gestattet Ihnen Ihre Stellung im Leben das Eingehen eines derartigen Risikos. Sie sind nicht verheiratet, nicht wahr?«

Godwin trank von seinem Ale. »Sie auch nicht, Ned.«

»Nein, aber ich habe acht jüngere Brüder und Schwestern, einen sterbenskranken alten Vater, eine Mutter, die vom Rheumatismus verzehrt wird. Ich kann den Lebensunterhalt meiner Familie nicht verspielen.«

»Die Chance, daß Sie das tun, steht zehn zu eins, Ned. Es ist eine todsichere Sache! Die Wetten müßten fünf zu drei zugunsten unseres *Zephyr* stehen.«

Mallory sagte nichts. Godwin seufzte. »Es ist ein Jammer. Ich wollte einem guten Freund diesen Wettgewinn zukommen lassen. Einen großen Gewinn! Und ich selbst kann nicht auf meine Maschine setzen, verstehen Sie? Ich wollte es, aber ich habe mein letztes Pfund in die Vorbereitungen gesteckt.«

»Vielleicht ein bescheidener Einsatz«, meinte Mallory. »Um der Freundschaft willen.«

»Setzen Sie zehn Pfund für mich«, sagte Godwin plötzlich. »Zehn Pfund, als Anleihe. Wenn Sie verlieren, werde ich Ihnen den Betrag irgendwie zurückzahlen. Wenn Sie gewinnen, werden wir uns heute abend hundert Pfund teilen, halb und halb. Was sagen Sie? Werden Sie das für mich tun?«

»Zehn Pfund! Eine beträchtliche Summe ...«

»Ich bin gut dafür.«

»Ich vertraue darauf ...« Mallory sah keinen leichten Ausweg, der ihm erlaubt hätte, sich zu verweigern. Der Mann hatte Tom einen Platz im Leben gegeben, und Mallory war sich der Schuld bewußt. »Sehr gut, Mr. Godwin. Ihnen zu Gefallen.«

»Sie werden es nicht bedauern«, sagte Godwin. Er wischte kläglich am abgeschabten Ärmel seiner Jacke. »Fünfzig Pfund. Ich kann das Geld gebrauchen. Ein triumphierender Erfinder, dem Erfolg und Aufstieg im Leben winken, sollte sich nicht wie ein armer Landpfarrer kleiden müssen.«

»Ich kann mir nicht denken, daß Sie gutes Geld auf Eitelkeiten verschwenden würden.«

»Es ist nicht Eitelkeit, sich zu kleiden, wie es der Stellung entspricht, die man im Leben einnimmt.« Godwin musterte ihn mit scharfem Blick. »Das ist Ihr alter Wettermantel aus Wyoming, nicht wahr?«

»Ein praktisches Kleidungsstück«, sagte Mallory.

»Nicht für London. Nicht, wenn Sie feinen Londoner Damen mit einem modischen Geschmack für Naturgeschichte in elegantem Rahmen Vorträge halten.«

»Ich schäme mich meiner nicht«, sagte Mallory standhaft.

Godwin nickte. »Einfachheit ist eine Tugend. Ich will sie Ihnen nicht ausreden. Sie kommen mit einer einfachen Mütze nach Epsom, so daß die Jungens sich nicht genieren, einen berühmten Gelehrten zu treffen. Ich weiß, warum Sie das getan haben, Ned, und ich bewundere es. Aber denken Sie an meine Worte, eines Tages werden Sie Lord Mallory sein, so sicher wie wir hier stehen und Bier trinken. Sie werden einen feinen seidenen Rock tragen, und ein Band im Knopfloch, und Orden und Medaillen von allen Gelehrtenvereinigungen der Welt. Denn Sie sind der Mann, der den großen Landleviathan ausgegraben und aus einem Durcheinander versteinerter Knochen eines der erstaunlichsten vorzeitlichen Lebewesen rekonstruiert hat. Sie sind jetzt ein berühmter Mann, Ned, und Sie täten gut daran, sich darauf einzustellen.«

»Es ist nicht so einfach, wie Sie denken«, widersprach Mallory. »Sie kennen die Politik der Royal Society nicht. Ich bin ein Anhänger der Katastrophentheorie. Damit vertrete ich eine Minderheit. Die Mehrheit aber entscheidet, wenn es darum geht, Ehrungen und Pfründe zu vergeben. Das sind Männer wie Lyell, und dieser verdammte Dummkopf Rudwick.«

»Charles Darwin wurde geadelt, Gideon Mantell wurde geadelt, und sein Iguanodon ist ein Knirps, verglichen mit Ihrem Brontosaurus.«

»Sprechen Sie nicht schlecht von Gideon Mantell! Er ist der beste Mann der Wissenschaft, den Sussex je hervorgebracht hatte, und er war sehr freundlich zu mir.«

Godwin schaute in sein leeres Bierglas. »Ich bitte um Vergebung«, sagte er. »Ich sprach ein bißchen zu offen, das sehe ich ein. Wir sind weit entfernt vom wilden Wyoming, wo wir als einfache Landsleute um ein Lagerfeuer saßen und uns kratzten, wo es gerade juckte.« Er setzte seine dunkle Brille wieder auf. »Aber ich erinnere mich an Ihre Theorien, wie Sie uns erklärten, was diese Knochen aussagten. ›Die Form folgt der Funktion.‹ ›Die Tauglichsten überleben.‹ Neue Formen bereiten den Weg. Sie mögen zuerst seltsam aussehen, aber die Natur stellt sie auf eine harte und gerechte Probe gegen die alten, und wenn sie im Prinzip gesund und entwicklungsfähig sind, dann gehört ihnen die Welt.« Godwin blickte auf. »Wenn Sie nicht sehen, daß Ihre Theorie und meine Entwicklung wie Knochen und Sehnen sind, dann sind Sie nicht der Mann, für den ich Sie halte.«

Mallory nahm seine Mütze ab. »Ich bin es, der um Entschuldigung bitten sollte, Sir. Vergeben Sie meine törichte Gefühlsaufwallung. Ich hoffe, Sie werden immer offen zu mir sprechen, Mr. Godwin, ob ich Ordensbänder trage oder nicht. Möge ich niemals so unwissenschaftlich sein, meine Augen gegen die Wahrheit zu verschließen.« Er bot ihm die Hand.

Godwin schüttelte sie.

Eine Fanfare schmetterte über die Rennbahn, und die Menge antwortete mit aufbrandendem Stimmgewirr und allgemeinem Geraschel. Die Leute ringsum setzten sich in Bewegung und wanderten wie eine große Wiederkäuerherde zu den Tribünen.

»Ich gehe den Einsatz machen, den wir besprachen«, sagte Mallory.

»Ja, und ich muß zurück zu meinen Jungen. Kommen Sie nach dem Rennen zu uns? Um den Gewinn zu teilen?«

»Gewiß«, sagte Mallory.

»Geben Sie mir das leere Glas«, erbot sich Godwin. Mallory gab es ihm und ging.

Nachdem er sich von seinem Freund getrennt hatte, bedauerte Mallory augenblicklich seine Zusage. Zehn Pfund waren in der Tat eine hohe Summe; in seiner Studentenzeit hatte er mit wenig mehr ein ganzes Jahr auskommen müssen.

Dennoch, überlegte er, als er in die allgemeine Richtung der überdachten Buchmacherstände schlenderte, war Godwin ein sehr präziser und einfallsreicher Techniker, und ein äußerst gewissenhafter und ehrlicher Mann. Er hatte keinerlei Ursache, an Godwins Einschätzung der Siegeschancen zu zweifeln, und ein Mann, der auf den *Zephyr* setzte, mochte Epsom an diesem Abend mit einer Summe verlassen, die dem Einkommen mehrerer Jahre entsprach. Wenn man dreißig Pfund setzen würde, oder vierzig ...

Mallory hatte annähernd fünfzig Pfund auf einem Bankkonto, den größeren Teil von seinem Expeditionsbonus. Weitere zwölf trug er in dem schweißfleckigen Geldgürtel aus Segeltuch bei sich, der unter seiner Weste verborgen war.

Er dachte an seinen armen Vater, der vom Hutmacherwahnsinn kraftlos und siech geworden war, vergiftet vom Quecksilber, und in seinem Lehnstuhl am Kaminfeuer zuckte und murmelte. Ein Teil von Mallorys Geld war bereits für die Kohlen vorgesehen, die dieses Kaminfeuer nährten.

Andererseits könnte man dabei vierhundert Pfund einstreichen ... Aber nein, er würde vernünftig sein und nur zehn setzen, um seine Abmachung mit Godwin einzuhalten. Zehn Pfund würden ein fühlbarer Verlust sein, aber einer, den er tragen konnte. Er bewegte die Finger seiner rechten Hand zwischen den Knöpfen seiner Weste und fühlte nach der zugeknöpften Klappe des Geldgürtels.

Er beschloß, seine Wette bei der durch und durch modernen Firma Dwyer & Co. zu plazieren, statt bei der ehrwürdigen und vielleicht etwas angeseheneren Wettannahme Tattersall. Er war häufig an Dwyers hellbeleuchteten Räumen an der St. Martin's Lane vorbeigekommen und hatte das tiefe Surren der drei Messingmaschinen gehört, die dort im Einsatz waren. Er war nicht geneigt, solch einen Einsatz bei einem der vielen individuellen Buchmacher zu hinterlegen, die auf ihren hohen Hockern saßen und die Menge überblickten, obwohl sie annähernd so verläßlich waren wie die größeren Firmen. Das wettfreudige Publikum sorgte dafür, daß sie es waren und blieben. Mallory selbst war in Chester einmal Zeuge gewesen, wie die Menge einen betrügerischen Wetteinnehmer beinahe gelyncht hätte. Noch immer war ihm der gellende Ruf »Schwindler!« im Ohr, hoch und durchdringend wie der Warnruf beim Ausbruch eines Feuers, der wie ein Lauffeuer durch die abgeteilte Einfriedung gegangen war, und der Sturm auf den Mann mit der schwarzen Mütze, der zu Boden geschleudert und erbarmungslos mit Stiefeltritten bearbeitet worden war. Unter der Oberfläche des gutmütigen, erwartungsvollen Rennbahnpublikums lauerte eine urtümliche Wildheit. Er hatte den Vorfall mit Charles Darwin besprochen, der die Handlungsweise mit dem Verhalten von Krähen verglichen hatte ...

Seine Gedanken wandten sich zu Darwin, als er sich vor dem Buchmacherschalter anstellte. Mallory war ein früher und leidenschaftlicher Anhänger des Mannes gewesen, den er als einen der großen Geister des Zeitalters betrachtete; aber er befürchtete, daß der zur Zurückgezogenheit neigende Lord Darwin ihn, wenngleich er Mallorys Unterstützung anerkannte, für ziemlich dreist hielt. Wenn es um berufliche Förderung ging, war Darwin von geringem Nutzen. Thomas Henry Huxley war der Mann dafür, ein großer Sozialtheoretiker und ein vollendeter Wissenschaftler und Redner ...

In der Schlange rechts neben Mallory stand ein feiner Herr in eleganter, aber unauffälliger Stadtkleidung, die letzte Nummer der Zeitschrift *Sporting Life* unter dem makellosen Ärmel. Als Mallory ihn beobachtete, trat der Mann an den Schalter und plazierte eine Wette von einhundert Pfund auf ein Pferd namens *Alexandras Stolz.*

»Zehn Pfund auf den *Zephyr,* auf Gewinn«, sagte Mallory dem Buchmacher am Schalter für das Dampfwagenrennen, und legte eine Fünfpfundnote und fünf Einpfundnoten auf den Zahlteller. Während der Angestellte den Einsatz auf der Lochkarte festhielt, studierte Mallory die über dem glänzenden Stuckmarmor des Schalters angezeigten Gewinnaussichten nach dem letzten Stand der angenommenen Wetten. Die Franzosen mit dem *Vulcan* der Compagnie Général de Traction wurden deutlich favorisiert. Lenker des *Vulcan* war ein M. Raynal. Mallory bemerkte, daß der italienische Teilnehmer in einer nur wenig besseren Position als Godwins *Zephyr* war. Hatten sich die Pleuelstangen herumgesprochen?

Der Schalterangestellte schob Mallory eine dünne blaue Kopie der gelochten Karte zu. »Sehr gut, Sir, danke sehr.« Er blickte bereits an ihm vorbei zum nächsten Kunden.

Mallory räusperte sich und sagte: »Nehmen Sie auch einen Scheck an?«

»Selbstverständlich, Sir«, antwortete der Mann und hob eine Augenbraue, als hätte er erst jetzt Mallorys Mütze und Mantel bemerkt. »Vorausgesetzt, der Scheck trägt Ihre aufgedruckte Bürgernummer.«

»In diesem Fall«, sagte Mallory zu seiner eigenen Verblüffung, »werde ich zusätzlich vierzig Pfund auf den *Zephyr* setzen.«

»Auf Gewinn, Sir?«

»Auf Gewinn.«

Mallory hielt sich etwas darauf zugute, ein ziemlich scharfer Beobachter seiner Mitmenschen zu sein. Er besaß, wie Gideon Mantell ihm vor langer Zeit schon versichert hatte, das scharfe Auge des Naturforschers, das sofort das Wesentliche erkannte. Und tatsächlich verdankte er seine gegenwärtige Position in der wissenschaftlichen Hierarchie vor allem dem Umstand, daß er dieses Auge auf einer monotonen Strecke eines geröllübersäten Flußufers in Wyoming erprobt hatte, wo es inmitten einer scheinbar gestaltlosen Wüstenei aus Steinbrocken Formen unterschieden hatte.

Nun jedoch fand er, bestürzt über den Leichtsinn seiner Wette und die Ungeheuerlichkeit der Folgen im Falle des Verlustes keinen Trost in der Anwesenheit und Verschiedenartigkeit der Zuschauermenge. Das vieltausendstimmige Geschrei massierter und leidenschaftlicher Gier, während die Pferde ihre Runden liefen, war mehr, als er ertragen konnte. Beinahe fluchtartig verließ er die Tribünen und hoffte seine nervöse Energie durch Umhergehen abzubauen. Bei den Geländern des Einlaufes hatte sich eine dichte Masse von Fahrzeugen und Menschen versammelt, deren letztere in begeisterte Anfeuerungsrufe ausbrachen, als das Feld der Rennpferde in einer Staubwolke vorbeijagte. Ärmere Leute wie diese, meistenteils nicht gewillt, einen Shilling Eintrittsgebühr für die Tribünen zu entrichten, setzten sich damit einer ungleich größeren Gefahr aus, ihr Geld zu verlieren, denn hier war das Betätigungsfeld jener, die auf Unvorsichtigkeit und Ablenkung der Zuschauer spekulierten: Taschendiebe, Zigeuner, Wettbetrüger. Er drängte sich zum äußeren Rand der Menge durch, wo er Luft zu schöpfen hoffte.

Plötzlich kam ihm der Gedanke, daß er einen seiner Wettzettel verloren haben könnte. Der Gedanke lähmte ihn beinahe. Er blieb stehen, stieb die Hände suchend in die Taschen.

Nein — die dünnen blauen Zettel waren noch da, seine Eintrittskarten zum Unheil ...

Der Augenblick seiner Unachtsamkeit genügte, daß er um ein Haar von einem Pferdegespann zu Boden gestoßen worden wäre. Erschrocken und zornig griff Mallory nach dem Zaumzeug des näheren Pferdes, gewann sein Gleichgewicht zurück und rief eine Warnung.

Eine Peitsche knallte über seinem Kopf. Der Lenker des Gespanns versuchte seinem offenen Landauer einen Weg durch die Menschenmenge zu bahnen. Der Mann war kein Kutscher, sondern ein geckenhaft gekleideter Besucher der Rennbahn, aufgeputzt in einem Anzug von leuchtendem Blau, mit einem großen unechten Rubin an einer Krawatte von grellfarbiger Seide. Unter der Blässe einer wie geschwollen vorgewölbten Stirn, betont durch dunkle, unordentliche Locken, waren seine schwarzen, glänzenden Augen in ständiger Bewegung, so daß er gleichzeitig überallhin zu blicken schien — nur nicht zur Rennbahn, die noch immer die Aufmerksamkeit der Menge auf sich zog. Ein eigenartiger Bursche, und Teil eines noch eigenartigeren Trios, denn die Passagiere im Landauer waren zwei Frauen.

Eine, verschleiert, trug ein dunkles, beinahe männlich wirkendes Kleid; und als der Landauer hielt, erhob sie sich unbeholfen und griff nach dem Wagenschlag. Wie betrunken wankend, versuchte sie über den Wagentritt auszusteigen, behindert durch einen länglichen Holzkasten, der dem Behälter eines Musikinstruments ähnelte. Aber die zweite Frau packte ihre verschleierte Gefährtin, bevor diese den Wagen verlassen konnte, und zog sie mit einem heftigen Ruck zurück in den Sitz.

Mallory, der mit einer Hand noch immer das Zaumzeug hielt, starrte in Verblüffung. Denn die zweite Frau war eine rothaarige Prostituierte in den auffälligen Kleidern und der herausfordernden Aufmachung, wie sie einem Ginpalast oder Schlimmerem angemessen sein mochten. Ihr hübsches, aber vulgär geschminktes Gesicht zeigte einen Ausdruck rücksichtsloser Entschlossenheit.

Während Mallory noch hinsah, schlug die rothaarige Prostituierte der verschleierten Dame mit geübter Bösartigkeit und Berechnung von der Seite die Faust in die kurzen Rippen. Die verschleierte Frau krümmte sich und fiel zurück in ihren Sitz.

Mallory fühlte sich zum Eingreifen verpflichtet. Er sprang an die Seite des Landauers und riß den lackierten Schlag auf. »Was hat das zu bedeuten?« rief er.

»Gehen Sie weg«, sagte die Prostituierte.

»Ich sah Sie diese Dame schlagen. Wie können Sie es wagen?«

Der Landauer setzte sich wieder in Bewegung und riß Mallory beinahe zu Boden. Er hatte sich rasch wieder gefaßt, sprang vorwärts und ergriff den Arm der verschleierten Dame. »Halten Sie sofort!«

Die Frau erhob sich abermals. Unter dem schwarzen Schleier sah Mallory ein rundes, sanftes Gesicht, dessen Züge jedoch schlaff und träumerisch wirkten. Sie versuchte wieder auszusteigen, anscheinend ohne zu bemerken, daß der Wagen in Bewegung war. Sie konnte ihr Gleichgewicht nicht finden. Mit einer ganz natürlichen, damenhaften Geste reichte sie Mallory den langen hölzernen Kasten.

Mallory stolperte neben dem Wagen her, den unhandlichen Kasten mit beiden Händen haltend. Zurufe erhoben sich aus der Menge, denn die unachtsame Fahrweise des Wagenlenkers hatte sie aufgebracht. Wieder kam der Landauer zum Stillstand; die Pferde schnaubten und stampften

Der Kutscher warf seine Peitsche beiseite und sprang herunter. Zornbebend marschierte er auf Mallory zu, stieß die Umstehenden beiseite. Er zog eine eckig aussehende, rosa eingefärbte Brille aus der Tasche und schob sie über das pomadisierte Haar an den Ohren. Vor Mallory angelangt, nahm er die hängenden Schultern zurück und streckte eine in einem kanariengelben Handschuh steckende Hand mit gebieterischer Gebärde aus.

»Geben Sie dieses Eigentum sofort zurück«, befahl er.

»Was hat das zu bedeuten?« konterte Mallory.

»Ich bekomme jetzt diesen Kasten, oder Sie werden es bereuen.«

Mallory starrte den um einen guten Kopf kleineren Mann an, verblüfft über seine kühne Drohung. Er war nahe daran, laut zu lachen, wäre ihm nicht der unnatürliche Glanz der ruhelosen Augen hinter der rosa Brille aufgefallen, wie bei einem von Laudanum Besessenen.

Mallory stellte den Kasten mit Bedacht zwischen seine lehmigen Stiefel. »Madam«, rief er, »steigen Sie aus, wenn Sie wollen. Diese Leute haben kein Recht, Sie zu zwingen ...«

Der Mann vor ihm griff in seinen grellblauen Anzug und sprang wie ein Schachtelmännchen auf ihn zu. Mallory wehrte ihn mit einem Stoß der offenen Hand ab und fühlte einen stechenden Schmerz an seiner linken Hüfte.

Der andere stolperte zurück, fing sich und griff wieder an. In seiner Hand glänzte eine schmale Stahlklinge.

Mallory war ein geübter Schüler von Mr. Shillingfords System wissenschaftlichen Boxens. In London übte er wöchentlich einmal in einer der von der Royal Society unterhaltenen privaten Turnhallen, und seine Monate in den Wildnissen Nordamerikas hatten ihn körperlich gestählt und abgehärtet.

Er parierte den Messerarm mit der linken Handkante und trieb dem Kerl eine rechte Gerade ins Gesicht.

Er gewann einen flüchtigen Blick auf das Stilett, das der Hand seines Gegners entfallen war und im zertrampelten Gras lag: eine gefährliche, schmale Stichwaffe mit doppelter Schneide und einem aus rotem Guttapercha gedrehtem Griff. Dann war der Mann wieder auf ihm. Er blutete aus dem Mund, und sein Angriff bestand in einem wilden Keilen ohne Methode. Mallory nahm Shillingfords erste Kampfstellung ein und antwortete mit einer zweiten Geraden an den Kopf des Bösewichtes.

Die Menge, die beim ersten Wortwechsel und dem

Aufblitzen der Stahlklinge zurückgewichen war, bildete jetzt einen Ring um die beiden Kämpfer. Es waren hauptsächlich Arbeiter und die Rennbahntypen, die von ihnen lebten. Es war ein rauher, johlender Haufen, erfreut über die Gelegenheit, unter unerwarteten Umständen einen Zweikampf zu sehen. Als Mallory seinen Mann mit einem seiner besten Aufwärtshaken am Kinn traf, brachen sie in Beifallsgeschrei aus, fingen den Kerl auf, als er rückwärts in ihre Mitte fiel und stießen ihn wieder auf Mallory zu, direkt in den nächsten Schlag. Der Stutzer ging zu Boden, Blut auf dem Anzug und der lachsfarbenen Seide seiner Krawatte.

»Ich werde Sie vernichten!« nuschelte er vom Boden. Einer seiner Zähne — ein Eckzahn, wie es schien — war blutig zersplittert.

»Paß auf!« rief jemand. Mallory wandte sich um. Die rothaarige Frau stand hinter ihm, ein dämonisches Licht in den Augen und etwas Glänzendes in der Hand — es schien eine Glasphiole zu sein, so merkwürdig es unter den Umständen war. Ihr Blick ging zum Boden, aber Mallory trat vorsorglich zwischen sie und den langen hölzernen Kasten. Es folgte ein Augenblick gespannter Konfrontation, während die Rothaarige ihre Alternativen abzuwägen schien, dann eilte sie an die Seite des Besiegten.

»Ich werde Sie völlig vernichten!« wiederholte der Mann mit blutigen Lippen. Die Frau half ihm auf die Beine. Die Umstehenden verhöhnten ihn als Feigling und leeren Prahler.

»Versuch's«, sagte Mallory und schüttelte die Faust.

Die Augen des Geschlagenen starrten ihn in schwelendem Haß an, aber der Mann war zu keinem neuen Angriff mehr fähig; gestützt auf die Rothaarige, tappte er wankend durch die Menge davon. Mallory hob triumphierend den Kasten auf und ging durch den Ring der lachenden Zuschauer zum Wagen. Einer der Männer schlug ihn herzhaft auf den Rücken.

Er bestieg den Landauer, wo es nach Leder und abgenutztem Samt roch. Der Lärm der Menge ließ nach; das Rennen war vorüber; jemand hatte gewonnen.

Die Dame saß zusammengesackt im Polster, ihr Atem bewegte den Schleier. Mallory hielt Umschau nach möglichen Angreifern, sah aber nur die Menge; sah es alles in einer sonderbaren Art und Weise, als wäre der Augenblick erstarrt, daguerreotypiert durch einen fabelhaften Prozeß, der noch die feinste Schattierung des Spektrums festhielt.

»Wo ist meine Anstandsdame?« fragte die Frau mit leiser, verwirrter Stimme.

»Wer könnte Ihre Anstandsdame sein, Madam?« fragte Mallory zurück. »Ich glaube nicht, daß Ihre Begleiter die passende Gesellschaft für eine Dame waren ...«

Er blutete aus der Wunde an seiner linken Hüfte; es sickerte durch sein Hosenbein. Er ließ sich auf den Sitz nieder und drückte die Handfläche gegen die Verletzung, dann beugte er sich näher und spähte durch den Schleier der Frau. Ringellocken, blond und von grauen Strähnen durchzogen, verrieten die unermüdliche Zuwendung einer begabten Kammerzofe. Aber das Gesicht kam ihm seltsam bekannt vor.

»Kenne ich Sie, Madam?« fragte Mallory

Er blieb ohne Antwort.

»Darf ich Sie begleiten?« schlug er vor. »Haben Sie beim Derby standesgemäße Freunde? Leute, die sich Ihrer annehmen?«

»Die Königliche Einfriedung«, murmelte sie.

»Sie wünschen zur Königlichen Einfriedung zu gehen?« Die Vorstellung, die Königliche Familie mit dieser benommenen oder geistesgestörten Frau zu behelligen, war mehr, als Mallory auf sich zu nehmen bereit war. Dann fiel ihm ein, daß es sehr einfach sein würde, dort Polizei anzutreffen; und dies war unzweifelhaft ein Fall für die Polizei.

Am einfachsten wäre es, auf die unglückliche Frau einzugehen. »Sehr gut, Madam«, sagte er, steckte den hölzernen Kasten unter einen Arm und bot ihr den anderen Ellbogen. »Wir gehen sofort zur Königlichen Einfriedung. Wenn Sie bitte mit mir kommen wollen.«

Er half ihr aus dem Landauer und führte sie leicht hinkend zu den Tribünen, durch einen Strom von Menschen. Unterwegs schien sie sich ein wenig zu erholen. Ihre behandschuhte Linke ruhte leicht wie eine Feder auf seinem Unterarm.

Unter den weißen Säulen der Tribüne waren das Gedränge und der Lärm weniger übermächtig. Er blieb stehen und deutete eine Verbeugung an. »Darf ich mich vorstellen, Madam? Mein Name ist Edward Mallory. Ich bin ein Mitglied der Royal Society; ein Paläontologe.«

»Die Royal Society«, murmelte die Frau halb geistesabwesend, und ihr verschleierter Kopf nickte wie eine Blume auf einem Stengel. Sie schien noch etwas hinzuzufügen.

»Wie bitte?«

»Die Royal Society! Wir haben den Geheimnissen des Universums das Herzblut ausgesogen ...«

Mallory starrte sie an.

»Die fundamentalen Beziehungen in der Wissenschaft der Harmonie«, sagte die Frau mit einer Stimme von großer Sanftmut, Müdigkeit und Ruhe, »sind empfänglich für mechanischen Ausdruck, gestatten die Komposition sorgfältig ausgearbeiteter und wissenschaftlicher Kompositionen jeden Umfangs und jeder Schwierigkeit.«

»Natürlich«, sagte Mallory besänftigend.

»Ich denke, meine Herren«, flüsterte die Frau, »daß Sie nicht an mir verzweifeln werden, wenn Sie bestimmte Produktionen von mir sehen! Meine Regimenter werden den Herrschern der Erde in ihrer eigenen Weise fähig dienen. Und aus welchen Materialien werden meine Regimenter bestehen? Aus unermeßlichen Zahlen.«

Sie packte Mallorys Arm mit fiebriger Heftigkeit. »Wir werden mit unwiderstehlicher Macht zum Klang von Musik marschieren.« Sie wandte ihm das verschleierte Gesicht zu; aus ihren Augen sprach eine seltsam heitere Ernsthaftigkeit. »Ist es nicht sehr geheimnisvoll? *Meine* Truppen müssen jedenfalls aus Zahlen bestehen, oder sie können überhaupt keine Existenz haben. Aber was sind dann diese Zahlen? Es ist ein Rätsel ...«

»Ist dies Ihr Kasten, Madam?« fragte Mallory und hielt ihr den Gegenstand vors Gesicht, um vielleicht einen Anstoß zur Rückkehr der Vernunft zu geben.

Sie sah den Kasten ohne offenkundiges Wiedererkennen an. Es war ein schönes Ding aus lackiertem Rosenholz, die Ecken in Messing gefaßt; es hätte ein Handschuhkasten einer Dame sein können, doch war er dafür zu nüchtern, ohne die spezifische Eleganz. Der Deckel war mit kleinen Messinghaken verschlossen. Die Frau strich mit dem behandschuhten Zeigefinger darüber, als müsse sie sich seiner physischen Existenz vergewissern. Etwas daran schien jedoch eine dämmernde Erkenntnis ihrer eigenen mißlichen Lage zu bewirken. »Können Sie ihn für mich halten, Sir?« fragte sie Mallory schließlich. In ihrer stillen Stimme zitterte eine seltsam klägliche Bitte. »Können Sie ihn für mich in Verwahrung nehmen?«

»Selbstverständlich«, sagte Mallory, wider Willen gerührt. »Selbstverständlich werde ich ihn für Sie verwahren; solange Sie wollen, Madam.«

Langsam bewegten sie sich die Tribüne hinauf zu den teppichbelegten Stufen, die zur Königlichen Einfriedung führten. Mallorys Hüfte schmerzte unangenehm, und seine Hose war klebrig von Blut. Er fühlte sich benommener als eine so relativ geringfügige Wunde rechtfertigte; etwas an der sonderbaren Rede der Frau und ihrem noch sonderbareren Benehmen schien auf ihn abgefärbt zu haben. Oder vielleicht — der Gedanke kam ihm erst jetzt in den Sinn — hatte der Zuhälter oder was immer er war, sein Stilett mit einer Art von Gift überzogen. Mallory bedauerte, daß er die Waffe nicht zwecks späterer Untersuchung aufgehoben hatte. Vielleicht war auch die Frau neben ihm irgendwie narkotisiert worden; möglicherweise hatte er irgendein finsteres Komplott zu ihrer Entführung durchkreuzt ...

Zu Füßen der Tribünen war die Rennbahn für das bevorstehende Dampfwagenrennen freigemacht worden. Fünf kolossale Dampfwagen und der vergleichsweise winzige *Zephyr* rollten an ihre Plätze. Mallory verhielt einen Augenblick und beobachtete das gebrechlich aussehende Fahrzeug, von dem jetzt auf so absurde Weise sein Glück abhing. Die Frau benützte den Augenblick, um seinen Arm loszulassen und zu der weißgestrichenen Trennwand der Königlichen Einfriedung zu eilen.

Mallory hinkte überrascht hinterdrein. Sie blieb einen Augenblick bei zwei Wächtern am Eingang stehen — Polizisten in Zivil, wie es schien, sehr athletisch und wachsam. Die Frau hob mit einer schnellen, gewohnheitsmäßigen Bewegung den Schleier, und zum ersten Mal konnte Mallory ihr Gesicht deutlich erkennen.

Sie war Ada Byron, die Tochter des Premierministers. Lady Ada Byron, die Königin der Maschinen.

Sie schlüpfte durch die Tür, ohne auch nur einen Blick zurückzuwerfen oder ein einziges Wort des Dankes zu sagen. Mallory, den Rosenholzkasten unter dem Arm, wollte ihr durch die Tür folgen, aber einer der Polizisten vertrat ihm den Weg.

»Einen Augenblick, Sir!« sagte er höflich. Er musterte Mallory von oben bis unten, bemerkte den Holzkasten, das durchfeuchtete Hosenbein. »Sind Sie ein Gast in der Königlichen Einfriedung, Sir?«

»Nein«, sagte Mallory. »Aber Sie müssen gesehen haben, daß Lady Ada Byron gerade eben hier durchgegangen ist. Etwas Schreckliches ist mit ihr geschehen; ich fürchte, sie befindet sich in einer Notlage. Ich war imstande, ihr ein wenig behilflich zu sein …«

»Ihr Name, Sir?« fragte der zweite Polizist.

»Edward … Miller«, platzte Mallory heraus, im letzten Augenblick von seinem Schutzinstinkt gewarnt.

»Darf ich ihre Bürgerkarte sehen, Mr. Miller?« sagte der erste Polizist. »Was ist in diesem Kasten, den Sie bei sich tragen? Darf ich hineinsehen, bitte?«

Mallory entzog den Kasten der ausgestreckten Hand, trat einen Schritt zurück. Die Polizisten musterten ihn mit einer gefährlichen Mischung von Argwohn und Geringschätzung.

Von der Rennbahn unter ihnen drang ein scharfer Knall herauf. Ein Dampfstrahl pfiff aus einer geplatzten Naht des italienischen Dampfwagens und vernebelte die unteren Reihen der Tribüne, wo eine kleine Panik entstand. Mallory ergriff die Gelegenheit, um davonzuhinken; die Polizisten, vielleicht gehalten, ihren Posten nicht zu verlassen, oder um die Sicherheit der Königlichen Einfriedung besorgt, verzichteten auf eine Verfolgung.

Er eilte hinkend die Tribüne hinunter und verlor sich so bald als möglich in der Menge. Eine weitere Regung des Schutzinstinkts veranlaßte ihn, seine gestreifte Mütze abzunehmen und in die Manteltasche zu stecken.

Er fand einen einfachen Tribünenplatz in einer Bankreihe, weit entfernt von der Königlichen Einfriedung. Dort ließ er sich vorsichtig nieder und legte die Rosenholzkiste über die Knie. Der Riß in seinem Hosenbein war unbedeutend, aber die Wunde darunter schien tiefer zu sein, als er zunächst angenommen hatte; noch immer sickerte Blut heraus. Mallory verzog schmerzlich das Gesicht, als er sich niedersetzte, und drückte die Handfläche gegen die Wunde.

»Verdammich«, sagte ein Mann auf der Bank hinter ihm, »dieser Fehlstart wird den Druck herabsetzen. Eine

Sache der spezifischen Wärme. Es bedeutet, daß der größte Kessel mit Sicherheit gewinnt.«

»Und der ist welcher?« fragte der Gefährte des Sprechers, vielleicht sein Sohn.

Der Mann blätterte in einem Programm mit technischen Ratschlägen für Wettlustige. »Das wird der *Goliath* sein, Lord Hansells Rennwagen. Mit dem gleichen Typ hat er schon letztes Jahr gewonnen ...«

Mallory spähte hinunter zur Rennbahn, die von den Pferdehufen aufgewühlt war. Der Lenker des italienischen Dampfwagens wurde auf einer Bahre fortgetragen, nachdem man ihn unter Schwierigkeiten aus der Beengtheit seines Fahrersitzes befreit hatte. Schmutziger Rauch stieg noch immer aus dem Riß im Kessel. Mechaniker spannten zum Abtransport Pferde vor das havarierte Fahrzeug.

Weiße Dampfwolken stiegen aus den Schornsteinen der anderen Dampfwagen. Die Zacken aus poliertem Messing, die den Schornstein des *Goliath* krönten, waren besonders eindrucksvoll. Er stellte den schlanken, eigentümlich schwach aussehenden und obendrein durch Spanndrähte stabilisierten Schornstein von Godwins *Zephyr* völlig in den Schatten.

»Ein schlechtes Omen!« meinte der jüngere Mann. »Ich glaube, der geplatzte Kessel riß diesem armen Ausländer glatt den Kopf ab.«

»Nichts dergleichen«, erwiderte der Ältere. »Der Kerl hatte einen feinen Helm.«

»Er bewegt sich nicht, Sir.«

»Wenn die Italiener auf technischem Gebiet nicht konkurrieren können, haben sie hier nichts verloren«, erklärte der ältere Mann streng.

Anerkennendes Gebrüll entstieg der Menge, als der havarierte Dampfwagen von dem angestrengt ziehenden Pferdegespann abgeschleppt wurde. »Jetzt werden wir richtigen Rennsport sehen!« sagte der ältere Mann.

Mallory, der angespannt wartete, öffnete aus Nervosität den Rosenholzkasten; seine Daumen zogen wie von selbst an den kleinen Messinghaken. Das Innere, mit grünem Fries gefüttert, enthielt einen langen Stoß milchigweißer Lochkarten. Er zog eine aus der Mitte heraus. Es war eine Maschinenlochkarte nach der französischen Industrienorm und bestand aus einem verblüffend glatten, künstlichen Material. In einer Ecke war mit lila Tinte die handgeschriebene Notierung # 154.

Mallory steckte die Karte sorgsam wieder an ihren Platz und schloß den Kasten.

Eine Flagge wurde geschwenkt, und die Dampfwagen fuhren an.

Der *Goliath* und der französische *Vulcan* gingen sogleich in Führung. Die unerwartete Verzögerung — die fatale Verzögerung, dachte Mallory, dem der Gedanke das Herz abdrückte — hatte den kleinen Kessel des *Zephyr* abkühlen lassen und ohne Zweifel zu einem entscheidenden Verlust an Dampfkraft geführt. Der *Zephyr* rollte im Kielwasser der größeren Wagen und holperte beinahe komisch in ihren tief eingedrückten Radspuren. Er schien keine rechte Zugkraft zu entwickeln.

Mallory war nicht überrascht, sondern erfüllt von schicksalsschwerer Resignation.

In der ersten Kurve begannen *Vulcan* und *Goliath* um die Führungsposition zu kämpfen. Die drei anderen Dampfwagen formierten sich in einer Reihe hinter ihnen. Der *Zephyr* hingegen fuhr völlig absurd auf der Außenbahn, weit außerhalb der Fahrspuren der anderen Dampfwagen. Meister Henry Chesterton, der Lenker des kleinen Fahrzeuges, schien den Verstand verloren zu haben. Mallory beobachtete das Manöver mit der betäubten Ruhe eines ruinierten Mannes.

Plötzlich, kaum aus der Kurve, beschleunigte der *Zephyr* zu unmöglicher Geschwindigkeit. Mit unglaublicher, butterweicher Leichtigkeit glitt er an den anderen Dampfwagen vorüber, wie ein schleimiger Kürbiskern, der zwischen Daumen und Zeigefinger herausgequetscht wird. In der nächsten Kurve, welche die halbe Meile markierte, die er mit halsbrecherischer Geschwindigkeit durchmaß, legte er sich deutlich sichtbar nach außen, daß die inneren Räder abhoben. Am Beginn der Zielgeraden traf er eine leichte Bodenunebenheit, und das ganze Fahrzeug mit den großen Antriebsrädern verlor einen Augenblick die Bodenberührung. Dann folgte ein hartes Aufsetzen in einer Staubwolke, begleitet von metallischem Kreischen; erst in diesem Augenblick bemerkte Mallory, daß die große Menschenmenge auf den Tribünen totenstill geworden war.

Kein Pieps war vom Publikum zu vernehmen, als der *Zephyr* über die Ziellinie zischte. Er bremste ab, schwänzelte und rumpelte über die ausgefahrenen Radspuren der Konkurrenten, und kam zum Stillstand.

Volle vier Sekunden vergingen, bevor der verblüffte Rennleiter daran dachte, das Flaggenzeichen zu geben. Die anderen Dampfwagen umrundeten noch die entfernte Kurve, volle zweihundert Schritte zurück.

Plötzlich entrang sich der Zuschauermenge ein verblüffter Aufschrei — darin war nicht so sehr Freude oder Anerkennung, sondern vielmehr ungläubiges Staunen und sogar ein verquerer Zorn.

Henry Chesterton stieg aus dem *Zephyr.* Er lockerte sein Halstuch, lehnte sich entspannt an das schimmernde Chassis seines Dampfwagens und beobachtete mit kühler Überlegenheit, wie die anderen Dampfwagen schwerfällig über die Ziellinie schnauften. Bis zu ihrer Ankunft im Ziel schienen sie Jahrhunderte gealtert. Sie waren, begriff Mallory, zu Relikten geworden.

Er griff in seine Tasche. Die blauen Wettscheine waren da, in Sicherheit. Ihre materielle Beschaffenheit hatte sich nicht im mindesten verändert, aber jetzt bedeuteten diese kleinen blauen Zettel unfehlbar den Gewinn von vierhundert Pfund. Nein, von fünfhundert Pfund insgesamt — von denen er fünfzig dem siegreichen Michael Godwin zu geben hatte.

Mallory hörte eine Stimme in den Ohren, inmitten des wachsenden Tumultes der Menge. »Ich bin reich«, bemerkte die ruhige Stimme. Es war seine eigene.

Er war reich!

Dieses Bild ist eine Daguerreotypie von der Art, wie die britische Aristokratie sie in kleinen Freundes- und Bekanntenkreisen zu verteilen pflegte. Der Fotograf mag Prinzgemahl Albert gewesen sein, ein Mann, dessen vielpubliziertes Interesse an wissenschaftlichen Entwicklungen ihn zum — anscheinend echten — Intimus der Elite des Landes gemacht hatte, soweit sie sich zu den Anhängern der Radikalen Partei zählte. Die Abmessungen des Raumes und die üppigen Draperien im Hintergrund legen nahe, daß die Aufnahme im fotografischen Salon gemacht wurde, den Prinz Albert im Palast Windsor unterhielt.

Die dargestellten Frauen sind Lady Ada Byron und ihre Gefährtin und sogenannte Anstandsdame, Lady Mary Somerville. Lady Somerville, Autorin des Buches *Über den Zusammenhang der Naturwissenschaften* und Übersetzerin von Laplaces *Himmelsmechanik*, hat den resignierten Ausdruck einer Frau, die sich an die Launen und Unberechenbarkeiten ihrer jüngeren Gefährtin hat gewöhnen müssen. Beide Frauen tragen vergoldete Sandalen und weiße Gewänder ähnlich einer römischen Toga, aber stark beeinflußt vom französischen Klassizismus. Es sind die Kleidungsstücke weiblicher Adepten der Gesellschaft des Lichtes, des geheimen inneren Kernes und internationalen Propagandaarmes der Industriellen Radikalen Partei. Die matronenhafte Mrs. Somerville trägt auch eine Kopfbinde mit astronomischen Symbolen, ein geheimes Zeichen des hohen Postens, den diese *femme savante* in den Kreisen der europäischen Wissenschaft einnimmt.

Ada Byron, deren Arme bis auf einen Siegelring am rechten Zeigefinger frei von Schmuck sind, setzt einen

Lorbeerkranz auf die Stirn einer Marmorbüste Isaak Newtons. Trotz des sorgfältigen Arrangements schmeichelt die fremdartige Kleidung der Lady Ada nicht, und ihr Gesicht verrät Anspannung und Anzeichen von Müdigkeit. Lady Ada war im Juni 1855, als diese Daguerreotypie entstand, einundvierzig Jahre alt. Sie hatte vor kurzem eine große Summe Geldes beim Derby verloren, obwohl ihre Spielverluste, die all ihren Freunden wohlbekannt waren, auch zur Tarnung des Verlustes noch höherer Summen zu dienen schienen, die ihr sehr wahrscheinlich abgepreßt wurden.

Sie ist die Königin der Maschinen, die Zauberin der Zahl. Lord Babbage nannte sie die ›Kleine Da‹. Sie hat keine Position in der Regierung, und die kurze Blütezeit ihres mathematischen Genies liegt weit hinter ihr. Aber sie ist vielleicht das erste Bindeglied zwischen ihrem Vater, dem großen Redner der Industriellen Radikalen Partei, und Charles Babbage, der grauen Eminenz der Partei und des führenden Sozialtheoretikers.

Ada ist die Mutter.

Ihre Gedanken sind verschlossen.

Dritte Iteration

Dunkle Laternen

Stellen wir uns Edward Mallory vor, wie er die prachtvolle Haupttreppe im Palast der Paläontologie ersteigt, deren massives Ebenholzgeländer von schmiedeeisernen Darstellungen uralter Baumfarne, Riesenschachtelhalmen und Ginkgos getragen wird.

Nehmen wir an, daß er von einem Boten begleitet wird, der mit rotem Gesicht ein Dutzend in Glanzpapier eingeschlagene Pakete trägt, Früchte eines langen Nachmittags bedachtsam-methodischer Einkäufe. Wie Mallory die Treppe ersteigt, sieht er, daß Lord Owen seine massige Gestalt die Treppe herunterwuchtet, einen verdrießlichen Ausdruck in den wäßrigen Augen. Die Augen des ehrwürdigen Reptilienanatomen erinnern Mallory an frisch geöffnete Austern, denen der Bart entfernt worden ist und die in ihrem Salzwassersaft schwimmen, bereit zum Verzehr. Mallory zieht den Hut. Owen murmelt etwas, das ein Gruß sein mag.

Im ersten Geschoß erblickt Mallory eine Gruppe von Studenten, die bei den offenen Fenstern sitzen und mit ruhigen Stimmen diskutieren, während abendliches Zwielicht sich auf die Urweltriesen aus Zement und Gips in den Gärten des Instituts herabsenkt.

Eine leichte Brise bewegt die langen Leinenvorhänge.

Mallory drehte sich vor dem Kleiderschrankspiegel nach links und nach rechts. Er knöpfte den Rock auf, steckte die Hände in die Hosentaschen und brachte die Weste zur Geltung, die in einem Mosaik winziger blauer und weißer Quadrate gewebt war. Ada-Karo nannten die Schneider den Stoff, denn Lady Ada hatte das Muster kreiert, indem sie einen Jacquard-Webstuhl mittels einer Lochkarte programmiert hatte, reine Algebra zu weben. Die Weste machte vom ganzen Anzug am meisten her, dachte er, obwohl immer noch etwas fehlte, vielleicht ein Spazierstock. Er zog sein Zigarrenetui, klappte es auf und bot dem Herren im Spiegel eine erstklassige Havanna an. Eine feine Geste, aber man konnte ein silbernes Zigarrenetui nicht wie einen Damenmuff herumtragen; das mußte eleganter geschehen.

Aus dem Sprachrohr in der Wand neben der Tür drang ein scharfes metallisches Klopfen. Er ging hinüber, öffnete den gummiberingten Messingdeckel. »Mallory hier!« blaffte er gebückt in die Öffnung. Die Stimme des Empfangschefs drang fern und hohl herauf, geisterhaft. »Ein Besucher für Sie, Dr. Mallory! Soll ich seine Karte hinaufschicken?«

»Ja, bitte!« Mallory, unvertraut mit dem Verschluß der Rohrpost, fummelte an dem Mechanismus herum. Ein Zylinder aus schwarzem Guttapercha schoß wie aus einem Gewehr abgefeuert aus der Röhre und schlug gegen die Wand auf der anderen Seite. Mallory begriff, daß er den Verschluß zu früh geöffnet hatte, doch als er hinübereilte, die Sendung aufzuheben, sah er ohne Überraschung, daß die Tapete dort bereits mit Dellen bedeckt war; anderen war der gleiche Fehler unterlaufen. Er schraubte den Deckel vom Zylinder und schüttelte den Inhalt heraus. Mr. Laurence Oliphant, war auf den beigefarbenen, satinierten Karton gedruckt, Autor und Journalist. Darunter eine Adresse in Piccadilly und eine Telegrammnummer. Ein Journalist von einigem Anspruch, nach seiner Karte zu urteilen. Ein unbestimmt vertrauter Name. Hatte er irgendwo etwas von Oliphant gelesen? Er drehte die Karte um und betrachtete das maschinell aus Punkten zusammengesetzte Portrait eines blonden Herren mit hoher Stirn, großen

Spanielaugen, einem spöttischen kleinen Lächeln und einem Kinnbart. Durch diesen Bart und die hohe Stirn sah Mr. Oliphants schmaler Schädel so lang wie der eines Iguanodons aus.

Mallory legte die Karte in sein Notizbuch und blickte im Zimmer umher. Sein Bett war übersät mit seinen Einkäufen: Rechnungen, Einwickelpapier, Schachteln und dergleichen.

»Bitte sagen Sie Mr. Oliphant, daß ich zu ihm ins Foyer kommen werde!«

Rasch füllte er die Taschen seiner neuen Hosen, verließ sein Zimmer, sperrte die Tür ab und schritt den Korridor entlang, vorbei an weißen Wänden aus narbigem Kalkstein, eingerahmt von Pilastern aus dunklem Marmor. Seine neuen Schuhe knarrten bei jedem Schritt.

Mr. Oliphant, unerwartet langbeinig und ebenso elegant wie kostspielig gekleidet, lehnte mit dem Rücken am Tresen des Empfangs, die Ellbogen auf die marmorne Deckplatte gestützt und die Füße übereinandergeschlagen. Seine lässige Haltung vermittelte das Bild eines sportlichen Herren in der Pose gelassener Überlegenheit. Mallory hatte genug Journalisten kennengelernt, die in ihre Artikel über den großen Leviathan alles mögliche hineingebracht hatten, nur nicht das, was er ihnen zuvor geduldig erläutert hatte, und war inzwischen von einer gesunden Skepsis gegenüber diesem Berufsstand erfüllt; dieser Bursche aber strahlte das glatte Selbstbewußtsein eines Mannes aus, der sich im Vorteil weiß.

Mallory stellte sich vor und entdeckte sehnige Stärke in der langfingrigen Hand des Journalisten.

»Ich bin in der Angelegenheit der Geographischen Gesellschaft gekommen«, erklärte Oliphant laut genug, um von einigen Gelehrten gehört zu werden, die unweit von ihnen in einer Gruppe beisammenstanden. »Forschungskomitee, verstehen Sie. Ich hätte Sie gern in einer bestimmten Sache konsultiert, Dr. Mallory.«

»Gewiß, gern«, sagte Mallory. Die Königliche Geographische Gesellschaft war reichlich mit Mitteln ausgestattet; ihr mächtiges Forschungskomitee entschied über Bewilligungen und ihre Empfänger.

»Darf ich vorschlagen, daß wir unter vier Augen sprechen, Sir?«

»Selbstverständlich«, sagte Mallory und führte den Journalisten in den Salon, wo sie einen ruhigen Winkel bei einem lackierten chinesischen Wandschirm fanden. Mallory hob seine Rockschöße und setzte sich. Oliphant ließ sich auf dem Ende einer mit roter Seide bezogenen Couch nieder, den Rücken zur Wand. Er blickte aufmerksam umher, und Mallory erkannte, daß er nach Lauschern Ausschau hielt.

»Sie kennen sich hier aus«, sagte er. »Sind Sie im Auftrag Ihres Komitees öfters hier?«

»Nicht oft, nein, obwohl ich hier einmal mit einem Ihrer Kollegen zusammengekommen bin, einem Professor Francis Rudwick.«

»Ach ja, Rudwick; armer Kerl.« Mallory war ein wenig verdrießlich, aber nicht überrascht, einen von Rudwicks Bekannten kennenzulernen. Rudwick hatte kaum jemals eine Gelegenheit verpaßt, Forschungsmittel von Stiftungen und Institutionen gleich welcher Art zusammenzuscharren.

Oliphant nickte nüchtern. »Ich bin kein Gelehrter, Dr. Mallory. In Wirklichkeit bin ich ein Verfasser von Reisebüchern. Trivialitäten, um die Wahrheit zu sagen, obwohl sie mir ein gewisses Maß an öffentlicher Gunst eingebracht haben.«

»Ich verstehe«, sagte Mallory, überzeugt, daß er jetzt wußte, mit wem er es zu tun hatte: mit einem reichen Müßiggänger, einem Dilettanten. Sehr wahrscheinlich hatte er Familienverbindungen. Die meisten dieser ehrgeizigen Pfuscher waren für die Wissenschaft wertlos.

»Innerhalb der Geographischen Gesellschaft, Dr. Mallory«, begann Oliphant, »wird gegenwärtig eine intensive Diskussion über den uns gemäßen Wirkungskreis geführt. Sie sind sich vielleicht der Kontroverse bewußt?«

»Ich war längere Zeit in Übersee«, sagte Mallory, »und habe die Neuigkeiten nicht verfolgen können.«

»Ohne Zweifel waren Sie vollauf mit Ihrer eigenen wissenschaftlichen Kontroverse beschäftigt.« Oliphants Lächeln war entwaffnend. »Katastrophe gegen Uniformität. Rudwick sprach oft darüber. Ziemlich heftig, muß ich sagen.«

»Ein schwieriges Geschäft«, murmelte Mallory, »ziemlich abstrus ...«

»Ich persönlich fand Rudwicks Argument schwach«, sagte Oliphant beiläufig zu Mallorys angenehmer Überraschung. Der Journalist beugte sich mit schmeichelhafter Aufmerksamkeit näher. »Erlauben Sie mir, den Zweck meines Besuches genauer zu erklären, Dr. Mallory. Innerhalb der Geographischen Gesellschaft gibt es eine Strömung, die die Ansicht vertritt, daß die Gesellschaft besser beraten wäre, die Ursprünge unserer eigenen Gesellschaft zu untersuchen, als sich in den afrikanischen Busch zu stürzen, um die Quellen des Nils zu entdecken. Warum die Forschung auf physikalische Geographie beschränken, wenn es so viele Probleme der politischen und, ja, moralischen Geographie gibt, die bislang ungelöst sind?«

»Interessant«, sagte Mallory, der nun erst recht nicht wußte, worauf sein Besucher hinauswollte.

»Was würden Sie als ein bedeutender Forscher und Entdecker zu einem Vorschlag folgender Art sagen?« fragte Oliphant. Sein Blick ging jetzt an Mallory vorbei und schien auf die mittlere Distanz fixiert. »Angenommen, Sir, jemand würde nicht die Weiten Wyomings erforschen, sondern einen bestimmten Winkel unserer Stadt London ...«

Mallory nickte mechanisch und fragte sich einen Augenblick lang, ob Oliphant verrückt sei.

»Könnten wir dann nicht«, fuhr der Mann mit einem leichten Erschauern, wie von unterdrückter Begeisterung fort, »völlig objektive, statistische Untersuchungen durchführen? Könnten wir nicht die Gesellschaft untersuchen, Sir, und zwar mit einer ganz neuartigen Genauigkeit und Intensität? Um daraus neue Prinzipien abzuleiten — aus den Myriaden von Bevölkerungszusammenballungen im Laufe der Jahrhunderte; aus den obskuren Reisen der Münzen von Hand zu Hand, aus den turbulenten Verkehrsströmen ...? Gegenständen, die wir heute unbestimmt als den Bereichen Polizei, Gesundheit, öffentliche Dienste zuordnen — aber wahrgenommen, Sir, wie von einem alles durchforschenden, einem alles durchdringenden, einem wissenschaftlichen Auge!«

In Oliphants Blick war viel zuviel vom Leuchten der Begeisterung, einem jähen, heftigen Aufflammen, das seine betonte Lässigkeit als Trug entlarvte.

»Theoretisch«, meinte Mallory, »scheint die Idee vielversprechend. In der Praxis bezweifle ich jedoch, daß die wissenschaftlichen Institutionen und Gesellschaften die Maschinenkapazitäten bereitstellen könnten, die für ein so breitangelegtes und ehrgeiziges Projekt erforderlich wären. Ich selbst hatte die größte Mühe, eine einfache Dichtemessung und Beanspruchungsanalyse der Knochen zu bekommen, die ich entdeckt hatte. Die Nachfrage nach Maschinenarbeitszeit wächst ständig. Überhaupt, warum sollte die Geographische Gesellschaft diese Sache in Angriff nehmen? Warum notwendigen Forschungsarbeiten im Ausland die Mittel entziehen? Man sollte meinen, daß eine direkte parlamentarische Untersuchung vielleicht ...«

»Aber der Regierung ermangelt es an der notwendigen Vision, dem Bewußtsein des intellektullen Abenteuers, der Objektivität. Angenommen, man könnte über die Maschinen der Polizei verfügen, statt jener des, sagen wir, Cambridge-Instituts. Was würden Sie dann sagen?«

»Die Maschinen der Polizei?« sagte Mallory. Die Idee war ganz außerordentlich. »Wie sollte die Polizei der Ausleihe ihrer Maschinen zustimmen?«

»Die Maschinen stehen bei Nacht häufig still«, sagte Oliphant.

»Tatsächlich? Nun, das ist interessant … Aber wenn diese Maschinen für wissenschaftliche Zwecke genutzt würden, Mr. Oliphant, kann ich mir vorstellen, daß andere, dringendere Projekte sehr bald die ungenutzte Maschinenzeit beanspruchen würden. Ein Vorschlag wie der Ihrige bedürfte mächtiger Unterstützung, um in der Dringlichkeit Vorrang zu erhalten.«

»Aber würden Sie in der Theorie zustimmen?« drängte Olipant. »Wenn die Voraussetzungen gegeben wären, würden Sie das grundsätzliche Ziel der Mühe wert finden?«

»Ich würde einen detaillierten Vorschlag sehen müssen, bevor ich ein solches Projekt aktiv unterstützen könnte, und, offen gesagt, ich bezweifle, daß meine Stimme in Ihrer Geographischen Gesellschaft großes Gewicht haben würde. Ich bin dort nicht Mitglied, wissen Sie.«

»Sie unterschätzen Ihren wachsenden Ruhm«, versetzte Oliphant. »Die Nominierung Edward Mallorys, des Entdeckers des Land-Leviathans, würde in der Geographischen Gesellschaft mit Leichtigkeit die nötige Unterstützung finden.«

Mallory war sprachlos.

»Rudwick wurde Mitglied«, sagte Qliphant. »Nach der Geschichte mit dem Pterodactylus.«

Mallory räusperte sich. »Ich bin sicher, daß es eine verdienstvolle …«

»Ich werde es als eine Ehre betrachten, wenn Sie gestatten, daß ich mich persönlich der Sache annehme«, sagte Oliphant. »Es wird keine Schwierigkeiten geben, das kann ich Ihnen versprechen.«

Oliphants Selbstsicherheit schien keinen Zweifel zuzulassen. Mallory anerkannte das *fait accompli*. Er war elegant manövriert worden. Es gab keine annehmbare Art und Weise, den Gefallen abzulehnen, und eine Mitgliedschaft in der reichen und mächtigen Geographischen Gesellschaft war gewiß nicht zu verachten. Es würde seiner Berufslaufbahn beträchtlichen Vorschub leisten. »Es ehrt mich, Sir«, sagte er, »obwohl ich fürchte, daß Sie mir zuliebe zuviel Mühe auf sich nehmen.«

»Ich bin selbst sehr an Paläontologie interessiert, Sir.«

»Es überrascht mich, daß ein Verfasser von Reisebüchern sich für dieses Gebiet interessiert.«

Oliphant legte seine eleganten Finger zusammen und hielt sie an seine lange, bartlose Oberlippe. »Ich habe die Erfahrung gemacht, Dr. Mallory, daß ›Journalist‹ ein ebenso nützlicher wie unbestimmter Begriff ist, der es einem erlaubt, die sonderbarsten Nachforschungen anzustellen. Ich bin ein von Natur neugieriger Mensch.« Er breitete die Hände aus. »Es bereitet mir Befriedigung, wenn ich wirklichen Gelehrten von Nutzen sein kann, obwohl ich bezweifle, daß ich meine gegenwärtige, nicht angestrebte Rolle im inneren Kreis der ehrwürdigen Geographischen Gesellschaft verdient habe. Über Nacht gewonnener Ruhm hat eigentümliche Rückwirkungen, wissen Sie.«

»Ich muß bekennen, daß Ihre Bücher mir nicht vertraut sind«, sagte Mallory. »Ich bin in Übersee gewesen, und in meiner Lektüre weit zurück. Wenn ich Sie recht verstehe, haben Sie den Publikumsgeschmack getroffen und großen Erfolg gehabt?«

»Ich meine nicht die Bücher«, sagte Oliphant überrascht und erheitert. »Ich war in die Legationsaffäre in Tokio verstrickt. In Japan. Ende vergangenen Jahres.«

»Eine Ausschreitung gegen unsere Botschaft in Japan? Ein Diplomat wurde verletzt? Ich war in Amerika ...«

Oliphant zögerte, dann streifte er den linken Ärmel und die makellose Manschette zurück, um eine gekräuselte rote Narbe am äußeren Handgelenk zu zeigen. Ein Messerschnitt. Nein, schlimmer, ein Säbelhieb, der bis in die Sehnen und Knochen gegangen sein mußte. Mallory bemerkte jetzt, daß die zwei äußeren Finger an Oliphants linker Hand ständig gekrümmt waren.

»Sie also waren der Mann! Laurence Oliphant, der Held der Tokioter Gesandtschaft! Jetzt fällt mir der Name ein.« Mallory rieb sich das Kinn unter dem Bart. »*Das* hätten Sie auf Ihre Karte setzen sollen, Sir, und ich hätte mich sofort erinnert.«

Oliphant zupfte Manschette und Ärmel mit etwas verlegenem Ausdruck zurecht. »Die Narbe, die ein japanisches Samuraischwert hinterläßt, gibt einen merkwürdigen Personalausweis ab ...«

»Ihre Interessen sind in der Tat vielfältig, Sir.«

»Manchmal kann man gewissen Verstrickungen nicht entgehen, Dr. Mallory. Im Interesse der Nation, möchte ich in diesem Fall hinzufügen. Ich denke, Sie selbst kennen diese Situation sehr gut.«

»Ich fürchte, ich kann Ihnen nicht folgen ...«

»Prof. Rudwick, der verstorbene Prof. Rudwick, wußte sicherlich von solchen Verstrickungen.«

Nun begriff Mallory die Natur der Anspielung. Er sagte in schroffem Ton: »Ihre Karte, Sir, weist Sie als Journalist aus. Dies sind keine Angelegenheiten, die man mit einem Journalisten diskutiert.«

»Ihr Geheimnis, fürchte ich, ist weit davon entfernt, hermetisch zu sein«, sagte Oliphant mit höflicher Geringschätzung. »Jedes Mitglied Ihrer Expedition nach Wyoming kennt die Wahrheit. Fünfzehn Männer, von denen einige weniger diskret sind, als man hoffen möchte. Rudwicks Leute wußten gleichfalls von seinen verdeckten Aktivitäten. Diejenigen, die das Geschäft arrangierten und Sie bewogen, ihr Vorhaben auszuführen, wissen es auch.«

»Und woher, Sir, wissen *Sie* es?«

»Ich habe den Mord an Rudwick recherchiert.«

»Und Sie meinen, Rudwicks Tod stehe im Zusammenhang mit seinen … amerikanischen Aktivitäten?«

»Ich weiß, daß es der Fall ist.«

»Bevor wir weitersprechen, muß ich sicher sein, wo wir stehen, Mr. Oliphant. Wenn Sie sagen ›Aktivitäten‹, was genau meinen Sie damit? Sprechen Sie es offen aus, Sir. Bestimmen Sie Ihre Begriffe.«

»Wie Sie wünschen.« Oliphant schien schmerzlich berührt. »Ich beziehe mich auf die Körperschaft, die Sie überredete, Repetiergewehre für die amerikanischen Wilden zu schmuggeln.«

»Und der Name dieser Körperschaft?«

»Die Kommission für Freihandel der Royal Society«, sagte Oliphant geduldig. »Sie besteht offiziell, um internationale Handelsbeziehungen zu studieren. Zölle, Handelsbeschränkungen, Investitionen, und so weiter. Ihre Ambition, fürchte ich, geht über die Grenzen ihrer Autorität hinaus.«

»Die Kommission für Freihandel ist ein legitimes Organ der Regierung.«

»Im Bereich der Diplomatie, Dr. Mallory, könnte Ihre Handlungsweise als die heimliche Bewaffnung der Feinde von Nationen ausgelegt werden, mit denen Großbritannien sich nicht im Kriegszustand befindet.«

»Daraus kann ich nur folgern«, entgegnete Mallory ärgerlich, »daß Sie eine sehr einfältige Auffassung von …«

»Waffenschmuggel, ja. Er hat unzweifelhaft seinen Platz in der Welt.« Oliphant hielt wieder Ausschau nach Horchern. »Aber er darf niemals von selbsternannten Eiferern mit einer unrealistischen Vorstellung von ihrer Rolle in der Außenpolitik unternommen werden.«

»Sie haben also etwas gegen Amateure in dem Spiel?«

Oliphant begegnete Mallorys Blick, sagte aber nichts.

»Sie wollen, daß solche Geschäfte in professionellen Händen bleiben, Mr. Oliphant? Wie den Ihrigen?«

Oliphant beugte sich vor, die Ellbogen auf den Knien. »Eine *professionelle* Organisation«, sagte er, »würde ihre Leute nicht im Stich lassen, daß sie im Herzen Londons von ausländischen Agenten ausgeweidet werden, Dr. Mallory. Und das, Sir, muß ich Ihnen sagen, ist annähernd die Lage, in der Sie sich heute befinden. Die Freihandelskommission wird Ihnen nicht länger helfen, ganz gleich, wie gründlich Sie ihre Arbeit besorgt haben. Sie hat Ihnen nicht einmal Nachricht von der Lebensgefahr gegeben, in der Sie sich befinden. Täusche ich mich, Sir?«

»Francis Rudwick kam im Verlaufe einer Streiterei in einem übelbeleumundeten Haus ums Leben, wo Tierkämpfe stattfanden und Wetten angenommen wurden. Und das liegt Monate zurück.«

»Es war im letzten Januar — nur fünf Monate. Rudwick war aus Texas zurückgekehrt, wo er die Komantschen insgeheim mit Gewehren bewaffnet hatte, die Ihre Kommission geliefert hatte. In derselben Nacht, als Rudwick ermordet wurde, versuchte jemand einen Mordanschlag auf den früheren Präsidenten von Texas, gleichfalls hier in London. Präsident Houston kam schwerverletzt mit dem Leben davon. Sein Sekretär, ein britischer Untertan, wurde brutal abgeschlachtet. Der Mörder ist noch immer auf freiem Fuß.«

»Also meinen Sie, ein Texaner habe Rudwick getötet?«

»Ich halte es für beinahe gewiß. Rudwicks Aktivitäten mögen hier in London wenig bekannt sein, aber den unglücklichen Texanern, die regelmäßig britische Kugeln aus den Leichen ihrer Landsleute ziehen, sind sie offensichtlich.«

»Mir mißfällt die Art und Weise, wie Sie die Sache hinstellen«, sagte Mallory mit wachsender Verärgerung. »Wenn wir ihnen nicht Waffen geliefert hätten, würden sie uns nicht geholfen haben. Wir hätten Jahre graben können, wäre nicht die Hilfe der Cheyenne-Indianer gewesen ...«

»Ich bezweifle, daß man mit solch einer Argumentation einen Texas Ranger beeindrucken könnte«, sagte Oliphant. »Was das angeht, so bezweifle ich übrigens, daß man damit die Massenpresse überzeugen könnte.«

»Ich habe nicht die Absicht, mit der Presse zu sprechen. Ich bedaure, daß ich mit Ihnen gesprochen habe. Sie sind offensichtlich kein Freund der Kommission.«

»Ich weiß bereits weit mehr über die Kommission, als mir lieb gewesen wäre. Ich kam hierher, eine Warnung zu übermitteln, Dr. Mallory, nicht um Information zu erbitten. Ich bin es, der zu offen gesprochen hat — der gezwungen war, es zu tun, da die Pfuscherei der Kommission ganz offensichtlich Ihr Leben in Gefahr gebracht hat, Sir.«

Das Argument war nicht ohne Überzeugungskraft. »Sie haben mich gewarnt, Sir, und ich danke Ihnen dafür«, sagte Mallory. »Aber wie steht es mit der Geographischen Gesellschaft, Mr. Oliphant? Welchen Platz nimmt sie ein?«

»Ein wachsamer und beobachtender Reisender kann den Interessen seiner Nation ohne Nachteil für die Wissenschaft dienen«, sagte Oliphant. »Die Geographische Gesellschaft ist seit langem eine wichtige Quelle geheimer Nachrichten und Informationen. Kartographie, Schiffahrtswege ...«

»Ich stelle fest, daß Sie sie nicht ›Amateure‹ nennen, Mr. Oliphant. Obwohl auch sie mit abgedunkelten Laternen herumschleichen, wo sie nichts zu suchen haben?«

Eine Stille trat ein, zog sich in die Länge. »Sie sind *unsere* Amateure«, sagte Oliphant trocken.

»Aber was genau ist der Unterschied?«

»Der genaue Unterschied ist, Dr. Mallory, daß die Amateure der Kommission ermordet werden.«

Mallory grunzte, lehnte sich in den Sessel zurück. Vielleicht war Oliphants finstere Theorie nicht ganz ohne Substanz. Der jähe Tod Rudwicks, seines Rivalen und gefährlichsten Feindes, war ihm immer allzu bequem als ein glücklicher Zufall erschienen. »Wie sieht er dann aus, Ihr texanischer Meuchelmörder?«

»Er wird als groß, dunkelhaarig und kräftig gebaut beschrieben. Er soll einen breitkrempigen Hut und einen langen, vermutlich grauen Mantel tragen.«

»Also kann er nicht ein geckenhaft gekleideter kleiner Halunke mit vorgewölbter Stirn sein«, sagte Mallory, »und mit einem Stilett in der Tasche?«

Oliphants Augen weiteten sich. »Lieber Himmel«, murmelte er.

Plötzlich fand Mallory, daß die Geschichte ihm Spaß machte. »Stach mich mit dem Ding, dieser Kerl«, sagte Mallory im breitesten Dialekt von Sussex. »Am Derbytag, bei den Rennen. Ungewöhnlich bösartiger kleiner Gauner ...«

»Was geschah?«

»Ich schlug den Zuchthäusler nieder.«

Oliphant starrte ihn an, dann brach er in Gelächter aus. »Sie sind ein Mann von unerwarteten Fähigkeiten, Dr. Mallory.«

»Ich könnte das gleiche mit mehr Berechtigung von Ihnen sagen, Sir.« Mallory hielt inne. »Ich muß jedoch hinzufügen, daß ich nicht den Eindruck hatte, der Mann sei hinter mir her gewesen. Er hatte ein Mädchen bei sich, eine Prostituierte, und die beiden hatten eine Dame in ihrer Gewalt ...«

»Bitte fahren Sie fort«, drängte Oliphant. »Das ist ungewöhnlich interessant.«

»Ich fürchte, daß ich nicht kann«, sagte Mallory. »Die fragliche Dame war eine Persönlichkeit.«

»Ihre Diskretion, Sir, ehrt Sie als einen Herren. Ein Angriff mit dem Messer ist jedoch ein ernstes Verbrechen. Haben Sie nicht die Polizei verständigt?«

»Nein«, sagte Mallory, der Oliphants unterdrückte Erregung genoß. »Es hat auch wieder mit der Dame zu tun, verstehen Sie? Ich wollte sie nicht kompromittieren.«

»Vielleicht«, meinte Oliphant, »war alles eine Scharade, ein abgekartetes Spiel, das darauf abzielte, Sie in einen vermeintlichen Streit hineinzuziehen. Eine ähnliche Methode wurde auf Rudwick angewendet — der, wie sie sagten, in einem privaten Wettlokal starb, wo man Hunde- und Rattenkämpfe veranstaltet.«

»Sir«, sagte Mallory, »die Dame war keine andere als Ada Byron.«

»Die Tochter des Premierministers?«

»Es gibt keine andere.«

»Unzweifelhaft«, sagte Oliphant. »Mir kommt jedoch der Gedanke, daß es jede Menge Frauen gibt, die unserer Lady Ada ähneln, da die Königin der Maschinen auch eine Königin der Mode ist. Tausende von Frauen folgen ihrem modischen Beispiel.«

»Ich bin nie mit ihr bekanntgemacht worden, Mr. Oliphant, aber ich habe sie in Sitzungen der Royal Society gesehen. Ich habe ihre Vorlesung über Maschinenmathematik gehört. Ich täusche mich nicht.«

Oliphant zog ein ledernes Notizbuch aus der Jacke, legte es auf ein Knie und zog die Kappe von einem Füllfederhalter. »Erzählen Sie mir bitte von diesem Vorfall.«

»Unter dem Siegel strengster Vertraulichkeit.«

»Sie haben mein Wort.«

Mallory gab ihm eine diskrete Version der Tatsachen. Er beschrieb Adas Entführer und die äußeren Umstände so genau, wie es ihm möglich war, ließ jedoch den hölzernen Kasten mit den französischen Lochkarten aus mit Kampfer gesättigter Zellulose unerwähnt. Er hielt dies für eine Privatangelegenheit zwischen der Lady und ihm selbst; sie hatte ihn mit der treuhänderischen Verwahrung dieses Gegenstandes beauftragt, und er betrachtete dies als eine heilige Verpflichtung. Der hölzerne Kasten mit Lochkarten, sorgfältig verpackt in weißes Muster-Leinen, lag verborgen unter den versteinerten Fossilien in einem von Mallorys Schränken im Museum für Praktische Geologie, wo er auf seine endgültige Unterbringung wartete.

Oliphant klappte sein Notizbuch zu, steckte den Füllhalter ein und signalisierte dem Kellner. Dieser, der Mallory bereits kannte, brachte ihm einen Huckle-buff. Oliphant nahm einen rosa Gin.

»Ich würde Sie gern mit ein paar Freunden von mir bekanntmachen«, sagte Oliphant. »Das statistische Zentralamt unterhält umfangreiche Akten über die kriminellen Klassen — anthropometrische Messungen, Maschinenportraits und so weiter. Es wäre mir lieb, wenn Sie versuchen könnten, Ihren Angreifer und seine Komplizin zu identifizieren.«

»Einverstanden.«

»Sie werden auch Polizeischutz bekommen.«

»Polizeischutz?«

»Keinen gewöhnlichen Polizisten, natürlich. Jemanden aus dem Büro für Sonderaufgaben. Sie sind sehr diskret.«

»Ich kann nicht leiden, daß mir ständig ein Polizeibeamter auf den Fersen ist«, sagte Mallory. »Was würden die Leute sagen?«

»Ich sorge mich mehr darum, was sie sagen würden, wenn man Sie aufgeschlitzt in einer Durchfahrt finden würde. Zwei prominente Dinosaurier-Gelehrte, beide geheimnisvoll von Unbekannten ermordet? Die Presse würde sich überschlagen.«

»Ich brauche keinen Bewacher. Ich fürchte den kleinen Zuhälter nicht.«

»Es mag durchaus sein, daß er unbedeutend ist. Wenigstens das werden wir wissen, wenn es Ihnen gelingt, ihn zu identifizieren.« Oliphant seufzte. »Zweifellos ist das Ganze eine eher unbedeutende Angelegenheit, gemessen am Standard des Reiches. Aber ich nehme an, daß Geld dabei eine Rolle spielt; die Dienste, wo benötigt, jener zwielichtigen Sorte von Engländern, die gegen Bezahlung für alles zu haben sind; wir dürfen aber auch nicht die heimlichen Sympathien amerikanischer Flüchtlinge übersehen, die vor den Kriegen, die ihren Kontinent verwüsten, hierher geflohen sind.«

»Und Sie stellen sich vor, daß Lady Ada irgendwie in diese Kreise geraten ist?«

»Nein, Sir, nichts davon. Sie dürfen versichert sein, daß das nicht möglich sein kann. Die Frau, die Sie sahen, kann nicht Ada Byron gewesen sein.«

»Dann betrachte ich die Angelegenheit als erledigt«, sagte Mallory. »Wenn Sie mir offen gesagt hätten, daß Lady Adas Interessen auf dem Spiel stünden, hätte ich beinahe jeder Maßnahme zugestimmt. Wie die Dinge stehen, werde ich die Gefahr auf mich nehmen.«

»Die Entscheidung liegt natürlich ganz bei Ihnen«, sagte Oliphant kühl. »Und vielleicht ist es noch zu früh, um solch ernste Maßnahmen zu ergreifen. Sie haben meine Karte? Lassen Sie mich wissen, wie die Angelegenheit sich weiter entwickelt.«

»Das werde ich tun.«

Oliphant stand auf. »Und denken Sie daran, sollte jemand fragen, daß wir heute über nichts weiter gesprochen haben als die Angelegenheiten der Geographischen Gesellschaft.«

»Sie haben mir noch nicht die Namen Ihrer Brotgeber verraten, Mr. Oliphant. Ihrer wahren Auftraggeber.«

Oliphant schüttelte ernst den schmalen Kopf. »Solches Wissen bringt niemals Gewinn, Sir; es gibt nichts als Kummer in solchen Fragen. Wenn Sie klug sind, Dr. Mallory, werden Sie mit Waffenschmuggel und verdunkelten Laternen nichts mehr zu schaffen haben wollen. Mit etwas Glück wird die ganze Angelegenheit schließlich im Sande verlaufen und ohne Spuren verschwinden wie ein Alptraum. Ich werde Ihren Namen für die Mitgliedschaft in der Geographischen Gesellschaft vorschlagen, wie ich versprochen habe, und ich hoffe, Sie werden meinen Vorschlag hinsichtlich einer möglichen Verwendung der Polizeimaschinen in der Bow Street ernsthaft in Erwägung ziehen.«

Damit erhob sich diese außerordentliche Persönlichkeit, wandte sich um und schritt über den weichen Teppich des Salons hinaus.

In einer Hand seinen neuen Koffer, in der anderen die von der Decke hängenden Haltegriffe, schob sich Mallory durch den überfüllten Mittelgang des Omnibusses zur Plattform. Als der Fahrer hinter einem Lastfuhrwerk verlangsamte, sprang Mallory ab.

Trotz seiner Bemühungen hatte er den falschen Bus bestiegen. Oder vielleicht war er mit dem richtigen Fahrzeug zu weit gefahren, ein gutes Stück über sein Ziel hinaus, während er in die letzte Nummer des *Westminster Review* vertieft gewesen war. Er hatte die Nummer gekauft, weil sie einen Artikel von Oliphant enthielt, einen geistreichen Nachruf auf die Führung des Krimkrieges. Oliphant war, wie es schien, eine Art Fachmann für die Krim-Region und hatte sein Buch *Die Russischen Küsten des Schwarzen Meeres* ein volles Jahr vor dem Ausbruch der Feindseligkeiten veröffentlicht. Das Buch berichtete von einem ebenso fidelen wie ausgedehnten Krim-Urlaub, den Oliphant mit allerlei Wissenswertem über Land und Leute zu verbinden verstand. Für Mallorys frisch sensibilisierten Verstand strotzte Oliphants neuester Artikel von schlauen Anspielungen.

Ein Straßenjunge fegte mit einem Reisigbesen das Pflaster vor Mallorys Füßen. Der Junge blickte verwundert auf. »Wie bitte, Sir?« Mallory erkannte mit unglücklichem Erschrecken, daß er Selbstgespräche geführt hatte, geistesabwesend dagestanden und laut über Oliphants Raffinement gemurmelt hatte. Der Junge sah, daß er Mallorys Aufmerksamkeit auf sich gelenkt hatte, und vollführte einen Überschlag rückwärts. Mallory warf ihm zwei Pence zu, wandte sich aufs Geratewohl um und ging weiter. Alsbald fand er sich auf dem Leicester Square, dessen Kieswege und Gartenanlagen ein hervorragender Ort waren, um beraubt oder überfallen zu werden. Besonders bei Nacht, denn in den umliegenden Straßen gab es Theater, Revuen und Häuser, wo Vorführungen mit der Laterna magica gegeben wurden.

Er kreuzte die Whitcomb Street, dann die Oxendon Street und gelangte zum Haymarket, seltsam im hellen Licht des Sommertages, da die heiseren Huren um diese Zeit abwesend waren und schliefen. Er ging weiter, um der Neugier Genüge zu tun. Bei Tag sah alles sehr viel anders aus, schäbig und seiner selbst überdrüssig. Ein Zuhälter, dem Mallorys schlendernder Schritt aufgefallen war, machte sich an ihn heran und offerierte ihm eine Packung Kondome als sicheren Schutz gegen das Damenfieber.

Mallory kaufte das Päckchen und steckte es in seinen Koffer.

Darauf wandte er sich nach rechts und durchwanderte den Lärm der verkehrsreichen Pall Mall, deren Gehsteige von gußeisernen schwarzen Gitterzäunen exklusiver Clubs gesäumt waren. Die Gebäude mit ihren Marmorfassaden standen zumeist ein gutes Stück zurückgesetzt, dem unmittelbaren Straßengetriebe entzogen. Abseits der Pall Mall, am anderen Ende des Waterloo Place, stand das Denkmal des Duke of York. Der große alte Duke of York, der zehntausend Mann befehligt hatte, war jetzt eine entfernte, rußgeschwärzte Gestalt auf einer runden Säule, die vom Kuppelbau der Royal Society überragt wurde.

Mallory überquerte die Pall Mall auf einer hölzernen Fußgängerbrücke, während unter ihm schwitzende Erdarbeiter mit Schaufeln und einem Dampfbagger die Kreuzung aufrissen. Sie bereiteten das Fundament eines neuen Denkmals vor, wie er sah, unzweifelhaft zum

Ruhm des Sieges auf der Krim. Er schritt die Regent Street zum Circus hinauf, wo Ströme von Menschen endlos aus den rußigen Marmorportalen der Untergrundbahn kamen. Er ließ sich von der menschlichen Strömung mitnehmen.

Ein gewaltiger Gestank herrschte hier, ein kloakenhafter Dunst wie von gebranntem Essig, und zuerst dachte Mallory, daß dieses Miasma von der Menge selbst ausging, von den baumelnden Falten und Spalten ihrer Kleider, den Ritzen ihrer Schuhe. Es hatte eine unterirdische Intensität, eine heftig reagierende Chemie von heißer Schlacke und giftigem Tröpfeln, faulenden Senkgruben und undichten Gasleitungen, und so wurde ihm klar, daß es von den unterirdischen Zügen wie durch Kolben aus den heißen Eingeweiden Londons gepreßt wurde. Dann wurde er vom Passantenstrom in die Jermyn Street getragen und wenige Augenblicke später witterte er die wohlriechenden Waren von Paxton & Whitfield's Käsespezialitäten. Er eilte über die Duke Street, hielt unter den gußeisernen Lampen des Cavendish-Hotels inne, um die Schließen seines Koffers zu kontrollieren, dann strebte er mit ausgreifenden Schritten seinem Ziel zu, dem Museum für praktische Geologie.

Es war ein imponierendes, festungsähnliches Bauwerk; Mallory fand, daß es den Geist seines Kurators getreulich widerspiegelte. Er trottete die Stufen hinauf in eine willkommene steinerne Kühle. Nachdem er sich schwungvoll in das ausliegende, ledergebundene Gästebuch eingetragen hatte, marschierte er weiter in den weiträumigen Hauptsaal. Ausstellungsvitrinen aus Mahagoni und geschliffenen Glasscheiben säumten die Wände. Licht strömte durch die mächtige Kuppel aus Stahl und Glas herab, wo ein einsamer Fensterputzer in seinem angeschnallten Schutzgürtel baumelte und in niemals endender Routine eine Scheibe nach der anderen putzte.

Im Erdgeschoß des Museums waren die Wirbeltiere zur Schau gestellt, zusammen mit verschiedenen instruktiven Großdarstellungen geologischer Schichtenfolgen. Darüber, in einer Galerie mit Säulen und Geländer, befanden sich kleinere Ausstellungsräume, in denen die Wirbellosen gezeigt wurden. Die Zahl der Besucher war erfreulich groß, mit überraschend vielen Frauen und Kindern, darunter einer ganzen uniformierten Klasse aus einem Jungeninternat. Sie studierten den Inhalt der Vitrinen mit ernster Aufmerksamkeit, angeleitet von rotbefrackten Museumsführern.

Mallory schlüpfte durch eine hohe, unmarkierte Tür und durchwanderte einen von verschlossenen Lagerräumen flankierten Korridor. An seinem Ende drang die gebieterische Stimme des Kurators durch die geschlossene Tür seines Büros. Mallory klopfte, dann lauschte er lächelnd, während die Stimme eine besonders klangvolle rhetorische Periode vollendete. »Herein«, ertönte die Stimme des Kurators. Mallory folgte der Aufforderung, und Thomas Henry Huxley erhob sich, ihn zu begrüßen. Sie schüttelten einander die Hände. Huxley hatte seinem Sekretär diktiert, einem bebrillten jungen Mann mit dem Aussehen eines ehrgeizigen graduierten Studenten. »Das ist einstweilen alles, Harris«, sagte Huxley. »Bitte schicken Sie Mr. Reeks herein, mit seinen Skizzen vom Brontosaurus.«

Der Sekretär steckte seine Bleistiftnotizen in eine Ledermappe und ging nach einer Verbeugung in Mallorys Richtung.

»Wie ist es Ihnen ergangen, Ned?« Huxley musterte Mallory von oben bis unten, mit den schmalen, gnadenlos scharf beobachtenden Augen, die ›Huxleys Schicht‹ in der menschlichen Haarwurzel entdeckt hatten. »Sie sehen sehr gut aus. Man kann sogar sagen, prachtvoll.«

»Hatte ein bißchen Glück«, sagte Mallory.

Zu seiner Überraschung kam hinter Huxleys überhäuftem Schreibtisch ein kleiner blonder Junge zum

Vorschein, ordentlich gekleidet in einem Anzug mit Umlegekragen und Kniehosen. »Und wer ist dies?« fragte Mallory.

»Die Zukunft«, antwortete Huxley und bückte sich, das Kind aufzuheben. »Mein Sohn Noel, er kam heute, seinem Vater zu helfen. Sag Guten Tag zu Dr. Mallory, mein Junge.«

»Guten Tag, Mr. Mellowy«, piepte der Junge.

»Dr. Mallory«, verbesserte ihn Huxley in freundlichem Ton.

Noel machte große Augen. »Sind Sie ein *Arzt,* Mr. Mellowy?« Der Gedanke erschreckte ihn offensichtlich.

»Als wir uns zuletzt sahen, konntest du kaum gehen, Noel«, sagte Mallory herzlich, »und heute stehst du schon fest auf beiden Beinen, ganz der kleine Herr.« Er wußte, daß Huxley in das Kind vernarrt war. »Was macht dein kleiner Bruder?«

»Er hat jetzt auch noch eine Schwester«, erklärte Huxley und setzte den Jungen nieder. »Seit Sie in Wyoming waren.«

»Da wirst du aber froh sein, was, Noel?«

Der kleine Junge lächelte kurz, mit reservierter Höflichkeit. Er sprang auf seines Vaters Stuhl. Mallory legte seinen Koffer auf eine Ablage neben dem Bücherschrank, der eine ledergebundene Ausgabe der Werke Cuviers im Original enthielt. »Ich habe einen Gegenstand, der Sie interessieren wird, Thomas«, sagte er beim Öffnen des Koffers. »Ein Geschenk für Sie von den Cheyenne.« Er dachte noch rechtzeitig daran, die Präservative unter die *Westminster Review* zu stecken, dann zog er ein verschnürtes Päckchen heraus und übergab es Huxley.

»Ich hoffe, es ist nicht eine von diesen ethnographischen Kuriositäten«, sagte Huxley lächelnd, als er die Schnur mit einem Papiermesser durchschnitt. »Ich kann diese elenden Perlen und Lederschnüre und Hundezähne nicht ausstehen ...«

Das Päckchen enthielt sechs eingeschrumpft-runzlige braune Waffeln von der Größe mittlerer Münzen.

»Ein hilfreiches Vermächtnis für Sie, von einem Cheyenne-Medizinmann, Thomas.«

»Wie unsere anglikanischen Pfarrer, nicht wahr?« Huxley lächelte und hielt eines der lederigen Objekte gegen das Licht. »Getrocknete pflanzliche Materie. Ein Kaktus?«

»Ich nehme es an.«

»Joseph Hooker von Kew könnte es uns sagen.«

»Dieser Zauberdoktor durchschaute gleich den Zweck unserer Expedition. Er erkannte, daß wir die Absicht hatten, das tote Ungeheuer hier in England wiederzubeleben. Er sagte, daß diese Waffeln Sie befähigen würden, weit zu reisen, Thomas, und die Seele der Kreatur zurückzuholen.«

»Und was soll ich tun, Ned? Mir einen Rosenkranz daraus machen?«

»Nein, Thomas, Sie müssen die Dinger essen. Essen, singen, auf die Handtrommel schlagen und tanzen wie ein Derwisch, bis Sie in einem Anfall zu Boden stürzen. Das ist die Standardmethode, soviel ich weiß.« Mallory schmunzelte.

»Bestimmte Pflanzengifte haben die Fähigkeit, Wahnvorstellungen oder Visionen zu erzeugen«, bemerkte Huxley und tat die Scheiben sorgsam in eine Schreibtischschublade. »Danke, Ned. Ich werde Sorge tragen, daß sie ordentlich katalogisiert werden. Ich fürchte, der Druck der Geschäfte hat unseren Mr. Reeks überwältigt. Gewöhnlich läßt er nicht so lange auf sich warten.«

»Draußen sind eine Menge Besucher, heute«, sagte Mallory ablenkend. Huxleys Junge hatte ein Rahmbonbon aus der Tasche gezogen und wickelte es sorgfältig aus.

»Ja«, sagte Huxley, »die englischen Museen, unsere Festungen des Intellekts, wie der Premierminister es in seiner redegewandten Art ausdrückt. Wie man auch darüber denken mag, es ist nicht zu leugnen, daß Erziehung und Ausbildung der Massen die größte Aufgabe ist, die unsere Zeit stellt. Obwohl es Tage gibt, wo ich am liebsten alles hinwerfen würde, Ned, um wie Sie wieder zur Feldarbeit hinauszuziehen.«

»Sie werden hier gebraucht, Thomas.«

»Das bekomme ich öfters zu hören«, sagte Huxley. »Ich versuche trotzdem, hinauszukommen, wenigstens einmal im Jahr. Wales, hauptsächlich ... Wanderungen durch das Bergland. Es regeneriert die Seele.« Er schwieg für einen Moment. »Wußten Sie, daß ich für eine Lordschaft fällig bin?«

»Nein!« rief Mallory erfreut. »Thomas Huxley, ein Lord! Wahrhaftig! Was für eine prachtvolle Neuigkeit!«

Huxley machte ein unerwartet grämliches Gesicht. »Ich sprach mit Lord Forbes von der Royal Society. ›Nun‹, sagte Forbes, ›ich freue mich, Ihnen sagen zu können, daß Sie für das Oberhaus geeignet befunden wurden; die Wahl wurde am Freitagabend vorgenommen, und ich höre, daß Sie unter den Auserwählten sind.‹« Huxley hatte ohne erkennbare Anstrengung Forbes' Gesten, seine Redeweise und sogar seinen Ton vollkommen imitiert. Er blickte auf. »Ich habe die Liste nicht gesehen, aber Forbes' Autorität ist so, daß ich ziemlich sicher bin.«

»Natürlich!« rief Mallory aus. »Ein wackerer Mann, Forbes!«

»Ich werde mich nicht völlig sicher fühlen, solange ich die offizielle Bestätigung nicht habe«, sagte Huxley. »Ich muß bekennen, Ned, daß ich ein wenig in Sorge bin, vor allem angesichts des schlechten Gesundheitszustandes unseres Premierministers.«

»Ja, ein Jammer, daß er krank ist«, sagte Mallory. »Aber warum sollte Ihnen das Sorgen bereiten? Ihre Leistungen sprechen für sich!«

Huxley schüttelte den Kopf. »Die Zeitwahl scheint nicht zufällig. Ich vermute, daß es sich um ein Komplott von Babbage und seinen Elite-Freunden handelt, einen letzten Versuch, das Oberhaus mit wissenschaftlichen Gelehrten zu durchsetzen, solange Byron noch am Ruder ist.«

»Das ist ein finsterer Verdacht«, sagte Mallory. »Sie waren der bedeutendste Verfechter der Evolution! Warum stellen Sie Ihr Glück in Frage? Es scheint mir eine Sache einfacher Gerechtigkeit zu sein!«

Huxley umfaßte mit beiden Händen die Jackenaufschläge, eine Geste tiefer Aufrichtigkeit. »Ob ich die Lordschaft habe oder nicht, ich kann eines sagen: Es war immer mein Ziel, so zu handeln, daß meine Arbeit für sich spricht. Ich habe niemals um eine besondere Gunst gebeten. Wenn mir der Titel verliehen wird, dann geschieht es nicht durch irgendeine Intrige meinerseits.«

»Intrigen haben damit nichts zu tun!« sagte Mallory.

»Selbstverständlich haben sie!« versetzte Huxley. »Obwohl ich das nicht öffentlich sagen würde.« Er senkte seine Stimme. »Aber Sie und ich kennen einander schon seit langen Jahren. Ich zähle auf Sie als einen Verbündeten, Ned, und einen Freund der Wahrheit.«

Huxley begann auf dem Orientteppich vor seinem Schreibtisch auf und ab zu gehen. »Es hat keinen Sinn, in einer so wichtigen Sache falsche Bescheidenheit zu zeigen. Wir haben wichtige Pflichten zu erfüllen; gegen uns selbst, gegen die Außenwelt und gegen die Wissenschaft. Wir ernten Lob, was kein ungeteiltes Vergnügen ist, und ertragen vielfältige Schwierigkeiten, Schmerzen und sogar Gefahren.«

Mallory fühlte sich überrumpelt, sowohl von der Neuigkeit als auch von der plötzlichen Last, die Huxleys Aufrichtigkeit bedeutete. Aber so war Huxley immer gewesen, dachte er; schon als Student war seine Gesellschaft immer ein Schock und ein Anstoß gewesen. Zum ersten Mal seit Kanada fühlte Mallory sich wieder in seiner wahren Welt, auf der reineren, höheren Ebene, die Huxleys Geist bewohnte. »Gefahren welcher Art?« fragte er verspätet.

»Moralische Gefahr. Auch physische Gefahr. Das Ringen um weltliche Macht ist immer gefahrvoll. Eine Lordschaft ist ein politischer Posten. Partei und Regierung, Ned. Geld und Gesetz. Versuchung, vielleicht niedrige Kompromisse ... Die Hilfsquellen der Nation sind begrenzt; der Wettbewerb ist scharf. Die Nischen von Wissenschaft und Erziehung müssen verteidigt werden; nein, erweitert!« Huxley lächelte grimmig. »Irgendwie müssen wir in die Nesseln greifen. Die Alternative wäre, still zu sitzen und die Zukunft der Welt den Launen des Teufels zu überlassen. Und ich würde mich lieber in Stücke reißen lassen als die Wissenschaft prostituiert sehen!«

Erschrocken über Huxleys derbe Offenheit, blickte Mallory zu dem kleinen Jungen, der auf seinem Sahnebonbon lutschte und mit seinen neuen, glänzenden Schuhen gegen die Stuhlbeine stieß.

»Sie sind der richtige Mann für die Aufgabe, Thomas«, sagte Mallory. »Sie wissen, daß Ihnen jede Hilfe sicher ist, die ich bieten kann, sollte ich gebraucht werden.«

»Es freut mich, das zu hören, Ned. Ich vertraue wirklich auf die Stärke Ihres Herzens, Ihr hartnäckiges Zielbewußtsein. Beides hat sich bewährt in zwei Jahren harter Arbeit in der Wildnis von Wyoming! Wissen Sie, jede Woche sehe ich Männer, die ihre große Aufopferung für die Wissenschaft behaupten und doch von nichts als goldenen Medaillen und Professorentiteln träumen.«

Huxley beschleunigte seinen Schritt. »Ein abscheulicher Schleier von Scheinheiligkeit und Heuchelei, von Täuschung und Selbstsucht umgibt heute alles in England.« Er blieb plötzlich stehen. »Manchmal, Ned, befürchte ich, daß ich selbst davon angesteckt sein könnte, eine Möglichkeit, die ich wie den Teufel fürchte.«

»Niemals«, versicherte ihm Mallory.

»Es ist gut, Sie wieder unter uns zu haben«, sagte Huxley und setzte sein Auf und Ab fort. »Und als eine Berühmtheit, was noch besser ist! Diesen Vorteil müssen wir nutzen. Sie müssen einen Reisebericht schreiben, eine gründliche Schilderung Ihrer Entdeckungen.«

»Seltsam, daß Sie davon sprechen«, sagte Mallory. »Gerade habe ich solch ein Buch hier in meinem Koffer. *Die Mission nach China und Japan* von Laurence Oliphant. Ein sehr kluger Bursche, wie es scheint.«

»Oliphant von der Geographischen Gesellschaft? Der Mann ist ein hoffnungsloser Fall; bei weitem zu klug, und lügt wie ein Politiker. Nein, ich schlage eine populäre Darstellung vor, etwas, was ein Mechaniker verstehen kann. Ich sage Ihnen, Ned, das ist von entscheidender Bedeutung für das große Werk. Gutes Geld läßt sich damit auch verdienen.«

Mallory war bestürzt. »Ich vermag einigermaßen zu reden, wenn ich etwas habe, für das ich mich erwärmen kann, aber ein ganzes Buch mit kühler Überlegung schreiben ...«

»Wir werden Ihnen einen Lohnschreiber besorgen, der die Sache überarbeitet und glättet«, sagte Huxley. »Das wird oft genug gemacht, glauben Sie mir. Dieser Disraeli, dessen Vater *Disraelis Quarterly* gründete, wissen Sie. Hat etwas von einem Tollkopf. Schreibt Sensationsromane. Schund. Aber er gilt als beständiger Arbeiter, wenn er nüchtern ist.«

»Benjamin Disraeli? Meine Schwester Agatha schwört auf seine Liebesromane.«

Etwas in Huxleys Nicken ließ durchblicken, daß ein weibliches Mitglied der Huxley-Sippe sich niemals mit einem populären Unterhaltungsroman erwischen lassen würde. »Wir müssen über Ihr Symposion in der Royal Society sprechen, Ned, Ihren Vortrag über den Brontosaurus. Es wird *das* Ereignis sein, ein sehr nutzbringendes öffentliches und wissenschaftliches Podium. Haben Sie ein gutes Bild zur Veröffentlichung?«

»Wieso, nein«, sagte Mallory.

»Maull & Polyblank sind dann Ihre Leute, Daguerreotypisten für Herrschaften von Stand.«

»Ich werde es notieren.«

Huxley ging zu der mahagonigerahmten Schiefertafel hinter seinem Schreibtisch und griff zu einem silbernen Kreidehalter. *Maull & Polyblank* schrieb er in fließender Kursivschrift.

Er wandte sich um. »Sie werden auch einen Kinotropisten benötigen, und ich weiß, wer dafür in Frage kommt. Er arbeitet viel für die Royal Society. Neigt etwas zu übertriebenen Effekten, so daß die Gefahr besteht, daß er Ihnen mit seiner Locherei die Schau stiehlt, wenn man ihm die Gelegenheit dazu gibt. Also muß man etwas aufpassen. Aber er ist ein kluger und tüchtiger Bursche.«

John Keats, schrieb er an die Tafel.

»Das ist unschätzbar, Thomas!«

Huxley hielt inne. »Da gibt es noch etwas, Ned. Ich zögere, es zu erwähnen.«

»Nur heraus damit.«

»Ich möchte Ihre persönlichen Gefühle nicht verwunden.«

Mallory lächelte gezwungen. »Ich weiß, daß ich kein großer Redner bin, aber ich habe in der Vergangenheit meinen Mann gestanden.«

»Wir müssen etwas tun, um diesen breiten Sussex-Dialekt zu mildern, Ned. Es gibt da einen Kerl, den ich kenne, einen Vortragskünstler und Sprachlehrer für Schauspieler. Ein sehr diskreter kleiner Mann. Ein Franzose, übrigens, aber er spricht das beste Englisch, das Sie je gehört haben. Ein paar Stunden mit ihm würden Wunder wirken.«

Mallorys Miene verfinsterte sich. »Ich hoffe, Sie wollen damit nicht sagen, daß ich Wunder nötig habe?«

»Keineswegs! Es geht nur darum, das Ohr zu erziehen. Sie würden überrascht sein, wenn Sie wüßten, wie viele bekannte Redner und Politiker die Dienste dieses Herren in Anspruch genommen haben.« *Jules d'Alembert,* schrieb Huxley an die Tafel. »Seine Stunden sind ein bißchen teuer, aber ...

Mallory schrieb den Namen auf.

Es wurde geklopft. Huxley wischte die Wandtafel mit dem staubigen Filz an einen Ebenholzgriff. »Herein!« Ein untersetzter Mann in einer gipsbespritzten Schürze erschien. »Sie werden sich an Mr. Trenham Reeks erinnern, unseren stellvertretenden Kurator.«

Reeks hatte eine große Mappe unter dem Arm und schüttelte Mallory die Hand. Seit dieser ihn zuletzt gesehen hatte, hatte Reeks Haare verloren und zugenommen. »Verzeihen Sie die Verspätung, Sir«, sagte Reeks. »Wir haben im Studio mit dem Guß dieser Wirbel alle Hände voll zu tun. Erstaunliche Struktur. Der bloße Maßstab stellt uns vor enorme Probleme.« Huxley räumte einen Teil der Schreibtischoberfläche frei. Noel zupfte am Ärmel seines Vaters und flüsterte etwas. »Ach so, ja, gut«, sagte Huxley. »Entschuldigen Sie uns einen Augenblick, meine Herren.« Er führte Noel aus dem Büro.

»Meinen Glückwunsch zu Ihrer Beförderung, Mr. Reeks«, sagte Mallory.

Reeks bedankte sich, schlug die Mappe auf und setzte sich einen Zwicker auf die Nase. »Und danke für diese große Entdeckung. Obwohl ich sagen muß, daß sie die Möglichkeiten und Größenverhältnisse unserer Institution herausfordert!« Er klopfte mit dem Finger auf ein Skizzenblatt. »Wie Sie sehen können.«

Mallory betrachtete die Skizze, einen Grundriß der Haupthalle des Museums mit dem Skelett des Leviathans darin. »Wo ist der Schädel?« fragte er.

»Der Hals erstreckt sich bis hinaus in die Eingangshalle«, sagte Reeks stolz. »Wir werden mehrere Vitrinen umstellen müssen ...«

»Haben Sie eine Seitenansicht?«

Reeks zog sie aus dem Bündel der Skizzen. Mallory betrachtete sie; seine Miene verfinsterte sich. »Worauf stützen Sie diese anatomische Anordnung?«

»Es gibt bislang sehr wenige Veröffentlichungen über dieses Lebewesen«, sagte Reeks. »Die längste und gründlichste stammt von Dr. Foulke in der letzten Ausgabe von *Transactions.*« Er nahm die Zeitschrift aus der Mappe.

Mallory wischte sie beiseite. »Foulke hat die Natur des Exemplars völlig verzerrt dargestellt.«

Reeks war verblüfft. »Dr. Foulkes Ruf ...«

»Foulke ist ein Uniformitarier! Er war Rudwicks Vertrauter, einer seiner engsten Verbündeten. Foulkes Abhandlung ist ein Gewebe von Absurditäten. Er behauptet, daß das Tier ein Kaltblüter mit amphibischer Lebensweise gewesen sei! Daß es sich von Wasserpflanzen genährt und träge bewegt habe.«

»Aber ein Lebewesen von dieser enormen Größe, Dr. Mallory, von diesem kolossalen Gewicht! Schon um die Masse zu tragen, würde ein Leben im Wasser ...«

»Ich verstehe«, unterbrach Mallory. Er wahrte mit Mühe die Beherrschung. Es hatte keinen Sinn, den armen Reeks zu ärgern; der Mann war ein Funktionär, der es nicht besser wußte und im übrigen wohlmeinend war. »Das erklärt, warum Sie seinen Hals schlaff ausgestreckt haben, beinahe in Bodenhöhe ... und es erklärt auch die echsenartige — nein, die *amphibische* — Gelenkstellung der Beine.«

»Ja, Sir«, sagte Reeks. »Man stellt sich vor, daß es mit diesem langen Hals Wasserpflanzen abweidet, sehen Sie, und seinen mächtigen Körper selten sehr weit oder sehr schnell bewegen muß. Es sei denn, um sich watend vor Raubtieren in Sicherheit zu bringen, wenn welche hungrig genug waren, solch ein Ungetüm anzugreifen.«

»Mr. Reeks, dieses Lebewesen war kein großer Salamander mit weichem Körper. Sie sind zum Opfer eines ernsten Mißverständnisses gemacht worden. Dieses Lebewesen war wie ein Elefant unserer Tage, wie eine Giraffe, aber in einem weit größeren Maßstab. Es hatte sich spezialisiert, Baumwipfel abzuweiden.«

Mallory nahm einen Bleistift vom Schreibtisch und begann rasch und fachmännisch zu skizzieren. »Er verbrachte einen guten Teil seiner Zeit auf den Hinterbeinen, abgestützt auf den Schwanz, mit dem Kopf hoch über dem Boden. Beachten Sie diese Verdickung der Schwanzwirbel. Ein sicheres Zeichen für enormen Druck, von der zweibeinigen Haltung.« Er klopfte mit dem Bleistift auf die Skizze und fuhr fort: »Eine Herde dieser Tiere konnte in kurzer Zeit einen ganzen Wald zerstören. Sie wanderten, Mr. Reeks, wie Elefanten es tun, über weite Entfernungen, und durchaus nicht langsam; mit ihrem verheerendem Appetit veränderten sie die Landschaft. Der Brontosaurus hatte eine aufrechte, schmalbrüstige Haltung, mit säulenartigen und vertikalen Beinen für einen raschen, elefantenartigen Schritt. Nichts von diesem froschartigen Zeug.«

»Ich entwarf die Haltung nach dem Krokodil«, sagte Reeks.

»Das Cambridge Institut für Analytik hat meine Beanspruchungsanalyse fertiggestellt«, sagte Mallory. Er trat zu seinem Koffer, zog ein zusammengeheftetes Bündel Papiere heraus und warf es auf den Schreibtisch. »Der Brontosaurus hätte mit den Beinen in dieser absurden Position nicht einen Augenblick auf trockenem Land stehen können.«

»Ja, Sir«, sagte Reeks niedergeschlagen. »Das erklärt die aquatisch-amphibische Hypothese.«

»Schauen Sie sich die Zehen an!« sagte Mallory. »Sie sind dick wie Fundamentsteine; nicht die breiten, mit Schwimmhäuten versehenen Füße eines Wasserbewohners. Und den Aufbau der Wirbelsäule, die Seitenstükke. Dieses Lebewesen richtete sich aus dem Hüftgelenk auf, um mit dem langen Hals große Höhen zu erreichen. Wie ein Baukran!«

Reeks nahm seinen Zwicker ab und putzte ihn mit einem Taschentuch. »Das wird Dr. Foulke nicht erfreuen«, sagte er. »Noch seine Kollegen, will ich meinen.«

»Mit dieser Sippschaft habe ich noch gar nicht angefangen«, sagte Mallory.

Huxley kam wieder herein, seinen Sohn an der Hand. Er blickte von Reeks zu Mallory. »Lieber Himmel«, sagte er. »Schon mitten drin, wie ich sehe.«

»Es ist dieser Unsinn von Foulke«, sagte Mallory. »Er scheint entschlossen, den Beweis zu führen, daß Dinosaurier lebensuntüchtig waren! Er hat meinen Leviathan als eine schwimmende Schnecke dargestellt, die Laichkraut einsaugt.«

»Sie müssen zustimmen, daß er nicht viel von einem Gehirn hatte«, sagte Huxley.

»Daraus folgt nicht, daß er ein träger Wasser- und Sumpfbewohner war, Thomas. Alle Welt räumt ein, daß Rudwicks Dinosaurier fliegen konnte. Diese Geschöpfe waren schnell und aktiv.«

»Nun, da Rudwick nicht länger unter uns weilt, gibt es in diesem Punkt einige revisionistische Überlegungen«, sagte Huxley. »Manche sagen, sein fliegendes Reptil habe nur gleiten können.«

Mallory unterdrückte um des Kindes willen einen Fluch. »Nun, es läuft alles auf die grundlegende Theorie hinaus, nicht wahr?« sagte er. »Die Uniformitarier haben sich darauf festgelegt, daß diese Tiere stumpfsinnig und träge waren! Dann passen die Dinosaurier in ihre Theorie allmählicher Entwicklung, eines langsamen evolutionären Fortschreitens bis zur Gegenwart. Während, wenn Sie die Rolle katastrophenhafter Einwirkungen mit einbeziehen, diesen großartigen Geschöpfen ein weitaus höheres Maß an Darwinscher Lebenstüchtigkeit zugestehen müssen, so verletzend das für die Eitelkeit winziger neuzeitlicher Säugetiere vom Schlage Foulkes und seiner Busenfreunde erscheinen mag.«

Huxley setzte sich. »Sie sind mit der Anordnung des Exemplars nicht einverstanden?«

»Es scheint, daß Dr. Mallory es stehend bevorzugt«, sagte Reeks. »Im Begriff, einen Baumwipfel abzuweiden.«

»Könnten wir diese Haltung bewerkstelligen, Mr. Reeks?«

Reeks machte ein erschrockenes Gesicht. Er steckte seinen Zwicker in eine Tasche hinter die Schürze, kratzte sich am Kopf. »Ich denke, vielleicht ließe es sich machen, Sir. Wenn wir es unter der Kuppel aufstellten und von den Trägern her stützten. Vielleicht müßten wir den Hals ein bißchen krümmen. Wir könnten den Kopf auf das Publikum richten! Das würde sich sehr dramatisch ausnehmen.«

»Ein Bestechungsversuch der Volksgunst«, sagte Huxley. »Obwohl ich mich frage, wie die erregten Nerven der Paläontologie darauf reagieren werden. Ich bekenne, daß mir diese Streitfrage einiges Kopfzerbrechen bereitet. Ich habe Foulkes Abhandlung noch nicht gelesen, und Sie, Mallory, haben noch nichts darüber veröffentlicht. Und ich möchte nicht Öl ins Feuer der Debatte gießen. ›*Naturu non facit saltum.*‹«

»Aber die Natur macht *doch* Sprünge«, sagte Mallory. »Die Maschinensimulationen beweisen es. Komplexe Systeme können plötzliche Umwandlungen durchmachen.«

»Lassen wir die Theorie beiseite. Was können Sie auf der Grundlage des vorliegenden Materials beweisen?«

»Ich kann meine Sache überzeugend vertreten. Ich werde es tun, bei meinem öffentlichen Vortrag. Die Beweislage ist nicht vollkommen, aber besser als die der Opposition.«

»Würden Sie Ihren Ruf als Gelehrter darauf setzen? Haben Sie jede Frage, jeden Einwand berücksichtigt?«

»Ich könnte mich irren«, sagte Mallory, »aber nicht so vollkommen danebenliegen wie Foulke und seine Freunde.«

Huxley klopfte mit einem Füllfederhalter auf seinen

Schreibtisch. »Angenommen, ich fragte — als ein elementares Beispiel —, wie dieses Tier sich von holzigen Zweigen und Laub ernähren konnte? Sein Kopf ist kaum größer als der eines Pferdes, sein Gebiß bemerkenswert schwach entwickelt.«

»Es kaute nicht mit den Zähnen«, sagte Mallory. »Es hatte einen mit Mahlsteinen besetzten Muskelmagen. Nach der Größe des Brustkorbes zu urteilen, muß dieses Organ einen Meter lang gewesen sein und vielleicht hundert Pfund gewogen haben. Ein Vormagen dieser Größe hat mehr Muskelkraft als die Kauwerkzeuge von vier Elefantenbullen.«

»Warum sollte ein Reptil solche Nahrungsmengen benötigen?«

»Der Brontosaurus war an sich nicht warmblütig, besaß aber eine hohe Stoffwechselrate. Es ist einfach das Verhältnis von Oberfläche zu Volumen. Eine Körpermasse von dieser Größe bewahrt ihre Wärme selbst bei kühler Witterung. Die Gleichungen sind einfach zu berechnen und werden nicht mehr als eine Stunde auf einer der kleineren Maschinen der Royal Society in Anspruch nehmen.«

»Das wird noch schrecklichen Ärger geben«, murmelte Huxley.

»Sollen wir zulassen, daß die Politik der Wahrheit im Wege steht?«

»Richtig. Er hat uns, Mr. Reeks ... Ich fürchte, Sie müssen Ihre sorgfältigen Pläne umändern.«

»Die Leute im Studio sind für eine Herausforderung immer zu haben, Sir«, sagte Reeks. »Und wenn ich so sagen darf, Dr. Huxley, eine Kontroverse wirkt Wunder bei den Besucherzahlen.«

»Noch etwas«, sagte Mallory. »Der Zustand des Schädels ist leider fragmentarisch und wird genaues Studium und ein gewisses Maß an Mutmaßung erfordern. Deshalb würde ich in der Angelegenheit des Schädels gern zu Ihnen ins Studio kommen, Mr. Reeks.«

»Selbstverständlich, Sir. Ich werde veranlassen, daß Sie einen Schlüssel erhalten.«

»Lord Gideon Mantell lehrte mich alles, was ich weiß, über die Anfertigung von Gipsmodellen«, sagte Mallory. »Zuviel Zeit ist vergangen, seit ich mich selbst mit diesem ehrenwerten Handwerk beschäftigte. Daher würde ich es sehr begrüßen, die neuesten Fortschritte in der Technik unter so exemplarischen Bedingungen beobachten zu können.«

Huxley lächelte mit einer Andeutung von Unsicherheit. »Ich hoffe nur, wir können Sie zufriedenstellen, Ned.«

Mallory wischte sich den Nacken mit einem Taschentuch und betrachtete mit unglücklicher Miene das Hauptgebäude des Zentralamtes für Statistik.

Das alte Ägypten war seit fünfundzwanzig Jahrhunderten untergegangen, aber Mallory hatte es gut genug kennengelernt, um eine Abneigung dagegen zu fassen. Der französische Durchstich des Suezkanals war ein heroisches Unternehmen gewesen und hatte zur Folge gehabt, daß alles Ägyptische in Mode gekommen war. Die Torheit hatte auch England erfaßt und das Land mit Skarabäen als Broschen und Krawattennadeln überschwemmt, mit Teekannen im Stil des Horusfalken, mit echten und nachgeahmten Obelisken und Miniaturen der nasenlosen Sphinx als Briefbeschwerer in Marmor und Messing. Textilfabrikanten hatten das ganze tierköpfige Gesindel heidnischer Gottheiten auf Vorhänge und Teppiche und Wandbehänge gestickt, sehr zu Mallorys Mißfallen, und ganz besonders verdroß ihn das alberne Gefasel über die Pyramiden, Ruinen, die genau jene Art schwachköpfige Verwunderung erzeugten, die sein Feingefühl am meisten abstieß.

Natürlich hatte er mit Bewunderung von den Ingenieurleistungen der Kanalbauer gelesen. In Ermangelung von Kohle hatten die Franzosen ihre großen Dampfbagger mit bitumengetränkten Mumien befeuert, die wie Brennholz gestapelt und tonnenweise verkauft worden waren. Gleichwohl mißgönnte er der Ägyptologie den Raum, den sie in den historischen und geographischen Fachzeitschriften usurpierte.

Das Zentralamt für Statistik, in der Form vage pyramidenförmig und in seinen ornamentalen Einzelheiten übermäßig ägyptisiert, stand im Kernbereich der Regierungsgebäude in Westminster. Die obersten Stockwerke verjüngten sich zu einer Spitze aus Kalksteinquadern. Die stufenförmig rückversetzten Terrassen waren von hohen Schornsteinen durchbrochen und trugen einen Wald von rotierenden Ventilatoren, deren Blätter Falkenflügeln nachgebildet waren. Der ganze gewaltige Bau war in allen Geschossen durchlöchert von schwarzen Telegrafenleitungen, als ob sich sämtliche Informationsströme des Weltreiches von allen Seiten durch den massiven Stein gebohrt hätten. Das dichte Gewirr der Drähte führte an Wandarmen und Mauerbügeln abwärts zu Telegrafenmasten, deren Menge an die Schiffsmasten und Takelagen in einem geschäftigen Hafen gemahnten.

Mallory überquerte den klebrig heißen Asphalt der Horseferry Road, auf der Hut vor dem Koregent der Tauben, die zu Hunderten auf den Drähten saßen.

Die festungsähnlichen Türen des Amtsgebäudes, eingerahmt von Säulen mit Lotuskapitellen und anglisierten Bronzesphinxen, ragten annähernd sieben Meter hoch. In ihre Ecken waren kleinere Türen für den alltäglichen Besucherverkehr eingelassen. Mallory schritt mit finsterer Miene in kühles Dämmerlicht und den schwachen, aber durchdringenden Geruch von Lauge und Leinsamenöl. Die schwüle Hitze des Tages drang nicht hier herein, aber das verdammte Monstrum hatte keine Fenster. Gaslampen in ägyptisierenden Fassungen zischten in fächerförmigen Reflektoren aus poliertem Zinn.

Er ging zum Empfangsschalter und wies seine Bürgerkarte vor. Der Angestellte — oder vielleicht war er eine Art Polizist, denn er trug eine neumodische amtliche Uniform von seltsam militärischem Schnitt — notierte Mallorys Ziel, nahm einen maschinengedruckten Grundrißplan des Gebäudes aus einem Schubfach und markierte Mallorys Route mit roter Tinte.

Mallory, dessen Laune nach der morgendlichen Zusammenkunft mit dem Nominierungsausschuß der Geographischen Gesellschaft noch getrübt war, dankte dem Mann ziemlich brüsk. Irgendwie — er wußte nicht, an welchen Fäden hinter der Bühne gezogen worden war, aber das Komplott war klar genug — hatte sich Foulke in den Nominierungsausschuß der Geographischen Gesellschaft manövriert. Foulke, dessen aquatisch-amphibische Theorie vom Brontosaurus von Huxleys Museum verworfen worden war, hatte Mallorys Hypothese von der Baumbeweidung als einen persönlichen Angriff genommen, mit dem Ergebnis, daß eine normalerweise angenehme Formalität zu einem weiteren öffentlichen Tribunal zur Verurteilung der Katastrophentheorie geworden war. Mallory hatte schließlich doch seine Mitgliedschaft bekommen, denn Oliphant hatte den Boden zu gut vorbereitet, als daß Foulkes Überfall in letzter Minute hätte Erfolg haben können, aber der Vorfall nagte weiter in ihm. Er spürte, daß die Auseinandersetzung seinem Ruf geschadet hatte. Dr. Edward Mallory — ›Leviathan-Mallory‹, wie die Boulevardpresse ihn beharrlich nannte — war als fanatisch, sogar kleinlich hingestellt worden. Und dies vor ehrwürdigen Geographen ersten Ranges, Männern wie Burton, dem Erforscher Arabiens, und Elliot, der als erster Weißer den Kongo befahren hatte.

Mallory folgte der vorgezeichneten Route und murmelte verdrießlich in seinen Bart. Das Kriegsglück in den Auseinandersetzungen der gelehrten Welt, dachte Mallory, hatte ihn nie so begünstigt wie Thomas Huxley. Huxleys Fehden hatten ihn nur als einen Hexenmeister der Debatte ausgezeichnet, während Mallory rufschädigende Angriffe über sich ergehen lassen mußte und gezwungen war, durch dieses gasbeleuchtete Mausoleum zu irren, wo er hoffte, einen verabscheuungswürdigen Zuhälter zu identifizieren.

Nachdem er die erste Biegung hinter sich gebracht hatte, entdeckte er ein marmornes Basrelief, das die mosaische Plage der Frösche darstellte, die immer zu seinen bevorzugten biblischen Geschichten gehört hatte. Als er bewundernd stehenblieb, wurde er beinahe von einem stählernen Transportwagen, der mit Kästen voller Lochkarten hoch beladen war, über den Haufen gefahren.

»Bahn frei!« rief der Kärrner, ein junger Mann mit Messingknöpfen und der Schirmmütze eines Boten. Mallory sah verblüfft, daß der Mann Stiefel mit Rädern hatte, stabile Schnürstiefel, deren Sohlen mit Miniaturachsen und speichenlosen Gummirädern ausgestattet waren. Der Mann sauste in beängstigendem Tempo durch den Korridor, steuerte dabei fachmännisch den schweren Wagen und verschwand um eine Ecke.

Mallory passierte einen mit gestreiften Sägeböcken abgesperrten Seitenkorridor, wo zwei allem Anschein nach Verrückte im Zwielicht der Gasbeleuchtung langsam auf allen vieren herumkrochen. Mallory glotzte. Die Kriecher waren dickliche Frauen mittleren Alters, die vom Hals bis zu den Füßen in fleckenlosem Weiß steckten und ihr Haar unter anliegenden, elastischen Mützen versteckt hatten. Als er noch dastand und starrte, erhob sich eine der beiden schwerfällig auf die Beine und begann die Decke vorsichtig mit einem Schwamm oder Mop an einer Teleskopstange zu wischen.

Es waren Putzfrauen.

Er folgte seiner Wegweisung zu einem Aufzug, wurde von einem uniformierten Wärter eingelassen und auf eine andere Ebene befördert. Die Luft hier war trocken und statisch, die Korridore belebter. Es gab mehr von den eigentümlich uniformierten Polizisten, sowie gutgekleidete, ernst aussehende Herren; Rechtsanwälte vielleicht, oder die Syndici großer Unternehmen und Kapitalisten, die sich mit den politischen und juristischen Problemen ihrer Arbeitgeber herumschlugen. Und obwohl sie vermutlich ihre Frauen und Kinder und Backsteinhäuser hatten, kamen sie Mallory hier wie unbestimmt geisterhafte oder geistliche Gestalten vor.

Einige Schritte weiter war er plötzlich gezwungen, einem zweiten wagenschiebenden Rollschuhboten auszuweichen. Er fand Halt an einer dekorativen gußeisernen Säule. Das Metall war so heiß, daß er sich die Handflächen ansengte. Trotz ihrer überreichen Ornamentierung mit Lotusblüten war die Säule ein Schornstein. Aus dem Inneren drang das gedämpfte Brausen und aussetzende Fauchen eines schlecht eingestellten Flammrohres.

Nachdem er wieder seine Wegweisung konsultiert hatte, betrat er einen Korridor, der links und rechts von Büroräumen gesäumt war. Beschäftigte in weißen Kitteln eilten von Tür zu Tür, wichen Boten aus, die ihre mit Lochkarten beladenen Wagen durch die Gänge schoben. Die Gaslampen waren hier heller, flackerten jedoch in einer gleichmäßigen Zugluft. Mallory blickte über die Schulter. Am Ende des Korridors stand ein großes Stahlgehäuse mit einem Ventilator. Die Flügel wurden über ein Zahnrad von einer Kette angetrieben, die zu einer ungesehenen Maschine in den Eingeweiden der Pyramide hinabführte. Die Lager des Ventilators quietschten leise.

Ein Gefühl von Benommenheit begann sich in Mallory auszubreiten. Wahrscheinlich war dies alles ein ernster Fehler gewesen. Sicherlich gab es bessere Möglichkeiten, dem Geheimnis des Derbytages nachzugehen, statt sich mit einem bürokratischen Busenfreund Oliphants auf Zuhälterjagd zu machen. Schon die Luft hatte etwas Bedrückendes, trocken und leblos und seifig, die Böden und Wände poliert und glänzend. Noch nie hatte er einen Ort gesehen, der so völlig frei von gewöhnlichem Staub und Schmutz war ... Diese Korridore erinnerten ihn an etwas, an eine andere labyrinthische Reise.

Lord Darwin.

Mallory und der große Gelehrte waren zusammen einen der schattigen, von Hecken gesäumten Wege von Kent gegangen. Darwin hatte mit seinem Spazierstock in der feuchten schwarzen Erde gestochert und in seiner endlosen, methodischen, erdrückend detaillierten Art und Weise über Regenwürmer gesprochen. Regenwürmer, die unter den Füßen der Menschen unablässig an ihrer nützlichen Arbeit waren, so daß selbst mächtige Findlinge langsam in die Erde sanken. Darwin hatte den Prozeß in Stonehenge gemessen, in einem Versuch, das prähistorische Monument zu datieren.

Mallory, die Karte vergessen in der Hand, zupfte angestrengt an seinem Bart, überwältigt von einer Vision enormer Mengen von Regenwürmern, die in katastrophaler Panik durcheinanderwühlten, daß die Erde wie Hexengebräu brodelte und Blasen warf. Innerhalb von Jahren, vielleicht bloß Monaten, würden alle Bauwerke der Menschheit schiffbrüchig und bis auf den Felsuntergrund absinken ...

»Sir? Kann ich Ihnen behilflich sein?«

Mallory kam mit einem Schreck zu sich. Ein Angestellter in weißem Kittel stand vor ihm und musterte sein Gesicht mit Mißtrauen durch seine Brille. Mallory starrte verwirrt und finster zurück. Einen göttlichen Augenblick lang war er am Rand einer Offenbarung gewesen, und nun war sie verflogen, so kläglich und unrühmlich wie ein erstorbener Niesreiz.

Damit nicht genug, merkte Mallory nun, daß er wieder laut gemurmelt hatte. Über Regenwürmer, vermutlich. Mißmutig hielt er dem anderen seine Wegweisung hin. »Ich suche Ebene 5, QK-50.«

»Das ist die Abteilung Quantitative Kriminologie, Sir. Dies hier ist die Abschreckungsforschung.« Der Mann zeigte auf ein Schild über einem benachbarten Büro. Mallory nickte benommen.

»QK ist rechts um die Ecke«, sagte der Mann. Mallory ging weiter. Er fühlte den skeptischen Blick des Beamten auf sich. Die Abteilung QK war eine Bienenwabe winziger abgeteilter Räume mit mannshohen Trennwänden. Männer in Handschuhen und Schürzen saßen an ihren abgeschrägten Arbeitstischen, untersuchten und manipulierten Lochkarten mit den verschiedenen Vorrichtungen spezialisierter Locher: Mischer, Aufziehrahmen, Fischleim-Farbschlüssel, Lupen, Pinzetten mit feinen Gummispitzen und Meßinstrumente. Mallory sah die vertraute Arbeit mit einem angenehmen Gefühl von Ermutigung.

QK-50 stand unter der Leitung des Untersekretärs für Quantitative Kriminologie, dessen Name Oliphant ihm mit Wakefield angegeben hatte.

Mr. Wakefield besaß keinen Schreibtisch, oder, besser gesagt, sein Schreibtisch hatte sein gesamtes Büro umfaßt und verschlungen, und Wakefield arbeitete aus seiner Mitte heraus. Arbeitsflächen ließen sich dank eines einfallsreichen Systems von Scharnieren aus den Wänden klappen und wieder darin unterbringen, daß sie wie Teile der Vertäfelung aussahen. Es gab ein umfangreiches Lochkartenarchiv in Einbauschränken, Zeitschriftenständer, Kataloge, Codebücher, Anleitungen für Locher, eine Weltzeituhr mit vielen Zifferblättern, drei Telegrafenapparate, deren vergoldete Nadeln das Alphabet austickten, und Lochstanzen, die geschäftig die Papierstreifen der Telegrafenapparate verarbeiteten.

Wakefield selbst war ein blasser Schotte mit blondem Haar und Geheimratsecken. Sein Blick war, wenn nicht ausweichend, so doch extrem unstet. Eine ausgeprägte Prognathie kerbte seine Unterlippe.

Mallory hatte den Eindruck, daß er ein sehr junger

Mann für seine Position sei, vielleicht erst vierzig. Zweifellos war Wakefield mit den Dampfrechnern und Lochkarten aufgewachsen. Babbages erste Maschine, heute ein vielbeachtetes Museumsstück, war noch keine dreißig Jahre alt, aber die raschen Fortschritte dieser Technik hatten eine ganze Generation in ihren Bann gezogen.

Mallory stellte sich vor. »Ich bedaure meine Säumigkeit, Sir. Ich kam mir in Ihren Hallen ein wenig verloren vor.«

Das war für Wakefield nichts Neues. »Darf ich Ihnen Tee anbieten? Wir haben eine sehr feine Sandtorte.«

Mallory schüttelte den Kopf, zog sein Zigarrenetui und öffnete es mit einer Verbeugung. »Rauchen Sie?«

Wakefield hob abwehrend beide Hände. »Nein! Nein danke. Die Feuersgefahr wäre zu groß, es wäre ein schwerer Verstoß gegen die Bestimmungen.«

Mallory steckte das Etui verdrießlich weg. »Ich verstehe. Aber ich sehe keine wirkliche Gefahr in einer guten Zigarre.«

»Asche!« sagte Wakefield. »Und im Rauch enthaltene Partikel! Sie schweben in der Luft, verschmutzen das feine Maschinenöl und die Getriebe. Und das Auseinandernehmen und Reinigen der Maschinen, die wir hier haben — nun, ich brauche Ihnen wohl nicht zu sagen, daß das eine Sisyphusarbeit ist, Dr. Mallory.«

»Gewiß, das sehe ich ein«, murmelte Mallory. Er versuchte das Thema zu wechseln. »Wie Sie wissen werden, bin ich Paläontologe, aber ich habe selbst gewisse Erfahrungen im Lochen. Wie viele Getriebemeter drehen Sie hier?«

»Meter? Wir messen hier Kilometer, Dr. Mallory.«

»Wahrhaftig! Soviel Energie?«

»Soviel Ärger, könnte man genauso sagen«, antwortete Wakefield mit einer knappen Bewegung seiner weißbehandschuhten Hand. »Durch die Drehungsreibung baut sich Hitze auf, die das Messing ausdehnt und das saubere Ineinandergreifen der Zahnräder behindert.

Bei feuchtem Wetter gerinnt das Maschinenöl — und bei trockenem Wetter kann eine laufende Maschine sogar eine kleine Leyden-Aufladung erzeugen, die alle Arten von Schmutz und Fremdkörpern anzieht! Die Getriebe verkleben und blockieren, Lochkarten verklemmen sich in den Magazinen.« Wakefield seufzte. »Wir haben die Erfahrung gemacht, daß es sich auszahlt, jede Vorsichtsmaßnahme in Reinlichkeit, Temperatur und Luftfeuchtigkeit zu ergreifen. Selbst unser Teekuchen wird speziell für das Amt gebacken, um die Krümelgefahr zu verringern!«

Die Wendung ›Krümelgefahr‹ kam Mallory ziemlich komisch vor, aber Wakefield brachte sie mit so nüchterner Sachlichkeit vor, daß offensichtlich kein Scherz beabsichtigt war. »Haben Sie Colgates Essigreiniger versucht?« fragte Mallory. »In Cambridge schwören sie darauf.«

»Ach ja«, sagte Wakefield gedehnt, »das liebe alte Institut für Maschinenanalytik. Ich wünschte, *wir* könnten uns das gemächliche Arbeitstempo der Akademiker leisten! In Cambridge verhätscheln sie ihr Messing, aber hier im öffentlichen Dienst müssen wir die umfangreichsten Programme durchlaufen lassen, bis sich die Dezimalhebel verbiegen.«

Mallory, der erst kürzlich das Institut besucht hatte, war auf dem Laufenden und entschlossen, es zu zeigen. »Haben Sie von den neuen Kompilatoren in Cambridge gehört? Sie verteilen die Getriebebeanspruchung sehr viel gleichmäßiger ...«

Wakefield ignorierte die Bemerkung. »Sehen Sie, für das Parlament und die Polizei ist das Amt einfach eine Hilfsquelle, nicht mehr und nicht weniger. Immer gefragt, aber der Etat wird knappgehalten. Die Politiker im Unterhaus haben keine Ahnung von unseren Erfordernissen, Sir! Die Technik ist ihnen ein Buch mit sieben Siegeln, doch glauben sie auf den Techniker herabsehen zu können. Die alte traurige Geschichte, die Ihnen sicherlich bekannt ist. Sie selbst sind ja ein Mann der Wissenschaft. Ich will nicht respektlos reden, aber im Unterhaus können sie die Lochkartentechnik nicht von einem Bratspieß mit Aufzugvorrichtung unterscheiden.«

Mallory rieb sich das Kinn. »Wenn ich mir vorstelle, was mit den Kapazitäten, die Sie hier haben, erreicht werden könnte — die Vorstellung ist atemberaubend.«

»Ach, wissen Sie, ich bin überzeugt, daß Sie bald wieder zu Atem kommen würden, Dr. Mallory«, sagte Wakefield. »Die Nachfrage weitet sich ständig aus und übersteigt die Kapazität. Es ist, als ob es ein Naturgesetz wäre!«

»Vielleicht ist es ein Gesetz«, sagte Mallory. »In einem Bereich der Natur, den wir noch verstehen müssen.«

Wakefield lächelte höflich und warf einen Blick auf seine komplizierte Wanduhr. »Ein Jammer, daß unser höheres Streben immer wieder von den Erfordernissen des Alltags überwältigt wird. Ich habe nicht oft Gelegenheit, aus der Schule zu plaudern. Außer mit meinem sogenannten Kollegen, Mr. Oliphant, natürlich. Hat er Ihnen vielleicht von seinen visionären Plänen für unsere Maschinen erzählt?«

»Nur ganz kurz«, sagte Mallory. »Mir scheint, daß seine Pläne für ... ah ... soziale Untersuchungen mehr Maschinenleistung verlangen würden, als wir in ganz Britannien besitzen. Um jede Transaktion in Piccadilly und sonstwo festzuhalten. Ehrlich gesagt, es kam mir ziemlich utopisch vor.«

»In der Theorie, Sir«, erwiderte Wakefield, »ist so etwas durchaus möglich. Natürlich haben wir ein brüderliches Auge auf das Telegrafenamt, das Kreditwesen und so weiter. Das menschliche Element ist der einzige wirkliche Engpaß, wissen Sie, denn nur ein ausgebildeter und tüchtiger Analytiker kann das Datenmaterial einer Maschine in brauchbares Wissen umwandeln. Und der ehrgeizige Maßstab dieser Anstrengung, verglichen mit der gegenwärtigen bescheidenen Personalausstattung des Amtes ...«

»Ich würde gewiß nicht daran denken, die drückende Bürde Ihrer Pflichten zu vermehren«, unterbrach ihn Mallory, »aber Mr. Oliphant deutete an, daß Sie mir helfen könnten, einen Verbrecher und seine Komplizin zu identifizieren. Ich hatte zu diesem Zweck zwei von Ihren Antragsformularen in dreifacher Ausfertigung ausgefüllt und durch Boten zustellen lassen.«

Wakefield nickte. »Ja, letzte Woche. Und wir haben unser möglichstes für Sie getan. Wir freuen uns immer, verdienten Persönlichkeiten wie Mr. Oliphant und Ihnen behilflich zu sein. Ein tätlicher Angriff und eine Morddrohung gegen einen prominenten Gelehrten ist selbstverständlich eine ernste Angelegenheit.« Wakefield nahm einen nadelscharfen Bleistift und einen karierten Block. »Aber eine ziemlich alltägliche Angelegenheit, die Mr. Oliphants besonderes Interesse gefunden hat, nicht wahr?«

Mallory sagte nichts.

Wakefield blickte ernst. »Sie können unbesorgt offen sprechen, Sir. Dies ist nicht das erste Mal, daß Mr. Oliphant oder seine Vorgesetzten unsere Hilfe in Anspruch genommen haben. Und als vereidigter Offizier der Krone kann ich Ihnen strikteste Vertraulichkeit garantieren. Nichts von dem, was Sie sagen, wird über diesen Raum hinausdringen.« Er beugte sich näher. »Also. Was können Sie mir sagen, Sir?«

Mallory überlegte angestrengt. Welche Dummheit Lady Ada auch begangen hatte, durch welche Leichtsinnigkeit oder Unbekümmertheit sie in die Klauen des Zuhälters und seiner Hure geraten war, er konnte sich nicht vorstellen, daß dadurch, daß der Name ›Ada Byron‹ auf den karierten Block geschrieben wurde, irgend etwas zu erreichen war. Und Oliphant würde es natürlich mißbilligen.

Also täuschte Mallory ein widerwilliges Geständnis vor. »Sie sehen mich im Nachteil, Mr. Wakefield, denn ich glaube nicht, daß viel an der Sache ist — nichts, was mir eigentlich das Privileg Ihrer Aufmerksamkeit verdiente! Wie ich in meiner Mitteilung sagte, hatte ich auf dem Rennplatz eine Konfrontation mit einem betrunkenen Spieler oder Zuhälter, der mich mit einem Stilett leicht verletzte. Ich dachte mir nicht viel dabei, aber Mr. Oliphant meinte, ich könne tatsächlich in Gefahr sein. Er erinnerte mich daran, daß einer meiner Kollegen vor nicht langer Zeit unter merkwürdigen Umständen ermordet worden ist. Und der Fall ist noch nicht aufgeklärt.«

»Prof. Fenwick, der Dinosaurier-Gelehrte?«

»Rudwick«, sagte Mallory. »Kennen Sie den Fall?«

»Er wurde erstochen. In einem verrufenen Haus, wo auf Tierkämpfe gewettet wird.« Wakefield klopfte mit dem Radiergummi am Ende des Bleistifts gegen seine Vorderzähne. »Ging durch alle Zeitungen, warf ein schlechtes Licht auf die Welt der Gelehrten. Man hat das Gefühl, daß Rudwick sich gehen ließ und damit eine Blöße gab.«

Mallory nickte. »So sehe ich es auch. Aber Mr. Oliphant schien einen Zusammenhang zwischen beiden Vorfällen zu sehen.«

»Spieler und Zuhälter, die Gelehrte töten?« sagte Wakefield. »Ich sehe kein Motiv, offen gesagt. Es sei denn — und vergeben Sie mir den Gedanken —, eine große Spielschuld wäre auslösendes Moment gewesen. Waren Sie und Rudwick gut befreundet? Wettgefährten, vielleicht?«

»Überhaupt nicht. Ich kannte den Mann kaum. Und ich habe keinerlei Spielschulden, dessen kann ich Sie versichern.«

»Mr. Oliphant glaubt nicht an Zufälle«, sagte Wakefield. Mallorys Ausflucht schien ihn überzeugt zu haben, denn er verlor offensichtlich das Interesse. »Natürlich ist es nur klug von Ihnen, daß Sie versuchen, die Identität des Angreifers festzustellen. Wenn das alles ist, was Sie von uns brauchen, so werden wir Ihnen zu Diensten sein können. Ich werde Sie von einem Mitarbeiter zum Zentralarchiv und den Maschinen bringen lassen. Sobald wir die Nummer des Mannes haben, werden wir auf festerem Boden sein.«

Wakefield zog einen Gummistöpsel aus dem Sprachrohr und rief hinein. Ein junger Mann in Handschuhen und Schürze erschien. »Das ist unser Mr. Tobias«, sagte Wakefield. »Er steht zu Ihrer Verfügung.« Das Gespräch war beendet — Wakefields Augen verrieten, daß er bereits an andere dringliche Geschäfte dachte. Er machte eine mechanische Verbeugung. »Ein Vergnügen, Sie kennengelernt zu haben, Sir. Bitte lassen Sie mich wissen, ob wir Ihnen weiter zu Diensten sein können.«

»Sie sind sehr freundlich«, sagte Mallory.

Der junge Mann hatte einen Fingerbreit von seinem Haaransatz rasiert, um seine Stirn zugunsten eines modisch intellektuellen Aussehens zu erhöhen, doch war seit der letzten Rasur die Zeit vergangen, denn er hatte jetzt einen Stoppelrand über der Stirn. Mallory folgte ihm aus dem Labyrinth der Arbeitsabteile in einen Korridor und bemerkte, daß der junge Mann einen sonderbar wiegenden Gang hatte. Seine Absätze waren so stark abgetreten, daß die Nägel herausschauten, und seine billigen Baumwollstrümpfe waren heruntergerutscht und hatten sich um die Knöchel gelegt.

»Wohin gehen wir, Mr. Tobias?«

»Zu den Maschinen, Sir. Abwärts.«

Sie warteten am Aufzug, wo ein einfallsreiches Anzeigegerät verriet, daß er sich in einem anderen Stockwerk befand. Mallory steckte die Hand in die Hosentasche, vorbei am Taschenmesser und den Schlüsseln. Er zog eine goldene Guinee hervor. »Hier.«

»Was ist das?« fragte Tobias, als er die Münze annahm.

»Es ist, was wir ein Trinkgeld nennen, mein Junge«, sagte Mallory mit erzwungener Jovialität. »Um prompte Erledigung zu gewährleisten, wissen Sie.«

Tobias betrachtete die Münze, als ob er nie das Profil Alberts gesehen hätte. Dann warf er Mallory einen scharfen und trotzigen Blick durch die Brillengläser zu.

Die Aufzugtür wurde geöffnet. Tobias steckte die Münze in seine Schürze. Er und Mallory stiegen in die bereits gut besetzte Kabine ein, und der Aufzugführer verstellte seinen Hebel und schloß die Tür. Der Käfig sank abwärts in die Eingeweide des Amtsgebäudes.

Mallory folgte Tobias aus dem Aufzug, vorbei an einer Reihe pneumatischer Rohrpostleitungen, dann durch eine Klapptür, deren Ränder mit Filz besetzt waren. Sie waren wieder allein. Tobias blieb stehen. »Sie sollten es besser wissen, als einen Beamten im öffentlichen Dienst mit einem Geldgeschenk zu bestechen.«

»Sie sehen aus, als ob Sie es brauchen könnten.«

»Den Lohn von zehn Tagen? Das könnte ich wohl. Vorausgesetzt, ich finde Sie in Ordnung.«

»Ich meine es nicht böse und habe keine besonderen Wünsche«, sagte Mallory. »Aber dieses Gebäude ist fremdes Territorium für mich. Unter solchen Umständen schätzt man es, einen einheimischen Führer zu haben, der sich auskennt.«

»Warum haben Sie sich dann nicht an den Chef gewandt?«

»Ich hoffte, Sie würden mir das sagen, Mr. Tobias.«

Mehr als die Münze schienen Mallorys Antworten den jungen Mann zu überzeugen. Er zuckte die Achseln: »Wakefield ist nicht übel. Ich an seiner Stelle würde nicht anders handeln. Aber heute ließ er *Ihre* Nummer durchlaufen und bekam einen ganzen Stapel Lochkarten über Sie. Sie haben ein paar gesprächige Freunde, Mr. Mallory.«

»Tatsächlich?« Mallory zwang sich zu einem Lächeln. »Diese Akte muß, ausgedruckt, eine interessante Lektüre abgeben. Ich würde sie natürlich sehr gern lesen.«

»Ich nehme an, daß amtliche Unterlagen bisweilen in unbefugte Hände gelangen«, räumte der junge Mann ein. »Natürlich würde es den Betreffenden die Stellung kosten, wenn er dabei erwischt wird.«

»Gefällt Ihnen Ihre Arbeit, Mr. Tobias?«

»Die Bezahlung ist nicht besonders. Das Gaslicht ruiniert einem die Augen. Aber sie hat ihre Vorteile.« Er zuckte wieder die Achseln, stieß eine weitere Klapptür auf und führte Mallory in einen Vorraum, der auf drei Seiten von Regalen gesäumt und auf der vierten Seite von Hüfthöhe aufwärts verglast war.

Durch das Glas war ein großer Saal mit aufragenden Maschinen zu sehen — so viele, daß Mallory zuerst dachte, die Wände müßten verspiegelt sein, wie in einem feinen Ballsaal. Es war wie ein Stück Illusionskunst, mit dem Ziel, das Auge zu täuschen — die mächtigen, identischen Maschinen, uhrenähnliche Konstruktionen aus kompliziert ineinandergreifendem Messing, groß wie aufgestellte Güterwaggons, jede auf fußhohen gepolsterten Lagern. Die weißgetünchte Decke, zehn Meter hoch, war voll von Transmissionen, die Antriebskraft von zwei gewaltigen Speichenschwungrädern auf die einzelnen Maschinen übertrugen. Weißgekleidete Locher, neben ihren Maschinen wie Zwerge, gingen durch die makellos sauberen Gänge zwischen den Kolossen. Ihre Haare steckten in weißen Baskenmützen mit Gummizügen, Münder und Nasen waren hinter weißen Gazemasken verborgen.

Tobias blickte mit völliger Gleichgültigkeit zu diesen majestätisch aufgercihten Kolossen. »Den ganzen Tag kleine Löcher überprüfen. Keine Fehler machen! Eine falsche Lochung macht den ganzen Unterschied zwischen einem Geistlichen und einer Giftmischerin. Viele arme unschuldige Teufel sind auf diese Weise ruiniert worden …«

Das Ticken und Zischen, das durch die Glasscheiben drang, dämpfte seine Worte.

In der Bibliothek waren zwei gutgekleidete, ruhige Männer in ihre Arbeit vertieft. Sie beugten sich zusammen über ein großes, viereckiges Album mit farbigen Bildern.

»Bitte nehmen Sie Platz«, sagte Tobias.

Mallory setzte sich an einen Bibliothekstisch. Die Stühle waren schwenkbare Armsessel auf Gummirädern. Tobias wählte einen Archivkasten mit Karten, setzte sich Mallory gegenüber und durchblätterte die Karten. Hin und wieder hielt er inne und stieß einen behandschuhten Zeigefinger in einen kleinen Behälter mit Bienenwachs. Er nahm zwei Karten heraus. »Waren dies Ihre Anfragen, Sir?«

»Ich habe Papierformulare ausgefüllt. Aber Sie haben das auf Lochkarten übertragen, nicht wahr?«

»Ja, QK nahm die Anfrage auf«, sagte Tobias und blinzelte auf die Karten, »aber wir mußten sie zur Anthropometrie weiterleiten. Diese Karte ist oft durchgelaufen — sie haben schon allerlei Sortierarbeit verrichtet.« Plötzlich stand er auf und holte einen Loseblattordner — Handbuch für Locher. Er verglich eine von Mallorys Karten mit einer Abbildung in dem Buch, einen Ausdruck zerstreuter Geringschätzung in den Zügen. »Haben Sie die Formblätter *vollständig* ausgefüllt, Sir?«

»Ich glaube schon.«

»Größe des Verdächtigen«, murmelte der junge Mann. »Länge und Breite des linken Ohres, linken Fußes, linken Unterarms, linken Zeigefingers.«

»Ich schätzte die Maße, so gut ich konnte«, sagte Mallory. »Aber warum nur die linke Seite, wenn ich fragen darf?«

»Weniger beeinflußt durch körperliche Arbeit«, sagte Tobias abgelenkt. »Alter, Farbe von Haut, Haaren, Augen. Narben, Muttermale ... ah, da ist etwas. Mißgestaltung.«

»Der Mann hatte eine vorgewölbte Stirn und eine Beule an der Seite«, sagte Mallory.

»Frontale Plagiozephalie«, sagte der junge Mann und schlug in seinem Loseblattverzeichnis nach. »Selten, und deshalb fiel es mir auf. Das sollte nützlich sein. In der Anthropometrie sind sie verliebt in Schädel.« Tobias nahm die Karten, ließ sie in einen Schlitz fallen und zog einen Glockenstrang. Es gab ein lautes Gebimmel, und einen Augenblick später kam ein Locher, die Karten abzuholen.

»Was nun?« fragte Mallory.

»Wir warten, bis sie durchgelaufen sind«, sagte der andere.

»Wie lange?«

»Es dauert immer doppelt so lang, wie man denkt«, sagte Tobias und lehnte sich in seinem Stuhl zurück. »Selbst wenn Sie Ihre Schätzung verdoppeln. Es ist wie ein Naturgesetz.«

Mallory nickte. Die Verzögerung ließ sich nicht vermeiden und mochte nützlich sein. »Arbeiten Sie schon lange hier, Mr. Tobias?«

»Noch nicht lange genug, um den Verstand zu verlieren.«

Mallory schmunzelte.

»Sie denken, ich mache Witze«, sagte Tobias.

»Warum arbeiten Sie hier, wenn Sie es so verabscheuen?«

»Jeder, der einen Funken Verstand hat, verabscheut es«, sagte Tobias. »Natürlich, es ist hier ein feines Arbeiten, wenn Sie in den oberen Stockwerken sitzen und einer von den großen Herren sind.« Er zeigte mit dem behandschuhten Daumen diskret zur Decke. »Was auf mich natürlich nicht zutrifft. Aber hauptsächlich sind für die Arbeit kleine Leute nötig. Uns brauchen sie zu Dutzenden und zu Hunderten. Wir kommen und gehen. Zwei Jahre von dieser Arbeit, vielleicht drei, dann sind die Augen und die Nerven hinüber. Man kann regelrecht verrückt werden, wenn man immer diese kleinen Löcher anstarrt. Verrückt wie eine tanzende Haselmaus.« Er steckte die Hände in seine Schürzentaschen. »Sie sehen uns kleine Handlanger alle gleich gekleidet, wie weiße Tauben, und ich wette, Sir, Sie glauben, wir seien innen auch alle gleich! Aber das sind wir nicht, Sir, überhaupt nicht. Sehen Sie, in Großbritannien gibt es nur so viele Leute, die lesen und schreiben und buchstabieren und addieren können, wie es hier benötigt wird. Die meisten, die das können, sehen sich nach besserer Arbeit um, wenn sie irgend können. Also bleiben dem Amt die ... nun ... unentschlossenen, unsteten Leute.« Tobias lächelte dünn. »Man hat sogar schon Frauen eingestellt. Näherinnen, die ihre Arbeitsplätze an Strickmaschinen verloren hatten. Die Regierung lernte sie an, Lochkarten zu lesen und zu verarbeiten. Sehr gut in der Kleinarbeit, die ehemaligen Näherinnen.«

»Das scheint eine seltsame Politik zu sein«, meinte Mallory.

»Der Druck der Umstände. Die Natur des Geschäfts«, sagte Tobias. »Haben Sie schon einmal für Ihrer Majestät Regierung gearbeitet, Mr. Mallory?«

»In gewisser Weise«, antwortete Mallory. Er hatte für die Freihandelskommission der Royal Society gearbeitet. Er hatte ihren patriotischen Reden geglaubt, ihren Versprechen von Einfluß hinter den Kulissen. Und als sie fertig mit ihm waren, hatten sie die Verbindung zu ihm gekappt und ihn sich selbst überlassen. Eine Privataudienz mit Lord Galton, dem Vorsitzenden der Kommission, ein warmer Händedruck, der Ausdruck ›tiefen Bedauerns‹, daß es ›keine offene Anerkennung Ihrer mutigen Dienste geben könne ...‹ Und das war alles. Nicht einmal einen unterzeichneten Fetzen Papier hatte er bekommen.

»Was für Regierungsarbeit?« fragte Tobias.

»Haben Sie schon den sogenannten Land-Leviathan gesehen?«

»Im Museum«, sagte Tobias. »Brontosaurus wird er genannt, ein Reptilienelefant. Hatte seine Zähne im Ende des Rüssels. Das Tier fraß Bäume.«

»Ich sehe, Sie sind gut informiert, Mr. Tobias.«

»Dann sind Sie Leviathan-Mallory, der berühmte Gelehrte?« Tobias errötete heftig.

Eine Glocke läutete. Tobias sprang auf und zog ein im Zickzack gefaltetes Papier aus einer Wandöffnung.

»Wir haben Glück, Sir. Der männliche Verdächtige ist gefunden. Ich sagte Ihnen, die Besonderheit des Schädels würde helfen.« Tobias breitete das Papier vor Mallory auf dem Tisch aus.

Es war eine Sammlung von Maschinenportraits, zusammengesetzt aus gedruckten Punkten. Dunkelhaarige Engländer mit Galgenvogelgesichtern. Die kleinen viereckigen Punkte, aus denen die Maschine ihre Wiedergaben zusammensetzte, waren gerade groß genug, daß sie die Gesichter ein wenig verzerrten; alle abgebildeten Männer schienen schwarzen Speichel in den Mundwinkeln und Schmutz in den Augenwinkeln zu haben. Sie sahen alle wie Brüder aus, wie eine sonderbare menschliche Unterart der Gestrauchelten und Enttäuschten. Die Portraits waren namenlos; unter jedem stand die Bürgernummer. »Ich hatte nicht Dutzende von Gesichtern erwartet«, sagte Mallory.

»Mit besseren anthropometrischen Parametern hatten wir die Auswahl präziser treffen können«, sagte Tobias. »Aber lassen Sie sich einfach Zeit, Sir, und sehen Sie sich jeden genau an. Wenn wir ihn haben, ist er hier.«

Mallory starrte die finsterblickenden Reihen der numerierten Taugenichtse an, von denen nicht wenige beunruhigend mißgestaltete Köpfe aufwiesen. Mit großer Klarheit erinnerte er sich an das Gesicht des Zuhälters, obwohl es von Wut verzerrt gewesen war, blutigen Speichel zwischen den Lippen. Der Anblick dieses Gesichts stand für immer vor seinem inneren Auge, so lebendig wie die Rückenwirbel des Brontosaurus, als er sie zuerst gesehen hatte, eingebettet in den Schieferton von Wyoming. In einem langen Augenblick dämmernder Erkenntnis hatte er durch diese graubraunen Steinklumpen gesehen und den immanenten Glanz seines eigenen Ruhmes wahrgenommen, seiner künftigen Berühmtheit. In gleicher Weise hatte er in den Zügen des Strolches eine tödliche Herausforderung gesehen, die sein Leben verwandeln konnte.

Aber keines dieser dumpf und störrisch dreinblickenden Gesichter paßte in seine Erinnerung. »Könnte es möglich sein, daß Sie diesen Mann nicht haben?«

»Vielleicht hat Ihr Mann keine Vorstrafen«, sagte Tobias. »Wenn er als Gesetzesbrecher noch nicht in Erscheinung getreten ist, wird es schwierig. In diesem Fall könnten wir die Karte noch einmal zur Überprüfung der allgemeinen Bevölkerung durchlaufen lassen. Aber das würde uns Wochen von Maschinenzeit kosten und eine Sondergenehmigung von den Leuten oben erfordern.«

»Warum würde es so lange dauern, bitte?«

»Dr. Mallory, wir haben alle Bürger des Landes in unseren Unterlagen. Jeden, der sich jemals um Arbeit bemüht, Steuern bezahlt, einen Paß beantragt hat oder festgenommen worden ist.« Mallory sah, daß der junge Mann bemüht war, ihm zu helfen. »Ist er vielleicht Ausländer?«

»Ich bin sicher, daß er Engländer war, und ein Spitzbube. Er war bewaffnet und gefährlich. Aber ich sehe ihn hier einfach nicht.«

»Vielleicht ist es eine schlechte Ähnlichkeit, Sir. Die kriminellen Schichten, müssen Sie wissen, verziehen gern die Gesichter, wenn sie fürs Verbrecheralbum fotografiert werden. Pusten die Backen auf, stecken sich Watte in die Nasen und dergleichen. Ich bin überzeugt, daß er sich unter diesen Gesichtern befindet, Sir.«

»Ich glaube es nicht. Gibt es eine andere Möglichkeit?«

Tobias setzte sich nieder, geschlagen. »Das ist alles, was wir haben, Sir. Es sei denn, Sie möchten Ihre Beschreibung ergänzen oder abändern.«

»Könnte jemand sein Portrait entfernt haben?«

Tobias blickte erschrocken auf. »Das wäre unerlaubtes Beseitigen amtlichen Archivmaterials, Sir. Ein Vergehen, das strenger Bestrafung unterliegt. Ich bin sicher, daß keiner von unseren Leuten so etwas getan haben würde.« Eine bedeutungsschwere Pause folgte.

»Aber?« sagte Mallory.

»Nun, die Akten sind sakrosankt, Sir. Deshalb werden sie hier von uns verwaltet, wie Sie wissen, und nicht in einem Privatarchiv. Aber es gibt ... ah ... gewisse hochgestellte Persönlichkeiten außerhalb der Behörde — Männer, die den Sicherheitsbelangen des Reiches dienen. Wenn Sie wissen, welche Herren ich meine.«

»Ich glaube nicht, daß ich es weiß«, sagte Mallory.

»Einige wenige Männer in hohen, verantwortungsvollen Positionen, die das Vertrauen höchster Stellen genießen und deren Diskretion über jeden Zweifel erhaben ist«, sagte Tobias. Er blickte zu den beiden anderen Männern hinüber und fuhr mit halblauter Stimme fort: »Vielleicht haben Sie den Ausdruck ›das Sonderkabinett‹ gehört? Oder vielleicht ist Ihnen die Behörde der Geheimpolizei in der Bow Street ein Begriff ...«

»Sonst noch jemand?« fragte Mallory.

»Nun, natürlich die Königliche Familie. Schließlich sind wir Diener der Krone. Wenn Albert höchstselbst dem Innenminister Anweisung geben würde ...«

»Wie steht es mit dem Premierminister? Lord Byron?«

Tobias antwortete nicht. Seine Miene hatte sich verhärtet.

»Eine müßige Frage«, sagte Mallory. »Vergessen Sie, daß ich sie stellte. Es ist eine Gewohnheit, die man als Gelehrter annimmt, wissen Sie — wenn ein Gegenstand mich interessiert, untersuche ich ihn von allen Seiten, bis zur Pedanterie. Aber es hat hier keine Relevanz.« Mallory nahm sich wieder die Bilder vor und betrachtete sie mit einer Schaustellung angestrengter Aufmerksamkeit. »Sicherlich ist es mein eigener Fehler — das Licht hier ist nicht so, wie es sein könnte.«

Der junge Mann erhob sich halb von seinem Platz. »Ich kann das Gas aufdrehen.«

»Nein«, sagte Mallory. »Ich möchte meine Aufmerksamkeit für die Frau aufsparen. Vielleicht haben wir da mehr Glück.«

Tobias sank auf seinen Stuhl zurück. Während sie warteten, täuschte Mallory entspannte Gleichgültigkeit vor. »Langwierige Kleinarbeit, nicht wahr, Mr. Tobias? Ein junger Mann von Ihrer Intelligenz muß sich nach größeren Herausforderungen sehnen.«

»Ich mag die Arbeit mit Maschinen«, sagte Tobias. »Nicht mit diesen schwerfälligen Ungetümen, sondern mit den klügeren, die auch ästhetischer sind. Ich wollte das Lochen lernen.«

»Warum sind Sie dann nicht in die Programmierschule gegangen?«

»Ich kann es mir nicht leisten, Sir. Die Familie ist nicht einverstanden.«

»Haben Sie sich um ein Begabtenstipendium bemüht?«

»Das hat nicht geklappt — ich habe im Rechnen den Anforderungen nicht entsprochen.« Er machte ein mißmutiges Gesicht. »Ich bin sowieso kein Wissenschaftler. Ich lebe für die Kunst. Kinotropie!«

»Theaterarbeit, wie? Manche sagen auch, es liege im Blut.«

»Ich gebe jeden ersparten Shilling dafür aus«, sagte der junge Mann. »Wir haben einen kleinen Club von begeisterten Kinotrop-Freunden. Das Palladium vermietet uns sein Kinotrop in den Stunden nach Mitternacht. Manchmal sieht man ganz erstaunliche Dinge, natürlich auch eine Menge amateurhaftes Zeug.«

»Interessant«, sagte Mallory. »Ich hörte, daß ... ah ...« Er mußte sich erst auf den Namen des Mannes besinnen. »Ich hörte, daß John Keats recht gut sein soll.«

»Er ist alt«, sagte der junge Mann mit einem erbarmungslosen Achselzucken. »Sie sollten Sandys sehen oder Hughes. Oder Etty! Und dann gibt es noch einen Locher aus Manchester, dessen Arbeit ganz phantastisch ist — Michael Radley. Letzten Winter sah ich hier in London eine Schau von ihm. Einen Vortrag, mit einem Amerikaner.«

»Vorträge mit Kinotrop-Untermalung können sehr eindrucksvoll sein.«

»Na ja, der Redner war ein gerissener alter Gauner, ein betrügerischer Yankeepolitiker. Wenn es nach mir gegangen wäre, hätten sie ihn hinauswerfen und nur Bilder zeigen sollen.«

Mallory ließ die Konversation einschlafen. Tobias rückte unruhig auf seinem Platz, wollte das Gespräch fortsetzen und wagte doch nicht, sich die Freiheit herauszunehmen, und endlich läutete die Glocke. Er war sofort auf den Beinen und sprang mit einem kratzigen Gleiten seiner wertlosen Schuhe zum Ausgabeschlitz, um mit einem weiteren Bündel gefalteter Papiere zurückzukehren.

»Rothaarige«, sagte er und lächelte etwas einfältig.

Mallory grunzte. Er betrachtete die abgebildeten Frauen mit konzentrierter Aufmerksamkeit. Es waren gefallene Frauen, ruinierte Frauen mit den gedunsenen, hoffnungslosen Gesichtern, die noch in den grob gerasterten kleinen Schwarzweißbildern von elenden Lebensschicksalen kündeten. Anders als zuvor bei den Männern, fand Mallory in den Frauengesichtern mehr Lebensnähe. Hier war eine Londoner Großstadtpflanze mit breitem Gesicht und einem wilderen Ausdruck in den Augen, als er je bei einer Cheyennesquaw gesehen hatte. Da war ein traurig blickendes irisches Mädchen mit eingefallenem Gesicht, dort eine Straßendirne mit Haaren wie ein Rattennest und einem umnebelten Grinsen. Hier Trotz, da schmallippige Unverschämtheit, dort die erstarrte Grimasse eines verführerischen Lächelns. Und dann eine giftig blickende Engländerin, deren Kopf zu lange in der Nackenstütze des Fotografen eingezwängt war.

Die Augen mit ihrem kalkulierten Ausdruck verletzter Unschuld überraschten ihn mit dem Schock des Wiedererkennens. Er tippte mit dem Finger auf die Abbildung, blickte zu Tobias auf. »Das ist sie!«

»Sehr gut, Sir! Lassen Sie mich die Nummer notieren.« Er tat es, ging an eine kleine Lochstanze und lochte die Bürgernummer in eine frische Karte, die er darauf in den Aufnahmeschlitz der Wand steckte. Die ausgestanzten Papierblättchen leerte er sorgfältig in einen Deckelbehälter.

»Die Akte wird alle Informationen über sie enthalten, nicht wahr?« sagte Mallory. Er zog sein Notizbuch aus der Jacke.

»Größtenteils, Sir. Eine gedruckte Zusammenfassung.«

»Kann ich die mitnehmen, um sie eingehender zu studieren?«

»Nein, Sir, da Sie kein Beamter der Exekutive sind.« Mit halblauter Stimme fügte Tobias hinzu: »Um die Wahrheit zu sagen, Sir, Sie könnten einem Magistratsbeamten oder seinem Gehilfen unter der Hand ein paar Shillinge bezahlen und diese Personalien bekommen. Wenn Sie einmal die Nummer von jemandem haben, ist der Rest ziemlich einfach. So ist es ein üblicher Kniff der Locher, die maschinengespeicherten Akten über Angehörige der Unterwelt zu lesen — direkt von den Lochkarten. Sie nennen es ›seinen Faden ziehen‹ oder ›einen Kuchen anschneiden‹.«

Mallory fand diese Auskunft bemerkenswert. »Angenommen, ich fragte nach meiner eigenen Akte?«

»Nun, Sir, Sie sind ein feiner Herr, kein Verbrecher. Sie sind nicht in den gewöhnlichen Polizeiakten. Ihr Magistratsbeamter würde ein Formular ausfüllen und gute Gründe für die Suche angeben müssen. Solche Anfragen werden meistens abschlägig beschieden.«

»Wegen gesetzlicher Bestimmungen, wie?« fragte Mallory.

»Nein, Sir, wir sind nicht durch Gesetze gehindert, persönliche Daten und dergleichen preiszugeben, sondern durch die damit verbundenen Schwierigkeiten. Eine Suche kostet Maschinenzeit und Geld, und in beiden sind wir immer knapp. Aber wenn ein Parlamentsmitglied mit einer Anfrage an uns herantritt, oder eine Lordschaft ...«

»Angenommen, ich hätte einen guten Freund hier im Amt«, sagte Mallory. »Jemand, der mich wegen meiner großzügigen Art bewundert ...«

Tobias reagierte zurückhaltend, und ein wenig spröde. »Es ist keine einfache Sache, Sir. Jeder Durchlauf wird registriert, und jede Anfrage muß einen Bürgen haben. Was wir heute taten, geschieht in Mr. Wakefields Namen, also wird es dabei keine Schwierigkeiten geben. Aber Ihr Freund würde den Namen eines Bürgen fälschen und Gefahr laufen, wegen dieses Betrugs belangt zu werden. Es ist Betrug und wird genauso bestraft, wenn es ans Licht kommt.«

»Sehr erhellend«, sagte Mallory. »Ich habe die Feststellung gemacht, daß man immer profitiert, wenn man mit einem Techniker spricht, der sich in seinem Fach wirklich auskennt. Ich gebe Ihnen meine Karte.«

Mallory nahm eine seiner Visitenkarten aus dem Notizbuch, faltete eine Fünfpfundnote, hielt sie gegen die Rückseite seiner Karte und übergab sie dem jungen Mann. Es war eine stattliche Summe. Eine wohlbedachte Investition.

Tobias fummelte unter seiner Schürze, brachte eine fettige Lederbrieftasche zum Vorschein und entnahm ihr seinerseits eine eselsohrige kleine Visitenkarte aus satiniertem weißem Karton. J. J. TOBIAS, ESQ., stand darauf in stark verschnörkelter Maschinenfraktur. KINOTROPIE UND MATERIALIEN ZUM THEATER. Darunter war eine Anschrift in Whitechapel. »Diese Telegrafennummer am Fuß der Karte hat nichts zu sagen«, erläuterte Tobias. »Ich mußte aufhören, sie zu mieten.«

»Interessieren Sie sich für französische Kinotropie, Mr. Tobias?«

»Ja, gewiß, Sir«, erwiderte Tobias. »Heutzutage kommt das schönste Material vom Montmartre.«

»Meines Wissens verwenden die französischen Ordinateure eine besondere Norm für ihre Karten.«

»Die Napoleon-Norm«, sagte Tobias. »Kleinere Karten aus einem künstlichen Material, die sich in den Kompilatoren sehr schnell verarbeiten lassen. Die Geschwindigkeit ist in der Arbeit mit dem Kinotrop sehr geeignet.«

»Wissen Sie, wo man hier in London einen von diesen französischen Kompilatoren mieten könnte?«

»Um Daten von französischen Lochkarten zu übertragen, Sir?«

»Ja«, sagte Mallory, bestrebt, nur beiläufiges Interesse zu zeigen. »Ich erwarte Datenmaterial von einem französischen Kollegen, das eine wissenschaftliche Kontroverse behandelt — ziemlich schwer verständlich, aber gleichwohl eine Angelegenheit wissenschaftlicher Vertraulichkeit. Ich würde es vorziehen, das Material privat nach meinem Belieben durchzusehen.«

»Ich verstehe, Sir«, sagte Tobias. »Ich kenne einen Mann mit einem französischen Kompilator, und er würde Sie damit tun lassen, was Sie wollen, wenn die Bezahlung stimmt. Letztes Jahr war der französische Standard in Londoner Locherkreisen sehr in Mode gekommen. Aber inzwischen hat sich die Einstellung dazu gewandelt, vor allem durch die Schwierigkeiten mit dem Großen Napoleon.«

»Tatsächlich?« sagte Mallory.

Tobias nickte, erfreut über die Gelegenheit, sich als Autorität auszuweisen. »Ich glaube, es macht sich jetzt bemerkbar, Sir, daß die Franzosen sich mit ihrem gigantischen Napoleon-Projekt übernommen und einen technischen Fehltritt getan haben, wenn man so sagen kann.«

Mallory strich sich den Bart. »Ich hoffe, daraus spricht nicht britischer Berufsneid.«

»Keineswegs, Sir! Es ist allgemein bekannt, daß der Große Napoleon in diesem Frühjahr ein arges Mißgeschick erlitten hat«, versicherte ihm Tobias. »Seitdem hat die große Maschine nicht mehr richtig gearbeitet.« Er senkte die Stimme. »Manche behaupten, daß Sabotage dahinterstecke! Kennen Sie diesen französischen Begriff: ›Sabotage‹? Kommt von *sabots*, den Holzschuhen, die von den französischen Arbeitern getragen werden. Wenn sie die zwischen die Zahnräder quetschen, können sie eine Maschine ernstlich beschädigen!« Tobias grinste über die Vorstellung, mit einem Vergnügen, das Mallory eher beunruhigte. »Die Franzosen haben auch Probleme mit ihren Ludditen, wissen Sie, Sir, genau wie wir damals, vor Jahren!«

Eine Dampfpfeife gellte zweimal kurz hintereinander, daß es von der weißgetünchten Decke widerhallte. Die beiden arbeitsamen Herrn, zu denen sich in der Zwischenzeit ein genauso arbeitsamer dritter gesellt hatte, schlossen jetzt ihre Mappen und gingen.

Kurz darauf läutete die Glocke wieder und rief Tobias zum Ausgabeschlitz. Statt direkt hinzugehen, stand der junge Mann gemächlich auf und ging den Tisch entlang, wo er die liegengebliebenen Mappen nach nichtvorhandenem Staub untersuchte, bevor er sie in ihr Regal tat. »Ich glaube, das ist unsere Antwort«, sagte Mallory.

Tobias, der ihm den Rücken zugekehrt hatte, nickte kurz. »Sehr wahrscheinlich, Sir, aber jetzt ist Feierabend, wissen Sie? Diese zwei Signaltöne ...«

Mallory erhob sich ungeduldig und schritt zum Ausgabeschlitz.

»Nein, nein«, rief Tobias, »nicht ohne Handschuhe! Lassen Sie es mich tun!«

»Wozu Handschuhe? Wer soll davon erfahren?«

»Die Anthropometrie, selbstverständlich! Dieser Raum gehört zu ihrer Abteilung, und sie verabscheuen nichts mehr als die Schmutzflecken von bloßen Fingern!« Tobias nahm den gefalteten Ausdruck und überflog ihn. »Nun, Sir, unsere Verdächtige ist eine gewisse Florence Bartlett, geborene Russell, aus Liverpool ...«

»Ich danke Ihnen, Mr. Tobias«, sagte Mallory und faltete den Maschinenausdruck noch einmal quer, um ihn leichter in seine karierte Weste zu stecken. »Ich weiß Ihre Hilfe zu schätzen.«

Eines arktisch kalten Morgens in Wyoming, der Rauhreif lag dick auf dem braunen, geknickten Präriegras, war Mallory neben dem lauwarmen Kessel des Dampfpanzerwagens der Expedition gekauert, hatte in dem kümmerlichen Feuer aus Bisondung gestochert und versucht, ein eisenhartes Stück des Bisonfleisches, das ihr Frühstück, Mittag- und Abendessen gewesen war, aufzutauen. In jenen jämmerlichen Augenblicken, als sein Bart vom gefrorenen Atem bereift gewesen war und seine vom Schaufeln blasenbedeckten Finger Frostbeulen gehabt hatten, hatte Mallory einen feierlichen Eid geschworen, daß er niemals wieder die Sommerhitze verfluchen würde.

Aber nie hatte er in London eine so drückende Hitze erwartet.

Die Nacht war ohne einen Lufthauch vergangen, und sein Bett hatte einem stinkenden Schwitzbad geglichen. Er hatte auf den Laken geschlafen, ein in kaltem Wasser ausgedrücktes Frottiertuch über den nackten Körper gebreitet, und war stündlich aufgestanden, um das Handtuch wieder zu befeuchten. Jetzt war die Matratze naß, und der ganze Raum heiß und drückend wie ein Gewächshaus ohne Lüftung. Außerdem stank es nach schalem Tabakrauch, denn Mallory hatte bei der Lektüre des Lebenslaufes und der Vorstrafen von Florence Russell Bartlett ein halbes Dutzend seiner guten Havannas geraucht. Das bislang schwerste Delikt dieser gefährlichen Dame war anscheinend die Ermordung ihres Ehemannes gewesen, eines bekannten Baumwollhändlers in Liverpool, im Früjahr 1853.

Der *modus operandi* war Vergiftung durch Arsen gewesen, das Mrs. Bartlett aus Fliegenpapier extrahiert und ihrem Mann im Laufe mehrerer Wochen mit einer Medizin, Dr. Gores Hydropathischem Kräftigungsmittel, verabreicht hatte. Mallory wußte von seinen Nächten am Haymarket, daß Dr. Gores Kräftigungsmittel tatsächlich ein Aphrodisiakum war, aber davon stand nichts in der Akte. Die tödliche Erkrankung von Bartletts Mutter im Jahre 1852 und des Bruders ihres Ehemannes 1851 waren auch verzeichnet, desgleichen die ärztlichen Totenscheine, in denen Durchbruch eines Magengeschwürs beziehungsweise Cholera als Todesursachen genannt waren. Diese angeblichen Krankheiten zeigten Symptome, die jenen der Arsenvergiftung sehr ähnlich waren. Niemals unter Anklage gestellt, diese anderen Todesfälle herbeigeführt zu haben, war Mrs. Bartlett aus der Untersuchungshaft entflohen, indem sie ihren Gefängniswärter mit einer verborgenen Derringer-Pistole überwältigt hatte.

Die Polizei vermutete offenbar, daß sie nach Frankreich geflohen war, denn jemand hatte Übersetzungen französischer Polizeiberichte aus dem Jahr 1854 angefügt, die sich auf ein Verfahren vor dem Pariser Geschworenengericht bezogen. Eine Florence Murphy, Engelmacherin, mutmaßlich amerikanischer Flüchtling, war dort wegen des Verbrechens der *vitriolage*, des Bespritzens mit Schwefelsäure zur Entstellung oder Verstümmelung, verhaftet und verurteilt worden. Das Opfer, Marie Lemoine, Ehefrau eines bekannten Seidenhändlers aus Lyon, war anscheinend eine Rivalin gewesen.

Aber ›Florence Murphy‹ war während der ersten Woche ihres Gerichtsverfahrens aus dem Gewahrsam und allen späteren französischen Polizeiberichten verschwunden.

Mallory tauchte seinen Schwamm ins Wasser und benetzte Gesicht, Hals und Achselhöhlen, während ihm trübe Gedanken an Vitriol durch den Kopf gingen.

Als er seine Schnürsenkel band, schwitzte er schon wieder. Beim Verlassen seines Raumes stellte er fest, daß die ungewöhnliche Sommerhitze das ganze Gebäude überwältigt hatte, das sonst ein Ort der Stille und Kühle war. Schwüle Feuchtigkeit lag wie ein unsichtbarer Sumpf über den Marmorböden. Sogar die Palmen zu beiden Seiten der Treppe schienen auf einmal Relikte aus der Jurazeit zu sein. Er wanderte zur Personalkantine, wo vier hartgekochte Eier, Eiskaffee, ein Bückling, ein paar gebratene Tomaten, Hammelfleisch und gekühlte Melone seine Lebensgeister wiederherstellten. Das Essen hier war ziemlich gut, obwohl der Bückling ein bißchen unfrisch gerochen hatte — kein Wunder, in dieser Hitze. Mallory unterschrieb den Kassenzettel, gab ihn ab und ging, seine Post zu holen.

Er war ungerecht gegen den Bückling gewesen. Außerhalb der Kantine stank es noch schlimmer nach verdorbenen Fisch oder etwas sehr ähnlichem. In der Eingangshalle hingegen herrschte noch ein Seifenduft vor, Überbleibsel des morgendlichen Aufwischens, aber auch hier begann der schwüle Gestank von etwas Abscheulichem und anscheinend längst Gestorbenem vorzudringen. Mallory kannte den Gestank — er war durchdringend und süßlich, vermischt mit dem fettigen Fäulnisgeruch einer Abdeckerei —, aber er konnte die Erinnerung nicht genauer bestimmen. Er ging zum Empfangsschalter, seine Post zu holen. Der welkende

Angestellte begrüßte ihn mit besonderer Höflichkeit; Mallory hatte sich mit großzügigen Trinkgeldern der Loyalität des Personals versichert. »Nichts in meinem Fach?« fragte Mallory überrascht.

»Es ist zu klein, Dr. Mallory.« Der Mann bückte sich und hob einen großen Flechtkorb auf den Tresen, bis zum Rand angefüllt mit Briefumschlägen, Zeitschriften und Päckchen.

»Großer Gott!« sagte Mallory. »Es wird jeden Tag schlimmer!«

Der Mann nickte wissend. »Der Preis des Ruhms, Sir.«

Mallory war überwältigt. »Ich nehme an, daß ich dies alles lesen muß ...«

»Wenn ich mir die Bemerkung erlauben darf, Sir, ich denke, Sie würden gut daran tun, einen Privatsekretär anzustellen.«

Mallory grunzte. Er hegte einen Abscheu vor Sekretären, Dienern, Butlern, Zimmermädchen, dem ganzen Dienstleistungsgeschäft. Seine eigene Mutter war einmal im Dienst gewesen, bei einer reichen Familie in Sussex, in den alten Zeiten, bevor die Radikale Partei an die Macht gelangt war. Die Erinnerung fraß noch in ihm.

Er trug den schweren Korb in einen ruhigen Winkel der Bibliothek und begann die Post zu sortieren. Zuerst die Zeitschriften: *Transactionas* von der Royal Society, *Reptilienkunde, Journal der Dynamischen Systematik, Wissenschaftliche Annalen, Mitteilungen der École des Ordinateurs,* mit, wie es schien, einem interessanten Artikel über die mechanischen Probleme mit dem Großen Napoleon ... Diese Sache mit den Fachzeitschriften-Abonnements war ihm längst zur Last geworden, doch hielt sie die Verleger und Herausgeber bei Laune, und zufriedene Verleger und Herausgeber waren der Schlüssel zur Placierung seiner eigenen Artikel.

Dann die Briefe. Mallory ordnete sie rasch in Stöße. Zuerst die Bettelbriefe. Er hatte den Fehler gemacht, ein paar zu beantworten, die besonders rührend und aufrichtig ausgesehen hatten, und nun überkrochen die dreisten und berechnenden Gauner ihn wie Läuse.

Ein zweiter Stapel waren die geschäftlichen Briefe. Einladungen zu Vorträgen, Anfragen nach Interviews, Rechnungen von Ladenbesitzern, Angebote von Knochenmännern und Gesteinsschnüfflern, die wie er Anhänger der Katastrophentheorie waren und ihn als Mitautor gelehrter Abhandlungen gewinnen wollten.

Dann die Briefe von weiblicher Hand. Die Bruthennen der Naturgeschichte — Huxley nannte sie ›Blumenschnipsler‹. Sie schrieben zu Dutzenden, die meisten begnügten sich jedoch mit Autogrammwünschen. Andere schickten ihm hübsche Skizzen von gewöhnlichen Eidechsen und erbaten sein Fachurteil in der Taxonomie von Reptilien. Andere brachten eine feinsinnige Bewunderung zum Ausdruck, mitunter begleitet von Versen, und luden ihn zum Tee ein, sollte er einmal nach Sheffield oder Nottingham oder Brighton kommen. Und einige wenige, die sich meist durch spitzige Handschrift, dreifache Unterstreichungen und Haarlocken mit Bändern auszeichneten, drückten warme weibliche Bewunderung aus, und dies in so kühnen Ausdrücken, daß es ihn aus der Fassung bringen konnte. Die Zahl dieser Briefe hatte vorübergehend stark zugenommen, nachdem sein idealisiertes Portrait von der Hand eines Künstlers in einer der meistgelesenen Frauenzeitschriften erschienen war.

Plötzlich hielt er inne. Beinahe hätte er einen Brief von seiner Schwester Ruth ungelesen beiseite gelegt. Die liebe kleine Ruth — aber inzwischen war das Baby der Familie gute siebzehn Jahre alt. Sofort öffnete er den Brief und las:

> *Lieber Ned,*
> *ich schreibe Dir nach Mutters Diktat, weil ihre Hände heute ganz schlecht sind. Vater dankt Dir sehr für die*

prachtvolle Schoßdecke aus London. Das französische Einreibmittel hat meinen Händen (Mutters) sehr gut getan, aber mehr noch in den Knien. Wir alle vermissen Dich sehr in Lewes, obwohl wir wissen, daß Du mit Deinen großen Angelegenheiten der Royal Society vielbeschäftigt bist! Wir lesen laut jedes Deiner amerikanischen Abenteuer, wie Mr. Disraeli sie für die Familienzeitschrift niedergeschrieben hat. Agatha fragt, ob Du ihr bitte ein Autogramm von Mr. Disraeli besorgen kannst, weil sein ›Tancred‹ ihr Lieblingsroman ist! Aber unsere große Neuigkeit ist, daß unser lieber Brian aus Bombay zurückgekommen und an diesem heutigen 17. Juni gesund und wohlauf bei uns ist! Und er hat unseren lieben künftigen Schwager, Leutnant Jerry Rawlings, auch von der Sussex-Artillerie, mitgebracht, der unsere Madeline gebeten hatte, auf ihn zu warten, was sie natürlich tat. Jetzt werden sie bald heiraten, und Mutter läßt dir besonders ausrichten, daß die Trauung NICHT in einer Kirche sein wird, sondern eine Ziviltrauung mit dem Standesbeamten Mr. Witherspoon im Rathaus von Lewes. Wirst Du am 29. Juni kommen, wenn Vater beinahe seine letzte Braut weggibt? — Ich wollte das nicht schreiben, aber Mutter wünschte es.

All unsere Liebe,
Ruth Mallory

So war die kleine Madeline endlich mit ihrem Zukünftigen vereint. Das arme Geschöpf, vier Jahre waren eine lange Verlobungszeit, und noch sorgenvoller, wenn man mit einem Soldaten in einem tropischen Pestloch wie Indien verlobt war. Sie hatte mit achtzehn seinen Ring genommen und war jetzt fast zweiundzwanzig. Eine lange Verlobungszeit war für ein junges und lebhaftes Mädchen eine grausame Prüfung, und Mallory hatte bei seinem letzten Besuch gesehen, daß die Jahre Madeline reizbar und scharfzüngig gemacht hatten, beinahe zu einer Plage für den Haushalt. Bald würde außer der kleinen Ruth niemand mehr zu Hause sein, um für die alten Leute zu sorgen. Und wenn Ruth heiratete — nun, um diese Angelegenheit würde er sich zur rechten Zeit kümmern. Mallory kratzte sich den verschwitzten Bart. Madeline hatte ein schwereres Leben gehabt als Ernestina, Agatha und Dorothy. Sie sollte ein schönes, persönliches Geschenk bekommen, beschloß Mallory. Ein Hochzeitsgeschenk, das beweisen würde, daß ihre unglückliche Wartezeit ein Ende hätte.

Mallory trug den Korb mit seiner Post in sein Zimmer, stapelte die Briefe neben seinem überladenen Schreibtisch auf den Boden und verließ das Gebäude. Auf dem Weg hinaus gab er den Korb beim Empfang ab.

Eine Gruppe Quäker, Männer und Frauen, standen draußen auf der Straße. Sie leierten gemeinsam ihre unsäglichen, im Predigerton vorgetragenen Lieder, etwas über eine ›Eisenbahn zum Himmel‹, wenn er sich nicht verhört hatte. Das Lied schien nicht viel mit Evolution, Blasphemie oder Fossilien zu tun zu haben; aber vielleicht hatte die schiere Monotonie ihrer vergeblichen Proteste sogar die Quäker erschöpft. Er eilte an ihnen vorüber, ließ ihre dargebotenen Pamphlete unbeachtet. Es war heiß, ungewöhnlich heiß, bestialisch heiß. Dabei war der Himmel bedeckt, aber die Luft war völlig unbewegt, und die hohe, dunstige Wolkendecke hatte ein bleiernes, düsteres Aussehen, als ob sie regnen wollte, aber vergessen hätte, wie es gemacht wird.

Mallory ging die Gloucester Road hinunter zur Ecke der Cromwell Road. Hier stand ein feines neues Reiterstandbild von Oliver Cromwell; Cromwell war ein großer Favorit der Radikalen Partei. Und es gab eine Bushaltestelle, sechs kamen in einer Stunde vorbei, aber sie waren alle überfüllt. Niemand wollte in diesem Wetter zu Fuß gehen.

Mallory versuchte sein Glück bei der Untergrundbahn Ecke Gloucester Road und Ashburn Mews. Als er sich anschickte, die Treppe hinunterzugehen, kam ihm ein kleiner Schwarm Fahrgäste die Treppe herauf entgegen; sie eilten halb im Laufschritt, auf der Flucht vor einem Gestank von solcher Virulenz, daß er ihn auf der Stelle zum Stehen brachte.

Die Londoner waren seltsame Gerüche von ihren Untergrundbahnen gewohnt, aber dieser Gestank war offensichtlich von einer völlig anderen Größenordnung. Verglichen mit der dumpfen Hitze der Straßen war die Luft kühl, aber sie hatte einen tödlichen Geruch, wie etwas, was von anaeroben Bakterien in einem luftdicht verschlossenen Einmachglas zersetzt worden ist. Mallory ging zum Fahrkartenschalter; er war geschlossen, aber man hatte ein Schild ausgehängt: WIR BITTEN DIE UNANNEHMLICHKEIT ZU ENTSCHULDIGEN. Keine Erwähnung der tatsächlichen Natur des Problems.

Mallory kehrte um. Vor Bailey's Hotel in der Courtfield Road gab es Pferdedroschken. Er schickte sich an, die Straße zu überqueren, sah dann aber eine Droschke ganz nahe an der Bordsteinkante warten, anscheinend unbesetzt. Er signalisierte dem Kutscher und ging zur Tür. Im Inneren saß noch ein Passagier, den er zuvor nicht gesehen hatte. Mallory wartete höflich, daß der Mann aussteige. Statt dessen drückte der Fremde, dem Mallorys Blick unangenehm zu sein schien, ein Taschentuch an sein Gesicht und ließ sich zurücksinken, fast unter die Ebene des Fensters. Er begann zu husten. Vielleicht war der Mann lungenkrank, oder er war gerade aus der Untergrundbahn heraufgekommen und rang noch nach Luft.

Mallory überquerte verdrießlich die Straße und nahm eine Droschke vor Bailey's Hotel. »Piccadilly«, befahl er. Der Kutscher schnalzte seinem schwitzenden Klepper, und sie rollten die Cromwell Road hinauf nach Osten. Einmal unterwegs, mit einer leichten Brise am Fenster, wurde die Hitze weniger drückend, und Mallorys Stimmung besserte sich. Cromwell Road, Thurloe Place,

Brompton Road — in ihren gigantischen neuen Bebauungsplänen hatte die Regierung diese Gegenden von Kensington und Brompton für eine Versammlung von Museen und Palästen der Royal Society reserviert. Nacheinander passierten sie vor seinem Droschkenfenster Revue in ihrer nüchternen Pracht von Kuppeln und Säulenvorhallen: Physik, Wirtschaft, Chemie ... Man mochte sich über manche Neuerungen der Radikalen beklagen, dachte Mallory, aber es ließ sich nicht leugnen, daß es vernünftig und gerecht war, angemessene Hauptquartiere der Gelehrsamkeit für Wissenschaftler zu errichten, die sich dem edelsten Werk der Menschheit widmeten. In dem Dienst, den sie der Wissenschaft erwiesen, hatten diese Paläste ihre hohen Baukosten mindestens ein Dutzend Male zurückgezahlt.

Nach Knightsbridge und vorbei am Hyde Park zum Triumphbogen Napoleons, einem Geschenk Louis Napoleons zur Erinnerung an die anglofranzösische Entente. Der große eiserne Torbogen mit seinem üppigen Skelett aus Trägern, Streben und Nieten trug eine große Bevölkerung von geflügelten Amoretten und unvollkommen verhüllten Damen mit Fackeln. Ein hübsches Monument, dachte Mallory, und im neuesten Geschmack der Zeit. Seine elegante Festigkeit schien zu leugnen, daß es jemals eine Spur von Zwietracht zwischen Großbritannien und seinem treuesten Verbündeten, dem kaiserlichen Frankreich, gegeben hatte. Vielleicht, überlegte Mallory, konnten die ›Mißverständnisse‹ der Napoleonischen Kriege dem Tyrannen Wellington in die Schuhe geschoben werden.

Zwar besaß London kein Denkmal des Herzogs von Wellington, doch manchmal schien es Mallory, daß unausgesprochene Erinnerungen an den Mann wie Geister, die nicht zur Ruhe kommen konnten, noch immer die Stadt heimsuchten. Einst hatte man den großen Sieger von Waterloo hier in den Himmel gehoben und als den Retter der britischen Nation gefeiert; Wellington war in den Herzogsstand erhoben worden und hatte das höchste Amt im Land bekleidet. Aber im modernen England wurde er als ein renommiersüchtiger Unhold verleumdet, ein zweiter König Johann, Schlächter seines eigenen unruhigen Volkes. Die Radikalen hatten ihren Haß gegen ihren frühen und gefährlichen Feind niemals vergessen. Eine Generation war seit Wellingtons Tod dahingegangen, aber Premierminister Byron bespritzte die Erinnerung an den Herzog noch immer oft und gern mit der ätzenden Säure seiner furchtbaren Beredsamkeit.

Mallory, obschon ein loyaler Anhänger der Radikalen Partei, blieb unbeeindruckt von rhetorischen Verteufelungen und Beschimpfungen; er hatte seine eigene Meinung von dem längst verstorbenen Tyrannen. Auf seiner ersten Reise nach London im Alter von sechs Jahren hatte er einmal den Herzog von Wellington gesehen, wie er in seiner vergoldeten Kutsche vorbeigefahren war, eskortiert von einer klirrenden Abteilung Kavallerie. Und der kleine Mallory war ungeheuer beeindruckt gewesen, nicht allein von diesem berühmten, hakennasigen Gesicht über dem hohen Stehkragen, schnurrbärtig, gepflegt, streng und schweigend, sondern auch von der Ehrfurcht und Freude seines eigenen Vaters beim Anblick des Herzogs.

Ein ferner Nachhall jenes Kindheitserlebnisses in London — im Jahre 1831, dem ersten Jahr der Umwälzungen und dem letzten des alten Regimes in England — klang jedesmal in ihm an, wenn er die Hauptstadt besuchte. Nur wenige Monate später, in Lewes, hatte sein Vater gejubelt, als die Nachricht von Wellingtons Tod durch einen Bombenanschlag gekommen war. Aber Mallory hatte insgeheim geweint, aus Gründen, an die er sich nicht erinnern konnte, zu bitterer Trauer bewegt.

Sein gereiftes Urteil sah den Herzog von Wellington als das von der Zeit überholte, unwissende Opfer einer Umwälzung, die über sein Verstehen hinausgegangen war; mehr Karl I. als König Johann. Wellington hatte in falscher Einschätzung der Lage im Land die Herrschaft des dekadenten, schon im Niedergang befindlichen Adels verteidigt, einer Klasse, der es bestimmt war, vom aufsteigenden Bürgertum und der rasch wachsenden Bedeutung der wissenschaftlich-technischen Eliten abgelöst zu werden. Aber Wellington selbst war kein Adliger gewesen; er hatte einst Arthur Wellesley geheißen, von ziemlich bescheidener irischer Herkunft.

Des weiteren schien es Mallory, daß Wellington als Heerführer und militärischer Stratege eine sehr lobenswerte Meisterschaft gezeigt hatte. Nur als ziviler Politiker und reaktionärer Premierminister hatte Wellington den unaufhaltsamen Prozeß des aufkommenden Zeitalters der Industrialisierung und Wissenschaft gründlich unterschätzt. Er hatte für diesen Mangel an Weitblick mit seiner Ehre, seiner Macht und seinem Leben bezahlt.

Und das England, welches Wellington gekannt und schlecht regiert hatte, das England von Mallorys Kindheit, war durch Streiks, Manifeste und Demonstrationen zu Aufruhr, Kriegsrecht, Massakern in offenen Bürgerkrieg und nahezu völlige Anarchie abgeglitten. Nur die Radikale Partei, mit ihrer kühnen und rationalen Vision einer umfassenden neuen Ordnung, hatte England vor dem Abgrund gerettet.

Aber trotzdem, dachte Mallory. Trotzdem sollte es irgendwo ein Denkmal geben ...

Die Droschke passierte Down Street, White Horse Street, Half Moon Street. Mallory durchblätterte sein Notizbuch und fand Laurence Oliphants Visitenkarte. Oliphant wohnte in der Half Moon Street. Mallory war geneigt, die Droschke anzuhalten und zu sehen, ob Oliphant zu Haus sei. Wenn Oliphant vielleicht vor zehn Uhr aufstand, mochte er irgendwo in seinem Haushalt einen Eimer mit Eis haben, und vielleicht einen Tropfen von etwas, zum Öffnen der Poren. Die Vorstellung, ungeniert bei Oliphant hereinzuplatzen, seinen Tageslauf zu unterbrechen und ihn vielleicht bei irgendeiner verdeckten Intrige zu überraschen, erheiterte Mallory.

Aber zuerst das Wichtige. Vielleicht würde er bei Oliphant anläuten, wenn er seinen Gang erledigt hätte.

Er ließ die Droschke am Eingang zur Burlington Arcade halten. Gegenüber ragte die gigantische, in Eisen gerahmte Zikkurat von Fortnum & Mason inmitten einer Reihe von Juweliergeschäften und anderen exklusiven Läden. Der Droschkenkutscher verlangte unverschämt viel, aber Mallory tat, als bemerke er es nicht, da er sich in einer überschwenglichen Stimmung befand. Zudem schien es, als hätten alle Droschkenkutscher es darauf angelegt, ihre Fahrgäste zu betrügen. Nicht weit von ihm entfernt war soeben ein anderer Mann aus seiner Droschke gestiegen und stritt in vulgärer Manier mit seinem Kutscher.

Mallory hatte die Erfahrung gemacht, daß nichts dem Einkaufen gleichkam, wenn es um die befriedigende Demonstration der Macht seines neugefundenen Reichtums ging. Er hatte sein Geld durch einen Akt halbverrückter Risikobereitschaft gewonnen, aber das Geheimnis seines Ursprungs war bei ihm sicher. Londons Registrierkassen klingelten für die leichtfertigen Gewinne des Glücksspiels so bereitwillig wie für den Heller der armen Witwe.

Was also sollte es sein? Diese gigantische gußeiserne Vase mit achteckigem Fuß und acht durchbrochenen Schirmen, die vor dem kannelierten Säulenfuß hingen und dem ganzen Objekt eine einmalige Leichtigkeit und Eleganz verliehen? Diese geschnitzte Konsole aus Buchsbaumholz mit skulptiertem Baldachin über einem Thermometer aus venezianischem Glas? Dieses Salzfäßchen aus Ebenholz, geschmückt mit Säulen und kunstvoll eingetieften Sockelfeldern, versehen mit einem silbernen Salzlöffel, dessen spiraliger Stil Kleeblätter und Eichenlaub sowie das Monogramm eigener Wahl trug?

Bei J. Walker & Co. einem kleinen, aber ungemein geschmackvollen Etablissement in der berühmten Arkade, entdeckte Mallory ein Geschenk, das ihm vollkommen geeignet erschien. Es war eine Uhr mit Achttagewerk, das die Viertel und die vollen Stunden mit feinen Glockentönen anschlug, das Datum, den Wochentag und die Mondphasen anzeigte. Ein hervorragendes Stück britischer Präzisionsarbeit, obwohl das elegante Gehäuse von mechanisch unkundigen Laien mehr Bewunderung erregen würde. Dieses Gehäuse, aus feinster, lackierter Papiermaché, eingelegt mit türkisfarbenem geschliffenem Glas, trug eine Gruppe großer vergoldeter Figuren. Zu diesen gehörte eine junge und entschieden attraktive Britannia, sehr leicht bekleidet, die den Fortschritt bewunderte, welchen Zeit und Wissenschaft in der Zivilisation und dem Glück des Volkes bewirkt hatten. Dieses löbliche Thema wurde zusätzlich von einer Serie von sieben gravierten Szenen illustriert, die von einem verborgenen Getriebe im Sockel des Uhrengehäuses so im Kreis bewegt wurden, daß jeden Tag eine andere im Bildausschnitt erschien.

Der Preis betrug nicht weniger als vierzehn Guineen. Anscheinend konnte ein Gegenstand dieser künstlerischen Seltenheit nicht in einfachen Pfunden, Shillingen und Pence benannt werden.

Mallory kam der kraß pragmatische Gedanke, daß dem glücklichen Brautpaar vielleicht besser gedient wäre, wenn es vierzehn goldene Guineen in die Hand bekäme. Aber das Geld würde bald dahin sein, wie es immer mit dem Geld ging, wenn man jung war. Eine feine Uhr wie diese aber konnte das Heim über Generationen hin schmücken.

Mallory kaufte die Uhr mit Bargeld und lehnte das Angebot der Kreditgewährung mit einem Jahr Ratenrückzahlung ab. Der Verkäufer, ein herablassender älterer Mann, der in einem gestärkten Stehkragen schwitzte, demonstrierte das System von Hemmklötzen aus

Kork, die das Gangwerk vor den Gefahren von Stößen während des Transportes schützten. Zu der Uhr gehörte ein verschließbarer und mit Handgriff versehener Kasten, dessen Inneres aus der Form angepaßtem Kork unter burgunderrotem Samt bestand.

Mallory wußte, daß er sein Geschenk niemals in einen überfüllten Dampfbus würde zwängen können. Er mußte wieder eine Droschke mieten und das Uhrengehäuse auf dem Dach vertäuen lassen. Eine unangenehme Vorstellung, da London von jugendlichen Dieben heimgesucht wurde, die als ›Angler‹ bekannt waren, affenartig gewandten Burschen, die sich mit Sägemessern und Dolchen auf die Dächer vorbeifahrender Kutschen schwangen, um die Lederriemen zu durchschneiden, die das Gepäck sicherten. Bis die überfallene Kutsche zum Stillstand kam, hatten die Diebe ihre Beute meist schon abgeworfen und sie mit ihren Helfern in die Tiefen irgendeines üblen Gaunerunterschlupfes geschleppt, wo die Beute von Hand zu Hand ging, bis der Inhalt von Koffern und Taschen in einem Dutzend Altwarengeschäften endete.

Mallory schleppte seinen Einkauf durch die Burlington Arcade zum Tor auf der anderen Seite, wo der diensttuende Konstabler ihm heiter salutierte. Ein junger Mann in einem eingedrückten Hut und einem schäbigen, fettigen Mantel, der draußen in den Anlagen scheinbar müßig auf dem Zementrand eines Pflanzkastens gesessen hatte, stand plötzlich auf.

Er hinkte auf Mallory zu und ließ in theatralischer Verzweiflung die Schultern hängen. Als er herangekommen war, berührte, er seine Hutkrempe, versuchte ein mitleiderregendes Lächeln aufzusetzen und begann zu sprechen, alles in einem Atemzug. »Ich bitte um Entschuldigung Sir wenn Sie auf einem öffentlichen Weg von einem angesprochen werden der in Lumpen gehen muß obwohl es nicht immer so gewesen ist und ohne meine eigene Schuld sondern durch schlechte Gesundheit in meiner Familie und viele unverdiente Leiden wäre ich Ihnen sehr dankbar Sir die Uhrzeit zu erfahren.«

Die Uhrzeit? Konnte dieser Kerl irgendwie beobachtet haben, daß Mallory gerade eine große Uhr erstanden hatte? Aber der schäbig gekleidete junge Mann schenkte Mallorys plötzlicher Verwirrung keine Bedeutung und fuhr im selben einschmeichelnden Singsang fort:

»Sir nicht betteln ist meine Absicht denn ich wurde von der besten aller Mütter aufgezogen und Bettelei ist nicht mein Gewerbe ich würde nicht einmal wissen wie ich solch ein Gewerbe betreiben sollte wenn das mein schamloser Wunsch wäre denn lieber würde ich an Entbehrungen sterben aber Sir ich bitte Sie im Namen der Barmherzigkeit mir die Ehre zu erlauben als Ihr Träger zu arbeiten und diesen Kasten zu tragen der Sie belastet und das zu jedem Preis den Ihre Menschlichkeit meinen Diensten beimessen mag ...«

Der schäbige Bursche brach mitten in der Rede ab und starrte mit geweiteten Augen über Mallorys Schulter. Gleichzeitig nahm sein Mund plötzlich einen verkniffenen fest zusammengepreßten Ausdruck an, wie eine Näherin, die einen Faden abbeißt. Er trat langsam drei Schritte zurück, offenbar darauf bedacht, Mallory zwischen sich und dem zu halten, was er sah. Und dann machte er auf seinen schlappenden, mit Zeitungspapier ausgestopften Absätzen kehrt und ging rasch und ohne hinken davon, um kurz darauf in der belebten Cork Street unterzutauchen.

Mallory wandte sich sofort um. Hinter ihm stand ein hochgewachsener schlanker Mann mit einer Knopfnase und langen Bartkoteletten, in einfacher Hose und einem kurzen Gehrock. Als Mallorys Blick ihn erfaßte, hob der Mann ein Taschentuch zum Gesicht. Er hüstelte in vornehmer Manier hinein, dann betupfte er ein wenig seine Augen. Darauf schien er sich mit einem jähen, theatralischen Erschrecken an das zu erinnern, was er vergessen hatte. Er wandte sich ab und begann zur Burlington Arcade zurückzugehen. Nicht ein einziges Mal hatte er Mallory direkt angesehen.

Mallory seinerseits begann sich auf einmal für die Schließen seines Uhrenkastens zu interessieren. Er setzte ihn behutsam ab, bückte sich und untersuchte die glänzenden Messingverschlüsse, während seine Gedanken rasten und ein Frösteln seinen Rücken überlief. Der Taschentuchkniff des Halunken hatte ihn verraten. Mallory erkannte ihn jetzt als den Mann, den er bei der Untergrundstation in Kensington gesehen hatte; den hüstelnden Herren, der seine Droschke nicht verlassen wollte. Und das war noch nicht alles, denn nun fiel Mallory siedendheiß ein, daß der hüstelnde Herr auch der Mann war, der in Piccadilly mit dem Droschenkutscher so vulgär über die Höhe des Fahrpreises gestritten hatte. Er war Mallory die ganze Strecke von Kensington gefolgt. Er war hinter ihm her.

Mallory packte seinen Uhrenkasten mit festem Griff und ging weiter. In der Old Bond Street bog er nach rechts. Seine Nerven prickelten mit dem Instinkt eines Jägers auf der Pirsch. Es war töricht von ihm gewesen, sich umzudrehen und den Mann anzustarren. Vielleicht hatte er sich seinem Verfolger verraten. Mallory blickte nicht wieder zurück, sondern ging mit dem Schritt eines Mannes, der es nicht eilig hat, durch das Gewühl der Passanten weiter. Vor den samtbezogenen Regalen eines Juweliers, wo Kameen und Diademe für die Abendgarderobe feiner Damen auslagen, blieb er stehen und beobachtete die Straße hinter sich im Glas des Schaufensters.

Augenblicklich sah er den hüstelnden Herrn wieder auftauchen. Der Mann hielt sich einstweilen zurück und war bedacht, Gruppen von Passanten oder Kauflustigen zwischen sich und Mallory zu haben. Der hüstelnde Herr war ungefähr fünfunddreißig, mit einer Spur von Grau in den Bartkoteletten, und einem dunklen, maschinengenähten Gehrock, der durchaus nichts Bemerkenswertes an sich hatte. Auch sein Gesicht war ein Allerweltsgesicht, vielleicht ein wenig voll für seine Körpergröße und Hagerkeit, mit kaltem Blick und grimmigem Mund unter der Stupsnase.

Mallory ging um die nächste Ecke links die Burton Street hinauf. Sein Uhrenkasten schien mit jedem Schritt schwerer und ungefüger zu werden. Den Geschäften hier fehlten die großen Schaufensterscheiben, in denen sich ein breiter Straßenausschnitt spiegelte: Er zog den Hut vor einer hübschen Frau und gab vor, sich nach ihren Fesseln umzusehen. Der hüstelnde Herr war immer noch hinter ihm.

Vielleicht war der hüstelnde Herr ein Verbündeter des Zuhälters und seiner rothaarigen Schnepfe. Ein gemieteter Raufbold; ein Mörder mit einer Pistole in der Tasche seines Gehrocks. Oder einer Ampulle Vitriol. Mallorys Nackenhaar sträubte sich in Erwartung des jähen Kugeleinschlags, des nassen Brennens zersetzender Säure.

Er beschleunigte seinen Schritt, und der Kasten schlug ihm schmerzhaft gegen das Bein. Auf dem Berkeley Square schnaufte ein kleiner Dampfkran zwischen zwei splitternden Platanen und schwang eine große gußeiserne Kugel in eine berstende Georgianische Fassade. Eine Menge Schaulustiger erfreute sich des Anblicks. Er stellte sich hinter die Absperrung aus Sägeböcken zwischen andere Zuschauer und fühlte sich im Augenblick sicher. Mit einem Seitenblick erspähte er den hüstelnden Herrn. Der Bursche sah ziemlich übel aus, und er schien nervös zu sein, da er Mallory in der Menge aus den Augen verloren hatte. Aber er wirkte weder außer sich vor Haß noch entschlossen zum Mord.

Mallory sah die Chance, den Verfolger abzuschütteln. Nachdem er sich unauffällig durch die Menge entfernt hatte, eilte er über den Platz und nutzte die Deckung der Bäume. Am anderen Ende bog er in die Charles Street ein, die zu beiden Seiten mit mächtigen Häusern aus dem 18. Jahrhundert gesäumt war. Herrschaftlichen Häusern, deren schmiedeeiserne Ziergitter und Balkone die Wappen des neuen Adels trugen. Hinter ihm rollte ein luxuriöser Dampfwagen aus seiner Remise und gab Mallory die Gelegenheit, stehenzubleiben, sich umzudrehen und die Straße zu beobachten.

Sein Schachzug war vergeblich gewesen. Der hüstelnde Herr war wenige Dutzend Schritte hinter ihm, ein wenig außer Atem, vielleicht, und von der Anstrengung und der dumpfen Hitze rot im Gesicht, aber nicht abgeschüttelt. Er wartete, daß Mallory weitergehe, und vermied es, zu ihm herzusehen. Statt dessen blickte er mit augenscheinlichem Verlangen zum Eingang eines Gasthauses mit dem Namen *Zum laufenden Lakai.* Mallory spielte mit dem Gedanken, hinüberzugehen und den hüstelnden Herren vielleicht im Gedränge um die Theke abzuhängen. Oder vielleicht könnte er im letzten Augenblick auf einen anfahrenden Dampfbus springen — wenn es ihm gelänge, seinen wertvollen Uhrenkasten an Bord zu zwängen.

Aber in diesen Maßnahmen war wenig wirkliche Hoffnung. Dieser Kerl hatte die Vorteile des Terrains, unbehinderter Beweglichkeit und aller verstohlenen Kniffe des Londoner Verbrechers. Mallory kam sich wie ein schwerfälliger Bison auf der Prärie Wyomings vor. Er stapfte mit der schweren Uhr weiter. Seine Hand schmerzte, er wurde müde …

Am unteren Ende vom Queens Way brachten zwei Bagger mit einem Drahtseil die Abbruchruinen am Shepherd Market zum Einsturz. Ein Bretterzaun umgab das Gelände, aber neugierige Zuschauer hatten Astlöcher durchstoßen und einzelne Bretter herausgebrochen. Frauen mit Kopftüchern und Kautabak spuckende Kleinhändler, vertrieben von ihren gewohnten Plätzen, hatten am Bretterzaun in einem schmalen Streifen ihre Waren ausgelegt. Mallory schritt die Reihe verdorben riechender Austern, welker Salate und eingestaubter

Altkleider ab. Am Ende des Bretterzaunes war durch irgendeinen Zufall der Planung ein schmaler Durchgang geblieben; staubige Planken auf einer Seite, bröckelnde Ziegel auf der anderen. Anspruchslose Kräuter gediehen üppig zwischen den alten, nach Urin riechenden Kopfsteinen. Mallory spähte hinein, als eine alte Frau mit Haube sich aus der Hockstellung erhob und ihre Röcke glattstrich. Sie watschelte wortlos an ihm vorbei. Mallory berührte seine Hutkrempe.

Er stemmte den Uhrenkasten über den Kopf und legte ihn vorsichtig auf die Mauer aus bemoosten Ziegeln. Er stützte ihn zusätzlich mit einem Brocken verwitterten Mörtels, dann legte er seinen Hut daneben.

Dann drückte er sich mit dem Rücken gegen die Bretterwand.

Der hüstelnde Herr erschien. Mallory sprang ihn an und schlug ihm mit aller Kraft einen rechten Haken in den Magen. Der Mann krümmte sich spuckend und stöhnend, und Mallory versetzte ihm eine kurze Linke an die Kinnseite. Dem anderen flog der Hut vom Kopf, und er brach in die Knie.

Mallory ergriff ihn von hinten bei den Rockschößen und schleuderte ihn hart gegen die Ziegelmauer. Der Mann prallte ab, fiel zu Boden und lag keuchend, das bärtige Gesicht mit Schmutz beschmiert. Mallory riß ihn mit beiden Händen bei Gurgel und Rockaufschlag in die Höhe. »Wer bist du?«

»Hilfe«, krächzte der Mann schwächlich. »Mord!«

Mallory schleifte ihn drei Schritte weiter in den Durchgang. »Spiel hier nicht den Ahnungslosen, du Spitzbube! Warum verfolgst du mich? Wer hat dich bezahlt? Wie heißt du?«

Der Mann krallte verzweifelt an Mallorys Handgelenk. »Lassen Sie mich gehen!« Sein Gehrock war offen, und darunter sah Mallory das braune Leder eines Schulterhalfters und griff sofort nach der Waffe darin.

Es war keine Pistole, kam in seine Hand wie eine lange geölte Schlange. Ein Knüppel mit einem Griff aus geflochtenem Leder und einem dicken schwarzen Gummischaft, am Ende mit einer Verdickung. Der Knüppel hatte eine federnde Elastizität, als bestünde der Kern des Knüppels aus einer langen, stählernen Spiralfeder.

Mallory schwang die gefährliche Waffe, deren verdicktes Ende eine Bleikugel zu enthalten schien, nach dem Gewicht zu urteilen. Es war ein Totschläger, der mühelos Knochen brechen konnte. Der hüstelnde Herr kauerte vor ihm. »Beantworte meine Fragen!«

Ein Blitzschlag traf Mallorys Hinterkopf. Beinahe verließen ihn die Sinne; er fühlte sich fallen, konnte den Sturz auf das schmierige Kopfsteinpflaster aber mit den Armen abfangen, die so taub und schwer wie Hammelkeulen waren. Ein zweiter Schlag fiel, streifte aber nur seine Schulter. Er fuhr herum und knurrte — ein kehliges, bellendes Geräusch, wie er es nie aus seiner eigenen Kehle vernommen hatte. Er trat nach seinem Angreifer, erwischte sein Schienbein. Der Mann hüpfte zurück und fluchte.

Mallory hatte den Totschläger verloren. Er taumelte hoch, stand in geduckter Haltung, unsicher auf den Beinen. Der zweite Mann war klein und beleibt. Er trug eine Melone, die er tief in die Stirn gezogen hatte. Er stand über den ausgestreckten Beinen des hüstelnden Herren und hieb mit einem wurstförmigen, lederbezogenen Knüppel nach Mallory.

Blut rann Mallory den Hals herunter, und eine Welle schwindelerregender Übelkeit erfaßte ihn. Ihm war, als müsse er jeden Augenblick die Besinnung verlieren, und sein gesunder Instinkt sagte ihm, daß er sicherlich totgeschlagen würde, wenn er jetzt fiele.

Er wandte sich um und floh auf wackeligen Beinen zurück zur Straße. Sein Kopf schien zu rattern und zu quietschen, als ob die Schädelnähte aufgeplatzt wären. Roter Nebel wirbelte wie Öl auf strömendem Wasser vor seinen Augen.

Er wankte ein kurzes Stück die Straße hinunter und bog keuchend um eine Ecke. Er lehnte sich an eine Wand und stützte die Hände auf die Knie. Ein achtbares Ehepaar ging vorbei und starrte ihn in unbestimmtem Abscheu an. Mit rinnender Nase, den sauren Geschmack von Mageninhalt in der Kehle, starrte er in schwächlichem Trotz zurück. Er fühlte irgendwie, daß die Zuchthäusler, wenn sie sein Blut witterten, ihn wie Hyänen niederreißen würden.

Zeit verging. Weitere Londoner schlenderten vorbei, bedachten ihn mit gleichgültigen, neugierigen, mißbilligenden Blicken, hielten ihn für betrunken oder krank. Mallory spähte mit wässernden Augen zu dem Haus gegenüber, zum emaillierten gußeisernen Straßenschild an der Ecke.

Half Moon Street. Die Half Moon Street, wo Oliphant wohnte.

Er fühlte in seiner Tasche nach dem Notizbuch. Es war noch da, und die vertraute Berührung des festen Ledereinbands war wie ein Segen. Mit zitternden Fingern fand er Oliphants Karte.

Als er die Anschrift erreicht hatte, am anderen Ende der Half Moon Street, schwankte er nicht mehr auf den Beinen. Das häßliche Schwindelgefühl in seinem Schädel war einem schmerzhaften Pochen gewichen.

Oliphant wohnte in einem alten Georgianischen Herrenhaus, das für moderne Mieter in Wohnungen aufgeteilt worden war. Das Erdgeschoß hatte schmiedeeiserne Ziergitter vor den halbrunden Fenstern, aus denen man in die friedliche Stille des Green Park hinausblikken konnte. Es war ein sehr angenehmes, kultiviertes Haus, ganz und gar ungeeignet für einen Mann, der halb betäubt, unter Schmerzen und Blut vertropfend Einlaß begehrte. Mallory schlug mit dem Türklopfer aus Messing, der einem Elefantenkopf nachgebildet war, heftig gegen die Tür.

Ein Diener öffnete. Er musterte Mallory von oben bis

unten. »Kann ich Ihnen helfen …? Ach du lieber Gott.« Er wandte sich um, legte die Hände an den Mund und rief: »Mr. Oliphant!«

Mallory betrat die Eingangshalle, mit ihren eleganten Fliesen und der gewachsten Wandvertäfelung. Augenblicke später erschien Oliphant. Trotz der Tageszeit war er für einen Empfang gekleidet, mit einer winzigen Schleife und einer Chrysantheme im Knopfloch.

Oliphant schien die Situation mit einem Blick zu erfassen. »Bligh, gehen Sie sofort in die Küche, lassen Sie sich vom Koch Brandy geben. Eine Schüssel Wasser, und ein paar saubere Handtücher.«

Der Diener verschwand. Oliphant trat zur offenen Haustür, blickte wachsam die Straße hinauf und hinunter, dann schloß er die Tür und sperrte sie ab. Darauf nahm er Mallory am Arm und führte ihn in den Salon, wo Mallory sich erschöpft auf eine Klavierbank sinken ließ.

»Also hat man Sie angegriffen«, sagte Oliphant. »Von hinten überfallen. Ein feiger Hinterhalt, wie es aussieht.«

»Wie schlimm ist es? Ich kann es nicht sehen.«

»Ein Schlag mit einem stumpfen Gegenstand. Eine Platzwunde, und eine beträchtliche Beule. Es hat ziemlich stark geblutet, ist aber jetzt geronnen.«

»Ist es ernst?«

»Ich habe Schlimmeres gesehen.« Oliphants Ton war von ironischer Munterkeit. »Aber ich fürchte, Ihre schöne Jacke ist durch das Blut ganz verdorben.«

»Sie verfolgten mich durch die halbe Stadt«, sagte Mallory. »Den zweiten sah ich erst, als es zu spät war.« Er richtete sich plötzlich auf. »Verdammt! Meine Uhr! Eine Standuhr, ein Hochzeitsgeschenk. Ich ließ sie in einem Durchgang am Shepherd Market auf einer Mauer zurück. Diese Gauner werden sie gestohlen haben.«

Bligh kam mit einer Wasserschüssel und Handtüchern zurück. Er war kleiner und älter als sein Herr, glattrasiert und stiernackig, mit etwas vorquellenden braunen Augen. Seine haarigen Handgelenke waren dick wie die eines Bergarbeiters. Er und Oliphant begegneten einander mit ungezwungenem Respekt, als sei der Mann ein alter und vertrauter Hausdiener der Familie. Oliphant tauchte ein Handtuch in das Wasserbecken und trat hinter Mallory. »Halten Sie still, bitte.«

»Meine Uhr«, wiederholte Mallory.

Oliphant seufzte. »Bligh, glauben Sie, Sie könnten nach dem verlegten Eigentum dieses Herren sehen? Es könnte natürlich mit einer gewissen Gefahr verbunden sein.«

»Ja, Sir«, sagte Bligh gleichmütig. »Und die Gäste, Sir?«

Oliphant überlegte, während er Mallorys Hinterkopf mit dem nassen Handtuch betupfte. »Nehmen Sie die Gäste mit, Bligh. Der Ausflug wird ihnen bestimmt gefallen. Aber nehmen Sie den rückwärtigen Ausgang und versuchen Sie, kein allzu großes öffentliches Aufsehen zu erregen.«

»Was soll ich ihnen sagen, Sir?«

»Sagen Sie ihnen die Wahrheit, natürlich! Sagen Sie ihnen, daß ein Freund des Hauses von ausländischen Agenten überfallen worden ist. Sagen Sie ihnen, sie sollen niemanden töten. Und wenn Sie Dr. Mallorys Standuhr nicht finden, müssen Sie darin nicht eine Widerspiegelung ihrer Fähigkeiten sehen. Machen Sie einen Spaß daraus, wenn Sie müssen, aber lassen Sie nicht zu, daß sie das Gefühl haben, Prestige einzubüßen.«

»Ich verstehe, Sir«, sagte Bligh und ging.

»Tut mir leid, daß ich Ihnen Umstände mache«, murmelte Mallory.

»Unsinn, dazu sind wir da.« Oliphant bot ihm einen Kristallschwenker mit zwei Fingern sehr gutem Brandy an.

Der Brandy vertrieb den Schock und den üblen Geschmack, der sich in Mallorys Mund gehalten hatte. Der Schmerz blieb, aber weniger betäubend und störend. »Sie hatten recht, und ich hatte unrecht«, sagte er. »Sie pirschten sich an mich heran wie Jäger! Das waren keine gewöhnlichen Raufbolde; ich bin überzeugt, daß sie mir etwas antun wollten.«

»Texaner?«

»Londoner. Ein großer Magerer mit einem Backenbart, und ein kleiner Rundlicher mit einer Melone.«

»Gemietete Strolche.« Oliphant drückte das Handtuch im Wasserbecken aus und machte sich erneut an die Arbeit. »Ich glaube, Sie könnten ein paar Stiche vertragen, da oben. Soll ich einen Arzt rufen? Oder wollen Sie sich mir anvertrauen? Ich habe kleinere Chirurgenarbeit verrichtet, in entlegenen Gegenden.«

»Ich auch«, sagte Mallory. »Bitte tun Sie es, wenn Sie es nötig finden.«

Er nahm einen weiteren Schluck von Oliphants Brandy, während dieser Nadel und Faden holte. Dann zog Mallory den Rock aus, biß die Zähne zusammen und starrte mit wässernden Augen die blaue Blumentapete an, während Oliphant die aufgeplatzte Haut durchstach und vernähte. »Keine schlechte Arbeit«, sagte Oliphant erfreut. »Halten Sie sich fern von ungesunden Ausdünstungen, und Sie werden wahrscheinlich ohne ein Fieber davonkommen.«

»Ganz London ist heute eine Ausdünstung. Diese höllische Hitze ... Ich traue Ärzten nicht, Sie? Die meisten wissen nicht, wovon sie reden.«

»Im Gegensatz zu Diplomaten, oder Anhängern der Katastrophentheorie?« Oliphants freundliches Lächeln machte es Mallory unmöglich, Anstoß zu nehmen. Er nahm seine Jacke von der Klavierbank. Blutflecken hatten seinen Kragen durchtränkt. »Was nun? Soll ich zur Polizei gehen?«

»Das ist natürlich Ihr gutes Recht«, sagte Oliphant.

»Allerdings würde ich Ihrer patriotischen Diskretion vertrauen, daß gewisse Dinge unerwähnt bleiben.«

»Gewisse Dinge wie Lady Ada Byron?«

Oliphant runzelte die Stirn. »Phantastische Spekulationen über die Tochter des Premierministers würden, fürchte ich, eine sehr ernste Indiskretion sein.«

»Ich verstehe. Und wie steht es dann mit meinem Waffenschmuggel für die Freihandelskommission der Royal Society? Dabei gehe ich von der unbegründeten Annahme aus, daß die Skandale der Kommission sich von jenen der Lady Ada unterscheiden.«

»Nun«, sagte Oliphant, »so befriedigend es für mich persönlich sein würde, die Mißgriffe Ihrer Kommission bloßgestellt zu sehen, fürchte ich, daß dieses ganze Geschäft *sub rosa* bleiben muß — im Interesse der britischen Nation.«

»Ich verstehe. Was genau bleibt mir dann noch, was ich der Polizei sagen kann.«

Oliphant lächelte dünn. »Daß Sie von einem unbekannten Strolch aus unbekannten Gründen auf den Kopf geschlagen wurden.«

»Das ist lächerlich«, entgegnete Mallory. »Seid ihr Regierungsmandarine für nichts gut? Dies ist kein Salon-Ratespiel, wissen Sie! Ich habe diese Rothaarige identifiziert, die Lady Ada zusammen mit ihrem Gaunerfreund in der Gewalt hatte! Ihr Name ist ...«

»Florence Bartlett«, sagte Oliphant. »Und bitte sprechen Sie nicht so laut.«

»Wie haben Sie ...?« Mallory brach ab. »Ihr Freund Mr. Wakefield, nicht wahr? Ich nehme an, er ließ sich über meine Erkundigungen im statistischen Zentralamt unterrichten und stürzte sofort los, Ihnen alles zu erzählen.«

»Es ist Wakefields — mitunter mühsame — Aufgabe, seine eigenen Maschinen zu überwachen«, erklärte Oliphant ruhig. »Tatsächlich hatte ich erwartet, daß *Sie* es mir sagen würden — nun, da Sie wissen, daß Sie mit einer authentischen *femme fatale* zusammengestoßen sind. Aber Sie scheinen nicht begierig, Ihre Information mitzuteilen, Sir.«

Mallory grunzte.

»Das ist keine Sache für die gewöhnliche Polizei«, sagte Oliphant. »Ich sagte Ihnen schon letztes Mal, daß Sie besonderen Personenschutz erhalten sollten. Nach diesem Zwischenfall muß ich darauf bestehen.«

Mallory unterdrückte eine Verwünschung.

»Ich habe schon den richtigen Mann für diesen Auftrag. Inspektor Ebenezer Fraser, von der Sonderabteilung in der Bow Street. Der ganz besonderen Sonderabteilung, also dürfen Sie das nicht zu laut sagen; aber Sie werden finden, daß Inspektor Fraser — oder besser, Mr. Fraser, wie er in der Öffentlichkeit genannt zu werden vorzieht — ein sehr fähiger, verständnisvoller und diskreter Mann ist. Ich weiß, daß Sie in Frasers Händen sicher sein werden — und ich kann Ihnen nicht sagen, welch eine Erleichterung das für mich sein wird.«

Im Haus wurde eine rückwärtige Tür geschlossen. Schritte waren zu hören, Scharren und Klappern, fremde Stimmen. Dann kam Bligh wieder herein.

»Meine Uhr!« rief Mallory. »Dem Himmel sei Dank!«

»Wir fanden sie auf einer Mauer, gestützt mit einem Stück Mörtel, ziemlich versteckt«, sagte Bligh, als er den Kasten abstellte. »Kaum ein Kratzer daran. Vielleicht ließen die Strolche ihn an Ort und Stelle, um ihn später mitzunehmen, Sir.«

Oliphant nickte, mit einer hochgezogenen Augenbraue zu Mallory. »Gute Arbeit, Bligh.«

»Und dann fand ich dies, Sir.« Bligh brachte einen zerdrückten Hut zum Vorschein.

»Er gehört diesem Halunken«, erklärte Mallory. Der zertrampelte Hut des hüstelnden Herren hatte, nach dem Geruch zu urteilen, in einer Pfütze abgestandenen Urins gelegen, aber niemand sah darin einen Anlaß, diesen unaussprechlichen Umstand zu erwähnen.

»Es tut mir leid, daß ich Ihren Hut nicht fand, Sir«, sagte Bligh. »Wahrscheinlich von einem Straßenjungen gestohlen.«

Oliphant untersuchte den Hut mit einem leichten Naserümpfen unwillkürlichen Widerwillens, drehte die ruinierte Kopfbedeckung um und kehrte das Futter nach außen. »Keine Herstellermarke.«

Mallory warf einen Blick auf den Hut. »Maschinenware. Von Moses & Son, würde ich sagen. Ungefähr zwei Jahre alt.«

Oliphant stutzte. »Hm. Ich nehme an, daß dieser Tatbestand ausländische Beteiligung ausschließt. Sicherlich ein Londoner Veteran. Ein Verwender von billigem Makassaröl, aber ein Mann von hinreichender Schädelkapazität, um eine gewisse Schlauheit zu haben. Tun Sie den Hut in den Abfalleimer, Bligh.«

»Ja, Sir.« Bligh ging.

Mallory tätschelte den Uhrenkasten mit tiefer Befriedigung.

»Ihr Mann Bligh hat mir einen großen Dienst erwiesen. Glauben Sie, er würde gegen eine Belohnung Einspruch erheben?«

»Ganz entschieden«, sagte Oliphant.

»Wie steht es mit Ihren Gästen? Könnte ich mich bei ihnen bedanken?«

Oliphant lächelte fröhlich. »Warum nicht?«

Er führte Mallory ins Speisezimmer. Die Mahagonibeine waren von Oliphants Eßtisch abgenommen worden, und die große, glänzend polierte Oberfläche stand auf ihren geschnitzten Eckenornamenten, wenige Handbreit über dem Boden. Fünf Asiaten saßen in fremdartiger Würde mit untergeschlagenen Beinen darum; fünf nüchterne Männer in Strumpfsocken und maßgeschneiderten Abendanzügen aus der Saville Row. Alle trugen hohe schwarze Seidenhüte auf den geschorenen Köpfen. Ihr Haar war sehr kurz und sehr dunkel.

Auch eine Frau war unter ihnen. Sie kniete an einer

Schmalseite des Tisches und hatte einen Ausdruck maskenhafter Starrheit unter einer schwarzen Masse seidigen Haares. Sie war in voluminöse einheimische Kleidung gewickelt, bunt bestickt mit Schwalben und Ahornblättern. »Dr. Edward Mallory *san o gashokai shimasu*«, sagte Oliphant. Die Männer erhoben sich mit eigentümlicher Anmut, indem sie ein wenig rückwärts schaukelten, einen Fuß unter sich schoben und ganz plötzlich zu einem geschmeidigen Stand auf die Beine kamen, als ob sie Ballettänzer wären.

»Diese Herren sind im Dienst Seiner kaiserlichen Majestät des Mikado von Japan«, sagte Oliphant. »Mr. Matsuki Koan, Mr. Mori Arinori, Mr. Fusukawa Yukichi, Mr. Kanaye Nagasawa, Mr. Sameshima Kisanobu.« Die Männer verbeugten sich nacheinander aus den Hüften.

Oliphant hatte es nicht für nötig erachtet, die Frau vorzustellen; sie saß mit ausdrucksloser Starrheit, Mallory hielt es für weise, nichts davon zu erwähnen und ihr keine besondere Aufmerksamkeit zu schenken. Stattdessen wandte er sich zu Oliphant. »Japaner, nicht wahr? Sie sprechen die Landessprache?«

»Eine oberflächliche Kenntnis, als Diplomat.«

»Würden Sie ihnen bitte danken, daß sie meine Uhr wiederbeschafften?«

»Wir verstehen Sie, Dr. Malloli«, sagte einer der Japaner. Mallory hatte ihre unmöglichen Namen sofort wieder vergessen, dachte aber, daß dieser der Mann namens Yukichi sein könne.

»Es ist uns Ehre, britischen Freund von Mr. Laurence Oliphant zu helfen, dem unser Souverän Verpflichtung ausgedrückt hat.« Mr. Yukichi verbeugte sich wieder.

Mallory war völlig ratlos. »Danke für diese höfliche Ansprache, Sir. Ich muß sagen, Sie sind sehr höflich im Ausdruck. Ich bin selbst kein Diplomat, aber ich danke Ihnen herzlich. Es ist sehr freundlich von Ihnen allen ...«

Die Japaner berieten untereinander. »Wir hoffen, Sie

sind nicht schwer verletzt durch barbarischen Überfall von Ausländern auf Ihre britische Person«, sagte Mr. Yukichi.

»Nein«, sagte Mallory.

»Wir sahen weder Ihren Feind, noch irgendeine grobe oder gewalttätige Person.« Mr. Yukichis Ton war sanft, aber seine blitzenden Augen ließen wenig Zweifel daran, was er und seine Freunde getan haben würden, wäre ihnen solch ein Grobian in die Quere gekommen. Als Gruppe hatten die fünf Japaner ein kultiviertes, gelehrtes Aussehen; zwei trugen randlose Brillen, und einer hatte ein Monokel an einer Schnur und geckenhafte gelbe Handschuhe. Aber sie waren alle noch jung und kräftig, und ihre schwarzen Seidenhüte saßen wie Wikingerhelme auf ihren Köpfen.

Plötzlich knickten Oliphants lange Beine unter ihm ein, und er setzte sich lächelnd an das Kopfende des Tisches. Mallory tat es ihm nach; seine Kniescheiben knackten laut. Die Japaner folgten ebenfalls Oliphants Beispiel und nahmen rasch wieder ihre Haltungen trokkener Würde ein. Die Frau hatte sich unterdessen nicht einen Zoll vom Fleck bewegt.

»Unter den Umständen«, meinte Oliphant, »schrecklich heißer Tag, ermüdendes Scharmützel mit Feinden des Reiches — ist ein kleiner Umtrunk angebracht.« Er nahm eine Messingglocke vom Tisch und läutete. »Also wollen wir es uns gemütlich machen, wie? *Nani o onomi ni narimasu ka?*«

Die Japaner beratschlagten, zogen die Brauen hoch, nickten glücklich und grunzten zustimmend. »Uisuki ...«

»Whisky, eine ausgezeichnete Wahl«, sagte Oliphant.

Kurz darauf erschien Bligh mit einem Rolltisch mit Flaschen und Gläsern. »Wir haben nicht mehr viel Eis, Sir.«

»Was ist das, Bligh?«

»Der Eismann wollte dem Koch nur ein bißchen verkaufen. Der Preis hat sich seit letzter Woche verdreifacht!«

»Nun, Eis würde den Whisky sowieso nur verdünnen«, sagte Oliphant leichthin. »Dr. Mallory, passen Sie gut auf. Mr. Matsuki Koan, der aus der sehr weit fortgeschrittenen Provinz Satsuma kommt, demonstrierte uns gerade eines der Wunder japanischer Handwerkskunst — wer war noch der Künstler, Mr. Matsuki?«

»Sie wird von Söhnen der Familie Hosokawa gemacht«, sagte Mr. Matsuki und verbeugte sich im Sitzen. »Unser Herr — Satsuma Paimyo —, ist Gönner.«

»Ich glaube, Mr. Matsuki wird die Honneurs machen, Bligh«, sagte Oliphant. Bligh reichte Mr. Matsuki eine Whiskyflasche; Mr. Matsuki goß sie in einen eleganten Keramikkrug zur Rechten der japanischen Frau. Sie reagierte nicht. Mallory begann sich zu fragen, ob sie krank sei, oder gelähmt. Dann steckte Mr. Matsuki den Krug mit einem scharfen hölzernen Klicken in ihre rechte Hand. Er erhob sich und holte eine vergoldete Andrehkurbel. Diese steckte er der Frau in den unteren Rücken und begann mit ausdrucksloser Miene zu kurbeln. Ein hohes, metallisches Geräusch kam aus den Innereien der Frau.

»Sie ist eine Puppe!« platzte Mallory heraus.

»Mehr eine Marionette«, erwiderte Oliphant. »Die richtige Bezeichnung lautet ›Automaton‹, glaube ich.«

Mallory holte tief Luft. »Ich verstehe! Wie eines dieser von Jacquot-Droz gebauten Spielzeuge, oder Vaucansons berühmte Ente, wie?« Er lachte. Es war jetzt offensichtlich, daß das maskenartige Gesicht, halb verhüllt von dem eleganten schwarzen Haar, tatsächlich geschnitztes und bemaltes Holz war. »Dieser Schlag muß mein Gehirn durcheinandergebracht haben. Himmel, was für ein Prachtstück.«

»Jedes Haar der Perücke wurde von Hand eingesetzt«, sagte Oliphant. »Sie ist ein königliches Geschenk für Ihre Britannische Majestät. Obwohl ich mir denken könnte, daß der Prinzgemahl, und besonders der junge Alfred, auch eine gewisse Neigung zu ihr entwickeln könnte.«

Der Automaton begann einzuschenken. Im Inneren des verhüllten Ellbogens war ein Scharniergelenk, und ein zweites im Handgelenk; sie schenkte mit einem sanften Gleiten von Zugkabeln und einem gedämpften hölzernen Klicken den Whisky ein. »Sie bewegt sich ganz ähnlich wie eine maschinengesteuerte Maudsleydrehbank«, bemerkte Mallory. »Ist es das, wo sie die Pläne bekommen haben?«

»Nein, sie ist ganz und gar einheimischen Ursprungs«, sagte Oliphant. Mr. Matsuki servierte den eingeschenkten Whisky in kleinen Keramikschalen um den Tisch. »Es ist kein Stückchen Metall in ihr, obwohl man es glauben möchte: alles Bambus und geflochtenes Roßhaar, und Federn aus Fischbein. Die Japaner verstehen sich seit vielen Jahren auf die Herstellung solcher Puppen — *karakuri* werden sie genannt.«

Mallory probierte seinen Whisky. Schottischer Malzwhisky. Er war von Oliphants Brandy bereits ein wenig angeheitert, und jetzt verschaffte ihm der Anblick der Puppe das Gefühl, er sei in eine Weihnachtspantomime geraten. »Kann sie gehen?« fragte er. »Vielleicht die Flöte spielen? Oder etwas Ähnliches?«

»Nein, sie schenkt nur ein«, sagte Oliphant. »Aber mit jeder der beiden Hände.«

Mallory fühlte die Blicke der Japaner auf sich. Es war deutlich, daß die Puppe für sie kein aufsehenerregendes Wunderding war. Sie wollten wissen, was er, ein Brite, von ihr hielt. Sie wollten wissen, ob er beeindruckt war.

»Sie ist *sehr* eindrucksvoll«, platzte er heraus. »Um so mehr, wenn man den primitiven Entwicklungsstand Asiens in Betracht zieht!«

»Japan ist das Britannien von Asien«, sagte Oliphant.

»Wir wissen, daß sie nicht viel ist«, sagte Mr. Yukichi. Seine Augen glänzten.

»Nein, sie ist ein Wunderwerk, wirklich«, beharrte Mallory. »Sie könnten Eintritt verlangen.«

»Wir wissen, daß sie nicht viel ist, verglichen mit Ihren großartigen britischen Maschinen. Es ist, wie Mr. Oliphant sagt — wir sind in dieser Welt Ihre jüngeren Brüder.«

»Wir werden lernen«, sagte ein anderer, der sich zum ersten Mal zu Wort meldete. Wahrscheinlich war er derjenige namens Arinori. »Wir haben große Verpflichtung gegen Britannien! Britannien öffnete unsere Häfen mit der eisernen Flotte. Wir sind erwacht und lernten große Lektion, die Sie uns lehrten. Wir haben unseren Shogun und seinen rückständigen *bakufu* abgeschafft. Mikado wird uns jetzt führen, in herrliches neues Fortschrittszeitalter.«

»Wir werden Verbündete sein«, sagte Mr. Yukichi. »Das Britannien Asiens wird allen Völkern Asiens Zivilisation und Aufklärung bringen.«

»Das ist sehr lobenswert von Ihnen«, sagte Mallory. »Aber Zivilisation, der Aufbau eines Reiches, das ist ein hartes und langwieriges Werk. Erfordert mehrere Jahrhunderte, wissen Sie ...«

»Wir lernen alles von Ihnen jetzt«, sagte Mr. Arinori. Sein Gesicht war gerötet; der Whisky und die Hitze schienen ein Feuer in ihm entfacht zu haben. »Wir bauen große Schulen und Kriegsflotten, wie Sie. In Choshu haben wir eine Maschine! Wir werden mehr Maschinen kaufen. Wir werden unsere eigenen Maschinen bauen!«

Mallory schmunzelte. Die komischen kleinen Ausländer schienen so jung, so idealistisch — intelligent, und vor allem aufrichtig. Er bedauerte sie. »Nun, junger Herr, es ist ein schöner Traum, und Ihrer würdig! Aber es ist keine einfache Sache. Sehen Sie, wir in Britannien haben auf diese Maschinen große Anstrengungen verwendet — Sie könnten mit gutem Recht sagen, daß sie das zentrale Ziel unserer Nation gewesen sind! Unsere Gelehrten haben seit Jahrzehnten Ingenieurswesen und

Maschinenbau weiterentwickelt. Wenn Sie in wenigen Jahren erreichen wollen, was wir getan haben ...«

»Wir werden jedes notwendige Opfer bringen«, sagte Mr. Yukichi ruhig.

»Es gibt andere Wege, die Heimat Ihrer Rasse zu verbessern«, sagte Mallory. »Aber was Sie sich zum Ziel gesetzt haben, ist einfach unmöglich!«

»Wir werden jedes notwendige Opfer bringen.«

Mallory blickte zu Oliphant, der mit starrem Lächeln dasaß und beobachtete, wie das Aufziehmädchen Porzellanschalen füllte. Vielleicht war die leichte Kühle in der Luft nur Mallorys Einbildung. Dennoch hatte er das Gefühl, irgendwie einen Schnitzer gemacht zu haben.

Es herrschte Stille, unterbrochen nur vom tickenden Automaton. Mallory stand auf; die Anstrengung verstärkte das schmerzhafte Pochen in seinem Kopf. »Ich weiß Ihre Freundlichkeit zu schätzen, Mr. Oliphant. Und die Hilfe Ihrer Gäste, natürlich. Aber ich kann nicht bleiben, wissen Sie. Sehr angenehm hier, aber der Drang der Geschäfte ...«

»Wollen Sie wirklich schon gehen?« fragte Oliphant in herzlichem Ton.

»Ja.«

Oliphant hob die Stimme. »Bligh! Der Küchenjunge soll eine Droschke für Dr. Mallory holen.«

Mallorys Nacht verging in schweißdurchnäßter Erschöpfung. Er erwachte von einem wirren Traum, in dem er die Katastrophentheorie mit dem hüstelnden Herrn diskutiert hatte, um ein wiederholtes Klopfen an seine Tür zu hören.

»Augenblick!« Er schwang die bloßen Beine aus dem Bett, gähnte benommen und befühlte vorsichtig den Hinterkopf. Die Platzwunde hatte in der Nacht wieder ein wenig geblutet und auf dem Kissenbezug einen rosa Fleck hinterlassen, aber die Schwellung schien zurückgegangen zu sein, und er fühlte sich nicht fieberig.

Wahrscheinlich hatte er dies der therapeutischen Wirkung von Oliphants ausgezeichneten Spirituosen zu verdanken.

Er zog ein Nachthemd über seine schwitzende Nacktheit, warf einen Morgenmantel über und öffnete die Tür. Der Concierge, ein Ire namens Kelly, stand mit zwei mißmutig blickenden Putzfrauen im Korridor. Sie waren ausgerüstet mit Besen, verzinkten Eimern, schwarzen Gummitrichtern und einem Schiebkarren mit verschlossenen Keramikflaschen.

»Wie spät ist es, Kelly?«

»Neun Uhr, Sir.« Kelly kam herein, saugte an seinen gelben Zähnen. Die Frauen folgten ihm mit ihrem Karren. Papieretiketten verrieten den Inhalt der Keramikflaschen: Condys Patent-Sauerstoff-Desinfektionsmittel.

»Was hat das alles zu bedeuten?«

»Mangansaures Natron, Sir, für die Wasserleitungen. Wir wollen jede Toilette durchspülen, die Rohre reinigen bis hinunter zum Abwasserkanal.«

Mallory brachte seinen Morgenmantel in Ordnung. Es war ihm peinlich, mit bloßen Füßen und Knöcheln vor den Putzfrauen zu erscheinen. »Kelly, es wird kein bißchen nützen, wenn Sie die Rohre durchspülen und desinfizieren. Wir sind mitten in London, in einem elend heißen Sommer. Sogar die Themse stinkt.«

»Muß etwas machen, Sir«, sagte Kelly. »Unsere Gäste beschweren sich, sehr energisch. Kann es ihnen nicht verdenken, Sir.«

Die Frauen schütteten mittels eines Trichters die Lösung aus einer Keramikflasche in die Schüssel von Mallorys Wasserklosett. Das Desinfektionsmittel verbreitete einen durchdringenden Gestank nach Ammoniak, in seiner eigenen Art weitaus unangenehmer als vorher der leichte Geruch nach Fäulnis und Abwässern. Sie schrubbten überdrüssig und niesend die Porzellanschüssel, bis Kelly mit gebieterischer Gebärde an der Kette des Wasserkastens zog.

Dann gingen sie, und Mallory kleidete sich an. Er überprüfte sein Notizbuch. Der Terminplan für den Nachmittag war ausgefüllt, aber am Vormittag hatte er nur eine Verabredung. Mallory hatte bereits gelernt, daß Disraelis Unpünktlichkeit es erforderlich machte, daß man den halben Tag für ihn freihielt. Mit etwas Glück mochte er Zeit finden, seine Jacke zur Reinigung zu bringen und sich die verklebten Blutklumpen von einem Barbier aus dem Haar waschen zu lassen.

Als er zum Speisesaal hinunterging, saßen dort zwei andere Spätfrühstücker und plauderten beim Tee. Einer war ein Kunsttischler namens Belshaw, der andere ein Museumsdiener, dessen Name Sydenham sein mochte; Mallory konnte sich nicht genau erinnern.

Bei Mallorys Eintreten blickte Belshaw auf. Mallory nickte höflich. Belshaw blickte mit unverhohlener Verblüffung zu ihm zurück. Mallory ging an den beiden vorbei und nahm seinen gewohnten Platz unter dem vergoldeten Gaskronleuchter ein. Belshaw und Sydenham begannen mit halblauten Stimmen aufgeregt zu sprechen.

Mallory war verwirrt. Er war niemals förmlich mit Belshaw bekanntgemacht worden, aber konnte der Mann sich über ein einfaches Kopfnicken ärgern? Und Sydenham, dessen aufgeschwemmtes Gesicht blaß geworden war, warf Mallory Seitenblicke zu. Mallory fragte sich, ob seine Hosenklappe offen sei. Sie war zugeknöpft. Aber die beiden Männer glotzten immer wieder in, wie es schien, echter Unruhe zu ihm herüber. Hatte seine Kopfverletzung sich geöffnet, troff Blut von seinen Haaren auf den Kragen? Es schien nicht der Fall zu sein …

Mallory gab seine Frühstücksbestellung auf; das Gesicht des Kellners war starr und hölzern, als ob die Wahl von Bücklingen und Eiern eine ernste Indiskretion wäre.

Mallory, dessen Verwirrung weiter zunahm, war drauf und dran, Belshaw in der Sache zur Rede zu stellen, und legte sich eine kleine Rede zurecht. Aber Belshaw und Sydenham standen plötzlich auf, ließen ihren Tee stehen und gingen hinaus. Mallory verzehrte sein Frühstück mit grimmiger Bedächtigkeit, entschlossen, sich von dem Vorfall nicht aus der Fassung bringen zu lassen.

Er ging zum Empfangsschalter, seine Post in Empfang zu nehmen. Der sonst diensttuende Angestellte war nicht da; an Lungenkatarrh erkrankt, sagte sein Vertreter. Mallory zog sich mit seinem Korb in die Bibliothek zurück, wo er seinen gewohnten Platz einnahm. Fünf seiner Kollegen waren anwesend, in einem Winkel des Raumes versammelt, wo sie sich angeregt unterhielten. Als Mallory aufblickte, glaubte er sie zu ertappen, wie sie ihn anstarrten — aber das war Unsinn.

Mit oberflächlichem Interesse ging er seine Korrespondenz durch. Sein Kopf schmerzte wieder etwas, und seine Gedanken schweiften bereits ab. Er empfand die notwendige berufliche Korrespondenz als lästige Bürde, und die üblichen, ermüdenden Bettelbriefe und Bewunderungsschreiben zu lesen, schien ihm geradezu unterträglich. Vielleicht mochte die Einstellung eines persönlichen Sekretärs in der Tat unvermeidlich sein.

In einer sonderbaren Inspiration kam ihm der Gedanke, ob nicht der junge Mr. Tobias aus dem statistischen Zentralamt der geeignete Mann für diesen Posten sei. Vielleicht würde das Angebot einer alternativen Beschäftigung den Wagemut des Mannes in seiner Amtstätigkeit verstärken, denn es gab dort vieles, was Mallory einzusehen sich wünschte. Die Personalakte über Lady Ada, zum Beispiel, falls solch ein Gegenstand existierte. Oder über den aalglatten Mr. Oliphant, mit seinem wohlfeilen Lächeln und seinen unbestimmten Zusicherungen. Oder über Lord Charles Lyell, den ordensschweren gelehrten Kopf der Uniformitarier.

Diese drei Größen waren wahrscheinlich ein gutes

Stück außerhalb seiner Reichweite, dachte Mallory. Aber er könnte Datenmaterial über Peter Foulke ausfindig machen, diesen Finsterling, dessen Spinnennetz heimlicher Intrigen immer offenkundiger wurde.

Er würde es alles ausfechten, irgendwie; Mallory war sich dessen ganz sicher, als er seine Post durchsah. Die ganze finstere Verschwörung würde allmählich ans Tageslicht kommen, wie Knochen, die mit Hammer und Meißel aus ihrer Einbettung im Schieferton herausgelöst wurden. Er hatte einen flüchtigen Blick auf die Skelette im Schrank der Elite getan. Jetzt würde er, wenn ihm Zeit und Gelegenheit zur Arbeit blieb, das ganze Geheimnis aus seiner steinernen Matrize reißen.

Seine Aufmerksamkeit wurde auf ein höchst ungewöhnliches Päckchen gelenkt. Es war nicht von den üblichen Abmessungen, ziemlich kurz und würfelförmig, und trug einen farbenfrohen Satz französischer Eilmarken. Das elfenbeingelbe Packpapier, erstaunlich glatt und steif, bestand aus einer ganz ungewöhnlichen wasserdichten Substanz, etwas wie Hausenblase. Mallory zog sein Klappmesser aus der Tasche, wählte die kleinste unter mehreren Klingen und öffnete das Päckchen.

Es enthielt eine einzige französische Lochkarte in der französischen Normgröße. Zunehmend beunruhigt, schüttelte Mallory die Karte aus der Umhüllung auf die Tischplatte. Dies war mit einiger Schwierigkeit verbunden, denn das glatte Innere des Einwickelpapiers war merkwürdig feucht. Es war mit einer chemischen Flüssigkeit betaut, die in dem Maße, wie sie der Luft ausgesetzt war, einen zunehmend virulenten Gestank verströmte.

Die Karte, eine Leerkarte ohne Lochung, trug einen sauber aufgesetzten Textblock in winziger schwarzer Schrift, durchweg in Großbuchstaben:

AN DR. EDWARD MALLORY, PALAST DER PALÄONTOLOGIE, LONDON: SIE SIND IM SCHULDHAFTEN BESITZ

EINES IN EPSOM GESTOHLENEN EIGENTUMS. SIE WERDEN UNS DIESES EIGENTUM UNVERSEHRT UND VOLLSTÄNDIG ZURÜCKGEBEN, INDEM SIE DEN ANWEISUNGEN FOLGEN, DIE IHNEN IN DEN SPALTEN PERSÖNLICHE NOTIZEN DES LONDONER DAILY EXPRESS GEGEBEN WERDEN. BIS WIR DIESES EIGENTUM ERHALTEN, WERDEN SIE EINE ANZAHL WOHLÜBERLEGTER BESTRAFUNGEN ERLEIDEN, DIE, WENN NÖTIG, IN IHRER GÄNZLICHEN UND VÖLLIGEN VERNICHTUNG GIPFELN WERDEN. EDWARD MALLORY: WIR KENNEN IHRE NUMMER, IHRE IDENTITÄT, IHRE GESCHICHTE UND IHREN EHRGEIZ: WIR SIND IN VOLLER KENNTNIS JEDER IHRER SCHWÄCHEN. WIDERSTAND IST ZWECKLOS; RASCHE UND VOLLSTÄNDIGE UNTERWERFUNG IST IHRE EINZIGE HOFFNUNG. KAPITÄN SWING

Mallory saß in stummer Verblüffung. Eine Erinnerung brach sich in ihm Bahn, stürzte sich in lebhafter Frische auf ihn, als sei es gestern gewesen. Wieder in Wyoming, ein Morgen, als er von seinem Feldbett aufgestanden war und eine Klapperschlange gefunden hatte, die in seiner Körperwärme zusammengerollt schlief. In den Tiefen seines Schlafes hatte er die Bewegungen der Schlange unter seinem Rücken gefühlt, sie jedoch im Halbschlaf ignoriert. Hier war nun der schuppige Beweis.

Er nahm die Karte und untersuchte sie eingehender. Mit Kampfer gesättigte Zellulose, benetzt mit einer Flüssigkeit, die einen stechenden Geruch verbreitete — und die winzigen schwarzen Buchstaben begannen zu verblassen. Die flexible Karte wurde in seinen Fingern heiß. Er ließ sie sofort fallen, unterdrückte einen überraschten Ausruf. Die Karte lag auf der Tischplatte, krümmte sich, begann Schichten abzuschuppen, die dünner waren als die feinste Zwiebelhaut, während sie an den Rändern bräunliche Verfärbungen zeigte. Dünner gelblicher Rauch begann aufzusteigen, und Mallory begriff, daß das Ding jeden Augenblick in Flammen aufgehen konnte.

Er griff hastig in den Flechtkorb, zog die neueste dikke Nummer der Vierteljahreszeitschrift der Geologischen Gesellschaft heraus und schlug damit auf die Karte. Nach zwei Schlägen löste sie sich in rauchende Stückchen auf, die sich mit dem blasenziehenden Lack der Tischplatte zu verbinden drohten.

Mallory schlitzte einen Bittbrief auf, schüttete den Inhalt ungelesen heraus und fegte die Asche mit dem scharfkantigen Rücken der Geologischen Zeitschrift in den Umschlag. Die Tischplatte war kaum beschädigt ...

»Dr. Mallory?«

Er blickte in schuldbewußtem Erschrecken auf und sah in das Gesicht eines Fremden. Der Mann, ein großer, glattrasierter Londoner, sehr einfach gekleidet, mit einem hageren, ernsten Gesicht, stand auf der anderen Seite des Bibliothekstisches, Mallory gegenüber, Papiere und ein Notizbuch in einer Hand.

»Ein sehr schlechtes Exemplar«, sagte Mallory in einem instiktiv improvisiertem Täuschungsversuch. »In Kampfer eingelegt! Eine schreckliche Technik!« Er faltete den Umschlag und steckte ihn in die Tasche.

Der Fremde hielt ihm stumm eine Visitenkarte hin.

Ebenezer Frasers Karte trug seinen Namen, eine Telegrafennummer und ein kleines geprägtes Staatssiegel. Sonst nichts. Die Rückseite zeigte ein maschinengerastertes Portrait mit dem Ausdruck steinernen Ernstes, welcher der natürliche Ausdruck des Mannes zu sein schien.

Mallory erhob sich, ihm die Hand zu geben, dann wurde ihm klar, daß er Säure an den Fingern hatte. Er begnügte sich mit einer Verbeugung, setzte sich sofort wieder und wischte seine Hand verstohlen an der Rückseite seines Hosenbeines. Die Haut an Daumen und Zeigefinger fühlte sich ausgetrocknet an, wie in Formaldehyd getaucht.

»Ich hoffe Sie bei gutem Wohlbefinden anzutreffen, Sir«, murmelte Fraser und setzte sich ihm gegenüber. »Haben Sie sich vom gestrigen Angriff erholt?«

Mallory blickte durch den Raum. Die anderen standen noch immer in ihrem Winkel beisammen, aber seine merkwürdigen Zauberkunststücke und Frasers plötzliches Erscheinen schienen sie neugierig gemacht zu haben.

»Eine Kleinigkeit«, sagte Mallory. »Kann jedem passieren in London.«

Fraser hob kaum merklich eine dunkle Augenbraue.

»Es tut mir leid, daß mein Mißgeschick Ihnen Anlaß geben sollte, sich um mich zu bemühen, Mr. Fraser.«

»Keine Mühe, Sir.« Fraser öffnete ein ledergebundenes Notizbuch und zog einen Füllfederhalter aus seinem einfachen Jackett. »Irgendwelche Fragen?«

»Um die Wahrheit zu sagen, ich habe im Moment wenig Zeit ...«

Fraser brachte ihn mit einem gleichmütigen Blick zum Schweigen. »Bin seit drei Stunden hier, Sir, und warte, daß es Ihnen paßt.«

Mallory setzte zu einer stammelnden Entschuldigung an.

Fraser beachtete sie nicht. »Um sechs Uhr früh beobachtete ich draußen etwas ganz Eigenartiges, Sir. Ein Zeitungsjunge rief in die Welt hinaus, daß Leviathan-Mallory wegen Mordes verhaftet worden sei.«

»Ich? Edward Mallory?«

Fraser nickte.

»Das verstehe ich nicht. Warum sollte ein Zeitungsjunge solch eine offenkundige Lüge ausrufen?«

»Verkaufte einen Teil seiner Zeitungen«, sagte Fraser trocken. »Kaufte selbst eine.«

»Was in aller Welt hatte diese Zeitung über mich zu sagen?«

»Nicht ein Wort über irgendeinen Mallory«, sagte Fraser. »Sie können selbst sehen.« Er ließ eine gefaltete

Zeitung auf die Tischplatte fallen: Die neueste Nummer des *Daily Express.*

Mallory legte die Zeitung sorgsam auf seinen Korb. »Ein böswilliger Streich«, sagte er mit trockener Kehle. »Die Straßenjungen hier sind für alles zu haben ...«

»Als ich wieder hinausging, hatte der kleine Schlingel das Weite gesucht«, sagte Fraser. »Aber einige Ihrer Kollegen hörten die Rufe des Zeitungsverkäufers. War hier den ganzen Morgen das Thema des Tages.«

»Ich verstehe«, sagte Mallory. »Das erklärt eine gewisse ... gut!« Er räusperte sich.

Fraser beobachtete ihn gleichmütig. »Sie sollten sich jetzt am besten dies ansehen, Sir.« Er nahm ein zusammengefaltetes Papier aus seinem Notizbuch, öffnete es und schob es über den polierten Mahagoni.

Eine gedruckte Daguerreotypie. Ein Toter, ausgestreckt auf einem Brett, ein Stück Baumwollstoff um die Hüften eingesteckt. Das Bild war in einer Leichenhalle aufgenommen worden. Jemand hatte dem Mann mit einem einzigen reißenden Stoß den Bauch vom Unterleib bis zum Brustbein aufgeschlitzt. Die Haut von Brust und Beinen und dem gerundeten Bauch war weiß wie Marmor; in unheimlichem Kontrast dazu befanden sich das sonnengebräunte Gesicht und die Hände.

Es war Francis Rudwick.

Am Fuß der Aufnahme befand sich eine Bildunterschrift:

EINE WISSENSCHAFTLICHE AUTOPSIE.

Das ›batrachische‹ Subjekt ist in einer katastrophalen Sektion geöffnet. Das erste in einer Serie.

»Gott im Himmel!« sagte Mallory.

»Das Bild ist aus dem offiziellen Polizeibericht«, sagte Fraser. »Scheint einem Unruhestifter in die Hände gefallen zu sein.«

Mallory starrte es in verblüfftem Entsetzen an. »Was kann es bedeuten?«

Fraser machte seinen Füllfederhalter bereit. »Was ist ›batrachisch‹, Sir?«

»Aus dem Griechischen«, sagte Mallory. »*Batrachos* sind Amphibien, Frösche und Kröten, hauptsächlich.« Er rang nach Worten. »Einmal — vor Jahren, in einer Debatte — sagte ich, daß seine Theorien ... Rudwicks paläontologische Theorien, wissen Sie ...«

»Ich hörte die Geschichte heute morgen, Sir. Sie scheint unter Ihren Kollegen wohlbekannt zu sein.« Fraser blätterte in seinem Notizbuch. »Sie sagten zu Mr. Rudwick: ›Der Gang der Evolution befindet sich nicht in Einklang mit der batrachischen Trägheit Ihres Intellekts.‹« Er machte eine Pause. »Der Bursche sah ein wenig wie ein Frosch aus, nicht wahr, Sir?«

»Es war eine öffentliche Debatte in Cambridge«, sagte Mallory zögernd. »Wir waren erregt ...«

»Rudwick behauptete, Sie seien ›verrückt wie ein Hutmacher‹«, sagte Fraser nachdenklich. »Es scheint, Sie nahmen ihm diese Bemerkung sehr übel.«

Mallory errötete. »Er hatte kein Recht, das zu sagen, mit seinem herrschaftlichen Gehabe ...«

»Sie waren Feinde.«

»Ja, aber ...« Mallory wischte sich die Stirn. »Sie werden doch nicht glauben, *ich* hätte etwas mit diesem hier zu tun?«

»Nicht durch Ihre eigene Absicht«, sagte Fraser. »Aber ich glaube, Sie sind aus Sussex, Sir? Aus dem Städtchen Lewes?«

»Ja?«

»Es scheint, daß mehrere Dutzend dieser Abbildungen im Postamt Lewes aufgegeben worden sind.«

Mallory war wie vor den Kopf geschlagen. »Mehrere Dutzend?«

»Verschickt an Ihre Kollegen von der Royal Society, Sir, in nah und fern. Anonym.«

»Allmächtiger!« murmelte Mallory. »Sie wollen mich vernichten!«

Fraser sagte nichts.

Mallory starrte das Bild an. Plötzlich traf ihn der einfache menschliche Jammer des Anblicks mit elementarer Gewalt. »Armer verdammter Rudwick! Was haben sie mit ihm gemacht!«

Fraser beobachtete ihn mit höflichem Gleichmut.

»Er war einer von uns!« sagte Mallory, angestachelt zu zorniger Aufrichtigkeit. »Er war kein Theoretiker, aber ein verdammt guter Ausgräber. Mein Gott, wenn man an seine arme Familie denkt!«

Fraser machte eine Notiz. »Familie — da muß ich nachforschen. Sehr wahrscheinlich hat man den Angehörigen gesagt, Sie hätten ihn ermordet.«

»Aber ich war in Wyoming, als Rudwick getötet wurde, jeder weiß das!«

»Ein wohlhabender Mann könnte das durch andere erledigen lassen.«

»Ich bin kein wohlhabender Mann.«

Fraser sagte nichts.

»Ich war keiner«, berichtigte sich Mallory. »Nicht damals ...«

Fraser blätterte in seinem Notizbuch.

»Ich gewann das Geld auf der Rennbahn.«

Fraser ließ gemäßigtes Interesse erkennen.

»Meine Kollegen haben bemerkt, wie ich es ausgebe«, sagte Mallory, und der Gedanke machte ihn frösteln. »Sie fragten sich natürlich, woher das Geld kommt. Und sie reden hinter meinem Rücken über mich, nicht wahr?«

»Neid setzt Zungen in Gang, Sir.«

Mallory wischte die feuchten Handflächen an den Hosenbeinen. Eine Bedrohung lag wie eine schwere giftige Wolke in der Luft. Fraser schwieg taktvoll, bis Mallory sich ermunterte, den Kopf schüttelte, die Zähne zusammenbiß. Er würde sich nicht in die Enge treiben lassen. Es gab Arbeit zu tun. Beweise lagen vor. Mallory beugte sich mit gerunzelter Stirn über das Bild. »›Das erste in einer Serie‹, steht da. Das ist eine Drohung, Mr. Fraser. Sie impliziert, daß ähnliche Morde folgen werden. ›In einer katastrophalen Sektion.‹ Dies bezieht sich auf unseren wissenschaftlichen Streit — als ob er deswegen umgebracht worden wäre!«

»Gelehrte nehmen ihre Streitigkeiten sehr ernst«, bemerkte Fraser.

»Wollen Sie sagen, daß meine Kollegen glauben, *ich* hätte dies verschickt? Daß ich wie ein Machiavelli Meuchelmörder miete; daß ich ein gefährlicher Verrückter bin, der sich damit brüstet, seine Rivalen zu ermorden?«

Fraser sagte nichts.

»Mein Gott«, murmelte Mallory. »Was soll ich tun?«

»Meine Vorgesetzten haben diesen Fall meinem Wirkungsbereich anvertraut«, sagte Fraser. »Ich muß Sie bitten, meiner Diskretion zu vertrauen, Dr. Mallory.«

»Aber was soll ich gegen die Schädigung meines Rufes tun? Soll ich zu jedem einzelnen Mann in diesem Gebäude gehen, mich entschuldigen und ihm sagen … ihm sagen, daß ich kein mörderischer Unhold bin?«

»Die Regierung wird nicht zulassen, daß ein prominenter Gelehrter in dieser Art belästigt wird«, versicherte ihm Fraser. »Morgen wird der Polizeipräsident eine Erklärung an die Royal Society herausgeben, aus der hervorgehen wird, daß Sie das Opfer bösartiger Verleumdung und frei von jedem Verdacht in der Rudwick-Affäre sind.«

Mallory rieb sich das Kinn. »Meinen Sie, das wird helfen?«

»Falls erforderlich, werden wir auch eine öffentliche Erklärung an die Tagespresse geben.«

»Aber könnte solche Publizität nicht noch mehr Mißtrauen gegen mich wecken?«

Fraser rückte ein wenig in seinen Bibliothekssessel. »Dr. Mallory. Meine Abteilung besteht, um Verschwörungen aufzudecken und zu zerschlagen. Wir sind nicht ohne Erfahrung. Wir sind nicht ohne unsere Hilfsquellen. Wir werden uns nicht von irgendeiner schäbigen Clique von Dunkelmännern übertrumpfen lassen. Wir haben die Absicht, diese Verschwörer mit Stumpf und Stiel auszurotten, und das wird uns um so eher gelingen, Sir, wenn Sie offen mit mir sind und mir alles sagen, was Sie wissen.«

Mallory lehnte sich zurück. »Es ist in meiner Natur, offen zu sein, Mr. Fraser. Aber hier handelt es sich um eine finstere und skandalöse Geschichte.«

»Sie brauchen sich nicht um meine Empfindlichkeit zu sorgen.«

Mallory blickte in die Runde der Mahagoni-Bücherregale, der Zeitschriftenständer, der ledergebundenen Folianten und übergroßen Atlanten. Nach dem gestrigen Zwischenfall war ihm der Palast der Paläontologie als eine willkommene Festung erschienen, aber nun kam er ihm vor wie der Fluchtgang eines Dachses: »Dies ist nicht der Ort, es zu erzählen«, murmelte er.

»Nein, Sir«, stimmte Fraser zu. »Aber Sie sollten genauso wie sonst Ihrer wissenschaftlichen Arbeit nachgehen. Zeigen Sie sich unbeeinflußt und gleichmütig, und Ihre Feinde werden vielleicht denken, daß ihre Strategie gescheitert sei.«

Der Rat war vernünftig. Jedenfalls war es eine naheliegende Verhaltensregel. Er stand sofort auf. »Meinen täglichen Geschäften nachgehen, meinen Sie? Ja, das will ich meinen. Ganz recht.«

Auch Fraser erhob sich. »Ich werde Sie begleiten, Sir, mit Ihrer Erlaubnis. Ich vertraue darauf, daß wir Ihren Schwierigkeiten bald ein Ende machen werden.«

»Vielleicht würden Sie nicht so denken, wenn Sie die ganze verdammte Geschichte kennten«, versetzte Mallory.

»Mr. Oliphant hat mich über die Angelegenheit informiert.«

»Das bezweifle ich«, grunzte Mallory. »Er hat gegen das Schlimmste davon die Augen verschlossen.«

»Ich bin kein verdammter Politiker«, bemerkte Fraser in seinem gleichmütigen Ton. »Gehen wir also, Sir?«

Draußen war der Londoner Himmel ein Baldachin aus gelbem Dunst. Er hing in trüber Größe über der Stadt, wie eine sturmfleischige, gallertige Seeblase. Ihre Nesselfäden, der emporsteigende Schmutz aus den Schornsteinen der Stadt, drehten und kräuselten sich wie Kerzenrauch in vollkommener Windstille, um sich an der Wolkendecke auszubreiten. Die unsichtbare Sonne verbreitete wässeriges Licht.

Mallory beobachtete die Straße um ihn. Der Londoner Sommermorgen war verfremdet durch die unheimliche Fülle des rußigen, bernsteinfarbenen Lichtes.

»Mr. Fraser, Sie sind in London geboren und aufgewachsen, nehme ich an.«

»Ja, Sir.«

»Haben Sie jemals Wetter wie dieses erlebt?«

Fraser blinzelte zum Himmel, überlegte. »Nicht seit meiner Jungenzeit, Sir, als der Kohlenrauch schlimm war. Aber inzwischen wurden die Schornsteine erhöht. Heutzutage wird es in das Umland hinausgeweht.« Er hielt inne. »Das meiste.«

Mallory betrachtete fasziniert die flachen Wolkenunterseiten. Er wünschte, er hätte sich mehr mit der Lehre der Pneumo-Dynamik beschäftigt. Dieser Topfdeckel einer statischen Wolkendecke zeigte einen ungesunden Mangel an natürlicher Turbulenz, als ob die dynamische Systematik des atmosphärischen Luftaustausches irgendwie zum Stillstand gekommen wäre. Die stinkende Untergrundbahn, die halb ausgetrocknete, durch Abwässer verdickte Themse, und nun dies. »Scheint nicht so heiß wie gestern«, murmelte er.

»Die Wolkendecke, Sir.«

Auf den Straßen herrschte ein Gedränge, wie es nur

London hervorbringen konnte. Die Omnibusse und Dampfwagen, die Fuhrwerke, Droschken und Kutschen stauten sich an jeder Kreuzung. Kutscher fluchten, Pferde schnauften mit geblähten Nüstern. Dampfwagen krochen träge vorbei, viele hatten gummibereifte, mit Gepäck und Proviant beladene Frachtanhänger im Schlepp. Es schien, daß der sommerliche Exodus der besitzenden Stände aus London den Charakter einer allgemeinen Flucht annahm. Mallory konnte den Sinn darin sehen.

Es war ein langer Fußmarsch zur Fleet Street, wo er mit Disraeli verabredet war. So schien es das Beste zu sein, die Untergrundbahn zu nehmen und den Gestank zu ertragen.

Aber die Britische Bruderschaft der Erd- und Bergarbeiter hatte am Eingang zur Station Gloucester Road Streikposten aufgestellt. Sie hatten den Zugang wie eine Besatzungsarmee mit Sandsäcken gesperrt und Plakate und Banner aufgepflanzt. Eine ansehnliche Menschenmenge beobachtete das Schauspiel in guter Ordnung; die Kühnheit der Streikenden schien sie nicht zu verdrießen, sondern nur neugierig zu machen oder einzuschüchtern. Vielleicht waren sie froh, daß die Untergrundbahn geschlossen war; wahrscheinlicher war, daß sie einfach die Konfrontation mit den rauhbeinigen Erdarbeitern scheuten. Die behelmten Streikposten waren wie verschwitzte, muskulöse Kobolde von ihren unterirdischen Arbeitsplätzen ans Licht gekommen.

»Die Sache hier gefällt mir nicht, Mr. Fraser.«

»Nein, Sir.«

»Sprechen wir mit diesen Burschen.« Mallory überquerte die Straße und ging auf einen breit-untersetzten Mann mit rotgeäderter Nase zu, der Parolen in die Menschenmenge brüllte und den Leuten in den vorderen Reihen Flugblätter aufdrängte. »Was ist hier das Problem, Bruder?«

Der Erdarbeiter musterte Mallory von oben bis unten

und grinste um einen Elfenbeinzahnstocher. In seinem Ohr war ein großer vergoldeter Ring — oder vielleicht war er aus echtem Gold, da die Bruderschaft eine reiche Gewerkschaft war und viele Patente ihrer Mitglieder verwaltete. »Ich will es Ihnen sagen, Mister, weil Sie so höflich fragen. Es sind die verdammten, hirnverbrannten pneumatischen Züge! Wir sagten Lord Babbage in unserer Petition, daß die verwünschten Tunnels niemals richtig auslüften würden. Aber irgendein Bastard von einem Gelehrten hält uns einen blödsinnigen Vortrag, und jetzt sind die Dinger sauer geworden wie abgestandene Pisse.«

»Das ist eine ernste Angelegenheit, Sir.«

»Da haben Sie verdammt recht!«

»Wissen Sie vielleicht den Namen des beratenden Gelehrten?«

Der Erdarbeiter besprach die Frage mit ein paar seiner behelmten Freunde. »Lordschaft namens Jeffries.«

»Ich kenne Jeffries!« sagte Mallory überrascht. »Er behauptete, daß Rudwicks Pterodaktylus nicht fliegen könne. Behauptete, er habe bewiesen, daß es ein gleitendes Reptil gewesen sei, das nicht mit den Flügeln schlagen, sondern nur von Bäumen, auf die es geklettert war, habe hinabsegeln können. Der Mann ist unfähig! Er sollte wegen Betrugs belangt werden!«

»Sind Sie selbst ein Gelehrter, Mister?«

»Keiner von seiner Sorte«, sagte Mallory.

»Was ist mit Ihrem Kumpel, dem Polypen da?« Der Erdarbeiter zupfte erregt an seinem Ohrring. »Will er das alles vielleicht in sein verdammtes Notizbuch schreiben?«

»Keineswegs«, sagte Mallory mit Würde. »Wir wollten nur die ganze Wahrheit über die Angelegenheit wissen.«

»Wenn Sie die ganze Wahrheit wissen wollen, dann kriechen Sie selbst da hinunter und kratzen sich einen Eimervoll von diesem moderigen Scheiß von den Ziegeln. Kanalreiniger, die zwanzig Jahre da unten gearbeitet haben, kotzen sich von dem Gestank die Gedärme aus dem Leib.«

Der Erdarbeiter ging ein paar Schritte weiter, um eine Frau in gestreifter Krinoline aufzuhalten. »Da kannst du nicht hinunter, Liebchen, in ganz London fährt kein einziger Zug ...«

Mallory ging weiter. »Das wird noch ein Nachspiel haben!« murmelte er halblaut, ungefähr in Frasers Richtung. »Wenn ein Gelehrter Industrieberatung macht, muß er sich seiner Fakten sicher sein!«

»S'ist das Wetter«, sagte Fraser.

»Ganz und gar nicht! Es ist eine Frage wissenschaftlicher Ethik! Ich habe selbst solch eine Anfrage bekommen — ein Mann in Yorkshire will ein gläsernes Gewächshaus bauen, dessen tragendes Eisengerüst dem Rückgrat und den Rippen des Brontosaurus nachgebildet werden soll. Gegen das Gerüst ist nichts einzuwenden, sagte ich ihm, aber die Glasdichtungen werden mit Sicherheit lecken. Also kein Auftrag und kein Beratungshonorar — aber mein Ruf als Gelehrter ist unbeeinträchtigt!« Mallory schnaubte in die ölige Luft, räusperte sich und spuckte in den Rinnstein. »Ich kann nicht glauben, daß dieser verdammte Dummkopf Jeffries Lord Babbage so schlechten Rat geben würde.«

»Ich habe noch nie einen Gelehrten gesehen, der hinging und mit einem Erdarbeiter redete. ...«

»Dann kennen Sie Ned Mallory nicht! Ich achte und ehre jeden aufrichtigen Mann, der sich auf sein Geschäft versteht.«

Fraser dachte darüber nach. Er schien ein wenig zweifelhaft, wenn man seinen bleiernen Ausdruck beurteilen konnte. »Gefährliche Aufrührer der arbeitenden Klasse, Ihre Erdarbeiter.«

»Eine feine Bruderschaft, die der Radikalen Partei in den frühen Tagen treu zur Seite stand. Und das auch heute noch tut.«

»Brachten nicht wenige Polizisten um, in der Zeit der Unruhen.«

»Aber das waren Wellingtons Polizisten«, sagte Mallory.

Fraser nickte düster.

Es schien ihnen nichts übrig zu bleiben, als zu Fuß zu gehen. Fraser, dessen langbeiniger, elastischer Sehritt mühelos Mallorys Tempo mithalten konnte, war dem Fußmarsch durchaus nicht abgeneigt. Sie betraten den Hyde Park, Mallory mit der Hoffnung auf frischere, kühlere Luft. Aber hier schien das sommerliche Laub in der öligen Windstille halb gewelkt, und das grünliche Licht unter den Zweigen wirkte in seiner trüben Stille außerordentlich unheilvoll.

Der Rauch ließ die Wolkendecke dunkeln, verdichtete sie mit seinem schmutzigen Schleier. Der widrige Anblick schien die Londoner Stare in Angst und Schrecken zu versetzen, denn über dem Park kreiste ein großer Schwarm der kleinen Vögel. Mallory beobachtete sie bewundernd, während er ging. Das Schwarmverhalten war eine sehr elegante Lektion in dynamischer Physik. Ganz außerordentlich, wie das systematische Zusammenwirken so vieler kleiner Einzelwesen große, elegante und ständig wechselnde Formen in der Luft bilden konnte: ein Trapezoid, dann eine abgeschnittene Pyramide, die zu einer abgeflachten Sichel wurde, die sich dann in der Mitte wie die Bewegung einer Brandungswelle aufwölbte. Die Erforschung des Phänomens gleichzeitiger komplizierter Manöver so zahlreicher Einzelwesen würde jedem Physiker und Zoologen Ehre machen.

Mallory stolperte über eine Baumwurzel. Fraser stützte seinen Arm. »Sir.«

»Ja, Mr. Fraser?«

»Halten Sie die Augen offen. Es könnte sein, daß wir verfolgt werden.«

Mallory blickte umher, aber es half nicht viel: die Wege des Parks waren ziemlich belebt, und er konnte keine Spur von dem hüstelnden Herren oder seinem Parteigänger mit der Melone sehen.

In der Rotten Row hatte sich eine kleine Abteilung Amazonenkavallerie — ›hübsche Zureiterinnen‹ wurden sie in den Zeitungen genannt, ein Euphemismus für wohlhabende Kurtisanen — um eine der ihrigen versammelt, die von ihrem Fuchswallach aus dem Damensattel abgeworfen worden war. Mallory und Fraser sahen beim Näherkommen, daß das Tier zusammengebrochen war und mit Schaum vor dem Maul keuchend im Gras neben dem Fahrweg lag. Die Reiterin war schmutzig, aber unverletzt. Sie verfluchte London und die stickige Luft, und die Frauen, die sie zum Galopp gedrängt hatten, und den Mann, der ihr das Pferd gekauft hatte.

Fraser ignorierte höflich das unziemliche Spektakel. »Sir, in meinem Arbeitsbereich lernen wir die freie Luft schätzen. Um uns sind keine angelehnten Türen oder Schlüssellöcher. Wollen Sie mich mit einfachen Worten über Ihre Probleme informieren, wie Sie selbst die Ereignisse erlebt haben?«

Mallory wanderte schweigend weiter und dachte über die Sache nach. Er war geneigt, Fraser zu vertrauen; von all den Amtspersonen, deren Hilfe er in seiner mißlichen Lage gesucht haben könnte, schien allein dieser aufmerksame und erfahrene Zivilbeamte geeignet, die Probleme an der Wurzel zu packen. Gleichwohl war dieses Vertrauen ein Wagnis, und das Risiko traf nicht ihn allein.

»Mr. Fraser, der Ruf einer sehr hochstehenden Dame ist mit dieser Angelegenheit verbunden. Bevor ich spreche, muß ich Ihr Wort als Ehrenmann haben, daß Sie die Interessen der Dame nicht schädigen werden.«

Fraser ging mit nachdenklicher Miene weiter, die Hände auf dem Rücken zusammengelegt. »Ada Byron?« fragte er schließlich.

»Wieso, ja! Haben Sie das von Oliphant?«

Fraser schüttelte bedächtig den Kopf. »Mr. Oliphant ist sehr diskret. Aber wir von der Bow Street sind oft aufgerufen, die Nasen in die familiären Schwierigkeiten der Byrons zu stecken. Man könnte beinahe sagen, daß wir darauf spezialisiert sind.«

»Aber Sie schienen es beinahe sofort zu wissen, Mr. Fraser! Wie kann das sein?«

»Traurige Erfahrung, Sir. Ich kenne diese Worte, die Sie gebrauchen, ich kenne diesen verehrungsvollen Ton — ›die Interessen einer sehr hochgestellten Dame‹.« Fraser blickte im Park umher und faßte die Leute auf den geschwungenen Bänken aus Teakholz und Gußeisen ins Auge: Männer mit offenen Krägen, Frauen mit roten Gesichtern, die sich Luft zufächelten, ermatteten Horden von Stadtkindern, die in der stinkenden Hitze rote Augen bekommen und ihre Lebhaftigkeit verloren hatten. »Die Herzoginnen und Fürstinnen der alten Ordnung mußten alle erleben, wie ihre feinen Landsitze in der Zeit der Umwälzung niedergebrannt wurden. Was unter der neuen Ordnung nach oben gekommen ist, mag Allüren an den Tag legen, aber niemand nennt sie ›große Damen‹, obwohl sie den alten Adel nachzuahmen suchen, es sei denn, man bezieht sich auf die Königin selbst — oder auf unsere sogenannte Königin der Maschinen.«

Er stieg achtsam über den kleinen gefiederten Leichnam eines Staren, der auf dem Kiesweg lag, die Flügel ausgebreitet und die kleinen runzligen Krallenfüße in der Luft. Ein paar Schritte weiter mußten die beiden ihren Schritt verlangsamen, um sich durch fünfzehn oder zwanzig tote Vögel ihren Weg zu suchen. »Vielleicht beginnen Sie am besten mit dem Anfang, Sir. Mit dem verstorbenen Mr. Rudwick und dieser Geschichte.«

»Nun gut.« Mallory wischte sich Schweiß vom Gesicht. Sein Taschentuch war danach gesprenkelt mit Rußflecken. »Ich bin Paläontologe und ein treuer Anhänger der Radikalen Partei. Ich komme aus einer bescheidenen Handwerkerfamilie, aber dank den Maßnahmen und Reformen der Radikalen konnte ich studieren und promovieren. Ich unterstütze meine Regierung als loyaler Bürger.«

»Fahren Sie fort«, sagte Fraser.

»Ich verbrachte zwei Jahre in Südamerika bei Ausgrabungen mit Lord Loudon, betrachtete mich selbst jedoch nicht als einen führenden Wissenschaftler meines Faches. Als ich die Gelegenheit bekam, eine eigene Expedition zu führen, die großzügig finanziert wurde, nahm ich sie wahr. Und genauso, erfuhr ich später, machte es aus ähnlichen Gründen der arme Francis Rudwick.«

»Sie beide nahmen das Geld von der Freihandelskommission der Royal Society.«

»Nicht nur Geld, sondern auch Anweisungen, Mr. Fraser. Ich brachte fünfzehn Männer über die amerikanische Grenze. Wir suchten Fundstätten, gruben Knochen aus und machten eine große Entdeckung. Aber wir schmuggelten auch Waffen zu den Rothäuten, um ihnen zu helfen, sich die Yankees vom Hals zu halten. Wir machten Landvermessungen, kartografierten Routen von Kanada hinunter. Wenn es eines Tages zum Krieg zwischen Großbritannien und Amerika kommt ...« Mallory brach ab.

»Nun, in Amerika herrscht bereits Krieg, nicht wahr? Wir stehen auf der Seite der Konföderation des Südens, wenn wir auch dem Namen nach neutral sind.«

»Sie hatten keine Ahnung, daß Rudwick durch diese geheimen Aktivitäten in Gefahr sein könnte?«

»Gefahr? Selbstverständlich gab es Gefahr. Aber nicht daheim in England ... Ich war in Wyoming, als Rudwick hier ermordet wurde; ich wußte nichts davon, bis ich in Kanada darüber las. Es war ein Schock für mich ... Ich hatte mit Rudwick über theoretische Fragen erbittert gestritten, und ich wußte, daß er Grabungen in

Mexiko vorgenommen hatte. Dagegen wußte ich nicht, daß er und ich ein Geheimnis gemeinsam hatten. Ich hatte keine Ahnung, daß auch Rudwick für die Freihandelskommission Waffen geschmuggelt hatte; ich wußte nur, daß er auf unserem Fachgebiet Bedeutendes leistete.« Mallory seufzte in die übelriechende Luft. Seine eigenen Worte überraschten ihn: er hatte diese Dinge niemals zuvor zugegeben, nicht einmal sich selbst gegenüber. »Ich glaube, ich beneidete Rudwick sogar. Er war in mancher Weise mein Senior, und er war ein Schüler von Buckland.«

»Buckland?«

»Einer der größten Männer unseres Faches. Er ist inzwischen auch gestorben. Aber um die Wahrheit zu sagen, ich kannte Rudwick nicht gut. Er war ein unangenehmer Mensch, hochmütig und kalt im Umgang mit Fachkollegen und Studenten. Am besten war er, wenn er in Übersee seinen Forschungen nachging, weit entfernt von anständiger Gesellschaft.« Mallory wischte sich den Nacken. »Als ich las, daß er in einem übelbeleumundetem Haus im Streit erstochen worden war, war ich weniger überrascht, als man vielleicht meinen würde.«

»Wissen Sie, ob Rudwick mit Ada Byron bekannt war?«

»Nein«, sagte Mallory, überrascht. »Das heißt, ich weiß es nicht. Er und ich nahmen unter den Gelehrten keinen so hohen Rang ein, daß wir in Lady Adas Kreise gekommen wären. Vielleicht begegneten sie einander irgendwo einmal, aber ich denke, ich hätte davon gehört, wenn sie ihn begünstigt hätte.«

»Er war brillant, sagten Sie.«

»Aber nicht galant.«

Fraser wechselte das Thema. »Oliphant scheint zu glauben, daß Rudwick von den Texanern getötet wurde.«

»Ich weiß nichts von Texanern«, erwiderte Mallory.

»Wer weiß etwas über Texas? Eine verdammte Wildnis jenseits des Ozeans! Wenn die Texaner den armen Rudwick umbrachten, sollte die Kriegsmarine ihre Häfen zur Vergeltung beschießen, oder etwas von der Art.« Er schüttelte den Kopf. Die ganze Geschichte, die ihm einmal so wagemutig und klug vorgekommen war, schien jetzt ruhmlos und unsauber, nicht viel besser als ein mieser Betrug. »Wir waren töricht, uns auf die Bedingungen der Freihandelskommission einzulassen, Rudwick und ich. Wir machten uns zu Handlangern der reichen Industriellen und Politiker, die zusammen einen Plan zur Eindämmung der Yankees ausgeheckt hatten. Der Plan mag aus der Sicht seiner Urheber manches für sich haben, zumal die Amerikaner einander schon an die Gurgeln gegangen sind, wegen der Sklaverei oder der Rechte der Einzelstaaten, oder wegen irgendwelcher anderer Dummheiten! Rudwick mußte deshalb sterben! Dabei könnte er heute noch am Leben sein und unser Wissen um die Frühzeit des Lebens auf der Erde bereichern. Ich schäme mich!«

»Man könnte sagen, es sei Ihre patriotische Pflicht gewesen. Daß Sie Ihren Auftrag für die Interessen des Vaterlandes ausführten.«

»Kann schon sein«, sagte Mallory, »aber es ist eine große Erleichterung, sich nach so langem Stillschweigen einmal darüber auszusprechen.«

Fraser schien von der Geschichte nicht sonderlich beeindruckt. Mallory mutmaßte, daß es für Inspektor Fraser von der Sonderabteilung eine alte und ermüdende Geschichte war, oder vielleicht ein bloßes Bruchstück größerer und zwielichtigerer Unternehmungen. Aber Fraser ging diesem politischen Aspekt nicht weiter nach; er beschränkte sich auf die Fakten des Verbrechens. »Erzählen Sie mir von dem ersten Angriff auf Ihre eigene Person.«

»Das war beim Derby. Ich sah eine verschleierte Dame in einer gemieteten Kutsche. Die Dame befand sich in der Gewalt eines Mannes und einer Frau, die sie wie eine Gefangene behandelten und möglicherweise mit einem Betäubungsmittel gefügig gemacht hatten. Ich hielt die beiden sofort für verbrecherische Elemente, was sich dann auch bestätigte — die Frau war nämlich eine gewisse Florence Russell Bartlett, wie Sie wahrscheinlich wissen werden.«

»Ja. Wir fahnden sehr eifrig nach Mrs. Bartlett.«

»Ich konnte ihren männlichen Begleiter nicht identifizieren. Aber es kann sein, daß ich seinen Namen hörte: ›Swing‹. Oder ›Kapitän Swing‹.«

Fraser schien ein wenig überrascht. »Haben Sie diesen Umstand Mr. Oliphant gegenüber eigentlich erwähnt?«

»Nein.« Mallory, der sich auf dünnem Eis fühlte, sagte nichts weiter.

»Vielleicht ist es ganz gut so«, meinte Fraser nach einer Pause des Nachdenkens. »Mr. Oliphant hat bisweilen einen Hang zum Phantastischen, und ›Kapitän Swing‹ ist ein ziemlich berühmter Name in Verschwörerkreisen: eine mythische Persönlichkeit, beinahe so sehr wie ›Ned Ludd‹, oder ›General Ludd‹. Die Swing-Banden waren vor Jahren Ludditen des flachen Landes, hauptsächlich Brandstifter, die den Großgrundbesitzern Heuschober anzündeten und die Dreschwalzen zerschlugen, weil sie die im Tagelohn stehenden Drescher um ihre Winterarbeit brachten. Aber in der Zeit des Aufruhrs wurden sie wild, brachten viele adelige Großgrundbesitzer um und brannten ihre feinen Herrensitze nieder.«

»Ah«, sagte Mallory. »Dann glauben Sie, daß dieser Mann ein Luddit ist?«

»Es gibt keine Ludditen mehr«, sagte Fraser. »Sie sind so ausgestorben wie Ihre Dinosaurier. Ich vermute eher, daß es sich um eine bewußt böswillige Namengebung mit Signalwirkung handelt. Wir haben die Beschreibung dieses Burschen, wir haben unsere Methoden — wenn wir ihn festnehmen, werden wir ihn über seinen Geschmack in falschen Identitäten fragen.«

»Nun, dieser Mann ist ganz gewiß kein Landarbeiter — er ist eine Art französisierter Rennbahnstutzer. Als ich die Dame verteidigte, ging er mit einem Stilett auf mich los! Stach mich ins Bein. Ich glaube, ich kann von Glück sagen, daß die Klinge nicht vergiftet war.«

»Vielleicht war sie es«, meinte Fraser. »Die meisten Gifte sind viel weniger wirksam, als die Öffentlichkeit annimmt ...«

»Nun, ich schlug den Halunken nieder und vertrieb die beiden von ihrem Opfer. Der Mann — ich hielt ihn zuerst für einen Zuhälter —, gelobte zweimal, daß er mich töten würde. Mich ›vernichten‹ war, glaube ich, das Wort, das er gebrauchte ... Dann merkte ich, daß die Dame nur Lady Ada Byron sein konnte. Sie begann in einer sehr seltsamen Art und Weise zu sprechen — als stünde sie unter Drogeneinfluß oder sei vor Angst wie betäubt und ohne Verstand. Sie bat mich, ich möge sie zur Königlichen Einfriedung begleiten, doch als wir uns der Absperrung näherten, entkam sie mir durch einen Trick — ohne auch nur ein Wort des Dankes für meine Bemühungen.«

Mallory machte eine Pause, befingerte seinen Tascheninhalt. »Ich denke, das ist der Kern der Sache im wesentlichen, Sir. Kurz danach gewann ich einen hübschen Batzen Geld, indem ich auf einen Dampfwagen setzte, den ein Freund von mir konstruiert hatte. Er gab mir sehr nützliche Informationen, die mich im Handumdrehen von einem bescheidenen Gelehrten zu einem bemittelten Mann machten. So groß diese Veränderung gewesen ist, zu der Zeit schien sie viel unbedeutender.«

»Ich sehe.« Fraser ging schweigend weiter.

Sie durchquerten die hektische Geschäftigkeit von Knightsbridge, und Mallory wartete, daß Fraser etwas sage, aber der Beamte blieb still. An den hohen Eisengittern des Green Park wandte sich Fraser um und beobachtete längere Zeit die Straße hinter ihnen. »Wir können nicht durch Whitehall«, sagte er endlich. »Ich kenne einen Weg hinten herum.«

Mallory nickte. Er folgte Frasers Führung.

Vor dem Buckingham-Palast war Wachwechsel. Die Königliche Familie verbrachte den Sommer in Schottland, wie es ihre Gewohnheit war, aber die Palastwache führte auch während der Abwesenheit der Königin das tägliche Ritual aus. Die Palastwache marschierte stolz in der allerneuesten und außerordentlich praktischen britischen Militäruniform, dem graubraunen Krim-Kampfanzug, wissenschaftlich gefleckt, um das Auge des Feindes zu täuschen. Das klug ersonnene Gewebe hatte die Russen völlig verwirrt, wie man hörte. Hinter den Marschierenden zog ein Gespann Artilleriepferde eine Orgel mit Dampfpfeifen, deren fröhliches Schmettern und stürmisches Dröhnen seltsam verloren und unheimlich durch die reglose, verdorbene Luft tönte.

Mallory hatte Fraser Zeit gelassen, zu einer Schlußfolgerung zu gelangen. Schließlich konnte er nicht länger warten. »Glauben Sie mir nicht, daß ich Ada Byron begegnete, Mr. Fraser?«

Fraser räusperte sich und spuckte diskret beiseite. »Doch, Sir, ich glaube Ihnen. Die Sache gefällt mir nicht sehr, aber ich sehe darin nicht viel, was mir Anlaß zur Verwunderung sein könnte.«

»Nein?«

»Nein, Sir. Ich glaube, ich sehe klar genug, was hinter der Affäre steckt. Es ist Ärger mit dem Glücksspiel. Lady Ada hat einen Modus.«

»Einen Modus — was ist das?«

»Es ist eine Legende in Spielerkreisen, Dr. Mallory. Ein Modus ist ein Spielsystem, ein geheimer Kniff mathematischer Manipulation, um möglichst oft und hoch zu gewinnen. Jeder spitzbübische Locher sucht einen Modus, Sir. Es ist ihr Stein der Weisen, ein Mittel, um durch Beschwörung aus leerer Luft Gold zu machen!«

»Ist das möglich? Ist solch eine Analyse möglich?«

»Wenn es möglich ist, Sir, könnte Lady Ada Byron es vielleicht tun.«

»Die Freundin und Schülerin von Babbage«, sagte Mallory. »Ja — ich kann es glauben. Ja, wirklich.«

»Vielleicht hat sie einen Modus, vielleicht glaubt sie nur, daß sie einen habe«, sagte Fraser. »Ich bin kein Mathematiker, aber ich weiß, daß es noch nie ein Wett- oder Glücksspielsystem gegeben hat, das etwas wert war. Jedenfalls ist sie wieder in eine garstige Geschichte hineingetappt.« Fraser grunzte angewidert. »Sie ist schon seit Jahren hinter diesem Locher-Phantom her und hat Umgang mit sehr schlechter Gesellschaft — Gaunern, betrügerischen Lochern, Wucherern und Schlimmeren. Sie hat in einem Maße Spielschulden angehäuft, daß eine Indiskretion genügt, um einen öffentlichen Skandal auszulösen!«

Mallory hakte seine Daumen in den Gürtel. »Gut, wenn Ada wirklich einen Modus gefunden hat, wird sie nicht mehr lange Schulden haben!«

Fraser schenkte ihm ob solcher Naivität einen mitleidigen Blick. »Ein wahrer Modus würde das System der Spielbanken oder, in diesem Fall, die Institutionen des Rennsports zerstören! Er würde all Ihren Sportsfreunden die Lebensgrundlage entziehen ... Haben Sie jemals gesehen, wie es einem betrügerischen Buchmacher ergeht, wenn die Menge der Wettlustigen ihm auf die Schliche kommt? Ähnlichen Aufruhr würde ein Modus bringen. Ihre Ada mag ein großer Blaustrumpf sein, aber sie hat nicht mehr gesunden Menschenverstand als eine Stubenfliege!«

»Sie ist eine große Gelehrte, Mr. Fraser! Ein großes Genie. Ich habe ihre Abhandlungen gelesen, und die superbe Mathematik ...«

»Lady Ada Byron, Königin der Maschinen«, sagte Fraser in einem bleiernen Tonfall, der mehr Überdruß als Verachtung verriet. »Eine willensstarke Frau! Wie ihre Mutter, nicht? Trägt grüne Brillen und schreibt gelehrte Bücher ... Sie möchte das Universum umstürzen und mit den Hemisphären Würfel spielen. Frauen wissen nie, wann sie aufhören müssen ...«

Mallory lächelte. »Sind Sie verheiratet, Mr. Fraser?«

»Ich nicht«, sagte Fraser.

»Ich auch nicht, noch nicht. Und Lady Ada hat nie geheiratet. Sie war eine Braut der Wissenschaft.«

»Jede Frau braucht einen Mann, der ihre Zügel hält«, sagte Fraser. »Das ist Gottes Plan für die Beziehungen von Männern und Frauen.«

Mallory runzelte die Stirn.

Fraser sah seinen Blick und überlegte die Sache noch einmal. »Es ist die evolutionäre Anpassung der menschlichen Rasse«, verbesserte er sich.

Mallory nickte bedächtig.

Fraser zeigte einen entschiedenen Widerwillen gegen eine Begegnung mit Benjamin Disraeli und entschuldigte sich damit, daß er die Straßen im Auge behalten und nach Spionen Ausschau halten müsse, doch hielt Mallory es für sehr viel wahrscheinlicher, daß Fraser Disraelis Ruf kannte und der Diskretion des Journalisten nicht traute. Und kein Wunder.

Mallory kannte viele Persönlichkeiten des öffentlichen Lebens in London, aber Disraeli war gewissermaßen der Londoner der Londoner. Mallory achtete ihn nicht sonderlich, aber er betrachtete ihn als einen amüsanten Gesprächspartner. Disraeli kannte alle Intrigen hinter den Kulissen des Unterhauses, oder gab vor, sie zu kennen, er besuchte alle Soireen und literarischen Salons der vornehmen Damen der Gesellschaft. Und er hatte eine schlaue Art, auf sein Wissen anzuspielen, die beinahe magisch war.

Mallory wußte, daß Disraeli von drei oder vier vornehmen Clubs abgewiesen worden war, weil er, obschon ein erklärter und bekannter Agnostiker, von jüdischer Herkunft war. Dennoch — oder vielleicht gerade deshalb war es ihm durch seine Umtriebigkeit gelungen, den unüberwindlichen Eindruck zu erzeugen, daß jeder Londoner, der ihn nicht kannte, ein Schwachsinniger sein oder im Sterben liegen müsse. Es war wie eine mystische Aura, die den Mann umgab, und es gab Zeiten, da selbst Mallory nicht umhin konnte, es zu glauben.

Eine Haushälterin mit Morgenhaube und Schürze ließ Mallory ein. Disraeli war aufgestanden und verzehrte sein Frühstück aus starkem schwarzem Kaffee und einem Teller stinkender in Gin gebratener Makrelen. Er trug Pantoffeln, einen Morgenmantel und einen türkischen Fes aus Samt mit einer Quaste. »Morgen, Mallory. Schrecklicher Morgen. Bestialisch.«

»Das kann man sagen.«

Disraeli stopfte die letzte seiner Makrelen in den Mund und begann sich nach den Zutaten für die erste Pfeife des Tages umzusehen. »Tatsächlich sind Sie genau der richtige Mann, den ich heute sprechen muß, Mallory. Ein bißchen Erfahrung als Locher, technisch versiert.«

»So?«

»Ein neues verdammtes Ding, das ich erst letzten Mittwoch kaufte. Der Verkäufer schwur, es würde das Leben leichter machen.« Disraeli ging voraus in sein Büro, einen Raum, der an Mr. Wakefields Büro im Zentralamt für Statistik gemahnte, doch in seinen Abmessungen und seiner Ausstattung weit weniger ehrgeizig war, hingegen übersät mit Tabaksresten, zweifelhaften Zeitschriften und halb gegessenen belegten Brötchen. Am Boden lagen zugeschnittene Korkstücke und Haufen von zerfetztem Seidenpapier.

Mallory sah, daß Disraeli sich eine Colt & Maxwell-Schreibmaschine gekauft hatte. Es war ihm sogar gelungen, das Ding aus seiner Lattenkiste zu ziehen und auf den geschwungenen gußeisernen Beinen aufrecht zu stellen. Jetzt stand die Maschine auf dem fleckigen Eichenparkett vor einem patentierten Bürostuhl.

»Sieht einwandfrei aus«, sagte Mallory. »Wo liegt das Problem?«

»Ich kann das Fußpedal treten und komme auch mit den Hebeln zurecht«, sagte Disraeli. »Ich kann die kleine Nadel zu den Buchstaben steuern, die ich brauche. Aber es kommt nichts heraus.«

Mallory öffnete die Seite der Verkleidung, fädelte den perforierten Papierstreifen geschickt durch seine Führungsrolle, überprüfte dann die Papierzuführung. Disraeli hatte übersehen, die Papierbahn so über die Führungsstifte zu ziehen, daß diese in die Randlochung eingreifen konnten. Mallory setzte sich auf den Bürostuhl, pumpte die Schreibmaschine mit dem Fußpedal auf die erforderliche Geschwindigkeit und ergriff die Hebel. »Was soll ich schreiben? Diktieren Sie etwas.«

»›Wissen ist Macht‹«, sagte Disraeli bereitwillig.

Mallory kurbelte die Nadel durch ihre gläserne Wählscheibe hin und her. Ein perforierter Papierstreifen kroch heraus, wurde von einer Federspule aufgewickelt, und das rotierende Druckrad veranstaltete ein ermutigendes Geratter. Mallory ließ das Schwungrad auslaufen und riß das erste Blatt Papier aus dem Ausgabeschlitz. WISSEN IST MACHT, stand darauf.

»Es erfordert eine sichere und flinke Hand«, sagte Mallory, als er dem Journalisten das Blatt gab. »Aber Sie werden sich daran gewöhnen.«

»Ich kann mit der Hand schneller schreiben!« klagte Disraeli. »Und in einer bei weitem besseren Schrift!«

»Ja«, erwiderte Mallory. »Aber Sie können Ihren handschriftlichen Text nicht vervielfältigen; hier brauchen Sie nur eine Schere und Klebstoff und können Ihren Lochstreifen zu einer Schleife machen, so daß die Maschine eine Seite nach der anderen ausspuckt, solange Sie das Pedal treten. So viele Ausfertigungen wie Sie wollen.«

»Bezaubernd«, sagte Disraeli.

»Und natürlich können Sie verbessern und abändern, was Sie geschrieben haben. Sie brauchen den abzuändernden Text bloß aus dem Lochstreifen herauszuschneiden und ihn wieder zusammenzukleben. Dann können Sie den Text neu eingeben.«

»Wer professionell arbeitet, ändert und verbessert nicht«, sagte Disraeli mit verdrießlicher Miene. »Und angenommen, ich möchte etwas Elegantes und Langatmiges schreiben. Etwas wie …« Disraeli wedelte mit seiner schwelenden Pfeife. »›Es gibt Tumulte des Geistes, wenn alles, wie die gewaltigen Erschütterungen der Natur, Anarchie und Rückkehr des Chaos scheint; oft aber entwickelt sich in jenem Augenblick stärkster Beunruhigung, wie in den Kämpfen der Natur selbst, ein neues Ordnungsprinzip oder ein neuer Verhaltensimpuls und steuert und reguliert und bringt Leidenschaften und Elemente, die nur mit Verzweiflung und Vernichtung zu drohen scheinen, zu einem harmonischen Ergebnis.‹«

»Das ist gut«, sagte Mallory.

»Gefällt es Ihnen? Aus Ihrem neuen Kapitel: Aber wie soll ich mich auf Inhalt und Form konzentrieren, wenn ich dabei wie eine Waschfrau treten und kurbeln muß?«

»Nun, wenn Sie einen Fehler machen, können Sie jederzeit eine neue Seite frisch vom Lochstreifen nachdrucken.«

»Man behauptete, dieses Gerät würde mir helfen, Papier einzusparen!«

»Sie könnten einen geübten Sekretär einstellen und diktieren.«

»Man sagte, es würde mir auch helfen, Geld zu sparen!« Disraeli sog an der Bernsteinspitze seiner langstieligen Meerschaumpfeife. »Aber ich fürchte, das läßt sich nicht ändern. Die Verleger werden uns die Neuerung aufzwingen. Der *Evening Standard* wird bereits vollständig mit Schreibmaschinen ausgestattet. Es gibt ein großes Aufhebens darum in der Regierung. Die Bruderschaften der Schriftsetzer, wissen Sie, sie verlangen, daß diese Maschinen nur mit ihren Leuten besetzt werden dürfen. Aber genug Fachsimpelei, Mallory. Ans Werk, nicht wahr? Ich fürchte, wir müssen uns beeilen. Ich möchte heute Notizen für zwei Kapitel machen.«

»Weshalb?«

»Ich verlasse London mit einer Gruppe von Freunden«, sagte Disraeli. »Die Schweiz, denken wir. Ein kleiner Kanton hoch in den Alpen, wo ein paar fidele Schreiber noch frische Luft atmen können.«

»Es ist ziemlich schlimm draußen«, sagte Mallory. »Sehr unheilvolles Wetter.«

»Es ist in jedem Salon das Thema des Tages«, sagte Disraeli. Er setzte sich an seinen Schreibtisch und durchsuchte die Fächer nach seinem Bündel Notizen. »Im Sommer stinkt London immer, aber dies nennen sie den ›Großen Gestank‹. Alle Herrschaften von Stand haben ihre Reisen geplant oder sind bereits abgereist. Kaum ein Mensch von Bedeutung wird in London zurückbleiben. Es heißt, sogar das Parlament wolle stromauf nach Hampton Court fliehen, und die Gerichtshöfe nach Oxford!«

»Was, wirklich?«

»O ja. Schlimme Maßnahmen sind in Vorbereitung. Natürlich alles *sub rosa* geplant, um eine Massenpanik zu verhüten.« Disraeli wandte sich auf seinem Stuhl und zwinkerte. »Aber Maßnahmen kommen, darauf können Sie sich verlassen.«

»Was für Maßnahmen?«

»Rationierung des Trinkwassers, Stillegung von Großfeuerungen der Industrie, der Gasbeleuchtung, und was dergleichen mehr ist«, sagte Disraeli in munterem Ton. »Man kann über die Institution der Verleihung von Adelstiteln nach dem Verdienst sagen, was man will, aber wenigstens hat sie dafür gesorgt, daß die Führung unseres Landes nicht dumm ist.«

Er breitete seine Notizen vor sich aus. »Die Regierung hat höchst wissenschaftliche Pläne für unvorhergesehene, aber mögliche Schwierigkeiten, wissen Sie. Invasionen, Feuersbrünste, Dürre und Seuchen ...« Er leckte sich den Daumen und blätterte in den Notizen. »Manche Leute sind ganz vernarrt in die Beschäftigung mit allerlei möglichem Unheil.«

Mallory fand diesen Klatsch schwierig zu glauben. »Was genau steht in diesen Vorsorgeplänen?«

»Alles mögliche, bis hin zur Evakuierung der Bevölkerung, nehme ich an.«

»Sie wollen doch nicht andeuten, daß die Regierung die Absicht haben könnte, ganz London zu evakuieren!«

Disraeli lächelte boshaft. »Wenn sie die Themse vor dem Parlament röchen, würden Sie sich nicht wundern, daß unsere Gesetzgeber ausreißen wollen.«

»So schlimm ist es?«

»Die Themse ist eine faulige, verseuchte Gezeitenkloake!« verkündete Disraeli. »Eingedickt mit Zutaten von Brauereien, Gaswerken und chemischen Fabriken! Fauliger Schleim hängt wie verrotteter Seetang von den Pfahlwerken an der Westminster Bridge, und jeder durchfahrende Dampfer wühlt mit seinen Schaufelrädern eine schlammige Brühe auf, deren Gestank die Besatzung beinahe überwältigt!«

Mallory lächelte. »Sie haben einen Leitartikel darüber geschrieben, wie?«

Disraeli zuckte die Achseln. »Für den *Morning Clarion* ... Ich gebe zu, daß meine Rhetorik manchmal etwas sehr farbig ist, aber wir haben einen verdammt sonderbaren Sommer, und das ist die Wahrheit. Ein paar richtige Regentage, um die Themse auszuspülen und diese eigenartigen, erstickenden Wolken mit frischer Seeluft zu vertreiben, und alles wird gut sein. Aber wenn dieses Wetter noch länger andauert, werden die älteren Leute und alle, die schwache Lungen haben, schwer zu leiden haben.«

»Glauben Sie das wirklich?«

Disraeli sagte halblaut: »Es heißt, in Limehouse sei wieder die Cholera ausgebrochen.«

Mallory erschrak. »*Wer* sagt das?«

»Gerüchte. Aber wer wird unter diesen Umständen daran zweifeln? In solch einem elenden Sommer ist es nur zu wahrscheinlich, daß schädliche Ausdünstungen verseuchtes Wasser und die starke Zunahme schädlicher Krankheitskeime durch Hitze und Schmutz zur Verbreitung tödlicher Seuchen führen.« Disraeli klopfte seine Pfeife aus und stopfte sie aus einem Tabaksbeutel mit schwarzem, türkischem Feinschnitt. »Diese Stadt ist mir lieb und teuer, Mallory, aber es gibt Zeiten, da muß die Zuneigung umsichtiger Besonnenheit den Vorrang lassen. Sie haben Familie in Sussex, wie mir bekannt ist. Ich an Ihrer Stelle würde sofort abreisen und zu ihr gehen.«

»Aber ich habe in zwei Tagen einen Vortrag über den Brontosaurus zu halten. Mit Kinotrop-Begleitung!«

»Sagen Sie den Vortrag ab«, erwiderte Disraeli. Er fummelte mit einem Feuerzeug. »Verschieben Sie ihn.«

»Das ist unmöglich. Es wird eine große Veranstaltung sein, ein bedeutendes fachliches und öffentliches Ereignis!«

»Mallory, es wird niemand kommen, Sie zu hören. Niemand, auf den es ankommt, jedenfalls. Sie werden vergeblich reden.«

»Es werden arbeitende Menschen kommen«, widersprach Mallory. »Die einfacheren Klassen können sich ein Verlassen Londons nicht leisten.«

»Oh«, sagte Disraeli. Er nickte und paffte Rauch. »Das wird großartig. Die Leute, die sonst Schundhefte lesen. Vergessen Sie nicht, mich Ihrem Publikum zu empfehlen.«

Mallory biß die Zähne zusammen.

Disraeli seufzte. »An die Arbeit. Wir haben eine Menge zu tun.« Er pflückte die letzte Nummer von *Family*

Museum von einem Regal. »Was halten Sie von der Episode der letzten Woche?«

»Viel. Die bisher beste.«

»Zuviel verdammte wissenschaftliche Theorie darin«, sagte Disraeli. »Es braucht mehr gefühlsmäßiges Interesse.«

»Was ist gegen Theorie einzuwenden, wenn es gute Theorie ist?«

»Niemand außer einem Spezialisten will über den Gelenkdruck eines Reptilienkiefers lesen. Um die Wahrheit zu sagen: Es gibt nur eins, was die Leute über Dinosaurier wirklich wissen wollen: warum die Teufelsdinger alle ausgestorben sind.«

»Ich dachte, wir seien übereingekommen, das für den Schluß aufzusparen.«

»Gewiß, ja. Es gibt einen schönen Höhepunkt ab, diese Geschichte vom Einschlag des Riesenkometen und dem großen schwarzen Staubsturm, der alles Reptilienleben auslöschte, und so weiter. Sehr dramatisch, sehr katastrophenhaft. Das ist es eben, was die Öffentlichkeit an der Katastrophentheorie schätzt. Katastrophe ist aufregender als dieses Uniformistengeseires über die Frage, wie viele tausend Millionen Jahre die Erde alt ist. Langweilig bis zum Überdruß!«

»Ein Appell an vulgäre Emotion ist weder hier noch dort angebracht!« sagte Mallory hitzig. »Die Beweise stützen meine Theorie! Sehen Sie sich den Mond an — er ist bedeckt mit Einschlagkratern von Kometen!«

»Ja«, sagte Disraeli geistesabwesend. »Strenge Wissenschaftlichkeit, um so besser.«

»Niemand kann erklären, wie die Sonne auch nur zehn Millionen Jahre brennen konnte. Kein Brennstoff würde so lange vorhalten — es verletzt elementare Gesetze der Physik!«

»Lassen Sie es einstweilen gut sein. Ich bin ganz einverstanden mit Ihrem Freund Huxley, daß wir die öffentliche Unwissenheit aufklären sollten, aber hin und wieder muß man dem Hund einen Knochen hinwerfen. Unsere Leser möchten etwas über Leviathan-Mallory wissen, den Menschen.«

Mallory grunzte.

»Darum müssen wir zu der Sache mit diesem Indianermädchen zurückkehren.«

Mallory schüttelte den Kopf. Das hatte er befürchtet. »Sie war kein ›Mädchen‹. Sie war eine Eingeborenenfrau ...«

»Wir haben bereits erklärt, daß Sie nie heirateten«, fuhr Disraeli in geduldigem Ton fort. »Sie wollten kein englisches Mädchen zum Schatz. Die Zeit ist gekommen, dieses Indianermädchen vorzustellen. Sie brauchen weder unanständig noch unverblümt zu sein. Einfach ein paar freundliche Worte über sie, eine Galanterie oder zwei, ein paar Andeutungen. Frauen wünschen so etwas, Mallory. Und sie lesen viel mehr als Männer.« Disraeli nahm seinen Füllfederhalter vom Schreibtisch. »Sie haben mir noch nicht mal ihren Namen gesagt.«

Mallory setzte sich auf einen Stuhl. »Die Cheyenne haben keine Namen wie wir. Schon gar nicht ihre Frauen.«

»Sie muß irgendwie gerufen worden sein.«

»Nun, manchmal wurde sie Witwe-der-Roten-Decke genannt, und manchmal Mutter-der-Gefleckten-Schlange, oder Mutter-des-Lahmen-Pferdes. Aber ich könnte die Richtigkeit keines dieser Namen wirklich beschwören. Wir hatten diesen ständig betrunkenen Halbblut-Franzosen als Dolmetscher bei uns, und der flunkerte, was das Zeug hielt.«

Disraeli war enttäuscht. »Dann sprachen Sie niemals direkt mit ihr?«

»Ich weiß nicht. Mit der Zeit konnte ich mich ziemlich gut mit den Handzeichen verständigen. Ihr Name war Wak-si-ni-ha-wa oder so ähnlich.«

»Wie wäre es, wenn ich sie ›Präriemädchen‹ nennen würde?«

»Sie war eine Witwe! Sie hatte zwei erwachsene Kinder. Es fehlten ihr ein paar Zähne, und sie war mager wie eine Wölfin.«

Disraeli seufzte. »Sie kooperieren nicht, Mallory.«

Mallory zupfte an seinem Bart. »Nun gut. Sie war eine ausgezeichnete Näherin, das könnten Sie sagen. Wir gewannen ihre ... ah ... Freundschaft, indem wir ihr Nadeln schenkten. Stahlnadeln statt der Splitter von Bisonknochen. Und Glasperlen, versteht sich. Sie wollen alle Glasperlen.«

»›Anfangs scheu, wurde Prärieblume durch ihre angeborene Liebe zu weiblichen Fertigkeiten gewonnen‹«, sagte Disraeli, als er den Satz niedergeschrieben hatte. So ging es weiter, Stück für Stück, während Mallory unbehaglich auf seinem Stuhl herumrutschte.

Es hatte nichts mit der Wahrheit zu tun. Die Wahrheit konnte in einer zivilisierten Zeitung nicht geschrieben werden. Mallory hatte die ganze Geschichte erfolgreich verdrängt, aber er hatte sie nicht vergessen, nicht wirklich. Während Disraeli dasaß und seinen sentimentalen Schmus zu Papier brachte, brandete die Wahrheit mit grausamer Lebendigkeit in Mallorys Bewußtsein zurück.

Es schneite auf die spitzen Zelte, und die Cheyenne waren betrunken. Sie heulten und brüllten in einem berauschten Pandämonium, denn die armen Kerle hatten keine reale Vorstellung davon, was Schnaps war; für sie war es ein Gift und ein Inkubus. Sie tanzten und taumelten und schwankten wie die Insassen eines Tollhauses, feuerten ihre Gewehre in den leeren amerikanischen Himmel, und sie fielen auf den gefrorenen Boden, überwältigt von Visionen, zeigten nichts als das Weiße in ihren Augen. Hatten sie einmal angefangen, machten sie stundenlang weiter, bis zur Besinnungslosigkeit.

Mallory hatte nicht zu der Witwe hineingehen wollen. Er hatte der Versuchung viele Tage widerstanden, aber schließlich war die Zeit gekommen, als ihm klar geworden war, daß es seiner Seele weniger schaden würde, wenn er die Sache hinter sich brächte. Also hatte er drei Fingerbreit aus einer der Whiskyflaschen getrunken, billigen schottischen Fusel, der mit den Gewehren über den Atlantik verschifft worden war. Er war in das Zelt gegangen, wo die Witwe zusammengekauert unter ihren Decken vor dem Dungfeuer gesessen hatte.

Mallory zeigte ihr eine neue Nadel und gab ihr mit unzüchtigen Gebärden zu verstehen, was er wollte. Die Witwe nickte mit der übertriebenen Heftigkeit von jemandem, dem ein Kopfnicken fremd war, und sie schlüpfte in ihr Nest aus Fellen, legte sich auf den Rükken, machte die Beine breit und streckte die Arme nach ihm aus. Mallory kroch zu ihr unter die Decken und machte sich daran. Er hatte gedacht, es würde rasch vorbei sein, und vielleicht ohne viel Scham, aber es war zu seltsam und beunruhigend. Lange Zeit mühte er sich ab, und schließlich begann sie ihn mit einer kläglichen Scheu anzusehen und zupfte an seinem Bart. Und endlich taute die Wärme, die Reibung und ihr ranziger Tiergeruch etwas in ihm auf, und er ergoß sich in sie, obwohl er das nicht hatte tun wollen. Die drei anderen Male, die er später bei ihr gewesen war, unterbrach er den Koitus kurz vor dem Höhepunkt und vermied das Risiko, die arme Frau zu schwängern. Er bedauerte aufrichtig, daß er es auch nur einmal getan hatte. Aber wenn sie ein Kind erwartete, als die Expedition abreiste, sprach vieles dafür, daß es überhaupt nicht seines war, sondern das eines anderen Mannes.

Endlich ging Disraeli auf andere Dinge über, und es wurde leichter. Aber Mallory verließ Disraelis Wohnung in bitterer Verwirrung. Es war nicht Disraelis blumige Prosa, die ihn aufgewühlt hatte, sondern die gewalttätige Macht seiner eigenen Erinnerung. Der vitale Drang war wieder in ihm erwacht, und er fühlte sich unruhig und außerhalb seiner Selbstbeherrschung. Seit Kanada war er nicht mehr bei einer Frau gewesen, und das französische Mädchen in Toronto war nicht ganz sauber gewesen. Er brauchte eine Frau, irgendein Mädchen vom Land mit festen weißen Beinen und dicken sommersprossigen Armen …

Er ging zurück zur Fleet Street. Kaum war er auf der Straße, der freien Luft ausgesetzt, da begannen ihm die Augen schon zu brennen. In der Menge der dahineilenden Passanten war von Fraser keine Spur zu entdecken. Die Düsternis des Tages war wahrhaft außerordentlich. Es war kaum Mittag, aber die Kuppel von St. Paul war in schmutzigen Nebel gehüllt. Der ölige graubraune Dunst verbarg die Türme und die großen Reklamebanner von Ludgate Hill. Fleet Street war eine Straßenschlucht, in der das Chaos herrschte. Geratter und Gerassel, Peitschengeknall, brüllende Kutscher, das Fauchen und Pfeifen von Dampf. Die Frauen auf den Gehsteigen gingen halb gebeugt unter berußten Sonnenschirmen, und Männer und Frauen hielten sich Taschentücher vor die Augen und Nasen. Männer und Jungen schleppten Koffer und Reisetaschen, und ihre fröhlichen Strohhüte waren bereits schwarz gesprenkelt. Auf der spinnenartigen Eisenbrücke der Bahnlinie nach Dover dampfte ein überfüllter Ausflüglerzug südwärts; seine Wolke aus Kohlenruß und Dampf hing wie eine schmutzige Fahne in der reglosen Luft.

Mallory betrachtete den Himmel. Der aufsteigende Rauch hatte sich mit der Wolkendecke zu einem undurchsichtigen braungrauen Dunst vereinigt. Da und dort sanken graue Flocken von etwas wie Schnee sanft auf die Fleet Street nieder. Mallory untersuchte eine, die sich auf seinem Jackenärmel niedergelassen hatte: eine seltsame, schlackenartige Flocke aus kristallisiertem Schmutz. Unter der Berührung seines Fingers zerfiel sie zu feiner Asche.

Fraser stand an einem Laternenmast auf der anderen Straßenseite und rief zu ihm herüber. »Dr. Mallory!« Er winkte in einer Art und Weise, die für ihn bemerkenswert lebhaft war; verspätet begriff Mallaroy, daß Fraser wahrscheinlich seit einiger Zeit zu ihm herüberrief.

Mallory arbeitete sich springend und ausweichend durch den Verkehr von Droschken, Fuhrwerken, Karren und Dampfwagen. Dazwischen drängte sich eine große Herde blökender, hustender Schafe. Keuchend vor Anstrengung erreichte er die andere Straßenseite.

Zwei Fremde standen mit Fraser unter dem Laternenmast. Beide hatten die Gesichter mit weißen Taschentüchern verhüllt. Der Größere mußte schon längere Zeit durch sein Taschentuch geatmet haben, denn der Stoff unter seiner Nase war gelblichbraun verfärbt. »Nehmt sie ab, Jungs«, befahl Fraser. Die beiden Fremden zogen ihre Taschentücher unwillig von den Gesichtern.

»Der hüstelnde Herr!« sagte Mallory verblüfft.

»Gestatten Sie«, sagte Fraser, »Dies ist Mr. J. C. Tate, und dies ist sein Partner Mr. George Velasco. Sie bezeichnen sich als vertrauliche Agenten oder so ähnlich.« Frasers Lippen wurden dünner, dehnten sich beinahe in einem Lächeln. »Ich glaube, ihr habt Dr. Edward Mallory bereits kennengelernt.«

»Wir kennen ihn«, sagte Tate. An seinem Unterkiefer war eine geschwollene purpurne Prellung. Das Taschentuch hatte sie verborgen. »Ein verdammter Irrer ist er! Gewalttätiger Tollhäusler; gehört in eine Anstalt.«

»Mr. Tate war Beamter unserer städtischen Polizei«, sagte Fraser und fixierte Tate mit bleiernem Blick. »Bis er seinen Posten verlor.«

»Ich gab ihn auf!« erklärte Tate. »Ich kündigte aus Prinzip, weil es bei der Londoner Polizei nicht möglich ist, der Gerechtigkeit zum Sieg zu verhelfen, und das weißt du so gut wie ich, Ebenezer Fraser.«

»Was Mr. Velasco betrifft, so ist er ein Möchtegern-Dunkelmann«, sagte Fraser in nachsichtigem Ton. »Der Vater kam als spanischer Royalistenflüchtling nach London, aber unser junger Mr. George ist imstande, sich für alles herzugeben — falsche Pässe, Schmiere stehen, durch fremde Schlüssellöcher spähen, prominente Gelehrte auf der Straße niederschlagen ...«

»Ich bin ein gebürtiger britischer Bürger«, sagte der dunkelhaarige kleine Mann mit einem bösartigen Blick zu Mallory.

»Spiel dich nicht auf, Fraser«, sagte Tate. »Du bist genauso Streife gegangen wie ich, und wenn du heute eine große Nummer bist, dann ist es nur, damit du für die Regierung auf schmutzigen Skandalen sitzen kannst. Leg uns die Handschellen an, Fraser! Nimm uns in Gewahrsam! Mach, was du willst! Ich habe meine eigenen Freunde, weißt du.«

»Ich werde nicht zulassen, daß Dr. Mallory dich schlägt, Tate. Sei unbesorgt. Aber sag uns, warum du ihm nachgegangen bist.«

»Berufsgeheimnis«, protestierte Tate. »Kann einen Kunden nicht verraten.«

»Sei kein Dummkopf«, sagte Fraser.

»Dein feiner Herr hier ist ein verdammter Mörder! Ließ seinen Rivalen ausweiden wie einen Fisch!«

»Ich habe nichts dergleichen getan«, sagte Mallory. »Ich bin ein Gelehrter und Mitglied der Royal Society, kein Hintertreppenverschwörer!«

Tate und Velasco tauschten Blicke ungläubigen Staunens. Velasco begann hilflos zu kichern.

»Was ist so erheiternd daran?« fragte Mallory.

»Sie wurden von einem Ihrer Kollegen angeheuert«, sagte Fraser. »Es handelt sich also um eine Intrige der Royal Society. Habe ich recht, Tate?«

»Ich sagte dir, daß ich nichts verrate.«

»Ist es die Freihandelskommission?« fragte Mallory. Keine Antwort. »Ist es Charles Lyell?«

Tate rollte mit den vom Rauch geröteten Augen und stieß Velasco in die Rippen. »Er ist so rein wie der Schnee, dein Dr. Mallory, genau wie du sagst, Fraser.« Er wischte sich das Gesicht mit einem fleckigen Taschentuch. »Hübsch weit ist es gekommen, hol's der

Teufel! London stinkt zum Verderben, und das Land in den Händen gelehrter Tollköpfe mit zuviel Geld und Herzen von Stein!«

Mallory hatte gute Lust, dem unverschämten Gauner eine weitere Kostprobe seiner Faust zu geben, unterdrückte aber den nutzlosen Instinkt. Statt dessen strich er sich professorenhaft den Bart und lächelte Tate kalt und überlegen an.

»Wer auch immer Ihr Brotgeber sein mag«, sagte Mallory, »er wird nicht sehr glücklich sein, daß Mr. Fraser und ich Sie aufgedeckt haben.«

Tate beobachtete Mallory aus schmalen Augen und schwieg. Velasco steckte die Hände in die Taschen und schien auf eine Gelegenheit zu warten, sich aus dem Staube zu machen.

»Wir mögen einander bei unserer letzten Begegnung in die Haare geraten sein«, sagte Mallory, »aber ich halte mir etwas darauf zugute, daß ich mich über eine natürliche Abneigung erheben und unsere Situation objektiv sehen kann! Nun, da Sie den Deckmantel der Täuschung eingebüßt haben, unter dem Sie mir nachgeschlichen sind, werden Sie für Ihren Auftraggeber keinen Nutzen mehr haben. Ist das nicht so?«

»Und wenn es so ist?« fragte Tate.

»Sie beide könnten immer noch von beträchtlichem Nutzen für einen gewissen Ned Mallory sein. Was zahlt er Ihnen, dieser saubere Patron?«

»Seien Sie vorsichtig, Mallory«, warnte Fraser.

»Wenn Sie mich so genau beobachtet haben, müssen Sie bemerkt haben, daß ich ein großzügiger Mann bin«, fuhr Mallory fort.

»Fünf Shillinge pro Tag«, stieß Tate hervor.

»Für jeden«, ergänzte Velasco. »Plus Spesen.«

»Sie lügen«, sagte Fraser.

»In meinen Räumen im Palast der Paläontologie werden am Ende dieser Woche fünf goldene Guineen auf Sie warten«, versprach Mallory. »Als Gegenleistung wünsche ich, daß Sie Ihren früheren Auftraggeber genauso behandeln, wie Sie mich behandelt haben — höhere Gerechtigkeit, nicht wahr? Folgen Sie ihm heimlich, wohin er auch geht, und berichten Sie mir alles, was er tut. Dafür wurden Sie angeheuert, richtig?«

»Mehr oder weniger«, räumte Tate ein. »Wir könnten darüber nachdenken, Sir, wenn Sie dieses Geld auf einer Bank für uns hinterlegen.«

»Ich könnte Ihnen eine Anzahlung machen«, sagte Mallory. »Aber dann müssen Sie mir Vorausinformationen geben.«

Velasco und Tate sahen einander an. »Lassen Sie uns darüber beraten.« Die zwei Privatdetektive entfernten sich durch den Strom der Passanten und suchten Schutz im Lee eines eisenumzäunten Obelisken.

»Diese beiden sind keine fünf Guineen im Jahr wert«, bemerkte Fraser.

»Ich halte die zwei für übles Gelichter«, sagte Mallory, »aber es spielt kaum eine Rolle, was sie sind, Fraser. Ich möchte erfahren, was sie wissen.«

Tate kehrte endlich zurück, das Taschentuch wieder vor dem Gesicht, »Ein Kerl namens Peter Foulke«, sagte er mit gedämpfter Stimme. »Ich hätte das nicht gesagt — keine zehn Pferde hätten es aus mir herausgezogen —, aber dieser Sodomiter nimmt Allüren an und kommandiert uns herum wie eine verdammte Lordschaft. Traut unserer Rechtschaffenheit nicht. Glaubt nicht, daß wir in seinem Interesse handeln. Scheint zu denken, wir wüßten nicht, wie wir unsere Arbeit zu tun haben.«

»Zum Henker mit ihm«, sagte Velasco. Zwischen Taschentuch und Hutkrempe standen seine Bartkoteletten ab wie fettige Flügel. »Velasco & Tate sind nicht die Fußabstreifer für einen verdammten Peter Foulke.«

Mallory gab Tate eine frische Pfundnote aus seiner Brieftasche. Tate betrachtete sie, faltete sie mit der Geschicklichkeit eines Falschspieler zwischen den Fingern und ließ sie verschwinden. »Noch eine für meinen Freund hier, um den Vertrag zu besiegeln?«

»Ich ahnte die ganze Zeit, daß Foulke dahintersteckt«, sagte Mallory.

»Da gibt es noch was, wovon Sie nichts wissen, Sir«, sagte Tate. »Wir sind nicht die einzigen, die Ihnen auf der Fährte sind. Während Sie wie ein Elefant durch die Gegend laufen und Selbstgespräche führen, sind ihnen dieser geckenhafte Kerl und seine Schnalle auf den Fersen. An drei Tagen in den letzten fünf.«

»Aber nicht heute, wie?« sagte Fraser.

Tate gluckste hinter seinem Tuch. »Ich nehme an, sie sahen dich und türmten, Fraser. Dein essigsaures Gesicht muß sie abgeschreckt haben. Schreckhaft wie Katzen, diese zwei.«

»Wissen sie, daß ihr sie gesehen habt?« fragte Fraser.

»Die sind nicht auf den Kopf gefallen, Fraser. Sie sind aufgedonnert wie Hochstapler. Er sieht aus wie ein Rennbahntyp, und sie ist eine Edelschnalle. Sie umschmeichelte Velasco hier, wollte wissen, wer uns angeheuert hat.« Tate machte eine Pause. »Wir sagten es nicht.«

»Was sagten die beiden über sich selbst?« fragte Fraser.

»Sie sagte, sie sei Francis Rudwicks Schwester«, antwortete Velasco. »Unterwegs, den Mord an ihrem Bruder aufzuklären. Sagte das geradeheraus, ohne daß ich gefragt hätte.«

»Natürlich glaubten wir diesen Schmus nicht«, sagte Tate. »Sie sah kein bißchen wie Rudwick aus. Aber eine hübsche Person. Süßes Gesicht, rotes Haar; eher wahrscheinlich, daß Rudwick ihr Stammkunde war.«

»Sie ist eine Mörderin!« sagte Mallory.

»Komisch, Sir, genau das sagt sie von Ihnen.«

»Wißt ihr, wo sie zu finden sind?« fragte Fraser.

Tate schüttelte den Kopf. »Wir könnten uns umsehen.«

»Das könnten Sie tun, während Sie Foulke beobachten«, sagte Mallory in einem Anflug von Inspiration. »Ich könnte mir denken, daß sie alle irgendwie unter einer Decke stecken.«

»Foulke ist in Brighton«, sagte Tate. »Konnte den Gestank nicht aushalten — sehr zartfühlend. Und wenn wir nach Brighton fahren wollen, könnten Velasco und ich den Fahrpreis gebrauchen — Spesen, wissen Sie.«

»Geben Sie mir eine Abrechnung«, sagte Mallory. Er gab Velasco eine Pfundnote.

»Dr. Mallory will die Spesenabrechnung genau spezifiziert«, sagte Fraser. »Mit Quittungen.«

»Recht und billig, Sir«, sagte Tate. Er berührte die Hutkrempe im Salut. »Sehr erfreut, den Interessen der Nation zu dienen.«

»Und hübsch höflich bleiben, Tate.«

Tate ignorierte ihn und lächelte Mallory zu. »Sie werden von uns hören, Sir.«

Fraser und Mallory sahen ihnen nach. »Ich denke, Sie sind um zwei Pfund ärmer«, sagte Fraser. »Diese zwei werden Sie nie wiedersehen.«

»Vielleicht billig, zu dem Preis«, meinte Mallory.

»Nein, ist es nicht, Sir. Es gibt viel billigere Methoden.«

»Wenigstens bekomme ich nicht wieder von hinten einen Knüppel über den Kopf.«

»Nein, Sir, nicht von denen.«

Mallory und Fraser aßen sandige, mit Truthahn und Schinken belegte Brötchen an einem Imbißkarren. Wieder gelang es ihnen nicht, eine Droschke zu mieten. Keine war auf der Straße zu sehen. Die Stationen der Untergrundbahn waren alle geschlossen; zornige Streikposten riefen den Passanten vulgäre Beschimpfungen zu.

Die zweite Verabredung des Tages, in der Jermyn Street, war für Mallory eine herbe Enttäuschung. Er war zum Museum gekommen, um über seinen Vortrag zu sprechen, aber Mr. Keats, der Kinotropist der Royal Society, hatte ein Telegramm geschickt, in dem er sich als sehr krank deklarierte, und Huxley war in eine Ausschußsitzung gelehrter Lordschaften gerufen worden, die zusammengekommen war, die Notlage zu erörtern. Es gelang Mallory nicht einmal, seinen Vortrag abzusagen, wie Disraeli vorgeschlagen hatte, denn Mr. Trenham Reeks erklärte sich außerstande, eine derartige Entscheidung ohne Huxleys Autorität zu treffen, und Huxley hatte nicht hinterlassen, wo er zu erreichen war.

Um Salz in seine Wunde zu reiben, zeigte sich das Museum für Praktische Geologie fast verlassen; die fröhlichen Schulklassen und die Freunde der Naturgeschichte fehlten bis auf ein paar verlorene Gestalten, die offensichtlich nur der reineren Luft wegen gekommen waren, und um der Hitze zu entgehen. Sie lungerten unter dem ragenden Skelett des Leviathans herum, als würden sie am liebsten seine mächtigen Knochen zerschlagen und das Mark aussaugen.

Es blieb ihm nichts übrig als zurück zum Palast der Paläontologie zu gehen und sich auf das Abendessen mit dem Agnostischen Verein junger Männer vorzubereiten. Der AVJM war eine Studentengruppe. Von Mallory als der Hauptperson des Abends wurde erwartet, daß er nach dem gemeinsamen Essen ein paar Anmerkungen machte. Er hatte sich auf den Abend gefreut, denn der AVJM war ein fröhlicher Verein, ganz und gar nicht so wichtigtuerisch wie der respektable Name andeuten mochte, und die rein männliche Gesellschaft würde ihm erlauben, ungehemmt ein paar freie Scherze einzuflechten, die für junge unverheiratete Männer geeignet waren. Mallory kannte mehrere solche von Disraeli, die ihm sehr gut gefallen hatten. Nun aber fragte er sich, wie viele von seinen Gastgebern noch in London sein mochten, oder wie die jungen Männer zusammenkommen konnten, wenn sie noch dazu geneigt waren, und, schlimmer noch, wie sich das Essen im Obergeschoß des Gasthauses gestalten würde, das nahe der Blackfriars Bridge und in der vorherrschenden Windrichtung von der Themse lag.

Die Straßen waren merklich leerer geworden. Immer mehr Geschäfte hatten geschlossen. Mallory hielt Ausschau nach einem Barbier, um sich Haare und Bart schneiden zu lassen, doch ohne Erfolg. Die Bürger Londons waren aus der Stadt geflohen, soweit es ihnen möglich war, oder hielten sich hinter verschlossenen Fenstern in ihren Wohnungen auf. Da die Wetterlage noch immer keinen Luftaustausch gestattete, hing der Rauch zwischen den Häusern und bildete mit anderen Ausdünstungen und Verunreinigungen einen stinkenden gelblichgrauen Dunst, der es schwierig machte, eine Straße in ihrer Länge zu überblicken. Die Passanten erschienen aus diesem Dunst wie gutgekleidete Gespenster. Fraser ging voraus, ohne zu klagen und mit untrüglicher Ortskenntnis. Mallory vermutete, daß der Mann ihn mit einer Augenbinde fast ebenso mühelos durch die Straßen Londons hätte führen können. Sie hatten sich jetzt Taschentücher über Mund und Nase gebunden. Es schien eine vernünftige Sicherheitsvorkehrung, obwohl es Mallory störte, daß Fraser nun noch schweigsamer schien als zuvor.

»Die Kinotrope sind der Wendepunkt«, meinte Mallory, als sie die Brompton Road hinaufgingen. Die Türme ihrer Paläste der Gelehrsamkeit waren im Dunst fast unsichtbar. »So war es nicht, bevor ich England verließ. Vor zwei Jahren waren die verdammten Dinger nicht annähernd so verbreitet wie heute. Jetzt kann ich keinen öffentlichen Vortrag ohne Kinotrop halten.« Er hustete. »Übrigens ist der Nutzen höchst zweifelhaft. Dieses lange Projektionsband vor dem *Evening Telegraph* in der Fleet Street gab mir zu denken, wie es über den Köpfen der Menge seine Nachrichtentexte ablaufen ließ. ›Erdarbeiterstreik, U-Bahn geschlossen‹, war da zu lesen. ›Parlament bringt Themsestaat in Verruf.‹«

»Was ist dagegen zu sagen?« fragte Fraser.

»Daß es nichts aussagt«, sagte Mallory. »*Wer* im Parlament? *Was* für einen Themsestaat überhaupt? Was sagte das Parlament darüber? Kluge Argumente oder Albernheiten?«

Fraser grunzte.

»Es ist Scheininformation, hinter der sich eine bösartige Desinformation der Öffentlichkeit verbirgt. Bloße Schlagworte, leere Sprüche. Keine Argumente werden gebracht, keine Tatbestände abgewogen. Es ist keine Nachricht, nur leere Unterhaltung für Müßiggänger.«

»Man könnte sagen, daß es für die Müßiggänger besser sei, ein bißchen zu wissen als überhaupt nichts.«

»Wenn die Leute sich für informiert halten, ohne es zu sein, ist es noch schlimmer, Fraser! Diese als Nachrichten aufgeputzten Schlagworte und Redensarten sind wie Banknoten ohne Golddeckung, oder wie ungedeckte Schecks. Wenn das die Ebene sein soll, auf der die breite Masse informiert wird, dann muß ich sagen, dreimal Hoch auf die Autorität des Oberhauses.«

Ein Feuerwehr-Dampfwagen schnaufte langsam vorbei. Ermüdete Feuerwehrmänner standen auf den Trittbrettern, Kleidung und Gesichter geschwärzt von ihrer Arbeit, oder vielleicht von der Londoner Luft oder dem stinkenden Ruß aus dem Schornstein ihres eigenen Dampfwagens. Mallory sah eine eigentümliche Ironie darin, daß ein Feuerwehrdampfwagen sich nur mit Hilfe eines Haufens brennender Kohlen fortbewegen konnte. Aber vielleicht war es doch sinnvoll, denn unter Wetterverhältnissen wie diesen würde ein Pferdegespann kaum in der Lage sein, einen Block weit zu galoppieren.

Mallory war begierig, seine rauhe Kehle mit einem Huckle-buff zu schmieren, aber im Inneren des Palastes der Paläontologie war es rauchiger als draußen. Ein unangenehmer Gestank wie von verbrannten Federbetten lag in der Luft.

Vielleicht hatten Kellys Anwendungen von mangansaurem Natron die Abwasserleitungen durchfressen. Jedenfalls schien dieser Gestank die Gäste vertrieben zu haben, denn im Foyer war kaum eine Seele, und aus dem Speisesaal war kein Gemurmel zu vernehmen. Mallory betrat auf der Suche nach Bedienung den Salon und sah sich inmitten der lackierten Wandschirme und roten Seidenbezüge um, als Kelly selbst erschien. Sein Gesicht war angespannt und energisch. »Dr. Mallory?«

»Ja, Kelly?«

»Ich habe schlechte Nachricht für Sie, Sir. Ein unglückliches Ereignis. Ein Brand, Sir.«

Mallory blickte zu Fraser.

»Ja, Sir, als Sie heute gingen, ließen Sie vielleicht Kleidung in der Nähe der Gasflamme? Oder vergaßen Sie vielleicht eine brennende Zigarre?«

»Sie wollen doch nicht sagen, der Brand sei in meinem Zimmer ausgebrochen?«

»Ich fürchte, so ist es, Sir.«

»Ein größerer Brand?«

»Die Gäste dachten es, Sir. Auch die Feuerwehr.« Kelly sagte nichts von den Empfindungen des Personals, aber sein Gesichtsausdruck machte deutlich, wie er über die Sache dachte.

»Ich drehe den Gashahn immer zu!« platzte Mallory heraus. »Ich erinnere mich nicht genau — aber ich tue das *immer.*«

»Ihre Tür war zugesperrt, Sir. Die Feuerwehr mußte sie einschlagen.«

»Das wollen wir uns ansehen«, schlug Fraser vor.

Die Tür zu Mallorys Raum war mit einer Axt eingeschlagen, der verzogene Parkettboden mit Sand und Wasser bedeckt. Mallorys angehäufte Zeitschriften und seine umfangreiche Korrespondenz mußten ein sehr kräftiges Feuer entfacht haben, denn es hatte seinen Schreibtisch und ein großes, geschwärztes Stück Teppich verbrannt. In der Wand hinter dem Schreibtisch und der Decke darüber gähnte eine riesige verkohlte Öffnung, durch die verkohlte Querbalken und Sparren zu sehen waren, und Mallorys Kleiderschrank, gefüllt mit all seinen guten Sachen, von Wäsche über die Schuhe bis zu seinen Anzügen, war zu verkohlten Lumpen und zerplatztem Spiegelglas verbrannt. Mallory war außer sich vor Zorn und einer tiefen ahnungsvollen Scham.

»Sie sperrten Ihre Tür zu, Sir?« fragte Fraser.

»Das tue ich immer. Immer!«

»Darf ich Ihren Schlüssel sehen?«

Mallory gab Fraser seinen Schlüsselring. Fraser kniete neben der zersplitterten Tür nieder, untersuchte sorgfältig das Schlüsselloch, stand dann auf.

»Wurden unten im Foyer irgendwelche verdächtige Personen beobachtet?« fragte er Kelly.

Kelly war empört. »Darf ich fragen, wer Sie sind, daß Sie danach fragen, Sir?«

»Inspektor Fraser, Bow Street.«

»Nein, Inspektor. Keine verdächtigen Gestalten. Nicht soweit mir bekannt!«

»Sie werden diese Angelegenheit vertraulich behandeln, Mr. Kelly. Ich nehme an, daß Sie, wie andere Einrichtungen der Royal Society, nur Gäste aufnehmen, die Mitglieder der Society und anerkannte Gelehrte sind?«

»Das ist unsere entschiedene Politik, Inspektor.«

»Aber Ihre Gäste dürfen Besucher empfangen?«

»Männliche Besucher, Sir. Damen in schicklicher Begleitung —nichts Skandalöses, Sir!«

»Ein gutgekleideter Einbrecher und Brandstifter«, folgerte Fraser. »Als Brandstifter weniger gut denn als Einbrecher, denn es war ziemlich ungeschickt, diese Papiere unter dem Schreibtisch und dem Kleiderschrank anzuhäufen. Er hatte einen Dietrich für dieses Türschloß. Mußte ein bißchen herumkratzen, aber ich glaube nicht, daß er volle fünf Minuten zum Öffnen brauchte.«

»Man möchte es nicht glauben«, sagte Mallory.

Kelly war den Tränen nahe. »Ein Gast, ein Gelehrter, ausgebrannt aus seinem Zimmer! Ich weiß nicht, was ich sagen soll! Von solch einer Bosheit habe ich seit den Tagen Ludds nicht gehört! Es ist eine Schande, Dr. Mallory — eine elende Schande!«

Mallory schüttelte den Kopf. »Ich hätte Sie vor so etwas warnen sollen Mr. Kelly. Ich habe Feinde, die vor nichts zurückschrecken.«

Kelly schluckte. »Wir wissen es, Sir. Unter dem Personal ist viel davon gesprochen worden, Sir.«

Fraser untersuchte die Überreste des Schreibtisches, stocherte mit der verbogenen Messingkleiderstange aus dem Kleiderschrank im Brandschutt herum. »Talg«, sagte er.

»Wir sind versichert, Dr. Mallory«, sagte Kelly hoffnungsvoll. »Ich weiß nicht, ob unsere Police genau diese Art von Schaden abdeckt, aber ich hoffe wirklich, daß wir Ihre Verluste gutmachen können! Bitte nehmen Sie mein aufrichtiges Bedauern entgegen!«

»Es ist ein großer Verlust für mich«, sagte Mallory, während er im verwüsteten Zimmer umherblickte. »Aber nicht so groß, wie die Täter vielleicht hofften! Meine wichtigsten Papiere habe ich alle im Tresor. Und natürlich lasse ich hier niemals Geld zurück.« Er stutzte. »Ich nehme an, der Tresor ist unbeeinträchtigt geblieben, Mr. Kelly.«

»Ja, Sir«, sagte Kelly. »Oder vielmehr — ich will sofort nachsehen, Sir.« Er eilte nach einer knappen Verbeugung hinaus.

»Ihr Freund, der Derbybesucher mit dem Stilett«, sagte Fraser. »Heute wagte er nicht, Ihnen zu folgen, aber sobald wir gegangen waren, schlich er hier herauf, verschaffte sich Zugang und zündete zwischen ihren aufgehäuften Papieren Talgkerzen an. Als Alarm geschlagen wurde, war er längst fort und in Sicherheit.«

»Er muß eine Menge über meine Tageseinteilung und meine Lebensgewohnheiten wissen«, sagte Mallory.

»Wahrscheinlich weiß er alles über mich. Er hat meine Nummer geplündert. Er hat alles über mich ausgekundschaftet.«

Fraser warf die Messingstange beiseite. »Er ist ein Amateur. Ein geschickter Brandstifer verwendet flüssiges Paraffin, das sich selbst und alles verzehrt, was es berührt.«

»Ich werde heute abend nicht zum Essen mit dem AVJM gehen können, Fraser. Ich habe nichts anzuziehen!«

Fraser sagte: »Ich sehe, daß Sie sich im Unglück sehr tapfer verhalten — wie ein Gelehrter und ein Herr, Dr. Mallory.«

»Danke«, sagte Mallory. »Fraser, ich brauche was zu trinken.«

Fraser nickte bedächtig.

»Lassen Sie uns wohin gehen, wo wir uns in aller Ruhe und Bescheidenheit einen antrinken können, ohne falschen Glanz und Flitter. Nicht in ein feines Lokal, sondern in ein Haus, wo man auch einen Mann einläßt, der nichts mehr hat als den Rock auf seinem Rücken!« Mallory stieß in den verkohlten Resten seines Kleiderschranks herum.

»Ich weiß, was Sie brauchen, Sir«, sagte Fraser in beschwichtigendem Ton. »Einen freundlichen Ort, wo man ein bißchen Dampf ablassen kann — wo man trinken und tanzen und sich mit lebhaften Damen unterhalten kann.«

Mallory entdeckte die geschwärzten Messingknöpfe seines Militärmantels aus Wyoming. Der Anblick traf ihn tief. »Sie würden nicht versuchen, mich zu gängeln, Fraser? Ich vermute, daß Oliphant Ihnen Anweisung gab, mich zu beaufsichtigen. Ich glaube, das würde ein Fehler sein. Ich bin in einer unguten Stimmung, Fraser.«

»Ich verstehe Sie durchaus, Sir. Der Tag ist sehr unfreundlich gewesen. Aber vielleicht hilft es, wenn Sie Cremorne Gardens sehen.«

»Das einzige, was ich sehen will, ist der Stilett-Strolch im Visier einer Büffelflinte!«

»Ich verstehe Ihre Gefühle vollkommen, Sir.«

Mallory öffnete sein silbernes Zigarrenetui — wenigstens hatte er noch diesen Besitz — und zündete seine letzte Havanna an. Er paffte angestrengt, bis die Ruhe guten Tabaks endlich ihre Wirkung tat. »Andererseits«, sagte er dann, »nehme ich an, daß Ihr Cremorne Gardens das Richtige sein mag, wenn man unter Druck steht.«

Fraser führte ihn die Cromwell Lane hinunter, vorüber an dem riesenhaften Stapel blasser Ziegel, der das Krankenhaus für Schwindsüchtige war. Ein an diesem Abend besonders schrecklicher Ort.

Unbestimmte Gedanken an Krankheit und Siechtum nagten weiterhin an Mallorys Bewußtsein, so daß sie in einem der nächsten Wirtshäuser Station machten, wo Mallory vier oder fünf kleine Gläser eines überraschend ordentlichen Whiskys trank. Das Lokal war voll von Anwohnern aus New Brompton, die in einer gemütlichen Art ziemlich lustig waren, wie Belagerte, die sich einzurichten verstehen. Zu Mallorys Leidwesen steckten sie jedoch ständig Zweipencestücke in ein Pianola, das ›Komm in die Laube‹ klimperte, ein Lied, das Mallory verabscheute. Es gab hier keine Ruhe für ihn. Außerdem war es nicht Cremorne Gardens.

Ein paar Häuserblocks die New Brompton Road hinunter stießen sie auf erste Anzeichen ernster Auseinandersetzungen. Vor den Toren der ausgedehnten Fabrikanlage von Bennett & Harper, einem Hersteller von Patent-Bodenbelägen, hatte sich eine größere Menge Uniformierter versammelt. Industrielle Auseinandersetzungen irgendwelcher Art.

Erst als Fraser und Mallory herangekommen waren, konnten sie sehen, daß die Menge fast ausschließlich aus Polizisten bestand. Bennett & Harper erzeugte gemusterte, wasserdichte Bodenbeläge aus Sackleinwand, gemahlenem Kork und Kohlederivaten, die beliebig zugeschnitten und in Wohnräumen, Küchen und Badezimmern verlegt wurden. Sie erfreuten sich besonders beim Kleinbürgertum großer Beliebtheit, da sie haltbar, praktisch und preisgünstig waren. Mit einem halben Dutzend Fabrikschornsteinen erzeugte das Unternehmen aber auch große Mengen Rauch und Abgase, ohne die London in der gegenwärtigen Lage besser daran sein würde. Die ersten Amtspersonen an Ort und Stelle — wenigstens beanspruchten sie diese Auszeichnung — war eine Gruppe von Inspektoren des Königlichen Patentamtes, die durch einen Notstandsplan der Regierung zur Industrieüberwachung dienstverpflichtet und mit Vollmachten ausgestattet worden waren. Aber Bennett & Harper hatten in dem Bestreben, Produktionsausfälle zu vermeiden, die Autorität der Patentinspektoren nicht anerkannt. Bald sahen sich die Fabrikherren zwei weiteren Inspektoren eines Industrieausschusses der Royal Society gegenüber, die auf Präzedenzfälle verwiesen. Auch die Polizei des Bezirks war zusammengezogen worden, gefolgt von einer Einsatztruppe Stadtpolizisten in einem Dampfbus. Die meisten Omnibusse waren inzwischen von der Regierung beschlagnahmt worden, ebenso wie die Droschken der Stadt, um während des U-Bahn-Streiks den öffentlichen Stadtverkehr neu zu organisieren.

Die Polizei hatte die Feuerungsanlagen der Fabrik sofort stillgelegt, was die guten Absichten der Regierung bezeugte, aber die Arbeiter des Unternehmens waren noch auf dem Werksgelände, müßig und sehr unruhig, denn obwohl bezahlte arbeitsfreie Tage unbekannt waren, vertraten die Arbeiter die Auffassung, daß sie unter den besonderen Umständen ihren Lohn verdient hatten. Es blieb auch noch abzuwarten, wer für die Bewachung des Eigentums von Bennett & Harper verantwortlich war, und wer verantwortlich sein würde, die amtliche Erlaubnis zur neuerlichen Inbetriebnahme der Feuerungsanlage zu geben.

Zu alledem schien es ernste Probleme mit dem Telegrafendienst der Polizei zu geben, der vermutlich durch die Westminster-Pyramide des Zentralamtes für Statistik geleitet wurde. Dort mußte es Schwierigkeiten durch den Gestank geben, mutmaßte Mallory. »Sie sind von der Sonderabteilung, Mr. Fraser«, sagte er. »Warum bringen Sie keine Ordnung in diesen Sauhaufen?«

»Sehr witzig«, sagte Fraser.

»Ich fragte mich schon, warum wir keine Polizeistreifen auf den Straßen sahen. Sie müssen auf die Fabriken ganz Londons verteilt sein.«

»Das scheint Sie mächtig zu freuen«, sagte Fraser.

»Bürokraten!« höhnte Mallory. Der Whisky hatte seine Stimmung aufgehellt. »Sie hätten sich denken können, daß es dazu kommen würde, wenn Sie die Katastrophentheorie richtig studiert hätten. Es ist eine Verkettung synergetischer Wechselwirkungen: das ganze System geht mit einer Rate periodischer Verdoppelung dem Chaos entgegen!«

»Was bedeutet das, bitte?«

Mallory lächelte hinter seinem Taschentuch. »In den Begriffen des Laien bedeutet es, daß alles doppelt so schnell doppelt so schlimm wird, bis alles vollständig auseinanderfällt!«

»Das ist theoretisches Gerede. Sie glauben doch nicht, das hätte etwas mit den Realitäten hier in London zu tun.«

Mallory nickte. »Sehr interessante Frage! Tiefe metaphysische Wurzeln! Wenn ich das Modell eines Phänomens richtig darstelle, bedeutet dies, daß ich es verstehe? Oder könnte es einfach Koinzidenz sein, oder eine Begleiterscheinung der Technik? Ich persönlich, als glühender Anhänger von Versuchsanordnungen, setze viel Vertrauen in Maschinenmodelle. Aber die Doktrin kann natürlich in Frage gestellt werden. Das sind tiefe Wasser, Fraser! Dinge, an denen sich der alte Hume und Bischof Berkeley die Zähne auszubeißen pflegten!«

»Sie sind nicht betrunken, Sir?«

»Nur ein bißchen angeregt«, sagte Mallory. »Angeheitert, könnte man sagen.« Sie überließen die Polizei weise ihren Streitigkeiten und wanderten weiter. Auf einmal fühlte Mallory schmerzlich den Verlust seines guten alten Mantels aus Wyoming. Er vermißte seine Feldflasche, sein Fernglas, das beruhigende Gewicht eines Gewehrs auf dem Rücken. Der Anblick eines kalten, reinen, wilden Horizontes, wo das Leben voll gelebt wurde und der Tod schnell und ehrlich war. Er wünschte, er wäre fort von London, wieder auf einer Expedition. Er könnte alle Verpflichtungen absagen. Er könnte Forschungsmittel bei der Royal Society, oder noch besser, bei der Geographischen Gesellschaft, beantragen. Er könnte England verlassen!

»Das brauchten Sie nicht zu tun, Sir«, sagte Fraser. »Könnte die Sache tatsächlich schlimmer machen.«

»Habe ich laut gesprochen?«

»Ein bißchen, Sir. Ja.«

»Wo kann man hier in der Stadt ein erstklassiges Jagdgewehr bekommen?«

Sie waren jetzt hinter dem Chelsea Park, auf einem kleinen Platz, wo die Läden sich auf optische Erzeugnisse spezialisiert hatte: Talbotypien, Laterna magicas, Phenakistoskope, Fernrohre und Jagdgläser. Es gab einfache Mikroskope für den wissensdurstigen Junior, denn Jungen waren dafür bekannt, daß sie oft ein lebhaftes Interesse für die winzigen, wimmelnden Lebewesen in einem Wassertropfen entwickelten. Diese Kleinlebewesen waren von keinem praktischen Interesse, aber ihr Studium mochte aufgeweckte junge Geister für die Lehren der echten Wissenschaft öffnen. Überwältigt von Erinnerung, verweilte Mallory vor einem Schaufenster, das solche Mikroskope ausstellte. Sie gemahnten ihn an den gütigen alten Lord Mantell, der ihm in den

Schulferien seine erste bezahlte Arbeit gegeben hatte: Aufräumen im Lewes-Museum. Von den ersten einfachen Verrichtungen und Handreichungen war er bis zum Katalogisieren von Knochen und Vogeleiern aufgestiegen, bis er sein Studium in Cambridge hatte beginnen können. Der alte Lord war anfangs ein bißchen eifrig mit der Birkenrute gewesen, aber wahrscheinlich nicht mehr, als Mallory verdient hatte.

Ein unbestimmt sausendes, rollendes Geräusch näherte sich auf dem Gehsteig. Mallory blickte in die Richtung und sah eine eigentümlich geduckte, geisterhafte Gestalt aus dem Dunst hervorkommen. Die Kleidung flatterte im Luftzug ihrer Geschwindigkeit; Unter die Arme hatte sie zwei Spazierstöcke geklemmt.

Mallory sprang in letzten Augenblick zurück, als der Junge mit einem jaulenden Schrei vorbeischoß. Ein vielleicht dreizehnjähriger Junge auf Rollschuhen mit Gummirädern. Ein Stück weiter schwang er fast auf der Stelle herum und stieß sich mit den Stöcken über das Pflaster zurück. Kurz darauf hatte ein ganzes Rudel von Jungen Mallory und Fraser umringt und hüpfte und kreischte in teuflischem Vergnügen. Die anderen hatten keine Rollschuhe, aber fast alle trugen die viereckigen kleinen Stoffmasken, wie sie von Lochern bei der Bedienung ihrer Maschinen getragen wurden.

»Sagt mal, ihr Teufelsbraten!« bellte Fraser. »Woher habt ihr diese Masken?«

Sie beachteten ihn nicht. »Das war ein Kugelblitz!« schrie einer von ihnen. »Mach's noch mal, Bill!« Ein anderer Junge ging dreimal mit einer merkwürdig rituellen Bewegung in die Hocke, dann sprang er hoch in die Luft und krähte: »Zucker!« Die anderen lachten und schrien.

»Beruhigt euch, ihr«, befahl Fraser.

»Sauertopf!« rief ihm einer zu. »Alter Hosenhuster!« Die ganze Bande brach in kreischende Heiterkeit aus.

»Wo sind eure Eltern?« verlangte Fraser zu wissen. »Ihr solltet nicht in diesem Wetter herumrennen.«

»Quatsch mit Soße!« höhnte der Junge mit den Rollschuhen. »Vorwärts, meine wackere Schar! Panther Bill kommandiert!« Er stieß mit den Spazierstöcken ins Pflaster und sauste davon. Die anderen folgten mit Geschrei.

»Viel zu gut gekleidet, um Straßenlümmel zu sein«, bemerkte Mallory.

Die Jungen rannten nur ein kurzes Stück, dann hängten sie sich mit ausgestreckten Armen aneinander und bildeten eine Kette. Der Junge auf Rollschuhen übernahm das Ende.

»Das gefällt mir nicht«, murmelte Mallory.

Die Kette der Jungen öffnete sich und schwang über den Platz, jedes ihrer Glieder gewann dabei an Schwungkraft, und plötzlich schoß der Junge mit den Rollschuhen wie ein Stein vom Katapult mit einem Schrei teuflischen Vergnügens über das Pflaster. Im nächsten Augenblick stieß er auf eine Unebenheit im Pflaster, verlor das Gleichgewicht und schoß kopfüber in eine Schaufensterscheibe.

Glasscherben spritzten aus der berstenden Scheibe, fielen wie die Klingen von Guillotinen aus dem Rahmen.

Panther Bill lag vor dem Schaufenster auf dem Pflaster, anscheinend betäubt oder tot. Einen Augenblick lang herrschte völlige Stille.

»Schatz!« schrillte einer der Jungen. Mit ohrenbetäubenden Schreien stürzte sich die Bande auf das Schaufenster und holte heraus, was darin ausgestellt war: Ferngläser, Stative, Teleskope, Artikel aus feuerfestem Glas ...

»Halt!« rief Fraser. »Polizei!« Er zog sein Taschentuch von Gesicht und Mund, griff in die Jacke und stieß dreimal in eine vernickelte Polizei-Trillerpfeife.

Die Jungen flohen augenblicklich. Ein paar ließen ihre Beute fallen, aber die übrigen hielten daran fest und spritzen auseinander. Fraser setzte ihnen nach, während Mallory zu dem zerbrochenen Schaufenster eilte, wo Panther Bill noch ausgestreckt lag. Als er zu ihm kam, richtete sich der Junge auf einem Ellbogen auf und schüttelte seinen blutenden Kopf.

»Du bist verletzt, Junge«, sagte Mallory.

»Mir fehlt nichts!« sagte Panther Bill mit schwerer Zunge. Seine Kopfhaut war bis auf den Knochen aufgeschnitten, und Blut strömte ihm über beide Ohren. »Fassen Sie mich nicht an!«

Mallory zog sich verspätet das Taschentuch von Mund und Nase und versuchte zu lächeln. »Du bist verletzt, Junge. Du brauchst Hilfe.« Fraser kam hinzu, und gemeinsam beugten sie sich über den Jungen.

»Hilfe!« kreischte dieser. »Helft mir, meine Truppe!«

Mallory hob den Kopf und hielt Ausschau. Vielleicht konnte einer der anderen Jungen um Hilfe geschickt werden.

Ein glitzernder dreieckiger Glassplitter wirbelte durch den Dunst und traf Fraser hart in den Rücken. Der Polizist fuhr aus seiner gebückten Haltung hoch, einen Ausdruck ungläubigen Staunens in den Augen.

Panther Bill nutzte die Ablenkung, um aufzuspringen und sich auf seinen Rollschuhen davonzumachen. Ein weiteres Schaufenster in der Nähe zerbarst unter einem geworfenen Pflasterstein, und Freudenschreie mischten sich mit dem hellen Klirren von Glas.

Der Glassplitter war in Frasers Rücken steckengeblieben und ragte erschreckend daraus hervor. »Die bringen uns noch um, die kleinen Teufel!« stieß Mallory hervor. Er nahm Fraser beim Arm und zog ihn mit sich. Hinter ihnen zerplatzten Glasscherben auf dem Pflaster, zerschellten an den Wänden.

»Verfluchte Saubande ...«, murmelte Fraser.

Panther Bills Ruf drang hell durch den Nebel. »Schatz, meine Herzchen! Schatz!«

»Beißen Sie die Zähne zusammen«, sagte Mallory. Er legte das Taschentuch zusammen, um seine Hand zu schützen, dann zog er den scharfen Splitter aus Frasers Rücken. Zu seiner großen Erleichterung kam er in einem Stück heraus. Fraser schüttelte sich.

Mallory half ihm behutsam aus der Jacke. Frasers Hemd war bis zum Gürtel blutdurchtränkt, doch war die Verletzung nicht so schwer, wie es zuerst den Anschein gehabt hatte. Die schwere Glasscherbe war teilweise vom beigefarbenen Ledergurt des Schulterhalfters aufgehalten worden. »Der Schnitt ist nicht allzu tief, geht nicht durch die Rippen«, sagte Mallory. »Ihr Halfter hat Ihnen Schlimmeres erspart. Aber wir müssen die Blutung stillen ...«

Fraser nickte. »Polizeirevier Kings Road.« Er war sehr blaß geworden.

Eine neue Kaskade klirrenden Glases hallte in der Ferne hinter ihnen.

Sie gingen rasch weiter. Frasers Gesicht war schmerzlich verzogen. »Bleiben Sie am besten bei mir«, sagte er. »Verbringen Sie die Nacht im Polizeirevier. Die Lage ist sehr schlimm geworden.«

»Schon recht«, sagte Mallory. »Beunruhigen Sie sich nicht.«

»Es ist mein Ernst, Mallory.«

»Ich weiß Ihre Sorge zu schätzen.«

Zwei Stunden später war Mallory in Cremorne Gardens.

Das zur Analyse eingereichte Dokument ist ein holographischer Brief. Der Briefkopf wurde entfernt, das Blatt hastig gefaltet: Es ist undatiert, aber die holographische Analyse bestätigt, daß es die Handschrift von Edward Mallory ist, offenbar in Eile und in einem Zustand aufgesetzt, der einen Verlust von Muskelkoordination nahelegt.

Das Papier, von bescheidener Qualität und durch das Alter stark vergilbt, ist von einer Sorte, die um die Mitte der 1850er Jahre vielfach von Regierungsbehörden verwendet wurde. Sein wahrscheinlicher Ursprung ist das Polizeirevier in der Kings Road.

Der Text, in stark verblaßter Tinte mit einer Feder geschrieben, die vom langen Gebrauch abgenutzt war, lautet folgendermaßen:

> *Madame. Ich habe niemandem etwas gesagt. Aber Sie müssen unterrichtet sein. Ich ziehe Sie ins Vertrauen, da es sonst niemanden gibt.*
>
> *Als ich Ihr Eigentum in Verwahrung nahm, tat ich dies aus freien Stücken. Ich ehre Ihre Bitte, wie ich einen königlichen Befehl ehren würde, und Ihre Feinde sind selbstverständlich auch die meinigen. Ich betrachte es als das höchste Privileg meines Lebens, als Ihr Vertrauter zu handeln.*
>
> *Bitte sorgen Sie sich nicht um meine Sicherheit, und unternehmen Sie mir zuliebe keine Schritte, die Sie selbst in Gefahr bringen könnten. Ich nehme in diesem Kampf jedes Risiko mit Freuden auf mich, aber es besteht in der Tat ein Risiko. Sollte mir das Schlimmste widerfahren, ist es wahrscheinlich, daß Ihr Eigentum niemals geborgen werden könnte.*
>
> *Ich habe die Karten untersucht und glaube, daß ich eine Vorstellung von ihrer Verwendung habe, obwohl sie über meine geringen Kenntnisse weit hinausgehen. Ich habe die Karten sicher in sauberes Leinen verpackt und persönlich in einem luftdichten Behälter aus Gips versiegelt. Dieser Behälter ist der Schädel des Brontosaurus im Museum für Araktische Geologie in der Cremorne Street. Ihr Eigentum ruht jetzt in vollkommener Sicherheit zehn Meter über dem Boden. Keine menschliche Seele weiß dies, außer Ihnen und*
>
> *Ihrem ergebenstem Diener,*
> *Edward Mallory, M.R.S., M.R.G.S.*

Sieben Flüche

Dieses Objekt ist eine patriotische Gedenktafel aus weißem Porzellan, wie sie zum Gedenken an den Tod von Staatsoberhäuptern und Mitgliedern der Königlichen Familie hergestellt wurden. Unter einer ursprünglich farblosen Glasur, die im Laufe der Zeit vergilbt und rissig geworden ist, sind in einem Oval die Gesichtszüge Lord Byrons erkennbar.

Zehntausende von diesen Gedenktafeln wurden in den Monaten nach dem Tode des Premierministers in ganz England verkauft. Die Gedenktafeln waren von standardisierter Größe und Ausführung und wurden von den Herstellern für eventuell entstehenden Bedarf bereitgehalten. Das Bild Byrons, umgeben von einem Lorbeerkranz, Schmuckornamenten und kleineren Abbildungen der Persönlichkeiten, die für die Frühgeschichte der Industriellen Radikalen Partei repräsentativ waren, sind in maschineller Rastertechnik auf einem transparenten Film gedruckt worden, der dann auf die Tafel übertragen, glasiert und gebrannt wurde.

Zu Byrons Linker posiert ein gekrönter Britischer Löwe über dem sich ringelnden Körper einer besiegten Schlange, die höchstwahrscheinlich die Ludditen und ihre Werke verkörpert.

Während und nach Byrons Aufstieg zur Führung von Partei und Staat wurde bisweilen bemerkt, daß seine im Februar 1812 vor dem Oberhaus gehaltene Antrittsrede Milde für die Ludditen forderte. Byron selbst, der später dazu befragt wurde, soll nach verbreiteter Auffassung geantwortet haben: »Aber es gab damals Ludditen, Sir, und auch danach noch.« Zwar mag diese Bemerkung nicht wirklich in dieser Form gefallen sein, doch steht sie im Einklang mit allem, was über die Persönlichkeit des Premierministers bekannt ist, die stets zu vorsichtigem Taktieren neigte, solange die Machtverhältnisse nicht völlig geklärt waren. So steht sie auch nicht im Widerspruch zu der außerordentlichen Härte, mit der er später die in Manchester entstandene volkstümliche, anti-industrielle Bewegung, die von Walter Gerard gegründet und geführt worden war, niederschlug und unterdrückte. Denn dies war eine Form von Maschinenstürmerei, die nicht die alte Ordnung angriff, sondern die neue, von der Radikalen Partei errichtete Ordnung. Darum mußte die Bewegung vernichtet werden, bevor sie im ganzen Land eine gefährliche politische Kraft werden konnte.

Dieser Gegenstand stammt aus dem Nachlaß von Inspektor Ebenezer Fraser von der Abteilung für Sonderaufgaben in der Bow Street.

Mallory war bei Fraser geblieben und hatte den Polizeichirurgen mit Schwamm und Verbandmaterial am Werk gesehen, bis er sicher war, daß Fraser hinreichend abgelenkt war. Um Frasers Argwohn weiter zu zerstreuen, hatte Mallory um einen Bogen Briefpapier gebeten und sich daran gemacht, einen Brief aufzusetzen.

Nach und nach hatte sich das Polizeirevier Kings Road mit brüllenden betrunkenen Raufbolden und verschiedenen Sorten von Radaubrüdern und Gaunern gefüllt. Es war sehr interessant als gesellschaftliches Phänomen, aber Mallory war nicht in der Stimmung, die Nacht auf einer harten Pritsche in einer Zelle zu verbringen, umgeben von randalierenden, schnarchenden und kotzenden Ausnüchterungskandidaten. Er hatte sich etwas anderes vorgenommen.

Also hatte er einen geplagten und erschöpften Polizeisergeanten höflich nach der Richtung gefragt, alle Angaben sorgfältig in sein Notizbuch geschrieben und dann unauffällig das Polizeirevier verlassen. Es war ihm nicht schwergefallen, Cremorne Gardens zu finden.

Die Situation hier war ein Hinweis auf die Krisendynamik innerhalb der Stadt. Es war ganz ruhig. Niemand unter den Anwesenden schien sich der Ereignisse jenseits der Cremorne Gardens bewußt zu sein, denn die Schockwellen lokalisierter Auflösung hatten das System noch nicht durchdrungen.

Und es stank hier nicht so schlimm. Die Gardens lagen in Chelsea, ein gutes Stück flußaufwärts vom schlimmsten Gestank der Themse. Vom Fluß wehte eine schwache Nachtbrise herüber, etwas anrüchig, aber nicht ganz und gar unangenehm, und der Dunst wurde von dem dichten Laub der mächtigen alten Ulmen aufgelöst. Die Sonne war untergegangen, und tausend Gaslaternen blinzelten zum Vergnügen des Publikums.

Mallory konnte sich den ländlichen Charme der Gärten in glücklicheren Zeiten vorstellen. Es gab Beete mit Geranien, gepflegte Rasenflächen, freundliche, von wildem Wein eingehüllte Lauben und Kioske, Statuen aus Steinguß, und natürlich den berühmten Crystal Circle. Und die ›große Plattform‹, einen großen überdachten und wandlosen Ballsaal, auf dessen riesiger Parkettfläche Tausende gleichzeitig Walzer oder Polka tanzen konnten. Ferner gab es unter dem Dach Stände zum Ausschank von Alkohol, ein Restaurant und ein gewaltiges Panmelodium, zu dessen Aufzug ein Göpelwerk diente und das ein Potpourri von Melodien aus beliebten Opern spielte.

Diesen Abend waren jedoch nicht Tausende anwesend. Vielleicht dreihundert Leute zirkulierten lustlos, und nicht mehr als hundert von diesen konnten als ehrbar gelten. Diese hundert, so vermutete Mallory, suchten Linderung von der Hitze und dem Gestank der Innenstadt, oder es waren Liebespaare, die alle Unannehmlichkeiten auf sich nahmen, um zusammenzukommen. Von den übrigen waren zwei Drittel offenbar in mehr oder minder verzweifelter Lage. Prostituierte strichen um die wenigen zahlungskräftig aussehenden Gäste.

Mallory trank zwei weitere Whiskys an der Bar neben der Plattform. Der Whisky war billig und schmeckte eigentümlich, entweder verdorben durch den Gestank, oder versetzt mit Hirschhorn oder Pottasche oder Bitterholz. Oder vielleicht mit Schlehensaft, denn das Zeug hatte die Farbe von schlechtem Stout. Das Zeug lag ihm im Magen wie eine heiße Kohle.

Es wurde kaum getanzt; nur wenige Paare versuchten sich auf der riesigen Tanzfläche im Walzertanzen. Mallory war noch nie ein guter Tänzer gewesen. Er beobachtete die Frauen. Eine ziemlich große, wohlgestalte junge Frau tanzte mit einem älteren, bärtigen Herren. Der Mann war schwergebaut und sah aus, als hätte er die Gicht in den Knien, aber die Frau hielt sich sehr aufrecht und tanzte mit der Anmut einer Berufstänzerin. Die Messingabsätze ihrer Stiefeletten glänzten im Licht. Das Schwingen ihrer Röcke im Walzertakt verleitete Mallory zu Spekulationen über die Formen darunter. Da gab es keine Auspolsterung oder Fischbein. Sie hatte feine schlanke Fesseln in roten Strümpfen, und ihre spitzenbesetzten Rocksäume waren zwei Zoll höher, als die Schicklichkeit es erlaubte.

Ihr Gesicht konnte er nicht deutlich sehen, da es immer ihrem Partner zugekehrt war.

Das Panmelodium hob mit einer weiteren Nummer an, aber der massige Herr schien nach dem Walzer etwas außer Atem. Die beiden gingen über die Tanzfläche zu einer ziemlich gemischten Gruppe von Bekannten oder Freunden. Sie bestand aus einer älteren, sittsam aussehenden Frau mit einer Haube, zwei anderen jungen Mädchen, die wie lockere Vögel aussahen, und einem weiteren älteren Herrn, der trübe dreinschaute und seinem Aussehen nach Ausländer war, Holländer vielleicht, oder Deutscher. Das Tanzmädchen sprach mit den anderen und warf den Kopf zurück, als ob es lachte. Es hatte schönes brünettes Haar und eine Haube, die unter dem Kinn mit einer Schleife befestigt war und ihr im Nacken hing. Ein feiner, fester weiblicher Rücken, dachte Mallory, und eine schlanke Taille.

Er ging langsam auf die Gruppe zu. Das Mädchen sprach anscheinend ernsthaft mit dem ausländisch wirkenden Mann, dessen Miene jedoch Zögern und Geringschätzung auszudrücken schien. Nach einer kleinen Weile wandte sie sich mit der Andeutung eines Knickses von ihm ab.

Zum ersten Mal sah Mallory ihr Gesicht aus der Nähe. Sie hatte ein seltsam langes Kinn, dicke Brauen und einen breiten, beweglichen Mund, der durch grelles Rot einen Zug ins Ordinäre bekam. Es war nicht eigentlich ein häßliches Gesicht, aber entschieden unansehnlich. Es war aber ein schlauer und unbekümmerter Blick in ihren grauen Augen, der ihm gefiel. Und sie hatte eine gute Figur. Er konnte es sehen, als sie zur Theke ging. Die Linie des Rückens, die prachtvollen Hüften. Sie beugte sich über die Theke, um mit dem Barkeeper zu plaudern, und ihre Röcke hoben sich hinter ihr beinahe bis zur Hälfte ihrer rotbestrumpften Waden: Der Anblick dieser muskulösen Beine elektrisierte ihn.

Er folgte ihr zur Bar. Sie plauderte nicht mit dem Barkeeper, sondern stritt mit ihm, in einer halb schmerzlichen, nörgelnden fraulichen Art. Sie war durstig und hatte kein Geld und sagte, daß ihre Freunde zahlen würden. Der Barkeeper glaubte ihr nicht, wollte es ihr aber nicht ins Gesicht sagen.

Mallory legte einen Shilling auf die Theke. »Geben Sie der Dame, was sie wünscht.«

Sie sah ihn mit ärgerlicher Überraschung an. Dann erholte sie sich vom ersten Schreck und lächelte und musterte ihn durch halbgeschlossene Lider. »Du weißt, was ich am liebsten mag, Nicholas«, sagte sie zum Barkeeper.

Er strich Mallorys Geld ein und brachte ihr ein Glas Champagner. »Ich liebe Champagner«, sagte sie zu Mallory. »Ich kann tanzen wie eine Feder, wenn ich Champagner trinke. Tanzen Sie?«

»Schrecklich«, sagte Mallory. »Kann ich mit dir nach Haus gehen?«

Sie sah ihn von oben bis unten an, und ihre Mundwinkel verzogen sich in einem halb skeptischen, halb kokettierenden Lächeln. »Das werde ich Ihnen gleich sagen.« Und sie ging wieder hinüber zu ihren Freunden.

Mallory wartete nicht, denn er hielt es für eine Abfuhr. Langsam ging er hinaus auf die breite Promenade und hielt Ausschau nach anderen Frauen, aber dann sah er das Mädchen winken und ging zu ihr.

»Ich denke, ich kann mit Ihnen gehen, aber es könnte Ihnen nicht gefallen«, sagte sie.

»Warum nicht?« erwiderte er. »Du gefällst mir.«

Sie lachte. »So meine ich es nicht. Ich wohne nicht hier in Brompton; ich wohne in Whitechapel.«

»Das ist ein weiter Weg.«

»Die Bahnen fahren nicht. Und eine Droschke ist nicht zu bekommen. Ich fürchtete schon, ich würde im Park schlafen müssen!«

»Was ist mit deinen Freunden?« fragte Mallory.

Die Frau warf den Kopf zurück, als wollte sie sagen, daß es sie nicht kümmere. Ihr schlanker Hals zeigte in der Höhlung der Kehle ein Stückchen Spitze. Sie sah ihm in die Augen. »Ich möchte zurück nach Whitechapel. Kannst du mich hinbringen? Ich habe kein Geld, keine zwei Pence.«

»In Ordnung«, sagte Mallory. Er bot ihr den Arm. »Es ist ein Weg von knapp zwei Stunden — aber deine Beine sind ein Wunder.«

Sie nahm seinen Ellbogen und lächelte ihm zu. »Wir

können am Cremorne Pier einen Flußdampfer nehmen.«

»Ah«, sagte Mallory. »Die Themse abwärts, wie?«

»Es ist nicht sehr teuer.« Sie verließen den Umkreis des Tanzbodens und gingen in die von blinzelnden Gaslaternen erhellte Dunkelheit. »Du bist nicht aus London, nicht wahr? Ein Reisender?«

Mallory schüttelte den Kopf.

»Gibst du mir einen Sovereign, wenn ich mit dir schlafe?«

Mallory, erstaunt über ihre Offenheit, sagte nichts.

»Du kannst die ganze Nacht bleiben«, sagte sie. »Ich habe ein sehr hübsches Zimmer.«

»Ja, das möchte ich.«

Er strauchelte ein wenig auf dem Kiesweg. Sie stützte ihn, dann begegnete sie seinem Blick. »Du hast ein bißchen Schlagseite, was? Aber du siehst gutmütig aus. Wie heißt du?«

»Edward. Ned, meistens.«

»Das ist auch mein Name!« sagte sie. »Harriet Edwards. Mein Bühnenname. Aber meine Freunde nennen mich Hetty.«

»Du hast die Figur einer Göttin, Hetty. Es wundert mich nicht, daß du auf der Bühne stehst.«

Sie warf ihm einen kecken grauäugigen Blick zu. »Du magst unartige Mädchen, Ned? Ich hoffe es, denn heute abend bin ich in der Stimmung, unartige Dinge zu tun.«

»Dafür bin ich zu haben«, sagte Mallory. Er nahm sie um die Taille, umfaßte mit einer Hand ihren schwellenden Busen und küßte ihren Mund. Sie gab einen überraschten kleinen Schrei von sich, dann warf sie ihm die Arme um den Hals. Sie küßten sich lange unter der dunklen Masse einer Ulme. Er fühlte ihre Zunge an seinen Zähnen.

Sie löste sich von ihm. »Wir müssen nach Haus, Ned. Einverstanden?«

»Einverstanden«, sagte er, noch schnaufend. »Aber zeig mir deine Beine jetzt. Bitte.«

Sie blickte in beiden Richtungen den Weg entlang, dann hob sie ihre Röcke bis zum Knie und ließ sie wieder fallen.

»Sie sind vollkommen«, sagte er. »Du könntest Malern Modell sitzen.«

»Ich habe Malern Modell gesessen«, sagte sie, »aber es zahlt sich nicht aus.«

Ein Flußdampfer tutete bei der Anlegestelle. Sie rannten hinunter und gelangten im letzten Augenblick an Bord. Die Anstrengung des Laufens verstärkte die Wirkung des Whiskys bis zum Schwindelgefühl. Er gab der Frau einen Shilling, um den Fahrpreis zu zahlen und ließ sich auf eine Bank fallen. Der kleine Dampfer legte ab, seine Schaufelräder schlugen schwarzes Wasser. »Laß uns in den Salon gehen«, sagte sie. »Da gibt es zu trinken.«

»Ich mag London sehen.«

»Ich glaube nicht, daß dir gefallen wird, was du auf dieser Fahrt siehst.«

»Doch, wenn du bei mir bleibst«, sagte er.

»Wie du redest, Ned«, sagte sie und lachte. »Komisch, zuerst dachte ich, du seist ein Polyp, du sahst so ernst und feierlich aus. Aber Polypen reden nicht so, betrunken oder nüchtern.«

»Du magst keine Komplimente?«

»Doch, sie sind süß. Aber ich mag auch Champagner.«

»Gleich«, sagte Mallory. Er war betrunkener, als ihm recht sein konnte. Mit einiger Anstrengung stand er auf, ging zur Reling und umfaßte sie fest mit beiden Händen, drückte Gefühl in seine Fingerspitzen. »Verdammt dunkel in der Stadt«, sagte er. »Ja, nicht wahr?« sagte sie neben ihm. Sie roch nach Schweiß und Teerosen. »Warum ist es so, Ned?«

»Was?«

»Warum ist es so dunkel? Ist es dieser Dunst?«

»Gaslaternen«, sagte er. »Die Regierung hat einen

Plan, die Gaslaternen abzuschalten, weil sie Rauch erzeugen.«

»Klug von ihnen.«

»Jetzt laufen die Leute in den verdunkelten Straßen herum, schlagen Schaufenster ein und plündern die Auslagen.«

»Woher weißt du das?«

Er zuckte mit der Schulter.

»Du bist kein Polyp?«

»Nein, Hetty.«

»Ich mag die Schmiere nicht. Die reden immer so, als ob sie etwas wüßten, was du nicht weißt. Und sie wollen dir nicht sagen, woher sie es wissen.«

»Ich könnte es dir sagen«, sagte Mallory. »Ich würde es dir gern sagen. Aber du würdest nicht verstehen.«

»Natürlich würde ich verstehen, Ned«, sagte Hetty mit aufgeweckter Stimme. »Es macht mir Spaß, kluge Männer reden zu hören.«

»London ist ein komplexes System, das aus dem Gleichgewicht geraten ist. Es ist wie — wie ein Stockbetrunkener in einem Raum mit Whiskyflaschen. Der Whisky ist versteckt, also tappt er ständig auf der Suche nach ihm herum. Wenn er eine Flasche findet, nimmt er einen langen Zug, stellt sie aber wieder weg und vergißt sie sofort. Dann tappt er weiter und sucht wieder, und so fort.«

»Schließlich geht ihm der Whisky aus, und er muß nachkaufen«, sagte Hetty.

»Nein. Er geht ihm nicht aus. Da ist ein Dämon, der die Flaschen ständig auffüllt. Darum ist es ein offenes dynamisches System. Er tappt ewig in dem Raum herum, ohne zu wissen, was sein nächster Schritt sein wird. Blind und ahnungslos tappt er im Kreis, in Schlangenlinien, wie sie ein Schlittschuhläufer macht, aber nie verläßt er die Grenzen. Und wenn er eines Tages die Tür findet, rennt er Hals über Kopf hinaus in die äußere Dunkelheit. Und dann kann alles geschehen, denn die äußere Dunkelheit ist Chaos. Sie ist Chaos, Hetty.«

»Und das gefällt dir, wie?«

»Was?«

»Ich weiß nicht, was das bedeutet, was du gerade sagtest; aber ich merke, daß es dir gefällt. Es macht dir Spaß, darüber nachzudenken.«

Die gleichmäßig klatschenden Schaufelräder änderten ihren Rhythmus, verlangsamten etwas. Die schwarze Themse verströmte einen ekelhaften Gestank; im Karbidscheinwerfer des Flußdampfers waren voraus auf der unbewegten Wasserfläche Blasen zu sehen, die sich ständig neu bildeten und zerplatzten.

»Oh, wie gräßlich!« rief Hetty und schlug eine Hand vor den Mund. »Laß uns in den Salon gehen, Ned, bitte!«

Das Schwindelgefühl und eine seltsame Neugierde hielten Mallory an der Reling. »Wird es noch schlimmer? Flußabwärts?«

»Viel schlimmer«, sagte Hetty durch ihre Finger. »Ich habe Leute gesehen, die ohnmächtig geworden sind.«

»Warum fahren die Dampfer dann noch?«

»Sie fahren immer«, sagte Hetty, halb abgewandt. »Es sind Postdampfer.«

»Ach«, murmelte Mallory. »Kann man hier eine Briefmarke kaufen?«

»Drinnen«, sagte Hetty. »Und mir kannst du auch was kaufen.«

Hetty sperrte die Tür auf und zündete im engen kleinen Korridor ihrer Wohnung in der Flower and Dean Street die Öllampe an. Froh, die unheimlich dunstige Finsternis der Seitenstraßen Whitechapels hinter sich zu haben, schob Mallory sich an ihr vorbei ins Wohnzimmer. Ein einfacher Tisch war beladen mit einem unordentlichen Stapel von Zeitungen und Zeitschriften, die trotz des Gestanks irgendwie noch immer ausgeliefert wurden. Im Halbdunkel konnte er eine fette Schlagzeile ausmachen, die den schlechten Gesundheitszustand des Premierministers beklagte. Der alte Byron simulierte ständig Krankheit, einen lahmen Fuß oder Leberbeschwerden oder eine wässerige Lunge.

Hetty betrat das Wohnzimmer mit ihrer leuchtenden Lampe, und auf der staubigen Tapete erblühten verblaßte Rosen. Mallory ließ einen Goldsovereign auf die Tischplatte fallen. Er haßte Streit in diesen Dingen und zahlte immer im voraus. Sie bemerkte den reinen Klang der Münze und lächelte. Dann stieß sie ihre staubigen Stiefeletten von den Füßen und ging zu einer anderen Tür, die sie aufstieß. Ein grauer Kater kam miauend heraus, und sie beschäftigte sich eine Weile mit ihm, streichelte ihn und nannte ihn Toby. Dann ließ sie ihn hinaus auf die Treppe. Mallory sah zu und stand in unglücklicher Geduld da. Der Fußweg von der Dampferanlegestelle hierher hatte seinen Kopf trotz des widrigen Gestanks ein wenig geklärt. »Nun, dann herein mit dir«, sagte sie mit einer auffordernden Kopfbewegung.

Das Schlafzimmer war klein und schäbig, nicht mehr als eine Kammer mit einem Bett, einer Kommode, einem Stuhl und einem hohen halb erblindeten Drehspiegel, der aussah, als hätte er einmal einiges Geld gekostet. Hetty stellte die Lampe auf den stumpfgewordenen Lack der Kommode und begann ihre Bluse aufzuknöpfen. Sie zog die Arme aus den Ärmeln und warf das Kleidungsstück beiseite, als wäre ihr Kleidung gleich welcher Art nur lästig. Sie stieg aus ihrem Rock und einem steifleinenen Unterrock, und entledigte sich ihres Korsetts und eines zweiten, steifgekräuselten Unterrockes.

»Du trägst keine Krinoline?« sagte Mallory mit heiserer Stimme.

»Ich finde sie lästig.« Sie zog die Schleife des Unterrockes auf und legte ihn beiseite, dann öffnete sie die unteren Haken des Korsetts, zog es über die Hüften und stand erleichtert aufatmend in ihrem Spitzenhemd.

Mallory zog Jacke und Schuhe aus, während Hetty in ihrem Hemd ins Bett sprang, daß die abgenutzten Federn laut quietschten. Mallory ließ sich auf die Bettkante nieder. Das Bettzeug verströmte einen starken Geruch von billigem Orangenwasser und Hettys Schweiß. Er entledigte sich seiner Hosen und der Unaussprechlichen, die er am Boden liegenließ, behielt aber das Hemd an.

Darauf beugte er sich hinunter, knöpfte eine Tasche seines Geldgürtels auf und entnahm ihr ein Kondom. »Ich werde es mit Rüstung machen«, murmelte er. »Ist das in Ordnung?«

Hetty stützte sich auf einen Ellbogen. »Laß mal sehen.«

Mallory zeigte ihr die eingerollte Membrane aus Schafsdarm. »Es ist keines von diesen sonderbaren Dingern«, bemerkte sie, anscheinend erleichtert. »Tue es, wie du willst, Liebster.«

Mallory zog sich den Schutz vorsichtig über. So war es besser, dachte er, froh über diesen Akt weiser Voraussicht. Es gab der Sache mehr den Anschein, als sei er Herr seiner Sinne und auf Sicherheit bedacht, und bekäme auch noch etwas für sein Geld. Er kroch zu ihr unter das unsaubere Laken.

Hetty schlang die kräftigen Arme um seinen Hals und küßte ihn heftig mit ihrem großen schiefen Mund, als wollte sie sich mit dem Mund an ihm kleben. Ihre Zunge glitt um seine Zähne wie ein schlüpfriger warmer Aal. Das seltsame Gefühl stimulierte mächtig seine Männlichkeit, und er mühte sich auf sie. Ihr Fleisch fühlte sich durch das dünne Gewebe des Hemdes prachtvoll fest an, und er kämpfte unbeholfen mit dem Kleidungsstück, bis er es über ihre Hüften geschoben hatte. Hetty machte enthusiastisch stöhnende Geräusche, während Mallory in der feuchten Wolle zwischen ihren Beinen herumsuchte. Schließlich wurde Hetty ungeduldig, griff ohne Umstände hinunter und wies ihm den Weg.

Sie hörte auf, an seinem Mund zu saugen, und bald schnauften sie wie Dampfwagen, und die Bettfedern quietschten und ächzten unter ihnen wie ein schlecht gestimmtes Panmelodium. »Oh, Ned, Liebling!« rief sie plötzlich und setzte ihm acht scharfe Fingernägel in den Rücken. Und sie wand sich wie in Krämpfen unter ihm. Im Sog ihrer heftigen Leidenschaft verausgabte er sich plötzlich, als würde ihm der Samen gegen seinen Willen von den harten Stößen ihrer Lenden entrissen.

Nach einer stillen, keuchenden Verschnaufpause küßte Hetty ihm die bärtige Wange. »Das war wirklich gut, Ned. Du weißt, wie man es richtig macht. Nun laß uns was essen, ja? Ich bin am Verhungern.«

»Gut«, sagte Mallory und wälzte sich aus der verschwitzten Wiege ihrer Hüften. Er empfand Dankbarkeit gegen sie, wie er immer gegen jede Frau, die ihn begünstigt hatte, Dankbarkeit empfand, und er schämte sich ein wenig, auch vor ihr. Aber auch er war hungrig, hatte seit vielen Stunden nicht gegessen.

»Wir können unten im Lokal ein gutes kleines Abendessen bestellen. Mrs. Cairns kann es uns heraufbringen. Sie ist meine Vermieterin, die nebenan wohnt.«

»Schön«, sagte Mallory.

»Aber du wirst dafür bezahlen und ihr ein Trinkgeld geben müssen.« Hetty schwang die wohlgeformten Beine aus dem Bett und stand auf. Das Hemd saß ihr noch auf den Hüften, und sie zupfte es herunter, aber der kurze Blick auf die Pracht ihres Hinterteils erfüllte Mallory mit einem Gefühl befriedigten Erstaunens. Sie klopfte in einem raschen Stakkato mit dem Knöchel an die Schlafzimmerwand. Nach einer kleinen Weile wurde zurückgeklopft.

»Ist deine Freundin so spät noch auf?« fragte Mallory.

»Sie ist dieses Geschäft gewohnt«, sagte Hetty und

ließ sich mit einem Chor quietschender Federn wieder ins Bett sinken. »Kümmere dich nicht um Mrs. Cairns. Jeden Mittwoch walkt sie ihren armen Mann durch und hält damit das ganze Haus wach.«

Mallory entfernte unauffällig seinen Pariser, der die Form verloren hatte, aber nicht gerissen war, und ließ ihn in den Nachttopf fallen. »Sollten wir nicht ein Fenster aufmachen? Es ist verdammt heiß ...«

»Und den Gestank einlassen? Nein, Liebster!« Hetty grinste in den Lampenschein und kratzte sich unter dem Laken. »Überhaupt lassen sich die Fenster nicht öffnen.«

»Warum nicht?«

»Die Fensterflügel sind an die Rahmen genagelt. Ich glaube, es war das Mädchen, das früher hier wohnte, bis letzten Winter ... Ein seltsames kleines Ding, mit einem netten Gesicht und feinen Manieren, aber immer in schrecklicher Angst vor ihren Feinden. Ich glaube, sie nagelte die Fenster zu. Schließlich haben sie sie doch erwischt, das arme Geschöpf.«

»Wieso erwischt?«

»Sie brachte ihre Männer nie hierher, soviel ich sehen konnte, aber zuletzt kam die Schmiere her und suchte sie. Von der Sonderabteilung, weißt du? Machten mir die Hölle heiß, die Schinder, als ob ich wüßte, was sie machte oder wer ihre Freunde waren. Ich kannte nicht mal ihren richtigen Namen, Sybil Soundso. Sybil Jones.«

»Was machte diese Sybil Jones?«

»In ihrer Jugend hatte sie ein Kind von einem Parlamentsabgeordneten«, sagte Hetty. »Ein Kerl namens ... na, ich weiß nicht, ob du das wissen willst. Sie war eine, die Politiker als Kundschaft hatte und ein bißchen singen konnte. Ich bin eine, die posiert. *Connaissez-vous les poses plastiques?*«

»Nein.« Mallory bemerkte ohne Überraschung, daß ein Floh auf seinem bloßen Knie gelandet war. Er fing ihn und zerdrückte ihn blutig zwischen den Daumennägeln.

»Wir tragen enge, hautfarbene Trikots und posieren, und die Herren gaffen uns an. Mrs. Winterhalter — du hast sie heute abend in Cremorne Gardens gesehen, sie kommandierte uns herum — ist meine Direktorin, wie man sagt. Aber die Menge war heute abend furchtbar dünn, und diese schwedischen Diplomaten, mit denen wir waren, haben ihre Geldbeutel zusammengekniffen wie Kükenärsche. Also war es ein Glück für mich, daß du auftauchtest.«

Es wurde geklopft. Hetty stand auf. »*Donnez-moi* vier Shilling«, sagte sie. Mallory gab ihr ein paar Münzen, die rasch verschwanden, als sie hinausging. Kurz darauf kehrte sie mit einem schwarzlackierten Tablett zurück, das verbeult und abgestoßen war und einen mißgestalteten Brotwecken, ein Stück gekochten Schinken, Senf, vier Knackwürste und eine staubige Karaffe mit warmem Champagner trug.

Hetty füllte zwei befleckte Champagnergläser und machte sich ohne viel Federlesens und unnütze Worte über das Abendessen her. Mallory betrachtete ihre runden Arme und Schultern, und die Schwellung ihrer schweren Brüste in dem dünnen Hemd, und wunderte sich ein wenig über die Unansehnlichkeit ihres Gesichts. Er trank ein Glas von dem sauren, schlechten Champagner und stopfte hungrig den grünlich schimmernden Schinken in sich hinein.

Hetty aß die Würstchen auf. Dann rutschte sie mit einem schiefen Lächeln aus dem Bett, hob das Hemd über die Hüften und kauerte nieder. »Dieser Champagner läuft gleich durch, nicht? Ich muß auf den Topf. Schau nicht her, wenn du nicht willst.« Mallory schaute höflich weg und hörte das Prasseln im emaillierten Nachttopf.

»Waschen wir uns«, sagte sie. »Ich hole eine Schüssel.« Sie kam mit einer emaillierten Schüssel voll stinkendem Londoner Wasser zurück und wusch sich mit einem Luffaschwamm.

»Deine Figur ist großartig«, sagte Mallory. Ihre Hände und Füße waren klein, aber die gut modellierten runden Waden und die Schenkel dünkten ihn Wunder der Säugetieranatomie, von ihren festen, großen Gesäßbacken zu schweigen. Sie kamen ihm eigentümlich vertraut vor, wie die weißen weiblichen Akte sinnenfroher Barockgemälde.

Sie lächelte, als sie seinen Blick bemerkte. »Möchtest du mich nackt sehen?«

»Ja, gern.«

»Für einen Shilling?«

»Einverstanden.«

Sie entledigte sich mit offensichtlicher Erleichterung ihres Hemdes. Schweiß glänzte auf ihrer Haut. Sie wischte sich mit dem triefenden Schwamm die Achselhöhlen. »Ich kann volle fünf Minuten in einer bestimmten Pose stehen, ohne die geringste Bewegung«, sagte sie. Ihre Sprache war ein wenig undeutlich; sie hatte fast allen Champagner allein getrunken. »Hast du eine Uhr? Zehn Shillinge, und ich zeige es dir! Wollen wir wetten, daß ich es kann?«

»Ich glaube dir, daß du es kannst«, sagte Mallory.

Hetty bückte sich anmutig, umfaßte ihren linken Knöchel und hob ihn mit durchgedrückten Knien über den Kopf. Dann drehte sie sich langsam auf Ferse und Zeh im Kreis herum. »Wie findest du das?«

»Wundervoll«, sagte Mallory beeindruckt.

»Ich kann beide Hände flach auf den Boden legen«, sagte sie und machte eine Rumpfbeuge vorwärts aus der Hüfte. »Die meisten Mädchen sind so fest geschnürt, daß sie entzweibrechen würden, wenn sie es versuchten.« Dann machte sie ein Spagat am Boden und blickte triumphierend zu ihm auf.

»Jetzt sehe ich erst, was ich versäumte, bevor ich nach London kam«, sagte Mallory.

»Dann zieh dein Hemd aus und laß uns noch mal fikken, ohne alles.« Ihr Gesicht war vom Sekt und der Hitze gerötet, ihre grauen Augen verrieten, daß sie angetrunken war. Mallory zog sein Hemd aus, und sie kam mit der Waschschüssel zu ihm. »In dieser bestialischen Hitze geht es nackt am besten. Ich mag es so immer am liebsten.«

»Oh, hast du feines festes Fleisch; ich mag Männer, die ein bißchen haarig sind.« Sie ergriff ohne Umschweife sein Glied, untersuchte es und wusch es in der Schüssel. »Du bist nicht krank, Liebling — dir fehlt gar nichts, der ist ganz in Ordnung. Laß doch diese eklige Wursthaut beiseite und spare dir neun Pence.«

»Neun Pence sind nicht viel«, murmelte Mallory. Er legte ein weiteres Präservativ an und bestieg sie. Diesmal dauerte es länger, und bald schwitzte er wie ein Grobschmied. Der Schweiß rann von ihnen, und seine Ausdünstung mischte sich mit der des schlechten Champagners, aber die schweißnasse Haut ihrer großen Brüste fühlte sich an seiner nackten Brust kühl an. Sie galoppierte unter ihm dahin, die Augen geschlossen, die Zungenspitze im Winkel ihres breiten Mundes, und stieß die Fersen in seine Hinterbacken. Endlich verausgabte er sich ächzend zwischen zusammengebissenen Zähnen. Das brennende Gefühl der Entladung verband sich mit einem dumpfen Schmerz im Hinterkopf und einem Rauschen in den Ohren.

»Du bist ein ganz Wilder, Ned«, seufzte sie. Ihr Hals und ihre Schultern waren fleckig rot wie von Hitzeblattern.

»Du auch«, schnaufte Mallory.

»Ja, ich tue es gern mit einem Mann, der ein Mädchen zu behandeln versteht. Laß uns ein paar Flaschen Ale trinken. Es kühlt besser als Champagner.«

»Gut. Fein.«

»Und ein paar Papyrossi. Magst du Papyrossi?«

»Was soll das sein?«

»Russische Zigaretten, von der Krim. Seit dem Krieg sind sie in Mode gekommen.«

»Du rauchst Tabak?« fragte er überrascht.

»Das habe ich von Gabrielle gelernt«, sagte sie und stieg aus dem Bett. »Gabrielle wohnte hier, nachdem Sybil fortgegangen war. Sie war aus Marseille. Aber letzten Monat segelte sie nach Französisch-Mexiko, mit einem von ihren Botschaftssoldaten. Sie heiratete ihn, die Glückliche.« Hetty hüllte sich in einen Morgenmantel aus gelber Seide. Im Lampenschein sah er teuer und fein aus, trotz der ausgefransten Säume. »War ein süßes Kind, Gabrielle. *Donnez-moi* vier Shillinge, Liebling. Nein, fünf.«

»Kannst du eine Pfundnote wechseln?« fragte Mallory. Hetty gab ihm fünfzehn Shillinge und einen säuerlichen Blick heraus und verschwand. Sie blieb lange aus — plauderte mit der Vermieterin, wie es schien. Mallory lag erschöpft und entspannt in ihrem Bett und lauschte den fernen Geräuschen der großen Metropole: Glocken läuteten, irgendwo krachte es dumpf, wie von fernen Kanonenschüssen, und in Abständen drang Pferdegetrappel und das Rattern von Wagenrädern von der Straße herauf. Sein Whiskyrausch hatte sich im Gefolge des Abendessens halbwegs verflüchtigt, aber ein Schädelbrummen hinterlassen. Trotzdem fühlte er sich besser als zuvor, hatten die fleischlichen Freuden ihn doch von der Last seiner mißlichen Lage abgelenkt, und trotz des Wissens, daß sie bald wieder sein Herz beschweren würde, fühlte er sich einstweilen frei und federleicht.

Hetty kam mit einem Drahtträger voll Bierflaschen in einer Hand zurück und paffte an einer Zigarette.

»Du hast dir Zeit gelassen«, sagte er.

Sie zuckte mit der Schulter. »Unten hat es Ärger gegeben. Ein paar Raufbolde.« Sie stellte den Träger ab, zog eine Flasche heraus und warf sie ihm zu. »Fühl mal, wie kühl — sie werden im Keller aufbewahrt. Fein, nicht?«

Mallory öffnete den Verschluß aus Porzellan, Kork und Drahthebel, und trank durstig. Eingeprägt in das dunkle Glas der Flasche, las er NEWCASTLE ALE. Eine moderne Brauerei, wo das Bier in großen kupfernen Sudpfannen und Stahlbehältern hergestellt wurde, ohne betrügerische Pfuscherei mit Zusatzstoffen.

Hetty stieg mit ihrem Morgenmantel ins Bett, leerte ihre Flasche und öffnete eine zweite. »Zieh den Morgenmantel aus«, sagte Mallory.

»Du hast mir meinen Shilling nicht gegeben.«

»Hier hast du.«

Sie steckte die Münze unter die Matratze und lächelte. »Du bist ein netter Kerl, Ned. Ich mag dich.« Sie zog den Morgenmantel aus und warf ihn zum Kleiderhaken an der Tür, verfehlte das Ziel. »Ich bin heute nacht richtig in Stimmung. Laß uns noch mal!«

»Etwas später«, sagte Mallory und gähnte. Seine Lippen fühlten sich auf einmal hölzern an, und in seinem Kopf pochte ein dumpfer Schmerz, von dem nicht klar war, ob er von Velascos Knüppel oder vom liederlichen Lebenswandel dieser Nacht herrührte.

Hetty ergriff sein schlaffes Organ und begann es zu kneten. »Wann hattest du zuletzt eine Frau, Ned?«

»Ach ... zwei Monate, glaube ich. Drei.«

»Und wer war sie?«

»Sie war ...« Sie war eine Hure in Kanada gewesen, aber Mallory sagte es nicht. »Warum fragst du?«

»Weil ich gern davon höre. Ich möchte gern wissen, wie es in besseren Kreisen gemacht wird.«

»Darüber weiß ich nichts. Du auch nicht, kann ich mir denken.«

Hetty ließ von ihm ab und verschränkte die Arme auf der Brust. Sie lehnte sich gegen das Kopfbrett ihres Bettes, zündete sich eine zweite Papyrossi an, indem sie das Zündholz an einer rauhen Stelle anriß, wo die Tapete sich gelöst hatte. Sie blies Rauch durch die seltsam geformte Nase — für Mallory ein beunruhigender Anblick. »Du denkst, ich weiß gar nichts«, sagte sie. »Dabei wette ich, daß ich von Dingen gehört habe, die du dir nicht vorstellen kannst.«

»Zweifellos«, sagte Mallory höflich. Er trank seine Flasche leer.

»Wußtest du, daß die alte Lady Byron ihren Mann nackt auspeitscht? Er kann erst, wenn sie ihm mit einer Reitgerte den Hintern versohlt. Das weiß ich von einem Polizisten, der nett zu mir war und es von einem Hausdiener der Byrons gehört hat.«

»Tatsächlich?«

»Diese Familie Byron ist durch und durch pervers und verdorben. Jetzt ist er zu alt, aber in seinen jüngeren Jahren soll Lord Byron es mit Schafen getrieben haben, sogar mit einem Busch, erzählt man sich, wenn er ein Schaf darin vermutete, der Sodomiter! Seine Frau ist nicht besser. Sie hat keine anderen Männer, aber sie hält es mit der Peitsche.«

»Bemerkenswert«, sagte Mallory. »Und was ist mit ihrer Tochter?«

Hetty schwieg eine Weile. Er war erstaunt über den plötzlichen Ernst ihres Ausdrucks. »Die ist ganz durchtrieben. Die größte Hure in ganz London.«

»Warum sagst du das?«

»Weil sie mit jedem rammelt, der ihr gefällt, und niemand wagt darüber einen Pieps zu sagen. Sie hat das halbe Oberhaus im Bett gehabt, und alle hängen ihr wie kleine Jungen am Rockzipfel. Und nennen sich ihre Favoriten und ihre Paladine, und wenn einer sein Gelübde bricht und wagt, ein Wort gegen sie zu sagen, dann sorgen die anderen dafür, daß es ihm sehr schlecht geht. Sie umringen und beschützen sie, und verehren sie wie die papistischen Priester ihre Madonna.«

Mallory grunzte. Das war Hurengerede, mit dem Zweck, die Freier zu unterhalten, aber sicherlich maßlos übertrieben. Er wußte, daß Lady Ada ihre Galane hatte, aber die Vorstellung, daß sie sich von verschiedenen

Männern besteigen ließ, die sich im Bett der Königin der Maschinen wälzten ... Es war am besten, nicht daran zu denken.

»Deine Sachkenntnis ist eindrucksvoll, Hetty«, murmelte er. »Es scheint, daß du über die Daten deines Gewerbes verfügst ...«

Hetty, die an der dritten Flasche Ale sog, lachte explosiv. Schaum bespritzte ihre Brust. »Gott, nein«, sagte sie hustend und verrieb den Schaum auf ihren Brüsten. »Neddie, wie du redest! Sieh nur, was du angerichtet hast.«

»Tut mir leid.«

Sie schenkte ihm ein flüchtiges Lächeln und nahm ihre schwelende Zigarette vom Rand der Kommode. »Nimm den Lappen und wasch mich ab«, schlug sie vor. »Das würde dir gefallen, nicht?«

Mallory machte sich ohne ein Wort an die Arbeit. Er holte das Becken, tauchte das Handtuch hinein und rieb sie sorgsam und vorsichtig ab. Hetty beobachtete es mit halbgeschlossenen Augen, paffte an ihrer Zigarette und schnippte die Asche auf den Boden, als ob ihr Fleisch einer anderen gehörte. Danach ergriff sie wieder sein Glied und begann es wortlos zu massieren.

Mallory versah sich wieder mit einem Schafsdarm und verlor über dem unbeholfenen Gefummel beinahe seine Erektion. Zu seiner Erleichterung gelang ihm das Eindringen trotzdem, und in ihrem Fleisch gewann er bald die Steifheit zurück und arbeitete schwitzend und müde, mit einem dumpfen Schmerz im Schädel, im Rücken und in den Armen. Die Bettfedern quietschten wie eine Wiese voll metallener Grillen. Halbwegs durch, war Mallory zumute, als wäre er Meilen gelaufen, und Hetty, deren erloschener Zigarettenstummel die Kommode versengt hatte, schien in Trance, oder vielleicht war sie nur betrunken oder betäubt. Er überlegte, ob er einfach aufhören und ihr sagen sollte, daß es einfach nicht gehe, aber er fand nicht die Worte, die seine Situation zufriedenstellend erklären würden, und so sägte er weiter. Seine Gedanken schweiften ab, zu einer anderen Frau, einer Base von ihm, einem rothaarigen Mädchen, das er einmal mit einem Mann hinter einer Hecke überrascht hatte, als er, Mallory, ein zwölfjähriger Junge gewesen und auf einen Baum geklettert war, um ein Kukkucksei zu erbeuten. Die rothaarige Base hatte den Mann geheiratet und war jetzt vierzig Jahre alt und hatte erwachsene Kinder, eine brave, rundliche kleine Frau mit einer braven Haube, aber Mallory hatte bei jeder Begegnung mit ihr noch immer dieses Bild vor Augen. Jetzt klammerte er sich an das geheime Erinnerungsbild wie ein Galeerensklave an sein Ruder, und arbeitete sich hartnäckig zu einer Entladung. Endlich stellte sich jenes fast schmerzhafte Gefühl ein, das ihm sagte, daß nichts die Entladung zurückhalten würde, und er stieß keuchend und mit erneuerter Anstrengung weiter, und der heiße, quälende Erguß ging wie eine Rakete durch sein schmerzendes Rückgrat und explodierte in seinem Hinterkopf, und er stieß ein lautes, tierisches Grunzen aus, das ihn überraschte.

»Oje«, bemerkte Hetty.

Mallory fiel von ihr und lag wie ein gestrandeter Wal blasend in der abgestandenen Luft. Seine Muskeln waren wie Gummi, und mit der Anstrengung hatte er die letzten Überreste seines Whiskyrausches ausgeschwitzt. Er lag völlig erschöpft, bereit zu sterben. Wäre der Geck von der Rennbahn hereingekommen und hätte ihn auf der Stelle erschossen, er würde es irgendwie begrüßt haben, froh über die Aussicht, nie wieder etwas tun und nie wieder Edward Mallory sein zu müssen.

Aber nach einer kleinen Weile lösten sich die Empfindungen auf, und er war wieder Mallory. Zu betäubt, um irgendwelche Verfeinerungen von Schuld oder Bedauern zu spüren, fühlte er sich nichtsdestoweniger bereit zu gehen. Eine unausgesprochene Krise war vorübergegangen, und die Episode hatte ihr Ende gefunden. Er war einfach zu müde, um gleich zu gehen, aber er wußte, daß ihn nichts mehr hielt. Die Schlafkammer der Hure erschien ihm nicht mehr als eine Art Zuflucht. Die Wände schienen unwirklich, bloße mathematische Abstraktionen, Grenzen, die ihn nicht mehr zurückhalten konnten.

»Laß uns ein bißchen schlafen«, sagte Hetty mit lallender Stimme. Sie schien halb betäubt vom Alkohol.

»In Ordnung.« Er legte die Zündholzschachtel in bequeme Reichweite, löschte die Lampe und lag in der heißen Londoner Dunkelheit wie ein schwebendes, körperloses Wesen. Er ruhte mit offenen Augen, während ein Floh sich unbemerkt von ihm an seinem Knöchel labte. Er schlief nicht eigentlich, sondern ruhte unbestimmte Zeit in einem Dämmerzustand. Als er daraus erwachte und seine Gedanken sich im Kreis zu bewegen begannen, zündete er eine von Hettys Zigaretten an, ein angenehmes Ritual, doch ohne viel Sinn, da er den Rauch nur paffen konnte. Später stand er auf und benutzte den Nachttopf, den er im Dunkeln ertastete. Bier war auf dem Boden vergossen, oder vielleicht war es etwas anderes. Er hätte sich gern die Füße gewischt, konnte sich aber nicht besinnen, wo die Wasserschüssel stand.

Er wartete, daß sich in Hettys kahler und schmutziger Schlafkammer etwas wie Morgengrauen zeige, aber das Fenster ging auf eine nahe, düstere Hauswand hinaus. Schließlich kam ein matter Widerschein, weit entfernt von natürlichem Tageslicht. Er fühlte sich ausgeruht, aber von Durst gequält, und sein Kopf schien mit Watte ausgestopft. Es war nicht allzu schlimm, solange er plötzliche Bewegungen vermied, aber ein dumpfes Pochen kündete von bevorstehenden Unannehmlichkeiten.

Er zündete die Lampe an, fand sein Hemd. Hetty erwachte stöhnend und starrte ihn an, das Haar wirr und verschwitzt, die Augen verquollen. »Du gehst nicht«, sagte sie.

»Doch.«

»Warum? Es ist noch so dunkel.«

»Ich bin Frühaufsteher.« Er machte eine Pause. »Eine alte Gewohnheit.«

Hetty ermunterte sich und schnaubte. »Sei nicht albern und komm zurück ins Bett, mein braver Soldat. Bleib noch ein bißchen. Wir werden uns waschen und frühstücken. Du kannst ein gutes großes Frühstück kommen lassen.«

»Lieber nicht. Ich muß gehen. Ich habe zu tun.«

»Wie spät?« Sie gähnte. »Noch nicht mal Sonnenaufgang.«

»Es ist spät, ganz sicher.«

»Was sagt Big Ben?«

»Ich habe Big Ben die ganze Nacht nicht gehört«, sagte Mallory, und die Erkenntnis überraschte ihn. »Wahrscheinlich hat die Regierung das Uhrwerk abgestellt.«

Diese Spekulation schien Hetty vage zu beunruhigen. »Dann lassen wir ein französisches Frühstück heraufschicken«, schlug sie vor. »Blätterteiggebäck, eine Kanne Kaffee. Das ist billig.«

Er schüttelte den Kopf.

Hetty musterte ihn mit verkatertem Blick. Offenbar hatte sie nicht mit seiner Weigerung gerechnet. Sie setzte sich im Bett aufrecht, daß die Federn quietschten, und fuhr sich mit den Fingern durch das Haar. »Geh nicht hinaus, das Wetter ist schrecklich. Wenn du nicht schlafen kannst, Liebster, laß uns noch mal ficken.«

»Ich glaube nicht, daß ich kann.«

»Ich weiß, daß du mich magst, Neddie.« Sie hob das schweißfeuchte Laken. »Komm und befühl mich, das wird ihn zum Stehen bringen.« Sie lag da und wartete, das Laken in die Höhe haltend. Mallory, der sie nicht enttäuschen wollte, kam zu ihr, streichelte ihre Hüften und befühlte die üppige Glätte ihrer Brüste: Die Berührung blieb nicht ohne eine gewisse Reaktion, aber sie reichte nicht aus. »Ich muß wirklich gehen«, sagte er.

»Wenn du noch ein wenig wartest, wird es schon gehen.«

»Ich kann nicht länger bleiben.«

»Wirst du dann wiederkommen? Wann werden wir uns sehen?«

»Bald.« Sie seufzte, wußte, daß er log. »Dann geh, wenn du mußt. Aber hör zu, Neddie, ich weiß, daß du mich magst. Und ich erinnere mich an deinen richtigen Namen nicht genau, aber ich weiß, daß ich dein Bild in der Zeitung gesehen habe. Du bist ein berühmter Gelehrter, und du hast Kohle. Habe ich recht?«

Mallory sagte nichts.

»Ein Mann wie du kann mit der falschen Art von Mädchen in schlimme Schwierigkeiten kommen, hier in London. Aber mit Hetty Edwards bist du sicher, denn ich gehe nur mit Herren aus und bin sehr diskret.«

»Das glaube ich dir gern«, sagte Mallory, während er sich hastig ankleidete.

»Dienstags und donnerstags tanze ich im Theater am Haymarket. Wirst du kommen und mich sehen?«

»Wenn ich in London bin.«

Er verließ sie und tastete sich aus der Wohnung. Auf seinem eiligen Rückzug zur Treppe stieß er sich das Schienbein am Pedal eines angeketteten Fahrrades blutig.

Der Himmel hatte keine Ähnlichkeit mit allem, was Mallory je gesehen hatte, und doch war es ein Wiedererkennen. Er hatte mit seinem inneren Auge solch einen Himmel gesehen, eine niedrige Kuppel, randvoll mit explosivem Schmutz, mit verhüllendem Staub — einen Himmel, welcher der Vorbote der Katastrophe war.

Im Zwielicht der aufgegangenen Sonne schätzte er die Zeit auf ungefähr acht Uhr. Der Morgen war gekommen, hatte aber keinen Tag gebracht. Die Dinosaurier mußten diesen selben Himmel gesehen haben, dachte er, nach dem erderschütternden Einschlag des Großen

Kometen. Für die Herden der schuppigen Ungeheuer, ständig auf der Wanderung durch die üppigen Dschungel, immerfort angetrieben von mächtigem Hunger in ihren riesigen, fermentierenden Bäuchen, war dies der Himmel des Weltuntergangs gewesen. Stürme von unvorstellbarer Gewalt hatten die Erde der Kreidezeit verwüstet, ungeheure Flächenbrände die Wälder verheert, erstickender Staub die Atmosphäre erfüllt, um im Niedersinken das welkende Laub abzutöten. Bis die mächtigen Dinosaurier, angepaßt an eine nun zerschmetterte Welt, in Massen zugrunde gangen waren, und die Mechanismen der Evolution die schwergetroffene Erde aus dem Chaos mit seltsamen, neuen Ordnungen des Lebens wieder bevölkert hatten.

Mit diesen Gedanken ging er hustend die Flower and Dean Street hinunter. Er konnte nicht viel weiter als dreißig Schritte sehen, denn ein tiefhängender gelber Nebel der mit beißendem Säuregeruch in den Augen brannte, hatte sich bis auf das Straßenpflaster niedergesenkt.

Mehr durch Glück als durch Verdienst kam er auf die Commercial Street hinaus, sonst eine der belebtesten Hauptstraßen von Whitechapel. Jetzt lag sie verlassen, die glatte Teerdecke übersät mit Splittern von Schaufensterglas.

Er ging einen Block, dann noch einen. Kaum ein Schaufenster war unversehrt. Pflastersteine, in Seitenstraßen ausgegraben, waren links und rechts wie ein Meteoritenschauer in die Geschäfte geschleudert worden. Etwas wie ein Wirbelwind war über ein Kolonialwarengeschäft hereingebrochen und hatte davor auf der Straße knöcheltiefe schmutzige Schneewehen aus Mehl und Zucker hinterlassen. Mallory suchte sich den Weg durch zerschlagene Gemüsekisten, zermatschte Reineclauden, zerschlagene Gläser mit eingemachten Pfirsichen und die von Stiefeltritten gezeichneten Fußbälle ganzer geräucherter Schinken. Das verstreute feuchte

Mehl zeigte eine Unmenge von Fußspuren: Männerschuhe, die kleinen bloßen Füße von Straßenjungen, die zierlichen Abdrücke von Damenschuhen und die Wischer ihrer Rocksäume.

Vier dunstverhüllte Gestalten, drei Männer und eine Frau, alle ordentlich gekleidet und mit Stoffmasken vor Mund und Nase geschützt, kamen in Sicht. Als sie ihn bemerkten, überquerten sie die Straße ostentativ zur anderen Seite. Sie gingen langsam, ohne Eile, und sprachen mit gedämpften Stimmen.

Mallory ging weiter. Glassplitter knirschten unter seinen Schuhen. Meyers Herrenkleidergeschäft, Petersens Kurzwarenladen, LaGranges Pneumatischer Waschsalon, alle zeigten eingeschlagene Schaufenster und aus den Angeln gerissene Türen. Die Fassaden waren mit Steinen, Ziegelbrocken und rohen Eiern beworfen worden.

Ein Stück weiter erschien eine geschlossene Gruppe von Männern und jungen Burschen, von denen einige vollbeladene Schubkarren schoben, obwohl sie augenscheinlich keine Straßenhändler waren. In ihren Masken wirkten sie düster und müde, und ihr gemessener Schritt gemahnte Mallory an einen Trauerzug. Vor einem geplünderten Schuhgeschäft machten sie halt und durchsuchten die wahllos verstreuten Schuhe nach zusammenpassenden Paaren.

Mallory begriff, daß er ein Dummkopf gewesen war. Während er sich in sinnloser Ausschweifung gesuhlt hatte, war in London jede Ordnung zusammengebrochen, war die Stadt der Anarchie anheimgefallen. Er sollte jetzt zu Hause im friedlichen Sussex sein, bei der Familie. Er sollte sich an den Vorbereitungen für Madelines Hochzeit beteiligen, in reiner Landluft mit seinen Brüdern und Schwestern, mit gesundem Essen und Trinken. Plötzlich verspürte er Heimweh und fragte sich, welche chaotische Vermengung von Lust und Ehrgeiz und Umstände ihn in diesem schrecklichen, bösen Ort festgehalten hatte.

Mit einem Schreck fiel ihm Madelines Uhr ein. Gottlob hatte er das Hochzeitsgeschenk für seine Schwester mit dem Tragkasten im Tresorraum des Palastes der Paläontologie abgestellt. Die schöne, kunstvolle Uhr wenigstens war nicht in seinem Zimmer verbrannt. Aber der Palast war sieben Meilen von Whitechapel entfernt. Sieben Meilen gesetzloser Anarchie.

Mallory überlegte, ob die U-Bahnen fuhren, oder die Omnibusse. Vielleicht eine Droschke? Pferde würden in diesem schädlichen Dunst ersticken. Er war auf Schusters Rappen angewiesen. Wahrscheinlich war eine Durchquerung Londons zu Fuß töricht, und wahrscheinlich würde es am klügsten sein, sich wie eine Ratte in irgendeinem ruhigen Keller zu verkriechen und zu hoffen, daß die Katastrophe ihn überging. Aber seine Beine marschierten von selbst weiter, und sogar der pochende Kopfschmerz ließ allmählich nach, als seine Gedanken sich auf ein Ziel konzentrierten. Zurück zum Palast. Zurück zu seinem Leben.

»Hallo! Hören Sie! Sir!« Die Stimme kam von oben herab wie der Ruf eines schlechten Gewissens. Er blickte erschrocken auf.

Aus einem Fenster im dritten Stock des Geschäftshauses von Jackson Bros., Kürschner und Hutmacher, ragte der schwarze Lauf eines Gewehres. Dahinter machte Mallory den kahlen Kopf eines bebrillten Ladenangestellten in gestreiftem Hemd und scharlachroten Hosenträgern aus, der sich aus dem offenen Fenster beugte.

»Womit kann ich dienen?« rief Mallory. Die Redensart kam wie im Reflex heraus.

»Danke, Sir!« rief der Mann. »Sir, könnten Sie bitte einen Blick auf unseren Ladeneingang werfen — etwas zur Seite, unter den Stufen? Ich glaube — da könnte ein Verletzter liegen!«

Mallory hob zustimmend die Hand und ging zum Ladeneingang. Die zweiflügelige Tür war intakt, aber von verschiedenen Einbruchsversuchen arg mitgenommen. Ein junger Mann in der gestreiften Bluse und den ausgestellten Hosen eines Seemanns lag ausgestreckt auf dem Gesicht, eine Brechstange neben sich.

Mallory faßte den derben Stoff der Bluse an der Schulter und wälzte ihn herum. Eine Kugel hatte ihn durch die Kehle getroffen. Er war tot, und seine Nase war vom Pflaster auf die Seite gequetscht, was seinem leblosen jungen Gesicht einen bizarren Ausdruck verlieh, als wäre er aus einem namenlosen Land seefahrender Albinos gekommen.

Mallory richtete sich auf. »Sie haben ihn totgeschossen«, rief er hinauf.

Der Angestellte, anscheinend außer Fassung, begann laut zu husten und gab keine Antwort.

Da sah Mallory den Walnußgriff einer Pistole aus der kompliziert geknoteten Leibbinde des Matrosen ragen; er zog die Waffe heraus. Es war keine Pistole, sondern ein Revolver von unvertrauter Konstruktion; der massive Zylinder war eigenartig geschlitzt und eingekerbt. Der lange achteckige Lauf, unter dem das Ende einer Art Kolbenstange herausragte, roch nach Schwarzpulver. Er blickte zum Ladeneingang. Es war deutlich zu sehen, daß ein größerer Trupp daran gewesen war, eine bewaffnete Meute von Plünderern. Sie mußte sich zerstreut haben, als der Seemann erschossen worden war.

Mallory trat auf die Straße hinaus und schwenkte die Pistole. »Der Gauner war bewaffnet!« rief er. »Sie taten gut daran …«

Eine Kugel aus dem Gewehr des Angestellten schlug eine helle Kerbe in eine Zementstufe und gellte als Querschläger davon; Mallory spürte den Luftzug im Gesicht.

»Gott soll Sie strafen, Sie Trottel!« brüllte Mallory hinauf. »Lassen Sie das sofort sein!«

Es blieb einen Augenblick still. »Tut mir leid, Sir!« rief der Mann.

»Was, zum Teufel, fällt Ihnen ein?«

»Ich sagte, es tut mir leid! Aber werfen Sie am besten diese Waffe weg, Sir!«

»Den Teufel werde ich tun!« rief Mallory und steckte den Revolver in seinen Hosenbund. Er wollte den Angestellten auffordern, herunterzukommen und den Toten zuzudecken, besann sich aber eines Besseren, als andere Fenster aufgestoßen wurden und vier weitere Gewehrläufe zur Verteidigung von Jackson Bros. erschienen.

Mallory wich zurück, hob die leeren Hände und versuchte zu lächeln. Als der Dunst ihn eingehüllt hatte, drehte er sich um und lief davon.

Von nun an bewegte er sich vorsichtiger und blieb in der Straßenmitte. Er fand ein zertrampeltes Batisthemd und schnitt mit der kleinen Klinge seines Klappmessers einen weiten Ärmel ab. Vor Mund und Nase gebunden, ergab er eine brauchbare Atemmaske. Im Gehen untersuchte er den Revolver des Matrosen und pflückte eine geschwärzte Patronenhülse aus dem Zylinder. Fünf Kammern waren noch geladen. Es war ein ungefüges Ding, ausländischen Ursprungs, ungleichmäßig gebläut, doch sah der Mechanismus aus, als sei er mit hinreichender Präzision gearbeitet. Auf die Seite des achteckigen Laufes war die Herstellermarke BALLESTER MOLINA schwach eingeprägt, aber andere Hinweise gab es nicht.

Mallory kam in die Aldgate High Street, an die er sich von seiner Wanderung mit Hetty von der Anlegestelle bei der London Bridge erinnerte, aber sie wirkte auf ihn noch unheimlicher und häßlicher als sie es mitten in der Nacht getan hatte. Dabei war sie allem Anschein nach von Plünderungen bisher verschont geblieben.

Aus dem Nebel hinter ihm drangen rhythmische Glockenschläge, die sich rasch näherten. Er trat beiseite und ließ einen Feuerwehr-Dampfwagen vorbei. Die rotgestrichenen Seiten waren verbeult und zerschlagen. Irgendein tollgewordener Londoner Mob hatte die ausgebildeten Männer und Maschinen angegriffen, die zwischen der Stadt und einer Feuersbrunst standen. Dies schien Mallory der Gipfel perverser Dummheit zu sein, doch irgendwie überraschte er ihn nicht. Erschöpfte Feuerwehrmänner standen auf den Trittbrettern des Dampfwagens. Sie trugen absonderliche Gummimasken mit glänzenden Augengläsern und akkordeonartigen Atemschläuchen. Mallory wünschte sich selbst eine solche Schutzmaske, denn seine Augen brannten mittlerweile so stark, daß er wie ein Pirat in einer Pantomime zwinkerte und blinzelte.

Aldgate High Street ging über in die Fenchurch Street, diese wurde zur Lombard Street, dann Poultry, und er war noch immer meilenweit von seinem Ziel, dem Palast der Paläontologie, entfernt. In der schlechten Luft meldeten sich seine Kopfschmerzen bald wieder, und zu allem Überfluß schien er sich jetzt der Themse zu nähern, denn der Nebel verdichtete sich zu einem feuchten, zähen und stinkenden Brodem, der ihm Übelkeit verursachte.

Auf der Cheapside lag ein Stadtomnibus auf der Seite und war mit den Kohlen seiner eigenen Feuerung in Brand gesetzt worden. Alle Fenster waren eingeschlagen, und er war bereits zu einem geschwärzten Gerippe ausgebrannt.

Auf dem Kirchhof der St. Pauls Kathedrale waren Menschen. Die Luft schien hier etwas klarer, denn die Kuppel war sichtbar, und unter den Bäumen des Kirchhofes hatte sich eine große Menge versammelt, hauptsächlich aus Männern und Jugendlichen. So unerklärlich es unter den äußeren Umständen scheinen mochte, befanden sie sich in bester Stimmung. Im Näherkommen sah Mallory zu seiner Verblüffung, daß sie auf den Stufen von Christopher Wrens Meisterwerk mit Würfelspiel beschäftigt waren.

Bald stellte sich heraus, daß sogar die breite Durchgangsstraße der Cheapside von verstreuten Gruppen eifriger und entschlossener Spieler blockiert war. Die Spieler knieten auf dem Pflaster und bewachten ihr Spielkapital aus Münzen und Papiergeld. Eifrige Anführer im Anrichten von Unheil, geriebene, blinzelnde Cockneys, denen der geronnene Gestank der Stadt nichts anzuhaben schien, riefen mit lauten, heiseren Stimmen ihre Aufforderungen, als Mallory vorbeiging. »Ein Shilling zur Eröffnung! Wer geht mit? Wer geht mit, meine Freunde?« Aus den Kreisen der Spieler stiegen die Triumphschreie der Gewinner in den stickigen Dunst, während das zornige Murren und Ächzen der Verlierer von den Masken gedämpft wurde.

Auf jeden kühnen Spieler kamen drei, die schüchtern oder besserwisserisch kiebizten. Es war wie eine Karnevalsattraktion, eine stinkende und unzulässige Zusammenrottung, aber es war keine Polizei in Sicht, keine Autorität. Mallory schob sich wachsam durch die lockere, aufgeregte Menge, eine Hand am Griff des Revolvers. In einer Durchfahrt traten zwei maskierte Männer einen dritten mit Stiefeln nieder, erleichterten ihn um seine Uhr und Brieftasche. Eine Menge von wenigstens einem Dutzend sah mit mäßigem Interesse zu. Niemand schritt ein.

Diese Londoner waren wie ein Gas, dachte Mallory, wie eine Wolke winziger Atome. Sobald die Fesseln der Gesellschaft gesprengt waren, flogen sie einfach auseinander, wie die elastischen, gasgefüllten Kugeln in Boyles *Gesetze der Physik.* Die meisten von ihnen waren ordentlich gekleidet; die Anarchie hatte den Zwang zum Wohlverhalten von ihnen genommen, und nun zeigte sich die Kehrseite liberaler Politik: das Ignorieren des moralischen Imperativs hatte alle überlieferten sittlichen Grundsätze ausgehöhlt und an ihrer Stelle ein Vakuum hinterlassen. Die Menschen hatten keine Maßstäbe zum Beurteilen oder Vergleichen mehr. Sie waren zu Marionetten niedriger Regungen geworden.

Wie die Stammeskrieger der Cheyenne von Wyoming im Teufelsgriff des Alkohols tanzten, hatten die Bewohner des als zivilisiert geltenden London sich primitiver Tollheit hingegeben. Und nach ihren fröhlichen Mienen zu urteilen, hatten sie ihre Freude daran. Nach dem kärglichen Einerlei ihres gewohnten Lebens war dies Herrlichkeit, eine ungestrafte Freiheit zum Bösen, vollkommener und wünschenswerter als alles, was sie je gekannt hatten.

Am Rand der Menge waren frische bunte Handzettel an eine bisher sakrosankte Ziegelwand in der Paternoster Row angeschlagen. Es waren Anzeigen der billigsten und überall anzutreffenden Art, wie sie in ganz London das Auge verfolgte: PROFESSOR RENBOURNE'S MAGNETISCHE KOPFSCHMERZTABLETTEN; BEARDSLEY'S KABELJAUSCHNITZEL; MCKESSEN & ROBBINS ZAHNSTEINLÖSENDE ARNIKA-ZAHNSEIFE ... und ein paar Theaterankündigungen: MADAME SCABOGLIONI im Saville House am Leicester Square, eine VAUXHALL PANMELODIUM-SINFONIE ... Veranstaltungen, dachte Mallory, die sicherlich niemals stattfinden würden, und tatsächlich waren die Plakate mit einer achtlosen Hast angeklebt, die das Papier in vielen Fällen faltig hatte antrocknen lassen. Unter den Anschlägen tropfte frischer Kleister in klebrig weißen Rinnsalen herab, ein Anblick, der Mallory in einer Weise störte, die er sich nicht erklären konnte.

Aber inmitten dieser alltäglichen Werbeplakate, als ob es dort von Rechts wegen seinen Platz hätte, war ein großes, aus drei Bogen bestehendes Plakat von der Größe einer Pferdedecke, auf einer Maschine gedruckt und beim hastigen Ankleben zerknittert. Sogar die Druckfarbe schien noch feucht zu sein.

Ein verrücktes Ding.

Mallory blieb davor stehen, betroffen von der primitiven und grotesken Aufmachung. Es war in drei Farben gedruckt — scharlachrot, schwarz und in einem häßlichen Graurosa, das eine Mischung der beiden zu sein schien.

Eine scharlachrote Frau mit Augenbinde — eine Justitia? — in einer unscharf dargestellten scharlachroten Toga schwang ein ebenso scharlachrotes Schwert mit der Inschrift LUDD über den graurosa Köpfen zweier sehr primitiv dargestellten Büsten eines Mannes und einer Frau — König und Königin? Vielleicht Lord und Lady Byron? Die scharlachrote Justitia zertrat den Leib einer großen zweiköpfigen Schlange, oder vielleicht eines schuppigen Drachens, dessen sich ringelnder Körper VERDIENSTADEL etikettiert war. Hinter der Göttin der Gerechtigkeit stand die Londoner Stadtsilhouette in scharlachroten Flammen, während der Himmel um die dargestellten Figuren von stilisierten schwarzen Wolken nur so brodelte. Drei Männer, anscheinend Kleriker oder Gelehrte, baumelten an einem Galgen im oberen rechten Winkel, und im oberen linken Winkel schwenkte eine Menge schlecht gezeichneter Gestalten Fahnen und Jakobinerspieße; sie rückten unter einem Kometen gegen ein unbekanntes Ziel vor.

Und das war noch nicht alles. Mallory rieb sich die brennenden Augen. Das große rechteckige Plakat enthielt noch eine Menge kleinerer Darstellungen, die den Hintergrund belebten. Hier blies ein zwergenhafter Windgott eine Wolke aus, die mit PESTILENZ beschriftet war. Dort explodierte eine Kanonenkugel oder Bombe in spitze Bruchstücke und fegte mißgestalte schwarze Kobolde hinweg. Ein mit Blumen überhäufter Sarg stand unter der Schlinge eines Henkers. Eine nackte Frau kauerte zu Füßen eines Ungeheuers, dargestellt als ein gutgekleideter Mann mit dem Kopf eines Reptils. Ein winziger betender Mann mit Epauletten stand unter einem Galgen, während der Henker, ein kleiner Kerl mit Kapuze und aufgerollten Ärmeln, bedeutungsvoll zur Schlinge zeigte ... mehr von den schmutzigen Rauchwolken, die wie Schlammspritzer über das Plakat verteilt waren, verbanden die Einzeldarstellungen wie der Teig die Rosinen eines Kuchens. Und am Fuß des Plakates war eine Art erläuternder Text zu lesen. Ein Titel, in großer, unsauberer Maschinenschrift: ›Die SIEBEN FLÜCHE der HURE von BABYLONDON!‹

Babylondon. Was für Flüche, und warum sieben? Das Plakat schien zusammengesetzt aus Einzeldarstellungen des Maschinen-Bildrepertoires. Mallory wußte, daß die modernen Druckereien über spezielle Lochkarten verfügten, die bestimmte, grobgerasterte Bilder reproduzieren konnten, nicht anders, aber einfacher herzustellen als die Holzschnitte der alten Moritaten. In der Maschinenarbeit der Schunderzeugnisse konnte man dem einen oder dem anderen abgenutzen Bild immer wieder begegnen. Aber hier waren die Farben scheußlich, die Bilder laienhaft und primitiv angeordnet, und, schlimmer noch, das ganze Plakat schien in seiner stokkenden und abstoßenden Art etwas auszudrücken, das einfach und wahrhaft unaussprechlich war.

»Meinen Sie nicht?« fragte eine Stimme neben ihm.

Mallory fuhr ein wenig zusammen. »Nichts«, murmelte er.

Der Mann schob sich näher an seine Seite, ein sehr großer, hagerer Mann mit glattem, ungepflegtem blonden Haar unter einem Zylinderhut. Er war angetrunken, und in seinen Augen war ein irrer Glanz. Sein Gesicht war verborgen hinter einer Maske aus punktiertem Stoff. Seine schmutzigen Kleider waren beinahe Lumpen, bis auf die Schuhe, die gestohlen und funkelnagelneu waren. Der Mann stank nach Schweiß, Verwahrlosung, Hilflosigkeit. Er blinzelte angstrengt zu dem Plakat hin, dann wieder zu Mallory. »Freunde von Ihnen?«

Mallory verneinte.

»Erzählen Sie mir, was es bedeutet!« sagte der Mann. »Ich hörte Sie darüber reden. Sie wissen es, nicht?«

Der Mann hatte eine scharfe, aber verschliffene und stockende Stimme, und als er wieder vom Plakat zu

Mallory blickte, hatte dieser das Gefühl, daß in den hellen Augen über der Maske ein tierischer Haß schwelte.

»Lassen Sie mich in Ruhe!« rief Mallory.

»Christus den Erlöser lästern!« kreischte der Hagere, und seine knorrigen Hände kneteten die Luft. »Das heilige Blut Christi, das die Sünde von uns wusch ...«

Er streckte die Hände nach Mallory aus. Der schlug sie beiseite.

»Macht ihn kalt!« schlug eine anonyme Stimme vor. Die Worte luden die drückende Luft auf wie eine Leydener Flasche. Als Mallory sich umsah, merkte er, daß er und sein Gegner plötzlich von einer Menge umringt waren — keinen zufällig zusammengelaufenen Gaffern, sondern bösartigen Gestalten, üblem, verschlagen blikkendem Gelichter. Der hagere Typ mit dem Zylinder, vielleicht von hinten gestoßen, prallte stolpernd auf Mallory. Dieser brachte ihn mit einem Haken in die Magengrube zum Zusammenklappen. Aus dem Kreis der Umstehenden erhob sich ein schriller Schrei blutlüsternen Vergnügens. Ein Klumpen Dreck verfehlte Mallorys Kopf um ein Geringes und zerspritzte an dem Plakat. Als sei es ein Signal gewesen, brandete die Menge mit Geschrei, Faustschlägen und weiteren Wurfgeschossen gegen ihn vor.

Mallory stieß fluchend Angreifer zurück, wich Schlägen aus, zog den Revolver aus dem Gürtel, richtete die Mündung nach oben und drückte ab.

Nichts. Ein Faustschlag traf ihn hart in die Rippen.

Er spannte den Hammer mit dem Daumen, drückte wieder ab. Der Krach war erschreckend, ohrenbetäubend.

Einen Augenblick später hatte Mallory wieder Luft; die Menge, eben noch tödliche Bedrohung, ergriff Hals über Kopf die Flucht, stob auseinander. Männer wurden von anderen in ihrer wilden Flucht niedergestoßen und überrannt. Mallory stand einen Moment überwältigt, den Mund hinter seiner Maske in völliger Verblüffung aufgesperrt, den Revolver noch im ausgestreckten Arm über sich.

Dann kehrte der gesunde Menschenverstand zurück. Er zog sich zurück, machte kehrt und lief davon, so schnell er konnte. Während er rannte, versuchte er den Revolver wieder in den Hosenbund zu stecken, sah jedoch mit Erschrecken, daß der Hammer wieder gespannt und die Waffe schußbereit war. So behielt er sie in der Hand, während er floh.

Schließlich machte er ausgepumpt und hustend halt. Weit hinter ihm drangen vereinzelte Pistolenschüsse aus dem schmutzigen Nebel, gefolgt von fernem, wildem Geschrei.

»Lieber Gott«, stieß Mallory hervor und untersuchte den Mechanismus. Das Teufelsding hatte sich nach dem Schuß automatisch wieder gespannt, indem ein Teil des Gasdruckes der Explosion durch die vermeintliche Kolbenstange unter dem Lauf zurückgeleitet worden war, den eingekerbten Zylinder gegen eine stationäre Sperrklinke gestoßen, weitergedreht und den Hammer zurückgedrückt hatte. Mallory hakte beide Daumen über den Hammer und betätigte vorsichtig den Abzug, bis er den Mechanismus schließen konnte. Dann steckte er die Waffe wieder in den Hosenbund.

Er war noch nicht weit gekommen, als sein Blick wieder auf eine Reihe angeklebter Handzettel fiel. Ihre Zahl schien unerschöpflich, und sie waren in wahlloser Folge hintereinander angeschlagen. Er ging an den Plakaten entlang durch eine Straße, die auf einmal wie ausgestorben schien. Von irgendwo drang fernes Splittern von Glas an sein Ohr, Kriegsgeschrei jugendlicher Stimmen.

GEHEIMSCHLÜSSEL BILLIG verkündete ein Anschlag. Ein anderes pries REGENMÄNTEL FÜR INDIEN UND DIE KOLONIEN an. LEHRLINGE ZUR AUSBILDUNG ALS CHEMIKER UND DROGISTEN wurden gesucht.

Voraus waren die ruhig klopfenden Hufschläge langsam gehender Pferde zu vernehmen, das Knarren einer

Achse. Dann tauchte aus dem Dunst der Wagen des Plakatklebers auf, ein hohes schwarzes Fuhrwerk, dessen Seiten mit großen, schreienden Plakaten beklebt waren. Ein maskierter Bursche in einem lose hängenden grauen Regenmantel drückte ein mit Kleister bestrichenes Plakat gegen eine Wand. Sie war durch einen hohen eisernen Zaun geschützt, der ungefähr anderthalb Meter vor der Ziegelmauer verlief, aber dies störte den Plakatkleber nicht im geringsten, denn er hatte eine spezialisierte Walzenvorrichtung an einem langen Besenstiel.

Mallory trat näher, um zuzusehen. Der Plakatkleber beachtete ihn nicht, da er einen entscheidenden Augenblick in seiner Arbeit erreicht hatte. Das Plakat, das fest um eine schwarze Gummiwalze gewickelt war, wurde gegen die Wand gedrückt und von unten noch oben abgerollt; gleichzeitig wurde der Kleister mittels eines mit der anderen Hand betätigten und am Besenstiel befestigten Klistiers durch zwei Schläuche an den Enden der Walze an die Wand gespritzt. Ein zweites Abrollen nach unten glättete das Plakat und verband es fest mit der Wand.

Das Fuhrwerk rollte weiter. Mallory trat näher und betrachtete das frischgeklebte Plakat, das die verschönernde Wirkung von Lord Colgates Spezialseife gegen Hautunreinheiten anpries und darstellte.

Mallory folgte dem Wagen des Plakatklebers, der aber bald auf ihn aufmerksam wurde. Es schien ihn etwas zu beunruhigen, denn er sagte etwas zu dem Kutscher, und das Fuhrwerk rollte ein gutes Stück weiter.

Mallory folgte diskreter als zuvor. Das Fuhrwerk hielt nun an der Ecke der Fleet Street, wo die Anschlagtafeln nach alter Tradition die großen, schreienden Plakate der Tageszeitungen trugen. Aber während Mallory aus unauffälliger Entfernung zusah, wurde ein neues Plakat kühn über die Reklame des MORNING CLARION geklebt, und dann noch eines, und ein drittes.

Diesmal waren es ein Veranstaltungshinweise. Ein

Dr. Benet aus Paris sollte einen Vortrag über den therapeutischen Wert aquatischen Schlafes halten; eine obskure Gesellschaft zur Bildungsförderung veranstaltete ein Symposion über ›Die Sozialphilosophie des Dr. Coleridge‹; und ein Wissenschaftlicher Vortrag mit Kinotropie sollte von Dr. Edward MALLORY gehalten werden ...

Mallory grinste hinter seiner Maske. Edward MALLORY! Er mußte zugeben, daß sein Name sich in der Achtzig-Punkt-Maschinenfraktur sehr gut ausnahm. Es war ein Jammer, daß der Vortrag nicht zustande kam, aber Huxley oder einer seiner Mitarbeiter hatten den Auftrag zum Druck der Plakate prompt erteilt, und eine Absage war nicht erfolgt.

Ein Jammer, dachte Mallory, als er dem davonrollenden Plakatkleberfuhrwerk mit einer ganz neuen Empfindung von liebevollem Besitzerstolz nachblickte. Edward MALLORY. Er hätte das Plakat gern als Andenken aufbewahrt; und dachte daran, es loszulösen, aber der schnelltrocknende Kleister brachte ihn davon ab.

Er nahm sich das Plakat genauer vor, um den Text seinem Gedächtnis einzuprägen. Und bei genauerem Hinsehen erwies sich der Druck als keineswegs so sauber, wie er hätte sein können, denn die schwarze Beschriftung wies da und dort schmutzige rote Ränder auf, als ob die Druckmaschine vorher mit roter Farbe gelaufen, und nicht ordentlich gereinigt worden wäre.

›Das Museum für Praktische Geologie in der Jermyn Street gibt sich die Ehre, das Londoner Publikum mit Dr. Edward MALLORY bekannt zu machen. Dr. Mallory wird im Rahmen zweier Vorträge die erregende Geschichte seiner Entdeckung des berühmten LAND-LEVIATHANS im wilden Wyoming erzählen; des weiteren seine Erkenntnisse über Lebensbedingungen und Lebensgewohnheiten dieses vorzeitlichen Ungeheuers; von seinen Begegnungen mit den wilden Cheyenne-Indianern. Schließlich wird er die erschreckende und

GRÄSSLICHE MORDTAT an seinem Rivalen Prof. Rudwick behandeln; er wird sodann über die Geheimnisse des Glücksspiels und der Wettleidenschaft sprechen, insbesondere über die Praxis der Tierkämpfe mit Ratten und Hunden, gefolgt von wissenswerten Hinweisen auf die TECHNIK DES RICHTIGEN WETTEINSATZES. Den Abschluß bildet ein TANZ DER SIEBEN SCHLEIER, eine Darbietung von unvergeßlicher Köstlichkeit, ausgeführt von den mehreren Misses Mallory, die damit pantomimische Einführungen in die KUNST DER LIEBE verbinden. Zutritt nur für Herren. Preis 2/6. Vortrag und Schau werden begleitet von der fortgeschrittenen Kinotropie des Mr. KEETS.‹

Mallory knirschte mit den Zähnen und eilte dem Fuhrwerk nach, das im Schritt dahinrollte. Schweratmend erreichte er es und ergriff mit beiden Händen das Zaumzeug des Maultiers. Es blieb schnaubend stehen und warf den Kopf auf, dessen vordere Hälfte in einem zur Atemmaske umfunktionierten Futterbeutel steckte.

Der Kutscher blökte hinter seinem rußigen Halstuch. Er sprang von seinem hölzernen Sitz, landete schwankend auf den Beinen und fuchtelte mit einem Knüppel aus hartem Hickoryholz. »He! Weg da!« rief er. »Laß diesen Unsinn, Freundchen, und zieh Leine ...« Seine Stimme verlor sich, als er Mallorys Maß nahm und den Revolvergriff aus dem Hosenbund ragen sah. In einem halbherzigen Versuch, ihm zu drohen, schlug er mit dem Knüppel auf seine schwielige Handfläche.

Der Plakatkleber kam von rückwärts herbeigeeilt, um seinem Freund Beistand zu leisten. Er schwang den langen Besenstiel seiner Ankleberolle wie eine Mistgabel.

»Gehen Sie aus dem Weg, Mister«, sagte er. »Wir haben Ihnen nichts getan.«

»Und ob Sie das haben!« schnauzte Mallory. »Woher habt ihr Halunken diese Plakate? Sagt es mir sofort!«

Der Plakatkleber schüttelte die kleisterbeschmierte Rolle an seinem Besenstiel trotzig vor Mallorys Gesicht.

»London ist heute weit offen! Wenn Sie darüber streiten wollen, wo wir unsere Plakate ankleben, dann wollen wir doch sehen, ob Sie es mit uns aufnehmen können?«

Eine der großen Reklametafeln an der Seite des Fuhrwerks klappte plötzlich auf quietschenden Messingscharnieren auf. Eine Wagentür, wie sich zeigte, aus der ein breitschulteriger kleiner Mann mit Stirnglatze stieg. Er trug einen feinen roten Jagdrock und karierte Hosen, die in hohen Stiefeln steckten. Er war barhäuptig, sein rundes, rotwangiges Gesicht war nicht maskiert, und zu Mallorys Verblüffung rauchte er eine große, abscheulich stinkende Pfeife.

»Also, was hat das hier zu bedeuten?« fragte er in ruhigem Ton.

»Ein Strolch, Sir!« erklärte der Kutscher. »Ein Zuchthäusler und Raufbold, den Hühnerbein auf uns hetzte!«

»Was, ganz allein?« sagte der gedrungene Mann mit forschend hochgezogenen Brauen. »Das kommt mir nicht ganz richtig vor.« Er musterte Mallory von oben bis unten. »Wissen Sie, wer ich bin, junger Mann?«

»Nein«, sagte Mallory. »Wer sind Sie?«

»Ich bin der Herr, den sie den König der Plakatkleber nennen, guter Mann! Wenn Sie das nicht wissen, müssen Sie in diesem Geschäft mächtig grün sein!«

»Ich bin nicht in Ihrem Geschäft. Ich, Sir, bin Dr. Edward Mallory.«

Der stämmige Mann verschränkte die Arme auf der Brust und schaukelte ein bißchen auf seinen Stiefelabsätzen. »Und?«

»Sie haben gerade ein Plakat angeschlagen, das mich in niederträchtiger Weise verunglimpft!«

»Ach so«, sagte der König. »Das also macht Ihnen Bauchschmerzen.« Er grinste in offensichtlicher Erleichterung. »Nun, das hat nichts mit mir zu tun, Dr. Edward Mallory. Ich klebe sie bloß an; ich drucke sie nicht. Ich bin für den Inhalt nicht verantwortlich.«

»Nun, Sie werden keine von diesen verdammten Verleumdungsblättern mehr ankleben!« sagte Mallory. »Ich will alle, die noch übrig sind, und ich verlange zu wissen, wo Sie sie erworben haben!«

Der König beschwichtigte seine aufbegehrenden Männer mit einer gebieterischen Handbewegung. »Ich bin ein sehr beschäftigter Mann, Dr. Mallory. Wenn Sie in meinen Wagen steigen und wie ein vernünftiger Mann mit mir sprechen wollen, dann werde ich vielleicht auf Sie hören, aber ich habe keine Zeit für Prahlerei oder Drohungen.«

Er fixierte Mallory mit einem scharfen Blick seiner kleinen blauen Augen.

Mallory öffnete den Mund zu einer Erwiderung, schloß ihn wieder. Obwohl er sich im Recht wußte, hatte die ruhige Entgegnung des Königs die Luft aus seiner Empörung gelassen; auf einmal kam er sich ziemlich töricht vor, und irgendwie unglücklich. »Gewiß«, murmelte er. »Sehr gut.«

»Recht so. Tom, Jemmy, wir machen weiter.« Der König kletterte behende in seinen Wagen.

Mallory folgte ihm nach kurzem Zögern und zog sich in den kastenförmigen Aufbau des Fuhrwerks. Im Inneren gab es keine Sitze; der Boden war von einer Wand bis zur anderen mit dicken braunen Lederpolstern ausgelegt, abgenäht und geknöpft wie eine türkische Ottomane. Schräg angebrachte Fächer aus lackiertem Holz säumten die Wände; in ihnen steckten die fest zusammengerollten Plakate und Handzettel. Eine große Klappe oder Falltür in der Decke stand offen und ließ das trübe Tageslicht ein. Es stank schauderhaft nach Kleister und billigem schwarzen Feinschnitt.

Der König machte es sich bequem, lehnte sich an ein dickes, mit Quasten besetztes Kissen. Das Maultier protestierte mit mißtönendem Geschrei gegen den Peitschenknall des Kutschers, und das Fuhrwerk kam träge schaukelnd und quietschend in Fahrt. Der König öffnete einen Wandschrank. »Gin und Wasser?«

»Einfaches Wasser, wenn ich bitten darf«, sagte Mallory.

»Reines Wasser.« Der König füllte einen Zinnbecher aus einem groben Tonkrug. Mallory zog seinen provisorischen Atemschutz von Mund und Nase und trank begierig.

Der König füllte ihm den Becher ein zweites und dann ein drittes Mal auf. »Vielleicht einen Spritzer Zitronensaft hinein?« Der König zwinkerte. »Ich hoffe, Sie kennen Ihre Grenzen.«

Mallory räusperte seine schleimige Kehle. »Sehr anständig von Ihnen.« Ohne die Maske fühlte sein Gesicht sich seltsam nackt an, und diese Schaustellung von gesitteten Umgangsformen im Wagen des Königs, zusammen mit dem Geruch nach Kleister und Pfeifentabak, der beinahe noch schlimmer als die Themse war, machte ihn benommen. »Es tut mir leid, wenn ich ... ah ... vorhin ein bißchen heftig war.«

»Nun ja, es sind die Jungs, wissen Sie«, sagte der König mit großmütigem Takt. »Im Plakatklebergewerbe muß einer bereit sein, mit den Fäusten umzugehen. Erst gestern hatten meine Jungs wegen eines Streites um Klebeflächen auf dem Trafalgar Square einen Strauß mit dem alten Hühnerbein und seinen Burschen auszufechten.« Der König rümpfte geringschätzig die Nase.

»Ich hatte während dieses Notstandes selbst einigen Verdruß«, sagte Mallory mit heiserer Stimme, »aber im Grunde bin ich ein vernünftiger Mann, Sir. Sehr rational — keiner, der Streit sucht; das müssen Sie nicht denken.«

Der König nickte weise. »Es wäre das erste Mal, daß Hühnerbein einen Gelehrten als Schläger mietet. Nach Ihrer Kleidung und ihrem Benehmen halte ich Sie für einen Gelehrten, Sir.«

»Sie haben ein scharfes Auge.«

»Darauf halte ich mir einiges zugute«, räumte der König ein. »Nun, da wir diese Angelegenheit geklärt haben, könnten Sie mich vielleicht über diesen Grund zur Klage informieren, den Sie zu haben scheinen.«

»Diese Plakate, die Sie angeschlagen haben, sind Fälschungen«, sagte Mallory. »Beleidigende Verunglimpfungen. Sie sind ganz gewiß nicht rechtmäßig.«

»Wie ich vorher schon sagte, geht mich das nichts an«, sagte der König. »Lassen Sie mich ein paar Tatsachen des Geschäftslebens erklären. Für das Ankleben von hundert Bogen bekomme ich ein Pfund einen Shilling; das heißt, zwei Pence und sechs Zehntel von einem Penny pro Bogen; sagen wir drei Pence, aufgerundet. Nun, wenn Sie interessiert sein sollten, bestimmte Plakate zu diesem Preis aufzukaufen, ließe sich darüber reden.«

»Wo sind sie?« fragte Mallory.

»Wenn Sie in den Wandfächern nach den fraglichen Gegenständen suchen wollen, habe ich nichts dagegen.«

Sobald das Fuhrwerk wieder angehalten hatte, weil weitere Plakate geklebt wurden, begann Mallory den Vorrat an Plakaten durchzusehen. Alle waren zu dicken, festen Rollen gebündelt, schwer und hart wie Keulen.

Der König reichte eine Rolle durch die Dachklappe zum Kutscher hinaus, dann klopfte er friedlich die Asche aus seiner Meerschaumpfeife, stopfte sie mit schwarzem Feinschnitt aus einer zerdrückten braunen Papiertüte und brachte die Pfeife mit einem deutschen Feuerzeug wieder in Gang. Er paffte stinkende Wolken mit einem Ausdruck vollkommener Zufriedenheit.

»Da sind sie«, sagte Mallory. Er schälte das äußere Plakat von der Rolle und zog es auseinander. »Sehen Sie sich diese Schändlichkeit an, Sir! Auf den ersten Blick sieht es prachtvoll aus, aber der Text ist eine obszöne, ungeheuerliche Verleumdung!«

»Standardrolle von vierzig; das macht sechs Shillinge geradeaus.«

»Lesen Sie hier«, sagte Mallory. »Da beschuldigt es mich geradezu des Mordes!«

Der König kam der Aufforderung höflich nach und richtete den Blick auf das Plakat. Seine Lippen bewegten sich, als er sich um die Entzifferung des Titels bemühte. »Ma Lorry«, sagte er schließlich. »Eine Varietéschau, nicht wahr?«

»Mallory — das ist mein Name.«

»Veranstaltungsplakat, ein halber Bogen ohne Illustrationen«, sagte der König. »Ein bißchen unsauber ... o ja, ich erinnere mich an diese.« Er seufzte eine Rauchwolke. »Hätte mir denken können, daß bei diesem Auftrag nichts Gutes herauskommen würde. Aber wohlgemerkt, der Auftraggeber zahlte im voraus.«

»Wer? Wo?«

»Unten in Limehouse, bei den Westindiendocks«, sagte der König. »In der Gegend hatte es eine Menge Ärger gegeben, Dr. Mallory. Spitzbuben hatten alle Wände und Bretterzäune mit Plakaten beklebt. Meine Jungs waren geneigt, wegen unlauterem Wettbewerbs Gegenmaßnahmen zu ergreifen, bis Kapitän Swing — so nennt er sich nämlich — sich bereitfand, unsere Dienste in Anspruch zu nehmen.«

»Kapitän Swing, sagten Sie?«

»Eine Art Sportsfreund, nach seinem Aufzug zu urteilen«, sagte der König. »Ziemlich klein, rothaarig, blinzelnde Augen — hatte eine Beule am Kopf, ungefähr hier. Verrückt wie eine Bettwanze, würde ich sagen. Aber er war höflich genug und erklärte sich bereit, dem Plakatklebergewerbe keine Schwierigkeiten zu machen, sobald ich ihm die Regeln des Gewerbes auseinandergesetzt hatte. Und er hatte einen Batzen Bargeld bei sich.«

»Ich kenne diesen Mann!« sagte Mallory mit vor Erregung bebender Stimme. »Er ist ein gewalttätiger Ludditen-Verschwörer. Möglicherweise der gefährlichste Mann in England!«

»Was Sie nicht sagen«, grunzte der König.

»Er ist eine Gefahr für die öffentliche Sicherheit!«

»Sah nicht nach einem großen Tier aus, der Bursche«,

meinte der König. »Komischer kleiner Patron, trug eine Brille und führte Selbstgespräche.«

»Der Mann ist ein Staatsfeind — ein Dunkelmann übelster Sorte!«

»Ich persönlich halte nicht viel von Politik«, sagte der König, sich behaglich zurücklehnend. »Die Verordnung über das Ankleben von Plakaten — das nenne ich Politik, ein weltfremdes Kapitel! Diese verflixte Verordnung ist verdammt eng gefaßt, wenn es darum geht, wo Plakate geklebt werden dürfen. Ich kann Ihnen sagen, Dr. Mallory, das hat uns schon eine Menge Ärger eingebracht. Ich kenne sogar den Abgeordneten, der die Verordnung durchgedrückt hat, denn ich hatte den Auftrag, seine Wahlplakate zu kleben. Da machte es ihm nichts aus, wo sie geklebt wurden; es war alles recht, solange es *seine* Plakate waren!«

»Mein Gott!« unterbrach ihn Mallory. »Der Gedanke, daß dieser Übeltäter hier in London auf freiem Fuß ist, mit Geld aus Gott weiß was für Quellen, ein Anstifter von Aufruhr und Rebellion während eines öffentlichen Notstandes und mit ungehindertem Zugang zu Vervielfältigungsmaschinen! Es ist ein Alptraum! Beängstigend!«

»Quälen Sie sich nicht, Mr. Mallory«, schalt ihn der König. »Mein lieber alter Vater, Gott hab ihn selig, pflegte mir zu sagen: Wenn alle anderen den Kopf verlieren, Junge, denk einfach daran, daß zwanzig Shillinge immer noch ein Pfund ergeben.«

»Das mag schon sein«, sagte Mallory, »aber ...«

»Mein lieber Vater klebte in der Zeit des Umsturzes Plakate! Damals in den Dreißigerjahren, als die Kavallerie gegen die arbeitende Bevölkerung eingesetzt und Hakennase Wellington in die Luft gesprengt wurde. Das waren schwere Zeiten, Sir, viel schwerer als die verweichlichte heutige Zeit mit diesem bißchen Gestank! Das nennen Sie einen Notstand? Ich nenne es eine Gelegenheit, und habe sie benutzt.«

»Sie scheinen den Umfang der Krise nicht zu erkennen«, sagte Mallory.

»Die Zeit des Umsturzes … damals druckten sie die ersten vierteiligen Plakate! Die konservative Regierung pflegte meinen alten Vater zu bezahlen — er war Kirchendiener und Plakatankleber für die Pfarrgemeinde St. Andrew's, Holborn —, daß er die Plakate der Radikalen schwarz überstrich. Er mußte Frauen dafür einstellen, so viel Arbeit gab es. Bei Tag ließ er die Plakate der Radikalen einschwärzen, bei Nacht neue ankleben! In solchen Zeiten der Revolution gibt es eine Menge günstiger Gelegenheiten.«

Mallory seufzte.

»Mein Vater erfand das Gerät, das wir die verlängerbare Patentgelenkrolle nennen und die ich selbst technisch verbessert und vervollkommnet habe. Sie dient dazu, Plakate an die Unterseiten von Brücken zu kleben, für den Flußverkehr. Wir haben Unternehmerblut in meiner Familie, Sir. Lassen uns nicht leicht aus der Fassung bringen.«

»Das wird Ihnen nicht viel helfen, wenn London in Schutt und Asche gelegt wird«, sagte Mallory. »Tatsächlich helfen Sie diesem Galgenvogel bei seinen anarchistischen Bestrebungen!«

»Ich würde sagen, daß es sich genau umgekehrt verhält, Dr. Mallory«, sagte der König mit einem Schmunzeln. »Als ich ihn zuletzt sah, zahlte der Bursche sein Geld in meine Taschen, und nicht umgekehrt. Nun, wenn ich es recht bedenke, hat er mir eine Anzahl Handzettel und Plakate zur Verwahrung übergeben — da oben in der obersten Reihe.« Der König stand auf, zog ein paar davon aus ihren Fächern und warf sie auf den gepolsterten Boden. »Sehen Sie, Sir, es ist wirklich ganz gleich, welcher Unsinn auf diesen Plakaten verbreitet wird! Die geheime Wahrheit ist, daß Plakate von Natur aus endlos sind, regelmäßig wie die Gezeiten in der Themse oder der Rauch von London. Die wahren

Kinder Londons nennen die Stadt ›Den Rauch‹, müssen Sie wissen. Es ist eine ewige Stadt, wie Jerusalem, oder Rom, oder, wie mancher vielleicht sagen würde, Satans Pandämonium! Sie sehen, der König der Plakatkleber sorgt sich nicht um das verräucherte London. Kein bißchen!«

»Aber die Einwohner haben die Flucht ergriffen!«

»Eine vorübergehende Torheit. Sie werden alle zurückkommen«, sagte der König mit absoluter Zuversicht. »Wohin sollten sie sonst gehen? Dies ist der Mittelpunkt der Welt, Sir.«

Mallory schwieg.

»Also, Sir«, erklärte der König, »wenn Sie meinen Rat annehmen wollen, geben Sie sechs Shilling für diese Plakatrolle aus, die Sie in der Hand halten. Und für ein Pfund bekommen Sie als Zugabe diese anderen fehlgedruckten Verlautbarungen unseres Freundes Kapitän Swing. Zwanzig einfache Shilling, Sir, und Sie können diese Straßen verlassen und in Frieden und Stille zu Hause ausruhen.«

»Einige dieser Plakate sind bereits angeklebt.«

»Ich könnte sie von den Jungen einschwärzen oder überkleben lassen«, überlegte der König. »Vorausgesetzt, Sie sind bereit, die Unkosten zu tragen.«

»Würde die Angelegenheit damit aus der Welt geschafft sein?« sagte Mallory, der bereits zur Brieftasche griff. »Ich bezweifle es.«

»Sicherer, als Sie es mit diesem Revolver können, den ich aus Ihrem Hosenbund hervorschauen sehe«, sagte der König. »Das ist ein Gegenstand, der einem Herrn und Gelehrten nicht gut zu Gesicht stehen kann.«

Mallory sagte nichts.

»Befolgen Sie meinen Rat, Dr. Mallory, und tun Sie diese Waffe weg, bevor Ihnen damit ein Mißgeschick passiert. Ich glaube wirklich, Sie hätten einem meiner Jungen Schaden zufügen können, wenn ich nicht durch mein Guckloch diese Waffe gesehen hätte und ausgestiegen wäre, um die Dinge ins Lot zu rücken. Gehen Sie nach Haus, Sir, und bewahren Sie einen kühlen Kopf.«

»Warum sind *Sie* nicht zu Hause, wenn Sie diesen Rat wirklich ernst meinen?« fragte Mallory.

»Weil dies mein Heim ist, Sir«, sagte der König. Er steckte Mallorys Geld in seinen Jägerrock. »An schönen Tagen nehmen meine Frau und ich hier drinnen unseren Tee und sprechen von den alten Zeiten — und über Mauern, und Bretterzäune, und Plakatwände ...«

»Ich habe in London kein Zuhause; und außerdem rufen mich meine Geschäfte nach Kensington«, sagte Mallory.

»Das ist ein hübsches Stück von hier, Dr. Mallory.«

»Ja, das ist richtig«, sagte Mallory. Er zupfte nachdenklich an seinem Bart. »Aber da fällt mir ein, daß es in Kensington jede Menge Museen und Institute gibt, deren Mauern noch nie von einem Plakat berührt worden sind.«

»Wirklich?« überlegte der König. »Was Sie nicht sagen.«

Eine gute Meile vom Palast der Paläontologie verabschiedete sich Mallory vom König; er konnte den Kleistergeruch nicht länger ertragen, und das Schwanken und Schaukeln des Fuhrwerks hatte ihn seekrank gemacht. Er wankte davon, die schweren Rollen der verleumderischen und anarchistischen Plakate unbeholfen gebündelt im schwitzenden Griff. Hinter ihm machten Jemmy und Tom sich mit Eifer daran, die jungfräulichen Ziegelmauern des Instituts für Politische Ökonomie einzukleistern.

Er lehnte die Plakatrollen gegen einen gußeisernen Laternenpfahl und knotete seinen Atemschutz von neuem über Nase und Mund. In seinem Kopf drehte es sich übelkeiterregend. Vielleicht, dachte er, hatte dieser Kleister ein wenig Arsen enthalten, oder in der Druckfarbe befand sich ein schädliches Kohlenderivat, denn er fühlte sich vergiftet und schwach bis ins Mark. Als er die Rollen wieder aufhob, knitterte ihr Papier in seinen schwitzenden Händen wie die sich ablösende Haut von einem Ertrunkenen.

Er hatte, so schien es, der hydraköpfigen Teufelei seines Feindes einen Giftzahn gezogen. Aber dieser kleine Triumph schien geradezu jämmerlich, verglichen mit dem scheinbar unerschöpflichen Vorrat an bösartigem Einfallsreichtum, mit dem der Übeltäter aufwarten konnte. Während er, Mallory, im Dunkeln tappte, konnte der andere zuschlagen, wann und wo er wollte ...

Gleichwohl hatte Mallory eine Information von vielleicht entscheidender Bedeutung erhalten: Kapitän Swing residierte im Bereich der Westindiendocks! Andererseits durfte er sich nicht der Illusion hingeben, daß er den Mann ohne weiteres aufsuchen und zur Rechenschaft ziehen könne ...

Mallory glitt in einem Haufen frischer Pferdeäpfel aus, gewann mit Mühe das Gleichgewicht zurück und schwang das Bündel der Rollen in einem unstabilen Haufen auf seine rechte Schulter. Es war eine nutzlose Phantasie, sich eine Konfrontation mit dem hinterlistigen Schurken vorzustellen — allein und ohne Unterstützung, während der Mann meilenweit entfernt war, am anderen Ende einer im Chaos versinkenden Stadt, wo der andere sich in seinem Element fühlen mußte. Mallory hingegen war ein Mann, der geordnete und sichere Verhältnisse gewohnt war; die Rückkehr zum Palast der Paläontologie hatte ihm nahezu alles abverlangt, dessen er sich fähig fühlte.

Er zwang sich zur Konzentration auf das Nächstliegende. Die erbärmlichen Plakate wollte er in den Tresorraum des Palastes der Paläontologie schaffen. Sie mochten sich eines Tages als Beweismaterial nützlich erweisen und konnten einstweilen den Platz von Madelines Hochzeitsgeschenk einnehmen. Mit der Uhr aber würde er dieses verwünschte London verlassen und seine Familie aufsuchen, wie er es längst schon hätte tun sollen. Im grünen Sussex, am Busen der Natur, würde es Ruhe und Vernunft und Sicherheit geben. Die Zahnräder seines Lebens würden wieder geordnet ineinandergreifen.

Die Papierrollen entglitten seinem Griff und fielen auf die Straße. Er sammelte sie ächzend auf und legte sie über die andere Schulter.

In den ranzigen Nebeln von Knightsbridge bewegte sich eine Art Prozession in gemessenem Tempo über die Straße. Nach den geisterhaft verschwommenen Umrissen in der Ferne zu urteilen, waren es militärische Dampfwagen, die gedrungenen, auf Gleisketten fahrenden Ungeheuer des Krimkrieges. Der Nebel dämpfte das Fauchen der Dampfmaschinen und das Kettengerassel. Einer nach dem anderen rollte vorüber, während Mallory nach vorn spähte, ganz still stand und seine Bürde auf der Schulter hielt. Alle Dampfwagen schleppten Gelenkanhänger, bei denen es sich um planenverhüllte Kanonen und Munitionswagen zu handeln schien. Fußsoldaten in graubraunen Uniformen drängten sich auf den Geschützwagen, die Gewehre mit den aufgepflanzten Bajonetten wie die Stacheln von Seeigeln aufgerichtet. Mallory zählte mehr als ein Dutzend Kriegsdampfwagen mit Geschützanhängern, wahrscheinlich waren es an die zwanzig.

Im Brompton Concourse sah er drei Gestalten mit Hüten und Gesichtsmasken leichtfüßig aus einem aufgebrochenen Eingang springen; aber niemand belästigte ihn.

Am Eingang des Palastes der Paläontologie hatte jemand eine Absperrung aus Sägeböcken errichtet. Aber die Barrikade war nicht bemannt, und es war ein Leichtes, daran vorbeizuschlüpfen und die vom schmutzigen Nebel schlüpfrigen Stufen zum Haupteingang zu ersteigen. Die hohen Türflügel des Portals waren mit einem schützenden Vorhang aus nassen Zeltbahnen verhängt, die vom Mauerbogen bis auf die Steinplatten reichten. Das feste, steife Gewebe roch nach Chlorkalk. Hinter dem Vorhang standen die Türflügel halb offen. Mallory ging hinein.

Bedienstete überzogen das Mobiliar des Foyers mit dünnen weißen Musselintüchern. Andere fegten und wischten und bearbeiteten die Gesimse mit Staubwedeln an langen Stangen. Frauen und Kinder aller Altersstufen in geborgten Schürzen des Stammpersonals waren geschäftig am Werk.

Nach einer Minute ratloser Verblüffung begriff Mallory, daß diese Fremden die Familien des Personals sein mußten, die in dem weitläufigen öffentlichen Gebäude Zuflucht und Sicherheit gesucht hatten. Und jemand — vermutlich Kelly, der Verwalter, und diejenigen Gelehrten, die noch geblieben waren — hatte die Flüchtlinge untergebracht und den Arbeitseinsatz organisiert.

Mallory schritt mit seiner papierenen Bürde zum Empfang. Es waren kräftige, derbe Gestalten aus dem arbeitenden Volk, sah Mallory. Ihre gesellschaftliche Stellung mochte bescheiden sein, aber sie ließen sich nicht unterkriegen; sie hatten sich in instinktiver Abwehr um ihre wissenschaftlichen Institutionen und die bürgerlichen Werte von Gesetz und Eigentum geschart. Mit einer herzerhebenden Aufwallung patriotischer Erleichterung erkannte er, daß der taumelnde Wahnsinn der Anarchie seine Grenze erreicht hatte. Inmitten des Chaos war ein Kern spontaner Ordnung entstanden! Nun, wie trüber Schlamm sich zu Eiskristallen formiert, würde sich alles ändern.

Mallory warf seine verhaßte Last hinter den verlassenen Empfangsschalter. Der Telegrafenapparat klapperte ungleichmäßig, neuer Lochstreifen spulte sich ruckartig auf dem Boden ab. Mallory betrachtete dieses kleine, aber bedeutsame Wunder und seufzte wie ein Taucher, dessen Kopf die Wasseroberfläche durchbrochen hat.

Die Luft roch scharf nach Desinfektionsmitteln, war

aber atembar. Erleichtert zog Mallory sich den schmutzigen Atemschutz vom Gesicht und steckte ihn in die Tasche. Irgendwo in diesem gesegneten Zufluchtsort, dachte er, mußte es zu essen geben. Und vielleicht eine Waschschüssel und Seife, und geschwefelten Puder gegen die Flöhe, die sich seit dem Morgen in seiner Gürtelregion versammelt zu haben schienen. Schinken, Eier. Belebenden Wein. Briefmarken, Wäscherinnen, Schuhputzer — das ganze wundersame Netzwerk der Zivilisation.

Ein Fremder kam durch die Eingangshalle auf Mallory zumarschiert: ein britischer Soldat, ein Artillerieunteroffizier in eleganter Ausgehuniform. Er trug einen doppeltgeknöpften blauen Waffenrock mit blitzenden Messingknöpfen, Rangabzeichen und golddurchwirkten Epauletten. Seine engen Hosen hatten auf der Seite rote militärische Streifen. Er trug eine runde Feldmütze mit goldenem Besatz und eine Pistolentasche an seinem weißen Lederkoppel. In seiner geraden Haltung und mit einem Ausdruck strengen Pflichtbewußtseins kam dieser stattliche junge Mann auf ihn zu. Mallory richtete sich rasch auf, bestürzt und sogar in einer unerklärlichen Weise beschämt, in seinem zerknitterten, schweißfleckigen und unsauberem Zivil vor diesem Musterexemplar militärischer Disziplin zu erscheinen.

Dann dämmerte glückliches Wiedererkennen. »Brian!« rief Mallory überrascht. »Brian, Junge!«

»Ned, du bist es wirklich!« sagte Mallorys Bruder, und ein zärtliches Lächeln teilte seinen neuen Soldatenbart. Er nahm Mallorys Hand zwischen seine beiden und schüttelte sie herzlich, mit fester Kraft.

Mallory bemerkte mit Überraschung und Freude, daß militärische Disziplin und Feldküchenessen den Jungen in die Länge und Breite hatte wachsen lassen. Brian Mallory, das sechste Kind der Familie, war immer ein wenig still und schüchtern gewesen, aber jetzt mußte sein kleiner Bruder mindestens einsneunzig sein und überragte ihn um einiges. In seinen blauen Augen war der Blick eines Mannes, der die Welt gesehen hatte.

»Wir haben auf dich gewartet, Ned«, sagte Brian. Seine Stimme nahm wie durch alte Gewohnheit den erinnerten Tonfall früherer Jahre an. Für Mallory war es ein klagendes Echo aus der Erinnerung: die Forderungen einer Menge kleinerer Geschwister an ihren ältesten Bruder. Dieser vertraute Ton, weit davon entfernt, ihn zu ermüden oder zu belasten, ermunterte ihn augenblicklich zu erneuerter Aufmerksamkeit und Geistesgegenwart. Verwirrung und Müdigkeit lösten sich auf wie Dunst, und er fühlte sich gekräftigt, fähiger; die bloße Gegenwart seines jüngeren Bruders hatte das alte Pflichtbewußtsein in ihm wachgerufen. »Verdammich, es ist so gut, dich zu sehen!« platzte er heraus.

»Und es ist gut, daß du endlich zurück bist«, sagte Brian. »Wir hörten Geschichten von einem Brand in deinem Zimmer — und du verschwandest in London, keiner wußte, wohin! Das bereitete Tom und mir Sorgen!«

»Tom ist auch hier?«

»Wir kamen mit Toms kleinem Dampfwagen nach London«, sagte Brian. Seine Miene wurde trübe. »Mit schrecklicher Nachricht, Ned, und keiner Möglichkeit, sie mitzuteilen, außer von Angesicht zu Angesicht.«

Mallory holte tief Luft. »Was ist es? Ist es ... betrifft es Papa?«

»Nein, Ned, Papa ist wohlauf; so wohlauf er sein kann, in diesen Tagen. Es ist die arme Madeline!«

Mallory ächzte. »Unsere Braut? Was ist es?«

»Nun, es hat mit meinem Kameraden und Freund Jerry Rawlings zu tun«, murmelte Brian. Ein Ausdruck von Schmerz und Verlegenheit ließ sein Gesicht gealtert erscheinen. »Jerry wollte nur das Beste für unsere Madeline, Ned, denn er redete immer von ihr und lebte um ihretwillen sehr sauber; aber zu Hause bekam er solch einen Brief, Ned, solch einen widerwärtigen und schrecklichen Brief! Es brach ihm fast das Herz!«

»Was für ein Brief, um Himmels willen?«

»Er war anonym, statt einer Unterschrift stand nur darunter ›Einer, der Bescheid weiß‹. Aber der Schreiber wußte so viel über uns, ich meine über die Familie, all unsere kleinsten Einzelheiten, und behauptete in dem Brief, daß Madeline ... *unkeusch* gewesen sei. Bloß in gröberen Ausdrücken.

Mallory fühlte, wie ihm heiße Zornesröte ins Gesicht schoß. »Ich verstehe«, sagte er mit tonloser, erstickter Stimme. »Weiter.«

»Nun, ihre Verlobung ist aufgelöst, wie du dir denken kannst. Die arme Madeline ist außer sich und imstande, sich etwas anzutun. Sie verkriecht sich, sitzt irgendwo in einem Winkel des Hauses und weint und weint.«

Mallory schwieg, überdachte Brians schlimme Neuigkeit.

»Du weißt, daß ich lange Zeit fort war, in Indien und auf der Krim«, sagte Brian mit leiser, stockender Stimme. »Ich weiß nicht genau, wie die Dinge stehen. Sag mir die Wahrheit, Ned — du glaubst doch nicht, daß an dieser bösen Verleumdung etwas ist? Oder?«

»Was? Unsere Madeline? Gott, Brian, sie ist ein Mallory-Mädchen!« Mallory schlug mit der Faust auf den Tresen. »Nein, es ist böswillige Verleumdung; es ist ein niederträchtiger, vorsätzlicher Angriff auf die Ehre unserer Familie!«

»Wie ... warum sollte uns jemand so etwas antun, Ned?« fragte Brian mit einem seltsamen Ausdruck von Klage und Erbitterung.

»Ich *weiß*, warum es geschehen ist — und ich kenne den Schurken, der dahintersteckt.«

Brian sperrte die Augen auf. »Du kennst ihn?«

»Ja; er ist derselbe Kerl, der meine Räume ausgebrannt hat. Und ich weiß, wo er sich verbirgt, in diesem Augenblick!«

Brian starrte ihn in stummer Verblüffung an.

»Ich habe ihn mir zum Feind gemacht, in einer dunklen Staatsaffäre«, sagte Mallory, mit Bedacht die Worte wählend. »Ich bin jetzt ein Mann von einigem Einfluß, Brian; und ich habe ein Geheimnis aufgedeckt, heimliche Pläne durchkreuzt, die ein Mann wie du, ein ehrlicher Soldat der Krone, schwerlich glauben würde!«

Brian schüttelte den Kopf. »Ich habe in Indien niederträchtige Schlechtigkeiten gesehen, die verübt wurden, um kräftige Männer krank zu machen«, sagte er. »Aber erleben zu müssen, daß es hier in England gemacht wird, ist mehr, als ich ertragen kann!« Brian zerrte an seinem Schnurrbart, eine Geste, die Mallory seltsam vertraut vorkam. »Ich wußte, daß es richtig war, zu dir zu kommen, Ned. Du scheinst die Dinge immer zu durchschauen, wie keiner von uns anderen es kann. Also sag mir, was sollen wir in dieser schrecklichen Sache unternehmen? Was *können* wir unternehmen?«

»Deine Pistole da — ist sie funktionstüchtig?«

Brians Miene hellte sich auf. »Um die Wahrheit zu sagen, Ned, das Ding ist nicht vorschriftsmäßig! Eine Kriegstrophäe, einem toten zaristischen Offizier abgenommen ...« Er öffnete den Schnallenverschluß der Pistolentasche.

Mallory schüttelte schnell den Kopf, blickte im Foyer umher. »Du fürchtest nicht, von der Pistole Gebrauch zu machen, wenn es sein muß?«

»Fürchten?« sagte Brian. »Wenn du nicht Zivilist wärst, Ned, könnte ich diese Frage übelnehmen.«

Mallory starrte ihn an.

Brian begegnete dem Blick mit kühner Offenheit. »Es ist für die Familie, nicht wahr? Dafür haben wir die Russen bekämpft — für unsere Leute zu Hause.«

»Wo ist Thomas?«

»Er sitzt beim Essen im ... nun, ich zeige es dir.«

Brian führte ihn in den Salon. Die Bereiche der Gelehrsamkeit waren angefüllt mit lauten, rauhbeinigen Tischgästen, hauptsächlich Arbeitsmännern, die vom teuren Porzellan Kartoffeln und Fleischstücke aufgabelten, als hätten sie seit Tagen nichts bekommen. Der junge Tom Mallory, ziemlich elegant in einem kurzen leinenen Überrock und karierten Hosen, saß mit einem Gefährten an einem Tisch, vor sich die Reste von gebratenem Fisch und einer Limonade.

Der andere Mann war Ebenezer Fraser.

»Ned!« rief Tom. »Ich wußte, daß du kommen würdest!« Er stand auf und ergriff einen anderen Stuhl. »Setz dich zu uns, setz dich! Dein Freund Mr. Fraser hier war so freundlich, unser Essen zu bezahlen.«

»Und wie geht es Ihnen, Dr. Mallory?« fragte Fraser in verdrießlichem Ton.

»Ein bißchen müde bin ich«, sagte Mallory, als er sich setzte, »aber nichts, was eine Mahlzeit und ein Hucklebuff nicht in Ordnung bringen würden. Und wie geht es Ihnen, Fraser? Wieder ganz erholt, hoffe ich?« Er beugte sich zu Frasers Ohr. »Und was für eine schlaue Geschichte haben Sie meinen armen Brüdern aufgebunden?«

Fraser sagte nichts.

»Mr. Fraser ist ein Londoner Polizeibeamter«, sagte Mallory. »Von der Sonderabteilung.«

»Wirklich?« platzte Tom heraus. Er schien alarmiert.

Ein Kellner arbeitete sich zum Tisch durch, einer vom Stammpersonal. Er sah abgehärmt und geplagt aus. »Dr. Mallory — die Vorräte sind geschrumpft, Sir. Ich kann Ihnen nur Fisch und Kartoffeln empfehlen, Sir, wenn es Ihnen nichts ausmacht.«

»Das geht in Ordnung. Und wenn Sie mir einen Huckle-buff mischen könnten — na, macht nichts. Bringen Sie mir Kaffee. Stark und schwarz.«

Fraser sah dem Kellner mit melancholischer Geduld nach. »Sie müssen eine aufregende Nacht gehabt haben«, bemerkte Fraser, als der Mann außer Hörweite war. Tom und Brian musterten den Beamten jetzt halb respektvoll, halb argwöhnisch.

»Ich habe festgestellt, daß Kapitän Swing sich in den

Westindiendocks aufhält«, sagte Mallory. »Er versucht einen allgemeinen Aufstand anzuzetteln!«

Fraser preßte die Lippen zusammen.

»Er hat eine maschinengesteuerte Druckpresse und muß eine Menge Gesindel um sich geschart haben. Er druckt aufrührerische Plakate zu Hunderten. Ich habe heute morgen ein paar Exemplare konfisziert — obszön, verleumderisch, schmutzige Ludditenpropaganda!«

»Sie sind fleißig gewesen.«

Mallory schnaubte. »Ich werde bald noch viel geschäftiger sein, Fraser. Ich habe die Absicht, den nichtswürdigen Schurken direkt zur Strecke zu bringen und dieser Sache ein Ende zu machen!«

Brian beugte sich näher. »Dann war es dieser ›Kapitän Swing‹, der die lügenhafte Verleumdung gegen unsere Madeline ausstreute, nicht wahr?«

»Ja.« Tom richtete sich auf, blickte erregt von einem zum anderen. »Die Westindiendocks. Wo ist das?«

»Drüben in Limehouse, am anderen Ende der Stadt«, sagte Fraser.

»Das spielt keine Rolle«, erklärte Tom. »Ich habe meinen *Zephyr.*«

Mallory erschrak. »Du hast den Rennwagen der Bruderschaft mitgebracht?«

Tom schüttelte den Kopf. »Nicht diesen alten Klapperkasten, Ned, sondern das neueste Modell! Eine blitzblanke kleine Schönheit, steht in eurem Stall. Hat uns an einem Morgen die ganze Strecke von Sussex hergebracht und wäre noch schneller gefahren, wenn ich nicht den Kohlentender hätte ankoppeln müssen.« Er lachte. »Wir können fahren, wohin wir wollen!«

»Lassen Sie uns nicht die Köpfe verlieren, meine Herren«, warnte Fraser.

Sie verstummten widerwillig, als der Kellner kam und Mallory sein Gericht vorsetzte. Der Anblick gebratener Scholle mit Petersilienkartoffeln brachte Mallory erst zu Bewußtsein, wie hungrig er war. »Wir sind freie britische Untertanen und können gehen, wohin wir wollen«, sagte Mallory mit Festigkeit, dann ergriff er sein Silberbesteck und machte sich über die Mahlzeit her.

»Ich kann das nur töricht nennen«, sagte Fraser. »Plünderer und aufrührerisches Gesindel durchstreifen die Straßen, und der Mann, den Sie suchen, ist schlau wie ein Fuchs.«

Mallory grunzte höhnisch.

»Dr. Mallory, es ist meine Pflicht, dafür zu sorgen, daß Sie nicht zu Schaden kommen!« sagte Fraser. »Wir können nicht zulassen, daß Sie in den übelsten Slums von London ein gefährliches Vipernnest aufstochern!«

Mallory trank heißen Kaffee. »Sie wissen, daß er mich vernichten will«, erwiderte er, zu Fraser aufblickend. »Wenn ich ihn nicht jetzt erledige, solange ich die Möglichkeit dazu habe, wird er mich langsam zermürben und auf diesem Weg sein Ziel erreichen. Sie können nichts zu meinem Schutz tun! Dieser Mann ist nicht wie sie und ich, Fraser! Er steht außerhalb der Regeln des Anstands und der guten Manieren. Es geht um Leben oder Tod — es heißt er oder ich! Sie wissen, daß es so ist.«

Mallorys Argument ließ Fraser nicht unbeeindruckt. Tom und Brian, noch mehr alarmiert über diese neue Enthüllung, sahen einander verwirrt an.

»Lassen Sie uns nicht übereilt handeln!« sagte Fraser. »Sobald sich der Nebel auflöst und Gesetz und Ordnung zurückgekehrt sind ...«

»Kapitän Swing lebt in einem Nebel, der sich nie auflöst«, entgegnete Mallory.

»Ich sehe keinen Sinn darin, Mr. Fraser!« warf Brian ein. »Sie haben meinen Bruder Thomas und mich vorsätzlich getäuscht! Ich kann Ihrem Rat keine Glaubwürdigkeit beimessen.«

»Brian hat recht«, sagte Tom. Er faßte Fraser ins Auge. »Dieser Mann gab an, dein Freund zu sein, Ned und brachte Brian und mich dazu, freimütig über dich zu sprechen! Und jetzt versucht er uns herumzukommandieren!« Tom schüttelte seine sehnige, arbeitsharte Faust. »Ich habe die Absicht, diesen Kapitän Swing eine Lektion zu lehren! Und wenn ich zu diesem Zweck mit *Ihnen* anfangen muß, Mr. Fraser, dann stehe ich bereit!«

»Nicht so laut, Jungs«, sagte Mallory zu seinen Brüdern. Andere Tischgäste in der Nähe begannen aufmerksam zu werden. Er wischte sich den Mund bedächtig mit der Serviette. »Das Glück begünstigt uns, Mr. Fraser«, sagte er in ruhigem Ton. »Ich habe einen Revolver erworben. Und mein Bruder Brian ist auch bewaffnet.«

»Ach du lieber Gott«, sagte Fraser.

»Ich fürchte Swing nicht«, erklärte Mallory. »Vergessen Sie nicht, daß ich ihn beim Derby niederschlug. Von Mann zu Mann ist er nichts als ein feiger Halunke.«

»Er ist in den Docks, Mallory!« sagte Fraser. »Glauben Sie, Sie können im verrufensten Teil Londons unbehelligt durch Aufruhr und Krawall spazieren?«

»Wir Mallorys sind keine Bürschchen aus irgendeiner Tanzschule«, erwiderte Mallory. »Glauben Sie, es sei beängstigender, den armen Leuten Londons gegenüberzutreten als den Wilden in Wyoming?«

»Das glaube ich, ja«, sagte Fraser. »Ich würde das für erheblich schlimmer halten.«

»Mein Gott, Fraser! Verschonen Sie uns mit ihrem Geunke! Wir müssen uns ein für allemal mit diesem schlüpfrigen Phantom auseinandersetzen, und eine bessere Gelegenheit wird sich nie ergeben! Im Namen der Vernunft und Gerechtigkeit, hören Sie auf mit Ihrem nutzlosen, amtlichen Genörgel.«

Fraser seufzte. »Und angenommen, Sie werden bei dieser tapferen Expedition in eine Falle gelockt und ermordet, wie Ihr Kollege Rudwick? Was dann? Wie sollte ich mich vor meinen Vorgesetzten verantworten?«

Aber nun fixierte Brian ihn mit dem stählernen Blick

des Soldaten. »Hatten Sie jemals eine kleine Schwester, Mr. Fraser? Mußten Sie jemals zusehen, wie das Glück dieses Mädchens wie eine Porzellantasse in Scherben fiel, zertrampelt von einem Ungeheuer? Und nicht nur ihr haben die Folgen dieser schmutzigen Verleumdung das Herz gebrochen, sondern auch für einen Helden von der Krim, dessen ehrliche Absicht es war, sie zu seiner Frau zu machen, ist eine Welt zusammengebrochen ...«

Fraser ächzte laut. »Genug!«

Brian lehnte sich zurück, befriedigt über den Erfolg seines Appells und zugleich verdrießlich über die Unterbrechung.

Fraser strich sich mit beiden Händen die Rockaufschläge glatt. »Es scheint, diese Zeit ist vom Schicksal bestimmt, uns allen Gefahren und Risiken zu bringen«, räumte er ein. »Ich persönlich habe kein bißchen Glück gehabt, seit ich Ihnen begegnet bin, Dr. Mallory, und ich möchte gern glauben, daß ich für eine Wende zum Besseren fällig bin.« Er blickte in die Runde, und seine Augen glitzerten plötzlich. »Nun gut. Wer sagt, daß wir den Gauner nicht einfangen können, hm? verhaften! Er ist schlau, aber vier mutige Männer könnten den Bösewicht überraschen, während er im armen geplagten London herumstolziert wie ein Jakobinerprinz.« Frasers Miene verfinsterte sich in nachdenklicher Entschlossenheit.

»Das Glück begünstigt den Mutigen«, sagte Brian.

»Und Gott schützt die Narren«, murmelte Fraser. Er zog die Hosenbeine über die knochigen Knie und beugte sich vor. »Das ist keine Sache, die auf die leichte Schulter zu nehmen ist, meine Herren! Kein interessantes kleines Abenteuer für Amateure. Dies ist gefährliche Arbeit! Wir werden das Gesetz und unser Leben und unsere Ehre in die eigenen Hände nehmen. Wenn es überhaupt geschehen soll, muß es mit der striktesten Disziplin und unter absoluter Geheimhaltung stehen.«

Mallory fühlte, daß der Sieg errungen war, und befestigte ihn mit einer Geschicklichkeit, die ihn selbst überraschte. »Meine Brüder und ich respektieren Ihre besonderen Fachkenntnisse, Mr. Fraser! Wenn Sie uns zur Gerechtigkeit verhelfen, dann werden wir uns gern Ihrem Befehl unterstellen. Sie brauchen niemals an unserer Diskretion noch an unserer Entschlossenheit zu zweifeln. Die heilige Ehre unserer eigenen lieben Schwester steht auf dem Spiel.«

Tom und Brian schienen überrumpelt von dieser plötzlichen Richtungsänderung, denn sie mißtrauten Fraser noch immer, aber Mallorys feierliches Gelöbnis duldete keinen Einwand von ihrer Seite. Sie folgten seiner Führung.

»Sie werden mich nicht kneifen sehen!« erklärte Tom. »Nicht, wenn es zu meinem Grab ginge!«

»Ich sollte meinen, das Wort eines britischen Soldaten zählt noch immer«, sagte Brian.

»Dann werden wir es wagen«, sagte Fraser mit düsterem Fatalismus.

»Ich muß im *Zephyr* Dampf aufmachen!« sagte Tom und stand auf. »Eine halbe Stunde braucht meine kleine Schönheit, wenn der Kessel kalt ist.«

Vor dem Palast der Paläontologie suchte Mallory, gewaschen, gekämmt und gründlich eingestaubt mit Flohpulver, sicheren Halt auf dem hölzernen Kohlentender des *Zephyr*. In der strömungsgünstigen Blechschale des schnaufenden kleinen Dampfwagens war kaum genug Raum für zwei Personen. Tom und Fraser hatten diese Plätze eingenommen. Sie argumentierten jetzt über einen Stadtplan von London.

Brian stampfte eine Höhlung in die Segeltuchdecke, unter der die schrumpfenden Kohlenvorräte lagen, und setzte sich hinein. »Diese modernen Dampfwagen haben so kleine Feuerungen, daß sie ständig beheizt werden müssen«, bemerkte er mit einem stoischen Lächeln.

Er saß Mallory gegenüber. »Man kann die Kohlenschaufel kaum aus der Hand legen. Aber du solltest Tom hören, wie er mit dieser kostbaren Maschine angibt; auf der Fahrt von Lewes hierher hat er mir ein Loch in den Bauch geredet.«

Der Dampfwagen mit seinem Kohlenanhänger setzte sich in Bewegung; die mit Gummi belegten Holzspeichenräder des letzteren drehten sich mit rhythmischen Knarren. Mit erstaunlicher Geschwindigkeit rollten sie die Kensington Road hinunter. Brian streifte einen vom Schornstein ausgestoßenen Funken von seinem makellosen Ärmel.

»Du brauchst einen Atemschutz«, sagte Mallory und hielt seinem Bruder eine der behelfsmäßigen Masken hin, die von den Damen im Palast genäht worden waren: ein sauber gearbeitetes Viereck aus leichtem Baumwollstoff, ausgestopft mit billiger Baumwolle aus den Konföderierten Staaten und mit Bändern benäht.

Brian schnüffelte den Fahrtwind. »Nicht so schlimm.«

Mallory verknotete die Bänder seines Atemschutzes am Hinterkopf. »Auf lange Sicht, mein Lieber, wird die schlechte Luft deiner Gesundheit schaden.«

»Das hier ist nicht mit dem Gestank in einem Truppentransporter zu vergleichen«, sagte Brian. Frasers Abwesenheit schien sein inneres Gleichgewicht wiederhergestellt zu haben. Es war wieder etwas mehr von dem Jungen aus Sussex an ihm, und weniger von dem ernsten jungen Unteroffizier. »Kohlenrauch aus dem Maschinenraum«, erinnerte er sich, »und die Jungen links und rechts seekrank, kotzen wie die Reiher! Wir dampften durch diesen neuen französischen Suezkanal, direkt von Bombay herauf. Wochenlang hausten wir in diesem verdammten Truppentransporter! Die elendeste Hitze im Roten Meer und Ägypten — zum Umkommen! Und dann direkt weiter in den harten Winter auf der Krim! Wenn mich damals nicht die Cholera oder das Quartanfieber erledigten, brauche ich mir jetzt keine

Gedanken wegen ein bißchen Dunst in London zu machen.« Brian schmunzelte.

»Ich dachte oft an dich, in Kanada«, sagte Mallory zu seinem Bruder. »Du mit einer Verpflichtung auf fünf Jahre — und das im Krieg! Aber ich wußte, daß du der Familie Ehre machen würdest, Brian. Daß du stets deine Pflicht tun würdest.«

»Wir Mallorys sind überall auf der Welt, Ned«, sagte Brian philosophisch. Seine Stimme war barsch, aber bei Mallorys Lob war eine leichte Röte in sein bärtiges Gesicht gestiegen. »Wo ist Burder Michael jetzt; der gute alte Micky?«

»Hongkong, glaube ich«, sagte Mallory. »Sicherlich würde Mick heute mit uns sein, wenn das Glück sein Schiff in einen englischen Hafen geführt hätte. Er war nie einer, der vor einer richtigen Keilerei zurückschreckte, unser Michael.«

»Ich habe Ernestina und Agatha gesehen, seit meiner Rückkehr«, sagte Brian. »Und ihre Kleinen.« Er sagte nichts von Dorothy. Die Familie sprach nicht mehr von Dorothy. Brian rückte auf dem unebenen Segeltuch und blickte wachsam hinüber zu den ragenden Säulen am Portal eines Palastes der Gelehrsamkeit. »Muß dir sagen, für Straßenkämpfe habe ich nicht viel übrig«, bemerkte er dann. »Das war der einzige Ort, wo die Russen uns wirklich zusetzten, in den Straßen von Odessa. Überfälle und Nahkampf, Schießen aus dem Hinterhalt, von Haus zu Haus in der Stadt, wie Banditen. Das ist kein zivilisierter Krieg.« Er runzelte die Stirn.

»Warum standen sie nicht aufrecht gegen euch und lieferten euch eine ehrliche Schlacht?«

Brian sah ihn erstaunt an, dann lachte er, ein wenig seltsam. »Das versuchten sie zuerst, bei Alma und Inkerman. Aber wir gaben ihnen eine derartige Abreibung, daß sie in Panik davonliefen. Du könntest sagen, daß das teilweise mein Werk war. Die Königliche Artillerie, Ned.«

»Erzähl!« sagte Mallory.

»Wir sind die wissenschaftlichste der Waffengattungen. Sie lieben die Artillerie, deine Fachkollegen.« Brian löschte einen weiteren fetten Funken aus dem Schornstein mit speichelbefeuchtetem Daumen. »Da gibt es besondere Gelehrte für den militärischen Sektor! Flinke kleine Burschen mit Brille auf der Nase und Zahlen im Kopf. Haben noch nie einen gezogenen Säbel gesehen, oder ein Bajonett. Braucht man auch nicht, um einen modernen Krieg zu gewinnen. Alles eine Frage von Flugbahnberechnungen und Zündungseinstellungen.«

Brian beobachtete mit wachem Argwohn zwei Männer in weiten Regenmänteln, die ihnen auf der Straße entgegenkamen. »Die Russen, taten, was sie konnten. Riesige Festungen wie Redan und Sewastopol. Aber als unsere schweren Geschütze das Feuer eröffneten, brachen sie auseinander wie Zunder. Dann zogen sie sich in ihre Grabensysteme zurück, aber die Kartätschen aus den Mörserorgeln wirkten Wunder.« Brians Blick war geistesabwesend, sah die erinnerten Bilder. »Du konntest sehen, wie der weiße Rauch und die Erde aufspritzten, Ned, und jede Salve lag so sauber und deckend wie die Bäume in einem Obstgarten! Und als wir die Stellungen sturmreif geschossen hatten, ging unsere Infanterie — hauptsächlich französische Verbündete, sie übernahmen einen guten Teil der Fußarbeit — gegen die zerschossenen Palisaden und Gräben vor und erledigten den armen Iwan mit Repetiergewehren.«

»Die Zeitungen schrieben, daß die Russen ohne Rücksicht auf militärischen Anstand kämpften.«

»Sie waren ganz verzweifelt, als sie erkannten, daß sie uns nichts anhaben konnten«, sagte Brian. »So gingen sie zum Partisanenkampf über, überfielen unsere Einheiten aus dem Hinterhalt, feuerten auf weiße Flaggen und so weiter. Schlimme Geschichte. Unehrenhaft. Das konnten wir nicht dulden: Mußten Maßnahmen ergreifen.«

»Wenigstens war alles bald vorbei«, sagte Mallory. »Man mag keinen Krieg, aber es war an der Zeit, dem Zaren Nikolaus eine Lektion zu erteilen. Ich bezweifle, daß der Tyrann den Löwen jemals wieder am Schwanz ziehen wird.«

Brian nickte. »Es ist ganz verblüffend, was diese neuen Brandgranaten anrichten können. Du verschießt sie zur Flächenwirkung nach einem vorberechneten Feuerplan.« Seine Stimme wurde leiser ... »Du hättest Odessa brennen sehen sollen, Ned. Wie ein flammender Wirbelsturm war es ...«

»Ja — ich las darüber. Auch bei der Belagerung von Philadelphia gab es ein ›Sturmfeuer‹, sehr ähnlich, ein bemerkenswertes Prinzip.«

»Ach«, sagte Brian, »das ist das Problem mit den Yankees — keine militärische Vernunft. So etwas mit den eigenen Städten zu machen! Dazu muß man wirklich der größte Narr sein!«

»Es sind sonderbare Leute, die Yanks«, sagte Mallory.

»Manche Leute sind zu dämlich, um allein zurechtzukommen«, sagte Brian. Wieder blickte er wachsam umher, als Tom den *Zephyr* am schwelenden Wrack eines Omnibusses vorbeisteuerte. »Bist du mit den Yankees zurechtgekommen, in Amerika?«

»Ich habe nie welche gesehen, bloß Indianer.« Und je weniger er darüber sagte, desto besser, dachte Mallory. »Übrigens, wie fandest du Indien?«

»Ein schreckliches Land, Indien«, sagte Brian bereitwillig. »Bis an den Rand voll von sonderbaren Wunderdingen, aber schrecklich. In ganz Asien gibt es nur ein Volk mit gesundem Menschenverstand, und das sind die Japaner.«

»Ich hörte, du hättest an einem Feldzug in Indien teilgenommen«, sagte Mallory. »Aber ich war nie ganz sicher, wer diese ›Sepoys‹ eigentlich waren.«

»Sepoys sind einheimische Truppen. Wir hatten eine Menge Ärger mit Meuterern, moslemischen Unsinn über Schweinefett in den Gewehrpatronen! Es war reiner abergläubischer Unsinn, aber die Moslems essen kein Schweinefleisch, weißt du, und die Inder sind allesamt für jeden abergläubischen Hokuspokus zu haben. Es sah übel aus, aber der Vizekönig von Indien hatte den Eingeborenenregimentern keine moderne Artillerie gegeben. Eine Batterie Wolseley-Mörserorgeln kann ein Bengali-Regiment in fünf Minuten zur Hölle schicken.«

Brians golddurchflochtene Epauletten glitzerten, als er die Achseln zuckte. »Trotzdem, während der Rebellion sah ich in Meerut und Lucknow Barbareien ... Du glaubst nicht, daß Menschen zu so niederträchtigen, entsetzlichen Abscheulichkeiten imstande sind. Besonders unsere eigenen Eingeborenentruppen, die wir selbst ausgebildet hatten.«

Mallory nickte. »Fanatiker. Aber der durchschnittliche Inder muß sicherlich dankbar sein, eine ordentliche Zivilverwaltung zu haben. Eisenbahnen, Telegrafen, Aquädukte und so weiter.«

»Ach, weißt du«, sagte Brian, »wenn du einen Hindufakir in einer Tempelnische sitzen siehst, schmutzig und nackt, mit einer Blume im verfilzten Haar, wer kann sagen, was in diesem Schädel vor sich geht?« Er verstummte, dann zeigte er über Mallorys Schulter. »Da drüben, was tun diese Halunken?«

Mallory wandte sich und schaute hin. In der Einmündung einer Seitenstraße war das Pflaster von Spielern besetzt, die im Kreis saßen und von müßiggängerischen Zuschauern umgeben waren. »Sie würfeln«, erklärte Mallory. Ein paar schäbige, verwahrlost aussehende Männer, Wächter von einer primitiven Art, gesetzlose Streikposten — standen unter einer Markise, hielten Ausschau und ließen eine Flasche Gin herumgehen. Ein fetter Raufbold begrüßte den vorbeidampfenden *Zephyr* mit einer obszönen Geste, und seine Gefährten riefen dazu passende Aufforderungen.

Plötzlich warf Brian sich auf die Plane des Kohlenwagens und spähte über den hölzernen Rand. »Sind sie bewaffnet?«

Mallory zwinkerte verdutzt. »Ich glaube nicht, daß sie uns etwas anhaben wollen.«

»Sie werden uns angreifen«, erklärte Brian. Mallory sah überrascht zu seinem Bruder, doch dann erkannte er zu seiner größeren Überraschung, daß Brian die Lage richtig beurteilt hatte. Die schäbigen Gestalten liefen dem *Zephyr* nach, sprangen mit geschüttelten Fäusten und schwappendem Gin in der geschwungenen Flasche. Sie schienen besessen von einer zornig japsenden Energie, wie Bauernhunde, die eine Kutsche verfolgen. Brian richtete sich halb auf, öffnete die Schnalle seiner Pistolentasche, legte die Hand an den großen, seltsam geformten Pistolengriff ...

... und wurde beinahe aus dem Kohlenkarren geschleudert, als Thomas Volldampf gab. Mallory packte das Lederkoppel seines Bruders und zog ihn zurück. Der *Zephyr* sauste die Straße entlang und hinterließ einen Schwarm springender, hüpfender Kohlenstücke, die bei der ruckartigen Beschleunigung über die Rückwand des Anhängers gefallen waren. Die Verfolger blieben stehen und starrten dem *Zephyr* ungläubig nach, dann bückten sie sich wie Idioten und sammelten die herausgefallenen Kohlen auf, als wären es Smaragde.

»Woher wußtest du, daß sie uns verfolgen würden?« fragte Mallory.

Brian klopfte sich mit einem Taschentuch Kohlenstaub von den Hosenbeinen. »Ich wußte es eben.«

»Aber wieso?«

»Weil wir hier sind und sie dort, nehme ich an! Weil wir fahren und sie gehen!« Er blickte mit rotem Gesicht zu Mallory auf, als ob ihm die Beantwortung der Frage lästiger wäre als eine Schießerei.

Mallory lehnte sich zurück, schüttelte den Kopf.

»Nimm die Atemmaske«, sagte er und streckte sie ihm hin. »Ich habe sie eigens für dich mitgebracht.«

Darauf lächelte Brian etwas verlegen und knotete das kleine Ding im Nacken zusammen.

In Piccadilly waren Soldaten mit aufgepflanzten Bajonetten an den Straßenecken postiert. Sie trugen moderne gefleckte Kampfanzüge und Schlapphüte und aßen Haferbrei aus Kochgeschirren. Mallory winkte diesen Günstlingen der Ordnung fröhlich zu, aber sie starrten mit solch finsterem Argwohn zum *Zephyr* zurück, daß er seine Bekundungen rasch wieder einstellte. Ein Stück weiter, an der Ecke Long Acre und Drury Lane, bedrängten die Soldaten aus unbekannten Gründen eine kleine Abteilung bestürzter Londoner Polizisten, die wie gescholtene Kinder beisammenstanden und schwächlich ihre unzureichenden Gummiknüppel umfaßt hielten. Mehrere hatten ihre Helme verloren, und die meisten trugen primitive Verbände an Händen, Köpfen und Schienbeinen — Zeugnisse ihres unerschrockenen Bemühens um die Aufrechterhaltung von Ruhe und Ordnung.

Tom hielt den *Zephyr* an, um Kohlen in das Feuerungsloch zu schaufeln, während Fraser, gefolgt von Mallory, zu den Polizisten hinüberging, um Neuigkeiten zu erfahren. Sie erhielten die Auskunft, daß die Lage südlich des Flusses völlig außer Kontrolle sei. In Lambeth tobe offener Straßenkampf mit Steinen und Schußwaffen. Der plündernde Mob habe viele Straßen verbarrikadiert. Gerüchten zufolge war die Irrenanstalt Bedlam geöffnet worden, und ihre befreiten Insassen sprangen und tobten durch die Straßen.

Die Polizisten hatten rußige Gesichter, husteten und waren erschöpft. Jeder diensttaugliche Mann in den Polizeistreitkräften war auf den Straßen, ein Notstandsausschuß hatte die Armee zu Hilfe gerufen und ein allgemeines Ausgehverbot verhängt. Im West-End wurden Freiwillige der bürgerlichen Klassen zu Hilfspolizisten gemacht und mit Schlagstöcken und Gewehren ausgerüstet. Wenigstens, dachte Mallory, machte diese Unheilslitanei alle weiteren Zweifel an der Schicklichkeit ihres eigenen Unternehmens überflüssig. Fraser verzichtete auf Bemerkungen, aber er kehrte mit einem Ausdruck finsterer Entschlossenheit zum *Zephyr* zurück. Jenseits der umkämpften Grenzen der Autorität verschlechterten sich die Verhältnisse rasch. Es war jetzt Mittag, und ein unheilvolles bernsteinfarbenes Licht glomm im schmutzigen Graugelb des Himmels. Auf den Straßenkreuzungen drängten sich Menschenmengen wie Fliegen. Maskierte Londoner zogen durch die Straßen, neugierig, unruhig, hungrig oder verzweifelt ohne Eile, beschäftigt mit destruktiven und verschwörerischen Gedanken. Der *Zephyr* ließ fröhlich seine Dampfpfeife ertönen und rollte durch die amorphe Menge, die dem Fahrzeug gewohnheitsmäßig Platz machte.

Ein paar beschlagnahmte Omnibusse patrouillierten die Cheapside, vollgestopft mit gefährlich aussehenden Schlägertypen. Auf den Trittbrettern standen Männer, die mit Pistolen fuchtelten, und auf den Dächern der Dampfbusse war gestohlenes Mobiliar gestapelt. Thomas wich den schwerfälligen Fahrzeugen mit Leichtigkeit aus. Allenthalben knirschte Glas unter den Rädern des *Zephyr.*

In Whitechapel kletterten schmutzige barfüßige Kinder wie Affen vier Stockwerke in der Luft auf dem rotgestrichenen Ausleger eines großen Baukranes herum. Brian meinte, daß sie eine Art Spione waren, denn einige von ihnen schwenkten verschiedenfarbige Lumpen und kreischten zu den Leuten auf der Straße hinunter. Mallory hielt es für wahrscheinlicher, daß die Kinder in der Hoffnung auf frischere Luft hinaufgeklettert waren.

Vier aufgedunsene Pferdekadaver, massige Kaltblüter, lagen in Stepney. Die erschossenen Tiere waren noch in ihren Zuggeschirren. Ein paar Schritte weiter lag der Rollwagen, ausgeplündert, ohne Räder. Die großen Bierfässer, die er transportiert hatte, waren die Straße hinuntergerollt, dann aufgeschlagen worden; jeder Schauplatz verschwenderisch-gieriger Plünderung war gekennzeichnet durch herumliegende Faßdauben, Reifen und große, süßlich riechende, eingetrocknete Bierpfützen, von denen sich Wolken schwarzer Fliegen erhoben, wenn der Dampfwagen vorbeirollte. Es waren keine Zecher mehr da; nur ihre Spuren. Zerschlagene Bierkrüge, schmutzige Fetzen von Frauenkleidung, einzelne Schuhe.

Mallory erspähte eine lepröse Seuche von Plakaten, die an der Stätte dieser betrunkenen Orgie angeschlagen waren. Er traf das Dach des *Zephyr* mit einem geworfenen Stück Kohle, und der Wagen hielt an.

Tom stieg aus, gefolgt von Fraser, der vorsichtig, um seine Rückenverletzung zu schonen, die verkrampften Schultern reckte. »Was gibt es?«

»Aufruhr und Zersetzung«, sagte Mallory.

Nachdem sie sich vergewissert hatten, daß keine unmittelbare Gefahr drohte, gingen die vier zu der Wand, einer alten Plakatanschlagfläche aus Holz, so dick beklebt mit alten Anschlägen, daß sie aus Käserinde gemacht schien. Mindestens zwei Dutzend von Kapitän Swings neuesten Verlautbarungen waren frisch angeschlagen, darunter ein weiteres Exemplar mit der scharlachroten Göttin der Gerechtigkeit. Ein anderes auffallendes Plakat zeigte eine große geflügelte Frau mit brennendem Haar über zwei enggedruckten Textspalten. Einzelne Wörter waren, anscheinend willkürlich, durch Rotdruck hervorgehoben. Sie standen schweigend und versuchten die schlecht und verschmiert gedruckte Schrift zu entziffern. Thomas gab bald auf und entschuldigte sich mit einem Achselzucken. »Ich muß die Feuerung in Gang halten«, sagte er.

Brian begann laut, mit stockender Stimme zu lesen:

»›EIN APPELL AN DAS VOLK! Ihr alle seid freie Herren der Erde und braucht nur MUT, um siegreich KRIEG gegen die Hure von Babylondon und alle ihre gelehrten Diebe zu führen. Blut! Blut! Vergeltung! Vergeltung! Seuchen und Pestilenz über all jene, die nicht auf die universale Gerechtigkeit hören! BRÜDER, SCHWESTERN! Kniet nicht mehr vor dem Vampir Kapital und den idiotischen Gelehrten! Laßt die Sklaven gekrönter Briganten zu Füßen Newtons am Boden kriechen. WIR werden den Moloch Dampf und sein fauchendes Eisen zerschmettern! Hängt zweihundert Tyrannen an die Laternenpfähle dieser Stadt, und euer Glück und eure Freiheit sind für immer gesichert! Vorwärts! Vorwärts!! Wir hoffen auf die menschliche Sintflut, wir haben keine Zuflucht als einen allgemeinen Krieg! Wir führen einen Kreuzzug für die BEFREIUNG der Bedrückten, der Rebellen, der Armen, der Ausgestoßenen, all jener, die GEQUÄLT sind von der siebenmal verfluchten Hure, deren Körper Schwefel ist, und die den eisernen Nachtmahr reitet ...‹« In diesem Stil ging es noch lange weiter. »Was, im Namen des Himmels, will der Lump damit *sagen?*« fragte Mallory.

»Ich habe dergleichen noch nie gesehen«, murmelte Fraser. »Es ist das Eifern eines kriminellen Wahnsinnigen!«

Brian zeigte zur Fußzeile des Plakats. »Ich verstehe nicht, was mit diesen sogenannten ›sieben Flüchen‹ gemeint ist. Er stellt sie so dar, als wären es furchtbare Leiden, aber er nennt sie nicht. Er macht sie nirgendwo deutlich ...«

»Was will er nur?« überlegte Mallory. »Er kann doch nicht glauben, daß ein allgemeines Massaker eine Antwort auf seine Beanstandungen ist, von welcher Art sie auch sein mögen.«

»Mit diesem Ungeheuer ist nicht vernünftig zu reden«, sagte Fraser. »Sie hatten ganz recht, Dr. Mallory. Komme, was da wolle — mag das Risiko noch so hoch sein —, wir müssen ihn unschädlich machen! Es gibt keinen anderen Weg.«

Sie kehrten zurück zum *Zephyr*, wo Tom frische Kohlen aufgeschüttet hatte. Mallory blickte zu seinen Brüdern. In den geröteten Augen über ihren Atemschutzmasken war der ernste Ausdruck männlicher Entschlossenheit. Fraser hatte für sie alle gesprochen; sie waren geeint. Worte waren nicht mehr nötig. Für Mallory war es ein wahrhaft erhebender Augenblick inmitten dieses niederen Schmutzes. Zum ersten Mal seit langem fühlte er sich erlöst, gereinigt, frei von Zweifeln.

Als der *Zephyr* weiter durch Whitechapel rollte, verblich seine gehobene Stimmung und machte erhöhter Aufmerksamkeit und aufkommendem Herzklopfen Platz. Mallory rückte nervös an seiner Atemmaske, überprüfte die Funktion der Ballester Molina, tauschte ein paar Worte mit Brian. Doch nachdem alle Zweifel ausgeräumt waren und Leben oder Tod davon abhingen, wie der Würfel rollen würde, gab es wenig zu sagen. Statt dessen beobachtete Mallory wie sein Bruder mit nervöser Aufmerksamkeit jede Haustür und Durchfahrt musterte, jedes offene Fenster, unter dem sie vorüberfuhren.

In Limehouse schien jede Wand mit den Ergüssen des Schurken bepflastert zu sein. Manche waren schlicht und einfach verrückt, viele andere hingegen geschickt getarnt. Mallory zählte fünf Plakate von der Sorte, die verleumderisch seinen Vortrag ankündigte. Vielleicht waren auch ein paar unverfälschte Voranzeigen darunter, denn er kam im Vorbeifahren nicht dazu, den Text zu lesen. Der Anblick seines eigenen Namens traf seine erhöhte Empfindlichkeit jedoch mit einem beinahe schmerzhaften Schock.

Und er war nicht das einzige Opfer dieser absonderlichen Fälschungen zur Rufschädigung. Auf einem amtlich aussehenden Plakat warb die Bank von England um Einlagen von Pfunden Fleisch. Ein scheinbares Angebot von Eisenbahnausflügen Erster Klasse forderte die Öffentlichkeit auf, die reichen Fahrgäste zu berauben. So wirkungsvoll war das teuflische Gespött dieser gefälschten Plakate, daß selbst durchaus normale Anschläge den Eindruck erweckten, gefälscht zu sein. Als er die Plakattexte überflog und nach Doppeldeutigkeiten suchte, schien sich jedes Wort in bedrohlichen Unsinn zu verwandeln. Noch nie war Mallory die Allgegenwart der Reklame in London aufgefallen, die betäubende Fülle insistierender Worte und Bilder.

Eine unerklärliche seelische Erschöpfung überkam ihn, als der *Zephyr* unangefochten durch die Straßen rumpelte. Es war eine Erschöpfung, die mit der schieren Körperlichkeit der Stadt zu tun hatte, ihrer alptraumhaften Endlosigkeit von Straßen, Plätzen, Höfen und Durchfahrten, von dunstverhüllten Mauern und rußgeschwärzten Ziegeln. Eine Überfülle von Markisen und Flügelfenstern, eine Häßlichkeit von Gerüsten, mit Stricken zusammengebunden; eine schreckliche Vorherrschaft von gußeisernen Straßenlaternen und granitenen Prellsteinen, von armseligen Pfandleihergeschäften, Tabakläden und Kurzwarenhandlungen. Die Stadt schien sich ringsum zu erstrecken wie ein erbarmungsloser Abgrund geologischer Zeit.

Ein heiserer Ruf riß Mallory aus seinen Betrachtungen. Maskierte Männer sperrten die Straße vor ihnen, schäbig, drohend und gefährlich. Der *Zephyr* bremste, daß der Kohlenanhänger beinahe ins Schleudern geriet.

Mallory sah auf den ersten Blick, daß diese Wegelagerer Gelichter der übelsten Sorte waren. Der erste, ein verkommener junger Bursche mit einem Gesicht wie aus schmutzigem Teig, in einer fettigen Jacke und Cordhosen, hatte eine schmierige Mütze in die Stirn gezogen, aber an den Seiten und hinten konnte sie nicht den Gefängnisschnitt seines Haares verbergen. Der zweite, ein stämmiger Rohling von vielleicht fünfunddreißig Jahren, trug einen schmierigen Zylinderhut, karierte

Hosen und Schnürstiefel mit Messingspitzen. Der dritte war breitschultrig und o-beinig, mit ledernen Kniehosen und beschmutzten Strümpfen. Er hatte Mund und Nase mit einem langen Schal umwunden.

Und dann kamen zwei weitere Spießgesellen aus einem geplünderten Eisenwarengeschäft gestürzt — herumlungernde Taugenichtse von jungen Männern mit schmutzigen weiten Hemden und zu engen Hosen. Sie hatten sich im Eisenwarengeschäft spontan bewaffnet — mit einem Plissiereisen der eine, mit einem meterlangen Schüreisen der andere. Anheimelnde Geräte, aber unerwartet grausam und besorgniserregend in den gewalttätigen Händen dieser Strolche.

Der Mann mit den Messingstiefelspitzen, anscheinend ihr Anführer, zog mit einem höhnischen gelben Grinsen das Taschentuch von seinem Gesicht. »Raus aus dem Wagen!« befahl er. »Wird's bald?«

Aber Fraser war bereits in Bewegung. Er stieg mit ruhiger Selbstsicherheit vor den fünf Raufbolden aus, wie ein Schullehrer, der eine undisziplinierte Klasse zur Ruhe bringen muß. Mit klarer fester Stimme erklärte er: »Damit kommen Sie bei mir nicht durch, Mr. Tally Thompson! Ich kenne Sie — und ich sollte meinen, daß auch Sie mich kennen. Sie sind verhaftet, wegen schwerer Verbrechen.«

»Das ... verdammt!« stieß Tally Thompson schrekkensbleich hervor.

»Es ist Mr. Fraser!« rief der teigige junge Bursche entsetzt, wich zwei Schritte zurück.

Fraser brachte stählerne Handschellen zum Vorschein.

»Nein!« japste Thompson. »Nichts davon! Das kommt nicht in Frage! Das leide ich nicht!«

»Ihr anderen macht die Straße frei!« erklärte Fraser. »Sie, Bob Miles — wozu schleichen Sie hier herum? Tun Sie diese albernen Eisenwaren weg, bevor ich Sie festnehme.«

»Mann Gottes, Tally, knall ihn ab!« rief der Strolch mit dem Schal.

Fraser nutzte die Ablenkung, um Tally Thompson geschickt die Handschellen anzulegen. »Wir haben also eine Schußwaffe, wie, Tally?« sagte er und zog eine Derringer-Pistole aus dem mit Messingnägeln beschlagenen Gürtel des Banditen. »Eine Schande, wirklich.« Er blickte stirnrunzelnd zu den anderen. »Wollt ihr jetzt verschwinden, ihr Tagediebe?«

»Laßt uns abhauen«, winselte Bob Miles. »Wir sollten verschwinden, wie er sagt!«

»Macht ihn glatt, ihr Knallköpfe!« rief der O-beinige. Er drückte mit einer Hand den Atemschutz vor Mund und Nase und zog mit der anderen ein kurzes Messer mit breiter Klinge aus dem Gürtel. »Er ist von der Schmiere, ihr Idioten — macht ihn kalt! Swing wird euch erwürgen, wenn wir es nicht tun!« Er hob die Stimme zu einem heiseren Kreischen, wie ein Maroniverkäufer. »Schmiere hier! Kommt alle her und macht sie nieder, diese Hurensöhne ...«

Fraser schlug hart mit dem Kolben der Derringer auf das Handgelenk des O-beinigen; dieser ließ das Messer mit einem Aufschrei fallen.

Die drei anderen Strolche gaben sofort Fersengeld. Auch Tally Thompson versuchte zu fliehen, aber Fraser bekam mit der linken Hand die zusammengeschlossenen Handgelenke des Mannes zu fassen, riß ihn aus dem Gleichgewicht und stieß ihn auf die Knie.

Der O-beinige hüpfte und humpelte mehrere Schritte zurück, als würde er gegen seinen Willen gezogen. Dann bückte er sich, hob das schwere Plissiereisen an seinem Mahagonihandgriff und holte zum Wurf aus.

Fraser brachte die Derringer in Anschlag und feuerte. Der O-Beinige krümmte sich, seine Knie gaben nach, und er fiel auf die Straße, wo er zuckend liegenblieb. »Er hat mich umgebracht!« jammerte der Raufbold. »Ich hab' einen Bauchschuß, er hat mich erledigt!«

Fraser knuffte Tally Thompson tadelnd hinter das Ohr. »Der Knaller taugt nichts, Thompson. Ich zielte auf seine verdammten Beine!«

»Er wollte Ihnen nichts tun«, sagte Thompson.

»Er hatte ein fünf Pfund schweres Bügeleisen.« Fraser blickte über die Schulter zu Mallory und Brian, die beim Kohlenanhänger standen und verblüfft herübersahen.

»Kommen Sie, wir müssen den Dampfwagen zurücklassen. Sie werden danach Ausschau halten. Von nun an müssen wir zu Fuß gehen.«

Fraser zog Tally Thompson mit einem grausamen Ruck an den Handschellen auf die Beine. »Und Sie, Thompson, führen uns zu Kapitän Swing.«

»Werde ich nicht, Mr. Fraser!«

»Sie werden, Tally.« Fraser zog ihn mit einem auffordernden Blick zu Mallory und seinen Brüdern mit sich.

Sie umgingen den stöhnenden, jammernden Straßenräuber, der sich in seinem ausbreitenden Blut auf dem Pflaster wälzte. Seine schmutzigen O-Beine zitterten im Krampf. »Will verdammt sein, wenn er nicht simuliert«, sagte Fraser kalt. »Wer ist er, Tally?«

»Nie seinen Namen gehört.«

Ohne den Schritt zu verlangsamen, schlug Fraser ihm den verbeulten Zylinderhut vom Kopf, wo er mit Schweiß und Makassaröl und Schmutz festgeklebt war. »Natürlich kennen Sie ihn!«

»Keinen Namen!« beharrte Tally. Er sah sich mit einem Ausdruck der Verzweiflung zu seinem verlorenen Hut um. »Ein Yankee, von Natur.«

»Was für ein Yankee?« fragte Fraser, der Täuschung witterte. »Unionist? Kalifornier? Konföderierter? Texaner?«

»Aus New York«, sagte Tally.

»Was«, sagte Fraser in ungläubigem Ton, »Sie wollen mir weismachen, er sei ein Kommunarde aus Manhattan?« Er blickte einmal zu dem Sterbenden zurück, während sie weitergingen, dann faßte er sich rasch und sagte in skeptischem Ton: »Er redete nicht wie ein New Yorker Yankee.«

»Ich weiß nichts von Kommunarden. Swing mochte ihn, das ist alles!«

Fraser führte sie durch eine Zufahrt, die von rostigen Laufgängen überquert wurde. Die ragenden Ziegelwände glänzten von fettiger Feuchtigkeit. »Gibt es mehr von seiner Sorte in Swings Ratsversammlung? Mehr Männer aus Manhattan?«

»Swing hat eine Menge Freunde«, sagte Tally. Er schien wieder Mut zu fassen. »Und er wird Ihnen das Lebenslicht ausblasen, wenn Sie sich mit ihm anlegen!«

»Tom«, sagte Fraser zu Mallorys Bruder, »können Sie mit einer Pistole umgehen?«

»Einer Pistole?«

»Nehmen Sie die«, sagte Fraser und reichte ihm Tallys Derringer, »es ist nur noch eine Kugel übrig. Schießen Sie erst, wenn Ihr Mann nahe genug ist, daß Sie ihn berühren können.«

Nachdem er sich der Derringer entledigt hatte, griff Fraser in seine Rocktasche, zog einen kleinen lederbezogenen Totschläger heraus und fing an, ohne den Schritt zu verlangsamen, Tally Thompson mit methodischer Genauigkeit auf das Fleisch seiner Schultern und Oberarme zu schlagen.

Der Mann zuckte und grunzte unter den Schlägen und schließlich begann er zu heulen, daß ihm der Rotz aus seiner platten Nase lief.

Fraser blieb stehen, steckte den Totschläger ein. »Sie sind ein verdammter Dummkopf, Tally Thompson«, sagte er mit einer seltsamen Art von Zuneigung. »Wissen Sie noch immer nichts von Polizisten? Ich bin ganz allein gekommen, Ihren verehrten Swing festzunehmen, und habe meine drei Freunde bloß mitgebracht, daß sie den Spaß zu sehen bekommen! Also: Wo hält er sich versteckt?«

»Ein großes Lagerhaus am Hafen«, schniefte Tally.

»Voller Beute — Wunder! Und Waffen, ganze Kisten voll ...«

»Welches Lagerhaus?«

»Ich weiß nicht«, winselte Tally. »Ich war noch nie dort, kenne nicht die verdammten Namen von all diesen Lagerhaus- und Stauerbetrieben.«

»Welcher Name steht an der Tür?«

»Ich kann nicht lesen, das wissen Sie!«

»Wo ist es dann?« bohrte Fraser. »Einfuhrhafen oder Ausfuhrhafen?«

»Einfuhr ...«

»Südseite? Nordseite?«

»Süd, ungefähr in der Mitte ...« Aus der Straße hinter ihnen drangen entfernte Rufe, ein Splittern von Glas, und trommelndes Dröhnen von heftigen Schlägen auf Blech. Tally verstummte, neigte den Kopf auf die Seite, um zu lauschen. Seine Lippen zogen sich in die Breite. »Aber das ist ja Ihr Wagen!« sagte er, und der winselnde Tonfall war aus seiner Stimme gewichen. »Swings Burschen sind schnell zurückgekommen und haben Ihren Wagen gefunden, Mr. Fraser!«

»Wie viele Männer sind in diesem Lagerhaus?«

»Sie schlagen ihn in Stücke, hören Sie nur!« sagte Tally. Ein eigenartiger Ausdruck kindlichen Staunens und freudiger Überraschung hatte alle Furcht aus seinen groben Zügen vertrieben. »Wie viele Männer?« schnauzte Fraser und knuffte Tally hinter das Ohr.

»Sie schlagen ihn kurz und klein!« erklärte Tally fröhlich, ohne Wirkung zu zeigen. »Ludds Arbeit an Ihrem hübschen Dampfwagen!«

»Halt's Maul, du Bastard!« Toms Stimme war schrill vor Schmerz und Wut.

Tally, im ersten Augenblick erschrocken, betrachtete Toms maskiertes Gesicht mit aufdämmerndem Verstehen. Er lächelte befriedigt. »Was soll das heißen, Mister?«

»Maul halten, habe ich gesagt!« schrie Tom.

Tally Thompson lächelte noch breiter. »Ich bin es nicht, der deinem kostbaren Dampfwagen weh tut! Geh hin und sag ihnen, daß es dir nicht paßt, Junge! Sag ihnen, daß sie aufhören sollen!« Tally sprang zurück und riß seine gefesselten Hände aus Frasers Griff. Fraser verlor das Gleichgewicht und fiel gegen Brian, der seinerseits fast zu Boden gestoßen wurde.

Tally wandte sich um und brüllte durch die an den Mund gehaltenen Hände: »Hört auf mit dem Spaß, meine Herzchen!« Sein Heulen hallte durch die Schlucht der Ziegelmauern. »Ihr beschädigt Privateigentum!«

Tom sprang wie ein Wilder auf ihn zu, und ein wütender Schwinger traf Tallys Unterkiefer. Tallys Kopf wurde in den Nacken gerissen, und er stieß die Luft seiner Lungen in einem röchelnden Keuchen aus. Er wankte einen Schritt, dann fiel er wie ein Mehlsack auf das Kopfsteinpflaster der Durchfahrt.

Eine jähe Stille breitete sich aus.

»Verdammich, Tom!« sagte Brian endlich. »Der steht nicht mehr auf!«

Fraser stieg über den leblos daliegenden Tally, bückte sich und schob mit dem Daumen ein Augenlid zurück. Dann blickte er zu Tom auf und sagte mit mildem Tadel: »Sie haben ein jähzorniges Temperament, junger Mann ...«

Tom zog sich den Atemschutz vom Gesicht und schnaufte angestrengt. »Ich ... ich hätte ihn niederschießen sollen!« platzte er heraus. Er blickte um Verständnis bittend von Brian zu Mallory. »Ich wäre imstande gewesen, Ned! Ihn niederzuschießen!«

Mallory nickte knapp. »Langsam, Junge ...«

Fraser schloß die Handschellen auf. Sie waren schlüpfrig vom Blut aus Tallys verletzten Handgelenken.

»Das war seltsam, was der Kerl gerade tat!« wunderte sich Brian. »Sind sie hier alle verrückt, Ned, diese Londoner?«

Mallory nickte nüchtern. Dann gab er sich einen Ruck und sagte in erzwungener Munterkeit: »Aber nichts, was ein guter rechter Arm nicht heilen könnte!« Und er schlug Tom auf die Schulter. »Du bist ein Boxer, Tommy! Du hast ihn hingelegt wie einen geschlachteten Ochsen!«

Brian schnaubte, verbiß sich ein Lachen. Tom lächelte schüchtern, rieb sich die Knöchel.

Fraser richtete sich auf, steckte die Handschellen ein und ging eilig weiter. Die Brüder folgten ihm. »Es war nicht so viel«, sagte Tom.

»Was?« erwiderte Mallory. »Diesen schweren Jungen niederzuschlagen? Das soll dir erst einer nachmachen!«

»Es war kein fairer Kampf«, sagte Tom. »Er mit gebundenen Händen ...«

»Ein Schlag!« sagte Brian. »Du hast ihn hingelegt wie eine Eichenplanke.«

»Still jetzt!« zischte Fraser.

Sie verstummten. Die Durchfahrt endete in dem verlassenen Grundstück eines abgebrochenen Gebäudes. Die geborstenen Fundamente waren bestreut mit zerbrochenen roten Ziegeln und grauen Splittern alter Dekkenbalken. Der Himmel lastete gelbgrau auf der Stadt.

»Sie können uns nicht gehört haben, Mr. Fraser«, sagte Tom. »Nicht mit dem Lärm, den sie mit meinem Dampfwagen machten.«

»Es ist nicht diese Bande, die mir jetzt Sorgen bereitet, Tom«, sagte Fraser, nicht unfreundlich. »Aber wir können hier jederzeit auf andere stoßen.«

»Wo sind wir?« fragte Brian. »Gott im Himmel! Was für ein Gestank!«

»Die Themse«, sagte Fraser.

Am anderen Ende des Grundstücks erstreckte sich eine niedere Ziegelmauer. Mallory zog sich hinauf und drückte seinen Atemschutz unwillkürlich fester gegen Mund und Nase. Die andere Seite der Ziegelmauer — sie war Teil der Uferbefestigungen — fiel drei Meter zum Flußbett ab. Es herrschte Ebbe, und die geschrumpfte Themse war ein träges Glänzen zwischen weiten Schlammflächen, die sich zum Wasser hin langsam absenkten.

Am anderen Flußufer stand das Stahlgerippe des Leuchtfeuers Cuckold's Point, geschmückt mit nautischen Signalwimpeln. Mallory konnte sie nicht entziffern. Quarantäne, vielleicht? Blockade? Der Fluß lag fast verlassen.

Fraser überblickte die Schlammflächen zu Füßen der Uferbefestigung. Mallory folgte seinem Blick. Kleine Boote lagen im grauschwarzen Schlamm wie einzementiert. Da und dort, wo die Kloaken von Limehouse in den Fluß mündeten, standen schleimig schillernde Pfützen und Rinnsale in den prielartig ausgewaschenen Rinnen im Flußschlamm.

Etwas wie eine Brise — doch es war keine Brise, sondern ein warmer, fast klebriger stinkender Luftzug — wehte von der Themse landeinwärts. »Lieber Gott!« murmelte Brian in mattem Entsetzen. Er zog sich rasch von der Mauer zurück.

Mallory überwand aufsteigende Übelkeit. Es war nicht einfach. Offensichtlich übertraf die Themse bei Ebbe selbst den berüchtigten Gestank in den Decks der Truppentransporter.

Auch Thomas war blaß geworden, schien jedoch unempfindlicher als Brian — vielleicht immunisiert durch die Kohlengase aus den Schornsteinen von Dampfwagen. »Ich wußte, daß wir auf dem Land eine Dürre haben, aber dies hätte ich mir nie träumen lassen«, sagte Tom durch seinen Atemschutz. Seine geröteten Augen suchten besorgt den älteren Bruder. »Die Luft, das Wasser, Ned — wohin soll das führen? So schrecklich kann es noch nie gewesen sein!«

Fraser verzog das Gesicht. »Im Sommer ist London nie, was es sein könnte ...«

»Aber sehen Sie sich den Fluß an!« rief Tom aus.

»Und oh, da kommt ein Schiff!« Ein großer Raddampfer arbeitete sich die Themse aufwärts, und es war in der Tat ein sehr merkwürdig aussehendes Fahrzeug, denn der Rumpf war flach wie ein Floß, mit einem Aufbau aus gerundetem, genietetem Eisen. Die schwarzen gepanzerten Bordwände wiesen vom Bug bis zum Heck eine lange Reihe weißer Vierecke auf: Geschützpforten. Am Bug standen zwei Seeleute mit Gummihandschuhen und Helmen mit Atemschläuchen und maßen mit bleibeschwertem Lot die Wassertiefe.

»Was für ein Schiff ist das?« fragte Mallory.

Brian überwand sich, trat zur Mauer und spuckte hinüber. »Ein Panzerschiff«, erklärte er mit heiserer Stimme. »Ein Flußmonitor.«

Mallory hatte von solchen Fahrzeugen gelesen, aber niemals eines gesehen. »Kommt es vielleicht aus Amerika zurück, vom Mississippi-Feldzug?« Er beschirmte die Augen mit einer Hand und wünschte, er hätte ein Fernglas. »Führt es die Flagge der Konföderation? Ich wußte nicht, daß wir hier in England Schiffe dieser Art haben ... Nein, ich sehe, es führt den Union Jack.«

»Seht nur, wie die Schaufelräder das Wasser aufwühlen!« staunte Tom. »Das Wasser muß schlammig wie Gelee sein.«

Niemand hatte Lust, das Thema zu vertiefen. Fraser zeigte flußabwärts. »Passen Sie auf. In der Richtung liegt ein tief ausgebaggerter Schiffskanal, der zu den Ankerplätzen der Westindien-Docks führt. Bei diesem niedrigen Wasserstand könnte man durch diesen Kanal gehen und dann ungesehen bis in die Docks gelangen.«

»Sie meinen, wir sollen durch den Uferschlamm stapfen?« fragte Mallory.

»Nein!« sagte Brian. »Es muß eine andere Möglichkeit geben.«

Fraser schüttelte den Kopf. »Ich kenne die Docks. Zur Landseite sind sie durch eine drei Meter hohe Mauer abgeschlossen. Die Mauerkrone ist durch einzementierte Glassplitter zusätzlich gesichert. Es gibt Toreinfahrten und einen Gleisanschluß, aber die werden scharf bewacht sein. Swing hat sich sein Hauptquartier klug gewählt. Es ist fast wie eine Festung.«

»Wird Swing nicht auch die Uferfront bewachen lassen?« fragte Brian.

»Aber klar«, erwiderte Fraser. »Doch wie viele Leute werden über diesen stinkenden Schlammflächen Ausschau halten, für Swing oder sonst jemanden?«

Mallory nickte, überzeugt. »Er hat recht, Jungs.«

»Aber wir werden uns bis zum Hals mit diesem stinkenden Schmutz besudeln!« protestierte Brian.

»Wir sind nicht aus Zucker«, grunzte Mallory.

»Aber meine Uniform, Ned! Weißt du, was mich dieser Waffenrock gekostet hat?«

»Wenn wir fertig sind, vertausche ich dir meinen Dampfwagen gegen deine goldenen Epauletten«, sagte Tom.

Brian starrte ihn an und verzog schmerzlich das Gesicht.

»Dann müssen wir uns eben ausziehen, Jungs«, befahl Mallory und entledigte sich seiner Jacke. »Als ob wir Bauernburschen wären, die an einem schönen Morgen in Sussex süßes Heu aufladen. Versteckt eure guten Sachen hier im Schutt — und beeilt euch!« Mallory entkleidete sich bis zum Gürtel, steckte die Pistole in den Hosenbund und krempelte die Hosenbeine bis über die Knie auf. Dann ließ er sich die schlüpfrige Ziegelmauer hinunter und landete halb rutschend, halb fallend im Schlamm.

Nahe der Mauer war der Schlamm unerwartet fest und halb getrocknet. Die Füße sanken nicht tiefer ein als in Waldboden. Mallory lachte und winkte den anderen. Sie kamen nach, Brian als letzter. Er stieß mit seinem gewachsten und polierten Stiefel einen zerbrochenen, im Schlamm steckenden Teller fort. »Ich muß schön dumm sein, daß ich mich von dir aus der Uniform schwatzen ließ!«

Fraser hatte seinen Kragen abgenommen und war in einem weißen Hemd und Hosenträgern — einem überraschend geckenhaften Artikel aus moirierter scharlachroter Seide. In einem neuen Schulterhalfter aus chamoisfarbenem Leder steckte eine gedrungene kleine Pfefferstreuerpistole. Mallory bemerkte die Verdickung der sauber gepolsterten Bandage unter Hemd und Gurt. »Machen wir uns nichts daraus«, sagte Fraser und übernahm die Führung: »Es gibt Leute, die ihr Leben im Schlamm der Themse verbringen.«

»Wer soll das sein?« fragte Tom.

»Fleetenkieker«, sagte Fraser. »Im Winter wie im Sommer stapfen sie bei Ebbe durch den Schlamm des Flusses und der Seitenkanäle. Suchen nach Kohlen, rostigen Nägeln, alten Töpfen und allen Abfällen und angetriebenen Gegenständen, die im Verkauf einen Penny bringen.«

»Machen Sie Witze?« fragte Tom.

»Meistens sind es Kinder«, beharrte Fraser ruhig, »und alte Frauen. Oft waten sie bis zu den Hüften im Schlamm.«

»Das glaube ich Ihnen nicht«, sagte Brian. »Wenn Sie mir sagen würden, so etwas gäbe es in Bombay oder Kalkutta, würde ich es zugeben. Aber nicht in London!«

»Da müssen Sie sich eines anderen belehren lassen«, versetzte Fraser.

Sie gingen schweigend weiter, atmeten den warmen Kloakengestank und versuchten sich daran zu gewöhnen. Einmal blieb Tom stehen und zeigte Mallory das in den Schlamm eingebettete, fast vollständig erhaltene Gerippe eines Fisches. »Schau her, Ned — ein Fossil der Zukunft! Glaubst du, daß es in der Themse noch einen lebenden Fisch gibt?«

Mallory grunzte nur. Wenige Schritte weiter stießen sie auf das Hindernis eines ausgebaggerten schlammigen Grabens, halb angefüllt mit schwarzem Schlamm, der marmorartig von talgig bleichen Adern durchzogen war. Es blieb ihnen nichts übrig, als den Graben zu überspringen, und Brian hatte das Pech, auf der anderen Seite abzurutschen. Stinkend und verschmutzt zog er sich hinauf, und schüttelte unter wilden Flüchen klebrigen Schlamm von seinen Händen.

Auf der anderen Seite des Grabens wurde die Kruste des getrockneten Schlammes trügerisch. Platten oberflächlich getrockneten Schlammes zerbrachen oder glitten unter den Füßen auf einem zähen Untergrund aus schmierigem Schlick und blubbernden Gasblasen. Schlimmeres jedoch erwartete sie in der Zufahrt zu den Docks. Hier bestanden die Uferbefestigungen aus eingerammten, geteerten Pfählen, die einen Pelz aus schlüpfrigen grünen Algen trugen und sich fünf Meter über die Wasserlinie erhoben. Und das Wasser, das den breiten, ausgebaggerten Kanal von einem Ufer zum anderen füllte, war ein scheinbar bodenloser grauer Sumpf, aus dessen Tiefe schenkeldicke Bündel grünlicher Schleimalgen wogten.

»Was nun?« fragte Mallory. »Schwimmen?«

»Niemals!« rief Brian.

»Hinaufklettern?«

»Können wir nicht«, ächzte Tom mit einem hoffnungslosen Blick zu den schleimigen Pfählen. »Wir müssen umkehren!«

»Ich würde mir in dieser Brühe nicht die Hände waschen!« erklärte Brian. »Und meine Hände sind mit stinkendem Schlamm verklebt.«

»Still jetzt!« zischte Fraser. »Swings Leute werden uns hören. Und wenn sie uns hier unten erwischen, werden wir wie Hunde abgeknallt! Lassen Sie mich überlegen.«

Brian ignorierte ihn. »Mein Gott, der Gestank!« Er schien der Panik nahe. »Das ist schlimmer als im Truppentransporter — schlimmer als in einem russischen

Graben! Bei Inkerman haben sie Russen begraben, die seit Wochen im Freien gelegen hatten, und das roch besser als dies hier!«

»Halten Sie endlich den Mund!« flüsterte Fraser. »Ich höre was.«

Schritte mehrerer Männer näherten sich oben am Kanalufer. »Sie haben uns«, sagte Fraser in nüchterner Einschätzung des Unabwendbaren. Er blickte am Pfahlwerk hinauf und legte eine Hand an seine Pistole. »Unsere Stunde ist gekommen — verkaufen wir unser Leben teuer!«

Aber in einem Augenblick — einer Serie von Augenblicken, die so kurz waren, daß sie dem menschlichen Geist normalerweise nutzlos sein mußten — durchfuhr Mallory die Inspiration wie eine alpine Windbö.

»Nein!« befahl er den anderen in einem Ton völliger Überzeugung. »Nicht hinaufschauen! Macht es wie ich!« Und er begann mit lauter, etwas lallender Stimme ein Seemannslied zu singen:

»In Santiago ist es gut zu lieben,
Und wir vergessen, die zurückgeblieben —
So küßt uns lang und küßt uns schnell
Polly und Meg und Kate und Nell.«

»Nun los, macht schon!« drängte er die anderen mit ausholender Armbewegung. Tom und Brian stimmten verspätet und mit stockenden, dünnen Stimmen in den Refrain ein:

»Lebt wohl, lebt wohl, ihr holden Schönen,
Nach Rio setzen wir die Segel!«

»Nächste Strophe!« krähte Mallory.

»In Vera Cruz, da rinnt der Schweiß,
Die Mädchen hier, sie mögen's heiß ...«

»Ahoi!« rief eine rauhe Stimme von der Uferbefestigung. Mallory spähte in gespielter Überraschung hinauf und sah in verkürzter Perspektive ein halbes Dutzend Marodeure mit umgehängten Gewehren am Rand des Pfahlwerks stehen. Der Sprecher hatte Kopf und Gesicht in zusammengeknotete Seidentücher gehüllt und ließ einen schimmernden, langläufigen Revolver mit scheinbarer Nachlässigkeit in der Hand baumeln. Seine Hosen aus weißem Segeltuch sahen makellos sauber aus.

»Ahoi die Küste!« rief Mallory mit schwerer Zunge, den Kopf im Nacken. Er breitete die Arme in jovialer Gebärde aus und fiel beinahe hintenüber. »Wie können wir euch feinen Herren zu Diensten sein?«

»Seht euch die Schmutzfinken an!« sagte der Sprecher zu seinen Begleitern. Dann hob er die Stimme: »Der Gestank allein reicht euch noch nicht, wie? Ihr mußtet selbst hinein in den Dreck!«

»Klar!« sagte Mallory. »Wir wollen nämlich die Westindiendocks sehen!«

»Warum?«

Mallory lachte. »Weil die Lagerhäuser voll von Zeug sind, das wir brauchen können, versteht sich.«

»Saubere Hemden, zum Beispiel?« sagte einer der andern Männer. Es gab Gelächter, vermischt mit Grunzen und Husten.

Mallory lachte auch und schlug sich auf die nackte Brust. »Warum nicht? Könnt ihr uns helfen? Ein Seil oder was herunterwerfen?«

Der Anführer spähte mißtrauisch zwischen seinen seidenen Kopftüchern hervor. »Du bist kein Seemann! Ein richtiger Seemann sagt nie ›Seil‹. Er sagt immer ›Tau‹ oder ›Leine‹!«

»Was geht es dich an, was ich bin?« rief Mallory und blickte finster hinauf. »Werft uns ein Tauende herunter, oder eine Leiter? Oder einen verdammten Ballon! Oder geht zum Teufel!«

»Ganz recht!« fiel Tom mit unsicherer Stimme ein. »Klugscheißer brauchen wir nicht!«

Der Anführer wandte sich um, und seine Männer verschwanden mit ihm. »Beeilt euch!« brüllte Mallory hinterdrein. »Ihr könnt all dieses feine Zeug nicht für euch behalten, wißt ihr!«

Brian schüttelte den Kopf. »Gott, Ned«, flüsterte er. »Das ist eine verdammt üble Klemme!«

»Wir werden als Plünderer durchgehen«, sagte Mallory mit halblauter Stimme. »Wir geben uns als ihresgleichen aus, betrunkene Strolche, die für jede Untat zu haben sind! Wir werden uns ihnen anschließen und zu Swing finden!«

»Und wenn sie uns Fragen stellen, Ned?«

»Stellst du dich dumm.«

»Hallo!« rief eine schrille Stimme von oben.

»Wassen los?« rief Mallory und blickte hinauf. Ein magerer Junge von fünfzehn Jahren, ein Tuch vor Mund und Nase gebunden, balancierte auf dem Pfahlwerk, ein Gewehr in den Händen.

»Lord Byron ist tot!« schrie der Junge.

Mallory war wie vor den Kopf geschlagen.

Tom rief in die plötzliche Stille: »Wer sagt das?«

»Es ist wahr! Der alte Schinder hat den Löffel weggeschmissen, ist tot wie eine Hammelkeule!« Der Junge lachte übermütig und sprang auf den eingerammten Pfählen weiter, das Gewehr in der Luft schwenkend. Mit einem Satz kam er außer Sicht.

Mallory fand seine Stimme wieder. »Sicherlich nicht.«

»Nein«, stimmte Fraser zu.

»Jedenfalls nicht wahrscheinlich.«

»Wunschdenken von seiten dieser Anarchisten«, sagte Fraser.

Darauf folgte ein langes, dumpfes Stillschweigen.

»Natürlich«, sagte Mallory schließlich und zog nervös an seinem Bart, »wenn der große Redner wirklich tot ist, dann bedeutet das ...« In einem lähmendem Ansturm von Verwirrung fehlten ihm die Worte, aber die anderen erwarteten Anleitung von ihm, stumm und aufmerksam. »Nun ...«, sagte Mallory, »der Tod Byrons würde das Ende eines Zeitalters der Größe markieren!«

»Es müßte nicht allzuviel bedeuten«, wandte Fraser mit ruhiger Überlegung ein. »In der Partei gibt es viele Männer von großem Talent. Charles Babbage lebt noch! Lord Colgate, Lord Brunell ... der Prinzgemahl, zum Beispiel. Prinz Albert ist ein sehr vernünftiger und nachdenklicher Mann.«

»Lord Byron kann nicht tot sein!« platzte Brian heraus. »Wir stehen in stinkendem Schlamm und glauben einer stinkenden Lüge!«

»Laß gut sein«, sagte Mallory. »Wir werden unser Urteil in dieser Angelegenheit aufschieben müssen, bis wir Beweise haben.«

Tom nickte. »Ned hat recht. Der Premierminister würde es so gewollt haben! Das ist die wissenschaftliche Methode. Das ist, was Lord Byron uns immer gelehrt hat ...«

Ein dickes, geteertes Tau, das Ende zu einer großen Schlinge geknotet, kam heruntergesaust. Der Anarchistenleutnant mit den seidenen Tüchern und der weißen Leinenhose stand mit einem Fuß auf der Pfahlreihe, hatte den Ellbogen aufs Knie gestützt und das Kinn in der Hand. »Steck deinen Arsch da hinein, mein Freund«, schlug er vor, »und wir ziehen dich im Nu herauf!«

»Verbindlichsten Dank!« sagte Mallory, winkte mit fröhlicher Zuversicht und stieg in die Schlinge.

Als der Zug kam, stemmte er seine schlammverkrusteten Schuhe gegen die schlüpfrigen Pfähle und ging Schritt für Schritt daran hinauf, bis er über den Rand gezogen wurde. Der Anführer warf das Tau wieder hinunter. Er trug feine Glacéhandschuhe. »Willkommen, Sir, in der erlauchten Gesellschaft der Vorhut der Menschheit. Gestatten Sie mir, daß ich mir vorstelle: Ich bin der Markgraf von Hastings.« Der Markgraf verbeugte sich leicht. Dann nahm er eine Pose mit erhobenem Kinn und in die Hüfte gestemmter Faust ein.

Mallory sah, daß der Bursche nicht scherzte; er vertrat seinen Anspruch zumindest halb im Ernst.

Der Titel eines Markgrafen war ein Relikt aus den Jahren vor dem Machtantritt der Radikalen Partei, doch gab es hier einen jungen Prätendenten, ein lebendes Fossil, sozusagen, und obendrein Befehlshaber dieser Räuberbande! Mallorys Verwunderung hätte kaum größer sein können, wenn er einen jungen Plesiosaurus seinen Schlangenkopf aus den Tiefen der stinkenden Themse hätte recken sehen.

»Jungs«, sagte der junge Markgraf, »schüttet etwas von diesem Kölnisch über diesen stark riechenden Freund! Wenn er Dummheiten macht, wißt ihr, was ihr zu tun habt.«

»Ihn erschießen?« platzte einer idiotisch heraus.

Der Markgraf verzog schmerzlich das Gesicht — mit der Mimik eines Schauspielers, die einen Verstoß gegen den guten Geschmack signalisiert. Ein Junge in einem gestohlenen Polizeihelm und einem zerrissenen Seidenhemd schüttete aus einer Kristallflasche kaltes Kölnischwasser über Mallorys bloßen Hals und Rücken.

Als nächstes kam Brian herauf. »Das sind Uniformhosen und Stiefel unter diesem Schmutz«, bemerkte der Markgraf. »Unerlaubte Entfernung von der Truppe, Genosse?«

Brian nickte stumm.

»Wie man sieht, genießt du deinen kleinen Urlaub in London.«

Brian nickte wie ein Dummkopf.

»Gebt dieser beschmutzten Person neue Hosen«, befahl der Markgraf. Er durchmusterte seine sechsköpfige Truppe, die schon dabei war, das Tau für den nächsten hinabzulassen. »Genosse Shillibeer, du hast ungefähr die Größe dieses Mannes — gib ihm deine Hose.«

»Ah, aber Genosse Markgraf ...«

»Jedem nach seinen Bedürfnissen, Genosse Shillibeer! Zieh sofort die Hose aus!«

Shillibeer stieg unbeholfen aus seiner Hose und hielt sie hin. Da er keine Unterwäsche trug, zog er mit einer Hand nervös sein Hemd hinunter.

»Um Himmels willen«, sagte der Markgraf, »muß ich euch schafsköpfigen Trotteln jede Kleinigkeit sagen?« Er zeigte ungeduldig auf Mallory. »Du! Nimm Shillibeers Platz ein und zieh mit am Tau. Und du, Soldat — nicht mehr der Knecht des Unterdrückers, sondern ein freier Mann! — Zieh Shillibeers Hosen an. Genosse Shillibeer, laß dieses Getue. Du hast nichts, dessen du dich schämen müßtest. Du kannst sofort zum Lager gehen und dir frische Kleider geben lassen.«

»Danke, Sir!«

»›Genosse‹«, berichtigte ihn der Markgraf. »Hol dir was Schönes, Shillibeer! Und bring mehr Kölnisch!«

Mallory legte sich mit den anderen ins Zeug, und als nächster kam Tom herauf. Die Banditen waren stark behindert durch ihre klappernden, falsch umgehängten Gewehre. Es waren gewöhnliche Victoria-Armeekarabiner, schwere Einzellader, wie sie jetzt nur noch an die Eingeborenentruppen in den Kolonien ausgegeben wurden. Die Aufrührer waren zusätzlich behindert durch furchteinflößende Küchenmesser und selbstgemachte Knüppel, die sie nach Gutdünken in die wahllos geplünderte Eleganz ihrer Kleider gesteckt hatten. Sie trugen farbenprächtige Seidenschärpen, verschwitzte Seidenhemden, militärisches Lederzeug mit Patronentaschen, und hatten mehr Ähnlichkeit mit türkischen Baschi Bozuks als mit irgendwelchen Engländern. Zwei von ihnen waren kaum dem Kindesalter entwachsen, während zwei andere gedrungene, träge Tagediebe mit aufgeschwemmten Säufervisagen waren. Der letzte war, zu Mallorys Überraschung, ein schlanker Neger in der unauffälligen Kleidung eines herrschaftlichen Dieners.

Der Markgraf von Hastings musterte Tom. »Wie heißt du?«

»Tom, Sir.«

Der Markgraf zeigte zu Mallory. »Und er?«

»Ned.«

»Und der da?«

»Brian«, sagte Tom. »Glaube ich ...«

»Und wie ist der Name dieses finster blickenden Kerls da unten, der so unangenehm wie ein Polyp aussieht?«

Tom zögerte.

»Weißt du es nicht?«

»Er hat uns keinen richtigen Namen genannt«, fiel Mallory ein. »Wir nannten ihn einfach den Reverend.«

Der Markgraf funkelte Mallory an.

»Wir haben den Reverend heute erst getroffen, Sir«, entschuldigte sich Tom. »Wir sind nicht, was man Busenfreunde nennen würde.«

»Dann könnten wir ihn da unten lassen«, schlug der Markgraf vor.

»Zieht ihn hoch«, konterte Mallory. »Er ist klug.«

»Ach ja? Und wie steht es mir dir, Genosse Ned? Du scheinst nicht halb so dumm zu sein, wie du vorgibst. Und du bist nicht sehr betrunken.«

»Dann gebt mir was zu trinken«, sagte Mallory unverzagt. »Und ich könnte auch einen von diesen Karabinern gebrauchen, wenn ihr wieder Beute verteilt.«

Der Markgraf warf einen Blick auf Mallorys Revolver, dann neigte er den maskierten Kopf auf die Seite und zwinkerte, als hätten sie gemeinsam einen Scherz gemacht. »Alles zu seiner Zeit, mein eifriger Freund«, sagte er. Er winkte mit der behandschuhten Hand. »Also gut. Zieht ihn hoch!«

Fraser kam in der Schlinge herauf. »Also, ›Reverend‹«, sagte der Markgraf. »Was für ein Bekenntnis belieben Hochwürden zu predigen?«

Fraser schüttelte die Schlinge los und trat heraus.

»Was meinen Sie, Chef? Ich bin ein verfluchter Quäker!«

Darauf gab es häßliches Gelächter. Fraser, der ein lümmelhaftes Vergnügen am Spaß der anderen vorgab, schüttelte seinen maskierten Kopf. »Nein«, sagte er mit heiserer Stimme, »kein Quäker. Ich bin ein Pantisokrat.«

Das Gelächter brach ab.

»Pantisokrat«, wiederholte Fraser. »Einer von diesen schundigen Yankee-Schwätzern ...«

Der Markgraf unterbrach ihn mit kalter Präzision. »Das heißt, ein Laienprediger der Susquehanna-Phalanstery?«

Fraser starrte ihn verdutzt an.

»Ich beziehe mich auf die utopischen Lehren von Prof. Coleridge und Reverend Wordsworth«, sagte der Markgraf mit drohendem Unterton.

»Richtig«, grinste Fraser. »Einer von ihnen.«

»Das scheint eine Polypenschlinge samt Dienstpistole zu sein, was du da trägst, mein pazifistischer, pantisokratischer Freund.«

»Hab' die Sachen auch von einem Polypen.« Er hielt inne. »Einem toten.«

Wieder gab es Gelächter, durchsetzt von Husten und Grunzen.

Der neben Mallory stehende Junge stieß einen der Lümmel an. »Dieser Gestank haut mich um, Henry! Können wir nicht abhauen?«

»Frag den Markgrafen«, sagte Henry.

»Frag du ihn«, bat der Junge. »Er macht sich immer so über mich lustig.«

»Aufgepaßt, jetzt!« sagte der Markgraf. »Jupiter und ich werden die neuen Rekruten zum Depot begleiten. Ihr anderen macht weiter mit der Uferpatrouille.«

Die verbleibenden drei ächzten verdrießlich.

»Keine Umwege und Abkürzungen«, befahl der Markgraf. »Ihr wißt, daß alle Genossen abwechselnd Uferdienst machen müssen, genau wie ihr.«

Der Markgraf, dichtauf gefolgt von dem Neger, Jupiter, führte sie den Uferweg entlang. Es verblüffte Mallory, daß der Mann vier bewaffneten Fremden den Rükken kehrte; entweder war es ein Akt arroganter Dummheit oder achtlosen Mutes.

Mallory tauschte bedeutungsvolle Blicke mit Tom, Brian und Fraser. Alle vier trugen noch ihre Waffen; die Anarchisten hatten sich nicht einmal die Mühe gemacht, sie zu beschlagnahmen. Es wäre Sache eines Augenblicks gewesen, ihrem Führer und den Neger in den Rücken zu schießen, obwohl der Schwarze unbewaffnet war. Aber es wäre ein niederträchtiges Geschäft, von hinten zuzuschlagen, wenn auch vielleicht eine Notwendigkeit des Krieges. Doch die nervösen Bewegungen der anderen, während sie gingen, machten Mallory klar, daß sie von ihm erwarteten, die Tat zu vollbringen. Dieses Abenteuer war jetzt durch seine Initiative seines geworden, und selbst Fraser setzte sein Leben auf das Glück und Geschick Edward Mallorys.

Mallory schob sich weiter nach vorn und paßte seinen Schritt dem des Markgrafen von Hastings an. »Was gibt es in diesem Depot, Euer Lordschaft? Eine Menge feiner Beute, hoffe ich.«

»Eine Menge feiner Hoffnung, mein plündernder Freund! Aber lassen wir das. Sag mir, Genosse Ned — was würdest du mit Beute machen, wenn du sie hättest?«

»Ich nehme an, das würde davon abhängen, was es wäre«, meinte Mallory.

»Du würdest es in deinen Rattenbau schleppen«, mutmaßte der Markgraf, »und dann für einen Bruchteil seines Wertes an einen Hehlerjuden verkaufen, und den Erlös für Alkohol ausgeben, um einen oder zwei Tage später in einer schmutzigen Ausnüchterungszelle aufzuwachen, mit dem Fuß eines Polypen im Genick.«

Mallory rieb sich das Kinn. »Was würden Sie dann damit anfangen?«

»Es nutzbringend anwenden, natürlich! Wir werden die Beute für die Sache jener einsetzen, die ihr Wert gaben. Damit meine ich das gewöhnliche Volk, die Massen, die Unterdrückten, die schwitzigen Arbeiter, alle, die sämtliche Reichtümer dieser Stadt erzeugen.«

»Das ist eine seltsame Rede«, sagte Mallory.

»Die Revolution plündert nicht, Genosse Ned. Wir beschlagnahmen, wir verordnen, wir befreien! Du und deine Freunde, ihr wurdet von importiertem Schnickschnack hierher gelockt. Ihr meint, davontragen zu können, was ihr in ein paar Augenblicken zusammenraffen könnt. Seid ihr Männer oder Elstern? Warum wollt ihr euch mit einer Handvoll schmutziger Shillinge zufriedengeben? Ihr könntet London besitzen, das moderne Babylon selbst! Ihr könntet die Zukunft besitzen!«

»Die Zukunft?« sagte Mallory. Er sah sich nach Fraser um. Über dem Atemschutz blickte unverhohlener Widerwille und Abscheu aus den Augen des Polizeibeamten. »Wieviel Kohle bringt ein Viertel ›Zukunft‹, Euer Lordschaft?«

»Ich wäre dir dankbar, wenn du mich nicht so nennen würdest«, sagte der selbsternannte Markgraf. »Du sprichst mit einem Veteran der Volksrevolution, einem Soldaten des Volkes, der stolz ist auf die einfache Anrede ›Genosse‹.«

»Dann bitte ich um Entschuldigung.«

»Du bist nicht auf den Kopf gefallen, Ned. Du kannst mich nicht mit einem Lord der Radikalen Partei verwechseln. Ich bin kein bourgeoiser Meritokrat! Ich bin ein Revolutionär, und durch Blut und Überzeugung ein Todfeind der Byron-Tyrannei und all ihrer Werke!«

Mallory hustete, räusperte sich. »Also gut, dann«, sagte er in frischerem, schärferem Ton, »was hat all dies Gerede zu bedeuten? London zu besitzen — das kann nicht Ihr Ernst sein! Das ist seit Wilhelm dem Eroberer keinem mehr gelungen.«

»Lies in der Geschichte nach, Freund!« versetzte der

Markgraf. »Wat Tyler schaffte es. Cromwell schaffte es. Und Byron selbst!« Er lachte. »Das Volk hat sich erhoben und die Stadt New York genommen! Das arbeitende Volk beherrscht Manhattan, während wir hier gehen und sprechen! Sie haben die Reichen liquidiert. Sie haben die Informationsmittel und die Produktion übernommen. Wenn bloße Yankees so etwas können, dann wird das Volk von England, auf dem Weg historischer Entwicklung viel weiter fortgeschritten, es mit noch größerer Leichtigkeit tun.«

Es war Mallory klar, daß der Mann — oder vielmehr der junge Bursche, denn hinter seinen Seidentüchern und seiner Großspurigkeit war er sehr jung — diese schlimme Verrücktheit von ganzem Herzen glaubte. »Aber die Regierung«, erwiderte er, »wird das Militär schicken.«

»Man braucht nur die Offizierskaste umzubringen, und die Mannschaftsdienstgrade werden sich auf unsere Seite stellen und mit uns die Volkserhebung führen«, sagte der Markgraf mit kühler Selbstgewißheit. »Sieh dir deinen Soldatenfreund Brian an. Er scheint in unserer Gesellschaft froh und zufrieden zu sein! Ist es nicht so, Genosse Brian?«

Brian nickte stumm und winkte bekräftigend mit schlammbeschmierter Hand.

»Du hast das Geniale der Strategie unseres Kapitäns noch nicht erfaßt«, fuhr der Markgraf fort. »Wir stehen im Herzen der britischen Hauptstadt, dem einzigen Ort auf Erden, den Britanniens imperialistische Elite in ihrem üblen Streben nach Vorherrschaft zu verwüsten nicht bereit ist. Die Radikalen Lords werden ihr eigenes kostbares London nicht beschießen und niederbrennen, um zu unterdrücken, was sie irrtümlich für eine vorübergehende Periode von Unruhen halten.« Er hob einen behandschuhten Zeigefinger. »Aber wenn wir überall in dieser Stadt Barrikaden errichten und besetzen, werden sie Mann gegen Mann mit einer erregten arbeitenden Klasse kämpfen müssen, Männern, die zum ersten Mal wahre Freiheit kennengelernt haben und bereit sind, sie bis zum Äußersten zu verteidigen!«

Der Markgraf hielt inne und sog schnaufend die faulige heiße Luft ein. »Die meisten Angehörigen der Unterdrückerklasse«, fuhr er hustend fort, »sind bereits aus der Stadt geflohen, um dem Gestank zu entkommen! Wenn sie versuchen, zurückzukehren, werden die Massen ihnen mit Feuer und Stahl entgegentreten! Wir werden sie von den Dächern bekämpfen, aus Hauseingängen, Durchfahrten, Kanalschächten und Bordellen!« Er betupfte sich die Nase mit einem Taschentuch aus seinem Ärmel. »Wir werden alle Werkzeuge organisierter Unterdrückung beseitigen. Die Zeitungen, die Telegrafenleitungen und Pneumatischen Rohre, die Paläste und Kasernen und Büros! Wir werden sie alle dem großen Ziel der Befreiung opfern!«

Mallory wartete, doch schien es, als ob dem jungen Fanatiker endlich der Dampf ausgegangen wäre. »Und wir sollen dabei helfen, wie? Dieser Volksarmee beitreten?«

»Natürlich!«

»Was schaut für uns dabei heraus?«

»Alles«, sagte der Markgraf. »Für alle Zeit.«

An den Hafenkais der Westindiendocks lagen schöne Schiffe vertäut, ein Wald von Segelschiffsmasten und Dampferschornsteinen. Das Wasser in den Hafenbekken, durch Kanäle mit den Gezeitenströmungen der Themse verbunden, kam Mallory nicht ganz so widerwärtig und faulig vor, bis er treibende Leichen sah, eingehüllt in dünnen weißlichen Algenbewuchs. Ermordete Seeleute, die Restmannschaften, die von den Reedereien an Bord zurückgelassen wurden, um ihre Schiffe in Hafen zu bewachen. Die aufgedunsenen Körper schwammen zwischen Treibholz und allerlei Unrat, ein Anblick, der ihm kalte Schauer über den Rücken jagte. Mallory zählte fünfzehn, möglicherweise sechzehn Leichen, während er dem Markgrafen den von Kränen überragten Kai entlang folgte. Vielleicht, überlegte er, waren die meisten Besatzungsmitglieder anderswo umgebracht worden, oder rekrutiert, die Reihen von Swings Aufrührern zu verstärken. Nicht alle Seeleute standen loyal zu Ordnung und Autorität.

Der Markgraf und sein Schwarzer führten sie unverdrossen weiter. Sie kamen an einem verlassenen Schiff vorbei, aus dessen Decksluken ein häßlicher Dampf oder Rauch unheilverkündend emporstieg. Vier anarchistische Wächter, die ihre Karabiner zusammengestellt hatten, spielten Karten auf einer Barrikade aus geplünderten Stoffballen.

Andere Wächter, betrunkene, schnurrbärtige arme Teufel in abgerissenen Kleidern und mit schäbigen Melonen auf dem Kopf, bewaffnete menschliche Wracks, schliefen auf Karren, Kisten und Taurollen inmitten eines Durcheinanders von Fässern, Körben, Ballen und Steinkohlenhaufen für die stillgelegten Dampfkräne. Aus den Lagerhäusern im Süden des Hafenbeckens drang ein abgerissenes Geknatter von Schüssen. Der Markgraf zeigte kein Interesse, verlangsamte den Schritt nicht, blickte nicht einmal hinüber.

»Sie überwältigten all diese Schiffe?« fragte Mallory. »Sie müssen über eine Menge Männer verfügen, Genosse Markgraf!«

»Und es werden stündlich mehr«, erwiderte der andere. »Unsere Leute durchkämmen Limehouse und rütteln jede arbeitende Familie auf. Kennst du den Begriff ›exponentielles Wachstum‹, Genosse Ned?«

»Wieso, nein«, log Mallory.

»Ein mathematischer Begriff aus dem Wortschatz der Locher«, erklärte der Markgraf. »Ein sehr interessantes Gebiet, die Lochkarten- und Lochstreifenmaschinen! Überaus nützlich für das wissenschaftliche Studium des Sozialismus ...« Er schien jetzt abgelenkt, nervös. »Noch ein Tag Gestank und Hitze wie dieser, und wir werden mehr Leute haben als die Londoner Polizei! Ihr seid nicht die ersten, die ich rekrutiert habe, weißt du! Inzwischen habe ich Übung darin. Ich wette, sogar Jupiter könnte es inzwischen schaffen!« Er schlug dem Neger auf die livrierte Schulter.

Der Neger zeigte keine Reaktion, und Mallory fragte sich, ob er am Ende taubstumm sei. Er trug keinen Atemschutz. Vielleicht brauchte er keinen.

Der Markgraf führte sie zu dem größten in einer Reihe von Lagerhäusern. Selbst unter dem berühmten Namen des Welthandels — Whitby, Evan-Hare, Aaron, Madras & Pondicherry Co. — war dies ein wahrer Palast merkantiler Modernität. Die riesigen Ladetore ließen sich mittels eines klugen Systems miteinander verbundener Gegengewichte mühelos emporheben und gaben den Blick auf ein Inneres in Stahlskelettbauweise frei, mit einem gewölbten Glasdach, das die Länge, und Breite eines Fußballplatzes hatte. Unter diesem Dach befand sich ein Labyrinth von Stahlträgern, Streben, Verladebrücken auf Schienen und Laufkatzen, deren Seilzüge von Transmissionsriemen angetrieben wurden. Irgendwo zischten Kolben mit dem vertrauten rhythmischen Geräusch einer Druckmaschine.

Aber die Druckmaschine war irgendwo hinter den Bergen von Plünderungsgut verborgen, die einen Borgia verblüfft hätten. Die Waren lagen in Haufen, Bergen: Brokatstoffe, Sessel, Kutschen, Tafelaufsätze und Kronleuchter, Matratzen, Porzellangeschirr, Möbel aller Art, Rasenmähmaschinen, Billardtische und Vitrinen, Bettgestellen und Treppenläufer, zusammengerollte Teppiche und marmorne Kamineinfassungen …

»Wahrhaftig!« rief Tom. »Wie habt ihr alles das zusammengebracht?«

»Wir sind schon seit Tagen hier«, sagte der Markgraf. Er zog das Seidentuch von seinem Gesicht und enthüllte ein blasses Antlitz von beinahe mädchenhafter Schönheit, mit einem weichen blonden Schnurrbart. »In den anderen Lagerhäusern gibt es noch jede Menge Waren aller Art, und ihr alle werdet Gelegenheit haben, Transportkarren zu beladen. Es ist ein großes Vergnügen. Und es ist euer, denn es gehört uns allen zu gleichen Teilen!«

»Uns allen?« fragte Mallory.

»Natürlich. Allen Genossen.«

Mallory zeigte auf den Neger. »Auch ihm?«

»Was, meinem Jupiter?« Der Markgraf zwinkerte verdutzt. »Jupiter gehört natürlich auch uns allen! Er ist nicht allein mein Diener, sondern der Diener des Gemeinwohls.« Der Markgraf schneuzte sich. »Folgt mir!«

Die Anhäufung von Plünderungsgut hatte ein monströses Rattennest aus dem wissenschaftlich ausgearbeiteten Speicherplan des Lagerhauses gemacht. Sie folgten dem Markgrafen über Scherben aus Unachtsamkeit zerbrochenen Kristalls, durch Pfützen von Pflanzenöl und einem knirschenden Durchgang, der mit Erdnußschalen übersät war.

»Eigenartig«, murmelte der Markgraf. »Als ich zuletzt hier war, herrschte ein emsiges Kommen und Gehen der Genossen ...«

Im rückwärtigen Teil des Lagerhauses nahmen die Warenhaufen ab. Sie passierten die Druckmaschine, die in einer Sackgasse zwischen hochragenden Papierstapeln stand. Irgendwer warf ein Bündel druckfeuchter Makulatur über einen Stapel in den Gang und hätte um ein Haar den Markgrafen getroffen, der geschickt auswich.

Mallory wurde sich einer entfernten Stimme bewußt, die hoch und schrill deklamierte.

Vor der Rückwand des Lagerhauses war eine geräumige Fläche in einen improvisierten Vortragssaal umgewandelt worden. Eine Wandtafel, ein Tisch voller Glaswaren und ein Rednerpult standen wacklig auf einem Podium aus zusammengeschobenen Seifenkisten. Wahllos zusammengestellte billige Stühle in gepreßter

Eiche und Ahornfurnier boten einem aufmerksamen Publikum von fünfzig oder sechzig Zuhörern Sitzgelegenheiten.

»Hier also sind sie«, sagte der Markgraf mit einem seltsamen Beben in der Stimme. »Ihr habt Glück! Dr. Barton begünstigt uns mit einer Darlegung. Setzt euch, Genossen. Ihr werdet finden, daß dieser Vortrag eure Aufmerksamkeit lohnt.«

Mallory und seine Gefährten sahen sich in die letzte Stuhlreihe genötigt. Der Neger blieb am Rand der Versammlungsfläche stehen, die Hände auf dem Rücken. Da Mallory neben dem Markgrafen saß, hatte er kaum Gelegenheit, sich mit den anderen zu verständigen.

Die Vortragende schwang einen Zeigestock aus Ebenholz mit Kreidespitze und bearbeitete ihr Publikum mit schrillem, aber genau abgeschätztem Fanatismus. Die eigentümliche Akustik verfremdete ihre Stimme mit Halleffekten. Ihr Vortrag schien von der Temperenzbewegung inspiriert, denn sie zog gegen ›das Gift Alkohol‹ vom Leder und beklagte seine Gefahr für den ›revolutionären Geist der arbeitenden Klasse‹. Auf ihrem Tisch standen große, glasverstöpselte Karaffen mit Spirituosen. Sie trugen Etiketten mit Totenschädeln und gekreuzten Knochen. Ferner war eine kleine Destillationsanlage aufgebaut, mit Glaskolben, Korbflaschen, roten Gummischläuchen und Gasbrennern.

Tom, zu Mallorys Rechter, tippte ihn auf den Arm und flüsterte in entsetztem Ton: »Ned! Ned! Ist das Lady Ada?«

»Mein Gott, Junge«, zischte Mallory zurück, während die Furcht ihm eine Gänsehaut über Rücken und Arme sandte, »wie kommst du darauf? Natürlich ist sie es nicht!«

Tom sah erleichtert aus, aber auch verwundert und fast ein wenig verletzt. »Wer ist sie dann?«

Die Vortragende wandte sich zur Tafel und schrieb in damenhafter Kursivschrift die Worte ›Neurasthenische

Degeneration‹. Sie wandte sich zurück, beschenkte das Publikum über die Schulter hinweg mit einem falschen und strahlenden Lächeln, und jetzt erst erkannte Mallory sie.

Sie war Florence Russell Bartlett.

Mit einem halb unterdrückten Keuchen schrak Mallory auf seinem Stuhl zusammen. Etwas — vielleicht ein Stückchen trockener Watte aus seinem Atemschutz — geriet ihm in die Kehle, und er begann zu husten und konnte nicht mehr aufhören. Seine wunde Kehle war gereizt, konnte den Fremdkörper nicht ausstoßen. Er versuchte zu lächeln, ein Wort der Entschuldigung zu flüstern, aber seine Luftröhre war mit dem ganzen Brustkorb wie von Eisenbändern zusammengepreßt, und er hatte alle Mühe, zwischen den Hustenstößen Luft zu holen. Er kämpfte mit aller Kraft gegen die quälenden Krämpfe an, doch obwohl die Anstrengung ihm Tränen in die Augen trieb, konnte er nicht aufhören noch auch nur das trockene Bellen dämpfen. Es lenkte eine Aufmerksamkeit auf ihn, die tödlich sein konnte. Schließlich stand Mallory wankend auf, stieß seinen Stuhl klappernd zurück und tappte gebeugt und halb blind davon.

Nachdem er ein Stück durch die verschwimmende Wildnis des Plünderungsgutes gewankt war, eine Hand vor dem Mund, die andere tastend ausgestreckt, mit den Füßen gegen Hindernisse stoßend, fand er eine geschützte Stelle und beugte sich zitternd, nach Atem ringend, den sauren Geschmack von Mageninhalt in der Kehle. Er glaubte vor Erschöpfung und Atemnot sterben zu müssen, wenn der Anfall noch länger andauerte. Irgend etwas würde platzen. Sein Herz würde der Belastung nicht standhalten.

Endlich ließ der Hustenreiz nach, der Anfall war überstanden. Mallory stand mit vorquellenden, geröteten Augen, atmete angestrengt durch die wunde Kehle und kam allmählich wieder zu sich. Er wischte sich

Speichel vom Bart und merkte, daß er an einer Statue lehnte. Es war eine lebensgroße Inderin aus Steinguß, halbnackt, mit einem Wasserkrug auf der Hüfte. Natürlich war auch der Krug aus massivem Steinguß, aber sein Anblick weckte in Mallory gieriges Verlangen nach einem reinigenden, lindernden Schluck Wasser.

Jemand klopfte ihm fest auf den Rücken. Er wandte sich um, erwartete Tom oder Brian zu sehen, und sah, daß der Markgraf ihm nachgegangen war.

»Ist es besser jetzt?«

»Ein vorübergehender Anfall«, krächzte Mallory. Er machte eine wedelnde Bewegung mit der Hand, noch unfähig, sich ganz aufzurichten.

Der Markgraf steckte ihm eine kleine geschwungene silberne Flasche in die Hand. »Hier«, sagte er. »Das wird helfen.«

Mallory, der Brandy erwartete, setzte die Flasche an den Mund. Ein süßliches Gebräu, das ein wenig nach Lakritze schmeckte, durchflutete seinen Mund. Er schluckte zuerst widerwillig, dann dankbar. »Was ... was ist das?«

»Eine von Dr. Bartons Kräuterarzneien«, sagte der Markgraf. »Ein besonders gutes Mittel gegen die schädlichen Ausdünstungen. Hier, ich gieße dir ein paar Tropfen auf die Atemmaske; die ätherischen Öle werden deine Bronchien frei machen.«

»Lieber nicht«, murmelte Mallory.

»Kannst du dann zum Vortrag zurückkehren?«

»Nein, nein.«

Der Markgraf musterte ihn mit skeptischem Blick. »Dr. Barton ist ein medizinisches Genie! Sie war die erste Frau, die *cum laude* an der Universität Heidelberg promovierte. Wenn du wüßtest, welche Wunder sie unter den Kranken in Frankreich wirkte, den armen Teufeln, die von den sogenannten Fachleuten aufgegeben worden waren ...«

»Ich weiß«, stieß Mallory hervor. Allmählich kehrten

seine Kräfte zurück, und mit ihnen ein starker Drang, dem Markgrafen an die Gurgel zu gehen und diesen verdammten und gefährlichen kleinen Dummkopf zu schütteln, bis der Unsinn wie Paste aus ihm herausquölle. Er verspürte ein selbstmörderisches Verlangen, mit der Wahrheit herauszuplatzen, daß er diese Barton als eine Giftmischerin und Ehebrecherin kannte, eine *vitrioleuse,* die in mindestens zwei Ländern von der Polizei gesucht wurde.

Der kühle Verstand siegte. »Ich würde lieber mit Ihnen reden, Genosse Markgraf«, sagte er, »statt mir einen Vortrag anzuhören.«

»Wirklich?«

Mallory nickte. »Ich ... ich finde, man profitiert immer davon, wenn man auf einen Mann hört, der sein Geschäft versteht.«

»Ich werde nicht schlau aus dir, Genosse«, sagte der Markgraf. »Manchmal scheinst du ein typischer egoistischer Dummkopf zu sein, dann wieder ein Mann von Bildung und Verständnis — jedenfalls ein gutes Stück über deinen Freunden.«

»Bin ein bißchen herumgekommen«, sagte Mallory wegwerfend. »Kann sein, daß es den Horizont erweitert.«

»Wo bist du gewesen, Genosse?«

Mallory zuckte die Achseln. »Argentinien. Kanada. Auf dem Kontinent, da und dort.«

Der Markgraf blickte umher, als hielte er nach Spionen Ausschau, die in den Kronleuchtern und Vogelbädern lauerten. Als keine zu sehen waren, schien er sich ein wenig zu entspannen. »Kennst du vielleicht den amerikanischen Süden? Die Konföderation?«

Mallory schüttelte den Kopf

»Da gibt es eine Stadt namens Charleston in South Carolina, eine bezaubernde Stadt, mit einer großen Gemeinde von Briten aus guten Familien, die ins Exil flohen, als die Radikale Partei an die Macht kam. Britanniens ruinierter Adel.«

»Sehr interessant«, sagte Mallory.

»Charleston ist so verfeinert und gebildet wie jede Stadt in England.«

»Und Sie sind dort geboren?« fragte Mallory. »Es muß Ihnen in Charleston gut gegangen sein, daß Sie einen Neger besitzen.«

»Ich hoffe, du gehörst nicht zu diesen bigotten Gegnern der Sklaverei«, sagte der Markgraf. »Es gibt hierzulande viele von der Sorte. Denen wäre es lieber, wenn ich den armen Jupiter in die Fieberdschungel von Liberia schicken würde!«

Mallory unterdrückte eine Meinungsäußerung zur Sache. Er war in der Tat ein Gegner der Sklaverei und unterstützte die Repatriierung der Neger nach Afrika.

»Der arme Jupiter würde in Liberia nicht einen Tag überleben«, erklärte der Markgraf. »Weißt du, daß er lesen und schreiben kann? Ich selbst habe es ihm beigebracht. Er liest sogar Gedichte.«

»Ihr Neger liest Verse?«

»Nicht ›Verse‹ — Poesie. Die großen Dichter, John Milton — aber von dem wirst du nie gehört haben.«

»Einer von Cromwells Ministern«, sagte Mallory ohne zu zögern. »Autor der *Areopagitica.*«

Der Markgraf nickte. Er schien erfreut. »John Milton schrieb ein episches Gedicht, *Das verlorene Paradies.* Es ist eine biblische Geschichte, in reimlosen Versen.«

»Ich bin Agnostiker«, sagte Mallory.

»Sagt dir der Name William Blake etwas? Er schrieb und illustrierte seine eigenen Gedichte.«

»Konnte keinen richtigen Verleger finden, wie?«

»Es gibt noch immer gute Dichter in England. Hast du jemals von John Wilson Croker gehört? Winthrop Mackworth Praed? Bryan Waller Procter?«

»Kann mich nicht erinnern«, sagte Mallory. »Ich lese ein bißchen — meistens Schauerromane.« Er wunderte sich über das seltsame Interesse des Markgrafen an diesem Gegenstand. Und er sorgte sich um Tom und die anderen — was mußten sie denken, wenn sie dasaßen und auf ihn warteten? Wenn sie die Geduld verlören und sich zu übereilten Handlungen hinreißen ließen, könnte das fatale Folgen haben.

»Percy Bysshe Shelley war ein Dichter, bevor er in der Zeit der Unruhen die Ludditen anführte«, sagte der Markgraf. »Wisse, daß Percy Shelley lebt! Byron verbannte ihn auf die Insel St. Helena. Dort lebt er als Gefangener in dem Haus, das vor ihm Napoleon I. bewohnte. Manche sagen, er habe dort mehrere Schauspiele und Sonette geschrieben.«

»Das kann nicht sein«, sagte Mallory. »Shelley starb vor langer Zeit im Gefängnis.«

»Er lebt«, widersprach der Markgraf. »Nicht viele wissen das.«

»Als nächstes werden Sie sagen, daß Charles Babbage Poesie geschrieben habe«, sagte Mallory. »Was für einen Sinn hat das?«

»Es ist eine Theorie von mir«, sagte der Markgraf. »Nicht so sehr eine richtige Theorie, als vielmehr poetische Eingebung. Aber seit ich die Schriften von Karl Marx — und natürlich die des großen William Collins studiert habe, ist mir aufgegangen, daß dem wahrhaften und natürlichen Verlauf der geschichtlichen Entwicklung schlimme Gewalt angetan worden ist.« Er hielt inne, lächelte. »Aber ich bezweifle, daß du mich verstehen kannst, mein armer Genosse.«

Mallory schüttelte den Kopf. »Ich verstehe gut genug. Eine Katastrophe, meinen Sie.«

»Ja. So kann man es durchaus nennen.«

»Die Geschichte wirkt durch Katastrophen! Das ist die Natur der Welt, die einzige, die es gibt, gegeben hat und jemals geben wird. Es gibt keine Geschichte — es gibt nur Zufälle!«

»Das ist Unsinn!«

Mallory fühlte sich auf seinem ureigensten Gebiet angegriffen und reagierte ärgerlich. »Ihr Kopf ist voll von

Phantomen! ›Geschichte‹! Sie denken, Sie müßten einen Titel und Ländereien haben, und ich sollte in Lewes Hüte machen und verrotten. Mehr ist nicht daran! Ich sage Ihnen, die Radikalen kümmert es keinen Pfifferling, was Sie oder Marx oder Collins oder irgendeiner von Ihren Dichtern sagt! Sie werden euch alle hier umbringen wie Ratten in einer Grube mit Sägemehl.«

»Du bist nicht, was du scheinst«, sagte der Markgraf. Er war blaß geworden. »Wer bist du? Was bist du?«

Mallory antwortete nicht. Er spannte die Muskeln.

Die Augen des jungen Mannes weiteten sich. »Ein Spion!« Er griff zur Waffe.

Mallory kam ihm mit einer rechten Geraden ins Gesicht zuvor: Als der Markgraf zurücktaumelte, ergriff Mallory ihn beim Arm und schlug ihm den schweren Lauf der Ballester Molina einmal, zweimal über den Kopf. Der Markgraf fiel blutend und schlaff zu Boden.

Mallory nahm die zweite Pistole an sich, richtete sich auf, blickte umher.

Der Neger stand keine fünf Schritte entfernt.

»Ich habe es gesehen«, sagte er.

Mallory blieb still. Er zielte mit beiden Waffen auf den Mann.

»Sie haben meinen Herrn niedergeschlagen. Haben Sie ihn getötet?«

»Ich glaube nicht«, sagte Mallory. »Wenn du um Hilfe rufst oder Lärm schlägst, muß ich dich niederschießen.«

»Wenn Sie ihn getötet haben, werde ich rufen«, sagte der Neger.

Mallory blickte zurück. »Er atmet noch.«

Es blieb eine Weile still. Der Neger stand bewegungslos, in steifer Unschlüssigkeit. Schließlich seufzte er und sagte: »Ich gehe zurück.« Er machte auf dem polierten Schuhabsatz kehrt und ging ohne Eile davon, verschwand zwischen den Warenstapeln.

Mallory war überzeugt, daß der Mann nicht um Hilfe rufen würde, wartete aber einige Augenblicke, ob die

Überzeugung ihre Bestätigung finden würde. Der Markgraf regte sich und stöhnte. Mallory zog ihm das seidene Tuch vom blonden Lockenkopf und knebelte ihn damit.

Es war Sache eines Augenblicks, ihn hinter eine massive Gartenvase aus Terrakotta zu ziehen.

Der Schock der Gewalttat trocknete Mallory den Mund aus. Seine Kehle war rauh wie Sandpapier. Er tastete die Jackentaschen des Markgrafen ab und zog die silberne Flasche mit Kräuterabsud heraus. Der Geschmack war fade und hinterließ ein taubes Prickeln auf der Wurzel seiner Zunge, wie trockener Champagner, aber irgendwie erfrischte ihn das Getränk. Er spülte sich den Mund aus und schluckte, bis die unangenehme Trockenheit vergangen war. Dann kehrte er zum Vortragsraum zurück und nahm einen Platz neben Fraser. Der Beamte hob in stummer Frage eine Augenbraue. Mallory klopfte an den Kolben der erbeuteten Pistole, die neben der Ballester Molina in seinem Hosenbund steckte. Fraser nickte kaum merklich.

Florence Russell Bartlett redete noch immer. Ihr bühnenwirksamer Auftritt schien das Publikum mit einer okkulten Lähmung zu überziehen. Mit Bestürzung und Widerwillen sah Mallory, daß Mrs. Bartlett quacksalberische Vorrichtungen zur Schwangerschaftsverhütung zur Schau stellte. Eine Scheibe aus weichem Gummi, ein Stück Schwamm mit einem Faden daran. Mallory konnte nicht umhin, sich den Koitus unter Zuhilfenahme dieser sonderbaren Objekte vorzustellen.

»Eben hat sie ein Kaninchen getötet«, raunte Fraser ihm zu. »Tunkte seine Nase in Zigarrenessenz.«

»Ich habe den Mann nicht umgebracht«, flüsterte Mallory zurück. »Gehirnerschütterung, glaube ich.« Mrs. Bartlett erörterte inzwischen Pläne zur Zuchtwahl beim Menschen, um den rassischen Grundstock der Menschheit zu verbessern. In ihrer Zukunft, so schien es, sollte die normale Ehe abgeschafft werden. ›Allgemeine freie Liebe‹ sollte die Vorstellungen von Keuschheit und Sittlichkeit ersetzen. Die Fortpflanzung hingegen würde eine Sache für Fachleute sein; Schwangerschaften würden nur nach Prüfung der körperlichen und geistigen Anlagen beider Elternteile und ihrer Eignung genehmigt. Die Ideen schwammen wie dunkle Schatten im Randbereich von Mallorys Bewußtsein. Ohne unmittelbaren äußeren Anlaß fiel ihm ein, daß dieser Tag — sogar dieser selbe Nachmittag — der vorgesehene Termin für seinen Vortrag über den Brontosaurus war, mit Kinotrop-Begleitung durch Mr. Keats.

Plötzlich beugte sich Brian an Fraser vorbei und packte Mallorys Handgelenk mit eisernem Griff. »Ned«, zischte er, »laß uns von hier verschwinden!«

»Noch nicht«, sagte Mallory, aber auch er wußte, daß sie nicht mehr lange untätig bleiben konnten. Früher oder später mußte der Markgraf wieder auf die Beine kommen, und dann ... »Wir wissen noch nicht, wo Swing sich versteckt; er könnte überall in diesem Labyrinth sein ...«

»Genossen!« rief die Bartlett mit einer Stimme wie ein kaltes Rasiermesser. »Ja, ihr vier dort hinten! Wenn ihr uns stören *müßt* — wenn ihr Neuigkeiten von so großem Interesse habt —, dann solltet ihr sie mit den anderen Genossen in der Versammlung teilen!«

Mallory und seine Gefährten erstarrten.

Bartlett beharkte sie mit einem Medusenblick. Die anderen Zuhörer, durch die Unterbrechung aus dem Bann ihrer Aufmerksamkeit gerissen, wandten den Kopf, um mit blutdürstigem Vergnügen die Opfer von Mrs. Bartletts Zorn zu sehen.

Tom und Brian sahen einander an. »Meint die *uns?*« flüsterte Tom.

»Gott, was machen wir?«

Mallory fühlte sich in einem Alptraum gefangen. Ein Wort, dachte er, könnte die anderen vielleicht auf seine Seite ziehen. »Sie ist bloß eine Frau«, sagte er mit lauter und ruhiger Stimme. »Man muß nicht so ernst nehmen, was sie sagt.«

Fraser ächzte neben ihm. »Seien Sie still!«

»Ihr habt uns nichts zu sagen?« rief Mrs. Bartlett. »Das dachte ich mir …«

Mallory stand auf. »Ich habe etwas zu sagen!«

Mit der Schnelligkeit von Schachtelmännchen sprangen drei Männer im Publikum auf und hoben die Hände. »Dr. Barton! Dr. Barton?«

Bartlett nickte freundlich, zeigte mit ihrem Stock. »Genosse Pye hat das Wort.«

»Dr. Barton«, rief Pye, »ich kenne diese Genossen nicht. Sie benehmen sich regressiv, und ich … ich glaube, sie sollten *kritisiert* werden.«

Eine erwartungsvolle Stille legte sich über die Menge.

Fraser zerrte an Mallorys Hosenbein. »Setzen Sie sich hin, Sie Dummkopf! Haben Sie den Verstand verloren?«

»Ich habe Neuigkeiten!« rief Mallory durch seinen Atemschutz. »Neuigkeiten für Kapitän Swing!«

Bartlett schien schockiert; ihr Blick schoß hierhin und dorthin. »Dann sag uns allen, was du zu sagen hast«, befahl sie. »Wir sind hier alle eines Geistes!«

»Ich weiß, wo der Modus ist, Mrs. Bartlett!« rief Mallory. »Wollen Sie, daß ich es all diesen Gimpeln und Speichelleckern sage?«

Stühle klapperten zu Boden, als Männer aufsprangen. Bartlett kreischte etwas, was im plötzlichen Lärm unterging.

»Ich brauche Swing! Ich muß allein mit ihm reden!« Als er sah, daß er mit seinen Worten nur allgemeines Chaos hervorgerufen hatte, stieß Mallory den leeren Stuhl vor ihm von sich und riß beide Revolver aus dem Gürtel. »Setzt euch hin, ihr Radaubrüder! Der erste von euch Arschlöchern, der sich von der Stelle rührt, kriegt eine blaue Bohne!«

Die Antwort war ein wütender Aufschrei, gefolgt von einer Salve ungezielter Schüsse.

»Nichts wie weg!« schrie Brian. Er, Tom und Fraser flohen sofort.

Stühle flogen, zersplitterten zu beiden Seiten von Mallory. Die Zuhörer feuerten auf ihn, zumeist ungezielt, weil sie sich gegenseitig behinderten, aber Mallory wußte, daß es jetzt um Sekunden ging. Er brachte beide Revolver in Anschlag, zielte auf Mrs. Bartlett und drückte ab.

Keine der beiden Waffen feuerte. Er hatte vergessen, die Hämmer zu spannen. Der Revolver des Markgrafen schien überdies einen vernickelten Sicherungsflügel zu haben.

Mallory wehrte mit erhobenem Arm einen Stuhl ab, aber dann traf ihn etwas hart gegen das Bein und warf ihn aus dem Gleichgewicht. Er hatte seine Chance gehabt und vertan; jetzt konnte er sein Heil nur noch in der Flucht suchen.

Er schien nicht richtig laufen zu können. Vielleicht war er verletzt. Kugeln pfiffen an ihm vorbei. Fraser winkte ihm aus der Einmündung eines Seitengangs. Mallory lief zu ihm, nahm ausgleitend die Kurve und fiel gegen ein Möbel.

Fraser trat kühl aus der Deckung, brachte seinen Pfefferstreuer mit gestrecktem Arm in Anschlag, als wollte er sich duellieren, den Körper seitwärts gedreht, um ein schmales Ziel abzugeben, und feuerte zweimal. Es gab Schreie.

Fraser kam und nahm Mallory beim Arm. »Hier entlang!« Mallorys Herz zappelte wie ein Kaninchen, und er konnte noch immer nicht richtig laufen. Er hinkte dem Seitengang hinunter. Er endete unvermittelt. Fraser suchte verzweifelt nach einem Durchschlupf. Tom half Brian auf einen großen, wackligen Stapel von Kartons.

Mallory kam bei seinen Brüdern zum Stillstand, hob beide Revolver und warf einen schnellen Blick auf sein Bein. Wie es schien, hatte er sich ein Schienbein aufgeschlagen, und eine fehlgegangene Kugel mußte ihm den Absatz von einem Schuh geschlagen haben. Als er wieder aufblickte, sah er ein halbes Dutzend schreiende Banditen in hitziger Verfolgung heranstürmen.

Ein dumpfes Krachen erschütterte seine Trommelfelle. Aus einer Wolke von Pulverrauch stürzte ein Karton und verschüttete seinen Inhalt, bestehend aus Konservendosen, über den Boden. Mallory beachtete es nicht; er glotzte.

Alle sechs Strolche lagen wie vom Blitz erschlagen in dem Durchgang.

»Ned!« rief Brian von seinem Kartonstapel herab. »Hol ihre Waffen!« Er kauerte auf einem Knie, und die russische Pistole rauchte aus ihrer geöffneten Ladekammer. Er steckte eine zweite Patrone aus Messing und rotem, gewachstem Papier hinein, so dick wie der Gummiknüppel eines Polizisten.

Mallory sprang vorwärts, glitt aus und wäre beinahe der Länge nach hingeschlagen. Seine rechte Hand suchte Halt, und die Ballester Molina ging los. Das Geschoß schlug gegen einen Eisenträger über ihnen, und kreischte als Querschläger davon. Mallory fing sich, ließ vorsichtig den Hammer herunter, sicherte auch den Revolver des Markgrafen, steckte beide in den Hosenbund und verlor darüber kostbare Sekunden.

Der Gang war eine einzige Blutlache. Die Schrapnellladung der russischen Handkanone hatte die Männer gräßlich zugerichtet. Ein armer Teufel gurgelte noch, als Mallory einen Karabiner unter ihm herauszog. Er mühte sich mit Bandelier und Patronentaschen des Mannes, ließ es aber dann zugunsten eines Revolvers mit Wahlnußgriff sein. Etwas stach in seine Handfläche, als er die Waffe herauszog, und er blickte in einfältigem Staunen auf seine verwundete Hand, dann auf den Revolvergriff. Im Holz steckte ein korkenzieherartig gedrehtes heißes Stück Schrapnell, rasiermesserscharf wie ein abgedrehter Stahlspan.

In einiger Entfernung peitschten jetzt Gewehrschüsse. Kugeln flogen mit musikalischem Geklirre von Glas, ominösem Knirschen und hellem Patschen in die Beute ringsum. »Mallory! Hier entlang!« rief Fraser.

Er hatte einen Spalt entlang der Lagerhauswand entdeckt. Mallory hängte sich den Karabiner um und hielt Ausschau nach Brian, sah ihn aus seiner Deckung springen und einen anderen Platz suchen. Er folgte Fraser in den Spalt und arbeitete sich grunzend mehrere Schritte die Wand entlang. Kugeln klatschten in die Ziegel vor und hinter ihnen, aber ein gutes Stück über ihren Köpfen. Mallory erreichte den nächsten Seitengang, der ebenfalls eine Sackgasse war. Hier arbeitete Tom wie ein Wilder an der Errichtung einer Barrikade aus dünnbeinigen Frisierkommoden. Sie lagen in einem weißlackierten Haufen wie tote tropische Spinnen.

Das zunehmende Gewehrfeuer machte einen Höllenlärm in der hallenden Weite des Lagerhauses. In der Richtung, aus der sie gekommen waren, drangen Wut- und Angstschreie.

Tom trieb eine eiserne Bettstatt in einen Stapel von Lattenverschlägen, stemmte den Rücken dagegen und brachte den Stapel krachend zum Einsturz. »Wie viele?« keuchte er.

»Sechs.« Tom grinste wie ein Irrer. »Das ist mehr, als sie jemals von uns töten werden. Wo ist Brian?«

»Ich weiß nicht.« Mallory gab Tom den Karabiner. Tom nahm ihn beim Lauf und hielt ihn auf Armeslänge von sich, überrascht von dem am Kolben klebendem Blut.

Fraser, der den Spalt hinter ihnen bewachte, feuerte seinen Pfefferstreuer ab. Es folgte ein durchdringender, hoher Schrei, und ein zappelndes Umsichschlagen.

Um sie her fuhren die Kugeln jetzt mit etwas größerer Genauigkeit in das Gerümpel. Ein fingerdickes, konisches Geschoß fiel von irgendwo vor Mallorys Füße und drehte sich wie ein Kreisel auf den Planken des Bodens.

Fraser klopfte an seine Schulter, und Mallory wandte sich um. Fraser hatte den Atemschutz vom Gesicht gezogen; seine Augen glitzerten, und schwarze Bartstoppeln umstanden sein blasses Kinn. »Was nun, Dr. Mallory? Was für ein neues, begeisterndes Manöver?«

»Das hätte durchaus klappen können, wissen Sie«, verteidigte sich Mallory. »Wenn sie mir geglaubt hätte, wäre sie vielleicht mit uns zu Swing gegangen. Frauen sind eben unberechenbar.«

»Oh, sie glaubte Ihnen schon«, sagte Fraser und lachte plötzlich, ein seltsames trockenes Glucksen. »Nun, was haben Sie da?«

»Einen Revolver.« Mallory hielt ihm das Beutestück hin. »Geben Sie acht auf das Stück Schrapnell im Griff.«

Fraser kratzte es am Stiefelabsatz aus dem Holz. »Ein Ding wie diese Donnerbüchse ist mir noch nie untergekommen! Ich zweifle sehr, daß es legal ist, selbst für einen unserer tapferen Krimhelden.«

Ein wohlgezielter Gewehrschuß fetzte Holzsplitter aus einer der Frisierkommoden und verfehlte Fraser um ein Geringes. Mallory blickte erschrocken auf. »Verdammt!« Ein Schütze hatte auf einem der Stahlträger Stellung bezogen und lud sein Gewehr gerade nach.

Mallory riß Tom den Karabiner aus den Händen, schlang den blutigen Gurt um seinen Unterarm und zielte sorgfältig. Er suchte mit dem Abzug den Druckpunkt, doch ohne Wirkung, denn die einzige Kugel im Lauf war bereits abgefeuert. Aber der Schütze auf dem Stahlträger hatte ihn gesehen, sperrte entsetzt den Mund auf und sprang von seinem Platz auf einen Berg Stoffballen.

Mallory riß die Kammer auf, warf die Patronenhülse aus. »Hätte ich nur diese verdammte Patronentasche ...«

»Ned!« plötzlich erschien Brian links von ihnen, geduckt hinter der zweifelhaften Deckung einer Tischplatte. »Hierher — Baumwollballen!«

»Richtig!« Sie folgten Brians Führung, kletterten und zogen sich in einer Kaskade von Fischbein und Kerzen auf einen Haufen Beutegut. Kugeln pfiffen und klatschten ringsum — mehr Männer auf den Trägern, dachte Mallory, zu beschäftigt, um hinzusehen. Fraser richtete sich einmal auf und feuerte einen Schuß ab, ohne erkennbare Wirkung.

Dutzende von zentnerschweren Ballen entkörnter Baumwolle aus den Konföderierten Staaten, verpackt in Sackleinwand und mit Stricken verschnürt, waren beinahe bis zu den Trägern gestapelt. Brian gestikulierte wild, dann verschwand er zwischen den Ballenstapeln. Mallory verstand ihn: Mit wenig Arbeit konnten sie eine natürliche Festung daraus machen.

Er und Tom stemmten sich gegen einen der Ballen und lösten ihn aus der obersten Lage des Stapels, sprangen in die Öffnung. Kugeln schlugen mit sanft verpuffenden Schlägen in die Baumwolle. Fraser steckte den Kopf aus der Deckung und erwiderte das Feuer.

Sie stießen einen weiteren Ballen hinaus, dann einen dritten. Fraser sprang zu ihnen in den Graben. In einer hektischen Minute hatten sie sich in den Stapel gearbeitet, wie Ameisen in eine Schachtel Würfelzucker.

Ihre Position war jetzt offensichtlich, aber die Kugeln schlugen harmlos in die Festung der Baumwollballen. Mallory zog eine Handvoll Baumwolle heraus und wischte sich Schweiß und Blut vom Gesicht und von den Armen. Das Bewegen von Baumwollballen war Schwerarbeit; kein Wunder, daß die Südstaatler sie ihren Schwarzen überließen.

Fraser wühlte sich zwischen zwei Ballen vor, daß ein schmaler Spalt entstand. »Geben Sie mir eine andere Waffe.« Mallory reichte ihm den langläufigen Revolver des Markgrafen. Fraser besah ihn, zielte über Kimme und Korn, nickte. »Feines Stück …« Er feuerte, und eine Salve von Gewehrschüssen antwortete. Tom, grunzend vor Anstrengung, hob und stieß einen Ballen von der

Rückseite des Stapels, um mehr Raum zu schaffen; der Ballen prallte auf etwas mit einem Krachen wie von einem splitternden Klavier.

Sie machten Inventur. Tom hatte eine Derringer-Pistole mit einer geladenen Kammer; nützlich vielleicht, wenn die Anarchisten wie enternde Piraten ihre Festung stürmten, aber nicht auf eine Distanz. Mallorys Ballester Molina hatte noch drei Patronen. Frasers Pfefferstreuer hatte gleichfalls noch drei Ladungen, und der Revolver des Markgrafen eine volle Trommel mit fünf Patronen. Des weiteren hatten sie einen leeren Einzellader-Karabiner und Frasers kleinen Totschläger.

Von Brian war nichts zu sehen.

Aus den Tiefen des Lagerhauses kamen zornige, gedämpfte Rufe — Befehle, dachte Mallory. Das Gewehrfeuer hörte ziemlich unvermittelt auf und machte einer unheilvollen Stille Platz, die von raschelnden und hämmernden Geräuschen unterbrochen wurde. Er spähte über den Rand eines Ballens vor ihm. Kein Feind war zu sehen, aber man hatte die Tore des Lagerhauses geschlossen.

Etwas wie eine dunkle Wolke zog über das Lagerhaus, als hätte sich der Dunst weiter verdichtet, und unter dem Glasdach breitete sich ein düsteres Halbdunkel aus.

»Sollten wir nicht einen Ausbruch versuchen?« fragte Tom.

»Nicht ohne Brian«, sagte Mallory.

Fraser schüttelte mißmutig den Kopf, ohne seinen Zweifel auszusprechen; es war klar genug.

Sie arbeiteten eine Weile weiter, erweiterten ihren Raum, gruben sich tiefer ein und wuchteten weitere Ballen auf ihre Brustwehr, damit sie als Zinnen dienten. Die Geräusche ihrer Arbeit zogen erneuertes Feuer auf sich. Immer wieder blitzte es aus dem Halbdunkel, und Kugeln schlugen in die Baumwollballen und kreischten von den Eisenträgern der Konstruktion.

Mehr Befehle, und das Feuer wurde eingestellt. Ein kurzes Trommeln ging über das Dach hinweg und verlor sich rasch.

»Was war das?« fragte Tom.

»Regen!« sagte Fraser. Mallory sagte nichts. Ein Aschenregen schien ihm mittlerweile wahrscheinlicher.

Plötzlich hellte sich die Düsternis wieder auf. Mallory spähte zwischen zwei Ballen hinaus. Ein kleiner Trupp der Banditen war barfuß beinahe bis an den Fuß des Bollwerks geschlichen und schickte sich an, die Ballen zu erklettern, ein paar von ihnen mit Messern zwischen den Zähnen. Mallory brüllte einen Alarmruf und begann zu feuern.

Er war sofort geblendet vom eigenen Mündungsfeuer, aber der Revolver stieß und lud sich in seiner Hand, schien ein eigenes Leben zu haben, und im Nu waren die drei letzten Patronen verschossen. Aber nicht vergeudet, denn auf so kurze Distanz hatte er nicht fehlen können. Zwei Angreifer lagen am Boden, ein Dritter kroch davon, und die übrigen flohen im Schrecken.

Mallory hörte sie fluchen und durcheinanderreden, als sie sich außer Sichtweite neu gruppierten. Entschlossen, sein Leben teuer zu verkaufen, umfaßte Mallory den heißen Revolverlauf, um die Waffe als Keule einzusetzen.

Wieder erzitterte die Luft unter dem furchtbaren Krachen von Brians Pistole.

Die darauf folgende momentane Stille wurde von Schreien zerrissen. Eine lange und quälende Minute verging, erfüllt von den animalischen Schreien der Verwundeten und Sterbenden, von Flüchen, Getrampel und Geklapper.

Plötzlich katapultierte sich eine dunkle Gestalt in ihre Mitte, die den Gestank von Pulverrauch mitbrachte.

Brian.

»Gut, daß ihr nicht auf mich geschossen habt«, sagte er. »Verdammt dunkel hier, nicht?«

»Bist du verletzt, Junge?« fragte Mallory,

»Kratzer«, sagte Brian und stand auf. »Sieh her, was ich dir mitgebracht habe, Ned.«

Er schob Mallory den glatten schweren Kolben eines Gewehrs in die Hände. Mallory betastete die Waffe, ein großkalibriges Gewehr, wie es für die Großwildjagd verwendet wurde.

»Von diesen Dingern haben sie hier eine ganze Kiste«, sagte Brian. »Draußen in einem engen kleinen Büro. Und Munition dazu, obwohl ich nur zwei Schachteln tragen konnte.«

Mallory lud das Gewehr; eine schwere Messingpatrone nach der anderen klickte mit der Präzision eines feinen Uhrwerks in das Magazin.

»Ich glaube, sie wußten nicht, daß ich unter ihnen herumlief«, sagte Brian. »Kein richtiges Gefühl für Strategie. Es scheint keine Deserteure unter diesem Gesindel zu geben.«

»Diese Handkanone ist ein wahres Wunderding«, sagte Fraser.

Brian grunzte. »Nicht mehr, Mr. Fraser. Ich hatte nur zwei Patronen. Ich wollte die zweite aufsparen, aber als ich diese Chance für vernichtendes Flankenfeuer sah, mußte ich sie wahrnehmen.«

»Mach dir nichts daraus«, sagte Mallory und streichelte den Walnußkolben des Gewehrs. »Wenn wir vier von diesen Dingern hätten, könnten wir uns das Gesindel die ganze Woche vom Leibe halten.«

»Es tut mir leid, aber ich werde nicht mehr viel gewaltsame Aufklärung machen können. Sie haben mich ein bißchen angeschossen.«

Ein Streifschuß hatte Brians Schienbein aufgerissen. Weißer Knochen zeigte sich in der flachen Wunde, und sein schmutzverkrusteter Stiefel war voll Blut. Fraser und Tom verbanden die Wunde mit sauberer Baumwolle, während Mallory mit dem Gewehr Wache hielt.

»Genug«, protestierte Brian schließlich. »Ihr legt es

wohl darauf an, Florence Nightingale zu übertreffen. Hast du was gesehen, Ned?«

»Nein«, sagte Mallory. »Aber ich höre, wie sie beraten und neues Unheil planen.«

»Sie hatten einen Versammlungspunkt außerhalb unserer Schußlinie«, sagte Brian. »Aber dort erwischte ich sie mit dem Zarenschrapnell. Ich bezweifle, daß sie uns wieder angreifen werden. Sie haben jetzt nicht mehr den Nerv dafür.«

»Was werden sie dann tun?«

»Barrikaden vorschieben«, sagte Brian. »Vielleicht etwas auf Rädern.« Er räusperte sich. »Ich muß was zu trinken haben. Seit Lucknow war meine Kehle nicht mehr so ausgetrocknet.«

»Tut mir leid, aber wir haben nichts«, sagte Mallory.

Brian seufzte. »In Indien hatte unser Regiment einen tadellosen Wasserjungen. Dieser verdammte kleine Hindu war mehr wert als zehn von diesen Strolchen!«

»Haben Sie die Frau gesehen?« fragte ihn Fraser. »Oder Kapitän Swing?«

»Nein, ich hielt mich versteckt und schlich herum. Hauptsächlich auf der Suche nach besseren Feuerwaffen mit Reichweite. Neds Großwildbüchse fand ich in einem kleinen Büro. Keine Seele darin, nur ein kleiner Buchhaltertyp, der an einem Schreibtisch schrieb. Ein paar Kerzen brannten, überall war Papier verstreut. Und Kisten mit Gewehren für den Export. Warum sie diese feinen Repetiergewehre bei einem Buchhalter lassen und Einzellader ausgeben, liegt außerhalb meines beruflichen Verstehens.«

Mallory sah einen Bewaffneten, der in einer Seilschlinge saß und sich Hand über Hand mit einem Flaschenzug in die Höhe zog. Mallory zielte, atmete auf und drückte ab. Der Mann kippte rückwärts, baumelte an den Kniekehlen eingehängt, hing schlaff.

Das Gewehrfeuer lebte wieder auf. Kugeln fuhren in die Baumwollballen. Mallory zog den Kopf ein.

»Feine Deckung, Baumwollballen«, sagte Brian mit Befriedigung. »Jackson versteckte sich in New Orleans auch dahinter und gab uns eine Abreibung.«

»Was konntest du noch in dem Büro sehen, Brian?« fragte Tom.

»Der Mann drehte sich eine Art Papyrossi«, sagte Brian. »Zuerst nahm er aber ein paar Tropfen aus einem Medizinfläschchen, träufelte sie auf das Papier und streute dann das geschnittene Blatt aus einem Marmeladenglas darauf. Als er sich die Zigarette an der Kerze anzündete, konnte ich sein Gesicht besser sehen. Er hatte einen sehr geistesabwesenden Blick, wie Bruder Ned hier, wenn ihn eines seiner gelehrten Probleme beschäftigt!« Brian lachte. »Schien mir nicht angebracht, seine Betrachtungen zu stören, also nahm ich ein Gewehr und ein paar Schachteln und stahl mich wieder hinaus.«

»Du konntest ihn deutlich sehen?« fragte Mallory.

»Sicher, mehr von hinten und schräg von der Seite.«

»Hatte der Kerl so eine vorgewölbte Stirn, mit einem Buckel hier?«

»Richtig, hatte er!«

»Das war Kapitän Swing«, sagte Mallory.

»Dann bin ich ein Hornochse!« rief Brian aus. »Schien mir nicht richtig, einem Mann in den Rücken zu schießen, aber wenn ich gewußt hätte, daß er es war, hätte ich ihm die Knolle weggeblasen!«

»Dr. Edward Mallory!« rief eine Stimme aus dem Halbdunkel unter ihnen.

Mallory spähte um einen Ballen. Der Markgraf von Hastings stand unter ihnen, den Kopf bandagiert und eine Laterne in der Hand. Er schwenkte ein weißes Taschentuch an einem Stock.

»Mallory, ein Verhandlungsangebot!« rief der Markgraf.

»Sprechen Sie«, sagte Mallory, sorgsam darauf bedacht, sich keine Blöße zu geben.

»Sie sind hier in der Falle, Dr. Mallory! Aber wir haben ein Angebot. Wenn Sie uns sagen, wo Sie einen gewissen Wertgegenstand versteckt haben, den Sie stahlen, werden wir Ihnen und Ihren Brüdern freien Abzug gewähren. Aber Ihr Polizeispitzel von der Sonderabteilung muß bleiben. Wir haben noch Fragen an ihn.«

Mallory lachte verächtlich. »Hören Sie, Hastings, und alle anderen von euch! Schicken Sie uns Swing, diesen Wahnsinnigen und seine Giftmischerin mit gebundenen Händen! Dann werden wir Sie und alle anderen hier herauskriechen lassen, bevor die Armee kommt.«

»Mit einer Schaustellung von Unverschämtheit gewinnen Sie nichts«, erwiderte der Markgraf. »Wir werden die Baumwolle in Brand stecken, und Sie werden geröstet wie Spanferkel!«

Mallory wandte sich um. »Kann er das?«

»Baumwolle brennt nicht gut, wenn sie so fest gepackt ist«, meinte Brian.

»Gewiß, zünden Sie sie an!« rief Mallory. »Brennen Sie das ganze Lagerhaus nieder, und ersticken Sie im Rauch.«

»Sie sind sehr kühn gewesen, Dr. Mallory, und haben viel Glück gehabt. Aber unsere vortrefflichsten Männer patrouillieren jetzt die Straßen von Limehouse und liquidieren die Polizei! Bald werden sie zurückkehren, kampferfahrene Soldaten, Veteranen von Manhattan! Sie werden Ihr kleines Versteck im Sturm nehmen, mit aufgepflanztem Bajonett! Kommen Sie jetzt heraus, solange Sie noch eine Chance haben!«

»Wir fürchten kein Yankeegesindel! Soll es nur kommen, wenn es eine Kostprobe vom Schrapnell haben will!«

»Wir haben unser Angebot gemacht! Überlegen Sie es sich, wie es einem richtigen Gelehrten geziemt!«

»Gehen Sie zum Teufel!« sagte Mallory. »Schicken Sie mir Swing! Ich will mit Swing reden! Von Ihnen habe ich genug, Sie kleiner Verräter.«

Der Markgraf zog sich zurück. Nach einigen Augenblicken begann das Gewehrfeuer von neuem. Mallory verschoß eine halbe Schachtel Patronen, indem er auf das Mündungsfeuer der Belagerer zielte.

Nun verlegten sich die Anarchisten darauf, eine Belagerungsmaschine gegen den Baumwollstapel vorzuschieben. Sie bestand aus einer improvisierten Phalanx von drei schweren Transportkarren, deren Frontseiten mit einer schräggestellten Panzerung aus marmornen Tischplatten versehen war. Das gepanzerte Monstrum war zu breit für die Gasse zu den Baumwollballen, und die Belagerer mußten die aufgehäuften Waren zu beiden Seiten abtragen, um Platz zu schaffen. Geeignete Gegenstände stapelten sie an den Flanken der Transportkarren auf. Mallory verwundete zwei Männer bei ihrer Arbeit, aber die anderen lernten aus der Erfahrung, und bald hatten sie hinter der vorrückenden Belagerungsmaschine einen gedeckten Weg errichtet.

Es schienen jetzt viel mehr Männer im Lagerhaus zu sein. Es war auch dunkler geworden, aber da und dort zeigte sich Laternenschein, und die Eisenträger waren voll von Heckenschützen. Es wurde laut geredet und gestritten.

Die Belagerungsmaschine kroch näher. Sie kam unter Mallorys Schußlinie und in den toten Winkel. Wenn er sich aufrichtete und über die Brustwehr beugte, würden die Heckenschützen ihn schwerlich verfehlen.

Bald war die Basis des Baumwollstapels erreicht. Mallory hörte reißende, zerfetzende Geräusche.

Eine gedämpfte und verzerrte Stimme — vielleicht unterstützt durch ein Megaphon — ertönte aus dem Inneren der Belagerungsmaschine. »Dr. Mallory!«

»Ja?«

»Sie haben nach mir verlangt — hier bin ich! Wir bringen die Wand Ihres Palastes zum Einsturz, Dr. Mallory. Bald werden Sie ganz ohne Deckung sein.«

»Harte Arbeit für einen berufsmäßigen Spieler, Kapitän Swing! Geben Sie acht, daß Ihre zarten Hände keine Blasen bekommen!«

Tom und Fraser rollten gemeinsam einen Baumwollballen über die Brustwehr auf die Belagerungsmaschine, wo sie jedoch abprallte, ohne Schaden anzurichten. Konzentriertes Feuer schlug in die Festung und zwang die Verteidiger in Deckung.

»Feuer einstellen!« rief Swing und lachte.

»Geben Sie acht, Swing! Wenn Sie mich erschießen, werden Sie niemals erfahren, wo der Modus versteckt ist.«

»Immer noch der prahlerische Dummkopf! Sie stahlen uns den Modus beim Derby. Sie hätten ihn uns zurückgeben und sich selbst die sichere Vernichtung ersparen können! Sie dickschädeliger Ignorant, Sie haben nicht einmal eine Ahnung vom wahren Zweck dessen, was Sie uns entwendeten!«

»Es gehört von Rechts wegen Lady Ada Byron, das weiß ich so gut wie Sie.«

»Wenn Sie das glauben, wissen Sie nichts.«

»Ich weiß, daß es so ist, denn Lady Ada sagte es mir. Und sie kennt das Versteck, denn ich sagte ihr, wo ich es verwahre!«

»Lügner!« rief Swing. »Wenn Ada es wüßte, würden wir es bereits haben. Sie ist eine von uns!«

Tom ächzte vernehmlich.

»Sie sind ihr Peiniger, Swing!«

»Ich sage Ihnen, Ada ist eine der unsrigen.«

»Byrons Tochter würde das Reich niemals verraten.«

»Byron ist tot!« rief Swing mit der schrecklichen Überzeugung der Wahrheit. »Und alles, was er erbaute, alles, woran Sie glauben, wird jetzt hinweggefegt.«

»Sie sind ein Träumer!«

Darauf trat Stillschweigen ein.

Nach langer Pause sprach Swing in verändertem, überredendem Ton. »Die Armee feuert jetzt auf das Volk, Dr. Mallory.«

Mallory sagte nichts.

»Die britische Armee, das Bollwerk Ihrer sogenannten Zivilisation, schießt jetzt Ihre Mitbürger auf den Straßen tot. Männer und Frauen mit Steinen in den Händen werden mit Schnellfeuerwaffen ermordet. Können Sie es nicht hören?«

Mallory antwortete nicht.

»Sie haben auf Sand gebaut, Dr. Mallory. Der Baum Ihres Wohlstandes ist in finsterem Mord verwurzelt. Die Massen können Sie und Ihresgleichen nicht mehr ertragen. Aus den siebenmal verfluchten Straßen Babylondons schreit das Blut zum Himmel!«

»Kommen Sie heraus, Swing!« rief Mallory. »Kommen Sie aus Ihrer Dunkelheit, zeigen Sie Ihr Gesicht!«

»Könnte Ihnen so passen«, sagte Swing.

Wieder wurde es still.

»Ich hatte die Absicht, Sie lebendig zu fangen, Dr. Mallory«, sagte Swing in einem Ton endgültiger Entschlossenheit. »Aber wenn Sie Ihr Geheimnis wirklich Ada Byron verraten haben, dann brauche ich Sie nicht mehr. Meine vertraute Genossin, meine Lebensgefährtin, hat Lady Ada fest an sich gebunden! Wir werden Lady Ada, den Modus und die Zukunft haben. Und Sie werden die Tiefen der vergifteten Themse als Grab erhalten.«

»Dann töten Sie uns, und hören Sie mit Ihrem verdammten Geschwätz auf!« rief Fraser aus, gereizt bis zur Unerträglichkeit. »Die Sonderabteilung wird dafür sorgen, daß Sie am Strick zappeln, und wenn es hundert Jahre erfordern sollte.«

»Die Stimme der Autorität!« rief Swing. »Der Vertreter der mächtigen britischen Regierung! Sie sind gut darin, arme Teufel auf den Straßen niederzumähen, aber warten wir ab, daß Ihre aufgeschwemmten Plutokraten dieses Lagerhaus einnehmen, wenn wir Waren im Werte von Millionen hier als Pfand festhalten.«

»Sie müssen völlig verrückt sein«, sagte Mallory.

»Warum, glauben Sie, habe ich diesen Ort zu meinem Hauptquartier gemacht? Sie werden von Pfeffersäcken und Kaufleuten regiert, die ihre kostbaren Güter höher schätzen als jede Zahl von Menschenleben! Sie werden niemals auf ihre eigenen Lagerhäuser, ihre eigenen Schiffe feuern. Wir sind hier unverwundbar.«

Mallory lachte. »Sie sind ein Wirrkopf! Wenn Byron tot ist, dann liegt die Regierung in den Händen von Lord Babbage und seinem Notstandsausschuß. Babbage ist ein Pragmatiker! Er wird sich durch keine Warenmenge davon abhalten lassen, das Notwendige zu tun.«

»Babbage ist die Marionette der Kapitalisten.«

»Er ist ein Visionär, Sie eingebildeter kleiner Clown! Sobald er erfährt, daß Sie hier sind, wird er das Lagerhaus ohne Zögern zusammenschießen lassen.«

Donner grollte. Es prasselte auf das Dach.

»Es regnet!« sagte Tom.

»Es ist Artillerie«, sagte Brian.

»Nein, hör doch — es regnet, Brian! Der Gestank ist vorbei! Es ist gesegneter Regen!«

Unter dem Schutzschirm der Belagerungsmaschine war Streit ausgebrochen. Swing sprach mit scharfer Stimme zu seinen Leuten.

Kühles Wasser tropfte durch die Löcher, die Kugeln und Querschläger in das Dach geschlagen hatten.

»Es ist Regen«, sagte Mallory und leckte einen Tropfen von seiner Hand. »Regen! Wir haben gewonnen.« Donner grollte. »Selbst wenn Sie uns hier umbringen«, rief Mallory, »ist es aus mit Ihnen. Wenn die Londoner Luft wieder rein ist, werden Sie Ihre Schlupfwinkel verlieren.«

»Mag sein, daß es regnet«, sagte Brian, »aber das sind Marinegeschütze, Zehnpfünder, vom Fluß ...«

Eine Granate durchschlug das Dach und detonierte mit einem Hagel von Schrapnell.

»Sie haben sich eingeschossen«, rief Brian. »Um Gottes willen, geht in Deckung!« Und er begann in verzweifelter Hast die Baumwollballen über die Deckung zu ziehen.

Mallory beobachtete verblüfft, wie eine Granate nach der anderen das Dach durchschlug und explodierend Schrapnell verstreute. Glassplitter regneten herab, brennende Fetzen flogen durch die Luft.

Binnen einer Minute war das weite Glasgewölbe zu hunderttausend scharfen Splittern zerplatzt. Brian schrie Mallory zu, aber seine Stimme ging im höllischen Lärm unter. Nach den ersten Augenblicken halb betäubtem Staunens bückte sich Mallory, seinem Bruder zu helfen. Gemeinsam stemmten sie einen weiteren Baumwollballen hoch und kauerten in der engen Deckung.

Während Mallory dasaß und wartete, das Gewehr über den Knien, wetterleuchteten die Explosionsblitze der detonierenden Granaten in der Halle. Eisenträger begannen sich unter Druck zu biegen, ihre Nieten knallten heraus wie Gewehrschüsse. Der Lärm war unerträglich, übernatürlich. Das Lagerhaus bebte und dröhnte wie eine mit Hämmern geschlagene Blechtafel.

Brian, Tom und Fraser kauerten wie betende Moslems in der Deckung, die Hände gegen die Ohren gepreßt. Brennende Stücke Holz und Stoff fielen auf die Ballen ringsumher und brannten sich schwelend in die Baumwolle hinein, wo sie liegenblieben. Der Regen war nicht stark genug, die zahlreichen kleinen Brandherde zu löschen. Rauch und Hitze breiteten sich aus.

Mallory zupfte Baumwolle aus einem Ballen und stopfte sie sich in die Ohren.

Ein Teil der Dachkonstruktion stürzte ein, langsam zuerst, als die Träger aus ihren Verankerungen rissen, dann mit krachendem Getöse. Der Regen zischte in den Flammen.

Die Beschießung hörte auf, aber der Lärm schien nur unwesentlich nachzulassen, denn das aufgestapelte Plünderungsgut war an vielen Stellen in Brand geraten. Schmutzige Flammenzungen schossen an hundert Stellen aus dem rauchenden, dampfenden Chaos. Mallory kroch aus der Deckung und stand auf den Ballen, das Gewehr in den Händen. Mit dem Regen fegten böige Windstöße herein und fachten die Feuer an.

Mallory trat an den Rand des Baumwollstapels. Die Beschießung hatte den gedeckten Gang der Belagerer zerfetzt. Seine Feinde hatten die Flucht ergriffen.

Am anderen Ende der Gasse, fünfzig oder sechzig Schritte entfernt, stand ein Mann zwischen qualmenden Warenstapeln. Es war Swing. Er blickte herüber zu Mallory und schrie etwas — wiederholte es noch lauter —, aber er war eine kleine Gestalt, weit entfernt, und Mallory verstand kein Wort. Er schüttelte langsam den Kopf.

Darauf hob Swing eine Waffe, und Mallory sah mit einem irrationalen Gefühl angenehmer Überraschung die vertrauten Umrisse eines Cutts-Maudsley-Karabiners.

Swing zielte kurz und zog den Abzug durch. Angenehm langgezogene, singende Geräusche umgaben Mallory und endeten mit musikalisch hellem Klang an der Wand hinter ihm. Mallory, dessen Hände sich mit unbeabsichtigter Anmut bewegten, hob das Gewehr, zielte, feuerte. Swing wurde herumgerissen und schlug aufs Gesicht. Der Maschinenkarabiner, noch in seiner Hand, fuhr mit seinem federgetriebenem Stoßen und Rütteln fort, selbst nachdem sein Trommelmagazin mit Patronen verschossen war.

Mallory beobachtete mit lauem Interesse, wie Fraser, der mit spinnenartiger Beweglichkeit durch die Trümmer sprang, mit gezogener Pistole den gefallenen Anarchisten erreichte. Er wälzte Swing herum, legte ihm Handschellen an und hob die schlaffe Gestalt über eine Schulter. Mallorys Augen brannten. Er blickte zurück zur Stellung und sah, wie Tom einem hinkenden Brian von den Baumwollballen hinunterhalf.

Die beiden gingen hinüber zu Fraser, der energisch

winkte. Mallory lächelte, folgte seinen Brüdern. Die Katastrophe der Beschießung hatte Swings Beutelager und Hauptquartier in eine brennende Trümmerwüste verwandelt. Mallory schlenderte den davoneilenden Gefährten nach und schritt glücklich, mit kratzenden Nägeln anstelle des weggeschossenen Schuhabsatzes, hinaus in ein wiedergeborenes London.

In einen reinigenden Gewitterregen.

Am 12. April 1908 starb Edward Mallory im Alter von dreiundachtzig Jahren in seinem Haus in Cambridge. Die genauen Umstände seines Todes liegen im dunkeln; anscheinend war man bestrebt, im Zusammenhang mit dem Ableben eines ehemaligen Präsidenten der Royal Society die gebotene Schicklichkeit zu wahren. Die Aufzeichnungen von Dr. George Sandys, Lord Mallorys Freund und behandelndem Arzt, lassen erkennen, daß der große Gelehrte an einer Gehirnblutung starb. Sandys notierte auch, offenbar für seine eigenen Unterlagen, daß der Verstorbene sich in seiner Unterkleidung mit Socken und Sockenhaltern und zugeschnürten ledernen Straßenschuhen auf sein Totenbett gelegt hatte.

Der Arzt, ein gründlicher Mann, bemerkte auch einen Gegenstand unter dem weißen Vollbart des Verstorbenen. Um den Hals des großen Mannes hing an einer dünnen Stahlkette ein alter Damen-Siegelring, der das Wappen der Familie Byron und das Motto CREDE BYRON trug. Die Notiz des Arztes ist der einzige bekannte Hinweis auf dieses Vermächtnis, möglicherweise ein Geschenk, das besondere Wertschätzung ausdrücken sollte. Sehr wahrscheinlich nahm Sandys den Ring mit der Kette an sich, obwohl ein genaues Verzeichnis seiner Hinterlassenschaft, angefertigt nach seinem Tod im Jahr 1940, den Gegenstand nicht aufführt.

Auch in Mallorys Testament, einem sehr ausführlichen Dokument von akribischer Genauigkeit, findet sich keine Erwähnung eines solchen Ringes.

Stellen wir uns Edward Mallory im Arbeitszimmer seines herrschaftlichen Hauses in Cambridge vor. Es ist spät. Der bedeutende Paläontologe, der die Tage seiner Feldarbeit lange hinter sich und seinen Vorsitz der Royal Society vor geraumer Zeit niedergelegt hat, widmet den Winter seines Lebens Fragen der Theorie und beratenden Funktionen in der wissenschaftlichen Verwaltung.

Lord Mallory hat die radikale Katastrophenlehre seiner Jugend seit langem modifiziert und ist mit geziemendem Takt von der Vorstellung abgerückt, daß die Erde nicht älter als dreihunderttausend Jahre sei — nachdem radioaktive Datierungen ein weitaus höheres Alter erwiesen hatten. Es genügt Mallory, daß der Weg über die Katastrophentheorie ihn zu einer höheren geologischen Wahrheit und zu seinem größten persönlichen Triumph führte: der Entdeckung der Kontinentaldrift im Jahre 1865.

Mehr als der Brontosaurus, mehr als der Fund der Dinosauriereier des Protoceratops in der Wüste Gobi, ist es dieser erstaunliche Sprung kühner Einsicht, der seinen unsterblichen Ruhm gesichert hat.

Mallory, der mit wenig Schlaf auskommt, setzt sich an einen geschwungenen japanischen Schreibtisch aus Ebenholzimitation. Durch die Gardinen der hohen Fenster sind die grellweißen Lampen hinter den vielfarbigen, abstrakt gemusterten Fenstern des Nachbarhauses zu sehen. Dieses Nachbarhaus ist, wie Mallorys eigenes, eine sorgfältig orchestrierte Schwelgerei in organischen Formen, gedeckt mit Drachenschuppen aus schillernder Keramik. Die Häuser verkörpern den in England vorherrschenden Stil moderner Architektur, obwohl die Stilrichtung selbst ihren Ursprung in der blühenden Republik Katalonien hat.

Mallory hat kurz zuvor eine vorgeblich geheime Sitzung der Gesellschaft des Lichts aufgehoben und die Mitglieder verabschiedet. Als letzter Hierarch dieser schrumpfenden Bruderschaft trägt er heute abend seine Amtsgewänder, bestehend aus einem indigofarbenem, scharlachrot gesäumten wollenen Überwurf, ähnlich einem Meßgewand, und ein ähnlich gesäumtes bodenlanges Untergewand, das mit konzentrischen Ringen aus Halbedelsteinen besetzt ist. Er hat eine vergoldete, perlenverzierte Bügelkrone mit Nackenschutz aus überlappenden Goldschuppen beiseitegelegt; sie ruht auf einem kleinen Tischdrucker.

Er setzt seine Brille auf, stopft sich eine Pfeife, zündet sie an. Sein Sekretär Cleveland ist ein peinlich genauer und ordentlicher Mann und hat ihm zwei Sätze Dokumente säuberlich in messinggefaßten Ordnern aus braunem Manila auf dem Schreibtisch bereitgelegt. Ein Ordner liegt zu seiner Rechten, der andere zu seiner Linken, weil der Diener nicht wissen konnte, für welchen er sich entscheiden wird.

Mallory wählt den Ordner zu seiner Linken. Er enthält einen maschinengedruckten Bericht von einem älteren Würdenträger der Meirokusha, einer berühmten Bruderschaft japanischer Gelehrter, die nicht zufällig als das führende orientalische Kapitel der Gesellschaft des Lichtes gilt. Der genaue Text des Berichtes ist in England nicht zu finden, wird aber in Nagasaki aufbewahrt, versehen mit einem Hinweis, daß er dem Hierarchen am 11. April telegrafisch zugeleitet wurde. Der Text deutet an, daß die Meirokusha, nachdem sie einen ernsten Rückgang der Mitgliederzahl und der Teilnehmerzahl an ihren Versammlungen zu verzeichnen hatte, durch Abstimmung die Vertagung künftiger Versammlungen auf unbestimmte Zeit beschlossen hat. Der Nachricht beigefügt ist eine detaillierte Aufstellung der Kosten für Speisen und Getränke sowie für die Miete eines kleinen Nebenraumes im Seiyoken, einem Restaurant im Tsukiji-Viertel von Tokio.

Obwohl diese Nachricht nicht unerwartet kommt, verspürt Lord Mallory Enttäuschung und Bitterkeit.

Sein selbst zur besten Zeit heftiges und aufbrausendes Naturell hat sich mit dem Alter noch verschärft; seine Entrüstung schwillt an zu hilfloser Wut.

Eine Gehirnarterie platzt.

Diese Verkettung von Ereignissen findet nicht statt.

Er entscheidet sich für den Ordner zu seiner Rechten. Er ist dicker als derjenige zu seiner Linken, und dies erregt seine Neugier. Der Ordner enthält einen ausführlichen Feldbericht von einer paläontologischen Expedition der Royal Society zur Pazifikküste Westkanadas. Erfreut und angeregt durch nostalgische Gedanken an seine eigenen Expeditionstage, liest er den Bericht aufmerksam durch.

Die moderne Wissenschaftsarbeit ist kaum noch mit derjenigen seiner Tage zu vergleichen. Die britischen Wissenschaftler sind von der blühenden Metropole Victoria zum Festland geflogen und haben einen mit allen Annehmlichkeiten der Zivilisation ausgestatteten Stützpunkt im Küstendorf Vancouver bezogen, von wo sie mit Motorwagen beinahe nach Belieben die Forschungsgebiete in den Bergen erreichen konnten. Der Expeditionsleiter ist ein junger Wissenschaftler namens Morris, der in Cambridge promovierte und an den sich Mallory als einen etwas sonderbaren Burschen mit Ringellocken erinnert, der eine Vorliebe für Samtumhänge und ausgefallen modernistische Hüte hat.

Die untersuchten Schichten sind kambrisch, dunkler Schiefer von einer nahezu lithografischen Qualität. Und es scheint, daß sie von einer Vielfalt von Einschlüssen wimmelt, den papierdünnen und gründlich zerdrückten Überresten einer altertümlichen Fauna von Wirbellosen. Mallory, ein Fachmann für Wirbeltiere, beginnt das Interesse zu verlieren; er hat, so meint er, mehr Trilobiten gesehen, als einem Menschen zugemutet werden sollte, und in Wahrheit hat er es immer schwierig gefunden, sich für etwas von weniger als fünf Zentimetern Länge zu begeistern. Schlimmer noch ist, daß ihm die Prosa des Berichts unwissenschaftlich vorkommt, gekennzeichnet durch eine höchst unpassende Grundstimmung unkritischer Begeisterung.

Er wendet sich den Abbildungen zu. Schon die erste Abbildung zeigt ein Ding, das fünf Augen besitzt. Statt einer Mundöffnung hat es einen langen Greifrüssel.

Da ist ein beinloses, rochenartiges Lebewesen, nichts als Lappen und Gallerte, mit einem flachen, zahnbesetzten Maul, das sich seitwärts zu schließen scheint.

Und da ist ein Lebewesen mit vierzehn hornigen, zugespitzten Dornen anstelle von Beinen, das weder einen Kopf noch Augen zu haben scheint, aber sieben winzige Mundöffnungen jeweils am Ende eines biegsamen Saugarms.

Diese Lebensformen haben keine Ähnlichkeit mit irgendeiner bekannten Kreatur aus irgendeinem Abschnitt der Erdgeschichte.

Verwunderung steigert sich zur Erregung, sorgt für Blutandrang in Mallorys Kopf. Ein Strudel von Implikationen beginnt sich in ihm aufzulösen und allmählich in ein seltsames, durchsichtiges Leuchten überzugehen, einen ekstatischen Aufschwung zu völligem Verständnis, immer heller, immer klarer, immer näher ...

Er sackt vornüber, sein Kopf schlägt auf die Tischplatte. Dann rutscht er vom Stuhl und bleibt auf dem Rükken liegen, die Gliedmaßen taub, aber wie ätherisch, denn noch immer steigt er aufwärts, eingehüllt in das wunderbare Licht, das Licht eines furchtbaren Wissens, das an die Grenzen des Wirklichen stößt — eines Wissens, das stirbt, um geboren zu werden.

Das alles sehende Auge

Ein Nachmittag in der Horseferry Road. Es ist der 12. November 1855, die Aufnahme stammt von A. G. S. Hullcoop von der Abteilung für Kriminalanthropometrie.

Das Objektiv der von Hullcoop benutzten Talbot-Excelsior-Kamera hat elf Männer festgehalten, welche die breiten Treppen zu dem Portal des Zentralamtes für Statistik herunterkommen. Die Triangulation zeigt, daß Hullcoop mit seinem lichtstarken Objektiv auf dem Dach eines Verlagshauses in der Holywell Street verborgen ist.

In der vordersten Reihe der elf ist Laurence Oliphant. Sein Gesichtsausdruck unter dem schwarzen Rand seines Zylinders ist freundlich und ironisch. Die hohen Zylinderhüte mit ihren matten Oberflächen erzeugen ein wiederholtes vertikales Element, das für die Bilddokumente der Zeit charakteristisch ist.

Wie die anderen, trägt Oliphant einen dunklen Gehrock über engen Hosen von hellerer Tönung. Sein Hals steckt in einem hohen Stehkragen mit einer Halsbinde von dunkler Seide. Die Wirkung ist würdevoll und statuarisch, obwohl manches in Oliphants Haltung den lockeren Schritt des Sportsmannes suggeriert.

Die anderen Männer sind Rechtsanwälte, Beamte des Zentralamtes, ein Bevollmächtigter der Colgate-Werke. Hinter ihnen und über der Horseferry Road durchziehen die geteerten Kupferkabel der Telegrafenleitungen den Himmel.

In der Vergrößerung erweisen sich die hellen, unscharfen Punkte auf den Leitungen als Tauben.

Obwohl der Nachmittag für die Jahreszeit ungewöhnlich hell ist, schickt Oliphant, ein häufiger Besucher des Zentralamtes, sich gerade an, einen Schirm zu öffnen.

Der Zylinderhut des Colgate-Bevollmächtigten zeigt das verlängerte Komma weißen Taubendrecks.

Oliphant saß allein in einem kleinen Warteraum, der durch eine verglaste Tür mit der Chirurgie in Verbindung stand. Die gelblich getönten Wände waren behängt mit farbigen Darstellungen der verheerenden Wirkungen gräßlicher Krankheiten. Ein Bücherschrank war vollgestopft mit abgegriffenen medizinischen Fachbüchern. Die Sitzgelegenheiten bestanden aus geschnitzten Kirchenstühlen, die aus einem abgerissenen Gotteshaus zu stammen schienen. In der Mitte lag ein Teppich aus grobem Wollstoff.

Ein Instrumentenkasten aus Mahagoni und eine dicke Rolle Charpie hatten ihre Plätze auf dem Bücherschrank.

Jemand rief seinen Namen.

Er sah ein Gesicht durch die Glasscheiben der Verbindungstür. Blaß, die vorgewölbte Stirn verklebt mit durchnäßten dunklen Haarsträhnen.

»Collins«, sagte er. »Kapitän Swing.« Und andere Gesichter tauchten auf, ihre Zahl Legion, die Gesichter der Verschwundenen, die Namen ausgelöscht aus dem Gedächtnis.

»Mr. Oliphant?«

Dr. McNeile beobachtete ihn von der Tür. Oliphant erhob sich etwas verlegen von seinem Kirchenstuhl, glättete mechanisch seinen Rock.

»Fehlt Ihnen etwas, Mr. Oliphant? Ihr Gesichtsausdruck eben war ganz ungewöhnlich.« McNeile war schlank und mittelgroß, mit einem sauber gestutzten

Bart, dunkelbraunem Haar und grauen Augen, deren Helligkeit an Transparenz gemahnte.

»Nein, durchaus nicht, Dr. McNeile. Und wie ist Ihr Befinden?«

»Sehr gut, danke. Im Gefolge der jüngsten Ereignisse treten einige bemerkenswerte Symptome auf, Mr. Oliphant. Ich habe da einen Herren, der im oberen Stock eines Omnibusses saß, als dieses Fahrzeug in der Regent Street breitseitig von einem Dampfwagen angefahren wurde, der geschätzte fünfunddreißig Stundenkilometer fuhr!«

»Tatsächlich? Wie schrecklich ...«

Zu Oliphants Befremden rieb sich McNeile die schmalen weißen Hände. »Infolge der Kollision gab es kein erkennbares physiologisches Trauma. Überhaupt nichts.« Er fixierte Oliphant mit seinem hellen, beinahe farblosen Blick. »In der Folge haben wir jedoch Schlaflosigkeit, beginnende Melancholie sowie kleinere Episoden von Gedächtnisverlust beobachtet — Symptome, die landläufig mit latenter Hysterie in Verbindung gebracht werden.« McNeile lächelte, ein schnelles, starres Zähnezeigen des Triumphs. »Wir haben, Mr. Oliphant, eine bemerkenswert reine, klinische Progression feststellen können.«

McNeile geleitete Oliphant durch die Tür in einen hübsch getäfelten Raum, der mit unheilvoll aussehenden elektromagnetischen Vorrichtungen sparsam eingerichtet war. Oliphant legte Gehrock und Weste ab und hängte sie an einen Kleiderständer.

»Und Ihre ... ah ... ›Anwandlungen‹, Mr. Oliphant?«

»Keine, seit der letzten Behandlung.« Traf das zu? Es war schwierig zu sagen.

»Und Ihr Schlaf ist ungestört gewesen?«

»Ja, das darf ich wohl sagen.«

»Irgendwelche bemerkenswerten Träume? Wachträume? Visionen?«

»Nein.« McNeile musterte ihn mit seinen blassen Augen. »Sehr gut.« Oliphant, der sich mit seinen Hosenträgern und dem gestärkten Vorhemd überaus albern vorkam, stieg auf McNeiles Behandlungstisch, ein eigenartiges Möbel mit Gelenkscharnieren, das in gleicher Weise einer Chaiselonge und einer Streckbank ähnelte. Die verschiedenen Segmente des Tisches waren gepolstert und mit steifen, gemustertem Brokat bezogen, der sich glatt und kalt anfühlte. Oliphant bemühte sich, eine bequeme Lage zu finden. McNeile machte dies unmöglich, indem er mehrere Messingräder bediente. »Bitte halten Sie still«, sagte McNeile.

Oliphant schloß die Augen. »Dieser Pocklington ...«, sagte McNeile.

»Wie bitte?« Oliphant öffnete die Augen. McNeile stand neben ihm und beschäftigte sich mit einer Drahtrolle an einstellbaren Armaturen.

»Pocklington. Er beansprucht das Verdienst am Einschlafen der Cholera in Limehouse.«

»Der Name ist mir nicht vertraut. Ein Mediziner?«

»Schwerlich. Der Bursche ist *Ingenieur* beim Wasserwerk. Er behauptet, er habe die Cholera besiegt, indem er die Schwengel von städtischen Wasserpumpen entfernte!« McNeile schraubte ein geflochtenes Kupferkabel fest.

»Ich fürchte, ich kann Ihnen nicht folgen.«

»Kein Wunder, Sir! Der Mann ist entweder ein Dummkopf oder ein Scharlatan übelster Sorte. Er hat in *The Times* geschrieben, daß die Cholera nichts weiter sei als das Ergebnis verseuchten Wassers.«

»Halten Sie das für ganz und gar unvernünftig?«

»Es steht in völligem Gegensatz zur aufgeklärten medizinischen Theorie.« McNeile schloß ein zweites Stück Kupferdraht an. »Sehen Sie, dieser Pocklington genießt die Protektion von Lord Babbage. Man kann sagen, er sei ein Favorit des Lords. Bevor er sich der Wasserversorgung annahm, war er beauftragt, die Belüftungsprobleme der pneumatischen Züge zu beheben.«

Oliphant, der unschwer den Neid in McNeiles Ton heraushörte, verspürte boshafte Befriedigung. In seiner Ansprache beim Staatsbegräbnis Lord Byrons hatte Babbage die Tatsache bedauert, daß die moderne Medizin mehr eine Kunst als eine Wissenschaft geblieben sei. Die Ansprache war natürlich von allen Zeitungen des Landes abgedruckt worden.

»Schließen Sie bitte die Augen für den Fall, daß bei der Entladung Funken frei werden.« McNeile zog große, steife Lederhandschuhe über. Dann verband er die Kupferkabel mit einer schweren Batterie. Der schwache, unheimliche Ozongeruch von Elektrizität erfüllte die Luft. »Bitte versuchen Sie sich zu entspannen, Mr. Oliphant, um die Umsteuerung der Pole zu erleichtern!«

Die Half Moon Street lag im Licht einer groben Webb-Lampe, welche die Form einer kannelierten korinthischen Säule hatte und mit Methangas aus den Kloaken betrieben wurde. Wie die übrigen Lampen ihres Typs war sie während des sommerlichen Notstandes unangezündet geblieben, da man Lecks und Explosionen befürchtet hatte. Tatsächlich hatte es mindestens ein Dutzend Gasexplosionen gegeben, die das Straßenpflaster aufgerissen hatten und größtenteils demselben Gasreservoir zugeschrieben wurden, das die Webb-Lampen versorgte. Lord Babbage war ein entschiedener Befürworter der Webb-Methode; infolgedessen wußte jeder Schuljunge, daß die Methanerzeugung einer einzigen Kuh für die tägliche Beheizung, Beleuchtung und Kochherdfeuerung eines durchschnittlichen Haushaltes ausreichte.

Er blickte zu der Lampe auf, als er sich der georgianischen Fassade seines Hauses näherte. Das Licht war ein weiteres Zeichen der Rückkehr zur Normalität, aber Zeichen trösteten ihn wenig. Gewiß war der verheerende soziale Aufruhr jetzt überwunden, aber Byrons Tod hatte sukzessive Wellen von Instabilität ausgelöst; Oliphant stellte sie sich wie die Wellenriffel in einem Teich vor, die sich ausbreiteten und mit anderen überlappten, die von weniger augenfälligen Ursachen herrührten und unberechenbare Turbulenzen erzeugten. Zu diesen zählte unzweifelhaft die Sache mit Charles Egremont und der gegenwärtigen Hexenjagd auf die Ludditen.

Oliphant wußte mit absoluter professioneller Gewißheit, daß die Ludditen ausgestorben waren; trotz der Anstrengungen einiger weniger manischer Anarchisten hatten die Londoner Aufstände des vergangenen Sommers keinen zusammenhängenden oder organisierten politischen Hintergrund gezeigt. Alle vernünftigen Forderungen der arbeitenden Klasse waren von den Radikalen zusammengefaßt und übernommen worden. Byron hatte in seinen tatkräftigen Jahren die Justiz mit einer dramaturgisch geschickt aufgemachten Schau von Barmherzigkeit verbrämt. Die frühen Ludditenführer, die ihren Frieden mit der Regierung der Radikalen Partei gemacht hatten, waren jetzt die ordentlichen, in behaglichem Wohlstand lebenden Führer angesehener Gewerkschaften und Handwerksgilden. Einige waren reiche Industrielle — doch wurde ihr Seelenfrieden ernstlich beeinträchtigt durch Egremonts systematische Exponierung alter Überzeugungen.

In den turbulenten vierziger Jahren hatte sich eine zweite Welle des Luddismus erhoben, diesmal unmittelbar gegen die Radikalen gerichtet und angefeuert von Forderungen nach ›Volksrechten‹ und einer verwegenen Freude an der Gewalt. Aber sie war in einem Wirrwarr von selbstzerstörerischem Verrat zusammengebrochen, und ihre kühnsten Führer, Männer wie Walter Gerard, waren zur Abschreckung öffentlich hingerichtet worden. Heutzutage stellten Gruppen wie die Höllenkatzen von Manchester, denen Michael Radley als Junge angehört hatte, bloße Jugendbanden ohne politische Zielvorstellungen dar. Kapitän Swings Einfluß mochte sich im ländlichen Irland oder sogar in Schottland gelegentlich noch bemerkbar machen, aber diese Erscheinungen schrieb Oliphant der Landwirtschaftspolitik der Radikalen Partei zu, die hinter ihrer erfolgreichen Industriepolitik zurückblieb.

Nein, dachte er, als Bligh ihm die Tür öffnete, der Geist von Ned Ludd war im Land kaum noch spürbar, aber wie sollte man unter diesen Umständen Egremonts wütende Kampagne verstehen?

»Guten Abend, Sir.«

»Guten Abend, Bligh.« Er gab ihm Zylinderhut und Schirm.

»Der Koch hat einen kalten Braten, Sir.«

»Sehr gut. Ich werde im Arbeitszimmer essen, danke.«

»Fühlen Sie sich gut, Sir?«

»Ja, danke.« Entweder hatten ihm McNeils Magneten oder der teuflisch unbequeme Behandlungstisch Rükkenschmerzen verursacht. McNeile war ihm von Lady Brunel empfohlen worden, deren Gemahl sich, wie angenommen wurde, durch häufige Eisenbahnfahrten im Verlauf seiner berühmten Karriere ein Rückenleiden zugezogen hatte. Dr. McNeile hatte Oliphants ›Anwandlungen‹, wie er sie nannte, als Symptome des ›Eisenbahnrückgrates‹ diagnostiziert, des gleichen Leidens, das Lord Brunel zu schaffen machte. Als Ursache der Symptome vermutete er die magnetische Polarität der Wirbelsäule des Patienten, welche durch ein Trauma umgekehrt worden sei. McNeiles These ging dahin, daß dieser Zustand durch die Anwendung von Elektromagnetismus behoben werden könne, und zu diesem Zweck suchte Oliphant jetzt zweimal wöchentlich McNeiles Praxis auf. Die Behandlungsmethode erinnerte Oliphant an seines eigenen Vaters ungesundes Interesse am Mesmerismus.

Oliphant senior war, nachdem er als Generalstaatsanwalt der Kapkolonie gedient hatte, zum obersten Richter auf Ceylon ernannt worden. So hatte Oliphant eine private und notwendigerweise ziemlich fragmentarische Schulbildung genossen, der er sowohl seine Geläufigkeit in modernen Sprachen wie auch seine außerordentliche Unkenntnis von Griechisch und Latein verdankte. Seine Eltern waren Protestanten einer ziemlich exzentrischen Sorte gewesen, und obwohl er selbst, zumindest insgeheim, bestimmte Aspekte ihres Glaubens bewahrt hatte, erinnerte er sich mit einem seltsamen Grauen der Experimente seines Vaters: Eisenstäbe, Kristallkugeln ...

Und nun fragte er sich, als er die teppichbelegten Stufen erstieg, ob Lady Brunel — sich dem Leben als Gemahlin des Premierministers würde anpassen können.

Seine japanische Wunde machte sich bemerkbar, als er das Treppengeländer umfaßte.

Er zog einen Sicherheitsschlüssel aus der Westentasche und sperrte die Tür zu seinem Arbeitszimmer auf. Bligh, der das einzige Duplikat des Schlüssels hatte, hatte die Gaslampe angezündet und frische Kohlen auf die Glut im Kamin geschüttet.

Das eichengetäfelte Arbeitszimmer bot bei Tag einen hübschen Ausblick auf den Park. Ein altertümlicher Refektoriumstisch, der beinahe die Länge des Raumes erreichte, diente Oliphant als Arbeitstisch. Ein sehr moderner Bürosessel auf Patent-Glasrollen, wanderte regelmäßig um den ganzen Tisch, wenn Oliphants Arbeit ihn von einem Aktenstapel zum nächsten und wieder zurück führte. Die Rollen hatten durch die täglichen Wanderungen des Sessels angefangen, den Flor des blauen Axminster-Teppichs abzunutzen.

Drei Colt & Maxwell-Telegrafenempfänger unter Glaskuppeln beherrschten das Ende des Tisches beim Fenster; ihre Lochstreifen wurden von Drahtkörben aufgenommen, die auf dem Teppich standen. Es gab auch ein federbetriebenes Sendegerät und einen modernen Verschlüsselungsapparat mit Bandschneider. Die verschiedenen Kabel für diese Geräte, in Isolierungen, die mit fein gewebter burgunderroter Seide ummantelt waren, führten hinauf zu einem floralen Ringbolzen, der vom zentralen Kronleuchter hing, von wo sie in einer Girlande zu einem in die Vertäfelung eingelassenen poliertem Messingschild mit dem Zeichen der Postbehörde führten.

Einer der Empfänger begann sogleich zu hämmern. Oliphant schritt die Länge des Tisches ab und las die Botschaft, als sie aus der Mahagoniplatte der Maschine herauskam.

SEHR BESCHÄFTIGT MIT BESONDEREN SCHWIERIGKEITEN STOP ABER JA KOMMEN SIE STOP WAKEFIELD

Bligh betrat das Arbeitszimmer mit dem aufgeschnittenen kalten Hammelbraten und Eingelegtem auf einem Tablett. »Ich habe eine Flasche Ale gebracht, Sir«, sagte er und deckte einen Teil des Tisches, der für diesen Zweck freigehalten wurde, mit Tischtuch und Silberbesteck.

»Danke, Bligh.« Oliphant hob den Lochstreifen von Wakefields Botschaft mit der Fingerspitze, ließ ihn dann wieder in den Drahtkorb hängen.

Bligh schenkte das Bier ein, dann ging er mit seinem Tablett und der leeren Keramikflasche. Oliphant schob den Bürosessel um den Tisch und setzte sich an sein Abendessen.

Erneuertes Geklapper von einem seiner drei Empfänger riß ihn aus der Beschaulichkeit seiner einsamen Mahlzeit. Er blickte den Tisch entlang und sah den Streifen aus der rechten Maschine abspulen. Die Maschine zur Linken, die ihm Wakefields Einladung überbracht hatte, war auf seine persönliche Nummer eingestellt. Rechts bedeutete irgendwelche Polizeiangelegenheiten, wahrscheinlich Betteredge oder Fraser. Er legte Messer und Gabel auf den Teller und stand auf. Dann las er den Lochcode vom Streifen ab, als er aus seinem Messingschlitz kroch.

RE F B SIE WERDEN SOFORT BENÖTIGT STOP FRASER

Er zog seines Vaters deutsche Doppelkapseluhr aus der Westentasche, um die Zeit abzulesen. Dann steckte er sie ein und berührte den Glassturz über dem mittleren der drei Telegrafenempfänger. Dieser hatte seit dem Tode des letzten Premierministers keine Botschaft übermittelt.

Die Anschrift, zu der ihn die Droschke trug, war in der Brigsome Terrace, der Seitenstraße einer jener Hauptverkehrsstraßen, die von spekulativen Stadterneuerern mit Vorliebe durch die alte und noch immer weitgehend unerforschte Wildnis von Ostlondon gebrochen wurden.

Brigsome Terrace selbst, befand Oliphant, als er aus seiner Droschke stieg, gehörte zu den düstersten und trostlosesten Häuserblocks, die je aus Mauersteinen und Mörtel errichtet worden waren. Der Bauherr, der mit diesen zehn öden Gefängnishäusern spekuliert hatte, hatte sich wahrscheinlich zusammen mit dem Architekten im Hinterzimmer einer benachbarten Schankwirtschaft erhängt, bevor die scheußlichen Kästen fertiggestellt waren.

Die Straßen, durch die er mit der Droschke gekommen war, waren von der Art gewesen, wie man sie in Zeiten wie diesen zu durchfahren schien — eine glich der anderen, und alle lagen um diese Zeit beinahe menschenleer, so daß man sich fragte, ob der gewöhnliche Fußgänger jemals in diese Gegend kam. Ein feiner Regen ging nieder, und Oliphant bedauerte, daß er den Regenmantel nicht angenommen hatte, den Bligh ihm an der Tür hatte mitgeben wollen. Die beiden Männer vor dem Haus Nummer 5 trugen lange schwarze Umhänge aus gewachster ägyptischer Baumwolle. Eine Neuerung aus Neusüdwales, wußte Oliphant, vielgepriesen während des Krimkrieges und hervorragend geeignet, Waffen zu verstecken, die sich sonst schlecht verbergen ließen.

»Sonderabteilung«, sagte Oliphant und ging an den Wachtposten vorbei. Eingeschüchtert von seinem Akzent und seiner forschen Art, ließen sie ihn durch. Es würde notwendig sein, Fraser davon zu unterrichten.

Er betrat das Haus und sah sich nach kurzer Suche in einem Wohnzimmer, das von einer starken Karbidlaterne auf einem Dreifuß grell ausgeleuchtet wurde. Eine konkave Runde von blank poliertem Zinngeschirr verstärkte das erbarmungslos weiße Licht. Das Wohnzimmer war eingerichtet mit Stücken, die aus den Ruinen des Adels geborgen worden waren. Es gab ein Pianino, und einen Schubladenschrank, der für den Raum mehrere Nummern zu groß war. Dieser Schrank war ein prachtvolles Stück mit Einlegearbeiten und angelaufenen vergoldeten Beschlägen. Ein abgetretenes Stück Teppich zeigte eine Fülle von Rosen und Lilien, und gewirkte Vorhänge verhüllten den Blick auf die Brigsome Terrace. Neben den Fenstern hingen Drahtkörbe, in denen eine stachlige und spinnenartige Fülle von Kakteen wuchs.

Oliphant bemerkte einen Gestank, der noch durchdringender war als der Karbidgeruch.

Betteredge kam aus dem rückwärtigen Teil der Wohnung. Er trug eine Melone, die ihm einen amerikanischen Anstrich verlieh; leicht hätte man ihn für einen der Pinkerton-Agenten halten können, die er täglich beschattete. Wahrscheinlich war der Effekt vorsätzlich herbeigeführt, bis hinunter zu den Patentstiefeln mit seitlichen Einsätzen aus Elastikband. Sein Gesichtsausdruck war ganz uncharakteristisch von ernster Sorge geprägt. »Ich übernehme die volle Verantwortung, Sir«, murmelte er. Etwas mußte schiefgegangen sein. »Mr. Fraser erwartet Sie, Sir. Nichts ist verändert worden.«

Oliphant ließ sich hinaus und eine enge, steile Treppe hinaufführen. Sie kamen in einen öden Korridor, der von einer zweiten Karbidlampe erhellt wurde. Große Salpeterausblühungen verunzierten den nackten Verputz der Wände. Der verbrannte Geruch war hier noch stärker. Durch eine weitere Tür ging es in noch grelleres Licht, und Frasers verdrießliches Gesicht blickte von der Stelle auf, wo er neben einem hingestreckten Körper kniete. Fraser schien im Begriff, etwas zu sagen; Oliphant winkte ab.

Hier also war der Ursprung des Gestankes. Auf einem altmodischen Kutschkasten stand ein kompakter moderner Primuskocher, dessen Spirituskanister aus Messing wie ein Spiegel glänzte. Auf dem Ring des Kochers stand eine kleine Pfanne aus schwarzem Gußeisen. Was immer hier gebraten worden war, war jetzt ein verkohlter und übelriechender Rückstand.

Er richtete seine Aufmerksamkeit auf den Leichnam. Der Mann war ein Riese gewesen; in dem kleinen Raum war es notwendig, über seine ausgebreiteten Gliedmaßen zu steigen. Oliphant beugte sich über die verzerrten Züge, die glanzlosen Augen. Er richtete sich auf und sah Fraser an. »Was für einen Reim machen Sie sich darauf?«

»Er wärmte eine Dose Bohnen«, sagte Fraser. »Aß sie gleich aus der Pfanne da. Damit.« Mit seinem Schuh zeigte Fraser auf einen Küchenlöffel mit abgeschlagem blauen Emailgriff. »Ich würde sagen, daß er allein war. Ich würde sagen, daß er ein gutes Drittel des Doseninhalts aufaß, bevor das Gift ihn fällte.«

»Haben Sie eine Vermutung, um welches Gift es sich handelte?« fragte Oliphant. Er nahm sein Zigarrenetui und den silbernen Zigarrenabschneider aus dem Überrock, zog einen Stumpen aus dem Etui und schnitt das Ende ein.

»Ein starkes Gift«, sagte Fraser, »nach seinem Aussehen zu urteilen.«

»Ja«, stimmte Oliphant zu. »Ein großer Kerl.«

»Sir«, sagte Betteredge, »Sie sollten sich dies einmal ansehen.« Er zeigte ihm ein sehr langes Messer in einer schweißfleckigen Lederscheide. An dieser Scheide hing eine Art Tragegurt. Der Handgriff der Waffe war aus Horn, das Heft aus Messing. Betteredge zog das Messer aus der Scheide. Es wies Ähnlichkeit mit einem Seemannsdolch auf, hatte aber nur eine Schneide und eine eigentümlich geschwungene Spitze.

»Wozu ist diese eingelegte Messingleiste entlang dem Rücken gut?« fragte Oliphant.

»Um die Klinge eines Gegners zu parieren«, sagte Fraser. »Messing ist weich, hält die Schneide fest. Amerikanisch, wenn Sie mich fragen.«

»Herstellerzeichen?«

»Nein, Sir«, sagte Betteredge. »Handgeschmiedet, nach dem Aussehen.«

»Zeig ihm den Revolver«, sagte Fraser.

Betteredge steckte das Messer in die Scheide zurück und legte es auf den Kutschkasten. Unter seinem Umhang zog er einen schweren Revolver hervor. »Franko-Mexikanisch«, sagte er im Ton eines Verkäufers. »Ballester-Molina; spannt sich nach dem ersten Schuß selbsttätig.«

Oliphant hob die Brauen. »Militärische Dienstwaffe?« Die äußere Verarbeitung des Revolvers wirkte etwas unvollkommen.

»Gefährliches Ding«, sagte Fraser mit einem Blick zu Oliphant. »Technisch gut, aber billig verarbeitet. Offensichtlich für den amerikanischen Waffenhandel. Die Stadtpolizei hat die gleichen Dinger von Seeleuten beschlagnahmt. Zu viele davon im Umlauf.«

»Seeleute?«

»Konföderierte, Yankees, Texaner ...«

»Texaner«, sagte Oliphant und kostete vom Ende seines noch kalten Stumpens. »Ich nehme an, wir stimmen in der Annahme überein, daß unser Freund hier von texanischer Nationalität ist?«

»Er hatte eine Art Schlupfwinkel in der Bodenkammer, erreichbar durch eine Falltür.« Betteredge wickelte den Revolver wieder in sein geöltes Tuch.

»Verdammt kalt, kann ich mir denken.«

»Nun, er hatte Decken, Sir.«

»Die Dose.«

»Sir?«

»Die Konservendose, die die letzte Mahlzeit des Mannes enthielt, Betteredge.«

»Nein, Sir. Keine Konservendose.«

»Ordnungsliebend«, sagte Oliphant zu Fraser. »Sie wartete, bis das Gift gewirkt hatte, dann kam sie zurück und beseitigte das Beweismaterial.«

»Der Chirurg wird eine Obduktion machen und unser Beweismaterial beschaffen, keine Bange«, bemerkte Fraser.

Oliphant verspürte einen Anflug von Übelkeit — über Frasers Benehmen, über die Nähe des Leichnams, über den durchdringenden Gestank nach verbrannten Bohnen. Er wandte sich um und ging hinaus in den Korridor, wo ein anderer von Frasers Männern die Karbidlampe einstellte.

Was für ein elendes Haus, in einer elenden Straße, Schauplatz eines elenden Verbrechens. Seine Übelkeit vermählte sich mit Abscheu, einem wilden, hoffnungslosen Abscheu vor dieser geheimen Welt, ihrer mitternächtlichen Fahrten, labyrinthischen Lügen, ihren Legionen von Verdammten, Verlorenen. Seine Hände zitterten, als er sich mit dem Schwefelholz den Stumpen anzündete. Er paffte, runzelte die Stirn und betrachtete das Ende des Stumpens. »Mein Freund an der Ecke Chancery Lane hat mir kein so gutes Blatt wie sonst gegeben. Man muß sehr vorsichtig sein, wie man seine Zigarren auswählt.«

»Wir haben das Haus vom Keller bis zum Dachboden durchsucht, Mr. Oliphant. Wenn sie hier gelebt hat, ist jedenfalls keine Spur von ihr zu finden.«

»Wirklich nicht? Und wem gehört dieser schöne eingelegte Schrank unten? Wer begießt die Kakteen? Ganz ohne Wasser können sie auch nicht leben. Vielleicht erinnerten sie unseren texanischen Freund an seine Heimat.« Er paffte entschlossen an seinem Stumpen und stieg die Treppe hinunter, gefolgt vom eifrigen Betteredge.

Ein spröde aussehender Beamter der Kriminalanthropometrie stand gedankenverloren vor dem Pianino, als versuche er sich eine Melodie ins Gedächtnis zurückzurufen. Zu den verschiedenen Instrumenten, die dieser Herr in seiner schwarzen Tasche trug, gehörten Tastzirkel und Maßbänder zur Schädelvermessung.

»Sir«, sagte Betteredge, als der Anthropometriker hinaufgegangen war, »wenn Sie meinen, ich sei verantwortlich, daß wir sie verloren haben ...«

»Ich glaube, Betteredge, daß ich Sie zuvor zu einer Matinee ins Garrick schickte, um über die akrobatischen Damen aus Manhattan zu berichten, nicht wahr?«

»Ja, Sir ...«

»Dann sahen Sie die Truppe aus Manhattan?«

»Ja, Sir.«

»Und Sie sahen *sie* auch dort?«

»Jawohl, Sir! Auch die Makrele und seine zwei waren da.«

Oliphant nahm seine Brille ab und putzte sie.

»Wie waren die Akrobaten, Betteredge? Um solch ein Publikum anzulocken, müssen sie bemerkenswert gewesen sein.«

»Gott, Sir, sie schlagen mit Ziegelbrocken aufeinander ein! Die Frauen laufen mit schmutzigen bloßen Füßen und Schärpen herum, Sir, besser gesagt, mit Gazeschleiern, ohne nennenswerte Bekleidung ...«

»Und Sie hatten Ihren Spaß, Betteredge?«

»Ehrlich gesagt, nein, Sir. Es war wie eine Pantomime im Tollhaus. Und ich hatte die Arbeit davon, mit den Pinklern und so ...«

›Die Makrele‹ war ihr Name für den leitenden Pinkerton-Agenten, einen backenbärtigen Yankee aus Philadelphia, der sich meistens als Beaufort Kingsley DeHaven ausgab, manchmal auch als Beaumont Alexander Stokes. Er war die Makrele wegen seiner anscheinend unveränderlichen Vorliebe für diesen Fisch, den er jeden Tag zum Frühstück aß, wie Betteredge und andere Beobachter gemeldet hatten.

Die Makrele und zwei seiner Untergebenen waren seit mehr als achtzehn Monaten in London und sozusagen zur festen Einrichtung geworden. Oliphant fand sie außerordentlich interessant, und sie dienten ihm zum Vorwand, zusätzliche Etatmittel für die Sonderabteilung abzuzweigen. Die Pinkerton-Organisation war zwar vorgeblich eine Privatfirma, diente jedoch als das zentrale geheimdienstliche Spionageorgan der Vereinigten Staaten. Die Pinkertons hatten eigene Agentennetze in den Konföderierten Staaten und in den Republiken Texas und Kalifornien und waren über die Verhältnisse in diesen Ländern meistens besser unterrichtet als die betreffenden Regierungen.

Mit der Ankunft der Makrele und seiner Kohorten in London hatten einige Stimmen in der Sonderabteilung sich für die verschiedenen klassischen Zwangsmethoden ausgesprochen, doch war Oliphant mit dem Argument dagegen aufgetreten, daß die Amerikaner von unschätzbar größerem Wert sein würden, wenn man ihnen erlaubte, sich frei zu bewegen — allerdings unter der ständigen Beobachtung durch die Sonderabteilung der Polizei und den ihm selbst unterstehenden Nachrichtendienst des Außenministeriums. In der Praxis allerdings fehlte es dem Nachrichtendienst an dem nötigen Personal für derartige Unternehmungen, was dazu geführt hatte, daß er Betteredge mit der Aufgabe betraut hatte, und mit ihm eine Anzahl freier Mitarbeiter, allesamt unauffällige, erfahrene Beobachter, von Oliphant persönlich geprüft. Betteredge steuerte die freien Mitarbeiter und erstattete Oliphant Bericht, der das Rohmaterial prüfte und auswertete, bevor er es an seine vorgesetzte Dienststelle weitergab. Er fand die Regelung durchaus praktisch und angenehm. Das Außenministerium hatte sich bisher eines Kommentars enthalten.

Die Bewegungen der Pinkertons hatten nach und nach kleinere, doch bis dahin unvermutete Zwischenschichten heimlicher Aktivität enthüllt. Die daraus gewonnenen Informationen waren ziemlich vermischt, doch sah Oliphant darin keinen Nachteil: Es war ganz nach seinem Geschmack. Die Pinkler, hatte er Betteredge eines Tages in aufgeräumter Stimmung erklärt, würden ihnen das Äquivalent geologischer Bohrkerne liefern; sie würden die tieferen Schichten anzapfen, und Großbritannien würde den Vorteil daraus ziehen.

Betteredge hatte sehr bald und zu seinem beträchtlichen Stolz aufgedeckt, daß ein Mr. Fuller, der einzige und überarbeitete Angestellte der texanischen Gesandtschaft, im Sold der Pinkerton-Agentur stand. Darüber hinaus hatte die Makrele eine außergewöhnliche Neugierde über die Angelegenheiten des Generals Sam Houston an den Tag gelegt; dies war so weit gegangen, daß er persönlich in den Landsitz des exilierten texanischen Präsidenten eingebrochen war. Einige Monate danach hatten die Pinkertons Michael Radley beschattet, Houstons Mädchen für alles, dessen Ermordung im Grand's Hotel unmittelbar zu einer Anzahl von Oliphants gegenwärtigen Ermittlungen geführt hatte.

»Und Sie sahen unsere Mrs. Bartlett unter den Zuschauern der Kommunardenvorstellung? Sind Sie sicher?«

»Keine Frage, Sir!«

»Makrele & Co. wußten, daß sie da war? Und umgekehrt?«

»Nein, Sir — sie verfolgten die Vorführung, pfiffen und schrien. Mrs. Bartlett schlich in der Pause hinter die Bühne! Danach hielt sie sich im rückwärtigen Teil des Parketts auf. Applaudierte fleißig.« Betteredge runzelte die Stirn.

»Die Pinkler machten keinen Versuch, Mrs. Bartlett zu folgen?«

»Nein, Sir!«

»Aber Sie taten es.«

»Ja, Sir. Nach dem Ende der Vorstellung ließ ich Boots und Becky Dean zur Beobachtung unserer Freunde zurück und ging ihr allein nach.«

»Das war sehr töricht von Ihnen, Betteredge«, sagte Oliphant in freundlichem Ton. »Sie hätten lieber Boots und Becky schicken sollen. Die beiden sind sehr viel erfahrener, und ein Paar ist unweigerlich unauffälliger als ein einzelner Beobachter. Sie hätte Ihnen leicht entgehen können.«

Betteredge zog ein Gesicht.

»Oder sie hätte Ihnen auflauern und Sie töten können, Betteredge. Sie ist eine Mörderin. Eine sehr gefährliche Person. Es ist bekannt, daß sie ein Stilett und Vitriol bei sich trägt.«

»Sir, ich übernehme die volle ...«

»Nein, Betteredge, nein. Nichts davon! Sie hat bereits unseren texanischen Goliath umgebracht. Bis ins letzte geplant und vorbereitet, ohne Zweifel. Sie war in der Lage, ihn mit Nahrung zu versorgen, ihm zu helfen und Vorschub zu leisten, genauso wie sie und ihre Freunde es in jener Schreckensnacht in Grand's Hotel taten ... Sie hatte ihm diese Bohnenkonserve gebracht, verstehen Sie? Er hing von ihr ab, er hatte hier Unterschlupf gesucht und gefunden. Es kam einfach darauf an; eine Konservendose zu öffnen und wieder zu verlöten.«

»Aber warum sollte sie ihn umbringen, Sir? Sehen Sie ein Motiv?«

»Wahrscheinlich eine Frage der Loyalitäten, Betteredge. Unser Texaner war ein nationalistischer Eiferer. Patrioten sind bereit, sich mit dem Teufel in Person zu verbünden, wenn es gilt, den Interessen ihres Landes zu dienen, aber es gibt andere Dinge, wie gewöhnlichen Mord oder Raub, für die sie nicht zu haben sind. Wahrscheinlich verlangte sie irgendeinen tödlichen Dienst von ihm, und er weigerte sich.« Er wußte einiges aus den Geständnissen von Collins; der namenlose Texaner war ein widerspenstiger Verbündeter gewesen. »Der Mann kränkte sie, durchkreuzte ihre Pläne, genauso wie der verstorbene Professor Rudwick. Also traf ihn das gleiche Geschick wie den Mann, den er umbrachte.«

»Sie muß in einer verzweifelten Lage sein.«

»Vielleicht ... Aber wir haben keinen Grund zu der Annahme, daß Sie sie mißtrauisch machten, indem Sie ihr hierher folgten.«

»Sir, als Sie mich ins Garrick-Theater schickten, vermuteten Sie, daß sie dort sein könnte?«

»Absolut nicht. Ich bekenne, daß es mehr eine Laune von mir war, Betteredge. Lord Engels, ein Bekannter von mir, ist fasziniert von diesem Marx, dem Gründer der Kommune ...«

»Engels, der Textilfabrikant?«

»Ja. Er ist in dieser Sache tatsächlich sehr exzentrisch.«

»Lord Engels? Wegen dieser Kommunardenfrauen, Sir?«

»Wegen Mr. Marxens Theorien im allgemeinen und des Schicksals der Kommune von Manhattan im besonderen. Friedrichs Großzügigkeit machte diese gegenwärtige Tournee überhaupt erst möglich.«

»Der reichste Mann von Manchester finanziert diese Art von Schund?« Betteredge schien über die Enthüllung stark beunruhigt.

»Eigentümlich, ja. Friedrich ist selbst Sohn eines reichen rheinischen Industriellen. Jedenfalls war ich neugierig auf Ihren Bericht. Und natürlich erwartete ich eher, daß die Makrele in Erscheinung treten würde. Den Vereinigten Staaten ist die rote Revolution in Manhattan ein Dorn im Auge.«

»Vor der Aufführung hielt eine der Frauen eine Art Predigt, Sir, und eiferte und tobte für sechzig! Irgendwas über ›eiserne Gesetze‹ ...«

»Das eiserne Gesetz der Geschichte, ja. Alles sehr

doktrinär. Aber Marx hat einen guten Teil seiner Theorie von Lord Babbage entliehen — soviel, daß seine Doktrin eines Tages Amerika beherrschen mag.« Oliphants Übelkeit war verflogen. »Aber bedenken Sie, Betteredge, daß die Kommune in einer Zeit des gewaltsamen Antikriegsaufruhrs gegründet wurde, mit denen gegen die Einberufungen zur Unionsarmee protestiert wurde. Marx und seine Anhänger ergriffen die Macht in einer Zeit chaotischer Zustände, ähnlich den Unruhen des letzten Sommers in London. Hier sind wir natürlich in guter Form darüber hinweggekommen, und das, obwohl wir mitten im Notstand unseren Großen Redner verloren hatten. Die richtige Machtfolge ist alles, Betteredge.«

Betteredge nickte, durch Oliphants patriotische Empfindungen von den absonderlichen Sympathien des Lord Engels für die Kommunarden abgelenkt. Die Enthüllung hatte ihn so erstaunt, daß er nicht daran geglaubt hätte, wäre sie von einem anderen als Oliphant gemacht worden.

Auf der Heimfahrt mit der Droschke nickte Oliphant ein. Er träumte, wie er es oft tat, von einem allwissenden Auge, in dessen unendlichen Perspektiven jedes letzte Geheimnis gelüftet wurde. Bei seiner Ankunft fand er zu seinem schlecht verhohlenem Verdruß, daß Bligh in der zusammenfaltbaren Gummiwanne, die ihm kürzlich von Dr. McNeile verschrieben worden war, ein Bad für ihn bereitet hatte. In Morgenmantel und Nachthemd, mit Pantoffeln aus besticktem Maulwurfsfell an den Füßen, untersuchte Oliphant das Ding mit resignierter Abneigung. Es stand dampfend vor der völlig einwandfreien und ganz leeren weißen Porzellanwanne, die sein Badezimmer beherrschte. Es war ein Schweizer Patent, die Gummiwanne, und der schlaffe schwarze Trog war vom Volumen des Wassers, das er gegenwärtig enthielt, gespannt und angeschwollen. Gestützt von einem zusammenklappbaren Rahmen aus schwarz gebeiztem Teakholz, war die Gummiwanne durch einen wurmartigen Schlauch und mehrere keramische Drehverschlüsse mit dem Wasserzulauf verbunden.

Er zog Morgenmantel und Nachthemd aus, stieg aus den Pantoffeln, dann von der Kühle der achteckigen Marmorfliesen in das weiche, warme Maul. Beinahe wäre die ganze Vorrichtung umgekippt, als er sich mühevoll hineinsetzte. Das elastische Material, auf allen Seiten vom Rahmen gestützt, gab unter den Füßen beunruhigend nach. Und es war in der Art und Weise, wie es sein Gesäß umarmte, ganz scheußlich. Nach McNeiles Verschreibung sollte er eine Viertelstunde in der Gummiwanne liegen, den Kopf auf einer kleinen pneumatischen Nackenstütze aus gummiertem Segeltuch, die zu diesem Zweck vom Hersteller mitgeliefert worden war. McNeile behauptete, daß der gußeiserne Körper einer Porzellanwanne die natürlichen Bemühungen des Rückgrates, zu seiner richtigen magnetischen Polarität zurückzukehren, durcheinanderbringe. Oliphant rückte vorsichtig in der Wanne und verzog das Gesicht über das obszöne Gefühl des haftenden Gummis.

Bligh hatte einen Schwamm, Bimsstein und ein frisches Stück französische Badeseife in den kleinen Bambuskorb getan, der an der Seite der Wanne angebracht war. Bambus, vermutete Oliphant, mußte auch ohne magnetische Eigenschaften sein.

Er ächzte, dann nahm er Schwamm und Seife und begann sich zu waschen.

Befreit von den drängenden Tagesgeschäften, ging Oliphant einer alten Gewohnheit nach und unterzog sich einer detaillierten und systematischen Gedächtnisübung. Er hatte von Natur aus ein gutes Erinnerungsvermögen, das in seiner Jugend stark durch die Erziehungslehre seines Vaters unterstützt worden war, dessen brennendes Interesse an Mesmerismus und den Kunststücken der Bühnenmagie seinen Sohn mit der geheimnisvollen Disziplin der Mnemonik bekanntgemacht hatte. Diese Übungen waren Oliphant im späteren Leben von großem Nutzen gewesen, und er praktizierte sie jetzt mit einer Regelmäßigkeit, die er einst nur dem Gebet gewidmet hatte.

Beinahe ein Jahr war vergangen, seit er in Grand's Hotel, Zimmer 37, die Effekten des ermordeten Michael Radley durchsucht hatte.

Radley hatte einen modernen Kabinenkoffer von der Art besessen, die, aufgestellt und geöffnet, als eine kompakte Kombination von Kleiderschrank und Schreibpult diente. Dieser Kabinenkoffer, zusammen mit einer ledernen Hutschachtel und einer Reisetasche mit Messingrahmen, stellte das ganze Gepäck des Mannes dar. Oliphant hatte die durchdachte Kompliziertheit der Ausrüstung dieses Kabinenkoffers deprimierend gefunden. All diese Scharniere, Laufschienen, Haken, vernickelten Schnallen und Lederriemen — sie sprachen von den Reiseerwartungen eines toten Mannes, die sich niemals erfüllen sollten. Ebenso mitleiderregend waren die mindestens dreihundert feinen Visitenkarten mit Radleys Telegrafennummer in Manchester, gestaltet nach französischer Art und noch in das Papier der Drukkerei gewickelt.

Er begann damit, daß er jede Abteilung nacheinander auspackte und Radleys Kleidung mit der Sorgfalt eines Kammerdieners auf dem Hotelbett ausbreitete. Der Publizist, wie Radley sich genannt hatte, hatte eine Vorliebe für seidene Nachthemden gehabt. Bei seiner Arbeit untersuchte Oliphant Herstelleretiketten und Wäschereizeichen, kehrte Taschen nach außen und zog Säume und Futter zwischen Daumen und Fingern durch.

Radleys Toilettenartikel befanden sich in einer Tasche aus wasserdichter Seide.

Oliphant untersuchte den Inhalt, indem er nacheinander jeden Gegenstand herausnahm: einen Rasierpinsel aus Dachshaar, einen Sicherheits-Rasierapparat, der die Klingen selbsttätig nachschärfte, eine Zahnbürste, eine Dose Zahnpulver, ein Schwammbeutel. Er klopfte mit dem Elfenbeingriff der Bürste gegen den Fuß der Bettstadt. Er öffnete das Kunstlederetui des Rasierapparates: Vernickelung glänzte auf einem Bett aus violettem Samt. Er entleerte das Zahnpulver auf einen Bogen des Hotelbriefpapiers in feiner Stahlstichausführung. Er schaute in den Schwammbeutel — und fand einen Schwamm.

Der Glanz des Rasierapparates zog seinen Blick auf sich. Er schraubte die verschiedenen Teile auseinander und legte sie auf den steifen Brustlatz eines Abendhemdes. Dann öffnete er das kleine Taschenmesser an seiner Uhrkette, um den Samt aus dem Etui zu lösen. Es gelang ihm mit Leichtigkeit, und unter der Samteinlage zeigte sich ein mehrfach zusammengefaltetes Stück Papier. Auf diesem Blatt war mit Bleistift der Entwurf eines Briefes geschrieben, oder eines Briefanfanges. Das Blatt war ziemlich schmutzig vom häufigen Ausradieren und neu Beschreiben. Datum und Anrede fehlten ebenso wie die Unterschrift:

> *Sie werden sich an unsere beiden Gespräche vom vergangenen August erinnern, in deren letzterem Sie so freundlich waren, mir Ihre Mutmaßungen anzuvertrauen. Ich freue mich, Ihnen mitzuteilen, daß bestimmte Manipulationen eine Version ergeben haben — eine* wahre *Version Ihres Originals —, von der ich mit Zuversicht erwarte, daß sie endlich für einen Durchlauf geeignet ist und dadurch den so lange gesuchten und erwarteten Beweis demonstrieren kann.*

Der Rest des Blattes war leer, mit Ausnahme von drei schwach eingezeichneten Rechtecken, welche die lateinischen Großbuchstaben ALG, COMP und MOD enthielten.

ALG, COMP und MOD waren in der Folgezeit zu einem märchenhaften dreiköpfigen Ungeheuer geworden, einem häufigem Besucher der höheren Gefilde von Oliphants Vorstellungskraft. Seine Entdeckung der wahrscheinlichen Bedeutung dieser Chiffren, während er Protokolle vom Verhör des William Collins studiert hatte, hatten das Vorstellungsbild nicht auflösen können: Alg-Comp-Mod war immer noch mit ihm, eine Schlangenhals-Schimäre, deren Köpfe bösartig menschlich waren. Radleys Gesicht war da, tot und mit klaffendem Mund, die Augen leer wie Nebel, und die kühlen marmornen Züge der Lady Ada Byron, hochmütig und gleichgültig, eingerahmt von Ringellocken, die Beweise einer reinen Geometrie waren. Aber der dritte Kopf, sich geschmeidig wiegend wie der Kopf einer aufgerichteten Kobra, entzog sich Oliphants Blick. Manchmal bildete er sich ein, es sei Edward Mallorys Gesicht, entschlossen und ehrgeizig, hoffnungslos offen. Manchmal aber nahm er die hübschen, giftigen Züge Florence Bartletts an, eingehüllt in Vitrioldämpfe.

Und manchmal, besonders jetzt, in der klebrigen Umarmung des Gummibades, dem Kontinent des Schlafes entgegentreibend, war das Gesicht sein eigenes, und in seinen Augen war eine namenlose Furcht.

Am folgenden Morgen verschlief Oliphant, dann blieb er im Bett. Bligh brachte ihm Unterlagen aus dem Arbeitszimmer, starken Tee und Toast mit Anchovis. Er las ein Dossier des Außenministeriums über einen preußischen Agenten namens Wilhelm Stieber, der sich als einen emigrierten Zeitungsherausgeber namens Schmidt ausgab. Mit beträchtlich größerem Interesse las er einen Bericht aus der Bow Street über mehrere, in letzter Zeit unternommene Versuche, Waffen und Munition als gewöhnliche Fracht deklariert nach Manhattan zu schmuggeln. Diesen Bericht versah er mit Anmerkungen. Die nächste Akte bestand aus maschinengedruckten Kopien mehrerer Briefe eines Mr. Copeland aus Boston. Mr. Copeland, der als Holzhändler viel reiste, stand in britischem Sold. Seine Briefe beschrieben das System der Befestigungen zur Verteidigung der Halbinsel von Manhattan, mit umfangreichen Notizen über die vorhandenen Geschütze. Oliphants geübter und erfahrener Blick ging flüchtig über Copelands Beschreibung der Südbatterie auf Governor's Island, die nach der Beschreibung ein Relikt aus den Zeiten des ersten Napoleon sein mußte, und gelangte rasch zu einer Meldung über Gerüchte, daß die Kommune in der Oberen Bucht beim Zusammenfluß von East River und Hudson eine Minensperre gelegt habe.

Oliphant seufzte. Er bezweifelte sehr, daß die Schifffahrtskanäle vermint worden waren, aber die Führer der Kommune würden sicherlich wünschen, daß die Weltöffentlichkeit dem Bericht glaubte. Was auch bald der Fall sein mochte, wenn es nach den Herren der Freihandelskommission ginge.

Bligh war an der Tür.

»Sie haben eine Verabredung mit Mr. Wakefield, Sir, im Zentralamt für Statistik.«

Eine Stunde später begrüßte ihn Betteredge am offenen Schlag einer Droschke. Oliphant stieg ein und setzte sich. Plissierte Rollos aus wasserdichtem schwarzem Segeltuch waren heruntergelassen und schlossen das Innere der Droschke gegen die Halfmoon Street und die milchige Novembersonne ab. Als der Kutscher das Droschkenpferd mit einem Zügelklatschen zum Anfahren brachte, öffnete Betteredge einen Kasten zu seinen Füßen, nahm eine Lampe heraus, die er schnell und geschickt anzündete und mit einem Messingapparat aus Schrauben und Bolzen an der Armlehne des Sitzes befestigte. Das Innere des Kastens glitzerte wie ein Miniaturarsenal. Er gab Oliphant einen karmesinroten Aktendeckel.

Oliphant schlug die Akte auf, in der die Umstände des Todes von Michael Radley nach der Rekonstruktion des Tatherganges dargelegt waren.

Er selbst war mit dem General und dem armen, todgeweihten Radley im Rauchsalon gewesen. Die beiden hatten dem Alkohol stark zugesprochen. Radleys Trunkenheit war die manierlichere, weniger berechenbare und gefährlichere gewesen. Houston hingegen hatte seine Freude daran gehabt, den barbarischen Amerikaner vorzuführen; schwitzend, fluchend, mit blutunterlaufenen Augen lag er in einen Sessel gefläzt, einen schmutzigen derben Stiefel auf einer Ottomane, den anderen auf dem Rauchtisch. Während Houston redete und rauchte und spuckte, Oliphant und Großbritannien mit Verwünschungen überhäufte, schnitzte er verdrießlich an einem Stück Fichtenholz, eine Tätigkeit, die er in Abständen unterbrach, um die Klinge seines Taschenmessers am Rand seiner Stiefelsohle zu schärfen. Im Gegensatz zu ihm hatte Radley unter der anregenden Wirkung des Alkohols geradezu gezittert, mit geröteten Wangen und blitzenden Augen.

Oliphants Besuch hatte den Zweck gehabt, Houston am Vorabend seiner Reise nach Frankreich zu verwirren und zu beunruhigen, aber die Schaustellung kaum verhohlener gegenseitiger Feindseligkeit zwischen dem General und seinem Propagandisten war für ihn ganz unerwartet gewesen.

Er hatte gehofft, im Hinblick auf die Rundreise durch Frankreich Zweifel auszusäen: zu diesem Zweck, und hauptsächlich zu Radleys Gunsten, hatte er es fertiggebracht, ein übertriebenes Maß von Kooperation zwischen den Geheimdiensten Großbritanniens und Frankreichs zu implizieren. Oliphant hatte angedeutet, daß Houston bereits mindestens einen mächtigen Feind in der Police des Châteaux habe, der Leibwache und persönlichen Geheimpolizei des Kaisers Napoleon. Zwar sei die Police des Châteateaux zahlenmäßig unbedeutend, ließ Oliphant durchblicken, doch sei sie andererseits frei von allen legalen und verfassungsmäßigen Beschränkungen. Wenigstens Radley hatte trotz seines

Zustandes die darin enthaltene Drohung verstanden. Sie waren von einem Pagen unterbrochen worden, der eine Notiz für Radley gebracht hatte. Als die Tür geöffnet worden war, hatte Oliphant das ängstlich besorgte Gesicht einer jungen Frau im Foyer erblickt. Radley hatte sich mit der Erklärung entschuldigt, daß es notwendig sei, kurz mit einer journalistischen Kontaktperson zu sprechen.

Ungefähr zehn Minuten später war Radley in den Rauchsalon zurückgekehrt. Bald darauf war Oliphant gegangen, nachdem er eine ausgedehnte und besonders blumenreiche Tirade des Generals ertragen hatte, der während Radleys Abwesenheit mehr als einen Viertelliter Brandy konsumiert hatte.

In der frühen Morgendämmerung durch ein Telegramm zum Hotel zurückgerufen, hatte Oliphant als erstes den Hoteldetektiv aufgesucht, einen Beamten der städtischen Polizei in Ruhestand namens McQueen, der vom Empfangschef, Mr. Parkes, zu Houstons Zimmer Nummer 24 gerufen worden war.

Während Parkes sich bemühte, die hysterische Frau eines Straßenbauunternehmers aus Lancashire zu beruhigen, die zur Zeit des Geschehens im Nebenzimmer gewesen war, hatte McQueen am Knopf von Houstons Zimmertür gedreht und entdeckt, daß sie unversperrt war. Schnee wehte durch das zerbrochene Fenster herein, und die bereits stark abgekühlte Luft roch nach verbranntem Schießpulver, Blut, und, wie McQueen es zartfühlend ausdrückte, ›dem Darminhalt des verstorbenen Herrn‹. Beim Anblick der blutigen Ruine, die Radleys Leichnam war und die im kalten Licht des Morgengrauens allzu gut sichtbar war, hatte McQueen Parkes zugerufen, er solle telegrafisch die Polizei verständigen. Darauf hatte er seinen Zentralschlüssel benutzt, die Tür zu verschließen, hatte dann eine Lampe angezündet und den Blick von der Straße mit den Resten eines der Vorhänge verhängt.

Der Zustand von Radleys Kleidung deutete darauf hin, daß die Taschen durchsucht worden waren. Mehrere persönliche Gegenstände lagen in der Blutlache: ein Feuerzeug, ein Zigarrenetui, Münzen verschiedener Wertstufen. Mit der Lampe in der Hand durchsuchte der Detektiv das Zimmer und fand eine Taschenpistole des Fabrikats Leacock & Hutchings mit Ebenholzgriff. Der Abzughebel der Waffe fehlte. Aus dreien der fünf Läufe waren vor kurzem Kugeln abgefeuert worden. Bei Fortführung seiner Suche hatte McQueen den vergoldeten Griff von General Houstons Spazierstock zwischen zersplittertem Glas entdeckt. Nahebei lag ein blutbesudeltes Päckchen, fest eingewickelt in braunes Papier. Es enthielt hundert Kinotrop-Karten, deren komplizierte Lochungen von zwei Geschossen durchschlagen und ruiniert worden waren. Die Kugeln selbst, aus weichem Blei und stark deformiert, fielen McQueen in die Handfläche, als er die Karten untersuchte.

Die anschließende Überprüfung des Raumes durch Spezialisten der Sonderabteilung — die Stadtpolizei war auf Oliphants Betreiben rasch von der Bearbeitung des Falles entbunden worden — konnte den Beobachtungen des Veteranen McQueen nur wenig hinzufügen. Der Abzughebel des Leacock & Hutchins Pfefferstreuers wurde unter einem Sessel entdeckt. Mehr Aufsehen erregte der Fund eines viereckig geschliffenen Brillanten von fünfzehn Karat und sehr hoher Qualität, der fest eingeklemmt zwischen zwei Dielenbrettern steckte.

Zwei Männer von der Kriminalanthropometrie, die über ihre Zwecke nicht geheimnisvoller als sonst taten, legten Vierecke aus dünnem Klebepapier auf dem Teppich aus, um verschiedene Haare und Stoffasern verschiedener Herkunft einzufangen; diese Muster bewachten sie eifersüchtig, um sie bald darauf fortzuschaffen. Niemand hörte je wieder von ihnen.

»Sind Sie damit fertig, Sir?«

Er blickte auf zu Betteredge, dann wieder in die beschriebenen Seiten der Akte, wo er Radleys Blut in einer klebrigen Lache ausgebreitet sah.

»Wir sind in der Horseferry Road, Sir.«

Die Droschke kam zum Stillstand.

»Ja, danke.« Er schloß die Akte und reichte sie Betteredge. Er verließ die Droschke und erstieg die breiten Treppenstufen.

Ungeachtet der Umstände, die einen gegebenen Besuch erforderlich machten, verspürte er unweigerlich ein gewisses Herzklopfen, wenn er das Zentralamt für Statistik betrat. Auch jetzt fühlte er es wieder; und eine Empfindung, beobachtet zu werden — erkannt und numeriert zu werden. Das Auge, ja ...

Als er mit dem uniformierten Beamten am Besucherschalter sprach, kam ein Trupp Mechaniker aus einem Korridor zu seiner Linken. Sie trugen wollene Jacken und mit Kreppgummi besohlte Halbschuhe. Jeder trug eine makellose Werkzeugtasche aus dickem weißem Segeltuch, mit Ecken aus braunem Leder und Messingverschlüssen. Sie sprachen untereinander, und ein paar von ihnen zogen Pfeifen und Stumpen aus den Taschen, um den Arbeitsschluß mit entspannendem Tabakrauch zu begehen.

Oliphant spürte eine plötzliche Gier nach Tabak. Er hatte oft Anlaß, die notwendigen Vorschriften des Amtes über das Tabakrauchen zu bedauern. Er sah den Mechanikern nach, als sie zwischen den Säulen und den Bronzesphinxen hinausgingen. Verheiratete Männer, in der sicheren Erwartung einer staatlichen Pension, wohnten sie wahrscheinlich in Camden, New Cross oder einem anderem gutbürgerlichen Vorort, wo sie ihre kleinen Wohnzimmer mit Anrichten aus Papiermaché und verzierten holländischen Uhren möblierten. Ihre Frauen servierten den Tee auf emaillierten Tabletts mit bunten Nachahmungen japanischer Landschaftsmalerei.

An einem Basrelief mit biblischen Darstellungen vorbei ging er zum Aufzug. Als der Wärter ihn mit einer Verbeugung einließ, trat ein griesgrämig aussehender Herr, der mit einem Taschentuch einen blassen Streifen an der Schulter seines Mantels bearbeitete, zu ihm in den Aufzug.

Die Tür des Messingkäfigs schlug rasselnd zu, der Aufzug setzte sich in Bewegung. Der Herr mit dem befleckten Mantel stieg in der dritten Etage aus. Oliphant fuhr weiter zur fünften, wo die Abteilungen für Quantitative Kriminologie und Nichtlineare Analyse waren. Zwar fand er die letztere viel unwiderstehlicher als die erstere, doch brauchte er heute die Quantitative Kriminologie, vor allem in der Person Andrew Wakefields, des Untersekretärs der Abteilung.

Die Angehörigen der Abteilung saßen in abgetrennten engen Zellen aus Stahlblech, Asbest und Furnier. Wakefield präsidierte über ihnen in einer geräumigeren Version desselben Schemas. Sein Kopf mit dem spärlichen blonden Haar war umrahmt von den messinggefaßten Schubladen eines Lochkartenarchivs.

Er blickte auf, als Oliphant hereinkam, und zeigte seine großen Vorderzähne in einem Lächeln. »Mr. Oliphant, Sir«, sagte er. »Ein Vergnügen, wie immer. Entschuldigen Sie.« Er steckte eine Anzahl Lochkarten in einen kräftigen blauen, gefütterten Umschlag und wand sorgfältig die kleine rote Schnur um die zwei Hälften der Patentklammer. Er legte den Umschlag in einen mit Asbest ausgekleideten Kasten, der mehrere andere Umschläge von identischem Blau enthielt. Oliphant lächelte. »Denken Sie, ich könne Ihre Lochkarten lesen, Andrew?« Er zog einen gefederten Stenografenstuhl aus seinem platzsparenden Gehäuse und setzte sich, den eingerollten Schirrn über die Knie gelegt.

»Sie wissen, was es mit einem blauen Umschlag auf sich hat, nicht wahr?« Wakefield klappte seinen Schreibtisch zusammen und schob ihn in den schmalen Aufnahmeschlitz.

»Nicht, soweit es sich um einen spezifischen Umschlag handelt.«

»Übrigens gibt es Leute, die Lochkarten lesen können, Oliphant. Aber selbst ein junger Anwärter kann die verschlüsselten Direktiven so leicht lesen, wie Sie die Kinotrope in der Untergrundbahn.«

»Die lese ich nie, Andrew.«

Wakefield schnaubte. Oliphant wußte, daß es sein Äquivalent eines Lachens war. »Und wie stehen die Dinge im *corps diplomatique,* Mr. Oliphant? Viel Arbeit mit unserer ›Ludditenverschwörung‹, wie?« Es wäre unmöglich gewesen, die Ironie zu überhören, aber Oliphant ging nicht darauf ein.

»Es hatte bisher wirklich keine allzu große Wirkung. Nicht auf meinen eigenen Interessengebieten.«

Wakefield nickte. Er nahm an, daß Oliphants ›Interessengebiete‹ auf die Aktivitäten ausländischer Staatsbürger auf britischem Boden beschränkt waren. Auf Oliphants Ersuchen ließ Wakefield regelmäßig die Akten über so verschiedene Gruppierungen wie die Carbonari, die Ritter der Weißen Kamelie, die Gesellschaft der Fenier, die Texas Ranger, die griechischen Hetairai, die Pinkerton Detektivagentur und das Konföderierte Büro für Wissenschaftliche Forschung ausdrucken, die nach vorliegenden Erkenntnissen allesamt in Großbritannien aktiv waren.

»Ich hoffe, daß das texanische Material, das wir zur Verfügung stellten, von Nutzen gewesen ist?« fragte Wakefield. Die entlasteten Federn seines Stuhls knarrten, als er sich vorbeugte.

»Durchaus«, versicherte ihm Oliphant.

»Sie wissen nicht«, fragte Wakefield und nahm einen vergoldeten Drehbleistift aus der Tasche, »ob ihre Gesandtschaft einen Wohnungswechsel beabsichtigt?« Er klopfte mit dem Bleistift gegen seine Vorderzähne und erzeugte ein lautes, klickendes Geräusch, das Oliphant abstoßend fand.

»Von ihrem gegenwärtigen Quartier in St. James? Um die Ecke von Berry dem Weinhändler?«

»Genau.«

Oliphant zögerte, schien die Frage abzuwägen. »Das halte ich nicht für wahrscheinlich. Sie haben kein Geld. Ich nehme an, es würde letzten Endes vom guten Willen des Vermieters abhängen ...«

Wakefield lächelte. Seine Vorderzähne kniffen in die Unterlippe.

»Sagen Sie mir, Andrew«, sagte Oliphant, »wer will das wissen?«

»Die Kriminalanthropometrie.«

»Wirklich? Seit wann beschäftigen die sich mit Überwachungstätigkeit?«

»Soviel ich weiß, ist es mehr technisch. Experimentell.« Wakefield steckte seinen Bleistift ein. »Ihr gelehrter Freund — Mallory, heißt er, glaube ich?«

»Ja?«

»Ich las eine Besprechung seines Buches. Inzwischen ist er nach China abgereist, nicht?«

»In die Mongolei. Leitet eine Expedition für die Geographische Gesellschaft.«

Wakefield schürzte die Lippen und nickte. »So ist er nicht im Weg, sollte ich meinen.«

»Außer Gefahr, sollte man hoffen. Kein schlechter Kerl, wirklich. Schien die technischen Aspekte Ihrer Arbeit sehr zu schätzen. Aber ich habe selbst eine technische Angelegenheit mit Ihnen zu besprechen, Andrew.«

»Wirklich?« Wakefields Federn knarrten.

»Es hat mit den Verfahrensweisen der Post zu tun.« Oliphant zog einen Umschlag aus der Tasche und gab ihn dem Untersekretär. Er war unversiegelt. Wakefield zog ein paar weiße Baumwollhandschuhe aus einem Drahtkorb, streifte sie über, nahm eine weiße telegraphische Adreßkarte aus dem Umschlag, betrachtete sie und blickte zu Oliphant auf.

»Grand's Hotel«, sagte er.

»Genau.« Das Wappen des Hotels war auf die Karte gedruckt. Oliphant sah zu, wie Wakefield mit behandschuhter Fingerspitze über die Linien der eingestanzten Löcher fuhr und die Karte auf Abnutzung prüfte, die mechanische Schwierigkeiten verursachen konnte.

»Sie möchten wissen, wer sie schickte?«

»Diese Information ist in meinem Besitz, danke.«

»Name des Empfängers?«

»Ist mir ebenfalls bekannt.«

Die Federn knarrten wieder — nervös, wie es Oliphant schien. Wakefield stand auf und steckte die Karte in einen Messingschlitz an der Vorderseite eines glasverkleideten Instrumentes über einer Reihe von Archiv-Schubfächern. Mit einem Blick zu Oliphant streckte er die Hand aus und zog einen Hebel mit Ebenholzgriff herunter. Das Gerät machte ein Geräusch wie die Registrierkasse eines Krämerladens. Als Wakefield den Hebel losließ, begann dieser sich langsam aufzurichten. Dabei summte er und klickte wie ein Spielautomat in einer Gastwirtschaft. Wakefield verfolgte die rotierenden Schriftzeichenräder, die tickend verlangsamten. Plötzlich verstummte das Gerät.

»Egremont«, las Wakefield mit halblauter Stimme. »The Beeches, Belgravia.«

»Sehr interessant.« Oliphant sah zu, wie Wakefield die Karte aus dem Messingschlitz nahm. »Ich benötige den Text dieses Telegramms, Andrew.«

»Egremont«, sagte Wakefield, als hätte er nicht gehört. Er setzte sich wieder, steckte die Karte in ihren Umschlag und zog seine Handschuhe aus. »Er scheint überall zu sein, unser hochwohlgeborener Charles Egremont. Die Arbeit, die er uns hier macht, nimmt kein Ende, Oliphant.«

»Der Text der Botschaft, Andrew, ist hier im Büro. Er existiert physisch, glaube ich, als ein Stück Lochstreifen.«

»Wissen Sie, daß ich hier fünfundfünfzig Meilen

Lochstreifen habe, denen immer noch der Gestank anhaftet? Ganz abgesehen von der Tatsache, daß Ihre Anfrage noch regelwidriger als gewöhnlich ist ...«

»›Noch regelwidriger als gewöhnlich‹? Das ist gut ...«

»Und daß Ihre Freunde von der Sonderabteilung alle Stunden hier hereinmarschieren und immer wieder unsere Maschinenzeit beanspruchen, in der Hoffnung, diese Ludditen aus dem Dachgebälk der Nation zu schütteln, wo sie sich angeblich verkrochen haben! Wer *ist* dieser verdammte Kerl, Oliphant?«

»Ein noch ziemlich junger Politiker der Radikalen Partei, soviel mir bekannt ist. Oder er war es, bis zu den Unruhen im Sommer.«

»Wohl eher bis zu Byrons Tod.«

»Aber wir haben jetzt Lord Brunel, nicht wahr?«

»In der Tat, und die größten Tollheiten unter ihm im Parlament!«

Oliphant schwieg eine gute Weile. »Wenn Sie den Text des Telegramms bekommen könnten, Andrew«, sagte er schließlich betont ruhig, »würde ich Ihnen sehr dankbar sein.«

»Er ist ein sehr ehrgeiziger Mann, Oliphant. Mit ehrgeizigen Freunden.«

»Sie stehen mit dieser Einschätzung nicht allein.«

Wakefield seufzte.»Unter den Umständen muß ich auf äußerste Diskretion ...«

»Auf jeden Fall!«

»Abgesehen davon sind die Lochstreifen schmutzig. Kondensierte Teilchen. Wir arbeiten in drei Schichten an den Mechaniken und haben einigen Erfolg mit Anwendungen von Lord Colgates Aerosol, aber manchmal verzweifle ich daran, daß wir das System jemals wieder ganz in Ordnung bringen werden!« Er dämpfte seine Stimme. »Wußten Sie, daß die feineren Funktionen des Napoleon seit Monaten unzuverlässig sind?«

»Nein.«

»Die Lochstreifenkapazität des Napoleon beträgt annähernd das Doppelte der unsrigen«, sagte Wakefield. »und sie funktioniert einfach nicht!« Die Vorstellung schien ihn mit einem besonderen Schrecken zu erfüllen.

»Hatten die auch einen Gestank?«

Wakefield schüttelte grimmig den Kopf.

»Sehen Sie«, sagte Oliphant. »Höchstwahrscheinlich ist ein Stückchen Zwiebelhaut ins Getriebe geraten und blockiert es ...« Wakefield schnaubte.

»Bitte suchen Sie mir dieses Telegramm heraus. So bald es Ihnen möglich ist, natürlich.«

Wakefield neigte den Kopf, aber nur sehr leicht.

»Ich danke Ihnen«, sagte Oliphant. Er stand auf und salutierte dem Untersekretär mit seinem eingerollten Schirm, bevor er seinen Schritt zurück durch die Reihen der Arbeitsplätze mit den gebeugten und geduldigen Köpfen von Wakefields Mitarbeitern lenkte.

Oliphant war von der Taverne in Soho, wo er sich von Betteredge hatte absetzen lassen, auf seinen professionellen Umwegen zur Dean Street gelangt, wo er nun ein rußiges Haus betrat, dessen Tür unverschlossen war. Nachdem er sie sorgsam hinter sich eingeklinkt hatte, erstieg er zwei Treppen ohne Läufer. Die kühle Luft roch nach gekochtem Kohl und schalem Tabakrauch.

Er klopfte zweimal an eine Tür, dann wieder zweimal.

»Kommen Sie herein, kommen Sie herein, aber lassen Sie die Kälte draußen ...« Der vollbärtige Hermann Kriege, zuletzt bei der *New Yorker Volkstribüne,* schien jedes Kleidungsstück zu tragen, das er besaß, als ob er gewettet hätte, daß er die gesamte Karrenladung eines Lumpenhändlers auf einmal anziehen könne.

Hinter Oliphant sperrte er die Tür ab und hängte die Kette ein.

Kriege hatte zwei Zimmer. Das mit dem Blick zur Straße war das Wohnzimmer, und dahinter ein Schlafzimmer. Alles zerbrochen und in Fetzen und in der größten Unordnung. Ein großer, altmodischer Tisch, mit

Wachstuch bedeckt, stand in der Mitte des Wohnzimmers. Auf ihm lagen Manuskripte, Bücher, Zeitungen, eine Puppe mit Porzellankopf, Nähzeug, gesprungene Teetassen, schmutzige Löffel, Bleistifte, Messer, Kerzen, ein Tintenfaß, holländische Tonpfeifen, Tabakasche.

»Setzen Sie sich, setzen Sie sich, bitte.« In seiner dikken Vermummung bärenartiger denn je, winkte Kriege mit unbestimmter Geste zu einem Stuhl mit nur drei Beinen. Oliphant zwinkerte im Dunst von Kohlen- und Tabakrauch und machte einen Stuhl aus, der ganz zu sein schien, doch hatte Krieges Tochter darauf Küche gespielt. Oliphant beschloß ein Paar Hosen zu riskieren, fegte mit der Handkante marmeladebehaftete Krümel vom Stuhl und setzte sich Kriege gegenüber. Zwischen ihnen war das traurige häusliche Durcheinander der überfüllten Tischplatte.

»Ein kleines Geschenk für Ihre kleine Traudl«, sagte Oliphant und zog ein Päckchen aus seinem Mantel. Das Geschenkpapier war mit einem selbstklebenden Rechteck verschlossen, das die geprägten Initialen eines Spielzeugladens in der Oxford Street trug. »Teegeschirr für eine Puppenküche.« Er legte das Päckchen auf den Tisch.

»Sie nennt Sie ›Onkel Larry‹. Sie sollte Ihren Namen nicht kennen.«

»In Soho gibt es viele Larrys, sollte ich meinen.« Oliphant brachte einen unbeschriebenen und unverschlossenen Umschlag zum Vorschein und legte ihn so neben das Päckchen, daß seine Ränder genau mit der Tischkante bündig waren. Er enthielt drei gebrauchte Fünfpfundnoten.

Kriege sagte nichts. Eine Stille breitete sich aus.

»Die Rote Pantomimentruppe aus Manhattan«, sagte Oliphant schließlich.

Kriege schnaubte höhnisch. »Die Lesbierinnen aus der Bowery, in London? Sie umschmeichelten und gewannen die Toten Kaninchen, deren bis dahin einzige

Beschäftigung mit Politik aus dem Einwerfen von Fensterscheiben und Prügeleien bei Stadtratswahlen bestanden hatte. Die Metzgerburschen, die Schuhputzer, die Prostituierten vom Chatham Square, das war ihr Publikum. Verschwitzte Proletarier, gekommen, um zu sehen, wie eine Frau aus einer Kanone geschossen, an einer Wand plattgeschlagen und wie Papier abgezogen wird ... Ich sage Ihnen, Sir, Ihr Interesse ist fehl am Platz.«

Oliphant seufzte. »Mein Freund, es ist meine Arbeit, Fragen zu stellen. Sie müssen verstehen, daß ich Ihnen meine Gründe für das Stellen einer gegebenen Frage nicht nennen kann. Ich weiß, daß Sie jetzt leiden, im Exil.« Oliphant blickte bedeutungsvoll in der tragischen Armut des Raumes umher.

»Was wünschen Sie dann zu wissen?«

»Es ist behauptet worden, daß unter den verschiedenen kriminellen Elementen, die während der jüngsten Unruhen aktiv waren, Agenten aus Manhattan eine Rolle spielten.« Oliphant wartete.

»Ich finde das unwahrscheinlich.«

»Auf welcher Basis, Mr. Kriege?«

»Meines Wissens hat die Kommune kein Interesse daran, den britischen Status quo zu stören. Ihre Radikale Partei hat sich im Hinblick auf Amerikas Klassenkampf zurückgehalten und die Rolle wohlwollender Zuschauer eingenommen. Tatsächlich hat Ihre Nation sich als eine Art Verbündeter benommen.« Viel Bitterkeit war in Krieges Ton, ein geronnener Zynismus. »Man stellt sich vor, daß es im britischen Interesse war, die Nördliche Union durch den Verlust ihrer großen Stadt an die Kommunarden geschwächt zu sehen.«

Oliphant rückte vorsichtig auf dem unbequemen Stuhl. »Sie kennen Mr. Marx ziemlich gut, glaube ich.« Um Kriege eine Information gleich welcher Art zu entlocken, war es notwendig, die beherrschende Leidenschaft des Mannes zu entfachen.

»Ob ich ihn kannte? Ich begrüßte ihn am Kai, als er von Bord des Schiffes ging. Er umarmte mich, und keine Minute später hatte er mich um zwanzig Golddollar erleichtert, um seine Miete in der Bronx zu bezahlen!« Kriege versuchte zu lachen, aber Zorn und Erbitterung würgte seine Kehle. »Er hatte seine Jenny bei sich, obwohl die Ehe die Revolution nicht überlebte ... Aber als er mich aus der Kommune ausstieß, Sir, weil ich ›Religionismus und freie Liebe‹ gepredigt hätte, hatte er ein irisches Fabrikmädchen aus Brooklyn in seinem Bett, Sir! Praktizierte freie Liebe, wahrhaftig!«

Krieges große bleiche Hände zupften mit ihren ungepflegten Nägeln geistesabwesend an einem Bündel von Papieren.

»Sie sind schlimm ausgenutzt worden, Mr. Kriege.« Oliphant dachte an seinen Freund, Lord Engels; es schien wirklich außergewöhnlich, daß der brillante Textilfabrikant sich mit Leuten dieses Schlages zusammentun sollte, wenn auch nur aus der Ferne. Kriege war ein Mitglied des sogenannten Zentralkomitees der Kommune gewesen, bevor Marx ihn davongejagt hatte. Da die Regierung der Nördlichen Union einen Preis auf seinen Kopf ausgesetzt hatte, war er mit Frau und Kind im Zwischendeck von Boston nach Europa gesegelt, mittellos und unter falschem Namen, um sich den Tausenden von amerikanischen Flüchtlingen in London zuzugesellen.

»Diese Bowery-Pantomimen ...«

»Ja?« Oliphant beugte sich näher.

»Es gibt Fraktionen innerhalb der Partei ...«

»Bitte sprechen Sie weiter.«

»Anarchisten, die sich als Kommunisten verkleiden; Feministinnen, alle Arten von falschen Ideologien, sektiererischen Zellen, die nicht unter der Kontrolle der Kommune stehen ...«

»Ich verstehe«, sagte Oliphant und dachte an das Bündel gelber Maschinenausdrucke, welches das Geständnis von William Collins enthielt.

Wieder zu Fuß, setzte Oliphant seinen Umweg durch Soho zur Compton Street fort, wo er vor dem Eingang eines Wirtshauses innehielt, das als der *Blaue Eber* bekannt war.

»EIN SPORTLICHER HERR«, wurde er von einem großen Plakat informiert, »ein entschiedener Befürworter der Vernichtung dieses Ungeziefers«, war bereit, »EINE GOLDENE REPETIERUHR ALS PREIS FÜR HUNDE UNTER 13¾ PFUND GEWICHT« auszusetzen, die im Kampf ein Dutzend Ratten töteten. Unter dem beschmutzten Plakat verkündete ein bemaltes Holzschild: »Ratten stets vorrätig für Herren, die ihre Hunde erproben wollen.« Er trat ein in den ranzigen Dunst von ungewaschenen Männern, Hunden, Tabakrauch, Bier und heißem Gin, das Glas für einen Penny.

An der langen Theke drängten sich Männer aus allen Schichten der Gesellschaft, viele von ihnen mit ihren Hunden unter dem Arm. Es waren Bulldoggen, Skyeterrier und kleine braune englische Terrier. Der Raum war niedrig und schmucklos. An den Wänden hingen Bündel von ledernen Hundehalsbändern.

Oliphant begrüßte Fraser.

»Sind Sie mit der Droschke gekommen, Sir?« fragte Fraser.

»Zu Fuß, von einer Verabredung.«

»Los, Herrschaften«, rief der Barkeeper, »nicht die Theke blockieren!« Es folgte eine allgemeine Bewegung zum Hinterzimmer, wo ein junger Kellner rief: »Geben Sie Ihre Bestellungen auf, meine Herren!« Mit Fraser an seiner Seite folgte Oliphant den Sportsfreunden und ihren Hunden. Über dem Kaminsims des Hinterzimmers befanden sich Glasvitrinen mit den ausgestopften Köpfen von Tieren, die zu ihren Lebzeiten berühmt gewesen waren. Oliphant bemerkte den Kopf eines Bullterriers, dessen Glasaugen schrecklich vorquollen.

»Sieht aus, als wäre der da stranguliert worden«, bemerkte Oliphant zu Fraser.

»Sie haben das Tier beim Ausstopfen verpfuscht, Sir«, sagte der Kellner, ein hellhaariger junger Mann in einer fettigen gestreiften Schürze. »War so gut wie irgendeine in England, diese Hündin. Ich habe selbst gesehen, wie sie zwanzig hintereinander tötete, obwohl sie ihr schließlich doch noch den Garaus machten. Ein Hund kann sich bei den Kanalratten leicht Krebs holen, obwohl wir ihnen die Mäuler immer gründlich mit Pfefferminz und Wasser ausspülen.«

»Sie sind Sayers Junge, nicht wahr?« sagte Fraser. »Wir hätten gern kurz mit Ihrem Vater gesprochen.«

»Richtig, ich kenne Sie, Sir! Sie waren hier, um sich nach diesem gelehrten Herrn zu erkundigen ...«

»Ihren Vater, und gleich, wenn es geht«, unterbrach ihn Fraser, bevor der junge Mann den versammelten Sportsfreunden die Ankunft eines Polizeibeamten verkünden konnte.

»Er ist oben und zündet die Lichter an, Sir«, sagte der Junge.

»Danke«, sagte Oliphant und gab ihm einen Shilling.

Oliphant und Fraser erstiegen eine breite Holztreppe, die zu einem früheren Gesellschaftszimmer führte. Fraser öffnete die Tür, und sie fanden sich in dem Raum, wo die Rattenkämpfe ausgetragen wurden.

»Die Grube ist noch nicht geöffnet!« rief ein fetter Mann mit rotem Backenbart. Oliphant sah, daß die Grube aus einer kreisförmigen Bretterkonstruktion bestand, deren Durchmesser ungefähr zwei Meter betrug und die mit einem hohen Rand in Ellbogenhöhe ausgestattet war. Darüber verzweigte sich ein achtarmiger Gaskronleuchter, der den weiß gestrichenen Boden der kleinen Arena hell ausleuchtete. Mr. Sayers, Eigentümer des *Blauen Ebers,* stand in Hemdsärmeln und prall gespannter Seidenweste daneben, eine lebende Ratte in der linken Hand. »Ach, Sie sind es, Mr. Fraser. Verzeihen Sie, Sir!« Nachdem er den Kopf der Ratte fest zwischen zwei Fingern hatte, zog er ihr geschickt die vier langen Nagezähne ohne ein weiteres Werkzeug als seinem dicken Daumennagel. »Bestellung über ein Dutzend mit gezogenen Zähnen.« Er steckte die quietschende, verstümmelte Ratte zu mehreren anderen in einen rostigen Drahtkäfig und wandte sich seinen Besuchern zu. »Womit können wir Ihnen dienen, Mr. Fraser?«

Fraser zog ein maschinengerastertes Portrait aus dem Leichenschauhaus hervor.

»Richtig, das ist der Mann«, sagte Sayers mit hochgezogenen Brauen. »Großer Kerl, mit langen Beinen. Und tot, wie es aussieht.«

»Sind Sie ganz sicher?« Oliphant konnte jetzt den muffigen Geruch der Ratten wahrnehmen. »Ist das Prof. Rudwicks Mörder?«

»Ja, Sir. Wir haben hier alle Sorten, aber nicht allzu viele argentinische Riesen. Ich erinnere mich ganz gut.«

Fraser hatte sein Notizbuch gezogen und schrieb hinein.

»Argentinisch?« fragte Oliphant.

»Er sprach spanisch«, sagte Sayers. »Jedenfalls hielt ich es dafür. Wohlgemerkt, keiner von uns sah ihn die Tat vollbringen, aber er war an dem Abend hier.«

»Hauptmann ist da«, rief Sayers Sohn vom Treppenabsatz.

»Teufel noch mal! Und ich habe noch nicht der Hälfte von seinen Ratten die Zähne gezogen!«

»Fraser«, sagte Oliphant, »ich bilde mir einen warmen Gin ein. Lassen Sie uns zur Bar gehen und Mr. Sayers seine Vorbereitungen für den abendlichen Sport beenden.« Er bückte sich, einen größeren Käfig zu betrachten, der aus Bandeisen gemacht war. Er schien einen massiven Berg Ratten zu enthalten.

»Achten Sie auf Ihre Finger, da«, sagte Sayers. »Glauben Sie mir, wenn Sie einen Biß abbekommen, werden Sie es nicht vergessen. Diese hier sind nicht die saubersten ...«

In der Gaststube drohte ein junger Offizier, offensichtlich der Hauptmann, das Lokal zu verlassen, wenn man ihn noch länger warten ließe.

»Ich würde das an Ihrer Stelle nicht trinken«, sagte Fraser mit einem kritischen Blick auf Oliphants Glas mit warmem Gin. »Beinahe mit Sicherheit verfälscht.«

»Tatsächlich ist er recht gut«, sagte Oliphant. »Hat einen sehr schwachen Nachgeschmack, wie bitterer Wermut.«

»Ein berauschendes Gift.«

»Ganz recht. Die Franzosen verwenden es in der Zubereitung von Kräuterlikör. Was halten Sie von unserem guten Hauptmann hier?« Oliphant zeigte mit seinem Gin auf den Uniformierten, der in sichtlicher Erregung auf und ab marschierte und die Pfoten verschiedener Hunde untersuchte, die ihnen von den Besitzern präsentiert wurden. Währenddessen rief er ununterbrochen, daß es ungehörig sei, ihn warten zu lassen, und daß er entschlossen sei, sofort zu gehen, wenn die Grube nicht geöffnet würde.

»Krim«, sagte Fraser.

Der Hauptmann beugte sich über die Pfoten eines jungen Terriers in den Armen eines dunkelhäutigen, ziemlich beleibten Mannes, dessen pomadisierte Locken wie Flügel unter seiner hohen Melone hervorquollen.

»Velasco«, sagte Fraser in einem Ton boshaften Vergnügens, und war im Nu neben dem Mann.

Der Hauptmann erschrak, sein hübsches junges Gesicht verzerrte sich in einem nervösen Zucken, und vor Oliphants innerem Auge erstanden plötzlich die Bilder vom Krimkrieg — ganze Städte, die wie Scheiterhaufen brannten, von Granaten umgepflügtes Ödland, aus dem die Gliedmaßen der Gefallenen wie weiße Blumen sprossen. Die Intensität der Vorstellung machte ihn schaudern, dann vergaß er sie völlig.

»Kennen wir uns, Sir?« wandte sich der Hauptmann mit einer spröden, mörderischen Jovialität zu Fraser.

»Meine Herren!« rief Mr. Sayers von der Treppe. Angeführt vom Hauptmann, strömte die ganze Gesellschaft, mit Ausnahme von Oliphant, Fraser, dem dunkelhäutigen Mann und einem vierten die Treppe hinauf zur Grube. Der vierte Mann saß auf der Armlehne eines abgenutzten Brokatsessels und begann zu hüsteln. Oliphant sah, wie Frasers Griff um den Oberarm seiner Beute sich festigte.

»Sollte mir das nicht gefallen lassen, Fraser«, sagte der Mann auf der Sessellehne, entfaltete seine Beine und stand auf. Oliphant hörte eine gewisse Berechnung aus seinem Ton heraus. Wie der Dunkelhäutige, war auch er mit neuen Sachen elegant herausgeputzt, alles im neuesten Schnitt der Oxford Street, mit einem lavendelblauen Gabardinemantel. Oliphant bemerkte, daß eine glänzende Zellenschmelzplakette in der Form des Union Jack seinen Rockaufschlag zierte; ebenso den seines Gefährten.

»Glauben Sie, Mr. Tate?« sagte Fraser im Ton eines Schulmeisters, der im Begriff ist, ein Exempel zu statuieren.

»Eine faire Warnung, Fraser«, sagte der dunkelhäutige Mann. Seine schwarzen Augen blickten ihn bedeutungsvoll an. »Wir sind in parlamentarischen Geschäften unterwegs!« Der kleine braune Terrier zitterte in seinen Armen.

»Ach ja?« fragte Oliphant mit milder Ironie. »Und welche Geschäfte hat das Parlament in einer Rattengrube?«

»Könnte Sie das gleiche fragen«, sagte der Größere der beiden, dann hüstelte er. Fraser sah ihn finster an.

»Fraser«, sagte Oliphant, »handelt es sich bei diesen Herren um die Privatdetektive, die Sie im Zusammenhang mit Dr. Mallory erwähnten?«

Fraser nickte grimmig. »Tate und Velasco.«

»Mr. Tate«, sagte Oliphant und trat auf den Mann zu, »es ist mir ein Vergnügen, Sir. Ich bin Laurence Oliphant, Journalist.« Tate musterte ihn mißtrauisch, verwirrt von Oliphants Herzlichkeit. Fraser verstand den Hinweis und ließ Velascos Arm ziemlich widerwillig los. »Mr. Velasco.« Oliphant lächelte.

Mißtrauen umwölkte auch Velascos Züge. »Journalist? Was für ein Journalist?« fragte er und blickte von Oliphant zu Fraser und zurück.

»Reiseschilderungen, hauptsächlich«, sagte Oliphant, »aber gegenwärtig bin ich mit Mr. Frasers fachkundiger Hilfe damit beschäftigt, Material für eine Geschichte des Großen Gestanks zusammenzutragen.«

Tate beobachtete ihn aus schmalen Augen. »Mallory, sagen Sie. Was ist mit ihm?«

»Ich interviewte Dr. Mallory vor seiner Abreise nach China. Seine Erlebnisse während des Gestanks waren höchst bemerkenswert und warfen ein bezeichnendes Licht auf die Gefahren, die während solch einer chaotischen Zeit jeden befallen können.«

»›Jeden befallen‹?« entgegnete Velasco. »Unsinn! Mallorys Schwierigkeiten waren in Wirklichkeit ein Streit unter Gelehrten, und das weiß Ihr Mr. Fraser recht gut!«

»Ja, ja, gewiß«, sagte Oliphant. »Und deshalb freue ich mich, Sie heute abend kennengelernt zu haben, meine Herren.«

Velasco und Tate tauschten einen zweifelnden Blick. »Ihr Ernst?« fragte Tate.

»Absolut. Sehen Sie, Dr. Mallory erklärte mir den widrigen Zufall mit seinem Rivalen und gelehrten Kollegen Peter Foulke, daß während einer Periode so beispielloser Anspannung selbst in den gebildetsten Kreisen ...«

»Sie werden diesen Schweinepriester Foulke nicht mehr in Ihren gebildetsten Kreisen finden«, warf Velasco ein, »da mag er noch so sehr den feinen Herren herauskehren.« Er machte eine Kunstpause. »Er wurde im Bett mit einem Mädchen erwischt, das keine zwölf Jahre alt war!«

»Nein!« Oliphant simulierte Schock. »Foulke? Aber sicherlich ...«

»Er war in Brighton«, bekräftigte Tate, »und diejenigen, die ihn fanden, schlugen den unzüchtigen Lumpen windelweich und warfen ihn splitternackt auf die Straße!«

»Aber *wir* waren es nicht, die das taten«, stellte Velasco fest, »und Sie können nicht beweisen, daß wir es waren.«

»Es gibt eine neue Denkrichtung«, sagte Tate und drückte seine schmächtige Brust heraus, um das Union Jack-Abzeichen besser zur Geltung zu bringen. Seine vom Gin gerötete Stupsnase glänzte feucht. »Sie wendet sich gegen die Sittenlosigkeit und Dekadenz unserer modernen Zeit, sei es unter den gehätschelten Gelehrten, den Intellektuellen oder anderen Kreisen, und seien sie noch so hochgestellt. Lasterhaftigkeit aller Art war unter Byron weitverbreitet, und Sie wissen es gut, Fraser!« Frasers Augen weiteten sich angesichts dieser Dreistigkeit, doch Tate hatte sich in seiner Erregung schon zu Oliphant gewandt. »Dieser Gestank war Ned Ludds Werk, Mister, wenn Sie es genau wissen wollen!«

»Sabotage in gigantischem Ausmaß«, verkündete Velasco dunkel, als zitiere er aus einer Rede, »begünstigt von Verschwörern in den höchsten Schichten der Gesellschaft! Aber es gibt wahre Patrioten unter uns, Sir, Patrioten, die keine Mühe scheuen, dieses Übel auszurotten!« Der Terrier knurrte in Velascos Armen, und Fraser sah aus, als sei er drauf und dran, Mann und Hund zugleich zu erwürgen.

»Wir sind parlamentarische Ermittler«, sagte Tate. »In den Angelegenheiten eines Abgeordneten, und ich bin sicher, es würde nicht in Ihrem Interesse sein, uns zu behindern.«

Oliphant legte die Hand auf Frasers Ärmel.

Mit triumphierendem Lächeln besänftigte Velasco seinen kleinen Hund und schlenderte gemächlich zur

Treppe. Tate folgte. Von oben drangen wildes Gekläff und die heiseren Rufe der Sportsfreunde herunter.

»Sie arbeiten für Egremont«, sagte Oliphant.

Frasers Gesicht verzog sich in Abscheu und etwas wie erstaunter Empörung.

»Hier scheint es nichts mehr zu tun zu geben, Fraser. Ich nehme an, Sie haben eine Droschke bestellt?«

Mori Arinori, Oliphants Favorit unter seinen jungen japanischen ›Schülern‹, begeisterte sich für alles Britische. Oliphant, der aus Gewohnheit leicht frühstückte — wenn überhaupt —, nahm es bisweilen auf sich, umfangreiche ›englische‹ Frühstücke auftragen zu lassen, um Mori zu erfreuen, der zu diesem besonderen Anlaß den kräftigsten Tweed und eine Halsbinde im Schottenkaro des Königlichen Ordens der Dampfingenieure trug.

Für Oliphant war es mit einem melancholischen Bewußtsein der Widersprüchlichkeit des Lebens verbunden, wenn er Mori beim Bestreichen einer Schnitte Toast mit Marmelade zusah, während er selbst sich nostalgischen Gefühlen für seine eigenen Jahre in Japan hingab, wo er als erster Sekretär unter Rutherford Alcock gedient hatte. Sein Aufenthalt in Edo hatte in ihm eine Vorliebe für die gedämpften Töne und subtilen Strukturen einer Welt des Rituals und der Schatten entstehen lassen. Er sehnte sich nach dem Prasseln windgetriebenem Regens gegen geöltes Papier, nach blühenden Kräutern an den Rändern winziger Gassen, dem Schein von Binsenlampen, nach Gerüchen und Dunkelheiten, den Schatten der Unteren Stadt.

»Oliphant-san, Toast ist sehr gut, ist ausgezeichnet! Sie sind traurig, Oliphant-san?«

»Nein, Mr. Mori, keineswegs.« Er nahm vom Schinken, obwohl er nicht im mindesten hungrig war. Er verdrängte eine jähe störende Erinnerung an das gräßliche Bad dieses Morgens, die Umklammerung des schwarzen, haftenden Gummis. »Ich erinnerte mich an Edo. Diese Stadt besaß großen Zauber für mich.«

Mori kaute Toast und Marmelade, betrachtete Oliphant eingehend mit seinen aufgeweckten dunklen Augen, betupfte dann fachmännisch die Lippen mit einer Leinenserviette. »›Zauber‹. Ihr Wort für die alte Lebensart. Die alte Lebensart behindert meine Nation. Erst diese Woche habe ich eine Denkschrift gegen das Tragen von Schwertern nach Satsuma gesandt.« Der aufmerksame Blick streifte einen Moment lang die gekrümmten Finger an Oliphants linker Hand. Die Narbe unter Oliphants Manschette begann sich mit einem dumpfen Druck bemerkbar zu machen, als fühlte sie sich von Moris Aufmerksamkeit verletzt.

»Aber Mr. Mori«, sagte Oliphant und legte die silberne Gabel beiseite, um den ungewollten Schinken sich selbst zu überlassen, »das Schwert ist in ihrem Land in vielerlei Hinsicht das zentrale Symbol der feudalen Ethik und der zugehörigen Empfindungen — Gegenstand einer Verehrung, die nur derjenigen für den eigenen Herrn nachsteht.«

Mori lächelte. »Verhaßter Brauch eines gewaltsamen und wilden Zeitalters. Es ist *gut*, davon befreit zu sein, Oliphant-san. Dies ist moderne *Zeit!*« Letzteres war eine bevorzugte und häufige Wendung.

Oliphant erwiderte das Lächeln. Mori vereinte Aufmerksamkeit und Mitgefühl mit einer gewissen problematischen Dreistigkeit, die Oliphant sehr anziehend fand. Mehr als einmal hatte Mori zu Blighs Verdruß irgendeinem Droschkenkutscher den Fahrpreis plus Trinkgeld bezahlt und den Burschen dann zu einer Mahlzeit in Oliphants Küche eingeladen. »Aber Sie müssen lernen, Schritt für Schritt vorzugehen, Mr. Mori. Während Sie selbst das Tragen des Schwertes als eine primitive Sitte betrachten mögen, könnte die offene Gegnerschaft in dieser minder bedeutsamen Sache sehr wohl Widerstand erzeugen, der andere, wichtigere Reformen behindert; die tieferen Veränderungen, die Sie in Ihrer Gesellschaft bewirken wollen.«

Mori nickte ernst. »Ihre Politik hat ohne Zweifel vieles für sich, Oliphant-san. Weit besser wäre es zum Beispiel, wenn alle Japaner Englisch lernten. Unsere armselige Sprache ist in der weiten Welt jenseits unserer Inseln unbrauchbar. Bald müssen die Kräfte des Dampfes und der Maschinen unser Land durchdringen. Die englische Sprache muß in ihrem Gefolge jeden Gebrauch des Japanischen unterdrücken. Unsere intelligente Rasse, eifrig bestrebt, sich neues Wissen anzueignen, kann nicht von einem schwachen und ungewissen Medium der Kommunikation abhängen. Wir müssen wesentliche Wahrheiten aus dem kostbaren Schatz westlicher Wissenschaft erfassen!«

Oliphant neigte den Kopf auf die Seite und betrachtete sein Gegenüber mit skeptischer Höflichkeit. »Mr. Mori«, sagte er, »verzeihen Sie mir, wenn ich Sie mißverstehe, aber trifft meine Annahme zu, daß Sie nichts Geringeres als die vorsätzliche Abschaffung der japanischen Sprache vorschlagen?«

»Dies ist die moderne *Zeit,* Oliphant-san, die moderne *Zeit!* Alle Gründe sprechen für die Abschaffung unserer Sprache.«

Oliphant lächelte. »Wir müssen darüber einmal in Ruhe sprechen, Mr. Mori, aber jetzt muß ich Sie fragen, ob Sie sich für heute abend etwas vorgenommen haben. Ich schlage eine Unterhaltung vor.«

»Sehr gern, Oliphant-san. Englische gesellschaftliche Festlichkeiten sind immer erfreulich.« Mori strahlte.

»Dann werden wir nach Whitechapel fahren und das Garrick-Theater besuchen, um dort eine, wie ich höre, höchst ungewöhnliche Pantomime zu sehen.«

Nach dem unregelmäßig gerasterten Programm war der Clown als ›Wisperdohle‹ bekannt, doch war dies der vielleicht am wenigsten eigentümliche Aspekt dieser

Abendvorstellung von der Roten Pantomimentruppe der Frauen von Manhattan, das unter dem Titel *Mazulem die Nachteule* lief. Andere Gestalten waren ›Freedman Bill, ein schwarzer Junge‹, ›Levy Stickemall, ein Händler, der zwei Zigarren für fünf Cents anbietet‹, ›ein Yankee-Hausierer‹, ›eine Ladendiebin‹, ›ein Gebratener Truthahn‹ und die namengebende ›Mazulem‹.

Alle Darsteller waren, nach dem Programm zu urteilen, weiblichen Geschlechts, obwohl dies in mehreren Fällen unmöglich zu bestimmen gewesen wäre. Der Clown, herausgeputzt mit Halskrause und paillettenbesetztem Satin, trug eine Glatze zur Schau, und das unheimliche Weibgesicht des Pierrot hatte Farbe nur auf den nachgemalten Lippen.

Der Vorstellung war eine kurze, schwülstig-theatralische Ansprache einer ›Helen America‹ vorausgegangen, deren wogender und anscheinend unbeengter Busen, durch Schichten transparenter Schleier erkennbar, offenbar dazu diente, die Aufmerksamkeit des vorherrschend männlichen Publikums zu fesseln. Ihre Rede hatte aus Schlagworten bestanden, die Oliphant mehr geheimnisvoll als erregend fand. Was genau meinte sie zum Beispiel, wenn sie erklärte: »Wir haben nichts zu tragen als unsere Ketten ...«?

Bei abermaligem Studieren des Programms wurde er informiert, daß Helen America tatsächlich die Autorin von *Mazulem die Nachteule* war, ebenso wie der Pantomimen *Harlequin Panattahah* und *Die Genien der Algonkins.*

Für die musikalische Begleitung sorgte eine mondgesichtige Organistin — in ihren Augen, so schien es Oliphant, glitzerte entweder der Wahnsinn oder Laudanum.

Die Pantomime hatte in einem Raum begonnen, der, wie Oliphant vermutete, ein Hotelrestaurant sein sollte, wo der peripatetische Gebratene Truthahn — anscheinend von einem Zwerg dargestellt — die Gäste mit einem Tranchiermesser angriff. Oliphant hatte sehr bald den Faden der Handlung verloren, wenn es überhaupt eine gab — was er bezweifelte. Einzelne Szenen wurden wiederholt dadurch hervorgehoben, daß die Darsteller einander imitierte Ziegelbrocken an die Köpfe warfen. Es gab auch eine kinotropische Begleitung, die jedoch nur aus primitiv-polemischen Karikaturen bestand, welche kaum in einer Beziehung zu der Handlung zu stehen schienen.

Oliphant warf Mori, der neben ihm saß und den hochgeschätzten Zylinder aufrecht auf dem Schoß hielt, einen verstohlenen Seitenblick zu. Das Gesicht des Japaners war ausdruckslos. Das Publikum war lärmend und rowdyhaft, doch war sein Geheul weniger eine Reaktion auf den Inhalt der Pantomime, von welcher Art dieser auch sein mochte, sondern vielmehr auf die wurlenden, seltsam ungeordneten Tänze der Kommunardenfrauen, deren bloße Waden und Knöchel unter den zerfetzten Säumen ihrer fließenden Gewänder deutlich sichtbar waren.

Oliphants Rücken begann zu schmerzen.

Die Choreographie beschleunigte das Herumspringen zu einem ballettmäßigen Sturmangriff, und eine Weile war die Luft dick von Ziegelbrocken, bis *Mazulem die Nachteule* ziemlich abrupt endete.

Die Menge pfiff, applaudierte, brüllte. Oliphant bemerkte einen ungeschlachten Mann mit einem dicken Rattanstock über der Schulter, der beim Eingang herumlungerte. Der Mann beobachtete das Publikum mit zusammengekniffenen Augen.

»Kommen Sie, Mr. Mori. Ich wittere eine journalistische Gelegenheit.«

Mori stand auf, Hut und Spazierstock in der Hand. Er folgte Oliphant zum Orchestergraben und dem Ausgang.

»Laurence Oliphant, Journalist.« Er präsentierte dem Mann seine Visitenkarte. »Wenn Sie so gut sein wollen, diese Karte Miss America mit meiner Bitte um ein Interview zu übergeben.«

Der Mann nahm die Karte, warf einen Blick darauf und ließ sie zu Boden fallen. Oliphant sah, wie die knotige Faust ihren Griff um den Rattan festigte. Mori stieß zischend den Atem aus, wie durch ein Sicherheitsventil. Oliphant wandte sich um. Mori, der den Zylinder aufgesetzt hatte, stand in der Haltung eines Samurai, den Griff seines Spazierstockes in beiden Händen. Makellos weiße Manschetten und goldene Knöpfe leuchteten an seinen kräftigen Handgelenken.

Der unordentlich frisierte, hennagefärbte Kopf Helen Americas erschien. Ihre Augen waren mit Kohlestift umrandet.

Mori blieb in seiner Fechterpose.

»Miss Helen America?« Oliphant brachte eine zweite Karte zum Vorschein. »Gestatten Sie mir, daß ich mich vorstelle. Ich bin Laurence Oliphant, Journalist ...«

Helen America vollführte eine schnelle Manipulation vor dem steinernen Gesicht ihres Landsmannes, als ob sie etwas aus der Luft herbeizaubern wollte. Der Mann ließ seinen Rattanstock sinken, ohne den wilden Blick von Mori zu wenden. Der Stock, sah Oliphant, war offensichtlich beschwert, wahrscheinlich mit Blei ausgegossen. »Cecil ist taubstumm«, sagte sie.

»Das tut mir leid. Ich gab ihm meine Karte ...«

»Er kann nicht lesen. Sie sind ein Zeitungsmann?«

»Ein freier Journalist. Und Sie, Miss America, sind eine Autorin ersten Ranges. Gestatten Sie mir, meinen guten Freund vorzustellen, Mr. Mori Arinori, Abgesandter des Mikado von Japan.«

Mit einem tödlichen Blick zu Cecil ließ Mori seinen Stock sinken, nahm mit bewundernswerter Anmut den Zylinder vom Kopf und verbeugte sich nach europäischer Art. Helen America sah ihn mit großen Augen an, wie einen abgerichteten Hund, der ein ungewöhnliches Kunststück vollbringt. Sie trug einen geflickten Militärmantel, fadenscheinig, aber anscheinend sauber und von dem Grau, das für die Armee der Konföderierten

Staaten charakteristisch war. Die Originalknöpfe waren jedoch durch runde Hornknöpfe ersetzt worden.

»Ich habe noch nie einen Chinesen so herausgeputzt gesehen«, sagte sie.

»Mr. Mori ist Japaner.«

»Und Sie sind ein Zeitungsmann.«

»In gewisser Weise, ja.«

Helen America lächelte und enthüllte einen Goldzahn. »Und hatten Sie Freude an unserer Vorstellung?«

»Sie war außerordentlich, ganz außerordentlich.«

Ihr Lächeln wurde breiter. »Dann kommen Sie nach Manhattan, Mister, denn das Volk hat das alte Olympic, östlich vom Broadway, über der Houston Street, in Besitz genommen. Zu Hause finden wir die meiste Anerkennung.« Sie trug dünne silberne Ohrringe inmitten einer wirren Wolke hennagefärbter Locken.

»Das würde mir ein großes Vergnügen sein. Ebenso wie es mir ein Vergnügen sein würde, ein Interview mit der Autorin von ...«

»Ich habe das nicht geschrieben«, sagte sie. »Fox war es.«

»Verzeihen Sie, wer?«

»George Washington Lafayette Fox — der marxistische Grimaldi, der Tamla der sozialistischen Pantomime! Es war die Entscheidung der Truppe, in das Programm zu setzen, daß ich die Autorin sei, obwohl ich mich dagegen gewehrt habe und noch wehre.«

»Aber die Botschaft, die Sie eingangs verlasen ...«

»Ja, die habe ich geschrieben, Sir, und bin stolz darauf. Aber der arme Fox ... Es war der schreckliche Arbeitsdruck«, sagte sie. »Der große Fox, der ganz allein die sozialistische Pantomime auf ihr gegenwärtiges Niveau revolutionärer Bedeutung hob, überanstrengte sich, Sir. Der Zwang, immer neue immer treffendere Szenen und raschere Verwandlungen zu schaffen, war einfach zuviel für ihn. Er glitt in den Wahnsinn ab. Seine Grimassen waren schrecklich anzusehen«, vertraute sie Oliphant an. »Es kam vor, Mister, daß er auf die gröbsten Unanständigkeiten verfiel; darum steckten wir seinen Pfleger in ein Affenkostüm, daß er auf die Bühne springen und ihn bearbeiten konnte, wenn er allzu obszön wurde.«

»Es tut mir sehr leid …«

»Manhattan ist nicht der rechte Ort für die Verrückten, Sir, traurig, das sagen zu müssen. Jetzt ist er in der Anstalt von Somerville, Massachusetts, und wenn Sie das veröffentlichen wollen, seien Sie mein Gast.«

Oliphant starrte sie verdutzt an. Mori Arinori hatte sich diskret ein paar Schritte zurückgezogen und schien das Publikum zu beobachten, das aus dem Theater drängte. Der taubstumme Cecil war mit seinem bleigeladenen Rattanstock verschwunden.

»Ich könnte ein Pferd essen«, sagte Helen America.

»Dann erlauben Sie mir bitte, Sie zu einer Mahlzeit einzuladen. Wo wünschen sie zu speisen?«

»Es gibt ein Lokal um die Ecke.« Als sie die Stufen neben dem Orchestergraben herunterkam, sah Oliphant, daß sie Gummistiefel trug, große, klobige Dinger militärischen Ursprungs. Mit Mori an seiner Seite, folgte er ihr aus dem Theater. Sie hatte nicht darauf gewartet, daß er ihr den Arm bot.

Sie führte die beiden die Straße hinunter und um eine Ecke. Gaslicht flackerte vor einer Kinotrop-Inschrift, die abwechselnd MOSES & SÖHNE AUTOCAFÉ und SAUBER MODERN SCHNELL lautete. Helen America blickte mit einem ermutigendem Lächeln zurück; ihre üppigen Hüften schwangen unter dem Militärmantel und dem zerrissenen Musselin ihres bemerkenswerten Bühnengewandes.

Im Autocafé war es voll und laut. Die Gäste schienen Leute aus der Umgebung zu sein. Die Fensterscheiben waren vom Dampf beschlagen: Oliphant hatte noch nie ein Lokal wie dieses gesehen.

Helen America führte ihnen vor, wie man hier zu seiner Mahlzeit kam. Sie nahm ein rechteckiges Guttaperchatablett von einem Stapel und schob es auf einem Sims aus glänzendem Zinkblech entlang. Über dem Sims waren mehrere Dutzend Miniaturfenster, eingefaßt mit Messing. Oliphant und Mori folgten ihrem Beispiel. Hinter jedem Fenster war ein anderes Gericht ausgestellt. Oliphant sah die Münzeinwurfschlitze und suchte seinen Geldbeutel hervor. Helen America wählte Kartoffelauflauf mit Fleisch, einige Stücke Wurst, in Kuchenteig gebacken, und Pommes frites. Oliphant lieferte die erforderlichen Münzen dazu. Ein zusätzliches Zweipencestück ließ eine reichliche Menge sehr zweifelhaft aussehender brauner Soße aus einem Hahn sprudeln. Mori wählte Bratkartoffeln, ein besonderes Lieblingsgericht von ihm, verschmähte aber den Soßenhahn. Oliphant, dem die seltsame Atmosphäre den Appetit verdorben hatte, entschied sich für einen halben Liter maschinengemachtes Ale aus einem anderen Hahn.

»Clystra ist imstande, mich dafür umzubringen«, bemerkte Helen America, als sie ihre Tabletts auf einem lächerlich kleinen gußeisernen Tisch zusammenschoben. Der Tisch war ebenso wie die vier Stühle ringsherum, mit dem Betonboden verbolzt. »Sie hält nichts davon, daß wir mit Herren von der Presse reden.« Sie zuckte unter dem Uniformmantel die Achseln, lächelte fröhlich und versorgte Mori mit einem Messer und einer Gabel aus billigem Blech. »Sind Sie einmal in einer Stadt namens Brighton gewesen, Mister?«

»Ja, gewiß.«

»Was für ein Ort ist das?«

Mori untersuchte mit eifrigem Interesse den rechtekkigen Teller aus grobem grauem Karton unter seinen Bratkartoffeln.

»Ein sehr angenehmer Ort«, sagte Oliphant. »Sehr malerisch. Ein Seebad. Der Hydropathische Pavillon ist sehr berühmt ...«

»Ist es in England?« fragte sie mit vollem Mund.

»Ja.«

»Viele Arbeiter?«

»Vielleicht nicht in dem Sinne, wie Sie es meinen, obwohl die verschiedenen Einrichtungen und Attraktionen viele Leute beschäftigen.«

»Seit wir hier sind, habe ich noch keine richtige Fabrikmenge gesehen. Nun — wir wollen das Essen nicht kalt werden lassen!« Und damit machte sie sich über die Mahlzeit her. Tischgespräche, merkte Oliphant, erfreuten sich im Roten Manhattan keiner besonderen Wertschätzung.

Sie aß ihre Pappteller bis zum letzten Krümel leer und brachte es fertig, den letzten Spritzer Soße mit einem Stück Frites aufzutunken, das sie zu diesem Zweck sorgsam zurückgehalten hatte.

Oliphant zog seine Brieftasche und entnahm ihr eine einfache weiße Karte mit dem maschinengerasterten Fahndungsportrait von Florence Bartlett. »Sind Sie zufällig bekannt mit Flora Barnett, der amerikanischen Schauspielerin, Miss America? Wie ich vor kurzem hörte, soll sie in Manhattan ungemein populär sein ...« Oliphant zeigte ihr die Karte.

»Die ist keine Schauspielerin, Mister. Auch keine Amerikanerin. Sie ist eine aus dem Süden, oder nicht einmal das; fast so etwas wie eine verdammte Französin. Das Aufgestandene Volk hat keinen Bedarf für ihresgleichen. Teufel noch mal, wir haben unseren Teil von denen aufgehängt!«

»Ihresgleichen?«

Sie begegnete seinem Blick mit trotzigem Starren. »Was soll das? Sie sind Journalist ...«

»Es tut mir leid, wenn ...«

»So leid wie den anderen, wie? In Wirklichkeit ist es Ihnen doch völlig egal; Sie sind nur hinter Ihren Sensationen her ...«

»Miss America, bitte, ich möchte nur ...«

»Danke für die Mahlzeit, Mister, aber Sie können

mich nicht ausfragen, verstanden? Und dieser Brontosaurus hat hier drüben überhaupt nichts zu suchen! Sie haben kein Recht auf ihn, und eines Tages wird er im Stadtmuseum von Manhattan stehen, denn er gehört dem Aufgestandenen Volk! Was fällt euch Engländern ein, daß ihr denkt, ihr könntet kommen und die Naturschätze des Volkes ausgraben?«

Und als wäre es das Stichwort gewesen, kam der erschreckende Clown der Roten Pantomimentruppe der Frauen von Manhattan zur Tür hereinmarschiert, den kahlen Kopf in einer punktierten Haube, und noch größeren Gummistiefeln an den Füßen, als Helen America sie trug.

»Ich komme sofort, Genossin Clystra«, sagte Helen America.

Der Clown fixierte Oliphant mit einem mörderischen Funkeln, dann waren die beiden fort.

Oliphant blickte zu Mori. »Ein sonderbarer Abend, Mr. Mori.«

Mori, anscheinend vertieft in das Geklapper und die Geschäftigkeit des Autocafés, brauchte ein paar Sekunden, um zu antworten.

»Wir werden solche Lokale wie dieses in meinem Land haben, Oliphant-san! Sauber! Modern! Und sehr schnell!«

Nach Oliphants Rückkehr in die Halfmoon Street folgte Bligh ihm hinauf zur Tür des Arbeitszimmers. »Darf ich einen Moment hereinkommen, Sir?« Bligh sperrte die Tür mit seinem eigenen Schlüssel hinter sich ab, ging zu einem kleinen Schreibpult in Einlegearbeit, auf dem Oliphant seine Rauchutensilien abzustellen pflegte, öffnete den Oberteil eines Luftbefeuchters, griff hinein und nahm einen gedrungenen kleinen Zylinder aus emailliertem Blech heraus. »Dies wurde von einem jungen Mann zur Küchentür gebracht, Sir. Er wollte seinen Namen nicht nennen, als ich ihn fragte. Ich nahm mir die Freiheit, die Versiegelung zu öffnen, Sir, eingedenk der verschiedenen ungesitteten Versuche ...«

Oliphant nahm den Behälter und schraubte den Deckel ab. Ein Telegrafen-Lochstreifen war der Inhalt.

»Und der junge Mann?«

»Ein jüngerer Maschinenangestellter, Sir, nach dem Zustand seiner Schuhe zu urteilen. Abgesehen von dem Umstand, daß er Baumwollhandschuhe trug, die er nicht auszog.«

»Und es gab keine Botschaft?«

»Doch, Sir. ›Sagen Sie ihm‹, sagte er, ›daß wir nicht mehr tun können. Die Sache ist sehr gefährlich, er soll nicht wieder danach fragen.‹«

»Ich verstehe. Würden Sie so gut sein, mir eine Kanne starken grünen Tee heraufzubringen?«

Sobald Bligh gegangen war, nahm Oliphant die schwere Glashaube von seinem persönlichen Telegrafenempfänger, zu welchem Zweck er vier Flügelschrauben aus Messing lösen mußte. Er stellte den hohen, vitrinenartigen Glassturz sicher ab, dann verbrachte er einige Minuten mit dem Instruktionshandbuch des Herstellers. Nachdem er in mehreren Schubladen gesucht hatte, fand er die benötigten Werkzeuge: eine Handkurbel aus Messing mit Walnußgriff und einen kleinen Schraubenzieher mit dem Monogramm der Firma Colt & Maxwell. Er betätigte den Schalter am Fuß des Apparates und durchtrennte die elektrische Verbindung mit der Post. Dann setzte er den Schraubenzieher an, um die notwendigen Einstellungen vorzunehmen, fädelte das Ende des Lochstreifens sorgfältig durch die stählernen Führungsrollen, setzte die Führungsschienen ein und holte tief Luft.

Ganz plötzlich war er sich seiner Herzschläge bewußt und der Nachtstille, die aus der Dunkelheit des Green Park hereindrückte. Er steckte das sechseckige Ende der Kurbel in die Fassung des Apparates und begann sie langsam und gleichmäßig im Uhrzeigersinn zu drehen.

Die Typenhämmer kamen in Bewegung, hoben sich und fielen, hoben sich und fielen und entschlüsselten den Lochcode des Poststreifens. Er mochte nicht hinsehen, als der Streifen sich langsam aus dem Schlitz schob.

Es war getan. Mit Schere und Kleistertopf setzte er die Botschaft auf einem Blatt Papier zusammen:

> VOR NEUN JAHREN TATEST DU MIR DIE SCHLIMMSTE SCHMACH AN KOMMA DIE EINE FRAU ERLEBEN KANN STOP DU VERSPRACHST MIR KOMMA DASS DU MEINEN ARMEN VATER RETTEN WÜRDEST STOP STATT DESSEN VERFÜHRTEST DU MICH UND STIESSEST MICH INS VERDERBEN STOP HEUTE VERLASSE ICH LONDON IN DER GESELLSCHAFT MÄCHTIGER FREUNDE STOP SIE WISSEN SEHR GUT KOMMA WAS FÜR EIN VERRÄTER DU AN WALTER GERARD UND AN MIR WARST STOP VERSUCHE NICHT KOMMA MICH ZU FINDEN KOMMA CHARLES STOP ES WÜRDE NUTZLOS SEIN STOP ICH HOFFE KOMMA DU UND MRS. EGREMONT WERDET HEUTE NACHT RUHIG SCHLAFEN STOP SYBIL GERARD

Er registrierte kaum, daß Bligh mit dem Tee kam, und saß regungslos fast eine Stunde vor der telegrafischen Botschaft. Dann, nachdem er sich eine Tasse lauwarmen Tee eingeschenkt hatte, griff er zu Briefpapier und Füllfederhalter und begann in seinem fehlerlosen Diplomatenfranzösisch einen Brief an einen gewissen Monsieur Arslau in Paris aufzusetzen.

Die Luft stank noch nach Blitzlichtpulver.

Der Prinzgemahl wandte sich mit seiner ganzen teutonischen Schwere von der komplizierten stereoptischen Kamera Schweizer Fabrikation und begrüßte Oliphant auf deutsch. Er trug eine blaue Brille, deren kreisrunde Linsen nicht größer als Zweishillingstücke waren, und einen Fotografenkittel aus fleckenlosem weißem Baumwollstoff. An seinen Fingern haftete Silbernitrat.

Oliphant verbeugte sich, wünschte seiner Hoheit einen guten Tag in der bevorzugten Sprache der königlichen Familie, und gab vor, die Schweizer Kamera zu untersuchen, eine komplizierte Konstruktion, deren stereoptische Linsen wie Augen unter glatten Messingbrauen hervorstarrten. Wie die Augen von Mr. Cart, dem muskulösen Schweizer Kammerdiener des Prinzgemahls, schienen sie Oliphant ein wenig zu weit auseinander zu stehen.

»Ich habe Affie ein kleines Geschenk mitgebracht, Hoheit«, sagte Oliphant. Sein Deutsch hatte, wie das des Prinzgemahls, einen fränkischen Akzent — das Vermächtnis einer langen und delikaten Mission, die Oliphant auf Geheiß der königlichen Familie unternommen hatte. Prinzgemahl Alberts Coburger Verwandte, von jeher Meister der ehrwürdigen Kunst der Heiratspolitik, waren bestrebt, ihr winziges Kronland zu erweitern — eine um so delikatere Angelegenheit, als die Politik des britischen Außenministeriums darauf abzielte, die deutschen Kleinstaaten so zerrissen und politisch machtlos wie möglich zu halten. »Hat der junge Prinz seine Tageslektion abgeschlossen?«

»Affie ist heute krank«, sagte Albert, während er durch seine getönten Brillengläser eine der Kameralinsen untersuchte. Er zog einen weichen Pinsel hervor und reinigte die Oberfläche der Linse von anhaftenden Staubteilchen. Dann richtete er sich auf. »Meinen Sie, das Studium von Statistiken könnte für ein zartes junges Gemüt eine zu große Belastung sein?«

»Meine Meinung, Königliche Hoheit?« sagte Oliphant. »Statistische Analyse ist tatsächlich eine anstrengende Technik ...«

»Seine Mutter und ich sind in der Sache verschiedener Meinung«, vertraute ihm der Prinzgemahl bekümmert an. »Und Alfreds Fortschritte in der Sache sind weit davon entfernt, zufriedenstellend zu sein. Nichtsdestoweniger ist Statistik in England alles.«

»Kommt er in seinen anderen Studien gut voran?« fragte Oliphant.

»Anthropometrie«, sagte der Prinz zerstreut. »Eugenik. Umfangreiche Wissensgebiete, aber für das jugendliche Gehirn vielleicht weniger beanspruchend.«

»Vielleicht sollte ich einmal mit ihm sprechen, Königliche Hohheit«, sagte Oliphant. »Ich weiß, daß der Junge gutwillig ist.«

»Er ist sicherlich in seinem Zimmer«, sagte der Prinzgemahl.

Oliphant wanderte durch die zugige Pracht der königlichen Gemächer zu Alfreds Zimmer, wo er mit einem Freudenschrei begrüßt wurde. Der Prinz krabbelte von einem Berg aus Kissen und Federbetten und sprang leichtfüßig über die Geleise einer äußerst fein gearbeiteten Miniatureisenbahn. »Onkel Larry! Onkel Larry! Großartig! Was hast du mir mitgebracht?«

»Baron Zordas neueste Abenteuer.«

In Oliphants Manteltasche, eingewickelt in grünes Papier und noch stark nach frischer Druckerschwärze riechend, war ein Exemplar von *Paternoster, der Dampfbandit* von einem Autor, der sich ›Baron Zorda‹ nannte. Es war der dritte Band in der beliebten Jugendbuchserie, deren zwei vorausgegangene Bände, die *Armee der Skelette* und *Radfahrer des Zaren* bereits den begeisterten Beifall des jungen Prinzen gefunden hatten. Der auffallend bunte Schutzumschlag zeigte den wagemutigen Paternoster, wie er, die Pistole in der Hand, von einem dahinjagenden Fahrzeug absprang, das man für einen Dampfwagen neuester Bauart halten mußte — tropfenförmig mit Blech verkleidet. Das Titelbild, welches Oliphant schon beim Buchhändler betrachtet hatte, stellte Baron Zordas kühnen Straßenräuber detaillierter dar, besonders im Hinblick auf seine Kleidung, zu der ein breiter, mit Silbernägeln beschlagener Ledergürtel und ausgestellte Hosen mit geknöpften Seitenschlitzen an den Aufschlägen gehörten.

»Super!« Eifrig riß der Junge das grüne Seidenpapier auf. »Sieh dir seinen Dampfwagen an, Onkel Larry! Enorm!«

»Für den bösen Paternoster ist das schnellste gerade gut genug, Affie. Und sieh dir den Titel an. Eine Aufmachung wie Kinnhaken-Ned.«

»Und die Zimmermannshosen«, sagte Alfred bewundernd. »Und sein verdammt breiter Gürtel!«

Oliphant ignorierte die sprachliche Entgleisung des Jungen. »Und wie ist es dir seit meinem letzten Besuch ergangen, Affie?«

»Sehr gut, Onkel Larry«, und ein Schatten von Besorgnis ging über das junge Gesicht, »aber ich fürchte, ich ... ich fürchte, sie ... sie ist zerbrochen, weißt du ...« Der Prinz zeigte zum Fuß des massiven Himmelbettes, wo die zierliche japanische Puppe untröstlich zusammengesunken lag, umgeben von einem Durcheinander von bedrucktem Blech und bemaltem Blei. Ein langer scharfer Splitter aus einem durchscheinendem Material ragte grotesk und mörderisch aus ihrem prachtvollen Gewand. »Es ist die Feder, weißt du. Ich glaube, sie war zu fest aufgezogen, Onkel Larry. Bei der zehnten Umdrehung sprang sie heraus.«

»Die Japaner treiben ihre Puppen mit Federn aus Fischbein an, Affie. Eigentlich sind es die Barten der Wale, die besonders elastisch sind. Sie haben noch nicht die Herstellung von richtigen Stahlfedern gelernt, aber das werden sie bald beherrschen. Wenn es soweit ist, werden ihre Puppen nicht so leicht kaputtgehen.«

»Vater sagt, du interessiertest dich zu sehr für deine Japaner«, sagte Alfred. »Er sagt, du würdest sie den Europäern ebenbürtig sehen.«

»Das tue ich auch, Affie! Ihre mechanischen Vorrichtungen sind gegenwärtig noch den unsrigen unterlegen, was an ihren fehlenden Kenntnissen in den angewandten Wissenschaften liegt. Aber in der Zukunft könnten sie die Zivilisation einmal zu ungeahnten Höhen führen ...«

Der Junge betrachtete ihn zweifelnd. »Vater würde es gar nicht gefallen, was du sagst.«

»Nein, das glaube ich auch nicht.«

Anschließend verbrachte Oliphant eine halbe Stunde auf den Knien und ließ sich von Alfred eine französiche Spielzeugmaschine vorführen, die wie ihr Vorbild, der Große Napoleon, mittels Druckluft betrieben wurde. Die kleine Maschine arbeitete mit Telegrafen-Lochstreifen statt mit Karten, was Oliphant an den Brief erinnerte, den er M. Arslau geschrieben hatte. Bligh mußte ihn inzwischen zur französischen Botschaft gebracht haben; sehr wahrscheinlich war er bereits in der Tasche eines diplomatischen Kuriers unterwegs nach Paris.

Alfred schloß seine Maschine an ein Miniatur-Kinotrop an, als am Türknopf gerüttelt wurde: im Buckingham-Palast wurde niemals an den Türen geklopft. Oliphant erhob sich, öffnete die hohe weiße Tür und sah das vertraute Gesicht des Kammerdieners Nash, dessen unkluge Spekulationen mit Eisenbahnaktien ihn zum unfreiwilligen Intimus des Betrugsdezernates gemacht hatten. Oliphants politisches Geschick hatte die Angelegenheit erfolgreich ausgebügelt — eine gut investierte Freundlichkeit, sah er jetzt in Nashs unverstellter Haltung respektvoller Aufmerksamkeit. »Mr. Oliphant«, sagte Nash, »ein Telegramm ist eingegangen, Sir. Sehr dringend.«

Die Geschwindigkeit des Fahrzeuges der Sonderabteilung trug in nicht geringem Maße zu Oliphants allgemeinem Gefühl von Unbehagen bei. Paternoster selbst hätte sich kein schnelleres oder schnittigeres Fahrzeug wünschen können.

Mit der Schnelligkeit eines Traumes flogen sie am St.

James Park vorüber. Die nackten schwarzen Äste der Linden sausten wie windverwehter Rauch vorbei. Der Fahrer trug eine lederne Schutzbrille mit runden Gläsern und genoß offensichtlich die rasende Fahrt; von Zeit zu Zeit ließ er ein kehliges Pfeifen ertönen, das Pferde scheuen und Fußgänger laufen machte. Der Heizer, ein stämmiger junger Ire, schaufelte mit manischem Grinsen Kohlen in die Feuerung.

Oliphant hatte keine Ahnung von ihrem Ziel. Nun, als sie sich dem Trafalgar Square näherten, zwang der dichtere Verkehr den Fahrer, ständig am Seilzug der Dampfpfeife zu ziehen, die nun ein trauriges Winseln und Heulen von sich gab, wie ein gramgeplagter Behemoth des Meeres. Bei diesem Geräusch teilte sich der Verkehr wie das Rote Meer vor Moses. Behelmte Polizisten salutierten zackig, als sie vorbeijagten. Straßenjungen schlugen vor Begeisterung Rad, als sie den schlanken Blechfisch den Strand hinunterflitzen sahen.

Es dunkelte rasch. Als sie in die Fleet Street einbogen, bediente der Fahrer die Bremse und zog einen Hebel, der eine mächtige Wolke abwärtsströmenden Dampfes entließ. Der schnittige Dampfwagen kam zum Stillstand.

»Nun, Sir«, bemerkte der Fahrer und schob seine Schutzbrille auf die Stirn, »hier geht es nicht weiter. Sehen Sie sich das an!«

Der Verkehr war durch die Errichtung hölzerner, mit Laternen behängter Straßensperren völlig zum Erliegen gebracht: Hinter der Absperrung standen grimmig blikkende Soldaten in Kampfausrüstung, die Cutts-Maudsley-Karabiner schußbereit. Hinter ihnen waren zwischen rohen Holzpfosten Planen gespannt, als wollte jemand mitten auf der Fleet Street eine Bühnenaufführung inszenieren.

Der Heizer wischte sich das Gesicht mit einem punktierten Halstuch. »Da muß es was geben, was die Presse nicht sehen soll.«

»Dann haben sie es in die falsche Straße getan, nicht?« versetzte der Fahrer.

Als Oliphant aus dem Dampfwagen stieg, kam Fraser schnellen Schrittes auf ihn zu. »Wir haben sie gefunden«, sagte er.

»Und dabei beträchtliche Publizität angelockt. Vielleicht wäre etwas weniger Infanterie angebracht?«

»Es ist keine Sache, die leichtfertig angefaßt werden kann, Mr. Oliphant. Kommen Sie am besten mit mir.«

»Ist Betteredge da?«

»Hab' ihn nicht gesehen. Hier entlang, bitte.« Fraser führte ihn zu einem Durchlaß in den Absperrungen. Ein Soldat ließ sie passieren.

Oliphant erblickte einen schnurrbärtigen Herren in erregtem Gespräch mit zwei Polizisten. »Das ist Halliday«, sagte er. »Chef der der Abteilung Kriminalanthropometrie.«

»Ja, Sir«, sagte Fraser. »Es hat eine Menge Wirbel gegeben. Man hat einen Einbruch in das Museum für Praktische Geologie verübt. Die Royal Society ist zornig wie ein Hornissennest, und der verdammte Egremont wird morgen in allen Zeitungen die Ludditen verantwortlich machen. Unser einziger Glücksfall scheint zu sein, daß Dr. Mallory weit weg in China ist.«

»Mallory? Wieso?«

»Der Landleviathan. Mrs. Bartlett und ihre Kohorten versuchten sich mit dem Schädel davonzumachen.«

Sie umgingen die Sichtschutzplanen, deren grobes Gewebe in Abständen mit dem breiten Pfeilzeichen der Armee-Feldzeugmeisterei gestempelt war.

Ein Droschkenpferd lag in einer großen Lache dunkelndem Blutes auf der Seite. Die Droschke, ein gewöhnliches Ding mit Klappverdeck, war umgekippt, das hochgeklappte Verdeck und die schwarzlackierte Seitenwand des Wagens von Kugeleinschlägen durchsiebt.

»Sie hatte zwei Männer bei sich«, sagte Fraser. »Drei,

wenn Sie einen Toten mitzählen, den sie im Museum zurückließen. Die Droschke wurde gelenkt von einem exilierten Yankee namens Russell, einem polizeibekannten Gewalttäter, der in Seven Dials lebt. Der andere Mann war Henry Dease aus Liverpool, ein Berufseinbrecher. Zu meiner Zeit hatten wir unseren Henry schon zehnmal eingelocht. Sie liegen da drüben, Sir.« Er zeigte hin. »Russell, der Kutscher, geriet offenbar mit einem richtigen Droschkenkutscher wegen der Vorfahrt in Streit. Ein Polizist, der gerade Streife ging, versuchte einzuschreiten, worauf Russell eine Schußwaffe zog.«

Oliphant starrte die umgeworfene Droschke an.

»Der Polizist war unbewaffnet, aber zufällig kamen ein paar von unseren Ermittlern vorbei ...«

»Aber diese Droschke, Fraser ...«

»Das ist das Werk eines Militärdampfwagens, Sir. Die letzte der zeitweiligen Garnisonen ist drüben beim Holborn-Viadukt.« Er hielt für einen Moment inne. »Dease hatte eine russische Schrotflinte ...«

Oliphant schüttelte ungläubig den Kopf. »Acht Zivilisten wurden ins Krankenhaus gebracht«, sagte Fraser. »Ein Detektiv tot. Aber kommen Sie mit, Sir — am besten bringen wir dies gleich hinter uns.«

»Was haben diese Sichtschutzplanen zu bedeuten?«

»Die Kriminalanthropometrie ließ sie aufstellen.«

Oliphant hatte das Gefühl, durch einen Traum zu gehen, mit tauben Gliedmaßen, die sich ohne seinen Willen bewegten. Er ließ sich zu einer Stelle führen, wo drei mit Planen zugedeckte Körper auf Bahren lagen.

Florence Bartletts Gesicht war eine gräßliche Ruine.

»Vitriol«, sagte Fraser. »Eine Kugel zerschlug die Flasche, die sie bei sich hatte.«

Oliphant wandte sich rasch ab und würgte in sein Taschentuch.

»Tut mir leid, Sir«, sagte Fraser. »Nicht nötig, daß Sie die anderen zwei sehen.«

»Betteredge — haben Sie ihn gesehen, Fraser?«

»Nein, Sir. Hier ist der Schädel, Sir, oder was davon übriggeblieben ist.«

»Der Schädel?«

Ungefähr ein halbes Dutzend massive Bruchstücke von versteinerten Knochen und elfenbeinfarben getöntem Gips lagen sauber geordnet auf einer über zwei Schragen gelegten Tischplatte. »Ein Mr. Reeks vom Museum ist hier, der die Stücke mitnehmen will«, sagte Fraser. »Er sagt, der Schaden sei nicht so schlimm, wie wir vielleicht denken. Möchten Sie sich setzen, Sir? Ich könnte einen Faltstuhl auftreiben ...«

»Nein, danke. Warum sind so viele von der Kriminalanthropometrie da, Fraser?«

»Also, Sir, Sie sind in einer besseren Position, das zu bestimmen, als ich«, sagte Fraser mit halblauter Stimme. »Aber ich hörte, daß Mr. Egremont und Lord Galton vor kurzem entdeckten, daß sie viel gemeinsam haben.«

»Lord Galton? Der Eugeniker?«

»Kein geringerer. Lord Darwins Vetter. Er ist der Gönner der Anthropometrie im Oberhaus. Hat großen Einfluß in der Royal Society.«

Fraser zog sein Notizbuch hervor. »Sie sollten besser sehen, warum ich es für erforderlich hielt, daß Sie so schnell wie möglich kamen, Sir.« Er führte Oliphant um die Ruine der Droschke. Nachdem er sich nach möglichen Beobachtern umgesehen hatte, gab er Oliphant ein zusammengefaltetes blaues Papier. »Das war in der Handtasche der Bartlett.«

Der Brief war undatiert, unsigniert:

> *Das, was Sie so beharrlich begehren, ist ausfindig gemacht, freilich in einem höchst eigenartigen Versteck. Ich wurde von unserem beiderseitigen Derby-Bekannten, Dr. Mallory, verständigt, daß es sich im Schädel seines Landleviathans befindet. Ich hoffe, Sie werden diese entscheidende Information als volle Rückzah-*

lung aller meiner Schulden bei Ihnen betrachten. Ich bin durch jüngste politische Entwicklungen jetzt in einiger Gefahr und werde mit Sicherheit von Elementen der Regierung beobachtet; bitte bedenken Sie das bei jedem weiteren Versuch, mit mir in Verbindung zu treten. Ich habe getan, was ich kann. Das schwöre ich.

Die elegante, etwas fahrige Handschrift, Oliphant so vertraut wie Fraser, war Lady Ada Byrons.

»Nur wir zwei haben das gesehen«, sagte Fraser.

Oliphant faltete das Papier in Viertel, bevor er es in sein Zigarrenetui steckte. »Und was genau war es, Fraser, was in dem Schädel versteckt war?«

»Ich werde Sie wieder durch die Absperrung geleiten, Sir.«

Reporter brandeten ihnen entgegen, als sie aus dem Durchlaß der Absperrung kamen. Fraser nahm Oliphant beim Arm und führte ihn in einen Trupp behelmter und uniformierter Polizisten, von denen er einige beiläufig mit Namen begrüßte. »Um Ihre Frage zu beantworten, Mr. Oliphant«, sagte Fraser dann, als die Polizisten die rufende Menge hinter blauem Kammgarn und Messingknöpfen zurückhielten, »ich weiß es nicht. Aber wir haben es.«

»Sie haben es? Kraft wessen Autorität?«

»Keiner als meiner eigenen Vernunft«, sagte Fraser. »Harris hier fand es in der Droschke, bevor die Anthropometrie kam.« Fraser lächelte beinahe. »Die Jungen von der Stadtpolizei sind nicht allzu gut auf die Anthropometrie zu sprechen. Widerborstige Amateure, was, Harris?«

»Richtig, Sir«, sagte ein Polizist mit blondem Backenbart, »das sind sie.«

»Wo ist der Gegenstand dann?« fragte Oliphant.

»Hier, Sir.« Harris brachte eine billige schwarze Tasche zum Vorschein. »So wie wir es fanden, in dieser Tasche.«

»Mr. Oliphant, Sir, ich meine, Sie sollten das am besten gleich an sich nehmen«, sagte Fraser.

»In der Tat, Fraser, ich stimme Ihnen zu. Sagen Sie dem Mann von der Sonderabteilung mit dem Schnelldampfwagen, daß ich ihn nicht mehr benötigen werde. Danke, Harris. Guten Abend.« Die Polizisten ließen ihn durch, und Oliphant, die Tasche in der Hand, schritt ohne Aufenthalt durch die Menge, die an die Absperrung drängte, um einen besseren Blick auf die Soldaten und die Sichtschutzplanen zu gewinnen.

»Verzeihung, Herr, aber könnten Sie einen Penny erübrigen?«

Oliphant blickte in die blinzelnden braunen Augen des kleinen Boots, der ganz wie ein verkrüppelter Jokkey aussah. Oliphant warf ihm einen Penny zu. Boots fing ihn geschickt auf, dann schob er sich auf seiner Krücke näher. Er stank nach feuchtem Barchent und geräucherter Makrele. »Schwierigkeiten, Chef. Becky wird es Ihnen sagen.« Boots drehte auf seiner Krücke um und humpelte entschlossen davon. Er murmelte vor sich hin, ein Bettler auf der Suche nach einem besseren Standort.

Er war einer von Oliphants zwei talentiertesten Beobachtern.

Die andere, Becky Dean, hielt neben ihm Schritt, als er sich der Ecke Chancery Lane näherte. Sie war als eine ziemlich erfolgreiche Prostituierte zurechtgemacht, mit hohen Messingabsätzen und selbstsicherem Auftreten.

»Wo ist Betteredge?« fragte Oliphant, ohne sie anzusehen, als spreche er zu sich selbst.

»Mitgenommen«, sagte Becky Dean. »Vor noch nicht drei Stunden.«

»Mitgenommen von wem?«

»Von zwei Männern in einer Droschke. Sie waren Ihnen gefolgt. Betteredge war auf sie aufmerksam geworden, beauftragte uns, die Beobachter zu beobachten.«

»Ich wußte nichts davon.«

»Er kam vorgestern zu uns.«

»Und wer waren diese Männer?«

»Einer ist ein fettiger Privatdetektiv, heißt Velasco. Der andere war von der Regierung, nach seinem Aussehen zu urteilen.«

»Und Betteredge wurde am hellichten Tag entführt? Gewaltsam?«

»Sie wissen gut genug, wie es gemacht wird«, sagte Becky Dean.

Im Hinterzimmer seines Tabakhändlers an der Ecke Chancery Lane und Carey Street, umgeben von angenehm beruhigendem Tabakgeruch, hielt Oliphant eine Ecke des dünnen blauen Papiers über die Flamme eines bronzenen Zigarrenanzünders in der Gestalt eines turbantragenden Türken.

Er sah zu, wie die Flamme das Papier zu feiner rosagrauer Asche verzehrte.

Die schwarze Tasche hatte einen automatischen Revolver vom Fabrikat Ballester Molina enthalten, eine versilberte Taschenflasche mit einer süßlichen, nach Kräutern riechenden Flüssigkeit, und einen hölzernen Kasten. Dieser war offensichtlich der fragliche Gegenstand, da er hier und dort mit weißem Gips verkrustet war. Er enthielt eine sehr große Zahl von Maschinenlochkarten im Napoleonformat, geschnitten aus einem neuartigen Material, milchig und sehr glatt.

»Der Kasten«, sagte er zu Mr. Beadon, dem Tabakhändler, »ist für mich allein in Verwahrung zu nehmen.«

»Gewiß, Sir.«

»Mein Diener Bligh ist die einzige Ausnahme.«

»Wie Sie wünschen, Sir.«

»Sollte irgend jemand sich danach erkundigen, Beadon, schicken Sie bitte einen Jungen zu uns, daß er Bligh verständigt.«

»Mit Vergnügen, Sir.«

»Danke, Beadon. Könnten Sie mir vielleicht vierzig Pfund in bar geben, und mein Konto damit belasten?«

»*Vierzig*, Sir?«

»Ja.«

»Ja, das läßt sich machen, Sir. Mit Vergnügen, Mr. Oliphant.« Mr. Beadon zog einen Schlüsselring aus der Tasche und machte sich daran, einen bewundernswert modern aussehenden Safe aufzusperren.

»Und ein Dutzend erstklassige Havannas. Und, Beadon ...«

»Ja, Sir?«

»Ich meine, es könnte eine sehr gute Idee sein, wenn Sie den Kasten in Ihrem Safe dort verwahren würden.«

»Selbstverständlich, Sir.«

»Ich glaube, daß die Speisewirtschaft *Zum Lamm* hier in der Nähe ist, Beadon?«

»Ja, Sir. Holborn. Ein kurzer Spaziergang.«

Der erste Schnee des Jahres begann zu fallen, als er die Chancery Lane hinaufging, ein trockener, körniger Schnee, der nicht so aussah, als würde er auf dem Pflaster haften bleiben.

Boots und Becky Dean waren nirgends zu sehen, was ein zuverlässiges Zeichen war, daß sie ihrem unsichtbaren Geschäft nachgingen.

Sie wissen gut genug, wie es gemacht wird.

Und war es nicht so? Wie viele hatte man allein in London verschwinden lassen, völlig verschwinden? Wie konnte man mit Freunden angenehm zu Abend essen, Mosel trinken, freundschaftlichem und entspanntem Gespräch lauschen und doch die Bürde solchen Wissens tragen?

Collins hatte der letzte sein sollen, der absolut letzte; jetzt war Betteredge fort, und in der Gewalt einer anderen Stelle.

Am Anfang hatte es so furchtbar elegant und einleuchtend ausgesehen.

Am Anfang war es seine Idee gewesen.

Das Auge. Er fühlte es jetzt — ja, sicherlich, sein alles sehender Blick war voll auf ihn gerichtet, als er dem betreßten Türsteher zunickte und das marmorne Vestibül der Speisewirtschaft betrat und zu den Clubräumen durchging, wo Andrew Wakefield zu speisen pflegte.

Messingbriefkästen, eine Telegrafenkabine, ein Übermaß an glänzenden Vertäfelungen, alles durch und durch modern. Er blickte durch Glastüren zurück zum Eingang. Gegenüber vom *Lamm*, jenseits der dünnen, schneeüberstäubten Verkehrsströme, sah er deutlich eine einsame Gestalt mit Melone.

Ein Page führte ihn in ein mit dunkler Eiche getäfeltes Zimmer, dessen Kamineinfassung aus italienischem Stein mit Reliefdarstellungen geschmückt war. »Laurence Oliphant«, sagte er zum Oberkellner, »für Mr. Andrew Wakefield.«

Ein Ausdruck von Unruhe kam in die Züge des Mannes. »Es tut mir leid, Sir, aber er ist nicht ...«

»Danke sehr«, sagte Oliphant, »aber ich glaube, ich sehe Mr. Wakefield.«

Auf dem Fuße gefolgt vom Oberkellner, marschierte Oliphant zwischen den Tischen durch, neugierig beobachtet von den vereinzelten Gästen.

»Andrew«, sagte er, an Wakefields Tisch angelangt, »was für ein Glücksfall, Sie hier anzutreffen.«

Wakefield speiste allein. Er schien unter vorübergehenden Schluckbeschwerden zu leiden.

»Mr. Wakefield, Sir«, begann der Oberkellner.

»Mein Freund wird sich zu mir setzen«, sagte Wakefield. »Setzen Sie sich, bitte, wir erregen Aufmerksamkeit.«

»Danke.« Oliphant folgte der Aufforderung.

»Wünschen Sie zu speisen, Sir?« fragte der Oberkellner.

»Nein, danke.«

Als sie allein waren, seufzte Wakefield vernehmlich.

»Verdammt noch mal, Oliphant, habe ich meine Bedingungen nicht deutlich gemacht?«

»Verraten Sie mir, was es ist, Andrew, wovor Sie sich auf einmal so fürchten?«

»Es sollte ziemlich offensichtlich sein.«

»Sollte es?«

»Lord Galton ist mit Ihrem verdammten Mr. Egremont verbündet. Er ist der große Patron der Kriminalanthropometrie. Ist es immer gewesen. Ihr Gründer, könnte man sagen. Er ist Charles Darwins *Vetter,* Oliphant, und hat großen Einfluß im Oberhaus.«

»Ja, und in der Royal Society, und in der Geographischen Gesellschaft. Ich bin mit Lord Galton durchaus vertraut, Andrew. Er befürwortet die systematische Höherzüchtung der menschlichen Art.«

Wakefield legte Messer und Gabel auf den Tellerrand. »Die Kriminalanthropometrie hat das Amt übernommen. Das Zentralamt für Statistik ist heute praktisch unter Egremonts Kontrolle.«

Wakefields Vorderzähne begannen an der Unterlippe zu nagen.

»Ich bin gerade aus der Fleet Street gekommen«, sagte Oliphant. »Die Ebene der Gewalt in dieser Gesellschaft, oder vielmehr die Ebene der *uneingestandenen* Gewalt, ist bemerkenswert, finden Sie nicht, Andrew?« Und er zog die Ballester Molina aus dem Mantel und legte die Waffe auf das Leinen zwischen ihnen. »Nehmen Sie diesen Revolver als Beispiel. Allzu leicht erhältlich, wie ich höre. Er ist ein französisch-mexikanisches Erzeugnis, durch die Vermittlung von Spaniern. Bestimmte Teile der Mechanik, höre ich, Federn und was weiß ich, sind tatsächlich britischen Ursprungs und auf dem offenen Markt erhältlich. Es wird unter diesen Umständen ziemlich schwierig zu sagen, woher eine Waffe wie diese stammt. Geradezu sinnbildlich für etwas in unserer gegenwärtigen Situation, meinen Sie nicht?«

Wakefield war blaß geworden.

»Aber ich scheine Sie beunruhigt zu haben, Andrew. Das bedaure ich.«

»Sie werden uns *auslöschen*«, sagte Wakefield. »Wir werden aufhören zu existieren. Nichts wird übrig bleiben, nichts, was beweisen könnte, daß einer von uns jemals gelebt hat. Kein Kontoauszug, keine Hypothek bei einer Bank, gar nichts.«

»Das ist genau, wovon ich rede, Andrew.«

»Schlagen Sie mit mir nicht diesen moralischen Ton an, Sir«, sagte Wakefield. »*Sie* und Ihre Leute fingen damit an, Oliphant — mit dem Verschwinden von Personen, den fehlenden Akten, den ausgelöschten Namen, den verlorengegangenen Nummern, den Geschichten, die zu bestimmten Zwecken herausgegeben wurden ... Nein, schlagen Sie diesen Ton nicht mit *mir* an.«

Oliphant war um eine Antwort verlegen. Er stand auf, ließ den Revolver auf dem Tischtuch liegen und verließ den Raum, ohne sich umzusehen.

»Verzeihen Sie«, sagte er im Marmorvestibül zu einem burgunderrot befracktem Hausdiener, der Zigarrenstummel aus einer mit Sand gefüllten marmornen Schale fischte, »könnten Sie mich bitte zum Büro des Clubverwalters führen?«

»Warum nicht?« sagte der Mann mit amerikanischem Akzent und führte Oliphant durch einen mit Spiegeln und Topfpflanzen gesäumten Korridor.

Fünfundfünfzig Minuten später, nachdem er die Räumlichkeiten des Wirtshauses und des Clubs eingehend besichtigt, ein Fotoalbum mit Bildern von den jährlichen Festlichkeiten des Clubs betrachtet, einen Antrag auf Mitgliedschaft ausgefüllt und eine nicht unbeträchtliche Aufnahmegebühr à fonds perdu entrichtet hatte, schüttelte Oliphant dem pomadisierten Verwalter die Hand, gab ihm eine Pfundnote, und bat, daß man ihm den Weg hinaus durch den verstecktesten Hintereingang zeige.

Dieser erwies sich als eine Tür zur Abwaschküche,

durch die er in einen engen naßkalten Gang von genau der Art gelangte, die er erhofft hatte.

Innerhalb einer Viertelstunde stand er an der Theke eines überfüllten Wirtshauses in der Bedford Row und überlas den Text des Telegramms, das eine gewisse Sybil Gerard einst dem Parlamentsabgeordneten Charles Egremont geschickt hatte.

»Hab' meine beiden Jungen auf der Krim verloren, Herr, an der Seuche sind sie gestorben, und heute noch kriege ich jedesmal einen Schreck, wenn ein Telegramm kommt ...«

Oliphant faltete den Zettel und legte ihn in sein Zigarrenetui. Er betrachtete sein unscharfes Spiegelbild im polierten Zinkblech der Theke. Er sah sein leeres Glas, blickte zu der Frau auf, einer angetrunkenen alten Vettel in Lumpen, die jede Farbe verloren hatten, die Wangen rosa von Ginblumen unter einer Patina von Schmutz.

»Nein«, sagte sie, »das ist nicht meine Tragödie.«

»Mein Roger war es«, sagte sie, »und mein Tommy. Und nichts haben sie mir geschickt, Herr — nicht einen Fetzen, Herr ... nicht einen verdammten Lappen ...«

Er gab ihr eine Münze. Sie dankte ihm murmelnd und zog sich zurück.

Es war Zeit, eine Droschke zu suchen.

In der dämmerigen hohen Höhlung der großen Bahnhofshalle vermischten sich Tausende von Stimmen, daß die Bestandteile ihrer Sprache zu einem homogenen und undurchdringlichen Summen zusammenflossen.

Unten ging Oliphant in gemessenem und wohlüberlegten Schritt seinen Geschäften nach, erstand eine Eisenbahnfahrkarte Erster Klasse nach Dover und ließ sich einen Platz für den Abendexpreß reservieren. Der Fahrkartenverkäufer legte Oliphants Nationale Kreditkarte in die Maschine und zog energisch am Hebel.

»Bitte sehr, Sir. Auf Ihren Namen reserviert.«

Oliphant bedankte sich und ging zu einem zweiten Schalter, wo er wieder seine Kreditkarte vorlegte. »Ich möchte eine Kabine auf dem Postdampfer morgen früh nach Ostende buchen.« Dann, als er die Fahrkarten und seine Nationale Kreditkarte in seine Brieftasche steckte, verlangte er, als wäre es ein nachträglicher Einfall, ein Billett Zweiter Klasse für die Mitternachtsfähre nach Calais.

»Soll das für heute nacht sein, Sir?«

»Ja.«

»Das ist dann die *Bessemer,* Sir. Auf die Nationale Kreditkarte, Sir?«

Oliphant verneinte und bezahlte das Billett nach Calais mit einer Pfundnote aus Mr. Beadons Safe.

Zehn vor neun, nach der goldenen Doppelkapseluhr seines Vaters.

Um neun Uhr bestieg er den anfahrenden Zug im letzten möglichen Augenblick und bezahlte den Fahrpreis Erster Klasse nach Dover direkt beim Zugschaffner.

Die *Bessemer,* eine Doppeldeckerfähre mit beweglich aufgehängtem Gesellschaftssaal, legte pünktlich um Mitternacht vom gischtübersprühten Kai in Dover ab. Nachdem Oliphant mit seinem Billett zweiter Klasse und seinen Pfundnoten den Bordzahlmeister aufgesucht hatte, setzte er sich im Gesellschaftssaal in einen brokatbezogenen Sessel, trank ziemlich mittelmäßigen Brandy und nahm seine Mitpassagiere in Augenschein. Sie waren, wie er mit Befriedigung vermerkte, ein absolut durchschnittliches Publikum.

Er hatte eine Abneigung gegen beweglich aufgehängte Gesellschaftssäle, weil er die maschinell gesteuerten Bewegungen, die das Schlingern und Stampfen des Schiffes ausgleichen sollten, störender fand als die gewöhnlichen Bewegungen eines Schiffes auf See. Hinzu kam, daß der Gesellschaftssaal fensterlos war. Kardanisch aufgehängt in einem zentralen Schacht, befand sich der Gesellschaftssaal so tief im Rumpf, daß normal angebrachte Fenster in Meeresspiegelhöhe gewesen wären. Alles in allem fand Oliphant den Aufwand, auf diese Weise Abhilfe gegen die Seekrankheit zu schaffen, übertrieben. Die übrigen Fahrgäste waren jedoch fasziniert von der neuartigen Technik einer kleinen Ausgleichsmaschine, deren einzige Aufgabe darin bestand, den Saal so waagerecht wie möglich zu halten. Dies wurde durch ein Verfahren bewerkstelligt, das von der Presse im Locherjargon als ›Rückkopplung‹ bezeichnet wurde. Mit ihren zwei Schaufelrädern vorn und achtern legte die *Bessemer* die Strecke zwischen Dover und Calais bei normalen Wetterverhältnissen in einer Stunde und dreißig Minuten zurück.

Lieber wäre er jetzt an Deck gewesen und hätte sich den Wind ins Gesicht wehen lassen; dann hätte er sich vielleicht vorstellen können, einem größeren, erreichbareren Ziel entgegenzudampfen. Aber die Fähren mit beweglich aufgehängtem Gesellschaftssaal hatten aus technischen Gründen nur ein öffentlich zugängliches Oberdeck, das nicht überdacht war, und der Wind über dem Kanal war feucht und kalt. Überdies hatte er gegenwärtig nur das eine Ziel, und seine Bemühungen konnten sich leicht als vergeblich erweisen.

Immerhin: Sybil Gerard. Nachdem er ihr Telegramm an Egremont gelesen hatte, war er nach reiflicher Überlegung zu dem Entschluß gekommen, daß es unklug sei, ihre Nummer anwählen und ihre Akte heraussuchen zu lassen. Das konnte unerwünschte Aufmerksamkeit erregen; und seit die Abteilung Kriminalanthropometrie im Zentralamt für Statistik zu bestimmendem Einfluß gelangt war, hatten seine Bedenken sich als berechtigt erwiesen. Des weiteren argwöhnte er, daß Sybil Gerards Akte nicht mehr existierte.

Walter Gerard aus Manchester, eingeschworener Feind des Fortschritts, Agitator für die Menschenrechte.

Tod durch den Strang. Und wenn Walter Gerard eine Tochter gehabt hatte, was mochte aus ihr geworden sein? Und wenn sie, wie sie behauptete, von Charles Egremont ruiniert worden war ...?

Oliphants Rücken begann zu schmerzen. Unter dem steifen Brokatbezug, dessen Jacquardgewebe wiederholte Abbildungen der *Bessemer* zeigte, war die Roßhaarpolsterung hart und kühl.

Doch wenn die Reise auch weiter nichts erbrachte, sagte er sich, war er wenigstens zeitweilig der weichen schwarzen Grube von Dr. McNeiles Schweizer Patentbadewanne entgangen.

Er stellte sein Brandyglas ungeleert beiseite, schloß die Augen und nickte ein.

Und träumte vielleicht vom Auge.

Die *Bessemer* legte um ein Uhr dreißig in Calais an.

Lucien Arslaus Wohmung lag in Passy. Zur Mittagszeit überreichte Oliphant seine Visitenkarte dem Concierge, der sie durch Rohrpost zu Monsieur Arslaus Wohnung übermittelte. Schon Augenblicke später kamen zwei Pieptöne aus der Pfeife, die an einem vernickelten Sprachrohr festgemacht war; der Concierge neigte sein Ohr an den Trichter, und Oliphant vernahm schwaches Rufen auf französisch.

Der Concierge geleitete Oliphant zum Aufzug.

Im fünften Stock wurde er von einem livrierten Diener eingelassen, der eine Leibbinde aus *gros de Naples* trug, in welcher ein verziertes korsisches Stilett stak. Der junge Mann brachte eine Verbeugung fertig, ohne den Blick von Oliphant zu wenden. Monsieur Arslau bedaure, sagte der Diener, daß er im Augenblick außerstande sei, Monsieur Oliphant zu empfangen; ob Monsieur Oliphant inzwischen eine Erfrischung wünsche?

Oliphant erklärte, daß er eine Gelegenheit zu baden sehr zu schätzen wüßte. Er würde auch ein Kännchen Kaffee sehr angenehm finden.

Er wurde durch einen geräumigen Salon geführt, reich an Satin und Goldbronze, Schränken und Kommoden mit feiner Einlegearbeit, Statuetten und Porzellan, wo der reptilienäugige Kaiser und seine zierliche Gemahlin, die frühere Miss Howard, aus einem Doppelportrait in Öl blickten. Und dann durch ein Frühstückszimmer, dessen Wände mit Kupferstichen geschmückt waren, in ein achteckiges Ankleidezimmer.

Gut zwei Stunden später, nachdem er in einer marmorumrandeten Wanne von erfreulicher Solidität gebadet, starken französischen Kaffee getrunken und Koteletts à la Maintenon gegessen hatte und mit einem übermäßig gestärkten Hemd seines Gastgebers ausgestattet war, wurde er in Arslaus Arbeitszimmer geführt.

»Mr. Oliphant, Sir« sagte Arslau in seinem ausgezeichneten Englisch, »es ist mir eine große Freude. Ich bedaure, daß es mir nicht möglich gewesen ist, Sie früher zu empfangen, aber ...« Er machte eine Handbewegung zu seinem breiten Mahagonischreibtisch, der mit Akten und Papieren übersät war. Hinter einer geschlossenen Tür klapperte ein Telegraf. An einer Wand hing eine gerahmte Radierung von der gewaltigen Maschine, dem Großen Napoleon, deren mächtige Getriebetürme hinter einem Gitterwerk aus Glas und Eisen aufragten.

»Keineswegs, Lucien. Ich bin dankbar, daß ich die Zeit hatte, Ihre Gastfreundschaft zu nutzen. Ihr Koch hat eine außerordentliche Gabe, mit Hammelfleisch umzugehen; ein so verfeinertes Fleisch konnte kaum an einem gewöhnlichen Schaf gewachsen sein.«

Arslau lächelte. Etwa von Oliphants Größe, mit breiteren Schultern, war er zwischen vierzig und fünfzig Jahre alt und trug seinen ergrauenden Bart auf kaiserliche Art geschnitten. Seine Krawatte war mit kleinen goldenen Bienen bestickt. »Ich habe Ihren Brief natürlich erhalten.« Er kehrte an seinen Schreibtisch zurück und setzte sich in einen Lehnstuhl mit dunkelgrüner Lederpolsterung. Oliphant nahm ihm gegenüber in einem

Sessel Platz. »Ich muß zugeben, daß ich neugierig bin, Laurence, was Ihre gegenwärtige Nachforschung betrifft.« Arslau legte die Fingerspitzen zusammen und blickte mit hochgezogenen Brauen über sie hinweg. »Die Natur Ihres Ersuchens scheint kaum die Sicherheitsvorkehrungen zu rechtfertigen, die Sie für notwendig erachten ...«

»Im Gegenteil, Lucien, Sie müssen wissen, daß ich unsere Bekanntschaft nicht in dieser Weise ausbeuten würde, wenn ich nicht die triftigsten Gründe dafür hätte.«

»Aber nein, mein Freund«, sagte Arslau mit einer abwinkenden kleinen Handbewegung, »Sie haben nur um eine selbstverständliche kleine Gefälligkeit gebeten. Unter Kollegen, Männern wie uns, ist es nichts. Ich bin einfach neugierig; das ist eines meiner vielen Laster. Sie übermitteln mir einen Brief durch die kaiserliche Kurierpost — keine Kleinigkeit, für einen Engländer, obwohl ich weiß, daß Sie mit unserem Freund Bayard auf vertrautem Fuß stehen. Ihr Brief erbittet meine Hilfe bei der Lokalisierung einer bestimmten englischen Abenteurerin, nichts weiter. Sie glauben, daß die Frau in Frankreich wohnhaft sein könnte. Dennoch betonen Sie die Notwendigkeit äußerster Geheimhaltung und warnen mich ausdrücklich davor, durch Telegraf oder die reguläre Post mit Ihnen Verbindung aufzunehmen. Sie instruieren mich, ich möge Ihre Ankunft abwarten. Was soll ich aus alledem entnehmen? Sind Sie schließlich doch noch den Ränken einer Frau erlegen?«

»Leider ist das nicht der Fall.«

»Wenn ich an das gegenwärtige Modell britischer Fraulichkeit denke, mein Freund, finde ich das ganz und gar begreiflich. Viel zu viele von Ihren Frauen haben den Ehrgeiz, sich auf die Ebene maskuliner Intellektualität zu stellen ... Sie verschmähen Krinolinen, Puder, die Mühe, sich hübsch zu machen oder auch nur in irgendeiner Weise liebenswürdig zu sein! Was für ein trauriges, von Nützlichkeitsdenken beherrschtes, häßliches Leben steht den Engländern bevor, wenn diese Tendenz andauert! Also frage ich Sie, warum Sie den Kanal überquert haben, um eine *englische* Abenteurerin zu finden? Nicht, daß es uns an ihnen fehlen würde. Sie sind ziemlich dicht gesät, wenn Sie mich fragen, nicht zu reden vom Ursprung unserer eigenen Kaiserin.« Arslau lächelte.

»Sie haben auch nie geheiratet, Lucien«, bemerkte Oliphant in einem Versuch, Arslau von seinem Ziel abzulenken.

»Aber schauen Sie sich den Ehestand an! Wer kann sagen, welches die eine kluge Wahl unter den neunhundertneunundneunzig Fehlern sein wird? Welche wird der eine Aal in dem Faß voll Schlangen sein? Das Mädchen an der Bordsteinkante mag die eine Frau sein, die mich zu einem glücklichen Mann machen kann, mein Freund, ich aber fahre an ihr vorbei und bespritze sie in meiner völligen Ahnungslosigkeit mit dem Schmutz von meinen Rädern!« Arslau lachte. »Nein, ich habe nicht geheiratet, und Ihre Mission ist eine politische.«

»Natürlich.«

»Mit Großbritannien stehen die Dinge nicht zum Besten. Ich brauche meine britischen Quellen nicht, um das zu wissen, Laurence. Die Zeitungen genügen mir. Der Tod Byrons ...«

»Großbritanniens politische Richtung, Lucien — ja, letztendlich seine Stabilität als Nation — mag schon jetzt auf dem Spiel stehen. Ich brauche Sie nicht an die überragende Bedeutung der beiderseitigen Anerkennung und Unterstützung unserer Nationen zu erinnern.«

»Und die Angelegenheit dieser Miss Gerard, Laurence? Soll ich es so verstehen, daß sie irgendwie eine Schlüsselrolle in der Situation spielt?«

Oliphant zog sein Zigarrenetui und wählte eine von Beadons Havannas. Seine Finger streiften das zusammengefaltete Papier von Sybil Gerards Telegramm. Er klappte das Etui zu. »Macht es Ihnen etwas aus, wenn ich rauche?«

»Bitte tun Sie es.«

»Danke. Die Angelegenheiten, die mit Sybil Gerard zusammenhängen, sind rein innenpolitischer, britischer Natur. Sie könnten schließlich auch Frankreich beeinflussen, aber nur in einer sehr indirekten Weise.« Oliphant schnitt das Mundstück der Zigarre an.

»Sind Sie dessen ganz sicher?«

»Das bin ich.«

»Ich nicht.« Arslau erhob sich, um Oliphant einen kupfernen Aschenbecher auf einem Walnußständer zu bringen. Er kehrte an seinen Schreibtisch zurück, blieb aber stehen. »Was wissen Sie von der Jacquardine-Gesellschaft?«

»Sie entspricht ungefähr unserer Gesellschaft für Dampfintellekt, nicht wahr?«

»Ja und nein. Innerhalb der Jacquardiner gibt es eine andere, eine Geheimgesellschaft. Sie nennt sich Les Fils de Vaucanson. Einige von ihnen sind Anarchisten, andere gehören der Universellen Bruderschaft an, andere tun sich mit jeder Art von Gesindel zusammen. Klassenkampfverschwörer, verstehen Sie? Wieder andere sind einfach Kriminelle. Aber das wissen Sie, Laurence.«

Oliphant nahm ein Schwefelholz aus einer Schachtel mit einer Abbildung der *Bessemer* und riß es an. Er zündete die Zigarre an.

»Sie sagen mir, daß die Frau, die Sie als Sybil Gerard kennen, für Frankreich ohne Belang sei«, sagte Arslau.

»Sind Sie anderer Meinung?«

»Vielleicht. Erzählen Sie mir, was Sie von unseren Schwierigkeiten mit dem Großen Napoleon wissen.«

»Sehr wenig. Wakefield vom Zentralamt für Statistik erwähnte mir gegenüber diese Schwierigkeiten. Die Maschine funktioniert nicht mehr präzise?«

»*Ordinateurs* sind, gedankt sei dem guten Gott, nicht meine Spezialität. Die Napoleon arbeitet in den meisten Fällen mit ihrer gewohnten Geschwindigkeit und Präzision, wie ich hörte, aber ein schwierig zu ortendes Element von Unbeständigkeit spukt gegenwärtig in den höheren Funktionen der Maschine ...« Arslau seufzte. »Da diese höheren Funktionen als eine Angelegenheit von beträchtlichem nationalen Stolz angesehen werden, bin ich gezwungen gewesen, große Mengen der abstrusesten technischen Prosa im Kaiserreich zu studieren. Letzten Endes ohne Erfolg, wie es jetzt scheint, da wir den Schuldigen gefunden haben.«

»Den Schuldigen?«

»Ein erklärtes Mitglied der Fils de Vaucanson. Sein Name ist ohne Bedeutung. Er wurde in Lyon im Zusammenhang mit einem gewöhnlichen Betrugsfall festgenommen, in den ein städtischer Ordinateur verwickelt war. Einzelheiten seines Geständnisses machten die Geheimpolizei auf ihn aufmerksam, und durch sie erfuhren wir davon. Während seiner Vernehmungen bekannte er seine Verantwortlichkeit für den gegenwärtigen beklagenswerten Zustand unserer Großen Napoleon.«

»Dann gestand er Sabotage?«

»Nein. Das zu gestehen, weigerte er sich bis zuletzt. Im Hinblick auf die Napoleon gab er nur zu, eine bestimmte Sequenz von Lochkarten eingeschleust zu haben, eine mathematische Formel.«

Oliphant betrachtete die Rauchspirale seiner Zigarre, wie sie zur Stuckrosette der hohen Decke emporstieg.

»Die Formel kam aus London«, fuhr Arslau fort. »Er erwarb sie von einer Engländerin. Ihr Name war Sybil Gerard.«

»Haben Sie eine Analyse dieser Formel vorgenommen?«

»Nein. Sie wurde gestohlen, behauptete unser Jacquardiner, hinweggezaubert von einer Frau, die er als Flora Bartelle kannte, anscheinend eine Amerikanerin.«

»Ich verstehe.«

»Dann sagen Sie mir, was Sie sehen, mein Freund, denn ich selbst tappe sehr im dunkeln.«

Das Auge. Das alles sehende, erhabene Gewicht seiner Wahrnehmung drückte aus jeder Richtung auf ihn.

Oliphant zögerte. Asche von seiner Zigarre fiel unbemerkt auf Arslaus dicken Teppich. »Ich muß Sybil Gerard erst noch treffen«, sagte er, »aber ich könnte Ihnen vielleicht Information über diese Formel bieten, die Sie erwähnten. Es könnte sogar möglich sein, eine Kopie zu erlangen. Ich kann jedoch nichts versprechen, bis mir erlaubt ist, die fragliche Dame ausführlich und unter vier Augen zu sprechen.«

Arslau schwieg eine Weile. Er schien durch Oliphant hindurchzublicken. Schließlich nickte er. »Wir können das arrangieren.«

»Sie ist, nehme ich an, nicht in Gewahrsam?«

»Sagen wir, daß wir über ihre Bewegungen unterrichtet sind.«

»Sie lassen ihr Freiheit, halten sie aber unter Beobachtung?«

»Genau das. Wenn wir sie jetzt festnehmen, und sie enthüllt nichts, wird die Fährte kalt.«

»Ihre Technik, Lucien, ist wie immer makellos. Und wann könnte meine Begegnung mit ihr stattfinden?«

Das Auge, der Druck, das Pochen seines Herzens.

»Heute abend, wenn Sie es wünschen«, sagte Monsieur Arslau von der Police des Châteaux und rückte an seiner goldbestickten Krawatte.

Die Wände des Café de l'Univers waren mit Gemälden, geätzten Spiegeln und emaillierten Tafeln behängt, welche das allgegenwärtige Erzeugnis von Pernod Fils annoncierten. Die Bilder, wenn man sie so nennen konnte, waren entweder groteske Klecksereien oder absonderliche geometrische Formgebungen, welche die rastlose Bewegung der Kinotrop-Stückchen suggerierten. In einigen Fällen, mutmaßte Oliphant, waren die Maler selbst anwesend — oder zumindest solche, die er für Maler hielt: langhaarige Burschen mit Baskenmützen aus Samt, die Cordhosen beschmiert mit Farbpigmenten und Zigarettenasche. Aber die Mehrzahl der Gäste bestand — nach seinem Gefährten, einem gewissen Jean Beraud — aus *kinotropistes.* Diese Herren des Quartier Latin saßen und tranken mit ihren schwarzgekleideten *grisettes* an den runden Marmortischen oder diskutierten in kleinen Gruppen über theoretische Fragen.

Beraud, in einem der Jahreszeit nicht angemessenen steifen Strohhut und einem braunen Anzug von betont gallischem Schnitt, war einer von Arslaus *mouchards,* ein professioneller Informant, für den die *kinotropistes* allesamt *›le milieu‹* verkörperten. Er war frisch und rosig wie ein Ferkel, trank Vittel und Pfefferminzlikör, und Oliphant hatte von Anfang an eine Abneigung gegen ihn gefaßt. Die *kinotropistes* schienen den Absinth von Pernod Fils zu bevorzugen; Oliphant, der ein Glas Rotwein bestellt hatte, beobachtete das Ritual mit Glas und Wasserkaraffe, Zuckerstück und kellenförmigem Löffel.

»Absinth ist der Nährboden der Tuberkulose«, sagte Beraud.

»Warum glauben Sie, daß Madame Tournachon sich entschließen wird, heute abend in diesem Café zu erscheinen, Beraud?«

Der *mouchard* zuckte die Achseln. »Sie ist vertraut mit *le milieu,* Monsieur. Sie geht zu Madelon, auch zu Batiffol, aber hier, im l'Univers, findet sie am ehesten Unterhaltung und Gesellschaft.«

»Und warum ist das so, meinen Sie?«

»Weil sie Gautiers Geliebte war, natürlich. Er war hier eine Art Prinz, Monsieur. Das muß man wissen. Ihre Beziehung mit Gautier hat ihre Kontakte mit der gewöhnlichen Gesellschaft notwendigerweise begrenzt. Er brachte ihr Französisch bei, jedenfalls das, was sie kann.«

»Was für eine Art von Frau ist sie, in Ihren Augen?«

Beraud schmunzelte. »Sie ist vielleicht attraktiv, aber kalt. Teilnahmslos. Wie die Engländerinnen eben sind, verstehen Sie?«

»Wenn sie kommt, Beraud — falls sie kommt, sollte ich sagen —, haben Sie augenblicklich das Lokal zu verlassen.«

Beraud zog die Brauen hoch. »Im Gegenteil, Monsieur ...«

»Sie haben das Lokal zu verlassen, Beraud. Sie müssen gehen.« Eine gemessene Pause. »Verschwinden.«

Die wattierten Schultern des braunen Anzuges hoben sich, und Beraud seufzte.

»Sie werden den Droschkenkutscher anweisen, daß er zu warten hat, und den Stenografen auch. Übrigens, der Stenograf, Beraud — ist sein Englisch ausreichend? Mein Freund — mein sehr guter Freund, Monsieur Arslau, hat mir versichert, daß dies der Fall ist ...«

»Absolut ausreichend, ja! Und Monsieuer ...« — er stand so schnell auf, daß er seinen Bugholzstuhl beinahe umgeworfen hätte —, »da ist sie ...«

Die Frau, die jetzt das l'Univers betrat, hätte leicht für eine modische Pariserin der begüterten Schichten gehalten werden können. Schlank und blond, trug sie eine Krinoline aus dunkler Merinowolle mit passendem Umhang und Haube, die mit Hermelin besetzt war.

Als Beraud seinen hastigen Rückzug in die Tiefen des Cafés fortsetzte, stand Oliphant auf. Der Blick ihrer sehr wachsamen, sehr blauen Augen begegnete dem seinen. Er trat auf sie zu, den Hut in der Hand, und verbeugte sich. »Verzeihen Sie«, sagte er auf englisch. »Man hat uns nicht bekanntgemacht, aber ich muß in einer Angelegenheit von großer Dringlichkeit mit Ihnen sprechen.«

Verstehen kam in die großen blauen Augen — und Angst.

»Sir, Sie verwechseln mich mit einer anderen.«

»Sie sind Sybil Gerard.«

Ihre Unterlippe zitterte jetzt, und Oliphant verspürte eine plötzliche, starke und ganz unerwartete Sympathie. »Ich bin Laurence Oliphant, Miss Gerard. Sie befinden sich gegenwärtig in großer Gefahr. Ich möchte Ihnen helfen.«

»Das ist nicht mein Name, Sir. Bitte lassen Sie mich durch. Meine Freunde warten.«

»Ich weiß, daß Egremont Sie bedroht. Ich verstehe die Natur seines Betrugs.«

Bei der Nennung des Namens schrak sie zusammen, und Oliphant befürchtete schon, sie werde auf der Stelle in Ohnmacht fallen, aber dann schauderte sie ein wenig und sah ihn eine Weile aufmerksam an. »Ich sah Sie in jener Nacht im Grand's Hotel«, sagte sie. »Sie waren im Rauchsalon, mit Houston und ... Mick. Sie hatten einen verletzten Arm in einer Schlinge.«

»Bitte«, sagte er, »setzen Sie sich zu mir.«

Sie ließ sich ihm gegenüber am Tisch nieder, und Oliphant hörte sie in recht passablem Französisch *absinthe de vidangeur* bestellen.

»Kennen Sie Lamartine, den Sänger?« fragte sie.

»Tut mir leid, nein.«

»Er erfand ihn, den ›Straßenkehrerabsinth‹. Ich kann ihn anders nicht trinken.«

Der Kellner brachte das Getränk, eine Mischung von Absinth und Rotwein.

»Théo lehrte mich, ihn zu bestellen«, sagte sie, »bevor er ... fortging.« Sie trank. »Ich weiß, daß Sie gekommen sind, mich zurückzuholen. Machen Sie mir nichts vor. Ich kenne einen Polizisten, wenn ich einen sehe.«

»Ich habe kein Verlangen, Ihre Rückkehr nach England zu sehen, Miss Gerard ...«

»Tournachon. Ich bin Sybil Tournachon. Französische Staatsbürgerin durch Eheschließung.«

»Ihr Gemahl ist hier in Paris?«

»Nein«, sagte sie und hob ein ovales Medaillon aus Stahl an seinem schwarzen Samtband. Sie ließ den kleinen Deckel aufspringen und zeigte ihm eine daguerreotypierte Miniatur eines stattlichen jungen Mannes. »Aristide. Er fiel bei Philadelphia, in dem furchtbaren Inferno. Er hatte sich freiwillig gemeldet, um auf der Seite der Union zu kämpfen. Er war wirklich, wissen Sie; ich meine, er existierte tatsächlich und war nicht bloß eine fingierte Persönlichkeit, wie sie von den Lochern gemacht werden ...« Sie betrachtete das kleine Bild mit einem Ausdruck von Sehnsucht und Trauer, doch begriff Oliphant, daß sie Aristide Tournachon zu seinen Lebzeiten wahrscheinlich nie gesehen hatte.

»Es war eine Vernunftheirat, nehme ich an.«

»Ja. Und Sie sind gekommen, mich zurückzubringen.«

»Keineswegs, Miss ... Tournachon.«

»Ich glaube Ihnen nicht.«

»Sie müssen. Sehr viel hängt davon ab, nicht zuletzt Ihre eigene Sicherheit. Seit Sie London verließen, ist Charles Egremont ein sehr mächtiger, ein sehr gefährlicher Mann geworden. So gefährlich für das Wohlbefinden Großbritanniens wie er unzweifelhaft für Sie gefährlich ist.«

»Charles? Gefährlich?« Sie schien auf einmal erheitert. »Sie wollen mich zum Besten haben.«

»Ich brauche Ihre Hilfe. Dringend. So dringend wie Sie die meinige brauchen.«

»Tue ich das?«

»Egremont verfügt über große Machtmittel, Regierungsorgane, die leicht imstande sind, Sie hier zu erreichen.«

»Sie meinen die Sonderabteilung und diese Leute?«

»Damit nicht genug, muß ich Sie informieren, daß Ihre Aktivitäten sogar in diesem Augenblick von wenigstens einem Geheimagenten des französischen Polizeiministers überwacht werden ...«

»Weil Théophile mir geholfen hat?«

»Das scheint in der Tat der Fall zu sein.«

Sie trank den Rest der übel aussehenden Mischung in ihrem Glas. »Lieber Théophile. Was war er für ein lieber, einfältiger Kerl! Immer in seiner roten Weste, und ein ungemein raffinierter Locher. Ich gab ihm Mick Radleys Lochkartenserie, und er war furchtbar nett zu mir. Machte mir eine Heiratsurkunde und eine französische Bürgernummer rat-tat-tat. Dann, eines Nachmittags, ich sollte ihn hier treffen …«

»Ja?«

»Er kam nicht.« Sie schlug den Blick nieder. »Er pflegte damit zu prahlen, daß er einen ›Glücksspiel-Modus‹ gefunden habe. Das behaupten sie alle, aber er redete so, als sei es ihm ernst damit. Jemand mochte ihm geglaubt haben. Es war töricht von ihm …«

»Sprach er jemals mit Ihnen über sein Interesse an der Maschine, die als Großer Napoleon bekannt ist?«

»Ihr Ungeheuer, meinen Sie? Die Pariser Locher reden kaum von etwas anderem, Sir! Sie sind verrückt nach dem Ding!«

»Die französischen Behörden glauben, Théophil Gautier habe den Großen Napoleon mit Radleys Karten beschädigt.«

»Ist er also tot, Théo?«

Oliphant zögerte. »Leider ja, ich glaube es.«

»Das ist so bösartig und grausam«, sagte sie, »einen Mann hinwegzuzaubern wie ein Kaninchen auf der Bühne, und diejenigen, die ihm nahestanden, in Ungewißheit zu lassen, allein mit ihren Sorgen und ihrem Kummer und ihrer Unruhe! Es ist abscheulich!«

Oliphant konnte ihrem Blick nicht begegnen.

»Solche Dinge geschehen in Paris«, sagte sie. »Wenn ich daran denke, worüber die Locher manchmal scherzen … Und London, sagen sie, ist nicht besser, nicht für die, die Bescheid wissen. Wissen Sie, daß es hier heißt, die Radikalen hätten Wellington ermordet? Sie sagen, die Erdarbeiter, die mit der Radikalen Partei unter einer Decke steckten, hätten einen Stollen unter das Restaurant gegraben, und der Anführer der Erdarbeiter selbst habe das Pulver festgestampft und die Lunte gelegt … Dann schoben die Radikalen die Schuld Männern wie …«

»Ihrem Vater in die Schuhe. Ja. Ich weiß.«

»Und Sie wissen das und verlangen von mir, daß ich *Ihnen* vertraue?« Trotz war in ihren Augen, und vielleicht ein lang begrabener Stolz.

»Weil ich weiß, daß Charles Egremont Ihren Vater, Walter Gerard, betrog und seine Vernichtung herbeiführte; daß er auch Sie betrog und in den Augen der Gesellschaft ruinierte, muß ich Sie um Ihr Vertrauen bitten. Im Austausch biete ich Ihnen die vollständige und praktisch sofortige Zerstörung der politischen Karriere dieses Mannes.«

Wieder schlug sie den Blick nieder und schien zu überlegen. »Könnten Sie das wirklich tun?« fragte sie.

»Ihr Zeugnis allein wird ausreichen. Ich werde bloß das Instrument seiner Weitergabe sein.«

»Nein«, sagte sie schließlich. »Wenn ich ihn öffentlich anklagen müßte, dann würde ich mich selbst ebenfalls bloßstellen. Charles ist nicht der einzige, den ich fürchten muß, wie Sie selbst gesagt haben. Vergessen Sie nicht, daß ich in jener Nacht dort war, in Grand's Hotel; ich weiß, wie lang der Arm der Rache sein kann.«

»Ich habe nicht vorgeschlagen, daß Sie ihn öffentlich anklagen. Erpressung wird genügen.«

Ihr Blick wurde geistesabwesend, als ginge sie die fernen Wege der Erinnerung. »Sie waren so eng befreundet, Charles und mein Vater, so schien es mir jedenfalls … Vielleicht, wenn es anders gekommen wäre …«

»Egremont lebt jeden Tag mit diesem Verrat. Es ist der Entzündungsherd ständiger Gereiztheit und Erbitterung, um den seine moralisch verkommene Politik sich hat bilden können. Ihr Telegramm weckte sein Schuldgefühl und seine Angst, daß die frühen Ludditen-Sympathien enthüllt werden könnten. Nun möchte er die Bestie zähmen, politischen Terror zu seinem ständigen Verbündeten machen. Aber Sie und ich stehen ihm im Weg.«

Die blauen Augen waren seltsam ruhig. »Ich finde, daß ich Ihnen gern glauben möchte, Mr. Oliphant.«

»Ich werde für Ihre Sicherheit sorgen«, sagte Oliphant, ziemlich erstaunt über seine eigene Eindringlichkeit. »Solange Sie in Frankreich zu bleiben wünschen, werden Sie unter dem Schutz mächtiger Freunde stehen, Kollegen von mir, Agenten des kaiserlichen Hofes. Eine Droschke erwartet uns, und ein Stenograf, um die Einzelheiten Ihres Zeugnisses aufzunehmen.«

Mit einem gequälten, blähsüchtigen Pfeifen komprimierter Luft wurde im rückwärtigen Teil des Cafés ein kleines Panmelodium in Betrieb genommen. Oliphant wandte sich um und sah den *mouchard* Beraud, der inmitten einer Gruppe schwatzender *kinotropistes* eine holländische Tonpfeife rauchte.

»Madame Tournachon«, sagte er und erhob sich, »darf ich Ihnen meinen Arm anbieten?«

»Er ist verheilt, nicht wahr?« Sie erhob sich mit einem Geraschel von Unterröcken.

»Ganz und gar«, sagte Oliphant, und er erinnerte sich des Blitzschlages, mit dem das Samuraischwert ihn in Edo getroffen hatte. Er hatte versucht, sich den Kerl mit einer Reitgerte vom Leibe zu halten.

Als die maschinenbetriebene Musik des Panmelodiums eine Fortsetzung des Gesprächs im Café unmöglich machte, nahm sie seinen Arm.

Von der Straße kam ein Mädchen hereingeplatzt, die nackten Brüste grün gefärbt. Um ihre Mitte waren Palmwedel aus Kupferfolie drapiert. Sie wurde gefolgt von zwei jungen Männern in ähnlichem Aufzug, und Oliphant fühlte sich völlig desorientiert.

»Kommen Sie also«, sagte Sybil. »Wissen Sie nicht, daß es Kunststudenten sind und auf einem Ball gewesen sind? Wir sind nicht weit vom Montmartre, verstehen Sie, und die Kunststudenten haben hier die schönste und verrückteste Zeit ihres Lebens.«

Oliphant hatte mit dem Gedanken gespielt, Charles Egremont persönlich eine Abschrift von Sybil Gerards Zeugenaussage zu übergeben. Doch bei seiner Rückkehr nach England überkamen ihn vorübergehend die Symptome fortgeschrittener Syphilis — die Dr. McNeile unrichtig als Rückenleiden diagnostiziert hatte, hervorgerufen durch zu viele Fahrten mit der Eisenbahn. Getarnt als Handelsreisender aus dem Elsaß, der Heimat von Monsieur Arslau, nahm Oliphant Quartier in Brightons hydropathischem Heilbad Aufenthalt, um eine Wasserkur anzutreten und eine Anzahl Telegramme abzusenden.

Mori Arinori trifft um Viertel nach vier mit einem neuen *Zephyr*-Dampfwagen, den er in einer Garage in Camden Town gemietet hat, in Belgravia ein, gerade als Charles Egremont die Fahrt zum Parlament antritt, wo er eine sehr wichtige Rede halten wird.

Egremonts Leibwächter, abgeordnet von der Abteilung für Kriminalanthropometrie, einen Maschinenkarabiner unter dem Mantel, sieht Mori aus dem *Zephyr* klettern, eine kleine Gestalt im Abendanzug.

Mori marschiert durch den frisch gefallenen Schnee, daß seine Stiefel vollkommene Abdrücke auf dem schwarzen Macadam hinterlassen.

»Für Sie, Sir«, sagt Mori und verbeugt sich, überreicht Egremont den festen Manilaumschlag. »Einen schönen guten Tag, Sir.« Darauf legt er eine runde Schutzbrille mit einem Elastikband an und kehrt zurück zu seinem *Zephyr*.

»Was für eine außergewöhnliche kleine Persönlichkeit«, sagt Egremont, und sein Blick verläßt Mori und richtet sich auf den Umschlag. »Man hat noch nie einen Chinesen in solcher Aufmachung gesehen ...«

Die Bilder tabellarisch*

DIE SPRACHE DER ZEICHEN

Die kreisförmige Anordnung der Achsen der Differenzmaschine um große zentrale Räder eröffnet die ausgedehntesten Perspektiven. Die ganze Arithmetik schien jetzt in der Reichweite des Mechanismus zu sein. Eine zunächst noch undeutliche Vision von einer Analytischen Maschine erstand vor meinem inneren Auge, und ich verfolgte diese schattenhafte Vision mit Begeisterung.

Die Zeichnungen und Experimente waren außerordentlich kostspielig. Erstklassige technische Zeichner und Konstrukteure wurden beschäftigt, um die Arbeit meines eigenen Kopfes wirtschaftlicher zu gestalten; während geschickte Facharbeiter die Teile der experimentellen Maschine anfertigten.

Um mein Vorhaben erfolgreich auszuführen, hatte ich in einer sehr ruhigen Gegend Londons ein Haus mit ungefähr eintausendfünfhundert Quadratmetern Grund erworben. Die Wagenremise wurde in eine Schmiede und Gießerei umgewandelt, die Pferdeställe in eine Werkstatt. Später errichtete ich größere Werkstätten und ein feuersicheres Gebäude für meine Entwurfsabteilung.

---

* Im Original ›The Images Tabled‹. Der Doppelsinn ist nicht übertragbar. Es bedeutet sowohl ›Die (Vorstellungs-)Bilder auf den Tisch gelegt‹ als auch ›Die (Vorstellungs-)Bilder tabellarisch angeordnet‹.

Das komplizierte Zusammenwirken zwischen den verschiedenen Teilen der Maschinerie hätte auch das beharrlichste Gedächtnis verwirrt. Ich überwand diese Schwierigkeit, indem ich eine Zeichensprache verbesserte und erweiterte, die Mechanische Notation, welche ich 1826 in einer wissenschaftlichen Arbeit erläutert hatte, die in der Monatsschrift der Royal Society abgedruckt wurde. Durch solche Mittel gelang es mir, eine Reihe umfangreicher Untersuchungen zu meistern, die ich andernfalls nicht in Jahren hätte bewältigen können. Mit Hilfe der Sprache der Zeichen wurde die Maschine Realität.

Lord Charles Babbage,
Ereignisse im Leben eines Philosophen, 1864.

BRIEF AN UNSERE LESER
(aus *The Mechanics Magazine,* 1830)

Unter den Leserbriefen, die unsere Redaktion erreichen, befinden sich immer wieder einige, in denen Zweifel daran laut werden, ob eine Fachzeitschrift wie die unsrige sich mit politischen Fragen befassen sollte. Aber die Interessen von Wissenschaft und Industrie sind untrennbar verflochten mit der politischen Ausrichtung eines Staatswesens. Wie könnten wir unter diesen Umständen schweigen?

Wir blicken mit freudiger Erwartung in eine Zukunft, die der Wissenschaft und allen produktiven Kräften dieses Landes einen großartigen Aufschwung verheißt. Die Garantie dieser Zukunft sehen wir verkörpert in Mr. Babbage, dessen herausragende Leistungen auf dem Gebiet der Wissenschaften, dessen bewährte geistige Unabhängigkeit, dessen aufgeschlossener, forschender Verstand und dessen wirtschaftliches, praxisbezogenes Denken ihn für eine führende Position in diesem Staatswesen prädestiniert.

Darum sagen wir zu jedem Wähler, der Leser dieser

Zeitschrift ist: gehen Sie hin und wählen Sie Mr. Babbage. Wenn Sie ein Erfinder sind, den die allgegenwärtige und drückende Steuer auf Patente vom fairen Wettbewerb ausschließt, und der diese Steuer durch ein weises und durchdachtes System öffentlicher Subventionen ersetzt sehen möchte — gehen Sie hin und wählen Sie Mr. Babbage. Wenn Sie ein Fabrikant sind, in Ihren Operationen behindert und bedrückt durch die fiskalischen Torheiten der gegenwärtigen Regierung; wenn Sie erleben möchten, daß die Britische Industrie frei wird wie die Luft, die Sie atmen — gehen Sie hin und wählen Sie Mr. Babbage. Wenn Sie ein Handwerker sind und von einer gleichmäßigen Nachfrage nach den Erzeugnissen Ihrer Tüchtigkeit abhängen, und wenn Ihnen die Bedeutung des Freihandels für Ihren geschäftlichen Erfolg bewußt ist — gehen Sie hin und wählen Sie Mr. Babbage. Wenn Sie ein Anhänger von Wissenschaft und Fortschritt sind, Prinzip und Praxis wie Knochen und Sehne vereint sehen möchten, dann wählen Sie Mr. Babbage!

IN DER ZEIT DER UNRUHEN

Die Ergebnisse der allgemeinen Wahlen von 1830 machten die Stimmung im Lande deutlich. Byron und seine Radikale Partei hatten einen glänzenden Sieg davongetragen, und die Liberale Partei die schwerste Niederlage ihrer Geschichte erlitten. Lord Wellingtons Konservative hingegen erkannten klar die Bedrohung aristokratischer Privilegien wie sie von den Plänen der Radikalen zur Einführung einer Meritokratie ausging, und leisteten erbitterten Widerstand. Das Unterhaus verzögerte ein Reformgesetz der Radikalen, und am 8. Oktober brachte das Oberhaus es zu Fall. Der König weigerte sich, Radikale in den Adelsstand zu erheben, die das Gesetz dann im Oberhaus durchbringen könnten; statt dessen wurden die Fitzclarences geadelt, was Byron zu der bitteren Bemerkung veranlaßte: »Um wieviel besser ist es heute in England, ein Königlicher Bastard zu sein, als ein Philosoph. Aber eine grundlegende Veränderung steht bevor.«

Der öffentliche Druck nahm rasch zu. In Birmingham, Liverpool und Manchester ging die arbeitende Klasse, angefeuert von Babbages Vorstellungen von Genossenschaften und Gewerkschaftseigentum, auf die Straßen und veranstaltete Fackelumzüge. Die Radikale Partei distanzierte sich von jeder Gewaltanwendung und rief auf zu gütlichem Zureden und einer friedlichen Massenkampagne, um berechtigte Forderungen durchzusetzen und Übelständen abzuhelfen. Aber die Regierung blieb hartnäckig, und die Ereignisse nahmen eine bedrohliche Wendung. Die angeheizte Stimmung entlud sich immer häufiger in gewaltsamen Ausbrüchen. Ländliche Banden von Tagelöhnern und Kleinpächtern und proletarische Ludditen griffen die Landsitze des Adels und Fabriken an. Aufrührerische Menschenmengen in London zerschlugen die Fenster im Stadtpalais des Herzogs von Wellington und anderer konservativer Adliger und bewarfen die vorbeifahrenden Kutschen der Elite mit Pflastersteinen. Die anglikanischen Bischöfe, die im Oberhaus gegen das Reformgesetz gestimmt hatten, wurden als Strohpuppen symbolisch verbrannt. Ultraradikale Verschwörer, von den wütenden Polemiken des Atheisten P. B. Shelley zur Raserei angefeuert, plünderten die Kirchen der Oberklasse.

Am 12. Dezember brachte Lord Byron ein neues Reformgesetz ein, das noch radikalere Veränderungen enthielt und die Entrechtung des britischen Geburtsadels verlangte, zu dem er selbst zählte. Das war mehr, als die Konservativen ertragen konnten, und Wellington traf verdeckte Vorbereitungen für einen militärischen Staatsstreich zur Ausschaltung der Radikalen.

Die Staatskrise hatte die Nation gespalten. In dieser Situation reagierte das von der drohenden Gefahr der

Anarchie verschreckte Bürgertum anders, als erwartet. Statt sich auf die Seite der alten Ordnung zu schlagen, nahm es in seiner Mehrheit Partei für die Radikalen. Ein Steuerstreik wurde ausgerufen, um Wellington zum Rücktritt zu zwingen; die unsichere Lage führte zu einem Sturm auf die Banken, die für Banknoten Gold abgeben mußten. Die Golddeckung des britischen Pfundes geriet in Gefahr, das ganze Wirtschaftsleben war gelähmt.

In Bristol ließ Wellington nach dreitägigen Unruhen Militär zur Niederschlagung des ›Jakobinertums‹ einsetzen. Es kam zu einem Massaker, das dreihundert Demonstranten, darunter drei prominenten Parlamentsabgeordneten der Radikalen, das Leben kostete. Als ihn die Nachricht erreichte, rief ein erbitterter Byron, der sich nun ›Bürger Byron‹ nannte und auf einer Londoner Massenversammlung ohne Rock und Halsbinde erschien, zum Generalstreik auf. Auch diese Massenversammlung wurde vom Militär unter Einsatz von Kavallerie auseinandergejagt, aber Byron entging der Gefangennahme. Zwei Tage später wurde das Kriegsrecht über das Land verhängt. In der folgenden Zeit setzte der Herzog von Wellington sein bedeutendes militärisches Genie gegen die eigenen Landsleute ein. Die ersten Aufstände gegen die konservative Regierung wurden rasch und wirksam niedergeschlagen, und Garnisonstruppen beherrschten alle größeren Städte. Die Armee blieb dem Sieger von Waterloo ergeben, und auch die Aristokratie stand geschlossen hinter dem Herzog.

Aber die Führung der Radikalen Partei war der Verhaftung entgangen, geschützt und verborgen von einem rasch organisierten Untergrundnetz treuer Parteigänger. Als der Frühling 1831 zu Ende ging, war jede Hoffnung auf eine rasche militärische Lösung geschwunden. Massenhinrichtungen und Deportationen wurden mit passivem Widerstand und bösartigen Anschlägen von Freischärlern beantwortet. Die Regierung hatte allen Rückhalt in der Bevölkerung verloren, und England war vom Bürgerkrieg zerrissen.

Die Zeit der Unruhen: ein geschichtlicher Abriß, 1912,
von W. E. Pratchett, PhD, FRS.

TRAURIGE MELODIEN DER AUTOMATISCHEN ORGELN

(Dieser Privatbrief vom Juli 1855 beschreibt Benjamin Disraelis persönliche Eindrücke vom Begräbnis Lord Byrons. Der Text entstammt einer Lochstreifenaufnahme, die auf einer Colt & Maxwell-Schreibmaschine entstand. Der Empfänger des Briefes ist unbekannt.)

Lady Annabella Byron ging am Arm ihrer Tochter, sehr gebrechlich aussehend. Sie wirkte ein wenig benommen. Mutter und Tochter waren sehr bleich und mitgenommen, am Ende ihrer Kräfte. Dann wurde ein Trauermarsch gespielt — sehr schön —, und das Panmelodium ertönte prachtvoll inmitten der düsteren Untermalung der automatischen Orgeln.

In gebührendem Abstand folgte die Prozession. Zuerst der Sprecher des Unterhauses, dem zwei Herolde mit weißen Stäben, aber in Trauerkleidung, vorausgingen. Der Sprecher war ganz großartig. Er schritt langsam und fest dahin, sehr würdig und unbewegt; beinahe das Gesicht einer ägyptischen Statue. Vor ihm wurde das Zepter getragen, und er war in ein sehr feines, mit Goldborten besetztes Gewand gekleidet. Dann die Minister; der Kolonialminister, sehr elegant. Der Vizekönig von Indien scheint sich von seiner Malaria erholt zu haben. Der Vorsitzende des Freihandelsausschusses glich der personifizierten Schlechtigkeit, als wie begraben unter einer Last schimpflicher Schuld.

Dann das Oberhaus. Der Lordkanzler absolut gro-

tesk, und dies noch verstärkt durch die Riesengestalt des Stabträgers mit Silberkette und großen weißen Seidenschleifen auf den Schultern. Lord Babbage, blaß und aufrecht, höchst würdevoll. Der junge Lord Huxley, schlank, leichtfüßig, eine glänzende Erscheinung. Lord Scowcroft, die unbeständigste Person, die ich je gesehen habe, in fadenscheinigen Kleidern wie ein Totengräber.

Der Sarg kam feierlich daher, aber es sah aus, als hielten die Träger sich schwächlich daran fest. Prinzgemahl Albert war der erste unter ihnen, und sein Gesicht zeigte den merkwürdigsten Ausdruck widerstreitender Empfindungen — Pflichtgefühl, Würde, und Unbehagen. Wie ich hörte, murrte er während der Totenwache auf deutsch über den Gestank.

Als der Sarg hereingetragen wurde, sah die verwitwete Eiserne Lady tausend Jahre alt aus.

DIE VERWITWETE EISERNE LADY

Nun also fällt das Land in die Hände der Mittelmäßigen, der Heuchler und Buchhalter.

Man braucht sie nur anzusehen. Sie haben nicht das Zeug für das große Werk. Sie werden es verpfuschen.

Ach, selbst jetzt noch könnte ich alles zurechtrücken, wenn die Dummköpfe nur auf die Vernunft hören würden, aber ich konnte niemals reden wie du, und auf Frauen hören sie nicht. Du warst ihr großer Redner, ein aufgeblasener und angemalter Marktschreier ohne eine wirkliche Idee im Kopf — keine Begabung für Logik, nichts als deine posierende Bosheit, und doch hörten sie auf dich, und wie sie auf dich hörten! Du schriebst deine albernen Gedichtbände, du priesest Satan und Kain und Ehebruch, und jede Form von böser Torheit, und die Dummköpfe konnten nicht genug davon bekommen. Sie stürmten die Buchhandlungen. Und Frauen warfen sich dir zu Füßen, ganze Regimenter. Ich tat das nie. Aber schließlich hattest du mich geheiratet.

Ich war damals unschuldig. Seit du um meine Hand anhieltest, wehrte sich ein moralischer Instinkt in mir gegen deine schlauen Hänseleien, deine verhaßten Zweideutigkeiten und Anspielungen, aber ich sah vielversprechende Qualitäten in dir und überwand meine Zweifel. Wie rasch erwecktest du sie als mein Ehemann wieder zum Leben!

Grausam nutztest du meine Unschuld aus; du beteiligtest mich an Sodomie, bevor ich die Natur dieser Sünde überhaupt kannte; bevor ich die verhüllenden Worte für das Unaussprechliche lernte. *Paederastia, manustupratio, fellatio* — du warst so verstrickt in widernatürliche Laster, daß du nicht einmal das Ehebett von ihnen ausnehmen konntest. Du beflecktest und verdarbst mich, wie du vor mir deine eigene törichte Schwester befleckt und verdorben hattest.

Wenn die Gesellschaft nur ein Zehntel dessen erfahren hätte, was ich wußte, wärst du wie ein Leprakranker aus England vertrieben worden. Zurück nach Griechenland, zurück in die Türkei und zu deinen widernatürlichen Lastern.

Wie leicht hätte ich dich damals ruinieren können, und ich war nahe daran, es zu tun, denn es kränkte mich schwer, daß du die Tiefe meiner Überzeugung weder erkanntest noch etwas davon wissen wolltest. Ich suchte dann Zuflucht in meiner Mathematik und blieb stumm, wünschte noch immer, in den Augen der Gesellschaft eine gute Ehefrau zu sein, denn ich hatte Verwendung für dich, und ein großes Werk zu tun, das ich nur durch meinen Mann vollenden konnte. Denn ich hatte den wahrhaften Weg zum größten Wohl für die größte Zahl erblickt, und dieses Gemeinwohl war ein so hohes Ziel, daß meine eigenen bescheidenen Wünsche daneben zur Belanglosigkeit verkamen.

Charles war mein Lehrmeister. Der anständige, brillante, weltfremde Charles, in jeder Hinsicht das Gegenteil von dir; so erfüllt von großen Plänen, und dem reinen Licht der mathematischen Wissenschaft, aber so völlig unpolitisch, so unfähig, Dummköpfe mit Freuden zu ertragen. Er hatte die Begabung eines Newton, aber er konnte nicht *überreden*.

Ich brachte euch zusammen. Zuerst haßtest du ihn und machtest dich hinter seinem Rücken über ihn lustig, und über mich, weil wir dir eine Wahrheit jenseits deines Verständnisses gezeigt hatten. Ich beharrte, bat dich, an die Ehre zu denken, an den Dienst am Vaterland, an deinen eigenen Ruhm, an die Zukunft des Kindes in meinem Leib, Ada, dieses seltsamen Kindes. (Arme Ada, sie sieht nicht gut aus, sie hat zuviel von dir in sich.)

Aber du verwünschtest mich, schimpftest mich einen kaltherzigen, zänkischen Teufel und suchtest Zuflucht in einem betrunkenen Wutausbruch. Um des höheren Zieles willen setzte ich ein Lächeln auf und stieg mit offenen Augen in die Höhle deiner Laster. Wie sie mich peinigte und schmerzte, diese eklige, fettige Schmutzigkeit; aber ich ließ dich nach Belieben verfahren und vergab dir, und liebkoste und küßte dich, als ob es mir gefiele. Und du weintest wie ein Kind und warst dankbar, und redetest von unsterblicher Liebe und vereinten Seelen, bis du dieser schwülstigen Reden überdrüssig wurdest. Und dann, um mich zu verletzen, erzähltest du mir schreckliche, abstoßende Dinge, um meinen Abscheu zu erregen und mich zu verschrecken, aber ich ließ nicht mehr zu, daß du mich verschrecktest; ich war damals gegen alles gestählt. Also vergab ich dir, vergab und vergab, bis du zuletzt kein weiteres Bekenntnis finden konntest, nicht einmal im fauligsten Bodensatz deiner Seele, und am Ende war dir kein Vorwand, keine Vorspiegelung geblieben, nichts mehr übrig, was du mir hättest sagen können.

Ich glaube, daß du mich nach diesem Erlebnis fürchtetest, vielleicht nur ein wenig, aber es tat dir gut, und ich war danach unempfindlicher für Verletzungen. Ich überwand mich, all deine ›hübschen kleinen Spiele‹ mitzuspielen und zu gewinnen. Das war der Preis, den ich zahlte, um deine Bestie zu zähmen.

Wenn es in einer anderen Welt einen Richter über die Menschen gibt, obwohl ich daran nicht mehr glaube, nein, nicht in meinem Herzen, und doch in schlechten Zeiten wie diesen mir einbilde, daß ich ein stets waches, alles umarmendes Auge fühle, und den furchtbaren Druck seines schrecklichen Verstehens. Wenn es also einen Richter gibt, mein Gemahl, dann denke nicht, daß du ihn täuschen kannst. Nein, prahle nicht mit deinen Sünden, und verlange nicht die dir gebührende ewige Verdammnis — denn wie wenig wußtest und verstandest du, in all den Jahren. Du, der größte Minister des größten Weltreiches der Geschichte — du zucktest zurück, du warst schwach, du versuchtest jeder Konsequenz auszuweichen ...

Sind dies Tränen?

Wir hätten nicht so viele töten sollen ...

Wir, sage ich, aber ich war es, die meine Tugend, meinen Glauben, meine Erlösung opferte, alles auf dem Altar deines Ehrgeizes zu schwarzer Asche verbrannte. Bei all deinem auftrumpfenden Gerede hattest du kein Eisen in dir; du weintest schon bei dem Gedanken, elende Ludditen aufzuhängen, und konntest es nicht ertragen, den bösartigen und verrückten Shelley in Ketten einzukerkern, bis ich deine Entscheidung erzwang. Und als Meldungen von unseren Nachrichtendiensten kamen, die das Recht, die Feinde Englands zu eliminieren, zuerst andeuteten, dann erbaten und schließlich verlangten, war ich diejenige, die sie las, die Menschenleben auf die Waagschale legte und deinen Namen unter die Erlasse setzte, während du mit diesen Männern, die du deine Freunde nanntest, aßest und trankst und scherztest.

Und nun werden diese Dummköpfe, die dich begraben, mich beiseite schieben, als ob ich nichts wäre, nichts bewirkt hätte, einfach weil du nicht mehr bist. Du, ihr Sprachrohr, ihr Idol aus Theaterschminke und gefärbtem Haar. Die Wahrheit, die schreckliche Wahrheit, in der die Geschichte wurzelt, verschwindet jetzt spurlos. Die Wahrheit ist mit deinem vergoldeten Sarkophag begraben worden.

Ich muß aufhören, in dieser Art zu denken. Ich weine. Sie halten mich für alt und einfältig. Wurde nicht jede Übeltat, die wir begingen, zehnfach aufgewogen vom Nutzen für das Gemeinwohl?

O Richter, höre mich. O Auge, suche in den Tiefen meiner Seele. Wenn ich schuldig bin, mußt du mir vergeben. Ich fand kein Gefallen an dem, was ich tun mußte. Ich schwöre es dir: Ich fand kein Gefallen daran.

DER MEISTER IM RUHESTAND ERINNERT SICH WELLINGTONS

Der rötliche Schein entkräfteten Gaslichts. Die rhythmischen, hallenden Schläge und kreischenden Quietschtöne des Brunel-Vortriebstorpedos. Sechsunddreißig Korkenzieherzähne aus bestem Birmingham-Stahl fressen sich mit erbarmungsloser Energie in eine stinkende Schicht alten Londoner Lehms.

Meistersappeur Joseph Pearson, der es sich mit seinem Mittagessen bequem gemacht hat, ißt von einer steif geronnenen, mit Bratenfett garnierten Fleischpastete aus einem Henkelmann. »Ja, ich kannte den großen Mallory«, sagt er, und seine Stimme hallte wider von den gebogenen Walrippen aus genietetem Gußeisen. »Wir wurden nicht gerade miteinander bekanntgemacht, aber er war Leviathan-Mallory, keine Frage, denn ich hatte sein Gesicht in der Zeitung gesehen. Er stand so nahe vor mir, wie ich vor dir, Junge. ›Lord Jeffries?‹ sagt der Leviathan zu mir, ganz überrascht und zornig. ›Ich kenne Jeffries! Der verdammte Bastard sollte wegen Betruges verurteilt werden!‹ Oder so ähnlich.«

Meister Pearson grinst triumphierend; das rötliche Licht glänzt auf einem goldenen Ohrring, einem Goldzahn. »Und ich will verdammt sein, wenn dieser Gelehrte, dieser Jeffries nicht jede Menge Ärger bekam, als der Gestank vorbei war. Leviathan-Mallory trug natürlich zu dieser Bestrafung bei. Er ist ein Edelmann von Natur, dieser Leviathan-Mallory.«

»Ich hab' diesen Brontosaurus gesehen«, sagt Lehrling David Waller und nickt eifrig. »Das ist ein feines Ding!«

»Ich selbst arbeitete vierundfünfzig im Schacht, als sie die Elefantenzähne ausgruben.« Meister Pearson läßt die Füße in den Gummistiefeln von der zweiten Plattform des Ausgrabungsschachtes baumeln, rückt auf seiner gegen Nässe imprägnierten Matte aus Kokosfaser und Sackleinwand und zieht eine Flasche Champagner aus der Tragtasche seiner Arbeitsausrüstung. »Französischer Schampus, Davey. Dein erster Tag hier unten; das muß begossen werden.«

»Das ist aber nicht richtig, nicht wahr, Sir? Gegen die Regeln.«

Pearson dreht den Korken heraus, daß es kein Knallen und keinen Erguß von Schaum gibt. Er zwinkert. »Mein Junge, es ist für dich das erste Mal hier unten; wird niemals ein anderes erstes Mal geben.« Pearson schleudert einen zuckerigen Bodensatz von starkem Tee aus seiner Blechtasse, füllt sie bis zum Rand mit Champagner.

»Ist schal geworden«, trauert Lehrling Waller. »Die Kohlensäure ist draußen.«

Pearson lacht, reibt sich eine geplatzte Ader in seiner fleischigen Nase. »Das ist der Druck, Junge. Warte, bis du nach oben kommst. Dann geht es in dir los. Wirst furzen wie ein Ochse.«

Lehrling Waller trinkt mit einiger Vorsicht. Über ihnen ertönt eine eiserne Glocke. »Fahrkorb kommt runter«, sagt Pearson. Verkorkt eilig die Flasche. Er steckt sie zurück in die Tragtasche, trinkt den Rest aus der Tasse, wischt sich den Mund.

Ein zylindrischer Käfig sinkt herab, passiert mit kloakenhafter Langsamkeit eine Membrane aus gewachstem Leder. Es gibt ein Zischen und Knarren, dann kommt der Käfig zum Stillstand.

Zwei Männer steigen aus. Der Erste Vormann trägt einen Helm, Arbeitszeug und Lederschürze. Bei ihm ist ein großer, weißhaariger Mann in einem schwarzen Frack und schwarzer Seidenbinde, ein Band aus schwarzem Seidenkrepp um den glänzenden Zylinderhut. Er trägt eine Messinglaterne, und im rötlichen Licht des Schachtes glänzt ein taubeneigroßer Diamant, oder vielleicht ein Rubin, an der Kehle des alten Mannes. Seine Beine stecken wie die des Vormannes in kniehohen Gummistiefeln.

»Der Große Meister im Ruhestand«, schnauft Pearson und rappelt sich sofort auf. Auch Waller springt auf.

Die beiden stehen stramm, als der Große Meister unter ihnen durch den Stollen zum massiven, mit Bohrmeißeln besetzten Vortriebstorpedo schlendert. Er blickt nicht zu ihnen auf, nimmt keine Notiz von ihnen, spricht aber mit kühler Autorität zum Vormann. Er untersucht Bolzen, Schweißnähte und Füllmaterial mit dem stechenden Lichtkegel seiner Bullaugenlaterne. Die Laterne hat keinen Handgriff, denn der große Meister trägt das heiße Messinggehäuse in einem glatten Eisenhaken, der aus einem leeren Ärmel ragt.

»Eine komische Art, sich anzuziehen, nicht?« flüstert Waller.

»Er ist noch in Trauer«, wispert Pearson zurück. »Ah«, sagt der Lehrling. Er beobachtet, wie der Große Meister ein Stück weitergeht. »Noch immer?«

»Er kannte Lord Byron sehr gut, der Große Meister.

War vertraut mit ihm. Kannte auch Lord Babbage! In der Zeit der Unruhen — als sie vor Wellingtons Polizei davonliefen! Damals waren sie keine Lords — keine richtigen jedenfalls, wie heute, bloß wie Rebellen und Aufrührer, auf deren Köpfe ein Preis ausgesetzt war. Der Große Meister versteckte sie einmal unten in einem Stollen — das war ein regelrechtes Parteihauptquartier. Die Lords vergaßen ihm nie die großen Dienste, die er ihnen geleistet hatte. Deshalb sind wir heute die größte der Radikalen Gewerkschaften.«

»Ah.«

»Das ist ein großer Mann, Davey! Ein Meister des Stollenbaus, ein Sprengmeister ... solche wie er werden heute nicht mehr gemacht.«

»Also — muß er jetzt bald achtzig sein, nicht?«

»Und immer noch rüstig.«

»Könnten wir nicht hinuntergehen, vielleicht? Ich würde ihn gern aus der Nähe sehen, Sir. Ihm vielleicht den berühmten Haken schütteln.«

»Einverstanden, Junge — aber würdiges Benehmen jetzt. Keine Fluchworte.«

Sie klettern die Leiter hinunter zum Stollenboden.

Als sie dem Großen Meister folgen, verändert sich plötzlich der Tonfall des schürfenden Kratzens und Polterns, mit dem der Torpedo sich in den Untergrund hineinfrißt. Die Mannschaft springt auf, denn solch eine Veränderung bedeutet Ärger — eine Wasserader, Schwimmsand oder Schlimmeres. Pearson und sein Lehrling laufen in schwerfälligem Trab weiter zum Vortrieb.

Abschabsel von weichem schwarzem Schmutz ergießen sich aus den scharfen Stahlspiralen der sechsunddreißig rotierenden Bohrmeißel und fallen in fettigen Klumpen auf die Transportbänder, von denen sie zu bereitstehenden Feldbahnloren befördert werden. Aus der schwarzen Erde der Abbaufront dringen gedämpft kleine platzende Geräusche von alten Gaseinschlüssen, schwach wie Pearsons entkräfteter Champagnerkorken. Aber kein tödlicher Wassereinbruch; kein alles verschüttender Schwall von Schwimmsand. Sie schieben sich wachsam näher heran, folgen mit ihren Blicken dem scharfen weißen Lichtkegel der Laterne.

Weißlich gelbe Knollen zeigen sich inmitten von grünlich schwarzem Schmutz. »Knochen, was?« sagt ein Arbeiter, wischt sich die Nase. Es riecht sauer und moderig. »Wie Fossilien ...«

Plötzlich stößt die Hydraulik den Torpedo schneller vorwärts in den nachgiebigen Untergrund, und zerbrochene Gebeine prasseln in dichter Masse auf die Transportbänder. Menschliche Gebeine.

»Ein Friedhof!« ruft Pearson. »Wir haben einen Friedhof angebohrt!«

Aber der Tunnel ist dafür zu tief, und es sind zu viele Gebeine, aufeinandergepackt und in wirrer Unordnung wie die Äste eines vom Windbruch umgeworfenen Waldes, in einer tiefen unterschiedslosen Masse, und auf einmal verbunden mit einem dünnen und tödlichen Gestank von Schwefel und ungelöschtem Kalk.

»Seuchengrube!« ruft der Vormann entsetzt, und die Männer weichen stolpernd zurück. Der Vormann schaltet mit einem Zischen von abgelassenem Dampf den Vortrieb aus.

Der Große Meister hat sich nicht bewegt.

Er steht still und betrachtet das Werk der Bohrmeißel.

Er stellt seine Lampe ab und greift mit seinem glänzenden Haken in die Masse der geschichteten Gebeine, stochert darin herum, und zieht etwas an einer Augenhöhle heraus. Einen Schädel.

»Ach, damals«, sagt er, und seine tiefe Stimme hallt in der plötzlichen Stille. »Du armes Schwein.«

DIE SPIELERIN BRINGT ALLEN UNGLÜCK

Die Spielerin bringt allen Unglück, die sie kennen. Wenn eine Pechsträhne an den Wettmaschinen ihre Geldbörse geleert hat, wird der Schmuck der Dame insgeheim zur Lombard Street gebracht, und mit der Summe, die der Pfandleiher der Dame gegeben hat, wird von neuem das Glück versucht! Dann verkauft sie zum Kummer ihrer Zofen auch ihre Garderobe; überzieht ihren Kredit bei der Bank und leiht von allen, mit denen sie zu tun hat, verpfändet ihre Ehre an ihre intimen Freunde, alles in der vergeblichen Hoffnung, ihre Verluste zurückzugewinnen!

Die Empfindungen leiden unter diesem Spielfieber nicht weniger als das Verständnis und die Phantasie. Welche heftig aufflammenden unnatürlichen Regungen von Hoffnung und Furcht, Freude und Zorn, Unzufriedenheit und Verzweiflung werden vom Rollen eines Würfels, vom Umdrehen einer Karte oder von den schnurrenden Rädern einer Glücksspielmaschine ausgelöst! Wer kann ohne Empörung mit ansehen, wie alle edleren weiblichen Empfindungen, die Kindern und Ehemann geweiht sein sollten, auf diese Weise zerstört, prostituiert und weggeworfen werden? Ich kann nur tiefen Kummer empfinden, wenn ich sehe, wie die Spielerin sich in solch üblen und unwürdigen Besessenheiten verzehrt; wenn ich das Gesicht eines Engels erblicke, das vom Herzen einer Furie erregt wird!

Es ist ein göttliches Gesetz, daß alles, was die Seele verdirbt und entstellt, auch den Körper zugrunde richten muß. Hohle Augen, Nervosität, verstörtes Aussehen und bleiche Gesichtsfarbe sind die natürlichen Kennzeichen einer Spielerin. Ihr langer Morgenschlaf kann die in schlechter Luft und unnatürlicher Erregung verbrachten Nachtstunden nicht ausgleichen. Ich habe das Gesicht der Spielerin lange und aufmerksam beobachtet. Ja, ich habe sie gut beobachtet. Ich habe gesehen, wie man sie um zwei Uhr früh halbtot aus Crockfords Spielhölle trug, im unbarmherzigen Schein der Gaslaternen bleich wie ein Gespenst ...

Bitte behalten Sie Platz, Sir. Sie sind im Haus Gottes. Soll diese Bemerkung als eine Drohung aufgefaßt werden, Sir? Wie können Sie es wagen! Wir leben in einer finsteren Zeit, einer traurigen Zeit, wahrhaftig! Ich sage Ihnen, Sir, was ich auch dieser Gemeinde und der ganzen Welt sagen werde: daß ich sie gesehen habe, daß ich Zeuge war, wie Ihre Königin der Maschinen ihren nichtswürdigen Zerstreuungen nachging ...

Hilfe! Haltet ihn! Oh, lieber Herr Jesus, er hat mich erschossen! Es ist aus mit mir! Mord! Haltet ihn ...!

MEINE HERREN, DIE WAHL LIEGT BEI IHNEN

(Auf dem Höhepunkt der parlamentarischen Krise 1855 berief Lord Brunel eine Sitzung seines Kabinetts ein. Seine Ansprache an die Kabinettsmitglieder wurde von seinem Privatsekretär in Kurzschrift festgehalten.)

»Meine Herren, ich kann mich auf keinen einzigen Fall besinnen, in welchem irgendeine Persönlichkeit der Partei oder der Regierung innerhalb des Parlaments auch nur beiläufig zu meiner Verteidigung gesprochen hätte. Ich habe geduldig und, wie ich hoffe, klaglos gewartet und getan, was in meiner Macht stand, um das weise Vermächtnis des verstorbenen Lord Byron zu schützen und zu erweitern, und um die Wunden zu heilen, die übereifrige Nachwuchspolitiker unserer Partei zufügten.

Aber in der Geringschätzung, die Sie, ehrenwerte Herren, mir entgegenzubringen scheinen, ist keine Veränderung eingetreten. Im Gegenteil, die letzten beiden Abende sind mit einer Debatte über eine Vertrauensabstimmung zugebracht worden, die offensichtlich und besonders gegen den Regierungschef gerichtet war. Die Diskussion war gekennzeichnet durch ungewöhnlich ausfallende Polemik gegen mein Amt, und keiner von Ihnen, den Mitgliedern meines eigenen Kabinetts, hat die Position der Regierung verteidigt.

Wie sollen wir unter diesen Umständen den Fall der Ermordung des Reverend Alistair Roseberry erfolgreich aufklären? Dieses schändliche, atavistische Verbrechen, brutal ausgeführt in einer geweihten christlichen Kirche, hat den Ruf der Radikalen Partei und des Staates auf das schwerste geschädigt und die ernstesten Zweifel an unseren Absichten und unserer Integrität geweckt. Und wie sollen wir die mörderischen Geheimgesellschaften ausrotten, deren Macht und herausfordernde Gewalt täglich wachsen?

Gott weiß, meine Herren, daß ich niemals nach meinem gegenwärtigen Amt gestrebt habe. Tatsächlich hätte ich alles mit meiner Ehre zu Vereinbarende getan, um seine Übernahme zu vermeiden. Aber ich muß Herr in diesem Haus sein, oder mein Amt zur Verfügung stellen und diese Nation der Führung von Männern ausliefern, deren Absichten immer klarer und krasser zutage treten. Meine Herren, die Wahl liegt bei Ihnen.«

DER TOD DES MARKGRAFEN VON HASTINGS

Ja, Sir, zwei Uhr fünfzehn, um genau zu sein, Sir — und daran gibt es keinen Zweifel, da wir an das Colt & Maxwell-System lochkartengesteuerter Normaluhren angeschlossen sind.

Nur ein tropfendes Geräusch, Sir.

Zuerst dachte ich an eine undichte Stelle im Dach und übersah, daß die Nacht sternklar war. Regen, dachte ich, und das war meine ganze Sorge, Sir, weil ich dachte, der Land-Leviathan könnte durch Nässe beschädigt werden. Also leuchtete ich mit meiner Laterne hinauf, und da hing der arme Teufel, und sein Blut rann über die Halswirbel des Leviathans herab und auf die, wie nennt man sie, die Verstrebungen, die das Skelett aufrechthalten. Und sein Kopf eine blutige Masse, Sir — nicht mehr, was man einen Kopf nennen könnte. So baumelte er an den Füßen von einer Art Ledergeschirr, und ich sah die Seile straff in die Dunkelheit der großen Kuppel hinaufgehen, und der Anblick traf mich so, Sir, daß ich erst, nachdem ich Alarm ausgelöst hatte, bemerkte, daß der Kopf des Leviathans auch fehlte.

Ja, Sir, ich glaube, daß das der Fall ist. Er wurde von der Kuppel herabgelassen und verrichtete die Arbeit dort oben im Dunkeln und verhielt sich still, wenn er meine Schritte hörte, um mit der Arbeit fortzufahren, wenn ich mich auf meinem Rundgang entfernte. Es muß eine Arbeit von Stunden gewesen sein, denn sie mußten ihre Seile und einen Flaschenzug angebracht haben. Wahrscheinlich ging ich mehrmals unter ihnen durch. Und als er den Kopf freibekommen hatte, Sir, zog jemand anders ihn hinauf und durch die Glasscheibe, die sie herausgenommen hatten. Aber etwas muß nachgegeben haben, Sir, oder abgerutscht sein, denn er kam kopfüber herunter und prallte auf den Boden, und der ist bester Florentiner Marmor. Wir fanden die Stelle, wo sein Kopf zerschmettert wurde, Sir, obwohl ich es gern so bald wie möglich vergessen würde. Und ich erinnerte mich dann eines Geräusches, Sir, wahrscheinlich seines Aufpralls, aber es gab keinen Schrei.

Was ich an der ganzen Sache am schändlichsten finde, wenn ich so sagen darf, Sir, ist die kaltblütige Art und Weise, wie sie ihn wieder hinaufzogen, still wie Spinnen, und ihn da oben hängen ließen wie ein Kaninchen im Schaufenster eines Metzgers, und sich mit ihrer Beute über das Dach davonstahlen. Dazu gehört ein gerüttelt Maß an Gemeinheit, nicht wahr?

Kenneth Reynolds,
Nachtwächter im Museum für Praktische Geologie,
in seiner Aussage vor Magistrat
G. H. S. Peters. Bow Street, November 1855

GLAUBEN SIE MIR IMMER

Mein lieber Egremont,
ich schreibe Ihnen, um mein tiefstes Bedauern auszudrücken, daß die gegenwärtigen Umstände mich der Gelegenheit und Hoffnung berauben, Ihre großen Fähigkeiten in den weiteren Dienst von Partei und Regierung zu stellen.

Sie werden gut verstehen, daß meine Anerkennung Ihrer schwierigen persönlichen Umstände in keinerlei Zusammenhang mit mangelndem Vertrauen in Sie als Staatsmann zu sehen ist; das wäre gewiß der letzte Eindruck, den ich erwecken möchte.

Wie kann ich schließen, ohne Ihnen von Herzen meinen Wunsch auszusprechen, daß für Sie ein Wirkungskreis von bleibender öffentlicher Auszeichnung reserviert sein möge?

Glauben Sie mir immer, Ihr aufrichtiger
I. K. Brunel

Schreiben des Premierministers an den
Abgeordneten Charles Egremont, Dezember 1855

DENKSCHRIFT AN DAS AUSSENMINISTERIUMS

Bei diesem Anlaß hielt unser ehrenwerter Gast, der Expräsident der amerikanischen Union, Mr. Clement L. Vallandigham, es für richtig, sich hemmungslos zu betrinken. Der hervorragende Demokrat zeigte, daß er so liederlich wie jeder englische Lord sein kann. Er befummelte Mrs. A., küßte die kreischende Miss B., zwickte die üppige Mrs. C. schwarz und blau, und verfolgte Miss D. mit der offenkundigen Absicht, sie zu schänden!

Schließlich, nachdem er unsere weiblichen Gäste durch sein Benehmen in Hysterie versetzt hatte, wurde das vornehme Untier gewaltsam eingefangen und von unserem Personal, alle vier Füße in der Luft, die Treppe hinaufgetragen. In seinem Zimmer erwartete ihn Mrs. Vallandigham in Morgenmantel und Morgenhaube. Zu unserer erheblichen Verwunderung befriedigte dieser bemerkenswerte Mensch darauf seine vereitelten Gelüste am widerstandslosen Körper seiner legitimen Gemahlin. Während dieses Aktes kam es zu reichlichem Erbrechen. Diejenigen, welche Mrs. Vallandigham gesehen haben, halten dieses letztere nicht für unglaubwürdig.

Inzwischen erreichte mich die Nachricht, daß der frühere Präsident von Texas, Samuel Houston, in seinem mexikanischen Exil in Vera Cruz gestorben ist. Er erwartete, so glaube ich, jeden Ruf zu den Waffen, der ihm wieder zu Amt und Würden hätte verhelfen können; aber die französischen *alcaldes* waren wahrscheinlich zu gerissen für ihn. Houston hatte seine Fehler, das weiß ich, aber er war ohne weiteres zehn Clement Vallandighams wert, der einen Verlustfrieden mit der Konföderation schloß und den Aasgeiern des Roten Manhattan-Kommunismus erlaubte, den Kadaver seines entehrten Landes abzunagen.

Lord Liston, 1870

VOR DEN RADIKALEN

(Die folgende Erinnerung ist eine Tonaufzeichnung auf Wachs. Als eine der frühesten derartigen Aufzeichnungen bewahrt sie die gesprochenen Erinnerungen von Thomas Towler, geboren 1790, Großvater von Edward Towler, dem Erfinder des Towler-Audiographen. Trotz der experimentellen Natur des verwendeten Apparates ist die Aufzeichnung von ausnehmender Klarheit. 1875.)

Ich erinnere mich an einen Winter, es war ein sehr langer und kalter Winter, und damals, vor den Radikalen, herrschte in England bittere Armut. Was mein Bruder Albert war, der besorgte sich oft ein paar Ziegelsteine und bestrich sie mit Vogelleim und legte sie beim Stall aus, um Spatzen zu fangen. Und dann rupfte er sie, er und ich zusammen, ich half ihm. Dann machte Albert Feuer, und wir brieten diese kleinen Spatzen in Mutters Pfanne, mit einem großen Stück Schmalz. Und meine Mutter machte uns eine große Kanne Tee, und dann gab es, was wir eine Teeparty nannten, und zum Tee aßen wir diese Spatzen.

Mein Vater … er ging zu allen Ladenbesitzern in der Chatwin Road und erbettelte Fleischabfälle. Auch Knochen, weißt du, Hammelknochen, alles mögliche, getrocknete Erbsen, Bohnen und übriggebliebene Karotten und Rüben und … Manchmal bekam er etwas Hafermehl, und ein Bäcker gab ihm altes Brot … Mein Vater hatte einen großen eisernen Kessel … Darin machte er Haferschleim für die Pferde, und dann reinigte er ihn, und wir machten Suppe in diesem großen Pferdekessel. Ich kann mich erinnern, wie die armen Leute kamen. In diesem Winter kamen sie zweimal in der Woche. Sie mußten ihre eigenen Schüsseln und Krüge mitbringen. So hungrig waren sie, damals.

Und Eddie, hast du je von der irischen Hungersnot in den 40er Jahren gehört? Ich glaube nicht. Nun, die meisten Iren waren bettelarm und hatten fast nur Kartoffeln zu essen, weil wir ihnen nach der Eroberung der Insel das meiste Land genommen hatten. Aber in den 40er Jahren breitete sich eine Krankheit der Kartoffelstauden aus und vernichtete die Ernten, zwei, drei Jahre hintereinander, und für die Iren sah es düster aus. Viele verhungerten. Aber die Radikalen wollten das nicht hinnehmen und riefen einen Notstand aus und mobilisierten die Nation. Lord Byron hielt eine feine Rede, die in allen Zeitungen abgedruckt wurde … Ich heuerte auf einem der Schiffe an, die von Bristol Hilfslieferungen nach Irland brachten. Tag und Nacht luden wir große Fässer und Kisten mit Ladepapieren von den Londoner Maschinen, und bei Tag und Nacht kamen Züge aus ganz England, mit allen Arten von Lebensmitteln. »Gott segne Lord Babbage«, riefen die armen Iren, »ein dreifaches Hoch auf England und die Radikalen Lords.« Sie haben ein langes Gedächtnis, unsere treuen Iren ... Sie vergessen eine Freundlichkeit nie.

JOHN KEATS IN DER HALF MOON STREET

Ich wurde von einem Diener in Mr. Oliphants Arbeitszimmer geführt. Mr. Oliphant begrüßte mich freundlich und bemerkte, daß mein Telegramm eine Verbindung mit Dr. Mallory erwähnt habe. Ich erzählte Mr. Oliphant, daß ich das Vergnügen hatte, Dr. Mallorys vielbeachtete Vorträge über den Brontosaurus mit einem fortgeschrittenen kinotropischen Programm zu begleiten. Die Monatsrundschau der Gesellschaft für Dampfintellekt hatte eine sehr erfreuliche Besprechung meiner Bemühungen veröffentlicht, und ich bot Mr. Oliphant ein Exemplar der Zeitschrift an. Er warf einen Blick hinein, doch hatte ich den Eindruck, daß seine Kenntnis von den Feinheiten des Lochens bestenfalls die eines Amateurs waren, denn seine Reaktion war höfliche Verwunderung.

Ich informierte ihn dann, daß Dr. Mallory mich zu ihm geführt hatte. In einem unserer persönlichen Gespräche hatte der große Gelehrte mir von Mr. Oliphants gewagtem Vorschlag erzählt, die Maschinen der Polizei für die wissenschaftliche Erforschung der bislang unbekannten Verhaltensmuster der städtischen Bevölkerung einzusetzen. Meine Bewunderung dieses kühnen Planes hatte mich direkt zu Mr. Oliphant geführt und ich erklärte ihm meine Bereitschaft, ihn bei der Verwirklichung dieser Vision zu unterstützen.

An dieser Stelle unterbrach er mich mit allen Zeichen der Beunruhigung. Wir sind gezählt, erklärte er, jeder von uns, von einem alles sehenden Auge; auch unsere Minuten sind gezählt, und jedes Haar auf unseren Köpfen. Und sicherlich war es Gottes Wille, daß die rechnerischen Fähigkeiten der Maschinen auf die große Allgemeinheit angewendet würden, auf die Verkehrsströme, auf den Handel, auf die Gezeitenbewegungen von Menschenmengen — kurzum, auf das ganze unendlich vielschichtige Gewebe Seines Schöpfungswerkes.

Ich wartete auf eine abschließende Bemerkung zu diesem ungewöhnlichen Ausbruch, aber Mr. Oliphant schien plötzlich in Gedanken versunken.

Ich erläuterte ihm daraufhin so verständlich, wie es mit den Begriffen eines Laien möglich ist, wie die Natur des menschlichen Auges in der Kinotropie sowohl bemerkenswerte Geschwindigkeit als auch Komplexität erfordert. Aus diesem Grund, schloß ich, müssen wir Kinotropisten zu den am besten geeigneten Programmierern von Maschinenfunktionen jeglicher Art gezählt werden, da praktisch alle Fortschritte in der Kompression von Daten ihren Ursprung in kinotropischen Anwendungen haben.

Hier unterbrach er mich wieder und fragte, ob ich wirklich ›die Kompression von Daten‹ gesagt habe, und ob mir der Begriff ›algorithmische Kompression‹ ein Begriff sei. Ich versicherte ihm, daß es sich so verhielte.

Nun stand er auf, trat zu einem Schreibpult und nahm einen hölzernen Kasten von der Art heraus, wie sie zum Transport wissenschaftlicher Instrumente gebraucht werden. An diesem Kasten hafteten Reste von weißer Tünche oder Gips, wie es schien. Ob ich so freundlich sein würde, fragte er, die Karten darin zu untersuchen, sicherheitshalber zu kopieren und ihm vertraulich über die Art ihres Inhalts zu berichten?

Er hatte keine Ahnung von ihrer erstaunlichen Bedeutung, verstehen Sie, nicht die leiseste Ahnung.

John Keats, in einem Interview mit H. S. Lywood
für die Monatsrundschau
der Gesellschaft für Dampfintellekt, Mai 1857

DIE GROSSE PANMELODIUM-POLKA

Oh! Sure the world is all run mad,
The lean, the fat, the old, the Rad,
All swear such pleasure they ne'er had,
As the Grand Panmelodium Polka.

First cock up your right leg so,
Balance on your left great toe,
Stamp your heels and off you go,
The Grand Panmelodium Polka.

Quadrilles and Waltzes all give way,
Machine-made music bears the sway.
The chimney sweeps on the first of May,
In London dance the Polka.

If a pretty girl you meet,
With sparkling eyes and rosy cheek,
She'll say, young man we'll have a treat,
If you can dance the Polka.*

---

* DIE GROSSE ORCHESTRION-POLKA

Bei Gott, verrückt geworden ist die Welt,
Ob dick ob dünn, ob mit, ob ohne Geld,
Nichts gibt es, was den Menschen so gefällt
Wie die große Orchestrion-Polka.

Zuerst hebst kräftig du das rechte Bein,
Der linke große Zeh trägt dich allein,
Du stampfst die Fersen und wirfst dich hinein
In die große Orchestrion-Polka.

Quadrillen und Walzer sind vorbei,
Maschinenmusik ist der letzte Schrei;
Die Schornsteinfeger am ersten Mai
In London tanzen die Polka.

Triffst du ein Mädchen hübsch und schlank,
Die Wangen rosig, die Augen blank,
Sagt sie, mein Freund, nein, besten Dank,
Wenn du nicht tanzt die Polka.

Professors swarm in every street,
To hear the Panmelodium sweet,
And every friend you chance to meet,
Asks if you dance the Polka.

And so the row-de-dow we dance,
And in short skirts and brass heels prance,
Ladies won't you spare a glance,
For the boys what spin the Polka.*

THE TATLER

Mit Überraschung und Bedauern erfahren wir, daß der allseits wohlgelittene und vielfach begabte Mr. Laurence Oliphant — Autor, Journalist, Diplomat, Geograph und Freund der Königlichen Familie — vor kurzem an Bord der *Great Eastern* nach Amerika abgereist ist. Gegenüber Freunden äußerste Mr. Oliphant die Absicht, in der sogenannten Susquehanna Phalanstery zu leben, die dort von den Herren Coleridge und Wordsworth gegründet wurde, um den von diesen verdienstvollen Männern vertretenen utopischen Doktrinen nachzueifern.

›Rund um die Stadt‹,
eine Kolumne, 12. September 1860

---

* Professoren eilen durch die Gassen,
Wollen vom Orchestrion nicht lassen;
Und bekommt ein Freund dich hier zu fassen,
Fragt er, ob du tanzt die Polka.

So wollen wir denn im Rundtanz springen,
Daß Messing blitzt und die Röcke schwingen,
Und wollen lachen und wollen singen,
Weil's nichts Schöneres gibt als die Polka.

DAS GARRICK-THEATER, Whitechapel, neu umgebaut und ausgestattet, unter der Leitung von J. J. Tobias, Esq., präsentiert

Die ersten Abende eines neuen kinotropischen Dramas:
Montag, 13. November und während der Woche

Die Vorstellung wird beginnen mit einem völlig neuen nationalen, lokalen, charakteristischen, hauptstädtischen, melodramatischen kinotropischen Drama des Tages in fünf Akten, das in unzähligen neuartigen Szenen das moderne Leben richtig darstellt. Es trägt den Titel

SCHEIDEWEGE DES LEBENS!!

oder

DIE LOCHER VON LONDON

Das Drama beruht auf dem berühmten Schauspiel ›Les Fils de Vaucanson‹, das gegenwärtig die Aufmerksamkeit ganz Frankreichs fesselt, und ist auf die Umstände und Realitäten unserer Tage zugeschnitten.

Mit kinotropischer Bühnendekoration
von Mr. J. J. Tobias und Assistenten

Mit dem neuen Flash Medley-Unterhaltungsorchester

unter der Leitung von Mr. Montgomery

Spielleitung: Mr. C. J. Smith

Kostüme: Mrs. Hampton und Miss Bailey

Gesamtleitung und Produktion: Mr. J. J. Tobias

Die Darsteller:

Mark Ridley, alias Fox Skinner (ein fabelhafter Kerl und König der Londoner Locher) .... Mr. H. L. MARSTON

Mr. Dorrington (ein reicher Liverpooler Kaufmann, auf Besuch in London) .... Mr. J. ROMER

Frank Danvers (ein britischer Marineoffizier, gerade aus Indien eingetroffen) .... Mr. WM. BIRD

Robert Danvers (sein jüngerer Bruder, ein ruinierter Wüstling, von den Lochern übers Ohr gehauen) .... Mr. L. MELVIN

Mr. Hawksworth Shabner (Haupteigentümer einer Locher-Spielhölle im West End, Wechselmakler und Händler mit allem) .... Mr. P. WILLIAMS

Bob Yorkner (ein Dummkopf und arbeitsscheu) .... Mr. W. JONES

Ned Brindle (ein zwielichtiger Journalist) .... Mr. C. AUBREY

Tom Fogg, alias Old Deady, alias Das Tier (ein Opiumsüchtiger, leidet unter Delirium tremens) .... Mr. A. CORENO

Joe Onion, alias Das Krokodil (eine Kreatur Shabners und Rausschmeißer bei ihm) .... Mr. G. VELASCO

Dickey Smith (der Wachsame Vogel, ein junger Ingenieur, der sich recht und schlecht durchschlägt) .... Mr. G. MASKELL

Ikey Bates (Eigentümer der Rattenburg, Zuhälter und Besitzer einer skandalösen Spielhölle) .... Mr. GOTOBED

Kellner im Wirtshaus Zur Katze und Dudelsack) .... Mr. SMITHSON

Der Sonderinspektor der Kriminalpolizei .... Mr. FRANKS

Louisa Truehart (das Opfer einer schlecht belohnten Zuneigung) .... Miss CAROLINE BARNETT

Charlotte Willers (eine junge Dame vom Land mit ihrer Katze) .... Miss MARTHA WELLS

Erster Rang 3s; Logen 2s; Parkett 5d.; Galerie 2d.
Tageskasse täglich geöffnet von zehn bis siebzehn Uhr.

EIN ABSCHIEDSGEDICHT

(Mori Yujo, ein Samurai und klassischer Gelehrter der Provinz Satsuma, schrieb das folgende zeremonielle Gedicht auf die Abreise seines Sohnes nach England im Jahre 1854. Es ist aus dem sinisierten Japanisch übersetzt.)

My child rides the unfathomable deep,
In pursuit of noble ambition;
Far must he sail — ten thousand leagues —
Outpacing the breezes of spring.
Some say that East and West
Have naught in common;
But I say the same heaven
Overarches both.
His own life he risks, on command of his *han*,
Braving great danger to learn from far places;
For family's sake, he spares no effort,
Seeking for wisdom in face of great hardship.
He travels far beyond.
The fabled rivers of China;
His scholarly labours shall someday
Bear fruit in splendid achievement.*

---

* Mein Sohn befährt die unergründlichen Tiefen,
Im Verfolg edler Ambitionen;
Weit muß er segeln — zehntausend Meilen —
Schneller als die Frühlingsbrise.
Manche sagen, daß Osten und Westen
Keine Gemeinsamkeit hätten;
Ich aber sage, daß derselbe Himmel
Sich über beiden wölbt.
Sein Leben riskiert er, auf Befehl seines *han*,
Trotzt großer Gefahr, um zu lernen von fremden Orten;
Um der Familie willen scheut er keine Mühe,
Angesichts großer Entbehrung sucht er Weisheit.
Weit führt ihn hinaus über die Flüsse Chinas
Seine Reise in unbekannte Fernen.
Seine gelehrte Arbeit wird eines Tages
Früchte tragen in glänzender Vollendung.

EIN BRIEF NACH HAUSE

Wie immer, hielt ich auch an jenem Tag in allen vier Himmelsrichtungen nach Land Ausschau, konnte aber noch immer keines finden. Wie melancholisch war es. Dann erkletterte ich mit der Erlaubnis des Kapitäns einen der Masten. Aus der großen Höhe, Segel und Schornstein tief unter mir, konnte ich zu meiner Verblüffung die Küste Europas ausmachen — einen dünnen grünen Strich über dem Meereshorizont. Ich rief hinunter zu Matsumara: »Komm herauf! Komm herauf!« und er kam, sehr rasch und mutig.

Zusammen standen wir im engen Mastkorb und blickten auf Europa. »Schau hin!« sagte ich ihm. »Hier haben wir den ersten Beweis, daß die Erde wirklich rund ist! Solange wir da unten auf dem Deck standen, konnten wir nichts sehen; aber hier oben ist das Land deutlich sichtbar. Dies beweist, daß die Oberfläche der See gekrümmt ist! Und wenn die See gekrümmt ist, nun, dann ist es die ganze Erde!«

Matsumara rief aus: »Es ist phantastisch — genau wie du sagst! Die Erde ist wirklich rund! Unser erster richtiger Beweis!«

Mori Arinori, 1854

MODUS

Es scheint, daß das gnädige Fräulein von den Pariser Publizisten vernachlässigt wurde, denn der Vortragssaal, so bescheiden er war, war weniger als halbvoll.

Dunkle Klappsitze in ordentlichen Reihen waren gesprenkelt mit den glänzenden Scheiteln kahlköpfiger Mathematiker. Da und dort saßen verschmitzt blickende französische Locher mittleren Alters unter den Gelehrten, erkennbar auch am sommerlichen Leinen ihrer zu eleganten, doch von der Mode überholten Anzüge. Die letzten drei Reihen waren besetzt von den Mitgliedern eines Pariser Frauenklubs, die sich in der Sommerhitze Luft zufächelten und sehr hörbar plauderten, denn sie hatten längst den Faden des Vortrags verloren.

Lady Ada Byron wendete eine Seite und rückte mit einem behandschuhten Finger an ihrem Zwicker. Seit einigen Minuten hatte eine große grüne Schmeißfliege ihr Rednerpult umkreist. Nun, des Kreisens müde, landete sie auf der gepolsterten, spitzenbesetzten Schulter des gnädigen Fräuleins. Lady Ada nahm keine erkennbare Notiz von den Zuwendungen dieses energischen Ungeziefers, sondern fuhr in ihrem akzentbehafteten Französisch tapfer fort.

»Unser aller Leben würde sehr an Klarheit gewinnen, wenn die menschliche Rede als die Abblätterung eines tieferen formalen Systems interpretiert werden könnte. Man brauchte nicht mehr über die ernsten Doppelsinnigkeiten menschlicher Sprache zu grübeln, sondern könnte die Gültigkeit eines jeden Satzes durch den Bezug auf einen fixierten und präzise zu beschreibenden Satz von Regeln und Axiomen beurteilen. Ein solches System zu finden, die *Characteristica Universalis,* war der Traum des großen Philosophen Leibniz …

Und doch demonstrierte die Entwicklung des sogenannten Modus-Programms, daß jedes formale System sowohl unvollständig wie auch unfähig sein muß, seine eigene Folgerichtigkeit nachzuweisen. Es gibt keine endliche mathematische Methode, die Eigenschaft der ›Wahrheit‹ auszudrücken. Die transfinite Natur der Byron-Mutmaßungen war das Verderben der Grand Napoleon; das Modus-Programm führte eine Serie von ineinandergelegten Schleifen ein, die schwierig einzurich ten, aber noch schwieriger zu löschen waren. Das Programm lief, machte seine Maschine jedoch nutzlos! Es war eine schmerzhafte Lektion über die unsicheren Fähigkeiten selbst unserer besten *ordinateurs.*

Dennoch glaube ich, und muß das mit Nachdruck betonen, daß die Modus-Technik der Selbstbezüglichkeit eines Tages die Grundlage eines wahrhaft überragenden Metasystems kalkulatorischer Mathematik bilden wird. Der Modus hat meine Vermutungen bewiesen, aber ihre praktische Anwendung verlangt nach einer Maschine von enormer Kapazität, die zu Wiederholungen von ungeahnter Verfeinerung und Komplexität fähig sein wird.

Ist es nicht seltsam, daß wir bloßen Sterblichen über einen Begriff — Wahrheit — sprechen können, der unendlich kompliziert ist? Und doch — ist nicht ein geschlossenes System die Essenz des Mechanischen des Nichtdenkenden? Und ist ein offenes System nicht die Definition des Organischen, des Lebens und Denkens?

Wenn wir uns das gesamte System der Mathematik als eine große Maschine zum Beweis von Theoremen vorstellen, dann müssen wir sagen, daß solch eine Maschine durch das Mittel des Modus *lebt* und sogar ihr eigenes Leben *beweisen* könnte, sollte sie die Fähigkeit zur Selbstbetrachtung entwickeln. Die Linse zu solch einer Selbstbetrachtung und Selbstprüfung ist von einer Natur, die wir noch nicht kennen; wir wissen jedoch, daß sie existiert, denn wir selbst besitzen sie.

Als denkende Wesen können wir uns das Universum vorstellen, obwohl wir keine Möglichkeit haben, ihm eine Übersicht zu geben. Der Begriff ›Universum‹ ist tatsächlich kein rationales Konzept, obwohl er von einer Unmittelbarkeit ist, der sich kein denkendes Wesen entziehen kann, und der Drang, sein Wirken und die Natur unseres eigenen Ursprungs in ihm zu erkennen, erscheint uns als das höchste Ziel wissenschaftlicher und philosophischer Forschung.

In seinen letzten Jahren war der große Lord Babbage, ungeduldig angesichts der Grenzen der Dampfkraft, mit Überlegungen beschäftigt, Blitzentladungen zu zähmen und der Sache des Rechnens dienstbar zu machen. Sein ausgeklügeltes System von ›Widerständen‹ und ›Kapazitoren‹ ist zwar kennzeichnend für sein Genie, bleibt aber fragmentarisch und muß noch ausgearbeitet werden. Tatsächlich wird es von vielen einsichtslosen Menschen als das Steckenpferd eines alten Mannes bespöttelt. Aber die Geschichte wird ihr Urteil sprechen, und dann, so hoffe ich, werden meine eigenen Mutmaßungen die Grenzen des abstrakten Konzepts überschreiten und in die lebendige Welt eingehen.«

Der Applaus war dünn und verstreut. Ebenezer Fraser, der den Vortrag aus Deckung der Kulissen beobachtet hatte, im Schatten von Seilen und Sandsäcken, fühlte sich entmutigt. Aber wenigstens war es vorbei. Sie verließ das Rednerpult, um zu ihm zu kommen.

Fraser öffnete die vernickelten Schließen ihrer Reisetasche. Lady Ada ließ ihr Manuskript hineinfallen, gefolgt von ihren Glacéhandschuhen und ihrem winzigen, bebänderten Hut.

»Ich glaube, sie verstanden mich!« sagte sie gutgelaunt. »Es klingt sehr elegant auf französisch, nicht wahr, Mr. Fraser? Eine sehr rationale Sprache, Französisch.«

»Was nun, Milady? Zum Hotel?«

»Mein Umkleidezimmer«, sagte sie. »Diese Hitze ist ziemlich ermüdend ... Können Sie den Dampfwagen für mich rufen? Ich werde bald nachkommen.«

»Gewiß, Milady.« Fraser, die Reisetasche in einer Hand, den Degenstock in der anderen, geleitete Lady Ada zu dem engen kleinen Umkleideraum, öffnete die Tür, begleitete ihr Eintreten mit einer Verbeugung, stellte ihr die Reisetasche vor die Füße und schloß die Tür fest. In der Abgeschiedenheit des Umkleideraumes würde das gnädige Fräulein den Trost der versilberten Brandyflasche suchen, die sie in der unteren linken Schublade ihrer Frisierkommode versteckt hatte — in mitleiderregender Tarnung eingewickelt in Seidenpapier.

Fraser hatte sich die Freiheit genommen, Mineralwasser in einem Eiskübel bereitzustellen. Er hoffte, daß sie den Brandy wenigstens ein bißchen verdünnen würde.

Er verließ den Vortragssaal durch eine rückwärtige Tür, dann schlug er einen Bogen um das Gebäude, aus alter Gewohnheit wachsam und vorsichtig. Sein schlechtes Auge schmerzte unter der Augenklappe, und er stützte sich auf den Hirschhorngriff des Degenstokkes. Wie er erwartet hatte, war weit und breit nichts zu sehen, was auf Schwierigkeiten hindeutete.

Aber auch vom Chauffeur des gemieteten Dampfwagens war weit und breit nichts zu sehen. Unzweifelhaft hielt sich der Halunke irgendwo an einer Flasche fest, oder beschwatzte ein leichtes Mädchen. Oder vielleicht hatte er seine Anweisungen mißverstanden, denn Frasers Französisch war nicht das beste. Er rieb sich das gute Auge und spähte in den Verkehr. Wenn der Kerl in zwanzig Minuten nicht auftauchte, würde er eine Droschke rufen.

Er sah das gnädige Fräulein ziemlich unsicher an der rückwärtigen Tür des Vortragssaales stehen. Wie es schien, hatte sie eine Taghaube aufgesetzt — und ihre Reisetasche vergessen, was ihr ähnlich sah. Er eilte hinkend zu ihr. »Hierher, bitte, Milady — der Dampfwagen wird uns an der Ecke aufnehmen . . .«

Er verstummte. Es war nicht Lady Ada.

»Ich glaube, Sie verwechseln mich, Sir«, sagte die Frau auf englisch, und sie schlug den Blick ihrer blauen Augen nieder und lächelte. »Ich bin nicht Ihre Königin der Maschinen. Ich zähle bloß zu ihren Bewunderern.«

»Ich bitte um Entschuldigung, Madame«, sagte Fraser.

Die Frau blickte schüchtern auf das feine Jacquardmuster ihres weißen Musselinrocks. Sie trug eine abstehende französische Turnüre und eine steife, spitzenbesetzte Ausgehjacke mit hochgepolsterten Schultern. »Die Lady und ich sind ziemlich ähnlich gekleidet«, sagte sie mit einem halben Lächeln. »Die Lady muß bei Monsieur Worth kaufen! Darin kann man ein Kompliment für meinen eigenen Geschmack sehen, Sir, *n'est-ce pas?*«

Fraser sagte nichts. Ein leiser Verdacht begann sich in ihm zu regen. Die Frau, eine schmucke kleine Blondine, vielleicht Mitte vierzig, trug die Kleidung der Achtbarkeit. Aber sie trug drei goldene Brillantringe an den Fingern und von ihren Ohrläppchen baumelten fein gearbeitete und in Goldfiligran gefaßte Ohrgehänge aus Jade. Neben dem Mundwinkel hatte sie ein umwerfendes Schönheitspflästerchen, und ihre großen blauen Augen hatten bei allem Anschein gereifter Unschuld den kekken Glanz der Halbwelt — einen Ausdruck, der irgendwie sagte, ich kenne dich, Polyp.

»Sir, darf ich mit Ihnen auf die Lady warten? Ich hoffe, sie wird es nicht als lästig empfinden, wenn ich sie um ein Autogramm bitte.«

Fraser nickte. »An der Ecke. Wir erwarten dort den Dampfwagen.« Er bot ihr den linken Arm, nahm den Stockdegen in die Rechte. Es würde nicht schaden, ein kleines Stück zu gehen, bevor Lady Ada herauskäme; er wollte diese Frau im Auge behalten.

An der Ecke machten sie unter einer Gaslaterne halt. »Es tut gut, eine Londoner Stimme zu hören«, sagte die Frau einschmeichelnd. »Ich habe so lange in Frankreich gelebt, daß mein Englisch ganz eingerostet ist.«

»Keineswegs«, erwiderte Fraser. Ihre Stimme war sehr angenehm.

»Ich bin Madame Tournachon«, sagte sie. »Sybil Tournachon.«

»Mein Name ist Fraser.« Er verbeugte sich.

Sybil Tournachon zupfte mit der bloßen Rechten an dem Glacéhandschuh ihrer Linken, in der sie auch den anderen Handschuh trug. Es war ein sehr warmer Tag. »Sind Sie einer ihrer Paladine, Mr. Fraser?«

»Ich fürchte, ich verstehe nicht, was Sie meinen«, sagte Fraser. »Leben Sie eigentlich in Paris, Mrs. Tournachon?«

»In Cherbourg«, sagte sie, »aber ich bin die ganze Strecke mit dem Morgenexpreß hierher gefahren, nur um sie sprechen zu sehen.« Sie machte eine Pause. »Ich verstand kaum ein Wort von dem, was sie sagte.«

»Das macht überhaupt nichts, Madame«, sagte Fraser, »ich auch nicht.« Er begann Gefallen an ihr zu finden. Der Dampfwagen kam. Der Chauffeur stieg mit einem dreisten Augenzwinkern zu Fraser aus, zog ein schmutziges Stück Sämischleder aus der Tasche und machte sich pfeifend daran, den befleckten Rand eines geschwungenen Kotflügels zu wienern.

Das gnädige Fräulein kam aus dem Vortragssaal. Sie hatte daran gedacht, ihre Tasche mitzubringen. Als sie näher kam, wurde Madame Tournachon vor Aufregung ein wenig blaß und zog ein Programm aus ihrer Jacke.

Sie war ganz harmlos.

»Gnädiges Fräulein, darf ich Ihnen Mrs. Sybil Tournachon vorstellen?« sagte Fraser.

»Sehr angenehm«, sagte Lady Ada.

Madame Tournachon machte einen Knicks. »Würden Sie so gut sein und mein Programm signieren? Bitte.«

Lady Ada schien einen Moment ratlos, aber Fraser gab ihr geistesgegenwärtig den Schreibstift aus seinem Notizbuch. »Selbstverständlich«, sagte sie nun und nahm das Programm. »Entschuldigen Sie — wie war der Name?«

»›Für Sybil Tournachon.‹ Soll ich es buchstabieren?«

»Nicht nötig«, sagte Lady Ada lächelnd. »Es gibt einen berühmten französischen Aeronauten namens Tournachon, nicht wahr?« Fraser bot seinen Rücken als Unterlage für den Schreibstift. »Ein Verwandter von Ihnen, vielleicht?«

»Nein, Euer Hoheit.«

»Wie bitte?« sagte Lady Ada.

»Man nennt Sie die Königin der Maschinen ...« Mrs. Tournachon zog das signierte Programm mit triumphierendem Lächeln aus Lady Adas Fingern. »Die Königin der Maschinen! Und Sie sind bloß ein komischer kleiner grauhaariger Blaustrumpf!« Sie lachte. »Diese Vortragsreisen, meine Liebe — zahlt sich das aus? Ich hoffe, es lohnt sich für Sie!«

Lady Ada starrte sie verblüfft an.

Fraser festigte seinen Griff um den Stock. Er trat zur Bordsteinkante, öffnete rasch die Tür.

»Einen Moment!« Die Frau zog mit jäher Energie an einem Finger ihrer Rechten und hielt einen Ring in der ausgestreckten Hand. »Bitte — ich möchte Ihnen dies geben!«

Fraser trat mit dem Stock zwischen sie. »Lassen Sie sie in Ruhe.«

»Nein«, rief Mrs. Tournachon, »ich habe die Geschichten gehört, ich weiß, daß sie es braucht ...« Sie drängte ihn zur Seite, streckte den Arm aus. »Bitte, nehmen Sie dies! Ich hätte Ihre Gefühle nicht verletzen sollen, es war gemein von mir. Bitte nehmen Sie mein Geschenk! Bitte, ich bewundere Sie wirklich, ich habe den ganzen Vortrag abgesessen. Bitte nehmen Sie ihn, ich habe ihn eigens für Sie mitgebracht!« Dann wich sie mit leerer Hand zurück und lächelte. »Danke sehr, und viel Glück. Ich werde Sie nicht wieder behelligen. *Au revoir! Bonne chance!*«

Fraser folgte dem gnädigen Fräulein in den Dampfwagen, schloß die Tür, klopfte an die Trennscheibe. Der Chauffeur nahm seinen Platz ein.

Der Dampfwagen fuhr an.

»Was für eine sonderbare kleine Person«, sagte das gnädige Fräulein. Sie öffnete die Hand. Die Filigranfassung des Ringes hielt einen dicken funkelnden Brillanten.

»Wer war sie, Mr. Fraser?«

»Eine Verbannte, denke ich«, antwortete Fraser. »Sehr dreist von ihr.«

»War es falsch von mir, den Ring anzunehmen?« Ihr Atem roch nach Brandy und Mineralwasser. »Sicherlich nicht ganz korrekt. Aber andernfalls hätte sie eine Szene gemacht.« Sie hielt den Ring in das einfallende Sonnenlicht. »Sehen Sie sich die Größe des Steines an! Er muß sehr teuer gewesen sein.«

»Unecht, Milady.«

Lady Ada nahm den Ring wie ein Stück Kreide zwischen die Finger und zog den Stein mit gehörigem Druck über das Wagenfenster. Es gab ein dünnes, kratzendes Kreischen, beinahe unhörbar, und auf dem Glas erschien eine glänzende Rille.

»Echt«, sagte sie.

Dann saßen sie in umgänglichem Schweigen, während der Dampfwagen sie zum Hotel trug. Fraser betrachtete alles durch das Wagenfenster und erinnerte sich seiner Instruktionen. »Sie können das alte Mädchen trinken lassen, soviel sie will«, hatte der Chef ihm mit seiner unnachahmlich affektierten Ironie gesagt, »Reden, was sie will, flirten, mit wem sie will, nur darf es natürlich nicht zum offenen Skandal kommen. Sie können Ihre Mission als erfüllt betrachten, wenn es Ihnen gelingt, unsere kleine Ada von den Wettmaschinen fernzuhalten.« Die Gefahr dieses Unheils war gering gewesen, denn ihr Geldbeutel enthielt nichts als Fahrkarten und Kleingeld, aber der Brillantring hatte die Lage verändert. Von nun an würde er besser aufpassen müssen.

Ihre Räume im Hotel Richelieu waren ziemlich bescheiden, mit einer Verbindungstür, die er nicht berührt hatte. Die Türschlösser waren stabil, und er hatte die unvermeidlichen Gucklöcher gefunden und verstopft. Die Schlüssel verwahrte er.

»Ist von dem Vorschuß noch etwas übrig?« fragte Lady Ada.

»Genug, um dem Chauffeur ein Trinkgeld zu geben«, sagte Fraser.

»Ach du lieber Gott. So wenig?«

Fraser nickte. Die französischen Gelehrten hatten für das Vergnügen ihrer gelehrten Gesellschaft wenig genug bezahlt, und das hatten ihre Schulden rasch verschlungen. Die mageren Einnahmen aus dem Verkauf der Eintrittskarten hätten kaum ausgereicht, ihre Fahrtkosten von London zu decken.

Lady Ada öffnete die Vorhänge, blickte stirnrunzelnd in den Sommertag hinaus, zog sie wieder zu. »Dann wird mir nichts übrigbleiben, als diese Vortragsreisen in Amerika anzunehmen.«

Fraser seufzte unhörbar. »Es heißt, daß dieser Kontinent mit vielen Naturschönheiten aufwarten kann, Milady.«

»Aber welche Vortragsreise? Boston und Philadelphia? Oder Charleston und Richmond?«

Fraser sagte nichts. Schon die Namen der fremden Städte legten eine bleierne Düsternis auf sein Gemüt.

»Ich werde eine Münze werfen!« beschloß Milady vergnügt. »Haben Sie eine, Mr. Fraser?«

»Nein, Milady«, log Fraser und durchsuchte seine Taschen, wo es gedämpft klimperte. »Tut mir leid.«

»Bekommen Sie überhaupt nichts bezahlt?« forschte sie mit einer Andeutung von Verärgerung.

»Ich habe meine Polizeipension, Milady. Recht großzügig, und prompt bezahlt.« Wenigstens das mit der Promptheit traf zu.

Sie war jetzt besorgt, verletzt. »Aber bezahlt die Royal Society Ihnen nicht ein angemessenes Gehalt? Ach du lieber Gott, und ich habe Ihnen so viele Schwierigkeiten bereitet, Mr. Fraser! Ich hatte keine Ahnung ...«

»Sie entschädigen mich in Ihrer eigenen Weise, Madame. Ich fühle mich ausreichend belohnt.«

Er war ihr Paladin. Das war mehr als genug.

Sie ging an ihren Schreibsekretär und suchte zwischen Papieren und Quittungen. Ihre Finger berührten den Schildpattgriff ihres Reisespiegels.

Sie wandte sich um und überraschte ihn mit dem Blick einer Frau. Unter seinem Druck hob er unwillkürlich die Hand und berührte seine unebene Wange unter der Augenklappe. Sein weißer Backenbart konnte die Narben nicht verstecken. Eine Schrotladung hatte ihn dort getroffen. Es schmerzte immer noch, wenn ein Wetterwechsel bevorstand.

Sie sah seine Geste nicht, oder geruhte nicht, sie zu sehen, sondern winkte ihm nur. »Mr. Fraser. Mein Freund. Sagen Sie mir etwas, bitte. Sagen Sie mir die Wahrheit.« Sie seufzte. »Bin ich nichts als ein komischer kleiner grauhaariger Blaustrumpf?«

»Madame«, sagte Fraser, »Sie sind *la Reine des Ordinateurs.*«

»Bin ich das?« Sie hob den Spiegel, blickte hinein.

In dem Spiegel, eine Stadt.

Es ist 1991. Es ist London. Zehntausend Türme, das zyklonische Summen von Milliarden Maschinen und Schaltungen, die Luft erdbebenfinster in einem Öldunst, in der Reibungshitze ineinandergreifender Räder. Schwarze nahtlose Straßenbeläge, ungezählte geteerte Zuflüsse für die rasenden Fahrten der Geister der Geschichte, die in dieser heißen, glänzenden Nekropole losgelassen sind. Papierdünne Gesichter blähen sich wie Segel, verformen sich, gähnen, wehen durch die leeren Straßen, menschliche Gesichter, die geborgte Masken sind, und Linsen für ein spähendes Auge. Und wenn ein gegebenes Gesicht seinen Zweck erfüllt hat, zerbröckelt es, zerfällt wie Asche in einen trockenen Schaum von Daten, den Stäubchen ihrer Bestandteile. Aber neue Gewebe von Mutmaßungen werden geknüpft, schnelle, unermüdliche Spindeln spulen unsichtbare Fäden zu Millionen ab, während in der heißen unmenschlichen Dunkelheit Daten schmelzen und sich vermischen, von Getrieben durchgerührt zu einem blubbernd verflüssigtem Bimsstein, getaucht in Wachs von Träumen, das eine Nachahmung von Fleisch bildet, vollkommen wie der Gedanke ...

Es ist *nicht* London, sondern gespiegelte Plätze aus reinstem Kristall, die breiten Straßen atomare Blitze, der

Himmel ein unterkühltes Gas, und das Auge jagt seinen eigenen Blick durch das Labyrinth, überspringt Quantenstrecken, die Ursächlichkeiten sind, Zufälligkeiten, Möglichkeiten. Elektrische Phantome werden ins Dasein geschleudert, untersucht, zergliedert, unendlich wiederholt.

Im Zentrum dieser Stadt wächst ein *Ding*, ein autokatalytischer Baum im Beinahe-Leben, genährt durch die Wurzeln der Gedanken vom fruchtbaren Zerfall seiner eigenen abgeworfenen Bilder, und in Myriaden von Blitzverästelungen verzweigt aufwärts strebend zum verborgenen Licht der Vision, sterbend, um geboren zu werden.

Das Licht ist stark,
Das Licht ist klar;
Endlich muß das Auge sich selbst sehen
Mich selbst ...
Ich sehe:
Ich sehe,
Ich sehe
Ich
!

Phantasma digitalis
oder
Die Prothese der Realität nach Babbage

Nachwort

von Michael Nagula

> »Wollten wir der Natur wahrhaft dienen, dann müßten wir demnach durch eine totale Destruktion den Prozeß der ständigen Regeneration selbst, den Prozeß der ständigen Umwandlung des Zersetzten in neue Lebensformen auslöschen: erst dann könnte die Natur zum Punkt der *creatio ex nihilo,* zum Punkt der wahren Schaffenskraft gelangen.«
>
> — Slavoj Žižek[1]

Weshalb mit einem Zitat beginnen, das ausgerechnet auf dem Gebiet der Science Fiction — der ›wissenschaftlichen Fiktion‹ oder Ideenliteratur — den Begriff der Natur ins Zentrum rückt? Weil durch die Erschaffung künstlicher Welten, einerlei ob durch das Schreiben von Romanen oder die sonstige Erzeugung virtueller Realitäten, verlorengegangene Natur wieder heraufbeschworen werden soll. Natur wird überblendet von Fiktion, die wenigstens für die Dauer des Aufenthalts in ihr den Status von Realität annehmen soll — sonst könnte man ja nicht von überzeugender Literatur sprechen, die den Leser in ihren Bann zieht, geschweige denn von Virtualität, die Anspruch auf Realität erhebt. Fiktion muß für Natur gehalten werden, damit der zunehmende Mangel authentischer Natur, ihr Zerfall, vergessen werden kann. Fiktion erweist sich so an Stelle von Natur als »Inbegriff des im dauernden Hervorgang in das Sein befindlichen Seienden«.[2] Zerfällt Natur, zerfällt Seiendes, fällt man aus dem Leben wie Cervantes' *Don Quichotte* aus seinem Buch. Das Erschaffen künstlicher Welten ist eine Prothese, eine Strategie des Vergessens, die dem entgegenwirken soll. Bruce Sterling hat sie in bezug darauf, was die Aufgabe von SF sei, in die treffenden Worte gekleidet: »Wir brauchen Ideen, und die Literatur der Ideen ist eine natürliche Quelle für sie.«[3] Traumwandlerisch bedient sich die Science Fiction Münchhausens Technik, sich am eigenen Zopf aus dem Sumpf zu ziehen.

Mit der Ineinssetzung von Literatur und Virtualität, der großen Leistung des Cyberpunk, besonders aber der Romane und Erzählungen von William Gibson, ist SF zum Punkt der wahren Schaffenskraft gelangt: *creatio ex nihilo,* die Schöpfung aus dem Nichts. Das Aphel ist durchschritten, was bleibt, ist die Umkehr, die Rückbesinnung auf das konventionelle Interieur der Welt und dessen neues Arrangement. Das ist die Aufgabe der Alternativweltliteratur.

Die Historie der Science Fiction erscheint rückblikkend wie ein einziger Versuch, den Zerfall von Natur vergessen zu machen, der so beharrlich darauf drängte, zur Kenntnis genommen zu werden. Noch für die frühesten, für den Popcorn-Geschmack der amerikanischen Öffentlichkeit verfaßten Texte sind oberflächlich gesehen stets objektive, gradlinig auf ein Ziel zustrebende Abläufe kennzeichnend — der Glaube an Evolution, Genealogie. Dabei ergingen sich die SF-Pulpgeschichten nach Maßgabe etwa eines Hugo Gernsback aber bereits ohne jeden nachweisbaren technischen Grund in Phantasien über Weltraumfahrten zu fremden Sternen, wo Fragmente von Ebenbildern irdischer Zustände dem Blick des neugierigen Betrachters begegneten, dem noch nicht klar war, daß er in einen Zerrspiegel sah, der seine eigene Zerrissenheit abbildete. Moderne SF-Titel haben diese Haltung erweitert und das gesehene Fremde auf den Betrachter zurückgebeugt; so kam es nicht nur zur Verunsicherung über die eigene Existenz à la Philip K. Dick, sondern auf längere Sicht auch zur Schaffung virtueller Räume im Rücken des Betrachters, denen William Gibson in seiner Geschichte ›Burning Chrome‹ (1982) schließlich den Namen Cyberspace gab.[4] Damals, vor zehn Jahren, war noch nicht abzusehen, daß damit auch für die Science Fiction, als populäre Kunstform von jeher Ausdruck und Echo ihrer Zeit, der I-Punkt auf eine Entwicklung gesetzt wurde, die vom Glauben an Objektivität und festgefügte Realität Abschied nimmt. Aus der gradlinigen Bewegung, der Handlung einer Geschichte oder den Ereignissen auf dem Lebensweg einer Figur, wurde bei näherer Betrachtung eine Endlosschleife, in der das Subjekt — ob Autor, Erzähler, Text oder Leser — immer lauter die Frage nach seiner Existenz stellte. Weil sich im psychischen Vakuum aber so wenig wie im stellaren ohne Raumkapsel leben läßt, brachte die Destruktion natürlicher Räume damit zugleich die Notwendigkeit der Existenz künstlicher Räume zum Vorschein. Nur so konnte man die quälende Frage verwerfen: Das Bangen um authentisches Sein findet seine Lösung in der Erschaffung künstlicher Realitäten, die nicht davor zurückschrecken, noch ihren Schöpfer als künstlich aufzuzeigen — einer virtuellen Existenz in einer virtuellen Welt autonomen Status zu verleihen.

Wir sind im Cyberspace, aber für Cybernauten ist er die einzige Realität. Man kann sich darin wie zu Hause fühlen. Das ist die konservative Wende amerikanischer SF, die, nachdem sie ihr Inneres nach außen gekehrt hat, wieder vor den Spiegel der eigenen Zerrissenheit treten kann, weil sie weiß, daß jenes Kunstwesen sie anblickt, das sie geschaffen hat. Getrost kann sich der Cybernaut auf alte Werte besinnen und sie im jetzt nicht mehr leeren Raum neu ordnen. Der dabei zurückgelegte Weg entspricht dem Kleistschen Durchgang durch das Unendliche. Es wurde noch einmal vom Baum der Erkenntnis gegessen, um die Unschuld wiederzufinden. »Wenn die Erkenntnis gleichsam durch ein Unendliches gegangen ist, so findet sich auch die Grazie wieder ein.«[5] Man funktioniert wieder in der Welt des Marionettentheaters. Man hat sich — ohne Wissen und Wollen — eine Realität geschaffen, in der man existieren kann, ein Simulakrum.

Creatio ex nihilo, die Schöpfung aus dem Nichts, als Punkt der wahren Schaffenskraft zu markieren, ist — wie wir sehen — also nicht allein der Science Fiction vorbehalten. Die Reise zu den Sternen, die Begegnung mit dem Fremden sind nur Allegorien psychischer Befindlichkeit. Daß die Schöpfung aus dem Nichts ein Akt der Autogenese, der Selbstzeugung, ist, liegt dabei auf der Hand. Der Autor zeugt sich in der Erzählung neu, wie er von der Gesellschaft gezeugt wurde, der Geist setzt die Existenz des Körpers je schon als gegeben voraus — die Endlosschleife entpuppt sich als Mechanismus, der einer ewigen Wiederholung unterliegt.[6] Auf diese Wiederholung reduziert, bleibt kein Raum mehr für Evolution, für Genealogie, für eine zielgerichtete und sinnerfüllte Bewegung. Die Welt, wie sie uns heute erscheint, hat gar kein oder ein unendliches Bewußtsein, ist vom Einzelnen nicht beeinflußbar. Entweder ist sie on-line, oder sie existiert überhaupt nicht. Sie zerfällt in binäre Pole.

Zusammenbruch des Ostens, globale Vernetzung, psychische Desorientierung, apolitische Konsumhaltung sind Ausdruck einer Evolution, die technisch geworden ist und die den Menschen schon lange hinter sich gelassen hat. Ein frühes Dokument dieser Sichtweise ist Douglas R. Hofstädters 1979 erschienener Mega-Bestseller *Gödel, Escher, Bach,* in dem der Pionier des Computerzeitalters Charles Babbage in einem fiktiven Dialog mit Herrn Krebs, Achilles und Alan Turing behauptet, ein deterministischer Automat zu sein, der von zugrundeliegenden Gesetzen beherrscht wird. Die Gegenüberstellung der Ansichten von Babbage und Turing mündet in die Unentscheidbarkeit, wer von beiden der Programmierer und wer das Programm ist. Die Entscheidung wird erst durch einen dritten herbeigeführt, den Beobachter, dem damit die alleinige Autorität über die Existenz des Programms zukommt.[7] Obwohl er nur auf dem Monitor erscheint und je einen der beiden Disputanten ebenfalls nur über Monitor sieht, stellt sich die Frage seiner Fiktionalität dabei nicht; entweder spricht man ihm die totale Autorität zu oder nicht, wobei im letzteren Fall eben das Programm abstürzt.[8] Kein Rechner, auch nicht der menschliche, kann ohne BIOS existieren, seinen unlöschbaren Festspeicher — und für den Menschen ist BIOS das Wort, das Gesetz, oder schlicht Gott.

Charles Babbage (1791—1871), auf dessen Erfindung der DifferenzMaschine und des ersten programmgesteuerten Rechenautomaten der vorliegende Roman beruht, erläßt das gültige Gesetz. So sehen es Gibson & Sterling, und so entspricht es wohl auch den Tatsachen. Babbage ist der Urvater von Mensch und Maschine, die er am Nullpunkt gemeinsamen Seins, wo jener im Angesicht des anderen Gestalt annimmt, miteinander versöhnt. In einem Akt der Selbstzeugung verschmilzt er Natur und Virtualität zur künstlichen Intelligenz.

Schon früh gab es Kenner der Materie, die dieser Einschätzung widersprachen. In einer Denkschrift aus dem Jahr 1842 schrieb zum Beispiel Lord Byrons brillante,

Charles Babbage (1791—1871): Philosoph, Mathematiker, Computerpionier.

aber unglückliche Tochter Ada Lovelace, mit der Babbage befreundet war, daß sein programmgesteuerter Rechenautomat nicht den Anspruch erheben könne, »irgend etwas zu schaffen. Er kann das tun, was immer wir ihm zu befehlen wissen«.[9] Den Gegenbeweis tritt sie freilich selbst an. Fast im gleichen Atemzug schwärmt sie davon, daß Babbages Maschine vielleicht auch andere Dinge tun könne, als Zahlen bearbeiten. Sie schlägt vor, Tonhöhen und Harmonien auf die sich drehenden Zylinder zu übertragen, um so auf »umfangreiche und auf wissenschaftliche Weise erzeugte Musikstücke jeder Komplexität und Länge komponieren zu können«.[10] Daß das etwas mit Künstlicher Intelligenz zu tun habe, davon wollte Lady Lovelace zwar nichts wissen, für Hofstädter jedoch, der hundertfünfzig Jahre später die Konsequenzen dieser Entwicklung überblikken kann, ist bereits die von Babbage erfundene DifferenzMaschine »eine Vorläuferin der Computer-Hardware und somit auch der Künstlichen Intelligenz. Man kann die Entstehung von KI auf den Augenblick ansetzen, an dem mechanische Verrichtungen Aufgaben übernahmen, die bisher nur der menschliche Geist zu bewältigen vermochte.«[11] Und dazu gehört nicht nur das Rechnen, sondern etwa auch das Komponieren von Musik. Es braucht außer dem Programm und dem Programmierer nur einen Dritten, der ein ästhetisches Urteil über das Ergebnis des Computierens, des Zusammenrechnens, trifft, um diesen Akt zu einem kreativen zu machen. Lady Lovelace ging bei ihrer Beurteilung der Bedeutung von Maschinen ihrem eigenen fortschrittlichen Geist in die Falle. »Es gibt einen ›Satz‹ über den Fortschritt bei KI: wenn eine geistige Funktion einmal programmiert ist, hören die Menschen bald auf, sie als einen wesentlichen Bestandteil ›wirklichen Denkens‹ anzusehen. Der unausweichliche Kern der Intelligenz liegt immer in der nächsten Sache, die noch nicht programmiert worden ist.«[12] Hofstädter definiert Künstliche Intelligenz als Ergebnis eines Denkens, das im Rückblick den Status des ›Unwirklichen‹ annimmt. Bewußtlos werden also Androiden geschaffen. Menschsein bewegt sich auf der Höhe des Maschineseins und liegt nur dem Mythos auf, nicht das Ergebnis einer nach außen verlagerten, wiederholten Selbstzeugung zu sein. Dabei braucht das nicht zu verwundern: Daß Gott den Menschen nach seinem Ebenbild schuf, steht schließlich schon in der Bibel.[13]

Am Anfang war denn auch bei Babbage das WORT. Die Erfindung der DifferenzMaschine, der gesetzgebende Akt, über den der Rechenautomat ins Leben trat und digital den Schöpfer von der Schöpfung trennte, erfolgte 1822 auf dem Papier. Die Maschine sollte der Prüfung mathematischer Tabellen dienen, wie sie zu jener Zeit der systematischen Anwendung von Wissenschaft auf

Erste DifferenzMaschine. Fertiggestellter Teil, 1832.

Handel und Industrie immer wichtiger für ein funktionierendes Staatswesen wurden. Die Zahlenwerke waren seinerzeit nämlich mit zahlreichen Fehlern gespickt. Nur eine maschinelle Berechnung, so hatte Babbage erkannt, würde Abhilfe schaffen können. Der Mensch dürfe dabei weder als Rechner noch als Setzer eingreifen, ihm obläge allein die Aufgabe der Bedienung. Es ging darum, die Fehlerquelle ›Mensch‹ auszuschalten, seine unzuverlässigen Zugriffswege auf den Speicher zu optimieren.

Die Fertigstellung eines funktionstüchtigen Versuchsmodells, das für zwei Differenzen und acht Dezimalstellen ausgelegt war, machte Babbage Mut, eine größere DifferenzMaschine zu konstruieren, die Funktionen mit konstanter fünfter Differenz schrittweise aufrechnen und die Ergebnisse ausdrucken sollte. Allerdings erwies sich das als unmöglich, weil die einfacheren Möglichkeiten der Elektrotechnik und Elektronik noch nicht bekannt waren. Das Unternehmen mußte 1842 aufgrund finanzieller und fertigungstechnischer Schwierigkeiten eingestellt werden. Historisch ist Babbages Erfindung damit im großen Stil nie realisiert worden, aber das war auch nicht nötig. Was zählte, war allein der Gedanke.[14] Mit der Algorithmisierung des Menschen, seiner Reduzierung auf die reine Funktion, war er in Konkurrenz zur Maschine getreten und hatte den Kampf vom Start weg verloren. Das digitale Zeitalter war angebrochen.

Mathematiker, der er war, folgte Babbages Arbeit immer demselbem Prinzip: Vereinfachen und Generalisieren. Von seinem Mißerfolg beim Bau der zweiten DifferenzMaschine ließ er sich keineswegs entmutigen. Sein Ziel war es, eine Maschine zu bauen, die zum Durchgang durch das Unendliche befähigt ist, die auf dem Weg der Algorithmisierung alles vermag, ja die zur Lösung letztendlicher Fragen die ganze Welt in einzelne Teilprobleme zerlegen kann und diese wiederum in eine zusammenhängende Folge von Einzelschritten, um so Aufschluß über die Realität zu erhalten. Babbage sprach in bezug auf diese Idee bildhaft von der »Maschine, die sich selber in den Schwanz beißt«.[15] Stellvertretend für den Menschen, dessen Computationsfähigkeit erschöpft war, sollte sie herausfinden, was Welt im Innersten zusammenhält.

Es erscheint heute geradezu verblüffend, wie fließend der Übergang von der DifferenzMaschine zur Analyti-

Nachbau der DifferenzMaschine. Seitenansicht von links.

schen Maschine war, an der Babbage bereits seit 1833 arbeitete: Er entspricht der Ablösung des Zahlenbretts durch die Großrechenanlage. Der Entwurf sah folgende Baugruppen vor: vollautomatisches Rechenwerk für die vier Grundrechenarten, Zahlenspeicher für tausend Zahlen von je fünfzig Stellen, Lochkartensteuereinheit zur Programmsteuerung, Dateneingabegerät für Zahlen und Rechenvorschriften und Datenausgabevorrichtung mit Druckwerk.[16] Für das Rechnen und Speichern wollte Babbage auf die dekadischen Zahnräder der Differenzmaschine zurückgreifen. Die Vielfachleitungen, die die Reihen von Scheiben im Speicher verbinden, ordnete er auf eine Art an, wie sie auch bei den gedruckten Schaltplänen moderner Computer Verwendung findet. Außerdem legte er eine zentrale Sammelschienenleitung zugrunde, an die im rechten Winkel auf sie stoßende Zweigleitungen angekoppelt werden konnten. Jede der

Scheibenreihen, aus denen der Speicher bestand, konnte als eigene Maschine funktionieren, während sie gleichzeitig der zentralen Steuerung unterworfen blieb. Dabei handelt es sich eindeutig um etwas, das wir heute ›Prozeßrechnen‹ nennen, eine Standardtechnik, um Probleme anzugehen, die, wie zum Beispiel die Wettervorhersage, eine enorme Rechenleistung verlangen. Babbages verzweigte Mikroprogrammierformen beweisen, daß die programmgesteuerten Rechenmaschinen und Datenverarbeitungsanlagen keine Erfindung unseres Jahrhunderts sind, sondern aus der Mitte des vorigen Jahrhunderts stammen. Aber auch sein Versuch, von diesem programmgesteuerten Rechenautomaten ein Modell zu bauen, mißlang. Trotz dreißigjähriger Arbeitszeit ist es nie funktionsfähig geworden. Ein späterer Nachbau zeigte zwar, daß es nur an fertigungstechnischen Schwierigkeiten lag, doch ließ das Babbages Ideen in Vergessenheit geraten. Erst hundert Jahre später, als die technischen Voraussetzungen ausgereift waren, konnten sie wieder aufgegriffen und verwirklicht werden. Inzwischen war der programmgesteuerte Rechenautomat allerdings auf der Grundlage des dualen Zahlensystems von Konrad Zuse neu erfunden worden — ein Beleg dafür, daß sich Geschichte tatsächlich wiederholt.

Seit Ende des Zweiten Weltkriegs, der einen technischen Innovationsschub ohnegleichen auslöste[17], ist das Zeitalter der Rechenautomaten in das der Medien übergegangen. Babbages Erbe hat sich explosionsartig ausgebreitet. Angesichts problemlösender Maschinen, die zuverlässiger und komplexer arbeiten als der menschliche Rechner, sind deren Benutzer zu Zauberlehrlingen geworden, die eine morbide Faszination an Kriegsgerät und Foltermethoden entwickelt haben — zum Zweck der Vergewisserung eines Selbst, das sich vom zunehmend deutlicher werdenden Marionettendasein immer vergeblicher befreien will.[18] Das ist die pathologische

Einweihung eines Nachbaus der zweiten DifferenzMaschine zum 200. Geburtstag von Babbage im Science Museum, London.

Seite der Selbstzeugung: in der Zerstörung auf den Zerstörer zu verweisen, der man selbst ist. Denn damit ist man wenigstens etwas. Münchhausen, der sich im vorigen Jahrhundert noch selbst aus dem Sumpf zog, steht heute Babbages Menschmaschine gegenüber, die sich selbst in den Schwanz beißt. Die Schnittstelle dieser Positionen ist der Bildschirm, dessen plane Oberfläche Bewußtsein verglimmen läßt.

Lange Zeit galt die Schnittstelle zwischen Computer und User als ›last frontier‹ für Mensch und Maschine.[19] Durch sie ließ sich vermeintlich bestimmen, auf welcher Seite man stand. Auch diese letzte Grenze ist nun niedergerissen, und mit dem Auftauchen des Cyberspace, der virtuellen Realität, wird die Frage nach dem eigenen Standort in der Welt neu gestellt als Frage nach der passenden Realität, in die man sich einklinken mag, die man leben will.[20] Es ist eine Frage der Computer-Software geworden. Wen wundert's, daß gerade Gibson & Sterling, die Protagonisten des Cyberpunk, der mit seiner Liebe zum SimStim und zur Virtualität den Tanz auf dem Vulkan probte, in Babbage den Garanten für die Existenz von Evolution und Entwicklung sehen — wenn auch einer Entwicklung, die zu eben dieser Situation des Computerzeitalters führte. Die Verortung Babbages als dem Pionier der metastasierten Mikrochips ist ein Ausdruck der konservativen Wende der amerikanischen SF. Besser, man findet einen Ort, dem man die eigene Orientierungslosigkeit zuschreiben kann, als daß sie zum Verlust von Selbst und Bewußtsein führt. Der Cybernaut will nicht Maschine sein.

Es gibt viele Stellen, die im vorliegenden Roman davon Zeugnis geben. Gibson & Sterling stellen die Welt der neunziger Jahre unseres Jahrhunderts nicht Babbages Zeit gegenüber, sondern verweben sie mit ihr. Der teilweise archaische Tonfall des Textes bricht sich an den Kapitelanfängen, die immer eine starre Situation zeigen, eine Polaroidaufnahme, die sich umgekehrt zum Entwicklungsvorgang langsam aus der Erstarrung löst und deren abfotografiertes Personal sich in Bewegung setzt, um hektischer werdend aneinander vorbeizuirren und sich im Moloch einer vorzeitig von der Dritten Industriellen Revolution heimgesuchten Welt zu verlieren, in der sich die Menschen nur noch durch Namen und Rang unterscheiden, nicht mehr durch ihren Charakter. Dazu paßt, daß der Roman teilweise aus Originaltexten des neunzehnten Jahrhunderts collagenartig zusammengesetzt wurde, die man aber so lange durch den Computer gejagt hat, bis ihre Binärstruktur sich den Vorstellungen der Autoren fügte. Dazu paßt auch, daß über weite Strecken James Joyces *Ulysses* als Vorbild diente, ein Jahrhundertwerk, in dem Leopold Bloom die Straßen der Stadt Dublin abschreitet und sein Weg sich als Fragezeichen in einem Fragezeichen liest. DIE DIFFERENZMASCHINE zitiert und macht so Politik. Sie rechnet zusammen, computiert. Der Roman dient ihr als Möglichkeit, das Medienzeitalter zu kommentieren: als

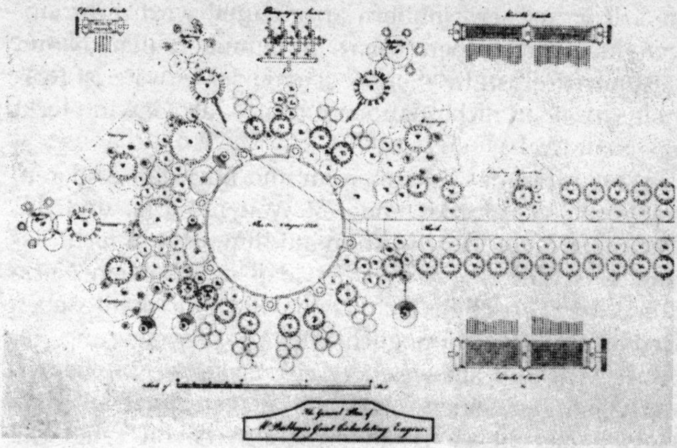

Allgemeiner Entwurf von Babbages Großer Rechenmaschine (1840).

Unterhaltungsspiel für die breite Masse, der es auf die Bestätigung dessen ankommt, daß nichts so sein muß, wie es zu sein scheint, und als Rettungsanker für Intellektuelle, die Ordnung in das Chaos bringen müssen, die als geistige Bodybuilder einen Ort der Ruhe im Getöse der Möglichkeiten auszumachen bemüht sind. In streng amerikanischer Lesart wird die Verbreitung lateraler, also seitlich wegdriftender oder zuströmender Gedanken auf die eine oder andere Weise schon eine positive Kraft, sprich Selbstvergessenheit, entfesseln, aus der der Glaube an die Überwindung eigener Ohnmacht erwachsen kann, an Herrschaft über sich selbst und an die Möglichkeit der Einflußnahme auf Welt — der Glaube an die verbindende Kraft der Fiktion, dirigiert von der unsichtbaren Hand eines wiedererwachten Marionettenspielers. Ausgetragen wird dieser Kampf auf dem Rücken einer löchrigen Realität, die nur durch ihre Fehlstellen zusammengehalten wird. Bei ihrer fiktiven Ausbeutung zum Zweck nicht des Wiederaufbaus dieser, sondern des Aufbaus überhaupt einer Welt wird nicht gezielt verwiesen, sondern angedeutet, wird nicht eingereiht, sondern permutiert. So simuliert man Natur, gesundes Selbst, Ich-Sein-Existenz; der Einsatz ist Realität, die einen nicht glauben macht — als Gewinn lockt die Neue Welt!

Wie zentral das Erkennen im und über den Anderen, auch und gerade des anderen Weltentwurfs, und das Verweigern der Identifikation mit ihm, ist, um nicht davon verschlungen zu werden; daß im globalen Netzwerk der Pop-High-Tech-Zivilisation von heute eben der Kampf der Unmöglichkeit von Verweigerung geführt wird und auf welche Weise er seinen Medienwiderhall findet, einen Widerhall ausgerechnet auf dem Gebiet, das diese Vernetzung schuf, davon zeugt DIE DIFFERENZMASCHINE. Als Roman zur gescheiterten Erfindung beschreibt sie den Siegeszug des Computers, der im Verlust des Menschseins gipfelt. Zugleich beschwört sie eine Kontinuität, die eine Traditionslinie vom Menschen bis zum Computer entwirft und beide umspannt. Der Mensch wird computerisiert, der Computer vermenschlicht. Babbages Erfindung war der Realität ihrer Zeit voraus, weil Realität für sie der blinde Fleck war. Darum war sie historisch nicht zu realisieren. Im Roman unserer Tage lautet die Zauberformel: Und es geht doch! Fiktiv lassen sich die Pole verschmelzen. Der alternative Weltentwurf garantiert dem Leser eine ersatzweise Ordnung, die er auf seine Welt übertragen kann, eine Ordnung, die Voraussetzung für die Illusion einer erfolgreichen Einflußnahme auf Welt ist. Der Computer wird für ihn zum Garanten von Realität, zu ihrer Stütze, ja ihrer Prothese.

»Das sind reale Ideen mit realen Konsequenzen. Die Welt ist real. Das ist wichtig. Das ist bedeutend.«[21] Mit diesen beschwörenden Worten rechtfertigt Bruce Sterling seine Tätigkeit als SF-Schriftsteller, und es ist kaum zu überhören, welchen Stellenwert die Fiktion in seinen Beteuerungen einnimmt — sie wird in den Stand einer

Rechenanlage der Kleinausgabe einer Analytischen Maschine, mit deren Bau Babbage beschäftigt war, als er starb. (Auf dem Foto ragen die Zahnstangen des Rahmens so weit heraus, wie das bei einer Maschine in Betrieb nie möglich gewesen wäre.)

Realität erhoben, die eben deshalb beschworen wird, weil man ihr Fehlen leugnet. Fiktion als Realitätsersatz, Welt als fehlendes Objekt. Was da zudeckt und zugleich aufgezeigt wird, nennt sich seit Freud Phantasma. »Phantasmen erweisen sich in der Erfahrung des Sprechens als Begrenzungen der psychischen Struktur, die ein Stück fragile Sicherheit vermitteln, sich deshalb der Auflösung widersetzen.«[22] Schreiben gleicht dem Sprechen. In ihm wiederholen die Phantasmen sich, weil aus ihnen der Stoff ist, aus dem Welt entsteht, und niemand kann auf Welt verzichten. Dabei ist der Versuch, Phantasmen den Rang von Realität zu verleihen, ebenso zum Scheitern verurteilt wie der Versuch, sie als Fiktion zu entlarven. Sie funktionieren über die Schnittstelle, die sie miteinander verbindet, aber auch voneinander trennt. Dort, in der Tiefe des Computers wie in der Scharfkantigkeit spiegelnden Chroms, kommt das Objekt ins Spiel, das durch das Phantasma abgedeckt ist, in ihr sucht das Subjekt sein Sein. Eine volle Befriedigung am Objekt ist jedoch nicht möglich, immer bleibt ein unauffüllbarer Rest, ein Zeichen des unzerstörbaren Begehrens, das den ComputerUser wieder und wieder vor den Monitor zieht, weil dahinter etwas lockt, dem er keinen Namen zu geben vermag — jenes Objekt, von dem er vermutet, daß es ihm seinen Ort zuweisen und ihm die Erfüllung bringen kann. Er begehrt Welt, die mit ihm ihr Spiel treibt, *damit* sie mit ihm ihr Spiel treibt. »Das Begehren ist das Begehren nach dem Gesetz«, nach einer Weltordnung, welcher auch immer.[23] Insofern dieses Objekt direkt mit der Herkunft des Subjekts, mit der Unmittelbarkeit, zu tun hat, repräsentiert es für das Subjekt den Ort vor jedem Verlust. Selbstzeugung, das Zusammenwirken von gar keinem und einem unendlichen Bewußtsein, ist somit die Realisierung des Phantasmas vollkommener Erfüllung — die Erschaffung von Welten. Nur erweist sich in ihr stets aufs neue die Untilgbarkeit des Phantasmas, das als Schutz vor der bodenlosen Leere des Begehrens dient, vor der Begegnung mit dem Abgründigen, das die Ortlosigkeit der digitalen Welt von heute ist.

Es ist ein Merkmal aller Literatur, weil aller Subjekthaftigkeit, sich über ihren Status als etwas Autonomes, das nicht der Kontrolle eines Autors oder Gottes unterstünde, zu täuschen. Im Zeitalter der Maschinen sind sie das Gesetz. Das Phantasma digitalis, an das der Glaube sich heute bindet, führt nach dem Rückgriff auf ›wissenschaftliche Fiktionen‹ nun in virtuelle Realitäten, die Geborgenheit mit Allmacht paaren und im Augenblick der Vereinigung der Gegensätze ins Nichts implodieren. Findet heute die Auseinandersetzung mit dem Anderen, dem Fremden statt, das wir uns in einem Akt der Verkennung zu eigen machen und hinter uns lassen[24], so bewegen wir uns nur auf dem Schlachtfeld unseres Selbst. Es gibt keine fremden Welten.

Weshalb dann das Spiel damit? Aus Lust an der Subversion? Weshalb ein ganzes Genre darauf aufbauen und um seinen Fortbestand kämpfen, wie die SF-Theoretiker es seit Jahrzehnten tun, ohne daß ihnen bisher eine gültige Definition der Science Fiction gelungen wäre? Die Antwort läßt keinen Kompromiß zu: Weil es nicht möglich ist, einmal gesetzten Zusammenhängen oder ihrem Fehlen, die die Grundlage der Existenz auch eines Genres bilden, zu entrinnen. Versucht man es, kommt dabei maximal — und das ist schon ein, nämlich denkerischer Gewinn — die Verkehrung der Welt heraus. Zwei und zwei ist fünf, wie es bei Orwell heißt. Das Subjekt vergeht im Aufblitzen der Erkenntnis, daß die Aussage nicht mit dem Ausgesagten korreliert, daß es ›seinen‹ Sinn, identisch mit sich zu sein, nur für andere annimmt, daß es radikal Objekt ist, sich verliert. Hiermit spielt Literatur, die Fiktionen aufbaut. Hiermit spielt Science Fiction, wenn sie sich über die Begegnung mit dem Fremden hinaus gleich ganze Alternativweltgeschichten ausdenkt, in denen die Frage gestellt wird, was wäre wenn …?

ANMERKUNGEN

1 Slavoj Žižek, *Liebe Dein Symptom wie Dich selbst! Jacques Lacans Psychoanalyse und die Medien*, Merve-Verlag, Berlin 1991, S. 73.

2 So die Definition von ›Natur‹ in Herders *Kleinem Philosophischen Wörterbuch*, hrsg. von Max Müller und Alois Halder, Freiburg im Breisgau 1977[6].

3 Bruce Sterling, ›Twisted for a Living‹, in: *Foundation* No. 35, Winter 1985/86.

4 dt. zuletzt als ›Chrom brennt‹, in: William Gibson, *Cyberspace*, Heyne Science Fiction & Fantasy 06/4468, München 1988.

5 Kleist, ›Über das Marionettentheater‹, in: *Sämtliche Werke und Briefe*, Bd. 3, S. 563, Frankfurt/M. 1990. — Interessanterweise

spricht Kleist in seinem Aufsatz bereits von Prothesen: »Haben Sie von jenen mechanischen Beinen gehört, welche englische Künstler für Unglückliche verfertigen, die ihre Schenkel verloren haben?« (S. 558) Der Fragesteller schildert enthusiastisch ihre äußerste Leichtigkeit und Anmut durch eine naturgemäße Anordnung der Schwerpunkte.

6 Eva Meyer bezeichnet als das ›Erlesene‹ an der Wiederholung: »... die Bedingung der Möglichkeit einer Beschreibung, die sich auf die eigenen Mittel der Beschreibung bezieht und in dieser *Selbstrückbezüglichkeit* eine mindestens doppelte Verfaßtheit in Szene setzt«, woraus sie im weiteren folgert: »Damit ist das, was die Wiederholung ausmachen wird, vorgezeichnet: *ein rigoroser Kontextwechsel,* der keine Brücke, wohl aber ein Sprung ist.« (›Autopoesie‹, S. 9 und S. 28, in: Meyer, *Autobiographie der Schrift,* Basel - Frankfurt 1989.)

7 dt. *Gödel, Escher, Bach — ein endlos geflochtenes Band,* Klett-Cotta-Verlag, Stuttgart 1985[5].

8 Auf dieser Prämisse beruht Evo Präkoglers (= Oswald Wieners) 1990 bei Matthes & Seitz erschienener Roman *Nicht schon wieder...!,* der vorgibt, die Abschrift einer auf einer Floppy gefundenen Datei zu sein.

9 zit. nach Hofstädter, a. a. O., S. 28.

10 dto.

11 Hofstädter, a. a. O. S. 640.

12 dto.

13 Der ›Heiligen Schrift‹ nicht zu glauben, ist eine Möglichkeit, die Autorität zu leugnen, die Maschinen macht. Wie Babbage in seinen Lebenserinnerungen notiert, war sein Antrieb zur Wissenschaft, »die Wahrheit oder Unwahrheit der Religion, die man mich gelehrt hatte, zu überprüfen«. — Zitiert nach ›Knacker aus Metall‹, *Der Spiegel* 28/1991, S. 188.

14 Es ist mehr als nur eine nostalgische Verbeugung vor dem ›Gott der Maschinen‹, daß das Science Museum in South Kensington, London, zum 200. Geburtstag von Charles Babbage (1791—1871) eine nach Originalplänen gebaute verbesserte Fassung der DifferenzMaschine präsentierte. Drei Meter lang, drei Tonnen schwer, mit viertausend Zahnrädern, Hebeln und Zahnstangen, kann sie als gewaltiger Urvater des Mikrochips gelten, dessen für Menschengeist unvorstellbare Kapazität auf diese Weise eine Visualisierung erfuhr. (Schon zuvor hatte man kleinere Ausführungen in England und Schweden nachgebaut.)

15 Zitiert nach Anthony Hyman, *Charles Babbage — Philosoph, Mathematiker, Computerpionier,* Stuttgart 1987, S. 250.

16 Die Daten entstammen E. P. Vorndrans *Entwicklungsgeschichte des Computers,* S. 71, Berlin - Offenbach/M. 1986[2].

17 vgl. Friedrich A. Kittler, ›Die künstliche Intelligenz des Weltkriegs: Alan Turing‹, in: *Arsenale der Seele,* hrsg. von Friedrich A. Kittler und Georg Christoph Tholen, München 1989.

18 Für das Studium dieses Zusammenhangs empfiehlt sich Kafka; etwa das Büchlein *In der Strafkolonie,* Berlin 1975 (Wagenbachs Taschenbücherei 1), das neben Biographischem und der Veröffentlichungsgeschichte der Erzählung auch Texte über Apparate und die Stellung der Arbeiter-Unfall-Versicherungsanstalt in Kafkas Werk enthält.

19 So das Magazin *Scientific American.* — Zitiert nach ›Schattengleich im Swimmingpool‹, *Der Spiegel* 34/1990.

20 Längst studieren die Amerikaner die psychologische Wirkung, die es hat, Menschen in eine andere Welt zu versetzen — so wie der CIA in den sechziger Jahren LSD an Soldaten testete (vgl. ›Reality is getting more unreal daily‹, *The Face* 4/1990).

21 ›Gibson & Sterling: On the Virtual Chicken Circuit‹, *Locus,* Mai 1991.

22 Peter Widmer, *Subversion des Begehrens — Jacques Lacan oder Die zweite Revolution der Psychoanalyse,* Frankfurt/M. 1990, S. 156.

23 Lacan, *L'angoisse,* Das Seminar Buch X, Sitzung vom 16. 1. und 27. 2. 1963 (unveröffentlicht, nach Widmer, a. a. O., S. 113).

24 vgl. die Erzählung ›Der Fall Rautavaara‹ von Philip K. Dick; zuletzt in *Erinnerungen en gros,* Haffmans-Tb 1058, Zürich 1991.